V de VENGANZA

colección andanzas

Libros de Sue Grafton en Tusquets Editores

V SUE GRAFTON
de VENGANZA

Traducción de Victoria Ordóñez Diví

TUSQUETS EDITORES

Título original: *V is for Vengeance*

1.ª edición: mayo de 2012

© de la traducción: Victoria Ordóñez Diví, 2012
Diseño de la colección: Guillemot-Navares
Reservados todos los derechos de esta edición para
Tusquets Editores, S.A. - Cesare Cantù, 8 - 08023 Barcelona
www.tusquetseditores.com
ISBN: 978-84-8383-409-1
Depósito legal: B. 11.076-2012
Fotocomposición: Moelmo, S.C.P.
Impresión: Limpergraf, S.L. - Mogoda, 29-31 - 08210 Barberà del Vallès
Encuadernación: Reinbook
Impreso en España

Índice

Ésta es para el clan de los Humphrey,
como homenaje a todos los años que hemos compartido.
Chuck y Theresa
Pam y Jim
Peter, Joanna y la pequeña Olivia
Meredith
Kathy y Ron
Gavin
y, por supuesto, mi querido Steven,
con cariño.

AGRADECIMIENTOS

La autora desea agradecer su inestimable ayuda a las siguientes personas: Steven Humphrey; Jay y Marsha Glazer; Barbara Toohey; Paul McCaffrey, inspector jefe del Departamento de Policía de Santa Bárbara; Bill Turner, inspector (jubilado) del Departamento del *Sheriff* del Condado de Santa Bárbara; Deb Linden, jefa de policía de San Luis Obispo; Andrew Blankstein, de *Los Angeles Times;* Renn Murrell, director de pompas fúnebres, Arch Heady & Son Funeral Directors; Dana Hanson, directora de pompas fúnebres, Neptune Society; Kelly Petersen, gerente, y Cherry Post, Andi Doyle y Emily Rosendahl, de Wendy Foster; Steve Bass; Tracy Pfautch, ex directora del Departamento de Seguridad del centro comercial Paseo Nuevo, Santa Bárbara; Matt Phar, Santa Barbara Loan and Jewelry; Lisa Holt, Kevin Frantz y Liz Gastiger.

1
Antes
Las Vegas, agosto de 1986

Phillip Lanahan condujo hasta Las Vegas en su Porsche 911 Carrera Cabriolet de 1985, un vistoso cochecito rojo que sus padres le habían regalado hacía dos meses, tras licenciarse en Princeton. Su padrastro lo había comprado de segunda mano porque aborrecía el concepto de la depreciación. Era preferible que el primer propietario cargara con las pérdidas. El coche se encontraba en un estado impecable: tenía 24.000 kilómetros en el cuentakilómetros, el interior tapizado en cuero negro, todos los accesorios de serie y los cuatro neumáticos completamente nuevos. Podía acelerar de cero a cien en 5,4 segundos.

Con la capota bajada, Phillip condujo pegado a la costa y después siguió viajando hacia el este a través de Los Ángeles por la Autovía 10. Desde la 10 se metió en la 15, que lo llevó directamente hasta Las Vegas. El sol brillaba con fuerza y el viento le alborotaba el cabello, hasta convertirlo en una maraña negra. Había cumplido veintitrés años, se sabía guapo y se valía de su atractivo como quien se vale de una pata de conejo para que le dé suerte. Tenía el rostro delgado y bien afeitado, las cejas oscuras y rectas y las orejas pegadas al cráneo. Vestía vaqueros y un polo negro de manga corta. Una americana blanca de lino reposaba doblada a su lado, en el asiento del copiloto. En una bolsa de lona guardaba diez mil de los grandes en billetes de cien dólares, cortesía de un prestamista al que acababa de conocer.

Era su tercer viaje a Las Vegas en otras tantas semanas. La primera vez había jugado al póquer en el casino del Caesars Palace, un hotel que, si bien vulgar y recargado, contaba con todo lo que cualquier jugador pudiera desear en un mismo complejo. Aquel viaje fue mágico: todo le salió bien. Le repartieron buenas cartas, mano tras mano. Supo leer las intenciones de sus contrincantes y captó pistas tan sutiles que llegó a creerse adivino. Había conducido hasta Las Vegas con tres mil dólares sacados de una cuenta de ahorros, y logró aumentar esa cantidad a ocho mil sin despeinarse.

El segundo viaje empezó bien, pero Phillip no tardó en acobardarse. Volvió a Caesars Palace pensando que podría fiarse de nuevo de su instinto, pero se equivocó al leer los gestos de los otros jugadores. Las cartas buenas no llegaban y no pudo recuperarse. Salió del casino dejando a deber cinco mil de los grandes, razón por la que fue a visitar al prestamista Lorenzo Dante, el cual (según Eric, un amigo de Phillip) se refería a sí mismo como «financiero». Phillip supuso que lo diría medio en broma.

La cita lo había puesto nervioso. Además de explicarle el sórdido pasado de Dante, Eric le aseguró que los exorbitantes intereses del préstamo eran normales en «el sector». Su padrastro le había inculcado la necesidad de negociar cualquier transacción económica, y Phillip sabía que debería abordar el asunto antes de llegar a un acuerdo con Dante. No les podía contar a sus padres en qué andaba metido, pero apreciaba el consejo de su padrastro. El marido de su madre no le gustaba demasiado, pero tenía que admitir que lo admiraba.

Phillip se encontró con Dante en el despacho que éste tenía en el centro de Santa Teresa. Eran unas oficinas impresionantes, con grandes ventanales de cristal y muebles de teca brillante, sillones tapizados en cuero y moqueta gris claro. La recepcionista lo recibió calurosamente y anunció su llegada por el interfono. Una morena muy sexy, enfundada en vaqueros ajustados y calzada con tacones de aguja, fue a buscarlo al vestíbulo. Pasaron frente a diez despachos interiores antes de llegar a una gran sala esquinera ubicada al final del pasillo. Todos los empleados que pudo ver eran jóvenes e iban vestidos con ropa informal. Phillip había supuesto que el prestamista contaría con un equipo de abogados tributarios, además de contables, genios de las finanzas, asistentes legales y auxiliares administrativos. Habían imputado a Dante por su pertenencia al crimen organizado, de modo que Phillip esperaba encontrar un ambiente tenso y siniestro. Se había puesto una americana cara como muestra de respeto, aunque nada más entrar en el edificio cayó en la cuenta de que proyectaba una imagen equivocada. Todo el mundo vestía prendas informales, elegantes pero sencillas. Se sintió como el niño que se pone el traje de su padre con la esperanza de que lo tomen por un adulto.

La morena lo hizo pasar al despacho. Dante se inclinó hacia delante desde detrás de su escritorio para estrecharle la mano, y a continuación le indicó que se sentara. Phillip se sorprendió al ver lo atractivo que era. Dante rondaría los cincuenta y era un tipo alto —de alrededor de metro noventa— y guapo: ojos marrones de mirada profunda, pelo rizado gris, hoyuelos en las mejillas y mentón partido. Parecía estar en forma. Para romper el hielo, hablaron de la reciente licenciatura de Phillip en Princeton, de su doble titulación (administración de empresas y económicas) y de sus perspectivas laborales. Dante lo escuchaba con aparente interés, y le hacía alguna que otra pregunta. A decir verdad, aún no se había materializado ningún empleo, pero cuanto menos hablaran de ese tema, mejor. El muchacho explicó sus opciones, sin mencionar que se había visto obligado a volver a casa de sus padres. Se moría de vergüenza sólo de pensarlo. Comenzó a relajarse, aunque le continuaban sudando las palmas de las manos.

—¿Eres el hijo de Tripp Lanahan? —preguntó Dante.

—¿Usted conoció a mi padre?

—No muy bien, pero me hizo un favor hace bastante tiempo...

—Estupendo, me alegra saberlo.

—... De no ser por eso, no estarías aquí sentado.

—Le agradezco su tiempo.

—Tu amigo Eric dice que se te da muy bien el póquer.

Phillip se revolvió intranquilo en la silla y adoptó un tono a medio camino entre la modestia y la ostentación.

—Jugué durante toda la carrera, desde el primer curso que pasé en Princeton.

Dante sonrió, y por un momento le aparecieron los hoyuelos en las mejillas.

—No hace falta que menciones Princeton otra vez, ya sé dónde has estudiado. ¿Eran apuestas altas, o les sacabas algo de calderilla a una pandilla de mastuerzos de alguna asociación estudiantil?

—De hecho, jugaba en Atlantic City, y la mayoría de fines de semana ganaba lo suficiente para cubrir mis gastos.

—¿No trabajabas para pagarte los estudios?

—No me hizo falta.

—Pues vaya suerte —replicó Dante—, aunque juraría que jugar al póquer no es el modo de vida que tu padre tenía pensado para ti.

—Bueno, la verdad es que no, señor Dante. Espero trabajar, por eso me saqué un título. Pero ahora mismo no estoy muy seguro de lo que quiero hacer.

—Aunque lo decidirás pronto.

—Eso espero. Es decir, ésa es mi intención, sin duda.

Phillip notó que, debajo de la americana, llevaba la camisa empapada y pegada a la espalda. Había algo en aquel hombre que infundía temor. Parecía tener dos personalidades: una benévola, la otra despiadada. Dante era afable en apariencia, pero en el fondo ocultaba un temperamento duro y taimado. Phillip estaba bastante nervioso y no sabía a cuál de los dos se enfrentaba en cada momento. La sonrisa de Dante sólo se desvaneció y su otro yo tomó el relevo. Puede que el prestamista se volviera peligroso cuando hablaba de negocios.

—¿Y para qué has venido a verme?

—Eric dice que a veces usted le adelanta dinero cuando tiene problemas de liquidez. Esperaba que hiciera lo mismo por mí.

El tono de Dante era agradable, pero su mirada no reflejaba la más mínima benevolencia.

—Es una actividad complementaria. Presto dinero a personas de las que los bancos no quieren saber nada, y a cambio les cobro intereses y gastos de administración. ¿De cuánto dinero estamos hablando?

—¿Diez mil?

Dante lo miró fijamente.

—Es mucho dinero para un chico de tu edad.

Phillip carraspeó.

—Bueno, diez mil..., ya sabe, diez mil me darían un respiro. Por lo menos, así es como lo veo yo.

—Doy por sentado que Eric te habrá explicado mis condiciones.

Phillip negó con la cabeza.

—No del todo. Pensé que sería mejor que me las explicara usted en persona.

—Cobro veinticinco dólares por cada cien a la semana, a pagar junto al capital cuando venza el pagaré.

Phillip tenía la boca seca.

—Parece bastante caro.

Dante abrió el cajón inferior de su escritorio y sacó un montón de papeles.

—Si lo prefieres, puedes probar suerte en el Banco de América, a dos calles de State. Aquí mismo tengo los formularios.

Dante echó sobre el escritorio una solicitud de préstamo del Banco de América.

—No, no. Entiendo perfectamente su situación. Usted tiene gastos, como cualquier persona.

Dante no respondió.

Phillip se inclinó hacia delante e intentó mirarlo fijamente a los ojos, como si fueran dos hombres de mundo cerrando un trato.

—Me preguntaba si un veinticinco por ciento es lo mejor que puede ofrecerme.

—¿Lo mejor que puedo ofrecerte? ¿Pretendes regatear conmigo?

—No, no, señor Dante. En absoluto. No es lo que he querido decir. Pensé que podría haber cierto margen.

Phillip notó que le ardían las mejillas.

—¿Basado en qué? ¿Una asociación tan larga y productiva como la nuestra? ¿Tu destreza en la mesa de juego? Por lo que sé, la semana pasada perdiste cinco mil de los grandes en el Caesars.

Quieres mis diez mil para resarcirte de tus pérdidas y jugarte el resto. Piensas que me lo vas a devolver, incluyendo los intereses, y que te quedarás lo que sobre. ¿No es eso?

—La verdad es que así es como lo he hecho otras veces.

—La verdad es que puedes irte a la mierda. Lo único que me importa es recuperar mi dinero.

—Desde luego, no hay problema. Le doy mi palabra.

Dante lo miró a los ojos hasta obligarlo a apartar la mirada.

—¿De cuánto tiempo estamos hablando?

—¿Una semana?

Dante alargó el brazo y pasó una página en su calendario de mesa.

—El lunes once de agosto.

—Me parece estupendo.

Dante apuntó algo en el calendario.

Phillip titubeó un momento sin saber qué iba a suceder a continuación.

—¿Tengo que firmar algo?

—¿Firmar?

—¿Un pagaré o un contrato?

Dante descartó la sugerencia.

—No te preocupes por eso, es un acuerdo entre caballeros. Nos damos la mano y asunto zanjado. Pídele el dinero a Nico cuando salgas, él te lo dará.

—Gracias.

—No hay de qué.

—Lo digo en serio.

—Puedes darle las gracias a tu viejo. Le devuelvo el favor que me hizo hace mucho tiempo —explicó Dante—. Hablando de favores, un amigo mío tiene un puesto directivo en Binion's. Si juegas allí, te conseguirá una habitación gratis. Le puedes decir que vas de mi parte.

—Eso haré, y muchísimas gracias.

Dante se levantó y Phillip hizo otro tanto. Mientras se daban la mano, Phillip suspiró aliviado. Había fantaseado que, si se ponía duro al negociar los intereses, a Dante le impresionarían sus dotes de negociador y le rebajaría dos puntos porcentuales. Ahora se sentía avergonzado de haber sacado el tema ante un hombre de la reputación de Dante. Tenía suerte de que no lo hubieran echado de allí a patadas. O algo peor.

En ese preciso instante se abrió la puerta y apareció la morena de antes.

—Un consejo... —añadió Dante.

—¿Sí, señor Dante?

—No la pifies. Si intentas joderme, lo lamentarás.

—Lo he captado. Pienso cumplir, se lo garantizo.

—Eso es lo que quería oír.

Binion's había visto tiempos mejores, pero la habitación de Phillip estaba bastante bien. Al menos parecía limpia. El muchacho dejó en el suelo su bolsa de lona, se metió siete de los diez billetes de mil en el bolsillo y se dirigió a la planta baja, donde cambió el dinero por fichas. Dedicó varios minutos a recorrer la sala de póquer, tratando de captar el ambiente. No tenía demasiada prisa. Buscaba una mesa en la que se jugaran todas las manos, y en la que las apuestas fueran altas. Evitó una mesa en la que el jugador que tenía todas las fichas ante sí llevaba un Rolex. Mejor ni molestarse. Ese tipo sería o demasiado rico o demasiado bueno, y Phillip no quería enfrentarse a alguien así.

Se detuvo junto a una mesa llena de ancianos a los que habían traído en autocar desde una residencia. Todos llevaban la misma camiseta roja con la silueta de un sol poniente en blanco. Jugaban de forma pasiva, las apuestas se hacían al azar y a una anciana le costaba recordar cómo se clasificaban las manos. El tipo que se sentaba a su lado no dejaba de decirle: «Alice, por el amor de Dios. ¿Cuántas veces te lo tengo que explicar? El color vale más que la escalera, y el full vale más que el color». En una mesa como aquélla, donde sólo se apostaban pequeños montones de fichas, le llevaría semanas salir a flote.

19

Tras dar varias vueltas por la sala, Phillip le pidió al encargado que apuntara su nombre en la lista del juego sin límite de apuestas de las mesas cuatro u ocho. Jugaban a la modalidad Texas Hold'em sin límites con una entrada de cinco de los grandes. Apuestas demasiado altas para su gusto, pero no se le ocurría otra forma de resarcirse de sus pérdidas y salir ganando. Prefería jugar en las mesas pares, ya que el cuatro era su número de la suerte. El primer asiento en quedar libre fue el número ocho de la mesa número ocho, lo que quiso considerar como un buen augurio, ya que ambos eran múltiplos de cuatro. Phillip colocó las fichas a su derecha y pidió un vodka con tónica. Ya había seis tipos jugando y él entró en la última posición, lo que le permitió hacerse una idea de cómo iban las apuestas. Dejó pasar un par de manos, dando muestras de disciplina al retirarse con una jota y una reina y a continuación con una pareja de cincos. Las parejas de poca monta repartidas en mano, que raras veces mejoran el *flop,* resultaban muy tentadoras para apostar y eran, por tanto, peligrosas.

Al jugar con dinero que no era suyo, Phillip se sintió forzado a obtener buenos resultados. Normalmente le gustaba sentir esa presión, porque lo obligaba a aguzar el ingenio. Ahora, sin embargo, desperdiciaba manos que en otras ocasiones habría jugado. Consiguió un pequeño bote con una doble pareja, y seis manos más tarde ganó mil quinientos dólares con una rueda. No había perdido ninguna cantidad realmente importante, cuatrocientos dólares como máximo, y notó que se calmaba a medida que el vodka iba circulando por sus venas. Aunque resultara poco productiva, la larga tanda de jugadas le dio la oportunidad de observar cómo actuaba el resto de jugadores.

El tipo gordo de la camisa azul demasiado estrecha fingía aburrirse cuando tenía una buena mano, insinuando así que iba a perder y que estaba impaciente por acabar la jugada. Había un hombre algo mayor de expresión avinagrada que vestía americana gris, y cuyos gestos eran siempre contenidos. Cuando comprobaba sus cartas, apenas levantaba las esquinas, les echaba un vistazo rápido y luego miraba en la dirección opuesta. Phillip decidió no perderle ojo por si el hombre le proporcionaba alguna pista involuntaria. Había también un tipo con camisa de franela verde y complexión de leñador, que igualaba las apuestas cada vez que creía que iba por detrás en la mano, esperando tener suerte con las cartas de la mesa. A Phillip no le preocupaban los tres jugadores restantes, los cuales eran o demasiado tacaños o demasiado tímidos para constituir una amenaza.

Phillip jugó durante una hora y ganó cinco veces más, siempre botes pequeños. Aún no había pillado el ritmo, pero sabía que ser paciente tendría su recompensa. El hombre mayor dejó libre su asiento y lo ocupó una mujer, una rubia de tez pálida con una cicatriz en la barbilla que rondaría la cuarentena. O bien estaba borracha, o era una aficionada o la peor jugadora de póquer que había visto jamás. Phillip la miraba de reojo, sorprendido por su forma errática de jugar. No supo interpretar un farol de la mujer y ésta ganó un bote de ochocientos dólares que esperaba ganar él. A continuación la sobrestimó y se retiró cuando debería haber seguido jugando. Cayó en la cuenta de que la rubia podría pertenecer a una categoría totalmente distinta: la de profesional experimentada y magnífica actriz, mucho más dura de lo que aparentó ser al principio. Las señales eran contradictorias. Phillip tomó nota mentalmente de lo que había visto hasta entonces y se centró en sus cartas, dejando que la mujer pasara a un segundo plano. Comenzaba a invadirlo la sensación de tranquilidad que solía experimentar cuando las cartas le eran propicias. Era como estar en una cabina de sonido: captaba la conversación de los otros jugadores, pero a cierta distancia y sin que lo afectara.

Al cabo de dos horas ya había ganado dos de los grandes y empezaba a controlar la situación. Le repartieron el as de corazones y el 4 de tréboles. Normalmente habría desechado la mano de inmediato, pero tuvo un atisbo de intuición, la extraña sensación de que algo bueno iba a sucederle. La rubia, sentada en la primera posición, jugaba casi siempre a ciegas, sin dejar entrever sus planes. Si tenía una mala mano, siempre podría hacerse con el bote a base de apostar, pero a la larga perdería dinero. En esta ocasión, echó una ojeada a sus dos primeras cartas y apostó una cantidad elevada antes de que repartieran el *flop*, dando a entender que tenía una pareja de ases, conocidos cariñosamente como «balas». Las posibilidades de que le hubieran repartido una pareja de ases eran, aproximadamente, de una en 220 manos.

El tipo gordo igualó la apuesta. El que llevaba la camisa de franela verde sopesó sus opciones mientras alineaba los montones de fichas que tenía delante. También la igualó, pero sin convicción. Phillip tuvo ganas de volver a mirar sus cartas, pero sabía exactamente cuáles eran. Puso a prueba su instinto y decidió igualar la apuesta durante una ronda y retirarse a la siguiente si no pasaba nada. El jugador sentado frente al botón y los dos que habían depositado la apuesta ciega pequeña y la apuesta ciega grande se retiraron sin presentar batalla.

El crupier descartó la carta superior y repartió el *flop:* el 3 de diamantes, el 5 de picas y el 2 de picas. A Phillip le dio un vuelco el corazón. De repente tenía ante sí una rueda: As-2-3-4-5. Observó las apuestas que se iban haciendo alrededor de la mesa y calculó qué jugadores podrían tener manos ganadoras. La mujer pasó la ronda, al igual que el tipo gordo y el de la camisa de franela verde. Phillip apostó y se hizo con el control de la mano. Las apuestas volvieron a dar la vuelta y todos vieron la suya. El crupier descartó una carta. El *turn*, o cuarta carta comunitaria, era el as de picas. La rubia apostó, lo que indicaba que tenía o bien tres cartas del mismo palo o una escalera. Una mano que Phillip podía ganar, por lo que modificó su evaluación inicial. Con un as en la mano, un as en la mesa y siete jugadores sentados al principio del reparto, lo más probable sería que la mujer no tuviera la otra pareja de ases. La miró de reojo, pero no fue capaz de adivinar sus intenciones. La mujer solía esbozar una sonrisa mientras jugaba, como si se riera de algún chiste privado. Phillip tenía una hermanastra que se le parecía mucho: engreída, competitiva, burlona. Para su irritación, nunca logró superarla. Dejó de pensar en ella y se concentró en el juego. El tipo gordo y el de la camisa de franela verde se retiraron, pero Phillip igualó la apuesta.

La quinta carta comunitaria, denominada *river*, era el 8 de picas, por lo que era muy posible que la mujer tuviera color, en cuyo caso su escalera no valdría una mierda. Básicamente, su mano no había mejorado desde que repartieron las cartas comunitarias, pero ¿eso qué significaba? Aún podría ser el triunfador de la mesa. La cuestión era si debía apostar y, de hacerlo, qué cantidad. Sólo quedaban dos jugadores en aquella mano. La rubia apostó. Phillip subió la apuesta y la rubia la subió aún más. ¿Acaso tenía una mano increíble? Phillip intentó mantener la mente en blanco, pero sabía que una fina pátina de sudor le cubría la cara, y que la rubia habría captado la pista. Contó ocho de los grandes en el bote. Si los igualaba, iba a costarle dos mil dólares, lo que significaba que las probabilidades de ganar el bote eran de cuatro contra una. No estaba mal. Si ganaba, obtendría cuatro veces lo que se había jugado al igualar. Todos lo miraban. Su mano era buena, pero no buenísima. Ella debía de tener una escalera o un trío. Aunque Phillip estaba en racha, sabía que no podía durar. Probablemente no debería haber ido tan lejos, pero detestaba la idea de replegarse ante ella. Supuso que la rubia le estaba tendiendo una trampa, y que ésta era su última posibilidad de esquivarla. Angustiado, empujó sus cartas hacia el centro, desordenando su mano. El crupier empujó el bote hacia la rubia, quien se hizo con él sin dejar de esbozar su sonrisa enigmática.

Phillip intentó convencerse de que era una mano de póquer, no una competición entre él y aquella mujer para ver cuál de los dos orinaba más lejos. Su sonrisita de suficiencia lo sacaba de quicio. La miró fijamente.

—¿Era un farol?

—No tengo por qué decírselo —respondió ella.

—Ya lo sé, se lo preguntaba por curiosidad. ¿Tenía color o un trío?

La mujer levantó dos dedos, como si hiciera el signo de la paz.

—Dos cartas, una jota y un seis.

Phillip palideció de repente. La mujer lo había engañado, y ahora estaba furioso. Hizo un esfuerzo por recomponerse. No tenía sentido torturarse: lo hecho, hecho estaba. Aunque lo hubiera pagado tan caro, había aprendido una lección muy valiosa y la pondría en práctica cuando volviera a enfrentarse a la rubia.

Se tomó un respiro y dejó las fichas en la mesa antes de subir a su habitación. Una vez allí, orinó, se lavó las manos y la cara y recogió el resto de su dinero, que cambió por fichas cuando volvió a la sala de póquer.

Tras seis horas adicionales de juego se había acumulado una cantidad importante sobre la mesa, quizás unos quince mil dólares. Phillip no vio que la rubia se levantara ni para ir al baño ni para salir a respirar un poco de aire fresco. Apostaba de forma agresiva e impredecible. Aquella mujer no le gustaba en absoluto, y su temeridad lo sacaba de quicio.

En la mano siguiente le repartieron dos ases en mano. Esta vez, las cartas comunitarias eran el 2 de diamantes, el 10 de diamantes y el as de tréboles. Phillip y la rubia volvieron a enfrentarse, aumentando sus apuestas respectivas. El *turn* era la reina de diamantes y el *river* el 2 de picas, con lo que ya había una pareja sobre la mesa. Phillip supuso que la mujer tendría en mano reyes o reinas. Si sus cartas eran un rey y una jota, o dos diamantes, habría conseguido escalera o color.

Phillip tenía un full, tres ases y dos doses, y aquella mano ganaría a cualquiera de las otras dos. Miró fijamente a la rubia y ésta le sostuvo la mirada. Daría cualquier cosa por poder restregarle la cara contra el fieltro de la mesa. Se estaba marcando un farol de nuevo, no le cabía duda. Era la misma situación por la que había pasado seis horas antes, sólo que esta vez Phillip tenía una buena mano.

Permaneció allí sentado intentando adivinar las cartas de su contrincante. Lo mirara como lo mirara, tenía las de ganar. Estudió las cartas que reposaban sobre la mesa, imaginando todas las combinaciones posibles entre las que estaban a la vista y los ases en mano que sabía que tenía. La rubia estaba tirándose un farol, no podía ser de otra forma. Phillip subió su apuesta, aunque no demasiado porque no quería que ella se echara atrás. La mujer titubeó y a continuación igualó su apuesta y la subió doscientos dólares más. Phillip presintió que estaba a punto de cometer un error, pero ¿en qué se equivocaría? ¿Se retiraría, como había hecho antes, y la dejaría llevarse un bote como aquél con una mano de pacotilla? ¿O la aplastaría contra la pared? ¿Estaba subestimando la mano de la rubia? No veía cómo, pero ya no se fiaba de su intuición. Era incapaz de razonar, se le ponía la mente en blanco. Cuando estaba en racha podía adivinar las cartas de los otros jugadores, era como si tuviera rayos X en los ojos. Las probabilidades le bailaban en la cabeza como hadas voladoras, y se sentía como un mago. Ahora sólo era capaz de observar el fieltro verde, las luces cegadoras y las cartas, que reposaban sobre la mesa inertes y no le susurraban nada. Si se hacía con ese bote sería un hombre libre. Ya se imaginaba lo que iba a suceder a continuación: respetaría la etiqueta y no se abalanzaría sobre el bote inmediatamente aunque fuera suyo. El crupier empujaría las fichas en su dirección. Ni siquiera miraría a la rubia, porque ¿a quién le importaba esa mujer? Ése era su momento. La duda había disipado su fugaz impulso inicial. No podía recordar lo que le había dicho su intuición. El tiempo parecía alargarse. La rubia esperaba, el crupier esperaba y los restantes jugadores calculaban las posibilidades de Phillip tal y como él había hecho antes. Si ganaba el bote, dejaría de jugar. Se lo había prometido a sí mismo. Se levantaría, recogería sus ganancias y saldría de allí como un hombre libre.

La rubia era de las que se marcan faroles. Lo había engañado una vez y, si era buena, lo haría de nuevo. ¿Qué posibilidades había de que los dos volvieran a enfrentarse y ella se marcara un farol por segunda vez? ¿Tendría el valor suficiente? ¿Era muy calculadora? No haría algo así, ¿no? Phillip debía tomar una decisión. Se sentía como si estuviera sobre un trampolín de diez metros, tambaleándose en el borde e intentando reunir el valor suficiente para lanzarse. «A la mierda», pensó, y apostó todo lo que tenía. No iba a permitir que esa hija de puta se saliera con la suya.

Dio la vuelta a sus cartas tapadas y observó cómo los restantes jugadores iban formando la mano mentalmente: ases en mano, más un as de tréboles y la pareja de doses de la mesa, lo que constituía un full. La mujer le lanzó una mirada extraña. Phillip no la supo interpretar hasta que vio las cartas que su contrincante iba colocando en abanico sobre la mesa. Todos lanzaron un grito ahogado. La mujer tenía doses tapados. Al añadirlos a los doses que había sobre la mesa sumaban cuatro iguales. Phillip la miró incrédulo. ¿Doses tapados? Nadie apostaba antes del *flop* con una pareja así. Tenía que estar loca. Pero ahí estaban, cuatro doses como cuatro flechas afiladas que se le acababan de clavar en el corazón.

El crupier no dijo nada. Empujó las ganancias de la rubia hacia ella y ésta las recogió. Phillip se hallaba en estado de shock, tan convencido de que la mano era suya que se veía incapaz de asimilar el hecho de que ella tuviera cuatro cartas del mismo número. ¿Qué clase de chiflada se guardaba doses tapados y seguía apostando hasta el final? A Phillip se le secó la boca y empezaron a temblarle las manos. Ella le dirigió una mirada casi sexual, exultante de satisfacción. Había estado jugando con él, y justo cuando Phillip creía haberse salido con la suya, la rubia había vuelto a ponerle la zancadilla. El muchacho se levantó de repente y abandonó la mesa. De sus diez mil dólares iniciales, le quedaban cuatrocientos en fichas.

Tomó el ascensor hasta el cuarto piso y se sorprendió al darse cuenta de que ya había anochecido. Le temblaban tanto las manos que no consiguió abrir la puerta hasta el segundo intento. Cerró con llave desde el interior y se quitó la ropa, dejando un reguero de prendas esparcidas por el suelo: zapatos, calcetines, calzoncillos, camisa. Apestaba a sudor. En el baño, echó dos Alka-Seltzers en un vaso de agua y se bebió el líquido efervescente. Se duchó, se afeitó y luego se puso el albornoz del hotel, una prenda de toalla blanca que le llegaba hasta las rodillas y que se le abrió más de la cuenta cuando se sentó en el borde de la cama. Marcó el número del servicio de habitaciones y pidió un bocadillo de bistec Angus poco hecho, patatas fritas cortadas a mano y dos cervezas.

Pasaron cuarenta y cinco minutos antes de que llegara la comida, y para entonces tanto las patatas como el bistec ya estaban fríos. La carne, de baja calidad, le pareció correosa al morderla. Tuvo que desechar el panecillo y cortar el bistec con un cuchillo. Lo fue masticando hasta convertirlo en una masa insípida. No tenía apetito y se le había hecho un nudo en el estómago. Empujó el carrito a un lado. Dormiría una hora y luego bajaría al casino y volvería a probar suerte. No le quedaba otra alternativa. Con cuatrocientos dólares en fichas no tenía ni idea de cómo conseguiría remontar, pero no podía salir de la ciudad sin el dinero de Dante en la mano.

Alguien llamó a la puerta. Echó una mirada al reloj: las nueve y veinticinco. Había tenido la presencia de ánimo suficiente como para colgar el letrero de NO MOLESTEN del pomo exterior, y se sintió tentado de ignorar la intrusión. Probablemente le traían una cesta de fruta regalo del hotel, o una botella de vino peleón. Los obsequios de ese tipo solían entregarse a horas intempestivas, cuando no apetecían en absoluto. Volvieron a llamar. Cruzó la habitación y miró por la mirilla.

Dante esperaba frente a la puerta. Phillip vio que otros dos hombres se acercaban por el pasillo. Antes, tras volver a su habitación, había girado el botón de bloqueo de la cerradura y había pasado la falleba en forma de uve alargada. ¿Existía alguna probabilidad de que los tres se marcharan si no abría la puerta? Dante no tenía por qué saber que se encontraba en la habitación. Podría haber salido sin retirar el letrero de plástico que colgaba del pomo. Caviló durante un momento y decidió que sería mejor enfrentarse al prestamista. Su única esperanza consistía en pedirle que le alargara el plazo. Dante se vería obligado a aceptar. ¿Qué otra cosa podía hacer? Phillip no tenía el dinero, y, si no lo tenía, no lo tenía.

Phillip desbloqueó las cerraduras y abrió la puerta.

—Empezaba a pensar que no te encontrabas en la habitación —dijo Dante.

—Lo siento, estaba al teléfono.

Se hizo un momento de silencio.

—¿Me vas a dejar entrar? —preguntó Dante. Hablaba con tono afable, pero Phillip detectó un dejo de dureza en su voz.

—Por supuesto, claro que sí.

Phillip se hizo a un lado y Dante entró en la habitación, seguido de sus dos acompañantes. La puerta quedó abierta, y a Phillip no le gustó que cualquiera que pasara por el pasillo pudiera ver lo que estaba sucediendo. Se sentía vulnerable. Iba descalzo y sólo llevaba puesto el albornoz del hotel, que apenas le cubría las rodillas. Su ropa continuaba esparcida por el suelo. La bandeja del servicio de habitaciones con los restos de su cena desprendía un fuerte olor a *ketchup* y a patatas fritas frías.

Dante llevaba una camisa de seda gris perla, con el botón del cuello desabrochado, y pantalones de color beis. Sus mocasines y su cinturón estaban hechos del mismo cuero de color miel. Los dos hombres que lo acompañaban vestían de forma más informal.

Dante señaló a uno de ellos con un movimiento de cabeza.

—Mi hermano Cappi —explicó—. Y éste es Nico, ya lo conoces.

—Ya me acuerdo. Me alegra verlo de nuevo —dijo Phillip.

Ninguno de los dos hombres lo saludó.

Cappi tendría unos cuarenta años, como mínimo ocho menos que su hermano; mediría uno ochenta, quizás, en comparación al metro noventa de Dante. Llevaba una barba de dos días muy a la moda y tenía el pelo rubio oscuro, peinado en una cresta rebelde fijada con gomina, los ojos claros y una mandíbula algo saliente. Pese a ser un hombre guapo, la mala oclusión dental le restaba atractivo. No iba tan peripuesto como su hermano: mientras que la ropa de Dante era de buena calidad y hecha a medida, Cappi vestía una camisa gris y negra de poliéster por encima de unos vaqueros lavados a la piedra. Phillip se preguntó si llevaría pistola.

Nico, el tercer tipo, era corpulento y algo fofo. Vestía vaqueros y una camiseta demasiado estrecha para su abultada panza. Cappi se dirigió a la puerta abierta mientras Nico metía la cabeza en el cuarto de baño para comprobar que estaba vacío. Dante se acercó a la ventana, y luego se volvió para inspeccionar la habitación: el gotelé del techo de dos metros y medio de alto, los muebles, la anodina moqueta y la vista que se divisaba desde el cuarto piso.

—No está mal —observó—, pero ya podrían invertir algo más de pasta en este garito.

—Es muy agradable —repuso Phillip—. Le agradezco que me haya recomendado.

—¿Te están tratando bien?

—De maravilla. No podrían tratarme mejor.

—Me alegra saberlo —dijo Dante—. Mi vuelo llegó hace una hora. Llevaba algún tiempo sin pasar por aquí y me dije que, ya que estaba por la zona, vendría a ver cómo te iba.

A Phillip no se le ocurrió ninguna respuesta apropiada, así que no dijo nada. Observó al prestamista para intentar adivinar a cuál de los dos Dantes tenía delante: al amable o al circunspecto de actitud maliciosa y ojos apagados. Le pareció que el Dante amable llevaba el control, pero Phillip tenía muy claro que no podía dar nada por sentado.

Dante se inclinó hacia la cómoda.

—Bueno, ¿y cómo te va? Dijiste que vendrías a verme. Teníamos una cita. ¿Cuándo fue? ¿El once de agosto? Anteayer.

—Lo sé. Siento no haber podido ir, pero me surgió un imprevisto.

Hubo una breve pausa mientras Dante asimilaba la explicación. No parecía enfadado.

—Le puede pasar a cualquiera. Habría estado bien que llamaras, pero qué le vamos a hacer.

El prestamista hablaba con tono desenfadado, como si no le importara en absoluto lo sucedido. Phillip sintió cierto alivio, no exento de cautela. Sabía perfectamente que no había cumplido con el plazo, y temía que Dante montara en cólera.

—Le agradezco su comprensión —dijo Phillip.

—¡Deja de agradecérmelo todo, joder! Me estás sacando de quicio.

—Lo siento.

Dante se apartó de la cómoda. Se metió las manos en los bolsillos del pantalón y recorrió con tranquilidad la habitación, deteniéndose para leer la carta del servicio de habitaciones que aún reposaba sobre el televisor.

—¿Y qué imprevisto te surgió, exactamente? ¿Tenías algún compromiso del que te era imposible escaquearte?

—Pensaba llamarle, pero me distraje con otras cosas.

—Vaya, eso lo explica todo —dijo Dante—. ¿Y cómo te va ahora que ya te has puesto al día? No pareces muy contento.

—Jugué bien al principio, pero he tenido una mala racha. No quería devolverle menos de lo pactado, por eso estaba esperando hasta reunir todo el dinero.

—Me parece bien. ¿Y cuándo lo tendrás?

—Estaba a punto de bajar al casino. Me he pasado todo el día jugando y había subido para descansar y para arreglarme un poco.

—Vacíate los bolsillos y veamos lo que tienes.

—De momento, sólo tengo esto.

Phillip recogió sus fichas y se las mostró a Dante, quien no dejaba de mirarlo fijamente.

—¿Cuatrocientos dólares en fichas? De los diez mil que te confié, ¿te quedan cuatrocientos? ¿Te has vuelto loco? Te hice un préstamo y te dije lo que te iba a costar. ¿Te parece que fui poco claro? A mí no me lo parece. Ha pasado más de una semana y la comisión ha subido a cinco de los grandes. ¿Qué se supone que voy a hacer con cuatro fichas?

—Es todo lo que tengo. Puedo conseguir el resto en una semana.

—No te he ofrecido que me lo devuelvas a plazos. Ya conoces las condiciones del trato. Hice lo que pude para ayudarte, ahora ayúdame tú a mí.

—No puedo hacerlo, señor Dante. Lo siento, pero no puedo. Lo siento muchísimo.

—Ya puedes sentirlo. ¿Cómo propones conseguir el resto? Ya no dispones de crédito.

—Esperaba que me ampliara el plazo.

—Ya lo hice, y así me ha ido. ¿Has hablado con tus padres del dinero que me debes?

—No, señor Dante. No les he contado nada en absoluto. Les prometí dejar de jugar después de que me echaran un cable la última vez. Se lo diré si es preciso, pero preferiría no hacerlo.

—¿Y a tu novia?

—Le he dicho que me iba de camping con un amigo.

—¿A esto lo llamas ir de camping? —Dante realizó un gesto de desaprobación con la cabeza—. ¿Qué voy a hacer contigo? Eres un imbécil, ¿lo sabías? Un ego descomunal, mucha labia, pero en el fondo eres un capullo. Te fundiste todo tu dinero y ahora acabas de fundirte el mío. ¿Y para qué? ¿Te crees un gran jugador de póquer? Ni de lejos. No tienes ni la destreza, ni el talento ni el cerebro necesarios. Me debes veintiséis de los grandes.

—No, no. No puede ser. ¿Cómo es eso? —preguntó Phillip.

—Te toca pagarme los gastos de venir hasta aquí.

—¿Por qué?

—Porque he venido por tu culpa. ¿De qué otra forma voy a hablar contigo si no apareces el día en que habíamos quedado? No acudiste a nuestra cita, así que he tenido que presentarme con muy poca antelación y eso supone fletar un avión privado. Además, debo pagar a estos dos matones.

—No puedo pagarle. Usted me dijo veinticinco dólares por cada cien de los diez mil que me prestó...

—A la semana.

—Ya entiendo, pero eso sólo son cinco mil, usted mismo lo dijo.

—Además de los intereses de los intereses, el recargo por tardanza y los gastos extra.

—No dispongo de ese dinero.

—Así que no dispones de él. No posees nada de valor en ninguna parte. No eres dueño de nada. ¿Es lo que intentas decirme?

—Podría darle mi coche.

—¿Tengo pinta de llevar un negocio de coches de segunda mano?

—En absoluto.

Dante lo miró fijamente.

—¿De qué marca y qué modelo?

—Un Porsche 911 de 1985, rojo. Vale más de treinta mil dólares. Está en un estado impecable. Perfecto.

—Ya sé lo que quiere decir «impecable», gilipollas. ¿Cuánto te falta para acabar de pagarlo?

—Nada, ya está pagado. Mis padres me lo regalaron cuando acabé la carrera. Le firmaré los papeles ahora mismo y lo pondré a su nombre.

—¿Y dónde tienes ese coche tuyo tan exclusivo, y que encima está pagado?

—En el aparcamiento del hotel.

—¿Te lo aparcó el aparcacoches?

—Lo aparqué yo mismo para ahorrarme el gasto.

—Vaya por Dios, mira qué ahorrador nos has salido. ¿En qué planta está?

—En la última.

—Debo de estar loco. —Dante miró a su hermano—. Vosotros dos subid con el chico, echadle un vistazo a su coche y luego me decís qué os parece. Quiero que lo revisen. Buscad a un mecánico si hace falta. —A continuación se volvió hacia Phillip—. Será mejor que el coche esté tan bien como dices. Se me agota la paciencia.

—Le juro que lo está, y muchas gracias.

—Escúchame bien: ya va siendo hora de que dejes esta mierda del póquer y encuentres trabajo. Estás malgastando tu vida, ¿me entiendes?

—Desde luego. Claro que sí. No volverá a suceder. Ha sido una lección muy útil. Voy a dejarlo. Ya lo he dejado. El póquer se acabó, se lo juro. Esto ha sido un toque de atención, no sé cómo agradecérselo.

—Cappi, encárgate de este asunto. —Dante le indicó a Phillip que se callara con un gesto de la mano—. Vístete, joder. Pareces una chica.

Los tres hombres lo miraron sin decir nada mientras Phillip recogía su ropa. Hubiera preferido ir al baño para vestirse en privado, pero no quería arriesgarse a que Dante volviera a insultarlo. Al cabo de tres minutos, Cappi, Nico y Phillip atravesaron el hotel. En lugar de subir en ascensor optaron por las escaleras.

—¿Por qué no subimos en ascensor? —preguntó Phillip.

Cappi se detuvo tan bruscamente que Phillip casi chocó contra él. El hermano de Dante le clavó el índice en el pecho.

—Déjame decirte una cosa. Ahora el que manda soy yo, ¿entendido? Cumpliremos las órdenes de Dante, y no hay pero que valga.

—No oí que dijera que teníamos que subir por las escaleras.

Cappi le echó el aliento a la cara.

—¿Sabes cuál es tu problema? Siempre das por sentado que la gente hará una excepción contigo. Todo se tiene que hacer a tu manera y según tus condiciones, pero las cosas no funcionan así. Si Dante dice que te lleve a la última planta, te llevo a la última planta. Quiere ver cómo funciona el coche, ¿entiendes? Quiere saber si se encuentra en buen estado. Dices que está impecable, pero sólo tenemos tu palabra. Por lo que Dante sabe, podría ser un cacharro de mierda.

Phillip dejó de protestar. Diez minutos más y todo esto se habría acabado. Canjearía sus fichas por cuatrocientos dólares y se compraría un billete de autobús para volver a casa. Cappi y él empezaron a subir por las escaleras. Phillip no estaba en forma y después de dos tramos se quedó sin aliento. No tenía ni idea de cómo iba a explicarles a sus padres lo que le había pasado al coche, pero ya lo solucionaría en su momento.

Por fin llegaron al último nivel del aparcamiento. Aunque sólo tenía seis plantas, las vistas nocturnas eran espectaculares: las luces se extendían hasta donde Phillip alcanzaba a ver. Divisó el letrero del casino Lady Luck dos manzanas más allá y el del Four Queens al otro lado de la calle, tan cerca que le pareció que si alargaba el brazo podría tocarlo. El aparcamiento estaba abarrotado, pero su Porsche rojo destacaba entre los demás coches: tan reluciente y sin una mota de polvo. Cappi chasqueó los dedos.

—Déjame ver las llaves.

Phillip rebuscó en el bolsillo del pantalón y sacó las llaves del coche. Nico no parecía interesado en lo que sucedía. Permanecía allí de pie con los brazos cruzados, mirando hacia otro lado como si tuviera algo mejor que hacer. Phillip pensó que él sería el que miraría debajo del capó, pero quizá no supiera nada de coches. Dudaba que Cappi fuera un experto.

Tres tipos salieron del ascensor. Phillip pensó que serían mecánicos o aparcacoches, hasta que se fijó en los guantes azules de látex que llevaban puestos. Primero le pareció raro, y después comenzó a asustarse. Dio un paso atrás, pero ninguno de los hombres dijo nada, ni lo miró a los ojos. Sin mediar palabra, se acercaron a él y lo levantaron. Uno lo agarró por debajo de los brazos, mientras otro lo sujetaba por los pies. El tercer tipo le sacó el billetero del bolsillo trasero del pantalón y le quitó los zapatos. Los dos hombres que lo sostenían lo acercaron al parapeto y comenzaron a balancearlo de un lado a otro.

Phillip forcejeaba intentando soltarse.

—¿Qué estáis haciendo? —preguntó con la voz quebrada por el miedo.

—¿A ti qué te parece? —respondió Cappi con irritación—. Dante ha dicho que me encargue de este asunto, y eso es lo que estoy haciendo.

—¡Espera! Teníamos un trato. Estamos en paz.

—Éste es el trato, hijo de puta.

Los hombres que lo balanceaban tomaron impulso. Phillip pensó que quizá no fueran en serio. Quizá sólo intentaban asustarlo. Entonces notó cómo lo izaban por encima de la barandilla. De repente se encontró en el aire, cayendo tan deprisa que no pudo emitir ningún sonido antes de chocar contra el suelo.

Cappi miró por encima de la pared.

—Ahora sí que estamos en paz, gilipollas.

2

Así es como pasó todo, amigos. Cumplí los treinta y ocho el 5 de mayo de 1988, y mi gran sorpresa de cumpleaños fue un puñetazo en plena cara que me dejó con los dos ojos morados y la nariz rota. Para acabar de arreglarla, llevaba bolitas de gasa en las ventanas de la nariz y se me había hinchado el labio superior. Todo un poema. Por suerte, mi seguro médico cubrió los servicios de un cirujano plástico que me reparó la napia mientras me encontraba felizmente sedada.

Nada más recibir el alta me retiré a mi estudio, donde me tumbé en el sofá con la cabeza elevada a fin de minimizar la hinchazón. Mientras descansaba tuve tiempo de sobra para rumiar acerca de lo mal que me había tratado una mujer a la que apenas conocía. Comprobaba mi reflejo en el espejo del baño entre cinco y seis veces al día para ver cómo los vistosos cardenales rojos y violáceos migraban desde las cuencas de los ojos hasta las mejillas. La sangre se había concentrado en círculos tan llamativos como el colorete en la cara de un payaso. Tuve suerte de no haberme quedado sin dientes. Aun así, me pasé varios días explicando mi repentina semejanza a un mapache.

La gente no dejaba de decir: «¡Vaya! Al final te has operado la nariz. ¡Te ha quedado fantástica!».

Un comentario totalmente fuera de lugar porque nadie me había criticado antes la nariz, al menos no a la cara. Me habían roto la napia en dos ocasiones y nunca se me pasó por la cabeza que volvieran a rompérmela. Por supuesto, la culpa de semejante vejación fue sólo mía, ya que estaba metiendo la susodicha nariz en los asuntos de otra persona cuando me asestaron aquel gancho tan contundente.

El incidente que presagió mi mala fortuna me pareció insignificante en un primer momento. Me encontraba en la sección de lencería de los almacenes Nordstrom, rebuscando entre las bragas que estaban de oferta: tres pares por diez pavos, un filón para una mujer tan rácana como yo. ¿Puede haber algo más trivial? No me gusta ir de compras, pero aquella mañana había visto un anuncio de media página en el periódico y decidí aprovecharme de los precios de saldo. Era el viernes 22 de abril, fecha que recuerdo porque el día anterior había cerrado un caso y me había pasado la mañana escribiendo a máquina mi último informe.

Para los que acabéis de conocerme, me llamo Kinsey Millhone. Soy investigadora privada con licencia en Santa Teresa, California, y mi empresa se llama Investigaciones Millhone. Me encargo principalmente de trabajos alimenticios, como comprobaciones de antecedentes, búsqueda de personas, fraudes a aseguradoras, entrega de notificaciones legales y localización de testigos, a lo que podríamos añadir algún que otro divorcio lleno de acritud para que no decaiga la fiesta. No es casual que sea mujer, por eso estaba comprando ropa interior femenina. Dada mi ocupación, los delitos no me son ajenos y raras veces me sorprende el lado oscuro de la naturaleza humana, incluyendo la mía. Pero los restantes datos personales pueden esperar a que acabe de desgranar mis desgracias. En cualquier caso, tengo que proporcionar algo más de contexto antes de llegar al puñetazo que me dejó para el arrastre.

Aquel día salí temprano de mi despacho e hice mi ingreso bancario habitual de cada viernes, guardándome una parte en efectivo para cubrir gastos durante las dos semanas siguientes. A continuación conduje desde el banco hasta el aparcamiento situado bajo el centro comercial Passages, donde suelo frecuentar varias tiendas de cadenas baratas. Las prendas idénticas que atiborran los percheros revelan su fabricación en serie en algún país donde no se aplican las leyes de protección laboral de menores. Nordstrom, con sus interiores sofisticados y elegantes, era un palacio en comparación.

Relucientes baldosas de mármol cubrían el suelo, y el ambiente estaba perfumado con fragancias de diseño. El directorio de plantas indicaba que la sección de lencería se encontraba en la 3, así que me dirigí a las escaleras mecánicas.

Lo que me llamó la atención al entrar en la zona de artículos rebajados fue un despliegue de pijamas de seda en una deslumbrante gama de colores de piedras preciosas —esmeralda, amatista, granate y zafiro—, doblados cuidadosamente y ordenados por tamaño. El precio original de cada pijama era de 199,95 dólares, y estaban rebajados a 49,95. No pude evitar pensar en el tacto de un pijama de doscientos dólares contra mi piel desnuda. Casi todas las noches duermo con una camiseta raída que me va demasiado grande. Por 49,95 dólares podría permitirme ese lujo, pero lo cierto es que estoy soltera y duermo sola. ¿Para qué iba a molestarme?

Encontré una mesa con montones de braguitas y me puse a revolver mientras consideraba los distintos méritos de las bragas bikini, de las *boxer* o de las *culotte,* distinciones que para mí no tenían ningún sentido. No suelo comprar ropa interior, así que casi siempre me veo obligada a partir de cero. Los estilos han cambiado, ya no fabrican ciertos modelos y, al parecer, fábricas enteras se han quemado hasta los cimientos. Me prometí a mí misma que, si encontraba un modelo que me gustara, compraría como mínimo una docena.

Llevaba unos diez minutos rebuscando y ya estaba cansada de sostener bragas de encaje frente a mi pelvis para juzgar si serían de mi talla. Oteé la sección en busca de ayuda, pero la dependienta más cercana estaba ocupada aconsejando a otra clienta, una mujer fornida de cincuenta y tantos, con zapatos de tacón de aguja y un ajustado traje pantalón negro que le marcaba los muslos y el culo más de la cuenta. Debería haber hecho como la dependienta, al menos diez años más joven, la cual llevaba un vestido azul marino muy clásico y zapatos planos con pinta de ser cómodos. Las dos estaban frente a un perchero del que colgaban diversos conjuntos de braga y sujetador de encaje en pequeñas perchas de plástico. No conseguí imaginarme a la mujer robusta con unas bragas bikini, pero hay gustos para todo. Hasta que se fue cada una por su lado no me fijé en el gran bolso de piel ni en la bolsa de la compra de la mujer más joven. Entonces me di cuenta de que, en realidad, era otra clienta que compraba lencería, como todo el mundo. Volví a mi tarea, decidí que la talla pequeña me iría bien y me hice con un buen surtido de bragas en tonos pastel, a las que añadí unas cuantas con estampados animales hasta un total de cuarenta dólares.

Una niña de unos tres años pasó corriendo frente a mí, y al esconderse entre las prendas de un perchero metálico con ropa de estar por casa tiró varias perchas al suelo. Oí a una madre nerviosa que levantaba la voz.

—Portia, ¿dónde estás?

Algo se movió entre las perchas: era Portia, adentrándose aún más en su escondrijo.

—¿Portia?

Por el otro extremo del pasillo apareció la madre, una mujer de veintitantos años que probablemente intentaba sonar menos nerviosa de lo que estaba. Levanté una mano y le señalé el perchero, donde aún podía ver un par de merceditas de charol y dos gruesas piernecitas.

La madre apartó las prendas y sacó a la niña arrastrándola de un brazo.

—¡Maldita sea, te he dicho que no te separes de mí! —exclamó, y le dio un azote en el trasero antes de volver a los ascensores llevando a su hija de la mano. A la niña no pareció importarle en absoluto la reprimenda.

Una mujer que estaba a mi lado se volvió hacia mí con mirada de desaprobación.

—Es vergonzoso. Alguien tendría que llamar al jefe de planta. Esto es maltrato infantil.

Me encogí de hombros, recordando todas las veces que mi tía Gin me había propinado un azote. Siempre me aseguraba que, si protestaba, me daría motivos para llorar de verdad.

Volví a centrar la atención en la mujer del traje pantalón negro, la cual lanzaba miradas anhelantes a los pijamas de seda al igual que hiciera yo antes. Confieso que ya los consideraba un poco míos después de haberlos codiciado yo también. Miré a la mujer y luego parpadeé con incredulidad al ver que se metía dos pares de pijamas (uno verde esmeralda, el otro azul zafiro) en la bolsa. Aparté la mirada preguntándome si el estrés de comprar bragas me estaría provocando alucinaciones.

Hice una pausa y fingí interesarme por un perchero con batas de estar por casa sin quitarle ojo a la mujer. Volvió a colocar las prendas de modo que no se notara el hueco dejado por los pijamas que acababa de robar. A ojos de cualquier observador casual, parecía estar ordenando las prendas expuestas sobre la mesa. Yo he hecho lo mismo muchas veces después de revolver un montón de jerséis en busca de uno de mi talla.

La mujer me miró, pero entonces yo ya estaba inspeccionando la hechura de una bata que había sacado del colgador. No pareció prestarme más atención y siguió a lo suyo como si tal cosa. De no haber presenciado sus juegos de manos no habría vuelto a pensar en ella.

Salvo por un pequeño detalle:

Al principio de mi carrera profesional, después de graduarme en la Academia de Policía y durante los dos años que pasé en el Departamento de Policía de Santa Teresa, hice un turno de seis meses en la brigada de delitos contra la propiedad, la unidad que investigaba robos en viviendas, malversación de fondos, sustracción de vehículos y hurtos en tiendas, tanto de menor como de mayor cuantía. Los ladrones de tiendas son la pesadilla de los comerciantes al por menor, los cuales pierden miles de millones de dólares cada año en lo que se denomina eufemísticamente «merma de inventario». Mi antigua formación me vino que ni pintada. Anoté la hora (cinco y veintiséis de la tarde) y estudié a la mujer como si ya estuviera hojeando retratos robot en busca del suyo. Después volví a pensar por un momento en la mujer más joven en cuya compañía la había visto hacía un rato. No la vi por ninguna parte, pero no me habría sorprendido descubrir que trabajaban juntas.

Ahora que tenía a la mujer mayor casi al lado, le aumenté la edad de cincuenta y tantos a sesenta y tantos. Era más baja que yo, y probablemente pesaba unos veinte kilos más. Tenía el pelo rubio y lo llevaba corto, cardado y lleno de laca. Bajo la luz artificial, la cara se le veía de un rosa brillante pese a tener el cuello blanquísimo. La mujer se acercó a una mesa sobre la que reposaba un surtido de *bodys* de encaje y los tocó con expresión apreciativa. Buscó con la mirada a las dependientas y entonces, con los dedos índice y corazón, cogió uno de los *bodys* y lo comprimió en forma de acordeón hasta hacerlo desaparecer en su mano como si fuera un pañuelo arrugado. Deslizó la prenda en su bolso y luego sacó la polvera para disimular. Se empolvó la nariz y se retocó el maquillaje de los ojos, con el *body* a salvo en su bolso. Eché una ojeada al perchero metálico con sostenes y bragas donde vi por primera vez a las dos mujeres. El perchero estaba bastante más vacío, y supuse que o bien la mujer recia o bien la más joven habría añadido unos cuantos artículos más a su alijo de mercancías robadas. No es por criticar, pero aquella mujer tendría que haber abandonado cuando todavía llevaba la delantera.

Fui directamente a la caja. La dependienta me sonrió con simpatía cuando deposité mi selección de bragas en el mostrador. Llevaba una etiqueta con su nombre: CLAUDIA RINES, VENDEDORA. Nos conocíamos de vista porque la veía de vez en cuando en el restaurante de Rosie, a media manzana de mi piso. Solía frecuentarlo porque Rosie era amiga mía, pero no podía imaginarme por qué querría ir allí alguien más, salvo ciertos vecinos poco exigentes y bastante dados a la bebida. Los turistas evitaban el restaurante: no sólo era un antro destartalado y pasado de moda, sino que carecía del más mínimo encanto; en otras palabras, resultaba sumamente atractivo para gente como yo.

En voz baja, le dije a Claudia:

—Por favor, no mires ahora, pero la mujer del traje pantalón negro que está junto a esa mesa acaba de robar un *body* de encaje y dos pares de pijamas de seda.

Claudia miró de reojo a la clienta.

—¿La rubia de mediana edad?

—Esa misma.

—Ya me encargo yo —se ofreció. Entonces se volvió y descolgó el teléfono interno, ladeándose para poder vigilar a la mujer mientras hablaba en voz baja. Al tener conocimiento de la situación, un agente del Departamento de Seguridad comprobaría la hilera de monitores que tenía delante y buscaría a la sospechosa en cuestión. Diversas cámaras instaladas en puntos estratégicos grababan vistas superpuestas de las tres plantas, un total de tres mil quinientos metros cuadrados. Cuando la localizara, podría acercar, alejar o ladear la imagen para mantener a la mujer bajo observación constante mientras enviaban al director de Seguridad de los almacenes.

Claudia colgó el auricular sin dejar de exhibir su sonrisa profesional.

—Ya viene, está en la planta de abajo.

Le entregué mi tarjeta de crédito y esperé a que sacara las etiquetas del precio y registrara la venta. Metió mis compras en una bolsa y se acercó al extremo del mostrador para dármela. Estaba tan pendiente de la ladrona como yo, pero ambas intentábamos que no se notara que la vigilábamos. Al fondo de la planta, se abrieron las puertas del ascensor y vi salir a un hombre vestido con un traje gris oscuro que hablaba por un *walkie-talkie*. Sólo le faltaba ponerse un cartelón de hombre anuncio y proclamar a los cuatro vientos que era el director de Seguridad de los almacenes.

El director de Seguridad atravesó las secciones de ropa infantil y de bebés antes de llegar a la de lencería, donde se detuvo para hablar con Claudia. Ésta le contó lo que yo le había dicho y me lo presentó.

—Éste es el señor Koslo.

Nos saludamos con una inclinación de cabeza.

—¿Está segura de lo que dice?

—Muy segura —respondí. Saqué una fotocopia de mi licencia de investigadora privada y la deposité sobre el mostrador para que Koslo pudiera verla. Aunque ninguno de nosotros miró directamente a la mujer del traje pantalón, me fijé en que palidecía. Los que roban en las tiendas son muy astutos cuando se trata de evaluar posibles riesgos. Además de las cámaras de circuito cerrado de televisión, los dependientes y los vigilantes de Seguridad sin uniforme que recorrían las plantas también constituían una fuente de peligro. Habría apostado cualquier cosa a que la mujer tenía una memoria casi fotográfica y recordaba con precisión a todos los clientes que pululaban en aquel momento por la planta.

Los compradores no parecían darse cuenta de la película de acción que se estaba desarrollando ante sus ojos, pero yo la observaba absorta. La ladrona miró primero al director de Seguridad y después su mirada se posó en las escaleras mecánicas. De haber ido hasta allí directamente se habría visto obligada a pasar frente a él. Pensé que sería un error intentarlo, y, al parecer, ella opinaba lo mismo. Mejor guardar las distancias y confiar en que la amenaza se evaporara por sí sola. De acuerdo con la política de la mayoría de tiendas, ningún empleado puede abordar a un cliente que esté siendo sometido a vigilancia mientras dicho cliente se encuentre aún en el edificio y tenga la oportunidad de pagar. Por el momento la mujer estaba a salvo, aunque su agitación se puso de manifiesto en toda una serie de gestos nerviosos. Se miró el reloj. Dirigió una mirada a los aseos de señoras. Cogió una combinación, la examinó brevemente y volvió a dejarla donde estaba. Los artículos que había robado debían de parecerle radiactivos, pero no se atrevía a devolverlos para no llamar la atención.

La posibilidad de que la detuvieran debió de dar al traste con las alternativas que habría planeado por si la travesura acababa mal. Su mejor plan de acción habría sido retirarse al aseo de señoras y echar la mercancía robada a la papelera. De no ser esto posible, podría haber abandonado su bolsa de la compra y haberse dirigido hacia los ascensores con la esperanza de entrar en el primero que abriera sus puertas. Al no encontrarse los artículos birlados en su poder, podría irse a su casa como si tal cosa. A menos que saliera de los almacenes sin pagar, no habría cometido ningún delito. Quizá pensando en una solución similar, la ladrona se alejó del campo de visión del señor Koslo y se encaminó tranquilamente al departamento de tallas grandes, donde no desentonaba en absoluto. Koslo se apartó del mostrador sin mirar hacia donde se encontraba la mujer. Observé cómo la iba cercando por detrás. Claudia se dirigió a las escaleras mecánicas y bajó una planta, probablemente para interceptar a la mujer si ésta intentaba bajar a su vez por las escaleras.

La ladrona recorrió toda la planta con la mirada mientras consideraba posibles rutas de escape. Sus únicas opciones eran los ascensores, las escaleras mecánicas o las escaleras de incendios. Dado que Koslo estaba a unos diez metros a sus espaldas, los ascensores y las escaleras de incendios debieron de parecerle demasiado apartados como para intentar arriesgarse. Desde donde se encontraba, el pasillo se iba ensanchando hasta formar un amplio semicírculo de mármol claro que conducía a las escaleras mecánicas. Las tenía casi al alcance de la mano. La mujer abandonó el departamento de tallas grandes como quien no quiere la cosa y cruzó el espacio abierto con paso tranquilo. Koslo aminoró la marcha para andar a la misma velocidad que la ladrona.

Al otro extremo de las escaleras mecánicas vi aparecer a la mujer más joven del vestido azul marino por la boca del corto pasillo que conducía a los aseos de señoras. Se detuvo abruptamente, y cuando la ladrona llegó a la parte superior de la escalera mecánica, las dos intercambiaron una rápida mirada. Pese a haber albergado alguna duda sobre si estarían o no conchabadas, ahora estaba convencida de ello. Puede que fueran hermanas, o quizás una madre y una hija que acostumbraban salir por las tardes a robar en las tiendas. Al contemplar aquella breve imagen congelada hice un inventario mental de la mujer más joven. Rondaría los cuarenta, con una melena rubia y descuidada hasta los hombros y nada de maquillaje, o muy poco. Se dio media vuelta y regresó al aseo de señoras mientras la mujer mayor se dirigía a las escaleras mecánicas, con Koslo pisándole los talones. Los perdí de vista a los dos mientras la escalera iba descendiendo: primero desapareció la cabeza de la mujer, luego la de Koslo.

Fui hasta la balaustrada y miré hacia abajo, observando cómo se deslizaban lentamente desde el tercer piso hasta el segundo. La mujer debió de percatarse de que no tenía escapatoria, porque se aferraba al pasamanos con tanta fuerza que los nudillos de la mano derecha se le pusieron blancos. La lentitud de la escalera mecánica le estaría desbocando el corazón. El instinto de luchar o salir corriendo es casi irresistible, por lo que me maravilló su autocontrol. Ahora su compañera no podría ayudarla. Si la mujer más joven intervenía, se arriesgaba a que la atraparan con la misma red.

Claudia esperaba en la segunda planta, al pie de la escalera mecánica. La ladrona seguía mirando al frente, pensando, quizá, que si no podía ver a sus dos perseguidores, éstos no la verían a ella. Al llegar a la segunda planta, giró bruscamente y se montó en la siguiente escalera de bajada. Claudia la siguió, de modo que ahora eran dos los empleados de los almacenes que participaban en aquella persecución a pie a cámara lenta. El hecho de que la ladrona los hubiera visto les quitaba la ventaja de jugar en casa, pero el partido ya había comenzado y no había manera de abandonarlo. Alcancé a ver una estrecha porción del departamento de calzado de la primera planta, situado a escasa distancia de las puertas automáticas que daban al centro comercial. Dejé que los tres se las arreglaran solos. Para aquel entonces, la mujer mayor ya no era asunto mío. La que me interesaba era su cómplice.

Crucé el corto pasillo que conducía a los aseos de señoras y abrí la puerta de un empujón. Esperaba que aún estuviera allí, pero era muy posible que se hubiera escabullido mientras yo observaba a su amiga. A mi derecha vi una antesala diseñada para que las madres lactantes pudieran dar de mamar a sus bebés, cambiar pañales pestilentes o desplomarse en un mullido sofá. La antesala estaba vacía. Al fondo había una estancia con lavabos alineados bajo grandes espejos, además de los habituales dispensadores de toallas de papel, secadores de manos y papeleras forradas con bolsas de plástico. Una mujer asiática se enjabonó las manos y se las aclaró bajo el grifo. Parecía ser la única clienta presente en los aseos. Oí que alguien tiraba de la cadena, y al cabo de un momento la mujer más joven abrió la puerta del segundo cubículo. Ahora iba tocada con una boina roja y se había puesto una chaqueta blanca de lino sobre el vestido azul marino. Aún llevaba la bolsa de la compra y el gran bolso de piel. Me fijé en un único detalle extraño: tenía una corta cicatriz horizontal entre el labio inferior y la barbilla, el tipo de marca producida cuando te muerdes el labio a causa de algún impacto. Era una cicatriz antigua, de la que sólo quedaba una línea blanca que indicaba una caída de un columpio o un golpe contra la esquina de una mesita baja, algún accidente infantil que la había acompañado desde entonces. La mujer evitó mirarme cuando pasó a mi lado. Si me reconoció tras haberme visto en la sección de lencería, no dio muestras de ello.

Adopté una expresión inescrutable y me dirigí al cubículo del que la mujer acababa de salir. No tardé más de medio segundo en mirar en el interior del recipiente fijado a la pared para compresas y tampones. Alguien había cortado seis etiquetas de sendas prendas de vestir y las había tirado adentro. Oí el sonido de sus pasos al alejarse. La puerta exterior se cerró. Salí corriendo tras la mujer y entreabrí la puerta. No la vi, pero sabía que no podía haber ido demasiado lejos. Me dirigí a la boca del pasillo y miré a mi derecha. La mujer estaba de pie frente a los ascensores, pulsando el botón de bajada. Levantó la cabeza, como también hice yo, al oír un sonido agudo y persistente que provenía de la planta baja. La mujer mayor debía de haber pasado junto al sistema transmisor-receptor de la puerta de salida, y las etiquetas de protección electrónica habrían activado la alarma. Cuando la ladrona saliera de los almacenes, el director de Seguridad podría darle alcance y pedirle que lo acompañara.

La mujer más joven pulsó el botón de bajada una y otra vez, como si quisiera acelerar la llegada de la cabina. Se abrieron las puertas del ascensor y de su interior salieron dos embarazadas empujando sendos cochecitos. La mujer joven las empujó para poder entrar en el ascensor cuanto antes, y una de ellas se volvió y la miró enfadada. Llegó entonces otra compradora a toda prisa y lanzó un grito ahogado. Una de las embarazadas dio un paso atrás y metió una mano entre las puertas para impedir que se cerraran. La compradora le dirigió una sonrisa mientras entraba en la cabina musitando palabras de agradecimiento. Las puertas del ascensor se cerraron por fin mientras las dos embarazadas se dirigían tranquilamente hacia el departamento de ropa infantil.

Me fui directa a la salida de incendios, presioné con la cadera la barra antipánico y accedí a la escalera. Bajé tan deprisa como me fue posible, saltando los escalones de dos en dos mientras consideraba las posibles vías de escape de la mujer joven. Podía ir en el ascensor hasta la segunda planta, o hasta la primera, o seguir bajando hasta el sótano, donde se encontraba el aparcamiento. Si se percataba de que yo le estaba pisando los talones puede que saliera del ascensor en la segunda planta y subiera por las escaleras mecánicas hasta la tercera, esperando despistarme. Por otra parte, lo más probable es que quisiera salir de los almacenes cuanto antes, lo que convertía la primera planta en la opción más obvia. Cuando saliera al centro comercial, que siempre estaba abarrotado, podría quitarse la chaqueta de lino blanco y la boina roja y alejarse a la carrera, consciente de que yo no conseguiría llegar a las puertas de salida antes de que se la tragara la multitud. Llegué al descansillo de la segunda planta y usé la barandilla como pivote para bajar el siguiente tramo de escaleras, sin dejar de oír el eco apagado de mis pasos al correr. Mientras bajaba las escaleras al galope se me ocurrió otra posibilidad: si la mujer había acudido a los almacenes con la intención de pasar un rato tranquilo robando, puede que hubiera querido tener a mano un coche con un maletero lo suficientemente grande como para poder meter en él múltiples bolsas repletas de artículos robados. ¿Cuántas veces había visto a compradores que dejaban sus bolsas en el coche antes de volver al centro comercial para seguir comprando?

Di la vuelta en el descansillo de la primera planta y dejé atrás la puerta de salida mientras me dirigía a toda prisa al aparcamiento. Bajé los dos últimos tramos cortos de escaleras en dos saltos. La puerta de la planta baja daba a un pequeño vestíbulo enmoquetado con despachos visibles tras una cristalera. Las puertas de salida se abrieron con suavidad cuando me acerqué a ellas, y luego volvieron a cerrarse educadamente a mis espaldas. Hice una pausa para observar el enorme aparcamiento subterráneo. Me encontraba en un área de estacionamiento sin salida, circunscrita por un semicírculo de plazas de aparcamiento muy buscadas debido a su proximidad a la entrada de los almacenes. He visto a muchos coches dar vueltas sin cesar esperando encontrar una de estas plazas tan codiciadas. Ahora todas estaban ocupadas, y no se veía ninguna luz trasera encendida para indicar que iba a quedar pronto una libre.

Me dirigí a toda prisa al pasillo vacío y recorrí con la vista la recta que conducía hasta el otro extremo del aparcamiento, donde una oscura rampa de dos direcciones se curvaba hasta la planta superior, situada a pie de calle. El espacio estaba iluminado por una serie de fluorescentes planos fijados al bajo techo de cemento. No se oía ruido de pasos al correr. Los coches entraban y salían a intervalos regulares. El acceso al aparcamiento se veía ralentizado por la necesidad de pulsar un botón y esperar a que saliera un tique automático por la ranura. Al marcharse era preciso entregar el mismo tique, haciendo una pausa lo suficientemente larga como para que la encargada comprobara el sello con la fecha y la hora a fin de verificar si quedaba alguna cantidad por pagar. A mi derecha se encontraba la salida más próxima, una corta pendiente que iba a dar a Chapel Street. El letrero colgado sobre la salida rezaba: CUIDADO CON LOS PEATONES. NO GIRAR A LA IZQUIERDA. Mientras esperaba, pasaron delante de mí dos coches: uno bajaba por la rampa y el otro la subía. Lancé una rápida mirada a la conductora que salía, pero no era la mujer a la que estaba buscando.

Oí que se ponía en marcha un coche. Entrecerré los ojos y ladeé la cabeza, intentando detectar el origen del sonido. Bajo la luz artificial del aparcamiento, con sus sombríos suelos de cemento, era casi imposible localizarlo. Me volví y miré a mi espalda, donde, seis metros más allá, capté el parpadeo de unas luces traseras rojas y el flash blanco de unas luces de marcha atrás. Un sedán Mercedes negro aceleró para salir de la plaza de aparcamiento, giró bruscamente y dio marcha atrás a toda pastilla en mi dirección. La mujer joven tenía un brazo sobre el respaldo del asiento delantero y apuntaba directamente hacia mí, zigzagueando a medida que corregía el objetivo. La parte trasera del Mercedes coleó y se me echó encima con sorprendente velocidad. Salté entre dos coches aparcados y me golpeé la espinilla contra el parachoques delantero de uno de ellos. Tropecé y me caí de lado, alargando la mano derecha con la esperanza de amortiguar la caída. Me desplomé sobre un hombro y luego me levanté de nuevo tambaleándome. La mujer arrancó con brusquedad y el coche se alejó con un chirrido de ruedas. Se vio obligada a reducir la velocidad frente a la garita para entregar el tique, mientras yo cojeaba gallardamente tras ella sin la más mínima esperanza de darle alcance. Después de echarle un vistazo al tique, la encargada le indicó con la mano que siguiera adelante sin percatarse de que acababa de intentar atropellarme. Al levantarse la barrera, la mujer me dirigió una sonrisa de satisfacción mientras subía por la rampa y giraba hacia la izquierda nada más llegar a la calle.

Estremeciéndome de dolor, me detuve y me incliné hacia delante con las manos apoyadas en las rodillas. Caí en la cuenta con cierto retraso de que me había rasguñado la palma de la mano derecha, que ahora me sangraba. Sentía un dolor punzante en la espinilla izquierda y sabía que acabaría saliéndome una gran magulladura, además de un bulto a lo largo del hueso.

Cuando levanté la cabeza, un hombre se me acercó y me dio el bolso, mirándome con preocupación.

—¿Está bien? Esa mujer casi la atropella.

—Estoy bien, no se preocupe.

—¿Quiere que lo notifique al Departamento de Seguridad del centro comercial? Debería poner una demanda.

Negué con la cabeza.

—¿Se ha fijado en la matrícula?

—La verdad es que no, pero esa mujer conducía un Lincoln Continental. Azul oscuro, si ese dato le sirve de algo.

—Me será muy útil, gracias.

En cuanto se fue el hombre recobré la compostura y fui en busca de mi coche. Sentía punzadas en la espinilla y me escocía la palma de la mano donde se me había incrustado arenilla. Había pagado un precio muy alto para nada. ¡Y menudo testigo ocular! Yo ya había identificado el Mercedes negro, pero se me había escapado la matrícula. Mierda.

3

Al cabo de quince minutos salí de Cabana Boulevard para meterme en Albanil. Aparqué el Mustang a media manzana de mi piso y recorrí cojeando el resto del camino, sin dejar de darle vueltas a lo sucedido. Es sorprendente lo que se te escapa cuando alguien pretende aumentar el número de víctimas de tráfico a tus expensas. No tenía sentido que me echara en cara el no haberme fijado en el número de la matrícula. Bueno, vale, me lo reproché un poquito, pero no me pasé. Sólo me quedaba esperar que hubieran detenido a la mujer del traje pantalón negro y que ahora estuvieran fichándola, fotografiándola y tomándole las huellas dactilares en la cárcel del condado. Si no tenía antecedentes, puede que una noche en la cárcel le quitara las ganas de seguir robando. Por otra parte, si era una veterana, quizá dejaría de robar durante algún tiempo, al menos hasta que se celebrara el juicio. Puede que su amiga también aprendiera la lección.

Al llegar al camino de entrada vi que Henry ya había sacado sus cubos de basura a la acera, aunque la recogida semanal no era hasta el lunes. Crucé la chirriante verja y rodeé la casa hasta la parte posterior, donde abrí con llave la puerta de mi estudio y dejé el bolso sobre un taburete de la cocina. Encendí la lámpara del escritorio y me levanté la pernera del pantalón para examinarme la herida, decisión que lamenté de inmediato. Ahora mi espinilla exhibía una protuberancia ósea con un brillo inquietante, flanqueada por dos extensas magulladuras de color berenjena. No me gusta jugar al corre que te pillo con un sedán de lujo, ni verme obligada a saltar entre dos coches como si estuviera rodando una escena de peligro. Al pensarlo ahora me cabreé más que cuando intentaron atropellarme. Sé que hay gente que cree que deberíamos perdonar y olvidar. Que conste que soy muy partidaria de perdonar, siempre que me den la oportunidad de vengarme primero.

Me dirigí a la casa de Henry cruzando el patio. Las luces de la cocina estaban encendidas y la puerta con paneles de cristal permanecía abierta, aunque la mosquitera estaba cerrada con el gancho. Percibí el aroma de la sopa de guisantes que hervía a fuego lento en la cocina. Henry estaba hablando por teléfono, así que di unos golpecitos en la mosquitera para anunciar mi presencia. Me indicó que entrara con un gesto, y cuando le señalé la puerta, estiró al máximo el cable enrollado del teléfono para levantar el gancho de la mosquitera. Henry retomó la conversación telefónica sin dejar de agitar el sobre de un billete de avión mientras decía: «Vía Denver. Tengo que hacer una escala de una hora y media. El vuelo de enlace llega a las tres y cinco. He dejado el billete abierto para que podamos decidirlo todo sobre la marcha».

Hizo una pausa mientras su interlocutor respondía en voz tan alta que casi pude entender lo que decía desde donde me encontraba. Henry se apartó el auricular de la oreja y se abanicó con el sobre, poniendo los ojos en blanco.

Al cabo de un momento, interrumpió a su interlocutor.

—Está bien, no te preocupes. Siempre puedo tomar un taxi. Si nos vemos, bien. Si no, apareceré por vuestra casa tan pronto como me sea posible.

La conversación continuó durante unos minutos más mientras yo le mostraba la palma de la mano despellejada, con marcas de derrapaje en el pulpejo. Henry la miró de cerca e hizo una mueca. Sin dejar de hablar, tiró el billete de avión sobre la encimera de la cocina, abrió un cajón y sacó una botella de agua oxigenada y una caja de bolas de algodón.

Cuando acabó de hablar, colgó el auricular en el teléfono de pared y me indicó que me sentara en una silla.

—¿Cómo te lo has hecho?

—Es largo de contar —respondí, y luego le ofrecí una versión condensada del robo en los almacenes y de mi intento de identificar a la mujer más joven—. Deberías ver mi espinilla. Parece como si alguien me hubiera pegado con una barreta para neumáticos. Lo raro es que ni siquiera sé cómo pasó. Esa mujer venía directa hacia mí, y de pronto me encontré levitando para apartarme de su camino.

—No me puedo creer que la siguieras. ¿Qué pensabas hacer, detenerla por tu cuenta?

—No llegué a pensar en lo que haría. Esperaba poder ver la matrícula de su coche, pero no hubo suerte —expliqué—. ¿Qué estás planeando? Parece que te vayas a ir de viaje.

—Voy a volar a Detroit. Nell se cayó. Lewis me ha llamado esta mañana a primera hora y me ha despertado de un sueño profundo.

—¿Se cayó? Me resulta extraño en ella, nunca le han flaqueado las piernas.

Henry empapó una bola de algodón con agua oxigenada y me limpió suavemente la herida. En los bordes del rasguño se formó una leve espuma. La herida ya no me dolía, pero me pareció encantador que un anciano me cuidara como si fuera mi madre. Henry frunció el ceño.

—Nell estaba abriendo una lata de atún y el minino no dejaba de metérsele entre las piernas, como suelen hacer los gatos. Nell fue a ponerle el plato en el suelo, tropezó con él y se cayó sobre la cadera. Lewis dijo que sonó como cuando una pelota de béisbol sale volando del parque tras un golpe limpio. Nell intentó levantarse pero el dolor era insoportable, así que los chicos llamaron al 9-1-1. De Urgencias la llevaron directamente al quirófano, y entonces Lewis me llamó a mí. Me he puesto en contacto con mi agencia de viajes en cuanto han abierto y me han conseguido un asiento en el primer vuelo a Detroit.

—¿Qué gato? No sabía que tuvieran un gato.

—Creí que te había hablado de él. Charlie adoptó un gato callejero hace un mes. Por lo que cuentan, estaba en los huesos, no tenía cola y le faltaba media oreja. Lewis estaba empeñado en llevar al animalejo a la perrera, pero Charlie y Nell se confabularon y votaron a favor de quedárselo. Lewis hizo sus habituales y alarmantes predicciones: sarna, adenopatía, septicemia, tiña, y, efectivamente, esta mañana «sobrevino la tragedia», en palabras de mi hermano. Cuando me lo contaba, no dejaba de repetir que él ya lo había advertido.

Henry devolvió los artículos de primeros auxilios al cajón.

—¿Pero Nell está bien?

Henry movió la mano para indicar que así así.

—Lewis dice que le han puesto un clavo de titanio de treinta y cinco centímetros en el fémur, y no sé qué más. No dejaba de irse por las ramas. Por lo que me han contado, Nell estará en el hospital unos días y luego empezará la rehabilitación.

—Vaya, pobrecita.

La hermana de Henry, Nell, era una mujer activa y vigorosa de noventa y nueve años que normalmente parecía la viva imagen de la salud. Que yo supiera, sólo había estado hospitalizada otra vez y de eso hacía diecinueve años, cuando la sometieron a una histerectomía debido a «problemas femeninos». Después manifestó que, si bien a los ochenta estaba resignada a que sus años fértiles se hubieran acabado, lamentaba perder la matriz. Nunca le habían sacado ningún órgano, y esperaba dejar este mundo con todo el equipo original intacto. Nell no llegó a casarse, ni tuvo hijos propios. Sus cuatro hermanos menores hacían las veces de hijos, y conseguían exasperarla como si fueran niños. Henry, por ser el menor, estaba más unido a Nell que los hermanos intermedios. Henry y Nell eran como sujetalibros que mantenían en pie a los tres hermanos medianos. Después de Nell, Henry era el que tomaba la mayoría de decisiones familiares. A decir verdad, a veces también desempeñaba ese papel en mi vida.

William, de ochenta y nueve, y un año mayor que Henry, se había trasladado a Santa Teresa hacía cuatro años y posteriormente se había casado con mi amiga Rosie, la propietaria del restaurante de barrio al que suelo ir. En cuanto a Lewis y Charlie, que aún vivían en la casa familiar, eran totalmente capaces de cuidarse solos, pero les costaría aceptar que Nell se había convertido en una inválida temporal. Todos los hermanos la respetaban por igual, y le habían cedido el control de sus vidas y de su bienestar. Si Nell estaba en el dique seco, aunque fuera por poco tiempo, Lewis y Charlie se sentirían perdidos.

—¿A qué hora es tu vuelo?

—A las seis y media. Eso quiere decir que tengo que levantarme a las cuatro y media, pero podré dormir en el avión.

—¿Va a ir contigo William?

—Lo he convencido para que no lo haga. Lleva algún tiempo quejándose del estómago, y la noticia de la caída de Nell lo ha desquiciado. Si viniera conmigo, tendría que acabar haciéndome cargo de dos pacientes.

William era un ferviente hipocondriaco, y no convenía que se relacionara con personas enfermas o endebles. Según Henry, durante los meses anteriores a la histerectomía de su hermana, William tuvo dolores abdominales cada mes, que luego fueron diagnosticados como colon irritable.

—Te llevaré al aeropuerto encantada —ofrecí.

—Perfecto. Así no tendré que dejar el coche en el aparcamiento de larga estancia. —Henry empezó a precalentar el horno y clavó en mí esos ojos tan azules que tiene—. ¿Qué haces para cenar?

—Olvídate. No quiero que te preocupes por mí. ¿Ya has acabado con las maletas?

—Aún no, pero todavía no he cenado. Después de la cena sacaré una maleta. Tengo ropa en la secadora, así que no puedo hacer mucho hasta que se seque. El Chardonnay está en la nevera.

Me serví una copa de vino blanco y luego saqué un vaso de los antiguos y lo llené con hielo. Henry guarda el Black Jack en un armario que está cerca del fregadero, así que añadí tres dedos de whisky al hielo. Lo miré y me dijo: «Y esto de agua». Acercó el pulgar al índice para especificar la cantidad.

Añadí agua del grifo y le pasé el whisky, que fue bebiéndose a sorbos mientras continuaba con los preparativos de la cena.

Yo puse la mesa y Henry sacó cuatro panecillos caseros del

congelador y los colocó en una bandeja. Nada más sonar el horno, Henry deslizó la bandeja en su interior y encendió el temporizador. Henry es un panadero jubilado que incluso ahora produce un constante surtido de hogazas de pan, panecillos, galletas, pasteles y bollos de canela tan apetitosos que me hacen gemir de placer.

Al sentarme a la mesa me fijé en la lista de gestiones que aún tenía que realizar antes de irse a Detroit. Ya se había encargado de cancelar el reparto del periódico, recoger la ropa de la tintorería y cambiar la fecha de una visita al dentista. Había dibujado una cara sonriente junto a esa línea. Henry odia a los dentistas, y suele posponer las visitas al máximo. Había tachado una nota para recordarse a sí mismo que tenía que sacar los cubos de basura antes de la recogida del lunes. También había conectado los temporizadores de las luces interiores, y había cerrado la válvula de entrada de agua de la lavadora para que la máquina no sufriera ningún contratiempo en su ausencia. Pensaba pedirme que le regara las plantas que lo precisaran, y que me pasara por su casa cada dos días para asegurarme de que todo estaba bien. Taché esa frase de la lista yo misma. Entretanto, Henry ya había preparado la ensalada y estaba sirviendo la sopa en dos cuencos con un cucharón. Engullimos la comida con la rapidez habitual, compitiendo para ver quién conseguía el récord de velocidad terrestre. De momento yo iba ganando.

Después de la cena lo ayudé con los platos y volví a mi estudio, cargada con una bolsa de papel marrón llena de productos perecederos que me dio Henry.

A la mañana siguiente me desperté a las cinco, me lavé la cara y los dientes y me cubrí con una gorra de lana la pelambrera, que me había quedado plana y apelmazada en un lado y de punta en el resto. Como era sábado, no pensaba salir a correr los cinco kilómetros de rigor, pero de todos modos me puse el chándal y las deportivas para simplificar las cosas. Henry ya me esperaba en el patio trasero cuando salí de mi estudio. Tenía un aspecto adorable, por supuesto: pantalones chinos, una camisa blanca y un jersey de cachemir. Su pelo blanco, aún mojado a causa de la ducha, estaba peinado cuidadosamente con raya al lado. Me imaginé que alguna viuda se las arreglaría para sentarse a su lado en la sala de espera del aeropuerto.

Charlamos de vaguedades durante el viaje de veinte minutos hasta el aeropuerto, lo que me permitió reprimir el sentimiento de melancolía que afloró nada más dejarlo en la puerta de embarque. Me aseguré de que su vuelo saliera a la hora prevista, y entonces lo saludé una vez con la mano y me fui con un nudo en la garganta. Para ser una investigadora privada tan dura de pelar, me vuelvo muy blandengue cuando tengo que despedirme de alguien. Al volver a casa, me quité las deportivas y el chándal, me metí en la cama y me tapé hasta la barbilla. Las serpentinas rosas y azules de un nuevo amanecer surcaban la claraboya de plexiglás situada sobre mi cama cuando finalmente me acurruqué entre las sábanas y cerré los ojos.

Me desperté de nuevo a las ocho, me duché, me puse los vaqueros, el jersey de cuello alto y las botas de rigor y vi una parte de las noticias mientras me acababa los cereales y lavaba el bol. Ni el periódico ni la cadena televisiva local hacían referencia al robo en los almacenes. Ni siquiera apareció una minúscula nota de dos líneas en una de las páginas interiores. Me hubiera gustado saber el nombre y la edad de la mujer, y leer algún dato sobre lo que le había pasado. ¿La detuvieron y pasó a disposición judicial, o la echaron a patadas de los almacenes y le dijeron que no volviera nunca más? Las normas variaban de un establecimiento a otro, y podían ir de una advertencia y posterior puesta en libertad a la interposición de una demanda: ésta sería la alternativa por la que yo hubiera votado si de mí dependiera.

No sé por qué había pensado que aquel incidente merecía ser noticia. A diario se cometen múltiples delitos que no generan el más mínimo interés en el gran público. Los hurtos y los robos de menor cuantía suelen relegarse a la última página, mientras que los robos en viviendas se clasifican según el barrio junto a una somera lista de los artículos robados. Puede que el vandalismo fuera merecedor de un párrafo humorístico. A los grafiteros se les dedicaba —o no— espacio en los periódicos según el clima político del momento. Los delitos económicos —especialmente el fraude y la apropiación indebida de fondos públicos— provocan numerosas denuncias de avaricia capitalista, y por tanto inspiran más cartas airadas al director que los asesinatos. Era probable que mi ladrona y su compinche ya estuvieran muy lejos, y sólo quedaba mi espinilla magullada como testimonio dolorido de sus trapicheos. En el futuro inmediato me fijaría en todos los peatones y me mantendría siempre alerta por si veía algún sedán Mercedes negro, con la esperanza de localizar a alguna de las dos mujeres. Mentalmente, comencé a afilarme las punteras metálicas de las botas.

Entretanto, cargué el coche con material de limpieza en previsión de las tareas domésticas de cada sábado. Llegué al despacho a las nueve, contenta por haber encontrado sitio para aparcar justo delante del edificio. Durante una temporada contraté a un servicio de limpieza, las Mini-Asistentas, para que limpiaran mi despacho una vez a la semana. Solían ser cuatro, aunque nunca vinieron las mismas cuatro dos veces seguidas. Llevaban camisetas a juego y aparecían armadas con fregonas, trapos para el polvo, aspiradoras y una colección variopinta de productos de limpieza. La primera vez que limpiaron mi estudio tardaron una hora, y trabajaron a conciencia. Me pareció de perlas pagar los cincuenta pavos porque las ventanas brillaban, todas las superficies relucían y la moqueta estaba más limpia de lo que había estado nunca. A partir de entonces cada vez que venían iban acelerando el proceso, hasta que se volvieron tan eficientes que entraban y salían en quince minutos y luego se iban corriendo a su siguiente trabajo como si les fuera la vida en ello. Incluso entonces, buena parte del tiempo que pasaban en mi estudio lo dedicaban a cotillear entre sí. Cuando se iban, encontraba moscas muertas en el alféizar de la ventana, telarañas colgando del techo y posos de café (¿o serían hormigas?) esparcidos sobre la encimera de mi pequeña cocina. Calculé que cincuenta pavos por quince minutos (llenos de risas y de cotilleos) equivalía a doscientos pavos la hora, lo cual era cuatro veces más de lo que ganaba yo. Las despedí en un arrebato ahorrativo, y ahora procuraba limpiar yo misma cuando el despacho estaba cerrado.

No me fijé en el tipo sentado en las escaleras exteriores de mi edificio, fumando un cigarrillo, hasta que saqué la aspiradora del maletero del coche. Llevaba unos vaqueros casi blancos en las rodillas de lo desteñidos que estaban y calzaba unas botas marrones gastadas. Tenía la espalda ancha y llevaba una camisa de satén de un azul intenso desabrochada hasta la cintura, con las mangas arremangadas luciendo bíceps. En el antebrazo derecho se había tatuado «Dodie» en letra cursiva. Durante un momento no lo reconocí, pero entonces su nombre me vino a la memoria.

El tipo sonrió, y dos relucientes incisivos de oro iluminaron su rostro ajado.

—No me reconoces —afirmó mientras yo me acercaba por el camino de entrada.

—Claro que sí. Eres Pinky Ford. Lo último que supe de ti es que estabas en la cárcel.

—Soy un hombre libre desde mayo. Admito que el viernes me pillaron conduciendo bajo los efectos del alcohol, pero me soltaron. Para eso están los amigos, o al menos así lo veo yo. Bueno, la cuestión es que esta mañana tenía algún asuntillo por resolver en la cárcel y, dado que estaba en el barrio, he decidido pasarme un momento para ver cómo te va. ¿Qué tal todo? —preguntó con la voz áspera del que lleva toda una vida fumando.

—Bien, gracias. ¿Y a ti?

—No me va mal —respondió.

No pareció fijarse en el aspirador, y yo no le di explicaciones. No era asunto suyo si yo me dedicaba a limpiar a tiempo parcial. Tiró la colilla en el camino de entrada de mi despacho y después se levantó, limpiándose el polvo de los vaqueros. Era de mi estatura, metro setenta, nervudo, patizambo, y estaba bronceado por haberse expuesto tanto al sol. Tenía el pecho y los brazos musculosos, surcados de venas que sobresalían como tuberías. En su juventud fue jockey, pero después de sufrir varios revolcones decidió que sería mejor encontrar otro empleo. Había empezado a fumar a los diez años y continuó con el hábito de adulto porque era la única forma de mantener su peso, incluidos los arreos, por debajo de los 57 kilos exigidos para correr el Derby de Kentucky, en el que participó en dos ocasiones. Esto fue mucho antes de que la fortuna dejara de sonreírle. Siguió fumando por la misma razón que suelen aducir los delincuentes habituales: para matar el tiempo cuando estaba en chirona.

Dejé en el suelo el aspirador y abrí la puerta mientras seguía hablando con él sin volver la vista.

—Estás de suerte por haberme encontrado, no suelo venir los sábados.

Al hacerlo pasar al despacho delante de mí me fijé en que cojeaba de forma pronunciada. Sabía cómo se sentía. Pinky tenía sesenta y tantos años, el pelo negro como el carbón, las cejas negras y muchas arrugas profundas alrededor de la boca. Llevaba un asomo de bigote y una sombra de perilla. Me fijé en la franja blanca de su muñeca izquierda donde antes hubo un reloj, del que sin duda habría tenido que desprenderse.

—Estaba a punto de hacer café. ¿Te apetece una taza?

—No me vendría mal.

Después de que su pasión por las carreras de caballos se desvaneciera, encontró una segunda vocación, larga e ignominiosa, como ladrón de locales y oficinas. Me dijeron que con el tiempo acabó robando casas, pero nadie pudo confirmármelo. Pinky era el hombre que años atrás me proporcionó un estuche de cuero con un juego de ganzúas, herramientas indispensables en todas aquellas ocasiones en las que una puerta cerrada con llave se interfiere en mi camino.

Pinky me contrató durante una de sus estancias en la cárcel porque estaba convencido de que su mujer, la tal Dodie, coqueteaba con un vecino. Lo cierto es que Dodie le era fiel (que yo supiera), y así se lo comuniqué a Pinky después de vigilarla de vez en cuando durante un mes. Pinky me dio las ganzúas a modo de estipendio, ya que todas sus reservas de efectivo habían sido obtenidas de forma ilegal y tenía que devolverlas.

—¿Por qué te dedicas a robar en oficinas? —le pregunté una vez.

Pinky me dirigió una sonrisa modesta.

—Tengo un talento natural. Y, al ser un tipo flaco y ágil como un gato, me puedo meter en agujeros en los que otros no cabrían. Es un trabajo más físico de lo que podrías pensar. Soy capaz de hacer cien flexiones con un solo brazo, cincuenta de cada lado.

—Estupendo.

—En realidad tiene truco, me lo enseñó un tipo en la cárcel.

—Tendrás que enseñármelo a mí también algún día.

Puse la cafetera en el fuego, me dirigí a mi silla giratoria y me senté apoyando los pies en el borde del escritorio. Entretanto, Pinky permaneció de pie, examinando mi despacho como si intentara dilucidar dónde guardo los objetos de valor.

—Has bajado de categoría —observó sacudiendo la cabeza—. La última vez que te vi tenías un despacho en State Street. Una zona muy buena. Pero este sitio..., no lo tengo tan claro. Supongo que estoy acostumbrado a verte en oficinas más elegantes.

—Aprecio tu voto de confianza —respondí.

Con Pinky no tenía ningún sentido ofenderse. Puede que fuera un ladrón reincidente, pero nunca lo podrías culpar de recurrir a subterfugios.

Cuando el café estuvo listo, llené dos tazas y le pasé una antes de volver a mi silla giratoria. Pinky se acomodó por fin en una de mis dos butacas para las visitas, sorbiendo el café ruidosamente.

—Un café muy bueno. Me gusta fuerte.

—Gracias. ¿Cómo está Dodie?

—Bien. De maravilla. Ahora se dedica a la venta directa, como empresaria.

—¿Y qué vende?

—No son ventas puerta a puerta. Es asesora personal de belleza para una gran empresa nacional, Gloriosa Feminidad. Probablemente la conozcas.

—Creo que no —respondí.

—Bueno, pues es más importante que Mary Kay. Se basa en los principios cristianos. Dodie organiza fiestas privadas para grupitos de clientas. No en nuestra casa, sino en las de otras mujeres, donde se sirve comida. Entonces Dodie maquilla a las clientas y hace demostraciones de productos que se pueden pedir allí mismo. El mes pasado vendió más que la directora regional.

—Parece que le va muy bien, estoy impresionada.

—Yo también. Creo que la directora regional se subía por las paredes. Nadie la había ganado antes, pero cuando Dodie se empeña en algo, va a por todas. Antes, cuando yo no estaba, solía deprimirse y deambular por la casa como un alma en pena. Yo me encontraba en chirona y ella se pasaba el día tumbada viendo la tele y comiendo porquerías. Cuando hablábamos por teléfono intentaba motivarla, ya sabes, aumentar su autoestima, pero nunca sirvió de mucho. Entonces se enteró de esta oportunidad comercial, similar a una franquicia o algo por el estilo. Al principio no me pareció muy buena idea, porque Dodie no había sido nada constante hasta que le salió este trabajo. El año pasado ganó el dinero suficiente para comprarse un Cadillac, y además la empresa le pagará un crucero.

—¿Adónde?

—Al Caribe... Santo Tomás... y por esa zona. Vuelas hasta Fort Lauderdale y luego embarcas directamente.

—¿Vas a ir con ella?

—Claro. Si consigo organizarme. Nunca hemos ido de vacaciones juntos. Es difícil hacer planes cuando nunca sabemos si estaré dentro o fuera de la cárcel. No quiero depender de ella económicamente para algo así. Es un viaje con todos los gastos pagados, pero siempre hay extras: excursiones en tierra, y el casino del barco. En dos de las seis noches es obligatorio ir con ropa de etiqueta, así que tendré que alquilar un esmoquin. ¿Te lo imaginas? Siempre juré que antes de ponerme uno tendrían que matarme, pero Dodie está entusiasmada con el vestido que se ha hecho, aunque no me lo piensa enseñar. Dice que trae mala suerte, como ver a una novia con su vestido de boda antes de ir a la iglesia. Es la copia de un traje que llevó un año Debbie Reynolds en la gala de los Oscar. Incluso es muy posible que la coronen Mujer Gloriosa del Año.

—Eso sería estupendo —aseguré.

Le dejé que continuara explicando las cosas a su manera. Sabía que tenía un problema —¿por qué otra razón estaría aquí?—, pero cuanta más prisa le metiera, antes tendría que ponerme a fregar el retrete. Decidí que eso podía esperar.

—Bueno, te quería poner en contexto.

—Ya lo suponía.

—La cuestión es que mi mujer tiene un anillo de compromiso. Un diamante de un quilate y medio engarzado en platino, que vale como mínimo tres de los grandes. Lo sé porque lo hice tasar dos días después de que pasara a ser de mi propiedad. Esto fue en Texas, hace algún tiempo. Dodie no se lo pone porque dice que le va grande, y que le molesta cada vez que tiene que lavarse las manos.

—Estoy impaciente por saber dónde desembocará todo esto.

—Sí, bueno, ésta es la otra cuestión. Dodie ha perdido mucho peso. Parece una modelo de pasarela aunque con el trasero algo más grande. Probablemente no la recuerdes, pero antes era..., no diré que gorda, pero sí bastante rellenita. En los últimos quince meses ha perdido veintisiete kilos. Cuando volví a casa no la reconocí, para que te hagas una idea de lo guapa que está ahora.

—Caramba. Me encantan las historias de superación personal. ¿Cómo lo ha conseguido?

—Gracias a un suplemento alimenticio, una anfeta que se vende sin receta y que no está regulada por la Agencia de Medicamentos porque, estrictamente hablando, no es un medicamento. Dodie va tan colocada que se olvida de comer. Tiene que estar en movimiento constante, si no, toda esa sobreexcitación la deja reventada. Una de las ventajas es que la casa nunca ha estado tan limpia. Cuando le da por ahí, se pone a limpiar todas las ventanas, por dentro y por fuera. Bueno, la cuestión es que metió el anillo en el joyero hace seis meses y no lo ha tocado desde entonces.

Ahora quiere que se lo arreglen para poder ponérselo en el crucero. Está muy estresada porque no lo encuentra por ninguna parte, así que le dije que ya lo buscaría yo.

—Lo has empeñado.

—Más o menos. Quiero portarme bien con ella, pero estoy bajo de fondos y encontrar trabajo es muy difícil. No me gusta aceptar limosnas de la mujer a la que amo. El problema es que mis habilidades no es que estén muy solicitadas, así que hice una apuesta usando el anillo como garantía de un préstamo a cuatro meses. Esto ocurrió la primavera pasada, después de salir de Soledad. Fui a Santa Anita para apostar a los ponis. Si no voy a las carreras cada dos meses, me entra el bajón. Soy un tipo algo depresivo, y los jamelgos me distraen.

—Déjame adivinar. Perdiste hasta la camisa, y ahora necesitas recuperar el anillo antes de que tu mujer ate cabos.

—Has acertado de pleno. No pude conseguir el capital, así que pagué los intereses y amplié el préstamo cuatro meses más. Ya han pasado esos meses, y los diez días de gracia se acaban el martes de la semana que viene. Si no pago, no volveré a ver el anillo, lo que me rompería el corazón. Y el de Dodie si se enterara.

—¿De cuánto estamos hablando?

—De doscientos pavos.

—¿Eso es todo lo que te dieron por un anillo que vale tres de los grandes?

—Triste, pero cierto. El tipo me la jugó al cerrar el trato, pero no me quedaba otra opción. No puedo pedirle un préstamo al banco. Imagínate lo que me responderían si les pido doscientos dólares durante ciento veinte días. Imposible. Así que ahora debo los doscientos al contado más otros veinticinco de intereses. Para serte sincero, puede que no te devuelva el dinero enseguida, pero seguro que te lo acabo devolviendo.

Me lo quedé mirando mientras consideraba su petición. Llevaba el dinero en el billetero, así que eso no me preocupaba. Sus ganzúas me habían sido muy útiles, así como la clase práctica que me dio antes de que lo enchironaran. También contaba a su favor el hecho de que el tipo me cayera bien. Dejando a un lado su oficio, Pinky tenía buen corazón. Incluso los ladrones pasan por apuros económicos de vez en cuando. Finalmente le dije lo siguiente:

—A ver qué te parece. No te daré el dinero, pero iré contigo a la casa de empeños y pagaré al tipo yo misma.

Pinky me miró con expresión afligida.

—¿No confías en mí?

—Claro que sí, pero no tentemos a la suerte.

—Eres muy dura.

—Soy realista. ¿Tu coche o el mío?

—El mío está en el taller. Podrías llevarme hasta allí después, y así lo recojo.

4

La casa de empeños Santa Teresa Joyas y Préstamos está situada dos puertas más allá de una armería en Lower State Street. Enfrente hay una gasolinera, y un estudio de tatuajes a la vuelta de la esquina. Es una zona con pocos turistas y muchos vagabundos. Sería el lugar idóneo para llevar a cabo una renovación urbana si el ayuntamiento llega a planteárselo alguna vez. La casa de empeños era un local estrecho, apretujado entre una tienda de artículos de segunda mano y otra de bebidas alcohólicas. Pinky me sostuvo la puerta para que entrara.

En el interior percibí un leve olor a alcohol, que se acentuó cuando cerramos la puerta al entrar. Una parte del dinero entregado como préstamo acababa probablemente en la tienda de licores de al lado, donde el tipo de cambio estaba vinculado al tintorro más barato. Un letrero de neón verde, con el símbolo de las tres bolas habitual en las casas de empeños, parpadeaba a una velocidad capaz de provocarte un ataque epiléptico si te pillaba desprevenido.

A mi derecha, en la parte más alta de la pared, habían colgado quince cuadros empeñados y los habían dispuesto de forma artística alrededor de una cámara de seguridad dirigida hacia nosotros dos. Esto me permitió contemplarme a todo color captada desde arriba: yo miraba a la cámara y la cámara me miraba a mí. Con mis vaqueros y mi jersey de cuello alto parecía una indigente que atravesaba una mala racha. Bajo los cuadros vi varias estanterías que contenían toda una selección de herramientas eléctricas, herramientas neumáticas, herramientas manuales, pistolas de clavos y juegos de llaves de tubo. Las estanterías inferiores estaban repletas de artículos electrónicos de segunda mano: relojes, auriculares, altavoces en estéreo, tocadiscos, aparatos de radio y voluminosos televisores con pantallas del tamaño de ventanillas de avión.

A la izquierda, una hilera de guitarras colgaba detrás del mostrador, al lado de un conjunto de violines, flautas y trompas suficiente como para formar una orquesta de pueblo. Una serie de vitrinas de cristal, dispuestas a lo largo de toda la tienda, contenían una bandeja tras otra de anillos, relojes, pulseras y monedas. Algunos artículos domésticos que nadie quería —un juego de té infantil de porcelana, un jarrón de cerámica, una estatuilla de cristal tallado y cuatro cuencos de teca encajables— reposaban juntos en un estante. No había ni libros, ni armas ni prendas de vestir.

Éste era el lugar al que iban a parar montones de objetos apreciados tiempo atrás. El sentimentalismo sucumbía ante el dinero contante y sonante. Me imaginé un círculo vicioso de empeños y desempeños, con artículos convertidos en moneda y luego desempeñados de nuevo cuando las fortunas personales mejoraban. La gente se mudaba, la gente se moría, la gente se retiraba a residencias de ancianos donde había tan poco espacio que buena parte de lo que poseían tenían que venderlo, regalarlo o abandonarlo sobre la acera.

El negocio marchaba mejor de lo que hubiera imaginado. Un hombre bajó un soplador de hojas que colgaba de la pared y lo examinó durante algún tiempo antes de llevarlo al mostrador para comprarlo. Otro hombre rebuscaba entre los artículos electrónicos, mientras que un tercero se esforzaba por firmar un documento con mano temblorosa al fondo de la tienda. De los cuatro empleados que conté, dos saludaron a Pinky por su nombre.

Lo atendió una mujer de mediana edad con el pelo rizado de color cobrizo, peinado con raya al lado. Se le veía una franja gris de al menos cinco centímetros en las raíces. La montura de sus gafas, de grueso plástico negro, resaltaba demasiado contra su pálida tez. Llevaba pantalones y una blusa blanca de algodón con una lazada en el pecho. Al parecer, la lazada estaba pensada para disimular la anchura de su cuello, que la situaba en la misma categoría que los levantadores de pesas proclives al uso intensivo de esteroides. La mujer le guiñó el ojo a Pinky, levantó un dedo y luego se metió en la trastienda. Volvió al cabo de unos minutos con una bandeja acolchada cubierta de terciopelo negro.

—Ésta es June —dijo Pinky, y luego me señaló a mí con la cabeza—. Kinsey Millhone. Es una investigadora privada.

Nos dimos la mano.

—Encantada de conocerla —saludé.

—Lo mismo digo.

Pinky observó cómo June desataba un lazo y levantaba dos solapas de tela. En el centro estaba el anillo, que a mí no me pareció nada del otro mundo. Además, lo encontré bastante pequeño. Por otra parte, Pinky nunca dijo que fuera una reliquia familiar, al menos no de su familia. El diamante era del tamaño de una minúscula cuenta de estrás, aunque yo no es que tuviera nada así.

Pinky me sonrió tímidamente.

—¿Quieres probártelo?

—Claro.

Me lo puse en el dedo y lo examiné a la luz, contemplándolo desde todos los lados.

—Precioso.

—¿Verdad que sí?

—Desde luego —asentí, haciendo gala de mis dotes de actriz.

Poco después llevamos a cabo la transacción. Entregué los 225 dólares en efectivo mientras Pinky y la dependienta se encargaban del papeleo.

Luego llevé a Pinky hasta el taller de reparaciones, que se encontraba a seis manzanas de allí. Mientras aparcaba junto a la acera miré a través de la ventanilla del lado del copiloto. No parecía haber nadie en el taller. Las puertas que daban a las zonas de trabajo permanecían cerradas, y el despacho se hallaba a oscuras.

—¿Estás seguro de que hay alguien?

—No lo parece, ¿verdad? Puede que lo haya entendido mal.

—¿Quieres que te deje en tu casa?

—No hace falta. Vivo en Paseo, muy cerca de aquí.

—No seas tonto, me pilla de camino.

Recorrí ocho manzanas hacia el norte por Chapel hasta llegar a Paseo, donde giré a la izquierda. Pinky señaló un dúplex de madera de color gris oscuro y fui reduciendo la velocidad hasta detenerme. No había sitio donde aparcar, así que Pinky se bajó del coche con el motor en marcha. Cerró la puerta y me hizo señas para que siguiera conduciendo. Moví los dedos hacia el retrovisor a modo de despedida, aunque para entonces Pinky ya se había ido.

Volví a mi despacho, me calcé un par de guantes de goma y le di un buen baldeo al local. A continuación me fui a casa y puse una lavadora. Cuando era pequeña, me enseñaron que el sábado había que hacer las tareas domésticas, y no podías salir a jugar hasta que hubieras ordenado tu habitación. Las lecciones más importantes de la vida se te quedan grabadas lo quieras o no.

A las cinco y media me puse el cortavientos, metí una novela en el bolso, cerré el estudio con llave y recorrí a pie la media manzana que había entre mi casa y el restaurante de Rosie. Otra mujer llegó a la puerta al mismo tiempo que yo. Cuando nos miramos, la señalé con el dedo.

—Tú eres Claudia.

—Y tú Kinsey Millhone. Doce pares de bragas bikini de talla pequeña.

—No me puedo creer que aún lo recuerdes.

—¡Pero si estuviste en los almacenes ayer mismo!

Abrí la puerta y le cedí el paso. Claudia tenía los ojos marrones, de mirada directa, y el pelo brillante y negro como el carbón, peinado sin demasiados miramientos. Rondaría los cincuenta y vestía con mucho estilo. Llevaba una chaqueta de marca con dos botones, pantalones de buen corte y una camisa blanca muy bien planchada. El hecho de trabajar en Nordstrom le permitía acceder a las últimas tendencias de moda, así como un descuento de empleada.

—Debes de vivir por aquí cerca —observé—. No se me ocurre ninguna otra razón por la que quisieras venir a un sitio como éste.

Claudia sonrió.

—De hecho, vivimos en Upper East Side. Drew es el director del Hotel Ocean View. Nos encontramos aquí las noches que trabaja hasta tarde y sólo tiene un rato para cenar. He salido temprano del trabajo con la intención de venir a esperarlo. ¿Y qué hay de ti?

—Vivo a media manzana. Vengo aquí dos o tres noches por semana, cada vez que me da pereza cocinar.

—A mí me pasa lo mismo. Las noches en que Drew no está en casa suelo picar algo y no cocino —explicó—. ¿Te apetece tomarte una copa conmigo?

—Claro, me encantaría. Me muero de curiosidad por saber lo que le pasó a la ladrona.

—Me alegro de que estuvieras allí cuando apareció el señor Koslo.

—La verdad es que disfruté un montón. ¿Qué vas a tomar?

—Un *gin-tonic*.

—Ahora mismo vuelvo.

William me había visto entrar, y para cuando llegué a la barra ya me había servido una copa de Chardonnay peleón. Esperé a que preparara el *gin-tonic* de Claudia y luego llevé las dos bebidas hasta la mesa y me senté. No estaba segura de si Claudia podría revelar demasiada información sobre asuntos relacionados con su trabajo, pero retomé la conversación donde la habíamos dejado, comportándome como si se tratara de una cuestión de la que pudiéramos hablar abiertamente.

—Pensé que estaba viendo visiones cuando se metió los pijamas en la bolsa —comenté.

—¡Menuda cara! Me pareció que hacía cosas raras nada más verla entrar, así que no le quité ojo. Los que roban en las tiendas se creen muy listos, pero suelen telegrafiar sus intenciones. Acababa de cobrar a otra clienta cuando apareciste tú y me contaste lo que estaba pasando. Cuando llamé a Seguridad, Ricardo la captó en el monitor y se lo comunicó al señor Koslo, quien me dijo que esperara junto a las escaleras mecánicas de la segunda planta por si la ladrona decidía bajar hasta allí. Normalmente se habría encargado por su cuenta del problema, pero no hace mucho una cliente lo acusó de abuso de autoridad. No era verdad, por supuesto, pero desde entonces el señor Koslo quiere que siempre haya un testigo cerca.

—Oí que se disparaba la alarma, pero no vi lo que pasó después. ¿La detuvieron?

—Desde luego —respondió Claudia—. El señor Koslo la atrapó cuando ya estaba en el centro comercial, y le pidió que lo acompañara hasta los almacenes. Se hizo la tonta, como si no tuviera ni idea de por qué se lo pedía. Al principio suelen fingir que cooperan, así que la ladrona obedeció al señor Koslo aunque sin dejar de protestar.

—¿Y de qué protestaba? Llevaba encima los artículos robados.

—El señor Koslo no le pidió que abriera la bolsa hasta que llegaron a las oficinas de Seguridad. Nadie quiere avergonzar a un cliente en público, por si luego resulta ser un error. Ya en privado, el señor Koslo le hizo vaciar el contenido de la bolsa. Salieron los dos pares de pijamas y..., ¡vaya por Dios!, ningún recibo. Entonces le pidió que abriera el bolso, y allí estaba el *body* de encaje. La mujer tampoco pudo demostrar que lo había pagado. Según ella, era un auténtico misterio.

—No me puedo creer que tuviera la desfachatez de negarlo.

—Es la respuesta típica. ¿No has visto nunca la cinta grabada por una cámara de vigilancia que muestra a la auxiliar de enfermería robando dinero de una paciente anciana? De vez en cuando la pasan en uno de esos programas sobre delitos reales. Se ve claramente cómo la auxiliar abre el bolso de la mujer y saca el dinero. Incluso se detiene a contarlo antes de metérselo en el bolsillo. Cuando la policía le enseña la cinta, se queda allí sentada junto al agente, jurando y perjurando que ella no lo ha hecho.

—Y que la han acusado por error.

—Tú lo has dicho. Esta vez pasó lo mismo. Al principio, la

ladrona se hacía la inocente, y luego se puso a despotricar. Era una cliente asidua de Nordstrom, llevaba años comprando en los almacenes. No podía creer que Koslo la acusara de robar, cuando ella no había robado nada. El señor Koslo le contestó que él no la había acusado de nada, sólo le pedía que explicara cómo había pagado los artículos que estaban en su poder. La mujer respondió que desde luego que no los había robado. ¿Por qué iba a hacer algo así cuando llevaba dinero en el billetero? Insistió en que pensaba comprar esas cosas, pero luego cambió de opinión. Tenía una cita y llevaba prisa, así que al final salió de la tienda sin darse cuenta de que no había devuelto los artículos al expositor.

»El señor Koslo no dijo nada en absoluto y la dejó hablar porque sabía que las cámaras de vigilancia la habían filmado. Después de hacerse la ofendida, la mujer se puso muy agresiva y empezó a vociferar acerca de sus derechos. Iba a ponerse en contacto con su abogado. Demandaría a los almacenes por calumnia, y por detención falsa. El señor Koslo se mostró educado, pero no cedió un ápice. Entonces ella se derrumbó y se puso a lloriquear. Seguro que no has visto a nadie tan patético en tu vida. Sólo le faltó ponerse de rodillas para implorarle al señor Koslo que la dejara marchar. Las lágrimas fueron lo único que me pareció sincero de todo el numerito. Cuando ni eso funcionó, intentó negociar para poder escaquearse. Ofreció pagar por lo que había robado, y dijo que firmaría un pliego de descargo. También juró que nunca volvería a pisar los almacenes. Insistía una y otra vez.

—¿Empleó la frase «pliego de descargo»?

—Eso es.

—Parece que tuviera mucha experiencia en todo esto. Si no, ¿cómo iba a conocer el término?

—Sí, sabía exactamente lo que debía decir, pero por lo visto no le ha servido de mucho. El señor Koslo ya le había pedido a Ricardo que llamara a la policía, así que le dijo a la mujer que sería mejor que se calmara y que se guardara sus argumentos para el juez. Esto provocó una nueva tanda de lloros y de gritos. No sé cómo acabó la historia, porque volví a mi planta cuando llegó la policía. Según me contó Ricardo, cuando la metieron en el coche de la policía, estaba blanca como el papel.

—¿Sabíais que no actuaba sola?

Claudia pareció sorprenderse.

—No lo dirás en serio. ¿Eran dos?

—Desde luego. Puede que te hubieras fijado en su compañera sin darte cuenta de quién era. Una mujer más joven que llevaba un vestido azul marino.

Claudia negó con la cabeza.

—No, no la recuerdo.

—Cuando las vi por primera vez estaban charlando, y confundí a la más joven con una dependienta. Di por sentado que sería una empleada de Nordstrom y que la mujer mayor era una clienta, pero entonces me di cuenta de que la segunda mujer también llevaba una bolsa de la compra, así que deduje que serían clientas que estaban de cháchara.

—Probablemente decidiendo lo que iban a birlar.

—No me sorprendería. Después de separarse, y antes de que llegara el director de Seguridad, la otra mujer ya se había ido al lavabo de señoras. Al volver vio que su amiga estaba en la escalera mecánica, y que el señor Koslo le pisaba los talones. Captó enseguida lo que estaba pasando. Regresó rápidamente a los lavabos y se encerró en uno. Allí cortó las etiquetas con el precio de todas las prendas que había mangado y las tiró a la papelera. Yo entré justo después de ella, y cuando vi lo que había hecho, me fui directa a las escaleras de incendios y la seguí, pero no lo suficientemente deprisa. Consiguió escabullirse del aparcamiento antes de que yo pudiera echarle un vistazo a la matrícula de su coche.

—Es curioso que menciones las etiquetas. Ricardo me contó que el equipo de limpieza encontró algunas etiquetas cuando vaciaban la papelera. El supervisor se las entregó al señor Koslo, y éste las incluyó en su informe. Creo que tanto él como Ricardo dieron por sentado que se trataba de la misma mujer.

—Pues si necesita a un testigo que corrobore los hechos, estaré encantada de colaborar.

—Dudo que acepte tu ofrecimiento, pero si el fiscal presenta cargos, podrías hablar con él.

—Espero que empapelen a la primera mujer, aunque su compinche se haya escapado.

—Lo mismo digo.

En aquel momento llegó el marido de Claudia y, tras la breve presentación, me excusé y me dirigí a la barra. Mientras pedía una segunda copa de vino, William se fijó en las marcas de derrapaje que tenía en la palma de la mano derecha.

—¿Qué te ha pasado?

Bajé la mirada y torcí el gesto, levantando la mano para enseñársela bien.

—Me caí mientras perseguía a una ladrona.

Le conté una versión abreviada del incidente, y dado que mis dotes investigadoras no salían muy bien paradas, enseguida cambié de tema.

—Siento mucho que Nell se haya caído. ¿Has hablado con ella?

—Aún no. Recibí una llamada de Henry cuando llegó a su casa. Dijo que tuvo un vuelo tranquilo y que pensaba ir al hospital nada más dejar la maleta.

—Me alegro de que llegara sin problemas. ¿Cómo está Nell?

—Bastante bien, o al menos eso es lo que me han dicho. Se ha roto la cabeza y el cuello del fémur, probablemente a consecuencia de la osteoporosis.

—No me sorprendería, con noventa y nueve años cumplidos. Henry me ha contado que le han puesto un clavo.

William respondía con un tono cada vez más lúgubre.

—Esperemos que la cosa acabe aquí. Si la inmovilizan durante algún tiempo se le atrofiarán los músculos y le saldrán úlceras. Luego vendrá la neumonía, y después de eso...

William me dirigió una mirada de desolación y dejó la frase sin acabar.

—Estoy segura de que la harán ponerse de pie al día siguiente. ¿No es ésta la tendencia actual?

—Ojalá. Ya conoces la teoría, todo lo malo viene en tandas de tres.

—¿Ha pasado alguna cosa mala más?

—Me temo que sí. Recibí una llamada del médico con los resultados de mi último análisis de sangre. Tengo el azúcar muy alto. El médico me dijo que el cincuenta por ciento de los que se encuentran en esa franja acaban teniendo diabetes antes de cinco años.

William sacó una hoja de papel de debajo de la barra, me la puso delante y señaló la columna en cuestión. Los niveles normales de glucosa estaban entre el 65 y el 99. El suyo era de 106. No tengo ni idea de si esa cifra lo situaba en zona de peligro, pero William parecía creer que así era.

—Caramba —acerté a decir—. ¿Y qué sugiere tu médico?

—Nada, aunque mencionó que las hormonas del estrés a veces son responsables de una elevación indebida de la glucosa en la sangre. Me fui directo a mi *Manual Merck* de medicina y lo consulté. —William levantó la vista y citó, al parecer, de memoria—: «La amiotrofía diabética se da normalmente en hombres ancianos, y produce una debilidad muscular predominante alrededor de la cadera y del muslo».

—¿Y eso es lo que tienes tú?

—Durante el último mes he experimentado cierta debilidad de vez en cuando, por eso fui al médico. Después de examinarme a fondo no supo qué decir. No tenía ni idea de lo que me pasa. —William se inclinó hacia delante—. Vi que escribía «etiología desconocida» en mi ficha. Fue escalofriante. En mi *Merck* pone que la ausencia de un marcador diagnóstico preciso para la diabetes mellitus «continúa siendo un problema». «La aparición de la enfermedad suele ser abrupta en los niños», según pone, e «Insidiosa en pacientes ancianos.» Me estremezco al pensar que la palabra «insidiosa» pueda referirse a mí.

—Pero seguro que habrá algo que puedas hacer. ¿Y algún cambio en la dieta?

—El médico me dio un folleto que aún no me he atrevido a

leer. Además de debilidad muscular, también he tenido problemas estomacales.

—Henry me lo mencionó ayer por la noche.

William arqueó las cejas.

—Y el dolor abdominal es otro síntoma de diabetes, claro, así como el aliento afrutado. —Ahuecó las manos, se las acercó a la boca y sopló. Creí que me pediría que se las oliera, una petición que, sintiéndolo mucho, pensaba rechazar—. Afortunadamente, aún no me pasa, pero sí que estoy orinando con más frecuencia. Me paso media noche levantado.

—No me des detalles acerca del chorro —repuse a toda prisa—. Creía que eso guardaba relación con la próstata.

—Yo también lo pensaba al principio, pero ahora ya no estoy tan seguro.

Entrecerré los ojos mentalmente, intentando juzgar si habría algo de cierto en sus afirmaciones. Sabía que William se lo creía, pero ¿se basaba en hechos constatables? Más tarde o más temprano, pese a su tendencia a dramatizar, William acabaría sufriendo alguna enfermedad real.

—¿Hay algún caso de diabetes en tu familia? —inquirí.

—¿Cómo voy a saberlo? Sólo quedamos nosotros cinco. Mis hermanos y yo hemos salido al lado materno de la familia. El apellido de soltera de mi madre era Tilmann, gente de recio origen alemán. Nuestra abuela paterna se apellidaba Mauritz antes de casarse. Había cinco hermanos más con la misma herencia genética. Todos murieron en cuestión de pocos días durante la epidemia de gripe de 1917. ¿Quién sabe qué problemas de salud habrían desarrollado de haber seguido viviendo?

—¿Qué piensa Rosie de todo esto?

—Adopta la estrategia del avestruz, como siempre. Está convencida de que no existe ningún problema. Lo puedes leer en el manual *Merck*, palabra por palabra. Bajo el apartado «Desórdenes endocrinos», página mil doscientas ochenta y nueve. En la página anterior se menciona la «Pubertad precoz», algo de lo que me libré, gracias a Dios.

—No estoy segura de que debas consultar textos médicos por tu cuenta. Gran parte de la terminología resulta incomprensible para los que somos legos en la materia.

—De joven estudié latín. *Ad praesens ova cras pullis sunt meliora.* —William me dirigió una mirada para ver si lo entendía. Debió de captar mi cara de pasmo, porque entonces me lo tradujo—. Un huevo hoy es mejor que pollos mañana.

Preferí pasarlo por alto.

—Pero ¿y si lo estás malinterpretando? Me refiero a que el médico no llegó a decirte que eres diabético, ¿no?

—Puede que me esté dando algo de tiempo para asimilarlo. La mayoría de médicos no quiere agobiar a sus pacientes en las fases iniciales de la enfermedad. Creí que me pediría más pruebas clínicas, pero al parecer pensó que no valía la pena. ¡Le dijo a la enfermera que me diera cita dentro de dos semanas! Probablemente va a ser así a partir de ahora.

—Bueno, si Henry ya ha vuelto para esa fecha, debería ir contigo para ofrecerte apoyo moral. Cuando estamos disgustados no siempre escuchamos lo que se nos dice.

Rosie abrió la puerta batiente de la cocina y sacó la cabeza.

—Estoy haciendo *kohlrabi* rellenos. Tengas lo que tengas, al comerlos se te arreglará el estómago —dijo mirando a su marido. Y luego se dirigió a mí—: Tú también debes probarlos, llevan carne de cordero. La salsa es la mejor que he cocinado nunca.

Aproveché la interrupción para retirarme a mi mesa favorita, copa de vino peleón en ristre. Me quité la chaqueta y me deslicé en el asiento, esperando no clavarme una astilla en el culo. Saqué la novela que llevaba y encontré la página donde me había quedado, entonces traté de parecer absorta en la lectura para que William no siguiera ofreciéndome una versión detallada de todas sus enfermedades. Tenía mis reservas con respecto a la cena. Rosie es húngara y le da por cocinar platos raros de su tierra, muchos de ellos a base de despojos bañados en crema agria. Unos días atrás me había servido mollejas de ternera (el timo de una ternera, para ser exactos) salteadas. Me puse morada, como siempre. Cuando estaba rebañando el plato con medio panecillo, Rosie me dijo lo que era. ¿El timo? ¿Y qué iba a hacer si ya me lo había comido? A menos que saliera disparada al lavabo de señoras para meterme un tenedor por la garganta, ya no había remedio. No me consoló demasiado el hecho de que me hubiera gustado.

Rosie apareció con el plato y me lo plantificó delante. Esperó con los dedos entrelazados mientras yo probaba un trocito de carne fingiendo entusiasmo. No pareció muy convencida.

—¡Qué rico! —exclamé—. De verdad, está buenísimo.

Rosie continuó mirándome con escepticismo, pero tenía que seguir preparando la comida y volvió a la cocina. En cuanto se fue, blandí el tenedor y el cuchillo y me dispuse a serrar la carne. El cordero requirió más esfuerzo de lo que había previsto, pero la tarea contribuyó a hacerme olvidar la salsa, que no era tan sublime como Rosie había asegurado. El *kohlrabi* parecía una pequeña nave alienígena, y su sabor estaba a medio camino entre el de un nabo y una col. Era el complemento perfecto para el agua azucarada y mal fermentada que bebí para poder tragármelo. Envolví un trozo de cordero en una servilleta de papel y me metí el paquetito en el bolso. Miré a William y le hice el gesto universal para pedir la cuenta. Intercambié algunas frases de despedida con Claudia y Drew y luego me dirigí a mi casa.

A las nueve ya estaba en la cama, convencida de que no volvería a oír nada más acerca del incidente en la tienda. ¡Seré tonta!

5
Nora

El fin de semana empezó mal para Nora. Se había pasado la primera parte de la semana en Beverly Hills, ocupándose de toda una serie de citas rutinarias: fue a la peluquería, se hizo la manicura y la pedicura, le dieron un masaje y se sometió a su chequeo médico anual, algo que le alegraba haberse quitado de encima. El jueves al mediodía volvió a la casa de Montebello. Nora y Channing habían comprado su segunda residencia el año anterior, y Nora disfrutaba de cada minuto que pasaban allí. Aunque la casa nueva sólo se encontraba a unos ciento sesenta kilómetros al norte de su vivienda habitual, le parecía que viajaba a otro país. Siempre estaba impaciente por llegar. Tanto para Nora como para su marido, éste era el segundo matrimonio. Cuando lo conoció, Channing tenía la custodia compartida de sus hijas gemelas de trece años. El hijo de Nora había cumplido once. Decidieron no tener hijos propios a fin de no complicarse la vida. Los tres niños vivían con ellos en verano y la situación ya era lo bastante caótica, especialmente cuando llegó la pubertad y trajo consigo peleas, gritos, lágrimas, reproches y portazos en las dos plantas de la casa. Aunque apreciaba la paz doméstica actual, Nora aún recordaba aquellos años con cariño. Al menos entonces la familia estaba unida, por ruidosa y exasperante que fuera.

Channing tenía pensado llegar el viernes antes de la cena y quedarse hasta el lunes por la mañana. Sin embargo, en el último momento llamó para decir que traería a los Low. Abner era socio mayoritario en el bufete de abogados de Channing, así como uno de sus mejores amigos. Meredith, la segunda esposa de Abner, había sido la responsable de su ruptura matrimonial diez años atrás. Abner era un mujeriego compulsivo que ahora engañaba a Meredith con la que sin duda acabaría siendo su tercera esposa, siempre que fuera lista y jugara bien sus bazas.

Nora y Meredith se conocieron en una clase de danza jazz, e iniciaron una amistad que duraba ya quince años. Nada les gustaba más que chismorrear acerca de los diversos escándalos que se producían en su entorno social. Ambas disfrutaron como niñas al enterarse de que, al volver a su casa inesperadamente, la esposa de un pretencioso presidente de banco encontró a su marido vestido de mujer con un traje de Armani y zapatos de tacón de diseño. En otra ocasión acusaron a una conocida común de apropiarse de grandes cantidades de dinero de la organización benéfica en la que trabajaba como tesorera voluntaria. La mujer fue imputada, pero el juicio no llegó a celebrarse. Las partes llegaron a un acuerdo y el asunto se barrió debajo de la alfombra.

Al menos dos veces al año salía a la luz algún escándalo, y las dos se deleitaban intercambiando rumores. La relación que mantenían se sustentaba enteramente en la revelación de cotilleos salaces, lo que les permitía cambiar impresiones, comprobar si poseían los mismos valores, reforzar actitudes compartidas e intercambiar comentarios presuntuosos. Aunque ellas no se consideraban nada estiradas, por supuesto.

Entonces Meredith conoció a Abner, y antes de un año ambos habían abandonado a sus respectivos cónyuges. Nora y Channing fueron sus testigos de boda en una sencilla ceremonia celebrada en el ayuntamiento, seguida de un almuerzo elegante en el Hotel Bel Air. Dado que Channing y Abner eran tan buenos amigos, las dos mujeres estrecharon aún más su relación. Nora apoyó incondicionalmente a Meredith cuando ésta pilló a Abner con su primera amante. A ninguna de las dos se le escapó lo irónico de la situación. Habían creado un vínculo basado en las desgracias ajenas, y ahora el sufrimiento de Meredith estaba en boca de todos. Nora se convirtió en su paño de lágrimas. Le ofrecía consejo en conversaciones telefónicas interminables y durante un sinfín de almuerzos etílicos, en los que desempeñaba los papeles de asesora personal y de mediadora familiar sin poder reprimir cierto aire de suficiencia. Juntas analizaban cada detalle del encaprichamiento de Abner por la otra mujer, la cual (en opinión de ambas) no sólo era vulgar, sino que se había puesto en manos del cirujano plástico equivocado. Por desgracia, a Meredith le encantaba el estilo de vida que le proporcionaba Abner, así que, una vez agotadas sus reacciones emocionales, hizo un esfuerzo por aceptar la infidelidad de su marido. Aunque nunca llegó a admitir su relación extramatrimonial, Abner le compró un montón de joyas caras y la llevó a un crucero de Silver Seas por el Mediterráneo.

Cuando Meredith descubrió la segunda aventura amorosa de su marido, volvieron a repetirse las mismas escenas. A lo largo de los meses siguientes tuvo lugar un nuevo ciclo de llantos, reacciones airadas y promesas de venganza. Nora comenzó a aburrirse, aunque tardó algún tiempo en admitírselo a sí misma. Quería mostrarse leal y comprensiva, pero el folletín no tardó en volverse tedioso, y ella empezó a perder la paciencia ante tanta angustia y tanto resentimiento inútil. Meredith nunca pondría una demanda de divorcio, así que ¿para qué darle tanta importancia al asunto? La paciencia de Nora llegó a su límite cuando Meredith armó un escándalo en una cena a la que «la otra» también estaba invitada. La anfitriona cortó en seco los insultos de una Meredith ebria, pero no antes de que ésta se hubiera puesto en ridículo. A Nora la conducta de Meredith le pareció impropia e indecorosa. Dejando a un lado si su amiga tenía razón o no, siempre convenía guardar las formas. Se suponía que todos los miembros de su círculo social eran demasiado distinguidos como para hacer públicas sus desdichas. Cualquiera que fuera su situación conyugal, tanto si estaban enamoradísimas como muy distanciadas, se esperaba que las parejas mantuvieran una fachada de cordialidad. No se permitían las críticas, ni las pullas, ni la hostilidad expresada en forma de burla o de broma. Tras caer en la cuenta de que a Meredith le gustaba hacerse la víctima porque siempre quería ser el centro de atención, Nora reveló lo que opinaba en una conversación sincera con una amiga común. Este momento de franqueza resultaría ser un grave error de cálculo por su parte. Sabía que era indiscreto revelar información que debería haber mantenido en secreto, pero su amiga sacó el tema y Nora no pudo resistirse. Meredith acabó enterándose de lo sucedido y ambas se enzarzaron en una acalorada pelea. Con el tiempo limaron asperezas, pero a Nora le incomodaba sobremanera haberle fallado a su amiga, razón por la que prefería guardar las distancias.

En cierta ocasión, Channing los invitó sin consultárselo antes a su esposa y a Nora no le quedó más remedio que morderse la lengua. Se pasó dos días andando con pies de plomo, y en cuanto salieron Abner y Meredith de su casa le confesó a su marido cómo se sentía.

—Caray, Channing, lo último que quiero en este mundo es que Meredith se desahogue conmigo. Lo siento por ella, pero no me apetece tener que compadecerla. Si puedes evitar invitarlos de nuevo, te lo agradeceré.

Al parecer, este comentario irritó a su marido, aunque Channing respondió con tono desenfadado.

—Porque tú y Meredith os hayáis peleado no tenemos que cargar con las culpas Abner y yo.

—No se trata de que alguien cargue con las culpas. Tienes que admitir que es una situación incómoda, sabiendo como sabes lo que está haciendo Abner. Por ejemplo, si Meredith me lo pregunta directamente, ¿qué se supone que debo contestarle?

—Lo que él haga y lo que ella piense al respecto no es asunto nuestro.

—Puede que no, pero Abner es un cabrón.

—Estoy de acuerdo, y ahora cambiemos de tema, por favor.

A partir de entonces Nora decidió guardarse sus opiniones.

No tenía manera de saber si Meredith estaba al tanto de la aventura número tres, lo que la ponía en la incómoda situación de verse obligada a controlar todo lo que dijera. No le gustaba guardar secretos. Aunque su amistad se hubiera enfriado, Nora no quería herir a Meredith. ¿Debería sacar el tema o no? Si Meredith ya estaba al tanto de la aventura y Nora la mencionaba, los llantos y las lamentaciones no cesarían y el fin de semana acabaría siendo un desastre. Por otra parte, si Meredith no tenía ni idea y Nora no la avisaba, los reproches no tardarían en llegar: «¿Por qué no me lo dijiste? ¿Cómo pudiste dejar que siguiera con él cuando sabías lo que estaba pasando?».

Nora se encargó de que el ama de llaves, la señora Stumbo, pusiera flores recién cortadas en la habitación para invitados, así como agua en una jarra de cristal con vasos a tono y dos juegos de toallas de algodón egipcio dobladas juntas y atadas con un lazo de satén del mismo color. Aunque ya estaban en abril, las noches seguían siendo frías, por lo que Nora se aseguró de que hubiera leña en todas las chimeneas de la casa. Las comidas podrían suponer un problema. Acababan de perder a su cocinera personal y no podían esperar que la señora Stumbo cocinara para cuatro. Nora abrió el congelador, donde aún guardaba varios platos que la cocinera había preparado antes de dejarlos «para perseguir otros objetivos». En realidad, los había plantado para trabajar al servicio de una pareja de Montebello que le había ofrecido mil dólares más al mes. Nora se despidió afectuosamente de la cocinera y, a continuación, tachó a la pareja de su lista de amistades.

Nora decidió descongelar el guiso de *boeuf bourguignon* y servirlo aquella noche con ensalada, una *baguette* y frutas del bosque de postre. La noche del sábado haría una reserva para cuatro en el restaurante del club de campo. Escribió una lista de la compra y envió a la señora Stumbo en busca de lo necesario para cubrir los desayunos del sábado y el domingo, así como uno de los almuerzos. Abner insistiría en corresponder a su hospitalidad y los invitaría a almorzar el domingo, por lo que todas las comidas quedarían cubiertas. Los Low emprenderían el viaje de regreso a Bel Air antes de las dos del mediodía, y con algo de suerte ella y Channing podrían pasar la tarde del domingo a solas.

Esperaba que su marido llegara primero para poder preguntarle qué sabía Meredith acerca de la última aventura de Abner, si es que sabía algo. Quería prepararse mentalmente para poder desempeñar su papel. También quería reprenderlo por presentarse con invitados casi sin avisar, pese a saber que ella esperaba pasar esos días a solas con él. Nora tendría que ir con cuidado para que su reproche no pareciera una crítica abierta: si Channing se ponía a la defensiva, respondería como un niño enfurruñado. Su marido tenía la capacidad de hablar con tono cordial pese a mostrarse frío y retraído. Al final, Nora no tuvo la oportunidad de hablar a solas con Channing, porque su marido y los Low llegaron a la vez. El coche de Channing entró en el patio seguido del de sus amigos, y Nora ya no tuvo ocasión de interrogarlo. Su irritación se desvaneció enseguida gracias a los cócteles y a la conversación. ¿Quién podía seguir enfadado ante unas copas de buen vino?

Abner estaba más encantador que nunca, señal evidente de que volvía a tener una aventura. Sin duda, Meredith captaría la razón de tanta amabilidad. Nora adivinó que su amiga ansiaba recibir la compasión que solía prodigarle tiempo atrás. Se mostró desenfadada y procuró que la conversación entre ambas se ciñera a temas superficiales. En dos ocasiones Meredith la miró con ojos suplicantes, y una vez pareció estar a punto de decir lo que pensaba, pero Nora siguió comportándose como si no fuera con ella.

Finalmente, cuando Channing y Abner se metieron en la cocina para preparar más bebidas, Meredith le tocó el brazo a Nora y se dirigió a ella con tono angustiado.

—Tenemos que hablar.

—Claro. ¿Pasa algo?

—Ni siquiera sé por dónde empezar. A lo mejor podríamos ir a dar un paseo por la playa mañana por la mañana. Sólo tú y yo. Te he echado mucho de menos.

—Está bien. A ver qué tienen pensado los chicos. Quizá podamos encontrar algo de tiempo para nosotras —respondió Nora con tono animado mientras en su interior se iniciaba una pequeña rebelión. No le entusiasmaba la idea de mantener una charla íntima con Meredith, y haría todo lo posible para evitarla. Ya iba siendo hora de que su amiga se responsabilizara del pacto que había hecho al casarse con ese hombre. Ella era la razón por la que Abner le fue infiel a su primera esposa, así pues, ¿qué esperaba? O se tragaba el orgullo o se iba. No tenía sentido que se regodeara en su desgracia, especialmente cuando ella se la había buscado.

Para gran alivio de Nora, el fin de semana acabó finalmente sin que dieran el temido paseo por la playa. Cuando Abner y Meredith salieron del camino de entrada a la una, Nora sintió que empezaba a relajarse. Desafortunadamente, el resto del domingo se fue al traste a causa de una llamada que llegó justo después de que se fueran los Low. Había surgido algún problema relacionado con uno de los famosos clientes de Channing, y su marido tendría que solucionarlo. No era preciso dar explicaciones ni pedir excusas, porque Nora se hacía cargo de la situación. Así eran las cosas. Los clientes de Channing pertenecían al mundo del espectáculo, y entre ellos se incluían tanto artistas en ciernes como figuras establecidas. Su marido había ganado una fortuna ofreciendo un servicio personalizado. Estaba disponible a cualquier hora a la que sonara el teléfono, como si fuera un médico.

Nora sólo dispuso de unos minutos para mencionar el asunto personal que la preocupaba, cuando Channing ya estaba metiendo expedientes en su cartera de camino al coche. Nora había querido aclarar la reciente discusión que había tenido con la secretaria de su marido. Thelma (cuyo apellido le costaba recordar) llevaba dos años con él, y si bien Nora y ella habían tenido algún pequeño encontronazo, nunca llegó a producirse ninguna insubordinación manifiesta.

Nora conoció a Thelma cuando ésta empezó a trabajar para Channing. Tenía la costumbre de presentarse en el bufete siempre que contrataban a un nuevo empleado. Este contacto personal, aunque se limitara a un solo encuentro, garantizaba una relación telefónica más fluida. Nora no llamaba casi nunca al despacho, pero de vez en cuando surgía algún que otro problema relacionado con la casa, o con las gemelas de Channing. Su marido elegía siempre a subordinadas de un estilo similar. Las secretarias, las contables, las auxiliares administrativas e incluso las amas de llaves parecían cortadas por un mismo patrón: todas ellas eran mujeres de cierta edad que crecieron durante la Depresión, en años de miseria y de privaciones. Estas mujeres se sentían agradecidas por tener empleos bien pagados; les habían imbuido desde la infancia valores anticuados como el trabajo duro, la lealtad y el ahorro. Su «chica» anterior, Iris, estuvo siete años con él, hasta que sufrió un ataque de apoplejía que la obligó a jubilarse. Thelma era la excepción: unos veinte años más joven que Iris, poco agraciada, con algún kilo de más y un poco entrometida.

Nora había hablado con ella en infinidad de ocasiones desde aquel primer encuentro, pero Thelma nunca se mostró abiertamente cordial. Para ser justos, Channing detestaba que sus empleados intimaran. Solía quejarse de que su ex mujer, Gloria, siempre se empeñaba en confraternizar con sus empleados y acababa involucrándose en sus problemas personales. A la mujer de la limpieza, que era alcohólica, le daba por telefonear a Gloria en plena noche para pedirle anticipos. El jardinero la convenció para que le comprara herramientas nuevas después de que le robaran las suyas en otro trabajo. Cuando la hija de la cocinera se quedó embarazada, era Gloria la que la llevaba en coche al médico, porque la chica se encontraba demasiado mareada como para ir en autobús. A Channing le parecía absurdo que Gloria estuviera a la entera disposición de sus empleados. Cuando se casó con Nora, dejó claro que no permitiría que volviera a suceder lo mismo, y ella no puso ninguna objeción. Supuso que le habría echado el mismo sermón a Thelma, razón por la que su tono de voz revelaba siempre cierta frialdad.

Ya fuera por falta de seguridad en sí misma o por su naturaleza servil, Thelma insistía en consultar a Channing cada vez que Nora le pedía algo, por pequeño que fuera. Ahora, cuando Nora llamaba al bufete para hablar con él, solía toparse con una gran telaraña. Thelma, siempre sutil, ofrecía una resistencia casi imperceptible de la que Nora no podía quejarse. Si Nora le pedía que le extendiera un cheque, Thelma eludía la petición hasta poder consultárselo a su jefe. La segunda vez que esto sucedió Nora se quejó a Channing, y éste le dijo que ya hablaría con su secretaria. Durante algún tiempo la actitud de Thelma mejoró ligeramente, pero luego volvió a exhibir el mismo comportamiento huraño, cosa que ponía a Nora en la incómoda situación de no decir nada o de tener que quejarse una vez más, haciéndola parecer grosera. Thelma se negaba a reconocer la autoridad de Nora. Su jefe era Channing. Puede que Nora fuera la jefa en su casa, pero no en el despacho.

Nora estaba lista para soltar su perorata.

—Channing, tenemos que hablar sobre Thelma, es importante.

—Podemos hacerlo más tarde. Ahora mismo sólo pienso en llegar a la reunión antes de que el problema me estalle en la cara —respondió mientras se dirigía hacia la puerta—. Te veré el miércoles. No creo que haya demasiado tráfico. Si llegas a Malibú hacia las cinco de la tarde aún tendrás tiempo de sobra para arreglarte.

Nora se detuvo en seco.

—¿Para qué? Esta semana no pensaba bajar ni un día.

—¿Qué estás diciendo? Tenemos la gala benéfica de la Asociación contra el Alzheimer.

—¿Una gala benéfica? ¿A mediados de semana? ¡Es absurdo!

—Es la gala anual, con cena y baile. No te hagas la tonta, te lo dije la semana pasada.

Nora lo siguió hasta los escalones de la entrada.

—No me habías dicho nada.

Channing se volvió para mirarla sin poder contener su irritación.

—Me estás tomando el pelo, ¿no?

—No, no te estoy tomando el pelo. Tengo otros planes.

—Pues cancélalos. Requieren mi presencia, y quiero que vengas conmigo. Has puesto excusas para no asistir a mis últimos seis compromisos.

—Pues perdóneme usted, señor. No era consciente de que llevaras la cuenta.

—¿Y quién dice que lleve la cuenta? Dime cuándo fue la última vez que me acompañaste a algún sitio.

—No me hagas esto. Sabes que nunca se me ocurren ejemplos así de improviso. La cuestión es que la hermana de Belinda va a venir de Houston. Estará aquí un día y hemos comprado entradas para la sinfonía esa misma noche. Nos han costado una fortuna.

—Dile que teníamos otros planes y que se te olvidaron por completo.

—¿Una gala contra el Alzheimer y «se me olvidó por completo»? ¡Qué falta de tacto!

—Dile lo que quieras. Puede darle tu entrada a otra persona.

—No me veo capaz de cancelar en el último momento, sería muy desconsiderado por mi parte. Además, ya sabes lo mucho que detesto esas cenas.

—Yo no lo hago por diversión. He comprado una mesa para diez. No hemos faltado ni una sola vez en los últimos diez años.

—Y siempre me he aburrido como una ostra.

—¿Sabes qué? Ya estoy cansado de tus excusas. Me sales con esta gilipollez en el último momento y me dejas con el culo al aire. Ahora tengo que buscar a toda prisa a alguien que te sustituya. ¿No te das cuenta de lo embarazoso que es?

—Déjalo ya. Puedes ir solo. Por una vez, no te vas a morir.

—Vete a la mierda —le espetó Channing.

Metió de cualquier manera la cartera y una bolsa de lona en el maletero y se situó junto al lado del conductor, con Nora a sus espaldas. A Nora le exasperaba tener que correr detrás de su marido, lo que suponía hablar a trompicones.

Channing se deslizó tras el volante y cerró la puerta del coche de un portazo. A continuación le dio al contacto para poder bajar la ventanilla.

—¿Quieres que hablemos de Thelma? Muy bien. Hablemos de Thelma. Me dijo que llamaste el viernes para pedirle que te extendiera un cheque por ocho mil pavos. Me contó que le respondiste con mucha frialdad cuando te dijo que tendría que consultármelo a mí antes. Estaba preocupada por si te había ofendido.

—Bien. Perfecto. Sí que me ofendió, de eso quería hablar contigo. Deberías haberme dicho que era ella la que controlaba el dinero. No tenía ni idea.

—No te hagas la tonta. Todos los gastos pasan primero por

ella y luego por mí antes de llegar al despacho del contable. Con diecisiete abogados en el bufete, es la única manera que tengo de controlar las cuentas. Thelma no le dice ni que sí ni que no a nadie sin preguntármelo a mí primero. Así son las cosas.

—Muy bien.

—No hay ninguna razón para que te piques por ello. Hace su trabajo.

—No quiero seguir hablando del tema.

—¡Qué raro! Normalmente te empeñas en discutirlo todo hasta la saciedad.

—¿Por que te haces tanto la víctima? Es una maldita gala benéfica en Los Ángeles, no tienes que ir a la Casa Blanca.

—Te lo dije dos veces.

—No, no me lo dijiste. Lo has sacado ahora porque intentas cambiar de tema.

—¿Qué tema? —preguntó Channing.

—No entiendo por qué tengo que justificarme ante ella.

—No le diste ninguna explicación, simplemente le dijiste que te extendiera un cheque. ¿No podrías haberle explicado para qué lo querías? Lo creas o no, un cheque de ocho mil dólares no es ninguna minucia.

—No quiero hablar de esto ahora.

—¿Y por qué no?

—Hace seis meses quise comprar acciones de IBM. Te burlaste de la idea y las acciones subieron dieciséis enteros en dos días. Si hubiera tenido acceso al dinero, aunque fuera una cantidad modesta, podría haber ganado una fortuna.

—Y dos días más tarde cayeron en picado. Lo habrías perdido todo.

—Las habría vendido antes de que bajara el precio, y luego las habría comprado de nuevo al precio más bajo. Sé cómo funcionan estas cosas, no soy tonta, pienses lo que pienses.

—¿Y a qué viene ahora todo esto? Está claro que te has mosqueado.

—Quería los ocho mil dólares para comprar acciones de General Electric. Ahora es demasiado tarde. Cuando el mercado cerró el viernes, las acciones habían subido de 82 enteros a 106.

—¿Ocho de los grandes? ¿Y qué habrías sacado con una cantidad así?

—Eso no viene al caso. No tendría que suplicar para conseguir el dinero.

—No tiene sentido que te dé una pataleta por la forma en que llevo el negocio. Si quieres dinero, te abriré una cuenta.

—¿Me abrirás una cuenta, como si fueras mi padre?

Channing suspiró y puso los ojos en blanco, todo un aspaviento para alguien tan contenido como él. Después bajó la cabeza, la sacudió con resignación y subió la ventanilla. Dio marcha atrás en el patio delantero hasta tener el suficiente espacio para salir, cosa que hizo con un rechinar de ruedas que ponía de manifiesto su enfado.

Cuando quiso darse cuenta, su marido ya se había ido.

Nora entró en la casa y cerró la puerta tras de sí. No era la primera vez que discutían, y estaba claro que no sería la última. El enfado se apagaría y volvería la calma, pero ella no pensaba olvidar la cuestión. Casi siempre conseguían resolver sus diferencias, pero Nora había aprendido a evitar las negociaciones cuando alguno de los dos estaba ofuscado.

Fue hasta la cocina, recogió los vasos de Martini que reposaban sobre la encimera y los metió en el lavavajillas. Le encantaba tener la casa para ella sola otra vez. El lunes por la mañana la señora Stumbo haría una limpieza a fondo, cambiaría las sábanas, pondría cuatro lavadoras y restauraría el orden en toda la casa. Pero, por el momento, Nora podía disfrutar de la tranquilidad a sus anchas. Repasó brevemente la habitación de invitados con su espacioso baño para cerciorarse de que los Low no se hubieran dejado ningún artículo personal. Nora detestaba que los frascos de champú usados por otras personas se acumularan en la ducha, y era bastante posible que alguien se hubiera olvidado alguna joya, o alguna prenda colgada en el armario. Meredith se había dejado un número de la revista *Los Angeles Magazine* sobre la mesilla de noche.

Nora la cogió con la intención de tirarla a la papelera, pero acabó llevándosela a la cocina, donde se preparó una taza de té. Tomó la taza y la revista y se fue a la galería acristalada, donde se dejó caer en una butaca tapizada y puso los pies sobre la otomana, agradeciendo el raro momento de relajación. Fue hojeando las páginas satinadas, llenas de anuncios de tiendas en Rodeo Drive, caros salones de belleza, galerías de arte y boutiques. Había un reportaje fotográfico de seis páginas sobre la mansión del mes, un palacio exageradamente grande aunque decorado con bastante gusto construido por uno de los nuevos productores cinematográficos de éxito. También leyó la reseña sobre una actriz que le había caído mal al conocerla, disfrutando con malévola satisfacción de los ácidos comentarios del periodista. El artículo, en apariencia adulatorio, era en realidad profundamente malicioso y cruel.

Cuando llegó a los ecos de sociedad, Nora quiso ver quién había asistido a las distintas galas benéficas. Channing tenía razón al afirmar que Nora había puesto excusas para no acompañarlo las últimas seis veces. Conocía a muchas de las parejas fotografiadas. Aparecían casi siempre con otros amigos, junto a miembros de la junta o al lado de algún famoso, bebidas en ristre. Todas las mujeres, ataviadas con trajes largos y luciendo joyas fabulosas, posaban junto a sus presuntuosos maridos. Nora tuvo que admitir que los hombres estaban muy elegantes de esmoquin, aunque las fotografías, de cinco por cinco centímetros, eran casi todas iguales. Esas imágenes representaban el *Quién es Quién* de la sociedad hollywoodiense, y algunas de las parejas aparecían en todos y cada uno de los eventos.

Nora ya se felicitaba para sus adentros por haberse librado de tantas veladas tediosas cuando se fijó en una fotografía de Channing junto a Abner y Meredith tomada en el Baile con Ropa Tejana y Diamantes, al que ella tampoco había asistido. Los Low exhibían sonrisas radiantes, como si fueran inmensamente felices. ¡Menudo chiste! Nora se fijó en la voluptuosa pelirroja que iba agarrada del brazo de Channing. No la reconoció, pero el vestido que llevaba parecía una imitación del Gucci blanco palabra de honor que Nora guardaba en la casa de Malibú. No podía ser un modelo original, porque le habían asegurado que el suyo era único. Durante un momento pensó en lo bochornoso que habría sido presentarse en la misma fiesta con un vestido similar.

Volvió a mirar a la pelirroja, intrigada por la sonrisa de adoración que ésta le dirigía a Channing. Era la única fotografía de toda la página en la que una mujer miraba a su pareja en lugar de sonreír directamente a la cámara. Nora leyó el pie de foto y sintió un escalofrío insidioso, como un velo de mercurio que la envolvía de la cabeza a los pies. Thelma Landice. Su mano reposaba en el brazo de Channing, quien, a su vez, se la cubría con su mano derecha. Thelma aún estaba un poco gorda, pero se las había arreglado para comprimir y embutir cada kilo sobrante en una aproximación hinchada del cuerpo de guitarra que Marilyn Monroe popularizara treinta años atrás. Ya no tenía los dientes amarillentos ni llevaba un peinado anodino. Ahora llevaba su cabellera, teñida de un rojo chillón, recogida en un moño francés. Lucía pendientes de diamantes, y su radiante sonrisa revelaba varios miles de dólares en fundas blancas como la nieve.

Nora sintió que una oleada de calor le invadía el rostro a medida que iba atando cabos. Lo había entendido mal. No había sabido interpretar las señales. Meredith no le había dirigido todas esas miradas suplicantes con la esperanza de poder contarle sus desdichas maritales: sentía lástima de Nora por lo que ella y medio Hollywood sabían que había entre Channing y Thelma Landice, la mala puta de la mecanógrafa que trabajaba para él.

6
Dante

Dante comenzó a nadar por segunda vez en su vida cuando compró la finca de Montebello dieciocho años atrás. En realidad se llamaba Lorenzo Dante júnior, pero solían llamarlo Dante a secas para distinguirlo de su padre, Lorenzo Dante sénior. Por razones de seguridad, Dante evitaba hacer ejercicio al aire libre, lo que significaba que el *jogging*, el golf y el tenis quedaban descartados. Había construido un gimnasio doméstico, donde levantaba pesas tres veces a la semana. Cuando quería hacer ejercicio cardiovascular nadaba unos cuantos largos.

La propiedad de trece hectáreas estaba rodeada de un muro de piedra. Se accedía al recinto a través de dos puertas eléctricas —una situada en la parte delantera del muro, la otra en la parte trasera— y cada puerta contaba con su caseta de piedra, dotada de un guarda armado y uniformado. En total eran seis hombres, trabajando en turnos de ocho horas. Un séptimo empleado controlaba las cámaras de seguridad, las cuales se monitorizaban in situ durante el día y por control remoto durante la noche. El complejo estaba formado por cinco edificios. La casa principal, de dos plantas, disponía de un garaje separado para cinco coches, sobre el que habían construido dos apartamentos. Tomasso, el chófer de Dante, vivía en uno de ellos, mientras que el otro estaba ocupado por su cocinera personal, Sophie.

También había una casa de dos dormitorios para invitados y un pabellón junto a la piscina, que albergaba el gimnasio doméstico de Dante y una sala de cine de doce butacas. El despacho de Dante se encontraba en un amplio edificio de una planta conocido como «el Cottage», dotado de sala de estar, dormitorio, baño, aseo y una pequeña cocina. Dante también tenía una oficina con varios despachos en el centro de Santa Teresa, donde pasaba la mayor parte de su jornada laboral. El Cottage y el pabellón de la piscina parecían separados de la casa principal, pero en realidad estaban conectados mediante túneles que se bifurcaban en dos direcciones bajo la pista de tenis.

Dante había añadido la piscina cubierta a la parte trasera de la casa principal: dos carriles de ancho y veintitrés metros de largo, con un techo retráctil; el fondo y los lados estaban alicatados con azulejos de vidrio iridiscente, y cuando el sol brillaba en lo alto, parecía como si te desplazaras por un arco iris de luz. Su madre le había enseñado a nadar cuando Dante tenía cuatro años. Ella, de niña, le tenía miedo al agua y quiso asegurarse de que sus hijos supieran nadar bien desde la infancia. Dante hacía veinticinco largos al día. Empezaba a las cinco y media de la mañana e iba contando hacia atrás, de veinticinco a cero. Mantenía el agua a una temperatura constante de veintiún grados, y el ambiente exterior a veintinueve. Le encantaba la forma en que el agua amortiguaba el sonido, la simplicidad de nadar a crol, lo limpio y vacío que se sentía al acabar.

Dante y Lola, su novia desde hacía ocho años, habían vuelto la noche anterior de pasar unos días esquiando en Lake Louise, donde una temperatura mucho más cálida de lo habitual había ablandado en exceso las pistas. Dante detestaba el tiempo frío de todos modos, y si hubiera estado en su mano habría acortado el viaje, pero Lola se puso firme y ni siquiera quiso considerar esa posibilidad. A Dante las vacaciones le parecían estresantes. No le gustaba estar sin nada que hacer, y no quería apartarse de sus negocios. Ansiaba volver a su vida de siempre.

Aquella mañana de lunes, Dante se duchó y se vistió a las siete. Mientras se ponía la ropa le llegó el aroma a café, beicon y algo dulce. Le apetecía desayunar solo, para ponerse al día de las noticias mientras comía con parsimonia. Antes de bajar a desayunar, pasó por las habitaciones de su padre en la segunda planta. La puerta estaba abierta, y la enfermera le cambiaba las sábanas. Le explicó que su padre había pasado una mala noche y que había abandonado finalmente toda esperanza de volver a dormirse. Se había puesto un traje y le había pedido a Tomasso que lo llevara a la oficina en Santa Teresa. Casi cada día, el anciano se sentaba frente a su escritorio durante horas bebiendo café, leyendo biografías de figuras políticas ya desaparecidas y haciendo el crucigrama del *New York Times* hasta que llegaba la hora de volver a casa.

Dante bajó hasta el sótano y recorrió el túnel que comunicaba la casa principal con el Cottage. Al salir al exterior, cruzó un tramo corto de césped hasta la casa de invitados para visitar como cada mañana a su tío Alfredo, el cual vivía allí desde que le dieron el alta en el hospital tras ser operado de cáncer hacía un año. Inicialmente, la casa de invitados se construyó para alojar a toda una serie de niñeras que trabajaron para el propietario anterior. Ahora uno de los dos dormitorios estaba equipado con una cama de hospital, mientras que el segundo quedaba a disposición de las enfermeras que hacían el turno de noche. Una auxiliar de enfermería venía durante el día para ayudar a cuidarlo.

Alfredo era el único hermano de su padre que aún seguía vivo, y estaba sin un céntimo. Dos hermanos menores, Donatello y Amo, de diecinueve y veintidós años respectivamente, murieron en la misma fecha, el 7 de febrero de 1943, dos días antes del final de la Batalla de Guadalcanal.

Dante no se explicaba qué les había pasado a su padre y a su tío Alfredo. ¿Cómo podías llegar al final de tu vida sin haber conseguido nada? Su padre afirmaba que sus problemas económicos se debieron a los malos consejos de un contable que «ya no pertenecía a la empresa», lo cual significaba que había mordido el polvo. Dante sospechaba que lo que su padre denominaba «malos consejos» era en realidad la consecuencia de vivir siempre por encima de sus posibilidades.

Lorenzo sénior era un chico de barrio que alcanzó prominencia durante la Prohibición y fue lo suficientemente listo como para sacar provecho del *boom*. El mercado era propicio y el matarratas estaba muy cotizado. El juego y la prostitución parecieron florecer en el ambiente de excesos propio de la época. Lorenzo nunca consideró a los principales mafiosos sus aliados. Nueva York, Detroit, Chicago, Kansas City y Las Vegas le parecían lugares muy remotos. Tenía vínculos de parentesco con muchos de aquellos gángsteres, pero las ambiciones de Lorenzo eran estrictamente provincianas y Santa Teresa parecía la comunidad perfecta para promover el negocio del vicio. Su organización proveía a las mafias de San Francisco y de Los Ángeles; no le interesaba ningún lugar que estuviera más allá de esas dos ciudades. Lorenzo no se metía en los asuntos de los peces gordos, y ellos no interferían en los suyos. Debido a su política de puertas abiertas, ofrecía refugio a cualquier mafioso que necesitara esconderse durante algún tiempo y solía agasajar con generosidad a sus compinches del Medio Oeste y de la Costa Este. La Costa Oeste comenzaba a atraer como un imán a los ciudadanos ricos e inquietos que llegaban desde todos los rincones del país en busca de sol, relajación y un entorno protegido en el que satisfacer sus apetitos más bajos.

A lo largo de seis décadas, Lorenzo sénior había disfrutado de su posición. Ahora lo trataban con la deferencia que se debe a un hombre que llegó a ejercer el poder, pero que ya no lo ejercía. Los tiempos habían cambiado. Era posible obtener la misma cantidad de dinero mediante las mismas actividades sórdidas, pero escudándose tras una pantalla de protección pagada. Los abogados y las grandes empresas proporcionaban ahora la tapadera necesaria, y la vida continuaba igual que antes. El control de los negocios había pasado a su hijo mayor, Dante, el cual llevaba años cubriendo las rendijas con un barniz de respetabilidad.

Lorenzo siempre había dado por sentado que moriría siendo aún joven, y por tanto nunca sintió la necesidad de asegurarse el bienestar en la vejez. Alfredo pensaba lo mismo, así que puede que se tratara de algo que habían aprendido en su juventud. Fuera cual fuera el origen de sus malas decisiones, ahora vivían a costa de Dante. Éste también mantenía a su hermano Cappi, el cual, supuestamente, se estaba «aclimatando» después de que lo excarcelaran sin cumplir por entero su condena a cinco años en el presidio de Soledad. Tres de las cuatro hermanas de Dante vivían repartidas por todo el país y estaban casadas con hombres a los que les iban bien las cosas (gracias a Dios). Tenían doce hijos en total, distribuidos democráticamente a tres por pareja. Elena vivía en Sparta, Nueva Jersey; Gina en Chicago, y Mia en Denver. Su hermana favorita, Talia, viuda desde hacía dos años, había vuelto a Santa Teresa. Los dos hijos de Talia, que ahora tenían veintidós y veinticinco años, se habían licenciado en la universidad y tenían buenos empleos. Su hija menor estaba matriculada en el Santa Teresa City College y vivía con su madre. Talia era la única de sus hermanas con la que hablaba con cierta frecuencia. Su marido le había dejado un montón de pasta y no esperaba ayuda económica de Dante, lo cual era un alivio. Ya tenía doce empleados a tiempo completo y cinco a tiempo parcial en la casa.

Dante llamó a la puerta de su tío Alfredo y la enfermera le indicó que entrara. Cara había hecho el turno de mañana, asegurándose de que el anciano estuviera limpio y bien arreglado y de que hubiera tomado todas sus medicinas. Alfredo sufría dolores casi constantes, pero de vez en cuando era capaz de sentarse en el patio, rodeado de los rosales que Dante hizo plantar para él cuando se mudó a la casa de invitados. Allí era donde Dante lo encontró en ese momento, con el pelo blanco aún mojado después de que Cara lo hubiera lavado con una esponja. Su tío, cubierto con un chal, disfrutaba del primer sol de la mañana con los ojos cerrados.

Dante acercó una silla y Alfredo lo saludó sin molestarse en mirarlo.

—¿Qué tal por Canadá?

—Aburrido —respondió Dante—. Hacía demasiado calor para esquiar, y demasiado frío para cualquier otra cosa. A los dos días de estar allí las rodillas ya me estaban matando. Lola pensaba que era psicosomático y no me hizo el más mínimo caso. Dijo que buscaba una excusa para volver a casa. Y tú, ¿cómo te encuentras?

Su tío consiguió esbozar una sonrisa.

—No muy bien.

—Las mañanas no son fáciles. Te pondrás mejor a lo largo del día.

—A base de pastillas —respondió Alfredo—. Ayer, el padre Ignatius vino hasta la casa para confesarme. Fue la primera vez en cuarenta y cinco años, así que la confesión duró bastante rato.

—Debe de haber sido un alivio.

—No tanto como esperaba.

—¿Te arrepientes de algo?

—Todo el mundo se arrepiente de algo. De cosas que uno hizo y no debería haber hecho. De cosas que uno no hizo y debería haber hecho... Resulta difícil saber qué es peor.

—Puede que, a fin de cuentas, no importe —observó Dante.

—Créeme, sí que importa. Te dices a ti mismo que no importa, pero no es cierto. Me he arrepentido de mis pecados, pero eso no reparará el daño causado.

—Al menos tuviste la oportunidad de confesarte.

Alfredo se encogió de hombros.

—No me sinceré del todo. Aunque no tardaré en abandonar este mundo, soy reacio a confesar según qué secretos. Es una carga que llevo en la conciencia.

—Aún tienes tiempo.

—Qué más quisiera —repuso el anciano suavemente—. ¿Cómo le va a Cappi?

—Ese cabrón tiene más ambición que cerebro.

Alfredo sonrió y cerró los ojos.

—Entonces saca provecho de la situación. ¿Conoces *El arte de la guerra*, de Sun-Tzu?

—Pues no. ¿Qué dice?

—Protegernos contra la derrota está en nuestras manos, pero la oportunidad de vencer al enemigo nos la proporciona el propio enemigo. ¿Entiendes a qué me refiero?

Dante observó el rostro de su tío.

—Lo pensaré.

—Con eso no bastará.

El tío Alfredo enmudeció.

Dante observó cómo le subía y le bajaba el pecho al respirar. Era un anciano de hombros huesudos y brazos blancos como la leche. Tenía los nudillos rojos e hinchados, y Dante supuso que, si se los tocaba, los encontraría calientes. Su tío empezó a roncar suavemente; al menos el viejo seguía vivo, aunque no le prestara atención. Dante admiraba el estoicismo de Alfredo. La lucha por sobrevivir lo estaba extenuando y el dolor no le daba tregua, pero él no se quejaba. Dante no soportaba a la gente que gimoteaba y rezongaba sin cesar. Era una actitud que había aprendido de su padre, el cual no toleraba quejas ni de Dante ni de nadie. Dante llevaba toda la vida escuchando las advertencias de su padre sobre aquellos a los que consideraba débiles, estúpidos y maquinadores.

Él era el mayor de seis hermanos. Cappi era el pequeño, y entre ambos estaban las cuatro chicas. Después de que su madre los abandonara, Lorenzo comenzó a pegar a Dante con una violencia implacable. Dante aguantó todos los puñetazos, creyendo que así protegía a su hermano menor. Sabía que Lorenzo nunca les pondría la mano encima a sus hermanas. Entre los doce y los catorce años Cappi también sufrió malos tratos por parte de su padre, pero entonces algo cambió. Cappi empezó a defenderse y se negó a seguir aguantando las palizas que le propinaba Lorenzo sénior. Durante un breve periodo la violencia aumentó, hasta que, de pronto, su padre se echó atrás. Fuera cual fuera la extraña dinámica existente entre ambos, Cappi había acabado siendo igual que su padre: descuidado, mezquino e impulsivo.

El comedor estaba vacío cuando Dante se sentó a desayunar. Sophie había colocado sobre la mesa el *New York Times,* el *Wall Street Journal,* el *Los Angeles Times* y el periódico local que Dante hojeaba de vez en cuando para enterarse de los cotilleos. Lola no iba a desayunar con él. Se valdría del *jet lag* como excusa para quedarse en la cama durmiendo. A su novia le gustaba trasnochar y se quedaba hasta las tantas viendo la tele, películas antiguas en blanco y negro que emitían cada noche en un canal local. Casi nunca salía de la suite principal hasta el mediodía. Un día a la semana iba a la oficina y fingía ser útil. Dante le pagaba un sueldo y le insistía en que trabajara un poco para contribuir a su manutención.

Lola era la primera mujer con la que había convivido más de un año. Dante siempre había desconfiado de las mujeres. Se empeñaba en guardar las distancias, lo que al principio intrigaba a la mayoría de sus parejas, pero luego las sacaba de quicio y acababa resultándoles insoportable. Las mujeres querían relaciones claras y bien definidas. Empezaban a exigirle un mayor compromiso al cabo de unos meses, y continuaban presionando hasta que Dante les paraba los pies y ellas se iban. Nunca tuvo que cortar con sus novias: eran ellas las que cortaban con él, y no le importaba en absoluto. En más de una ocasión le habían comentado que siempre le atraía el mismo tipo de mujer: joven, delgada y de cabellos y ojos oscuros; de hecho, una mujer parecida a su madre a los treinta y tres años, edad en la que se marchó sin decir ni una palabra.

Lola era distinta, o al menos eso parecía. Se conocieron en un bar el día en que ella cumplió los veintiocho. Dante había ido a tomar una copa acompañado de su séquito habitual: chófer, guardaespaldas y un par de amigos. Se fijó en ella nada más entrar. Lola estaba en medio de un brindis con champán para celebrar su cumpleaños cuando Dante se sentó a la mesa de al lado. Cabellera negra, ojos oscuros, boca voluptuosa. Tenía las piernas largas y parecía delgadísima, enfundada en unos vaqueros ajustados y una camiseta a través de la cual Dante adivinó la forma de sus pequeños pechos. Ella lo vio casi al mismo tiempo, y los dos estuvieron intercambiando miradas durante una hora antes de que Lola fuera hasta su mesa y se presentara. Dante se la llevó a su casa con la intención de impresionarla, pero a ella pareció divertirle la situación. Más tarde, Dante se enteró de que los amigos de Lola la previnieron acerca de él, aunque las advertencias no es que surtieran demasiado efecto. A Lola le atraían los chicos malos. Antes de conocer a Dante había pagado la fianza de varios tipos para sacarlos de la cárcel, se había creído sus promesas y había confiado en que cambiarían. Lola esperaba siempre a que cumplieran sus condenas o sus periodos de rehabilitación. Su fe en ellos la volvía aún más crédula a ojos del siguiente perdedor.

Dante era honrado en comparación con ellos. Ganaba mucho dinero y solía ser generoso. Le ofrecía la misma sensación de peligro, pero era más inteligente y sabía cómo protegerse. Lola siempre le gastaba bromas sobre su limusina blindada y sus guardaespaldas. A Dante le gustaba su desparpajo, el hecho de que fuera capaz de mandarlo a la mierda antes que doblegarse a su voluntad.

Después de los primeros seis años, Lola comenzó a mencionar de pasada el matrimonio. Le impacientaba que la situación actual se eternizara. Dante evitó el tema y consiguió darle largas durante dos años más, pero era consciente de que estaba bajando la guardia. ¿Y por qué no? Llevaban viviendo como marido y mujer desde el principio de su relación. Hasta entonces, Dante siempre había argumentado que una licencia matrimonial resultaría superflua. ¿Por qué insistir en obtener un papel, cuando Lola ya disfrutaba de todas las ventajas? Últimamente su novia había empezado a darle la vuelta a ese argumento, señalando que si el matrimonio significaba tan poco, ¿por qué le daba él tanta importancia a casarse?

A las nueve en punto, Dante apartó los periódicos y se acabó el café. Antes de salir de la cocina llamó a Tomasso por el interfono.

—¿Puedes traer el coche?

—Estoy esperando junto a la puerta lateral. Hubert viajará a mi lado.

—Así me gusta.

Mientras Dante atravesaba el pórtico cubierto adjunto a la biblioteca, Tomasso abrió la puerta trasera de la limusina y luego observó cómo se sentaba en el asiento trasero. El viaje hasta la oficina duraba siempre quince minutos, aunque Tomasso cambiara el trayecto. Hubert, el gigantesco guardaespaldas de Dante, se revolvió en el asiento delantero y saludó a su jefe con una inclinación de cabeza. Hubert era checoslovaco y hablaba muy poco inglés. Era bueno en lo suyo y, debido a su reducida comprensión del idioma, no se enteraba de nada cuando Dante y Tomasso hablaban de negocios. Con una estatura de metro noventa y ocho y pesando casi ciento treinta y cinco kilos, Hubert tenía una presencia que tranquilizaba a sus jefes. Era como poseer un rottweiler de temperamento plácido e instintos territoriales despiadados.

Dante se fijó en que Tomasso lo observaba por el retrovisor.

—¿Qué pasa? —preguntó.

—Creí que tendría la piel enrojecida por el viento.

—Apenas salí del hotel. La próxima vez que hable de irme de vacaciones, recuérdame lo mucho que detesto estar lejos.

—¿Le gustó la estación de esquí?

—Por dos de los grandes la noche, no era nada del otro mundo.

—¿Y qué le parecieron los tipos que contratamos para que cuidaran de usted?

—No tan competentes como vosotros dos, pero sigo sano y salvo.

Tomasso no dijo nada más durante el resto del viaje. Al llegar a su destino estacionó en el aparcamiento subterráneo construido bajo el centro comercial Passages, en el extremo más próximo a los almacenes Macy's. Hubert bajó del coche y recorrió con la mirada el espacio casi vacío en busca de posibles peligros antes de abrir la puerta trasera para que saliera su jefe.

Tomasso bajó la ventanilla.

—Oiga, jefe, tendría que hablar con el señor Abramson antes de hacer otras cosas.

—¿Por qué?

—Sólo sé que ha dicho que usted debía hablar con él nada más llegar. No es de los que le den mucho a la lengua, pero, por su lenguaje corporal, diría que se subía por las paredes.

—¿Sabes de qué va el asunto?

—Será mejor que se lo diga él. Por lo de matar al mensajero y todo eso, ya sabe. ¿A qué hora quiere que lo recoja?

—Ya te llamaré. Puedes llevar a papá de vuelta a casa cuando esté listo. Quizás yo tenga que quedarme hasta tarde, según lo que haya pasado mientras he estado fuera.

Tomasso parecía a punto de decir algo más, pero a Dante no le gustaba permanecer demasiado rato en la calle, así que se dirigió a los ascensores con Hubert pisándole los talones y pulsó el botón de subida. Los dos tomaron el ascensor hasta la última planta. Cuando Dante salió del ascensor, Hubert volvió al coche. Al pasar por recepción, Dante se fijó en una morena esbelta que esperaba sentada en una de las grandes butacas de piel, hojeando una revista.

Dante se detuvo un momento frente al escritorio de la recepcionista.

—Buenos días, Abbie. ¿Ha llegado Saul?

—No, señor Dante. El señor Abramson tenía hora en el dentista. Debería estar de vuelta antes de las diez.

—Dile que lo quiero en mi despacho —ordenó, y entonces lanzó una mirada a la visitante—. ¿Quién es?

—La señora Vogelsang. La ha enviado el señor Berman.

—Dame cinco minutos y luego hazla pasar.

Dante recorrió un trozo de pasillo y, al llegar a la puerta del despacho de su padre, llamó con los nudillos y metió la cabeza. Lorenzo, vestido con un terno y calzado con zapatos de vestir negros, dormía tumbado en el sofá, con una biografía de Winston Churchill abierta boca abajo sobre el pecho. Dante cerró la puerta con cuidado para no despertarlo.

Nada más sentarse a su escritorio hizo una llamada a Maurice Berman, propietario de una pequeña cadena de joyerías de lujo. Cuando Berman contestó al teléfono, Dante dijo:

—Hola, Maurice. Soy Dante. Tengo a una mujer preciosa esperando en recepción. ¿A qué se debe?

—Es la mujer de Channing Vogelsang. ¿Te suena el apellido?

—No.

—Un abogado famoso de Hollywood. Tienen una casa en Malibú y una segunda residencia en Montebello. Se reparten entre las dos. Le compré un par de joyas a ella: bonitas, de alta calidad y a buen precio. Pero entonces me enseñó un anillo y me entraron algunas dudas. Pensé: «¿Quién soy yo para darle malas noticias a una mujer hermosa?». De todos modos, la cantidad que pide no está a mi alcance. Le dije que tú eras el único tipo de la ciudad que podría quitárselo de las manos.

—¿Para qué necesita el dinero?

—Ni idea. Tiene mucha sangre fría. No es de las que hablan más de la cuenta, y no me dio ninguna explicación.

—¿Drogas?

—Lo dudo. Podría ser un problema de juego, pero no parece una jugadora. Le di un cheque de siete mil dólares por joyas valoradas en cuarenta y dos mil.

—Nadie dijo que no fueras generoso —repuso Dante—. Háblame de las piezas que has comprado.

—Un par de pendientes de zafiros y diamantes cabujón que probablemente valgan diecisiete de los grandes, y una pulsera Art Decó de zafiros y diamantes que puede costar fácilmente unos veinticinco. Pero el anillo no me gusta.

—Estoy dispuesto a echarle un vistazo.

—Me imaginé que lo harías. Ya me dirás cómo acaba la historia.

Tras colgar, Dante le ordenó a Abbie por el interfono que hiciera pasar a la señora Vogelsang. Después se dirigió a la puerta y observó cómo se acercaban las dos mujeres. Cuando Abbie acompañó a la visitante hasta el interior del despacho, Dante le tendió la mano.

—Señora Vogelsang, un placer. Soy Lorenzo Dante. Mi padre es Lorenzo sénior, así que casi todos me llaman Dante. Entre y siéntese.

—Yo soy Nora —respondió la mujer, y se dieron la mano. Tenía los dedos finos y fríos, y estrechaba la mano con firmeza. Sonrió tímidamente y Dante se dio cuenta de que se sentía incómoda.

—¿Café? —preguntó.

—Sí, por favor. Con leche, si tiene. Sin azúcar.

—Que sean dos —le indicó a Abbie.

Cuando Abbie se fue a preparar los cafés, Dante señaló una butaca tapizada en cuero que formaba parte de un tresillo situado frente a las tres grandes ventanas circulares que daban a State Street.

Nora se sentó y depositó a su lado un gran bolso de cuero negro con pinta de ser caro. Era una mujer menuda y esbelta, enfundada en un vestido negro de buen corte que sugería más de lo que revelaba. Al entrar en la habitación dejó una estela de perfume delicado tras de sí. Dante se aposentó en el sofá intentando no mirarla fijamente, pero era tan hermosa que no podía dejar de contemplarla. Su elegancia y su reserva le parecieron inquietantes. Dante se las ingenió para hablar de naderías mientras esperaban el café, contento de tener una excusa para poder estudiarla de cerca. Ojos oscuros y profundos; boca dulce. Nora recorrió con la mirada la habitación, decorada en distintos tonos de gris. Habían tapizado las butacas con Ultrasuede de color gris marengo; la alfombra era de un gris más claro. Las paredes estaban revestidas con paneles de nogal blanqueado.

Nora lo miró con curiosidad.

—¿Le puedo preguntar a qué se dedica? Había dado por sentado que compraba joyas antiguas, pero esto parece el bufete de un abogado.

—Soy una especie de banquero privado. Presto dinero a clientes que no cumplen los requisitos de las instituciones tradicionales. La mayoría prefiere mantener sus finanzas al margen del escrutinio público. También soy propietario de varios negocios comerciales. ¿Y qué hay de usted?

—Mi marido es abogado en la industria.

—«La industria» quiere decir la industria cinematográfica, ¿no? Algo he oído. Channing Vogelsang. ¿Viven en Los Ángeles?

—En Malibú. Tenemos una segunda residencia en Montebello.

—Un sitio muy bonito. ¿Son socios del Club de Campo de Montebello?

—De Nine Palms —respondió Nora, corrigiéndolo.

—Puede que conozca a Robert Heller y a su esposa.

—Gretchen. Sí, son buenos amigos nuestros. De hecho, vamos a cenar juntos en el club el próximo sábado. ¿De qué los conoce?

—Robert y yo hicimos algún negocio tiempo ha —explicó Dante—. Es posible que nos veamos allí.

—¿En el club?

—No debería sorprenderse tanto. No es la única que tiene amigos —señaló Dante—. En todo caso, he hablado con Maurice Berman esta mañana. Dice que usted tiene un anillo que le gustaría vender. ¿Puedo verlo?

—Desde luego.

Nora rebuscó en su bolso, sacó el estuche del anillo y se lo entregó.

Dante abrió el estuche, que contenía un diamante rosado de corte radiante flanqueado por dos diamantes blancos.

—¿Cinco quilates?

—Cinco coma cuarenta y seis. Está engarzado en platino y en oro de dieciocho quilates. Las piedras más pequeñas tienen uno coma siete quilates en total. Mi marido se lo compró a un joyero de Nueva York hace algunos meses.

—¿Sabe cuánto pagó por él?

—Ciento veinticinco mil dólares.

—¿Conserva la factura?

—No la tengo. Mi marido las guarda todas en la oficina.

Dante lo dejó pasar y se preguntó si Channing Vogelsang conocía los planes de su mujer.

—¿Le importaría que lo consultara con una experta? Hay una chica en la oficina que es gemóloga.

—Como usted quiera.

Abbie volvió con una bandeja en la que llevaba una jarra de café, dos tazas, platitos, cucharas, una jarrita con leche y un azucarero. Colocó la bandeja sobre la superficie de cristal de la mesa de café y le pasó a Nora una taza y un platito. A continuación le sirvió el café, procurando que el líquido humeante no llegara hasta el borde de la taza. Nora se echó leche de la jarrita mientras Abbie le servía el café a Dante. Antes de irse, Dante le mostró el estuche con el anillo.

—Dale esto a Lou Elle y dile que le eche un vistazo.

—Sí, señor Dante.

Abbie salió del despacho con el estuche y cerró la puerta tras de sí.

—No tendrá que esperar mucho.

Nora no respondió y siguió bebiendo el café a sorbos. Dante depositó su taza en la mesa sin haber probado el café.

—¿Le importa si le hago algunas preguntas?

Nora inclinó la cabeza con un gesto que Dante interpretó como de asentimiento.

—¿El anillo fue un regalo de su marido?

—Sí.

—Supongo que de aniversario de boda. ¿El décimo?

—El decimocuarto. ¿Por qué lo pregunta?

—Trato de entender por qué quiere venderlo.

—Por ninguna razón demasiado complicada —respondió ella—. Preferiría tener el dinero en efectivo.

—Y para obtenerlo, ¿lo hace a espaldas de su marido?

—No estoy haciendo nada a espaldas de mi marido.

Dante arqueó una ceja.

—Entonces, ¿él sabe que lo intenta vender?

—No me parece que sea asunto suyo.

—No pretendo ser impertinente. Estoy algo confundido. Pensaba que la gente se casaba para tener a alguien en quien confiar, alguien a quien poder decirle cualquier cosa. Nada de secretos, ni de ocultarse información. Si no, ¿para qué casarse?

—Esto no tiene nada que ver con él. El anillo es mío.

—¿No se dará cuenta de que usted no lo lleva puesto?

—Sabe que no me gusta. No es mi estilo.

—¿Cuánto pide?

—Setenta y cinco mil.

Dante observó su rostro, que era más expresivo de lo que ella creía. En su vida, por alguna razón, había mucho en juego. Esperó unos instantes, pero Nora no ofreció ninguna explicación.

—Me sorprende que quiera desprenderse del anillo. ¿No tiene ningún valor sentimental para usted?

—Me incomoda hablar del tema.

Dante sonrió.

—¿Quiere setenta y cinco de los grandes y le parece que este asunto no merece siquiera un comentario?

—No quería decir eso. Es algo personal.

Dante la observó con interés. Le divertía que Nora evitara mirarlo a los ojos.

—Debe de ser muy personal para que esté ahorrando en secreto.

Sorprendida, por fin lo miró directamente.

—¿Por qué piensa que eso es lo que hago?

—Porque ha vendido dos joyas más. No tan caras como el anillo, por lo que dice Maurice.

—No tenía ni idea de que fuera a contárselo a usted. Me parece muy indiscreto por su parte.

—¿Cómo? ¿Cree que los tratos de este tipo llevan una cláusula de confidencialidad? Los negocios son los negocios. Supongo que está acumulando dinero en efectivo, y siento curiosidad.

Nora vaciló, evitando de nuevo mirarlo a los ojos.

—Es como un seguro.

—Un rinconcito para sus caprichos.

—Podría ser.

—Está bien.

El teléfono comenzó a sonar. Dante alargó el brazo hasta la mesa auxiliar y descolgó el auricular.

—Sí —dijo Dante.

—¿Podría verte en mi despacho? —preguntó Lou Elle.

—Claro —respondió él, y colgó. Luego se volvió hacia Nora y le dijo—: ¿Me disculpa un momento? Esto sólo me llevará unos minutos.

—Desde luego.

Dante cerró la puerta tras de sí y se dirigió al despacho de Lou Elle, situado en el mismo pasillo. Lou Elle era la interventora de la empresa, puesto en el que llevaba quince años. Dante la encontró sentada frente a su escritorio, con el estuche del anillo abierto en la mano. Lo alzó para mostrárselo.

—¿De qué va esto?

—La dama que se encuentra en mi despacho quiere venderlo.

—¿Por cuánto?

—Por setenta y cinco mil. Me dice que su marido se lo compró a un joyero de Nueva York por ciento veinticinco mil. No tiene factura, pero parece sincera.

—Pues te equivocas. Es una trola. El diamante tiene defectos. Lo han sometido a un proceso denominado realce de claridad, que consiste en emplear un material similar a la resina para corregir las imperfecciones. Si su marido pagó ciento veinticinco mil, le timaron.

—Puede que no lo supiera.

—O puede que pagara menos y le mintiera a ella. El color también es falso. Quizás el diamante no cumplía todos los criterios de evaluación, así que lo irradiaron. De ahí este tono rosáceo.

—Pero sigue teniendo cinco coma cuarenta y seis quilates.

—No he dicho que sea una baratija. He dicho que no vale setenta y cinco mil dólares.

Dante sonrió.

—¿Cuánto pagué por tus cursos?

Lou Elle le dio el estuche.

—Mil novecientos por el certificado en gemología, y trece mil más por el certificado en piedras preciosas.

—Un dinero muy bien empleado.

—Pero en su momento te quejaste.

—No tengo perdón.

—Eso es lo que dije yo.

Dante se metió el estuche en el bolsillo de la chaqueta y después palpó el bulto.

—Recuérdamelo y te pagaré una prima a fin de año.

—Preferiría que me la pagaras ahora.

—Hecho —respondió Dante—. Llama a Maurice Berman y cuéntale lo que me has dicho.

Cuando volvió a su despacho encontró a Nora de pie frente a una de las ventanas circulares, observando a los viandantes que pasaban por el otro extremo de la calle.

—Resulta muy útil para espiar —dijo Dante—. El cristal es opaco desde el exterior, de color negro humo.

—He observado las ventanas desde la calle. Me parece raro verlas desde dentro. —Nora esbozó una sonrisa y volvió a su asiento—. ¿Va todo bien?

—Sí. Se trataba de otro asunto, no tiene nada que ver con usted.

Dante se acercó a su escritorio y sacó un gran sobre acolchado del último cajón. A continuación se dirigió a una pared lateral y accionó el panel que ocultaba la caja fuerte de su despacho. Se situó frente a la caja para que Nora no pudiera ver su contenido mientras sacaba siete gruesos fajos de billetes de cien dólares. Añadió un fajo más pequeño y los introdujo todos en el sobre. Después volvió a su asiento y se lo entregó a Nora.

Ésta abrió el sobre y le echó un vistazo a su contenido. Pareció sorprenderse y se sonrojó.

—Setenta y cinco —dijo Dante—. Está todo.

—Esperaba una transferencia, o que me pagara con un cheque.

—Seguro que no quiere que aparezcan setenta y cinco mil dólares en su cuenta corriente. Un ingreso de esa cuantía generaría un informe para Hacienda.

—¿Supone eso un problema?

—No quiero dejar ninguna prueba documental que me vincule a usted. Me están investigando. Si Hacienda descubre que ha hecho negocios conmigo, no tardarán en llamar a su puerta. No le conviene que nuestro acuerdo salga a la luz.

—No hay nada ilegal en vender un anillo.

—A menos que se lo venda a un tipo al que el FBI se muere por procesar.

—¿Por qué? Usted ha dicho que es un banquero privado.

—Una especie de banquero privado.

Nora lo miró fijamente.

—Es un prestamista.

—Entre otras cosas.

Nora le mostró el sobre abultado.

—¿De dónde ha salido esto?

—Ya se lo he dicho. Tengo varios negocios que generan dinero en efectivo. Le estoy pasando un poco de ese dinero.

—Por eso no ha regateado. Dije setenta y cinco mil, y usted ni parpadeó. Está blanqueando dinero.

—Sólo puede considerarse blanqueo cuando el dinero entra sucio y sale limpio. Lo único que tiene que hacer es no gastárselo.

—Eso es absurdo. ¿De qué me sirve el dinero si no puedo usarlo?

—¿Quién ha dicho que no pueda usarlo? Guárdelo en una caja de seguridad y vaya ingresándolo en una cuenta corriente o de ahorro en cantidades menores de diez mil dólares. No es tan difícil.

—No puedo hacer algo así.

—¿Por qué no? Yo tengo el anillo y usted tiene el dinero. Mientras no llame la atención, los dos nos beneficiamos. Lo que importa es que el dinero es suyo.

—No estoy tan desesperada.

—Me parece que sí. No sé qué le habrá sucedido, pero su marido es imbécil si se lo está haciendo pasar mal.

—Eso no es asunto suyo.

Nora se levantó de la silla y alcanzó el bolso. Dante se levantó al mismo tiempo. La mujer empujó el sobre acolchado hacia él. Dante levantó las manos, negándose a aceptarlo.

—¿Por que no lo consulta con la almohada?

—No tengo nada que consultar —replicó ella, y tiró el sobre en la silla.

Llamaron una vez a la puerta y apareció Abbie.

—El señor Abramson está aquí.

—Le dejo trabajar —dijo Nora.

Dante se sacó el estuche del bolsillo y se lo puso a Nora en la palma de la mano.

—Si cambia de opinión, dígamelo.

Nora apartó la mirada y salió de la habitación sin decir nada.

Dante la observó alejarse esperando que se volviera para mirarlo, cosa que ella no hizo.

Abbie permaneció en la habitación.

Dante la miró.

—¿Alguna otra cosa?

—Sólo quería recordarle que estaré fuera de la ciudad el jueves y el viernes de esta semana. Volveré al trabajo el lunes siguiente.

—De acuerdo. Pásalo bien.

Cuando Abbie se marchó, Dante volvió a su escritorio y se acomodó en la silla. Abramson entró y cerró la puerta. Era socio de Dante desde hacía veinte años, así como uno de los pocos hombres en los que Dante confiaba. Tenía unos cincuenta años, calvicie incipiente, rostro largo y solemne y gafas de cristales oscuros. Era alto y esbelto y vestía un traje hecho a medida. Al parecer, le habían inyectado Novocaína en el lado izquierdo de la boca y aún la tenía dormida. El labio se le había hinchado y parecía caído, como si hubiera sufrido un derrame cerebral.

—Audrey ha muerto —dijo Abramson sin preámbulos.

Dante tardó unos segundo en dejar de pensar en Nora para centrarse en su socio.

—Mierda. ¿Cuándo?

—El domingo.

—¿Ayer? ¿Cómo?

—La pillaron robando en unos almacenes. En Nordstrom, el viernes al mediodía. Supongo que no pudo escabullirse y la metieron en el trullo. Su novio pagó la fianza, pero para entonces ya estaba histérica. A Cappi le llegó la noticia de que Audrey estaba a punto de llegar a un acuerdo con la policía, así que él y los chicos la llevaron hasta el puente de Cold Spring y la tiraron por la barandilla.

—Joder.

—Llevo meses diciéndote que este chico es incontrolable. Es estúpido e imprudente, una combinación peligrosa. Además, creo que filtra información a la pasma.

—Me siento demasiado viejo para toda esta mierda —dijo

Dante—. No puedo ordenar que le den una paliza. Sé que tendría que hacerlo, pero no puedo. Quizás hubiera podido hace tiempo, pero no ahora. Lo siento.

—Es tu decisión, pero tú cargarás con las consecuencias. No pienso decirte nada más.

7

El lunes por la mañana salí de la cama arrastrándome a las seis, me arreglé como pude y me fui a correr. No cojeaba, pero me dolía el cardenal de la espinilla, el cual, la última vez que me atreví a mirar, se veía tan oscuro y siniestro como una nube de tormenta. Me había salido una costra en la palma de la mano, pero seguro que continuaría sacando arenilla de la herida durante días. Por otra parte, hacía sol y el cielo de abril era de un azul intenso. Decían que se aproximaba una tormenta, un fenómeno meteorológico conocido como Piña Exprés: se trata de un sistema que llega girando desde el Pacífico Sur y va recogiendo humedad tropical a medida que se desplaza hacia la costa. Si llovía, la lluvia estaría caliente y el aire templado y agradable, lo que yo entendía por primavera en el sur. Aún no se notaban los efectos de la tormenta, a excepción de la franja de nubes amontonadas en el horizonte como basura contra una valla.

Hacer *jogging* era una lata, pero seguí adelante aunque me pesaran todos los huesos, probablemente debido al cambio de presión barométrica. En días así se requiere mucha disciplina. El ejercicio se convierte en un deber y no tienes buenas sensaciones hasta más tarde, cuando te felicitas por haber cumplido con tu obligación. La última manzana la recorrí a pie. Apenas había sudado, pero mi temperatura corporal estaba bajando rápidamente y comenzaba a tener frío. Llegué a la verja de la entrada y, al inclinarme para recoger el periódico de la mañana, me deprimí un poco. El ejemplar de Henry del *Dispatch* solía estar en la acera junto al mío. Henry había cancelado el reparto mientras estuviera fuera de la ciudad, dejando a mi periódico solo y desamparado. Me sorprenden todas las cosas que echo de menos sobre ese hombre cuando no está.

Entré en mi estudio, puse una cafetera a calentar y luego subí por la escalera de caracol hasta el altillo. Después de ducharme y de vestirme bajé nuevamente a la planta baja, un poco más animada. Hojeé el periódico, lo abrí por las necrológicas y doblé la página para leerlo mejor. Luego llené un bol con cereales, les añadí leche y me los comí a cucharadas mientras leía. No puedo recordar cuándo comencé a sentir tanto interés por la lista diaria de muertos. Normalmente los nombres significaban poco para mí, o incluso nada. En una ciudad de ochenta y cinco mil habitantes, las posibilidades de conocer a los recién fallecidos no son muy altas. Suelo buscar las edades y los años de nacimiento, y compruebo si los muertos son de mi generación. Si son de mi edad, o más jóvenes, leo las esquelas prestando mucha atención a las circunstancias del óbito. Ésas son las muertes que me hacen pensar, y que me recuerdan cada mañana que la vida es frágil y que no la podemos controlar tanto como quisiéramos. Personalmente, estoy en contra del concepto de mortalidad. Está bien para otra gente, pero no para mí ni para mis seres queridos. Parece injusto que no nos permitan votar sobre esta cuestión, y que nadie se libre. ¿A quién se le ocurriría esa norma?

Acababa de abrir la sección cuando, en medio de la página, me topé con una fotografía de la ladrona a la que había estado observando el viernes al mediodía. Aparté la vista, miré de nuevo, y luego leí la esquela rápidamente para hacerme una idea. Audrey Vance, sesenta y tres años, fallecida de forma inesperada el día anterior, domingo 24 de abril. Yo la había situado aproximadamente en esa franja de edad, y el parecido era inconfundible. ¡Qué cosa tan rara! Salté hasta la última frase, que sugería que en lugar de flores podrían hacerse donativos a la American Heart Association en nombre de Audrey.

Era una esquela corta, de las más baratas. Volví al principio del párrafo y lo releí entero con detenimiento. Describían a Audrey como «vivaz y divertida, admirada por todos los que la conocieron». Ni una palabra sobre sus padres, sus estudios, sus aficiones o sus buenas acciones. Entre sus supervivientes mencionaban a un hijo, Don, de San Francisco, y a una hija, Elizabeth, que también vivía en esa ciudad. Había muchos sobrinos sin nombre «que llorarían su pérdida». Además, también la echaría muchísimo en falta su prometido y amante compañero, Marvin Striker. El velatorio tendría lugar en la funeraria Wynington-Blake el martes de diez a doce del mediodía, y a continuación se celebraría un funeral a las dos en Wynington-Blake. No se mencionaba el entierro.

Me costó mucho asimilarlo. Me pregunté si el trauma de la detención le habría provocado la muerte. No sería del todo descabellado. Audrey tenía aspecto de matrona de clase media, y no desentonaba en unos almacenes caros. Hasta que la vi robando, la habría tenido por una de esas mujeres que devuelven los libros a la biblioteca a tiempo y a las que ni se les ocurriría amañar la declaración de la renta. Debió de sufrir un shock tremendo cuando el director de Seguridad le echó el guante. Audrey había conseguido llegar hasta el centro comercial, y debía de pensar que estaba a salvo, incluso con la alarma de los almacenes ululando a sus espaldas. Por lo que Claudia me contó acerca de su llanto desconsolado, o bien era una actriz de primera o estaba realmente desesperada. Dejando a un lado si era o no sincera, Audrey debió de sentirse muy humillada cuando la sacaron de los almacenes esposada. A mí me metieron en la cárcel una vez, y ya os digo que no es una experiencia que quisiera repetir. Es probable que los delincuentes habituales ni se inmuten cuando los fichan, dada su asociación con otros malhechores para quienes los cacheos y los registros integrales entran dentro de la rutina. Sólo les importa encontrar lo antes posible a un avalista para poder aflojar el diez por ciento y quedar en libertad. Pobre Audrey Vance. Qué giro tan inesperado de los acontecimientos. Me pregunté qué sabría su prometido de la terrible experiencia de Audrey, si es que sabía algo.

Tras mi sorpresa inicial, experimenté una punzada de culpabilidad. Me había alegrado al enterarme de su detención, y me alivió saber que iba a tener que rendir cuentas. La idea de que debiera enfrentarse a las consecuencias me parecía la mar de bien. Todos somos responsables de nuestras decisiones, y si Audrey había decidido infringir la ley, ¿por qué tenía que salir indemne? Por otra parte, por mucho que hubiera disfrutado sabiendo que se iba a llevar su merecido, nunca llegué a imaginar que fuera a morirse. En este país (al menos por lo que yo sé) robar en las tiendas no es un delito sancionado con la pena capital. No creí ejercer tanta influencia en el universo como para que mi animadversión hubiera llevado a Audrey a la tumba, pero sí que me reproché mi actitud de superioridad moral.

Por pura curiosidad, me pregunté si la habrían acusado de un delito grave o de una falta. Los dos pares de pijamas a precio no rebajado (incluyendo impuestos) habrían sobrepasado el límite de cuatrocientos dólares que separaba los hurtos de los robos. Pero ¿y qué pasaba con la rebaja? ¿La convertía en más o menos culpable a ojos de la ley? Ante un descuento del setenta y cinco por ciento, ¿se convertiría un delito grave en un cargo menor?

En cualquier caso, la pobre mujer había muerto y eso me parecía muy extraño. Puede que estuviera aquejada de una enfermedad crónica que la volviera más vulnerable al estrés. O puede que hubiera experimentado un dolor en el pecho y (como tantas mujeres) hubiera decidido ocultarlo porque no quería causar ninguna molestia. Aunque estuviera en tratamiento médico, puede que la muerte le llegara de improviso. Quizás aparentara tener una salud excelente y asintomática, y aun así se desplomara a la más mínima provocación. Yo había sido testigo de uno de los últimos días de su vida, sin tener ni idea del poco tiempo que le quedaba. Era algo rarísimo y no podía sacármelo de la cabeza.

Cogí la chaqueta y las llaves del coche y me llevé el periódico. Luego conduje hasta mi despacho, con la esperanza de distraerme trabajando. Una vez sentada a mi escritorio, me encargué del papeleo pendiente. Iba a bastante buen ritmo hasta que sonó el teléfono.

—Investigaciones Millhone.

—¿Kinsey?

Era una voz femenina.

—Sí, al habla.

—Soy Claudia Rines. ¿Has visto el artículo en el periódico de esta mañana?

Me llevé la mano al corazón de forma automática.

—Lo he visto, y me siento muy cabrona. ¿Qué probabilidad hay de que fuera un infarto? Joder. Me pregunto si se dio cuenta de lo que le pasaba.

Ambas permanecimos en silencio unos segundos.

—No has visto el artículo.

—Sí que lo he visto. Audrey Vance, de sesenta y tres años. Dos hijos ya mayores, y prometida con no sé qué tipo. Tengo el periódico aquí delante.

—Muy bien, pero no murió de un infarto. Saltó desde el puente de Cold Spring.

—¿Qué?

—El *Dispatch*. En la parte inferior de la portada, justo por debajo del pliegue. Si lo tienes a mano, me espero.

—Un momento.

Me pegué el auricular a la oreja y lo sujeté con un hombro mientras arrastraba el bolso desde debajo del escritorio y sacaba el periódico que había traído de casa. Estaba abierto por las necrológicas. La fotografía de Audrey todavía ocupaba el centro de la página. Deposité el teléfono en el escritorio y usé las dos manos para devolver las páginas a su orden original.

—Lo siento, espera un momento —dije inclinándome hacia el micrófono del teléfono.

Primera página, parte inferior izquierda. No había ninguna fotografía de la víctima y no se mencionaba el nombre de Audrey. Según la noticia, un ciudadano de Santa Teresa circulaba por el puente el domingo al mediodía cuando se fijó en un coche que estaba aparcado en el arcén. Se detuvo para investigar, pensando que el vehículo estaría averiado y que su conductor podría necesitar ayuda. No parecía tener ninguna rueda pinchada, y no había ninguna nota en el parabrisas para explicar que el conductor había ido en busca de la estación de servicio más cercana. El coche no estaba cerrado con llave y el hombre vio las llaves en el contacto. Lo que le llamó la atención fue el bolso que reposaba en el asiento delantero. Alguien había colocado cuidadosamente un par de zapatos de tacón junto al bolso. La cosa no pintaba nada bien.

El hombre se dirigió a la cabina telefónica más cercana y llamó al Departamento del *Sheriff* del condado. Al cabo de siete minutos llegó un agente y evaluó la situación de forma muy similar a como había hecho el conductor. El agente pidió refuerzos por teléfono y se inició una búsqueda por tierra. El chaparral que crecía bajo el puente era tan denso que fue preciso llamar a la unidad K-9 del Departamento del *Sheriff* del Condado de Santa Teresa, así como a un equipo de búsqueda y rescate. Cuando el perro hubo localizado el cadáver, los agentes de la unidad tuvieron que bregar durante cuarenta y cinco minutos en terreno traicionero para sacarlo. Desde que se construyera el puente en 1964, diecisiete personas habían saltado y ninguna de ellas había sobrevivido a la caída de más de ciento veinte metros. El permiso de conducir de la víctima estaba en su bolso. La policía retrasó la identificación hasta notificar la muerte a los parientes más cercanos.

—¿Estás segura de que era ella?

—Ahora sí. Cuando leí el artículo por primera vez no lo relacioné con la necrológica. La policía estableció la conexión cuando comprobaron el apellido de la muerta en su sistema informático. Llamaron a los almacenes y hablaron con el señor Koslo, que era quien la había denunciado. El señor Koslo se lo mencionó al empleado que controla las cámaras de seguridad de circuito cerrado. Ricardo me llamó nada más salir el señor Koslo de los almacenes.

—Es terrible —dije.

Podía entender que alguien con graves problemas físicos o mentales viera el suicidio como una vía de escape. Desgraciadamente, no era posible dar marcha atrás. Se trataba de una solución irreversible que excluía cualquier otra alternativa. La vida podría haberle parecido mejor al cabo de uno o dos días.

—¿Por qué haría algo así? No logro entenderlo.

—Supongo que cuando se puso histérica no fingía.

—Tú lo has dicho. Y yo que me había alegrado tanto...

—Bueno, y yo también —admitió Claudia—. ¿Qué habría pasado si no hubiera llamado al director de Seguridad? ¿Seguiría viva hoy?

—Oye, yo que tú no me pondría a pensar en esas cosas. Me pregunto cómo lo estará pasando su cómplice.

—No muy bien —respondió Claudia—. Bueno, me tengo que ir pitando. Te he llamado en un descanso. Te daré mi número, y si te apetece hablar puedes llamarme luego.

Apunté el número, aunque no se me ocurrió qué más podría decirle. De momento seguía obsesionada con el suicidio de Audrey. Las malas noticias provocan a veces una profunda incredulidad. Nos cuesta asimilar los hechos porque no queremos enfrentarnos a las posibles consecuencias. No me sentía culpable por lo sucedido, pero me avergonzaba de haber deseado que le fueran mal las cosas. Me sacan de quicio los que infringen la ley. A menos que sea yo la infractora, por supuesto, en cuyo caso siempre encuentro maneras de justificar mi mal comportamiento. ¿Quién era yo para juzgar a nadie? Había señalado a Audrey con el dedo dándomelas de santa, y ahora la mujer a la que había condenado con tanta vehemencia se había tirado de un puente.

Pasé el resto de la mañana y la mitad de la tarde ordenando mis ficheros, una penitencia autoimpuesta que me obligó a dedicar toda mi atención a cuestiones rutinarias. ¿Dónde iba esta factura? ¿Cuál de estas carpetas podría relegar a la caja que pensaba llevar al depósito de almacenaje? ¿De quién sería el número de teléfono garabateado en un trozo de papel? ¿Para guardar o para tirar? No estoy segura de qué detesto más, los montones de papeles que se acumulan en mi escritorio o el rollazo de tener que ordenarlos. A las cuatro de la tarde todas las superficies de mi despacho estaban vacías y yo tenía las manos guarrísimas, lo que me pareció apropiado. Fui a lavarme, y cuando llegó el correo me entretuve separando las facturas de los envíos publicitarios. La compañía del agua me notificaba que el próximo lunes cortarían el suministro en el despacho durante ocho horas para sustituir una cañería que goteaba. Tendría que acordarme de trabajar en casa ese día para no quedarme colgada en un despacho en el que no funcionara el váter.

Encontré el número de Henry en Detroit y le llamé. Allí eran cerca de las siete de la tarde. Henry y sus hermanos llevaban diez minutos en casa después de pasar el día con Nell, a la que habían trasladado a un centro de recuperación para pacientes hospitalizados.

—¿Y cómo está Nell?

—Va tirando. De hecho, diría que está bien. Le duele mucho, pero consiguió aguantar sentada una hora y le están enseñando a usar un andador. No puede apoyarse en la pierna, pero ya consigue andar cojeando unos tres metros antes de tener que sentarse otra vez. ¿Cómo va todo por ahí?

Le conté que mi ladrona había muerto, y le di la versión detallada para que pudiera apreciar lo sorprendida que estaba y lo mal que me sentía por mi falta de caridad. Henry chasqueó varias veces la lengua como muestra de empatía, lo que alivió un poco mi culpa. Acordamos volver a hablar un par de días más tarde y colgué sintiéndome algo mejor, aunque no absuelta del todo. Pese a mis esfuerzos por evitar el tema, el espectro de Audrey Vance seguía rondándome la cabeza. No podía dejar de darle vueltas al asunto. De acuerdo, mi conexión con ella era tangencial. Dudo que ni siquiera se fijara en mí, pese a que estuvimos casi al lado en la sección de lencería. La mujer más joven sin duda me vio, pero no tenía sentido preocuparme por ella. Sin el número de su matrícula, no había manera de localizarla.

A las cinco y media cerré con llave el despacho y pasé por un McDonald's de camino a casa. Cuando se trata de comer algo reconfortante no hay nada mejor que un Cuarto de Libra con queso y una ración grande de patatas fritas. Me aseguré de pedir una bebida *light* para mitigar mis pecados nutricionales. Comí en el coche, que luego apestó a cebolla cruda y a carne frita durante toda una semana.

124

Al llegar a casa aparqué el Mustang en el camino de entrada de Henry y me dirigí al restaurante de Rosie. No es que me apeteciera mucho una copa de vino peleón (o no demasiado), echaba en falta el jaleo y las caras conocidas, puede que incluso tuviera ganas de que Rosie me mangoneara si le apetecía. Me hubiera gustado charlar con Claudia pero ésta no apareció, lo que quizá fuera una suerte. Le di vueltas a la posibilidad de desahogarme con William, pero cambié de idea. Aunque tenía muchas ganas de comentar el prematuro final de Audrey Vance, no quería alterarlo al mencionarle un tema tan espinoso como el de la muerte. Tras la caída de Nell y haberle subido la glucosa, William se sentía vulnerable. Creía que entre la idea de la muerte y su llegada inminente había sólo un paso.

William era adicto a los funerales y se presentaba en todos los velatorios, servicios fúnebres y ceremonias a pie de tumba una o dos veces por semana. Su interés constituía una prolongación natural de su obsesión por su salud. No le importaba si conocía o no al fallecido. Se enfundaba su terno, se metía un pañuelo limpio en el bolsillo y salía a la calle. Solía ir a pie. Todas las funerarias de Santa Teresa se encuentran en el centro de la ciudad, en un radio de diez manzanas, lo que le permitía aprovechar para dar su paseo habitual antes de despedirse de algún muerto.

Le había hablado de la ladrona cuando fui al restaurante el sábado por la noche. Dadas las circunstancias, no me pareció adecuado mencionar el hecho de que se hubiera tirado de un puente. Al final resultó que no tendría que haberme preocupado tanto. No había casi nadie en el restaurante. El televisor en color, situado encima de la barra, estaba encendido, pero habían bajado el volumen. Emitían algún concurso de poca monta, al que nadie prestaba ni la más mínima atención. No se oía la música habitual por los altavoces y el nivel de energía del local parecía más bien plano.

La mesa de Henry estaba vacía. Uno de los bebedores diurnos tomaba a sorbos un whisky. Rosie, encaramada a un taburete en el otro extremo de la barra, doblaba servilletas de tela blanca. Una pareja joven apareció en la entrada, miró la carta fijada a la pared y se marchó rápidamente. William estaba detrás de la barra, inclinado hacia delante apoyándose en los codos, con un bolígrafo en la mano. Pensé que podría estar haciendo un crucigrama hasta que vi la fotografía de Audrey en medio de la página. William había señalado tres nombres con un círculo, el de Audrey entre ellos, y había subrayado las últimas frases de las necrológicas relevantes.

Me subí a un taburete y miré por encima de la barra.

—¿Qué estás haciendo?

—Seleccionando los nombres de mi lista.

Pretendía mantener la boca cerrada, pero no pude reprimirme.

—¿Recuerdas a la ladrona de la que te hablé? —señalé la fotografía de Audrey—. Es ésta.

—¿Ésta?

—Ajá. Se tiró por el puente de Cold Spring.

—¡Cielo santo! Leí la noticia, pero no tenía ni idea de que fuera ella. ¿Mencionaba su apellido el periódico?

—La policía retenía su documento de identidad hasta que comunicaran su muerte a los parientes cercanos —expliqué—. No vi el artículo hasta que alguien me dijo dónde encontrarlo.

William tamborileó con el bolígrafo sobre el periódico.

—Pues ya está decidido. Hay un problema de horarios, y no podía asistir a los tres velatorios de todos modos. Iré al de Audrey Vance. Supongo que tú también irás, ¿no?

—Desde luego que no. No la conocía.

—Y yo tampoco, pero eso no importa.

—¿Y qué es lo que importa?

—Asegurarnos de que reciba una despedida adecuada. Es lo menos que podemos hacer.

—Tú no la conocías de nada. ¿No te parece una falta de respeto?

—Pero eso sus parientes no lo saben. Dejaré claro que no tuvimos una relación demasiado estrecha, y que por ello puedo ser más objetivo acerca de su desafortunada decisión. Cuando alguien se suicida, a menudo los miembros de su familia no saben cómo reaccionar. Les ayudará si pueden hablar de lo sucedido con alguien, y ¿quién mejor que yo? Está claro que no compartirían según qué detalles con los amigos, ya sabes cómo es eso. Se suele correr un velo de privacidad. Yo soy imparcial, además de comprensivo. Apreciarán la oportunidad de ahondar en sus sentimientos, especialmente cuando sepan que tengo mucha experiencia en este tema.

William lo razonó tan bien que no pude por menos de asentir.

—¿Y qué pasará si te preguntan cómo la conociste?

William me respondió con tono incrédulo.

—¿En un funeral? ¡Qué descortesía! El derecho a presentar los últimos respetos no les está reservado únicamente a los familiares más cercanos. Si alguien es lo bastante torpe como para preguntármelo, le diré que éramos conocidos lejanos.

—Tan lejanos que nunca os conocisteis.

—Esta ciudad es pequeña. ¿Cómo puede alguien estar seguro de que la fallecida y yo no nos habíamos encontrado media docena de veces?

—Bueno, no te sientas obligado a ir por mí —añadí—. Ni siquiera sabía cómo se llamaba hasta esta mañana.

—¿Y eso qué importa? —preguntó—. Deberías venir conmigo. Podríamos pasar allí la tarde.

—Gracias, pero no me apetece. Demasiado morboso para mi gusto.

—¿Y qué pasa si su cómplice está en la funeraria? Creía que te interesaba localizarla.

—Ya no —respondí—. Estoy convencida de que estaba involucrada, pero no tengo ni la más mínima prueba. Además, ¿a mí qué me importa?

—No seas tan insensible. La cómplice de Audrey tiene parte de responsabilidad en su fallecimiento. Creía que tú, precisamente, querías que se hiciera justicia.

—¿Qué justicia? Vi a Audrey robando, pero no vi que la otra chica birlara nada. Incluso si la hubiera visto, seguiría siendo su palabra contra la mía. La dependienta de Nordie's no tenía ni idea de que fueran dos las ladronas.

—Puede que una o varias de las cámaras de seguridad de los almacenes filmaran a la cómplice. Podrías pedirles que imprimieran un fotograma y que lo llevaran a la policía.

—Créeme, el director de Seguridad no me invitará para que revise las cintas. Ni siquiera soy policía. Además, desde su perspectiva, es asunto de los almacenes y no mío.

—No seas testaruda. Si la segunda mujer se presentara en la funeraria, podrías seguirla. Si robó una vez, seguro que volverá a hacerlo. Podrías pillarla con las manos en la masa.

William sacó la botella de vino peleón y me sirvió una copa.

Consideré su propuesta mientras recordaba el intento fallido de atropellarme por parte de la mujer más joven. Sería un gustazo ver la cara que ponía si las dos nos presentábamos en la funeraria.

—¿Qué te hace pensar que estará allí?

—Me parece lógico. Imagínate lo culpable que debe de sentirse. Su amiga Audrey está muerta. No me extrañaría que hiciera acto de presencia para aliviar su conciencia. Tú podrías hacer lo mismo.

—A mí no me remuerde la conciencia. ¿Quién dice que tenga remordimiento?

William arqueó una ceja mientras volvía a ponerle el tapón de rosca a la botella.

—Yo no, Dios me libre.

8

El martes por la mañana no salí a correr. El cardenal de la espinilla me dolía más que antes, pero ésa no fue la excusa. El velatorio de Audrey Vance estaba programado para las diez de la mañana. Si iba a mi despacho temprano, tendría tiempo de hacer unas cuantas llamadas y de abrir la correspondencia antes de salir. Me cepillé los dientes, me duché y me lavé el pelo, después de lo cual saqué mi vestido negro multiusos del armario y lo sacudí un poco. No vi que cayera nada al suelo y saliera correteando, así que podía suponer sin temor a equivocarme que ningún insecto había fijado su residencia en alguno de los pliegues. Inspeccioné el vestido, dándole vueltas en la percha. Limpié el polvo que tenía en los hombros. No le faltaba ningún botón, no se había reventado ninguna costura ni le colgaba ningún hilacho. La tela de esta prenda es del todo sintética, probablemente un derivado del petróleo que algún día retirarán del mercado tras descubrir sus propiedades carcinógenas. Entretanto, me lo seguiré poniendo porque no se arruga, si está sucio no se nota y nunca pasa de moda, al menos a ojos de alguien tan poco ducha en el asunto como yo.

Tras llegar al despacho hice lo que pude en el breve periodo de que disponía. A las nueve y media cerré con llave y volví a mi barrio en coche. William, muy elegante con uno de sus ternos más oscuros, ya me esperaba frente a Rosie's cuando pasé a recogerlo. Ahora que era «prediabético» usaba un bonito bastón con gruesa puntera de goma. Atravesamos la ciudad en poco más de diez minutos.

Sólo había dos coches más cuando entramos en el aparcamiento de la funeraria Wynington-Blake: entierros, cremaciones y transporte, todas las religiones. Elegí un sitio al azar. William apenas se podía contener. Nada más apagar yo el motor, bajó del coche de un salto y se acercó a la entrada con paso ligero, que corrigió al cabo de un momento tras recordar su enfermedad. Me tomé mi tiempo para cerrar el coche, deseando no haber venido. La fachada del edificio no tenía aberturas. Todas las ventanas de la planta baja estaban tapiadas con ladrillos, y empecé a sentir que se apoderaba de mí la claustrofobia antes incluso de haber entrado.

La funeraria Wynington-Blake ocupa lo que antes había sido una casa unifamiliar de gran tamaño. El espacioso recibidor hacía ahora las veces de pasillo común al que daban las siete salas de velatorio, cada una con la capacidad de albergar hasta cien personas en sillas plegables. Cada sala había sido bautizada con un nombre apropiadamente fúnebre: Serenidad, Tranquilidad, Meditación, Descanso Eterno, Estancia Pasajera, Capilla del Amanecer y Santuario. Lo más probable es que todas estas salas fueran tiempo atrás un salón delantero, una sala de estar, un comedor, una biblioteca, una sala de billar y un despacho grande revestido con paneles de madera. Habían colocado sendos caballetes frente a las salas Tranquilidad y Meditación, y supuse que las otras estarían vacías.

Cuando entramos, el director de la funeraria, un tal señor Sharonson, saludó calurosamente a William. Éste mencionó el nombre de Audrey y el director lo dirigió a la sala Meditación, donde tenía lugar el velatorio. En tono apenas audible, Sharonson le dijo a William que «el señor Striker acababa de llegar».

—Pobre hombre —respondió William—. Iré a hablar con él un momento para ver cómo está.

—Me imagino que no muy bien.

Como si participara en una recepción oficial, di un paso al frente y el señor Sharonson y yo nos estrechamos la mano. Nos habíamos encontrado tres o cuatro veces en los últimos seis años, aunque no pude recordar haberlo visto jamás fuera del contexto actual. El señor Sharonson me sostuvo la mano durante unos instantes, pensando quizá que yo había acudido a llorar la pérdida de un ser querido.

En el pasillo situado frente a la sala Meditación habían instalado un podio de madera sobre el que reposaba un libro de condolencias de gran tamaño, en el que se suponía que debíamos firmar. La mayoría de páginas estaban en blanco. Como habíamos sido tan puntuales, sólo otra persona había llegado antes que nosotros. Observé cómo William se acercaba al libro y estampaba su firma, después de lo cual escribió diligentemente su nombre en letra de imprenta y añadió su dirección. Supuse que esta información adicional iría dirigida a los familiares, para que pudieran enviarle una nota de agradecimiento más adelante. Espero que no vendan estas listas de nombres a los teleoperadores que te llaman a la hora de cenar y te quitan el apetito.

La persona que había firmado antes que William era una tal Sabrina Striker, probablemente la hija o la hermana del prometido de Audrey. Había anotado una dirección de Santa Teresa. Tenía una letra tan pequeña que me maravilló que resultara legible. Me quedé ahí de pie, bolígrafo en ristre, reacia a anunciar mi presencia porque, para empezar, no tenía ninguna razón para asistir al velatorio. Por otra parte, negarme a firmar me pareció de mala educación. Escribí mi nombre bajo el de William, y cuando llegué al espacio destinado a la dirección, lo dejé en blanco. En una mesa cercana vi un montón de recordatorios con el nombre de Audrey. William se hizo con uno y a continuación entró en la sala del velatorio como el que entra en su casa. Quién sabe cuántas veces había estado aquí para dar el pésame por el fallecimiento de alguien a quien ni conocía. Cogí un recordatorio y lo seguí.

Había estado en otro velatorio en esa misma sala hacía seis años, cuando un hombre llamado John Daggett se ahogó en el océano. Todo seguía prácticamente igual. A la derecha había un sofá y varios sillones orejeros colocados en semicírculo, lo que daba un aire de sala de estar informal. La gama de colores iba del malva y el gris al verde apagado. El tapizado era neutro, quizá seleccionado para no desentonar con los dos juegos de elegantes cortinas que

131

tapaban las ventanas sin vistas al exterior. Las lámparas de mesa aportaban cierta calidez que, de no haber estado tapiadas las ventanas, podría haber proporcionado la luz del sol.

La decoración interior parecía apropiada para cualquier religión. Es decir, estaba despojada de símbolos religiosos o de adornos sagrados. Incluso un ateo se habría sentido a gusto. Habían corrido una puerta plegable de madera para que dividiera en dos la sala. Dado el escaso número de asistentes, el espacio, sin dividir, habría resultado desalentador.

A la izquierda vi tres hileras de sillas plegables colocadas de forma alternada para permitir la visibilidad desde todos los asientos, destinadas probablemente a los asistentes al oficio religioso que tendría lugar por la tarde. Había dos urnas enormes llenas de gladiolos que, según descubrí más tarde, eran artificiales. Percibí el aroma de claveles, aunque puede que alguien se hubiera dedicado a perfumar la sala con un ambientador. Dos coronas de flores reposaban a cada lado del ataúd de caoba, que estaba cerrado. La caída de ciento veinte metros debió de dejar el cuerpo de Audrey Vance un tanto maltrecho.

Tras evaluar la situación, William centró su atención enseguida en un hombre sentado en la primera fila con la cabeza gacha, llorando quedamente con un pañuelo en la mano. Tenía que ser Marvin Striker. A su derecha se sentaba una mujer joven que llevaba una camiseta blanca y una chaqueta azul marino. Cuando William se sentó en la silla plegable colocada a la izquierda de Striker, éste se serenó y se enjugó las lágrimas. William le apoyó una mano consoladora en el brazo y le hizo algunos comentarios que al parecer fueron bien recibidos. Striker presentó a William a la mujer que se sentaba a su lado y ambos se dieron la mano. No tenía ni idea de lo que había dicho William, pero tanto Striker como la mujer joven se volvieron para mirarme. Striker me saludó brevemente con la cabeza. Era un hombre de sesenta y tantos, vestido con un elegante traje oscuro. Iba bien afeitado y llevaba el escaso pelo gris que aún le quedaba cortado muy corto. Tenía las cejas oscuras, lo que indicaba que su pelo también habría sido oscuro tiempo atrás. Llevaba gafas sin montura, con finas patillas metálicas. Esperaba que William no se empeñara en presentarme. Aún temía que me interrogaran acerca de mi conexión con la fallecida.

Tomé asiento en la última de las tres filas, donde fui la única ocupante de toda la hilera de asientos a ambos lados del pasillo. La temperatura era más bien fría, y capté un murmullo de música de órgano tan débil que no pude identificar la melodía. Me sentía incómoda, y me dio la sensación de que se me veía mucho porque estaba sola y no tenía nada en que ocupar el tiempo. Abrí el recordatorio y leí el texto. Me decepcionó descubrir que era una copia exacta de la necrológica que había leído el día anterior.

La fotografía de Audrey también resultó ser la misma, salvo que ésta era en color, a diferencia de la imagen en blanco y negro del periódico. Audrey estaba muy bien para tener sesenta y tres años. Se habría sometido a los suficientes tratamientos cosméticos para parecer diez años más joven. No tenía la típica arruga en el entrecejo que revela enfado o tristeza, y que algunas mujeres se ven obligadas a eliminar. Mejor el rostro inexpresivo y sin arrugas que denota calma y juventud eterna. Audrey tenía el pelo de un tono más oscuro que el tinte rubio que yo le vi en Nordstrom, aunque el estilo de corte era el mismo: corto y peinado hacia atrás. Iba muy bien maquillada. Su sonrisa revelaba una buena dentadura, pero no tan uniforme como para indicar que llevara fundas. No estaba muy gorda, pero al ser baja —probablemente menos de metro sesenta— se le notaba mucho cada kilo de más.

El periódico había recortado la fotografía hasta convertirla en un primer plano. En la del recordatorio pude ver la amplia chaqueta de color granate que vestía. Llevaba un collar de bisutería, una sarta de piedras grandes que no pretendían ser buenas. El brillante monedero de color rojo que asía tenía forma de gato dormido, y parecía idéntico a aquel bolso tan caro que yo había visto en Nordstrom dentro de una vitrina de cristal. Afanarlo habría sido todo un logro.

La ceremonia formal, descrita en la página siguiente, se había reducido al mínimo: una invocación, dos himnos y algún comentario por parte de un tal reverendo Anderson, sin que se especificara a qué religión pertenecía la fallecida. No me quedaba claro el protocolo. ¿Habría una agencia de alquiler de sacerdotes para fieles que no pertenecieran a ninguna congregación? Me preocupaba que William quisiera asistir al oficio fúnebre, por lo que empecé a maquinar una excusa.

La mujer joven que se sentaba junto a Striker le dijo algo a éste y a continuación se levantó. Salió de la sala como si anduviera de puntillas, desprendiendo aroma a lirio de los valles al pasar a mi lado. William aún estaba en plena conversación con Striker. ¿Qué estaría diciéndole?

Miré disimuladamente hacia la puerta, temerosa de que aparecieran los numerosos sobrinos de Audrey y se empeñaran en hacerse los simpáticos charlando con los asistentes. Es decir, conmigo. Aparte de William y del prometido de Audrey no había ni un alma en la sala. Caí en la cuenta de que si aparecía su cómplice, yo sería la primera persona a la que vería. Me metí el recordatorio en el bolso, me levanté de la silla plegable y salí en busca de un lavabo de señoras.

Cuando pasé por delante de la sala Tranquilidad, hice una pausa para leer el nombre expuesto en el caballete. El velatorio de Benedict «Dick» Pagent tendría lugar entre las siete y las nueve de aquella noche. Habría un segundo velatorio de las diez a las doce del mediodía el miércoles, y un oficio religioso el jueves por la mañana en la Segunda Iglesia Presbiteriana. La sala era lúgubre y espaciosa. Las lámparas de mesa estaban apagadas y la única luz visible provenía del haz que entraba desde el pasillo, interrumpido por mi sombra mientras miraba por la puerta abierta. Al igual que en la sala de Audrey, habían colocado sillones orejeros y un sofá a juego en la zona que estaba a mi derecha. Al mirar hacia la izquierda vi un ataúd abierto con el cuerpo de un hombre visible de cintura para arriba, tan inmóvil que podría estar tallado en piedra. Supuse que ambientarían un poco mejor la sala antes de que llegaran sus parientes: encenderían las lámparas, pondrían algo de música... Cualquier cosa para indicar que el hombre no había yacido allí completamente solo. Di un paso atrás y seguí andando por el pasillo.

A la vuelta de la esquina vi una pequeña e informal sala de espera con una reducida cocina contigua, quizá pensada para ofrecer privacidad a los familiares más cercanos. A la izquierda estaban los aseos, con las letras «H» o «M» en las respectivas puertas. El lavabo de señoras parecía impoluto. Tenía dos cubículos, una encimera de mármol de imitación, dos lavabos empotrados y un letrero bien visible con la inscripción PROHIBIDO FUMAR. Olía a tabaco, y no tardé en descubrir la nube de humo que ascendía por uno de los cubículos.

Oí que tiraban de la cadena, y la mujer joven que supuse que sería hija de Striker salió del cubículo. No llevaba ningún cigarrillo en la mano, así que debía de haberlo echado al váter. Me miró brevemente y esbozó una sonrisa cortés mientras se dirigía al lavabo, abría el grifo y se lavaba las manos. Además de la chaqueta y la camiseta blanca, llevaba vaqueros, calcetines cortos y zapatillas de deporte. No era el atuendo más indicado para asistir a un funeral, sino un conjunto con el que yo también me habría sentido cómoda.

Me metí en el otro cubículo e hice uso de las instalaciones, con la esperanza de retrasar mi regreso a la sala del velatorio hasta que llegaran más dolientes. Esperaba oír cómo se abría y cerraba la puerta del lavabo, pero cuando salí del cubículo vi a la mujer apoyada en la encimera, encendiendo otro cigarrillo. Me resistí al impulso de afearle la conducta. Me sucedía lo mismo en la reserva para aves cuando los turistas daban trozos de pan a los patos pese al letrero que reza POR FAVOR, NO DEN DE COMER A LAS AVES. Aunque estoy dispuesta a conceder a los visitantes el beneficio de la duda, siempre tengo ganas de preguntarles «¿Hablan inglés?» o «¿Saben leer?», con voz lenta y clara. Todavía no lo he hecho, pero me irrita sobremanera que los ciudadanos ignoren normas municipales escritas con lenguaje sencillo.

Sabrina Striker tenía el rostro alargado y la nariz estrecha en el puente y más ancha en la punta, de modo que parecía más grande de lo que era. Llevaba el pelo oscuro peinado por detrás de las orejas, y eso las hacía sobresalir. No iba maquillada y le quedaría mejor otro corte de pelo. Paradójicamente, todos estos defectos tan evidentes la hacían parecer atractiva, alguien agradable y sin pretensiones.

Me tomé bastante tiempo para lavarme las manos. Según mi experiencia, a la más mínima oportunidad las mujeres te contarán cualquier cosa en los lavabos públicos. Ésta parecía una ocasión tan buena como cualquier otra para poner a prueba mi teoría. La miré a los ojos a través del espejo.

—¿Eres Sabrina?

La chica sonrió mostrando las encías.

—Sí.

Cerré el grifo y alcancé una toallita de papel del montón. Me sequé las manos, tiré la toallita a la papelera y le ofrecí la mano.

—Yo soy Kinsey.

Nos dimos la mano mientras Sabrina decía:

—Ya me lo había imaginado. He visto tu nombre en el libro de condolencias de camino al lavabo. Has venido con ese señor mayor que está hablando con mi padre.

—William es vecino mío —expliqué, y lo dejé así.

Me incliné hacia el espejo y me atusé una ceja como si intentara peinármela. Me di cuenta de que me convenía recortarme la pelambrera y sentí no haberme metido en el bolso las tijeritas de las uñas, siempre tan útiles. Suelo llevarlas conmigo por si preciso un estilismo de urgencia.

—Entonces, ¿quién era el amigo de Audrey, tú o tu vecino? —preguntó.

—Más él que yo. De hecho, yo sólo la había visto una vez. Fue William quien sugirió que asistiéramos al velatorio —respondí, evitando arteramente la verdad—. Según el periódico, estaba prometida a tu padre, ¿no?

Sabrina hizo una mueca.

—Por desgracia, sí. No teníamos ni idea de que fueran tan en serio.

—¿Había algún problema?

Sabrina vaciló.

—¿Dices la verdad al afirmar que no eras amiga de Audrey?

—No éramos amigas en absoluto. Te lo juro.

Me llevé la mano al pecho a modo de confirmación.

—Porque no quiero decir nada que esté fuera de lugar.

—Confía en mí, estoy de tu parte.

—Básicamente, lo que pasó fue que mi madre murió el pasado mayo. Mis padres se hicieron novios en la universidad y estuvieron casados cuarenta y dos años. Papá conoció a Audrey en un bar cuatro meses después de que falleciera mamá. Y luego, de la noche a la mañana, Audrey se fue a vivir con él.

—¡Qué poco tacto!

—Eso es.

—Me imagino que te opusiste.

—Traté de guardarme mi opinión, pero estoy segura de que mi padre sabía lo que pensaba. Me parecía ofensivo. Mi hermana, Delaney, creía que Audrey era una cazafortunas, pero yo no estaba de acuerdo. A Audrey nunca le faltaba el dinero, así que me costaba creer que fuera detrás del de mi padre. Se portaba bien con él, eso tengo que admitirlo. —Sabrina se inclinó hacia delante y abrió el grifo, apagando el cigarrillo antes de tirarlo a la papelera—. Aunque era una fulana, desde luego.

—A las de su franja de edad creía que las llamaban de otra forma, pero no se me ocurre cómo —apunté.

—Una fulana vieja y maquinadora.

—¿Crees que tenía algún motivo oculto?

—Algo tramaba. Papá es un hombre adorable, pero no puede decirse que Audrey fuera su tipo.

—¿Por qué?

—Siempre ha sido muy convencional. Incluso mi madre se quejaba a veces. Es muy casero, no le gusta salir por la noche. Audrey estaba llena de energía, no paraba quieta un momento. ¿Qué podían tener en común?

Me encogí de hombros.

—Quizá se habían enamorado. Tu padre debía de sentirse muy solo desde que murió tu madre. La mayoría de hombres no saben arreglárselas por su cuenta, especialmente si han estado felizmente casados.

—Estoy de acuerdo. Y, por supuesto, ahora ha dado un giro de ciento ochenta grados... Está todo el día en la calle. Pensé que sería mejor no meterme en su supuesta vida sentimental. Delaney y yo redujimos al máximo el contacto con Audrey, era lo mejor que podíamos hacer. Siempre que la veíamos nos esforzábamos en ser educadas. No estoy segura de haberlo logrado, pero no fue porque no lo intentáramos. Me guardé todas las reservas que pudiera tener, aunque nadie me lo reconoció. Ellos daban por sentado que estaba celosa, como si no me fuera a caer bien ninguna mujer que se liara con mi padre, pero no es cierto en absoluto.

—¿Quiénes son «ellos»?

—Sus amigos del bar. Después del oficio, estoy segura de que vendrán todos en comandita e insistirán en llevárselo a beber unas copas. Por lo poco que sé, beber era lo único que hacían Audrey y mi padre. No estoy diciendo que papá se pasara de la raya ni nada por el estilo, pero ella sí. Fiestas, fiestas y más fiestas. Salir salir y salir. Por suerte, viajaba mucho por cuestiones de negocios, así que estaba fuera casi todo el tiempo. ¿Te parece que era una relación saludable? Porque a mí no me lo parece.

—¿Y qué hay de los hijos de Audrey? ¿Estaban de acuerdo?

—No tengo ni idea, nunca los vimos.

—¿Van a venir? No he visto sus nombres en el libro de condolencias.

—Ni siquiera saben que ha muerto. Se supone que están en San Francisco, pero papá no ha encontrado un solo número de contacto para avisarles. Audrey tenía una libreta de direcciones. Papá la vio en más de una ocasión, pero no sabe lo que hizo Audrey con ella.

—Probablemente se sabía los números de memoria.

—Supongo. Audrey nos dijo que su hija, Betty, trabajaba para Merrill Lynch, pero resultó ser una trola. Delaney vive en la misma ciudad, así que llamó a la empresa y le dijeron que no tenían ni idea de quién era Betty. Nadie había oído hablar de ella.

—Puede que estuviera casada y usara el apellido de su marido.

—Es una explicación —admitió. Sabrina torció la boca y se pasó la lengua por los dientes de arriba, un gesto que transmite incredulidad, aunque no sé muy bien por qué.

—¿Y qué hay de sus sobrinos? ¿No sabría alguno de ellos cómo ponerse en contacto con los hijos de Audrey?

—No hay ningún sobrino. Papá se lo inventó en la esquela porque pensó que quedaba mejor. La verdad es que no parecía tener ni amigos ni parientes. Salvo ese puñado de borrachos con los que iban al bar, sólo nos tenía a nosotros.

—Parece raro.

—Es que es raro. Me refiero a que si hubiera tenido hijos, lo más lógico sería que hubieran venido a visitarla alguna vez, o que al menos la llamaran de vez en cuando.

—¿Crees que mintió acerca de ellos?

—No me sorprendería. Sospecho que engañaba a papá haciéndose la simpática. Por el modo en que hablaba, era la matriarca de una pequeña familia feliz, y sus hijos tenían buenos empleos. ¡Y un huevo!

—Quizá se habían distanciado.

—Supongo que es posible, pero puede que nunca sepamos la verdad. —Sabrina bajó la voz—. ¿Te has enterado de la forma en que murió?

—Sí, y no estoy segura de cómo interpretarlo. ¿Te parecía la clase de persona que se tiraría de un puente?

—Normalmente no, pero papá dice que la detuvieron el viernes por la tarde y que pasó media noche en la cárcel.

Puede que mi expresión de asombro no estuviera muy lograda, pero Sabrina no me conocía lo suficiente para darse cuenta.

—¿La detuvieron? ¿Lo dices en serio? ¿Por qué?

—¡Quién sabe! No conseguí sacárselo a papá. Sé que le pagó la fianza y, por lo que dijo, Audrey estaba al borde de un ataque de nervios. Papá se enfadó muchísimo. Dijo que seguro que todo era

139

mentira, y que pensaba demandarlos por detención ilegal. Está convencido de que el hecho de que la detuvieran fue lo que la llevó a tirarse del puente.

—Quizá —admití.

Sabrina echó una ojeada a su reloj.

—Será mejor que vuelva. ¿Vas a quedarte al oficio?

—No estoy segura. Se lo preguntaré a William, a ver qué piensa hacer él.

—Podemos seguir hablando más tarde, si aún andas por aquí. Gracias por dejar que me desahogara.

—No te preocupes por eso.

Al volver a la sala Meditación vi que había llegado un grupito de gente. Por la pinta que tenían, deduje que serían los amigos del bar al que acudían Marvin y Audrey. Eran seis, dos mujeres y cuatro hombres, todos aproximadamente de la misma edad. Estoy segura de que los bebedores habituales de Rosie's habrían tenido una pinta similar, como si los desconcertara encontrarse sobrios a esa hora del día. Una de las dos mujeres le cogía la mano a Marvin y no dejaba de llorar. Mientras ella lloraba, Marvin empleó la mano que tenía libre para sacar un pañuelo y entregárselo. La mujer sacudió la cabeza y vi cómo Marvin también se enjugaba las lágrimas. El dolor es tan contagioso como un bostezo.

William había vuelto al fondo de la sala, donde se había enfrascado en una conversación con el señor Sharonson. Conseguí que me viera y levanté una mano vacilante. Se excusó y cruzó la sala hacia mí.

—¿Cómo va todo?

—Bien. Me preguntaba cuánto tiempo va a durar esto. ¿Te quedas al oficio?

—Por supuesto. Espero que no estés pensando en irte. Marvin se llevaría un disgusto terrible.

—¿Se llevaría un disgusto?

—Siempre había querido conocer a los amigos de Audrey, y le ha alegrado muchísimo que hayamos venido. Bueno, «muchísimo» no es lo que ha dicho, pero ya sabes a qué me refiero.

—¿Y qué hay de la mujer con la que está hablando ahora? ¿No era amiga de Audrey?

—Más bien conocida. Varios de ellos se reunían en un bar del barrio. A Marvin le ha dolido una barbaridad que no se haya presentado nadie más. Esperaba que viniera bastante gente.

—¿Y su hija mayor?

—Viene en avión desde San Francisco y debería llegar alrededor de la una. —William bajó la voz—. ¿Ha aparecido la otra?

—¿La cómplice de Audrey? De momento no, y eso es lo que me preocupa. Si entra ahora, me verá enseguida. Seguro que me reconoce.

—Eso no supone ningún problema. Firmará en el libro de condolencias y, para cuando te vea, su nombre y su dirección constarán por escrito. Conseguirás todos los datos que necesitas para localizarla sin tener que seguir esforzándote.

—No va a poner obligatoriamente su domicilio. Yo misma dejé ese espacio en blanco.

—No importa. Tendrás su nombre. Puedes apuntártelo y empezar a investigar.

—Pero ella también tendrá el mío. Si lo busca en el listín, la única referencia que encontrará es Investigaciones Millhone, y así conseguirá la dirección y el teléfono de mi despacho. Seguro que se imagina que le sigo la pista. ¿Por qué otra razón vendría una investigadora privada al velatorio de Audrey?

—Aquí hay cuatro mujeres. Cinco, cuando llegue la hija mayor de Marvin. No sabrá cuál de ellas eres tú. ¿Y por qué te preocupa?

—Intentó matarme.

—Dudo que lo hiciera a propósito. Probablemente vio que se le presentaba la oportunidad y actuó por impulso.

—Pero supón que le diga a Marvin que soy detective privada.

—Él ya lo sabe.

—¿Lo sabe? ¿Cómo ha salido eso en la conversación?

—No ha salido, se lo he dicho sin más.

Me quedé mirándolo asombrada.

—William, no tenías que haberlo hecho. ¿Qué demonios le has dicho?

—No entré en detalles, Kinsey. Eso habría sido una indiscreción por mi parte. Lo único que le dije fue que viste cómo Audrey robaba prendas valoradas en cientos de dólares, y que después su cómplice intentó atropellarte en el aparcamiento antes de que lograra escapar.

9

Llegué a mi despacho a las nueve de la mañana siguiente, abrí la puerta con llave y recogí el montón de cartas que el cartero había introducido por la ranura el día anterior. Las tiré sobre mi escritorio y me dirigí por el pasillo hasta la cocina americana, donde puse una cafetera. Esperé a que el aparato acabara de borbotear y me serví una taza. Tras olisquear la leche descubrí complacida que aún estaba fresca, así que me puse una gota en el café. «La vida es bella», pensé. Entonces volví a mi despacho y me encontré a Marvin Striker mirando por la ventana, de espaldas a mí.

Sólo me derramé encima un poquito de café mientras se apoderaba de mí una mezcla de alarma, desazón y culpabilidad. Me pregunté si Striker iba a echarme la bronca por haberme colado en el velatorio de Audrey.

—¡Ah, señor Striker! —exclamé—. No lo he oído entrar.

Marvin se volvió para observarme con esos ojos marrones que en tiempos más felices podrían haber exhibido un destello de picardía. Esbozó una leve sonrisa, lo que indicaba que no se iba a poner demasiado borde conmigo.

—La puerta estaba abierta. He llamado un par de veces y luego he entrado. Espero que no le importe.

—En absoluto. ¿Le apetece un café? Está recién hecho.

—No me gusta mucho el café, pero gracias de todos modos. Esperaba poder hablar con usted después del oficio, pero ya se había marchado.

—La verdad es que no tendría que haber asistido al velatorio. No llegué a conocer a Audrey...

—No hace falta que se disculpe. William me contó que la convenció para que lo acompañara. Él tampoco la conocía, pero le agradecí que viniera. Es un buen hombre.

—Lo es —admití—. ¿Cómo lo lleva? Habrán sido unos días muy duros.

Striker asintió con la cabeza.

—¡Terribles! Aún no me puedo creer que esté pasando todo esto. Si alguien me hubiera dicho hace una semana que mi prometida iba a tirarse de un puente, me habría reído en su cara.

—Yo no me precipitaría —respondí, estremeciéndome por lo que acababa de soltar—. La policía aún no ha llegado a ninguna conclusión, al menos por lo que yo sé.

—No entiendo nada de lo que ha pasado. ¿Usted lo entiende?

—Ahora mismo no, pero no dispongo de todos los datos.

—Yo tampoco, ya somos dos.

Me senté a mi escritorio creyendo que Striker alcanzaría la silla que estaba al otro lado, pero el prometido de Audrey permaneció de pie, con las manos en los bolsillos del pantalón. Era un hombre bajo y compacto, vestido con un traje de raya diplomática azul marino y una camisa azul cielo. Se había aflojado el nudo de la corbata y llevaba el primer botón de la camisa desabrochado, como si hubiera empezado a vestirse bien por la mañana y luego se hubiera impacientado.

—¿Tiene otra cita o algo por el estilo? No quisiera retenerla, sé que está muy ocupada.

—No se preocupe, tómese todo el tiempo que quiera.

—William me dijo que usted estaba en Nordstrom cuando Audrey... Cuando la pescaron, o como se diga.

—Es cierto —admití con cautela. No quería ponerme a explicar el incidente sin haber descubierto antes lo que Marvin sabía, y cuál era su opinión al respecto.

—Eso es lo que no entiendo. Audrey era una buena persona; un encanto si le soy sincero. Lo pasábamos muy bien juntos, y no tengo ni idea de lo que pudo haber ido mal. —Striker parpadeó y después se limpió las lágrimas con el dorso de la mano. Se sacó un pañuelo muy bien doblado del bolsillo trasero del pantalón y se sonó—. Discúlpeme. Toda esta mierda me ha pillado desprevenido.

—Señor Striker, ¿por qué no se sienta?

—Tutéame, si no te importa.

—En absoluto, lo preferiría —afirmé.

Marvin iba bien afeitado, y percibí una ráfaga de su *aftershave*. Respiró hondo para intentar calmarse.

—No sé qué hacer con respecto a este asunto. No puedo creer que Audrey fuera una ladrona. Tampoco creo que se suicidara, no me parece posible.

—¿Fuiste tú el que pagó la fianza?

—Sí. Audrey me llamó y enseguida acudí a la comisaría, la habían metido en el calabozo. Era la primera vez que iba, ni siquiera sabía dónde estaba. Había visto el edificio al pasar por delante alguna vez, pero nunca le había prestado atención. No me han detenido en mi vida, ni a mí ni a nadie a quien conozca. Hasta ahora.

—¿Qué te dijo Audrey cuando la recogiste?

—No me acuerdo. Parece que hiciera semanas de eso, y ahora tengo una especie de bloqueo mental. Sé que me faltan algunas piezas, y por eso estoy aquí.

—¿Quieres que te cuente lo que vi?

Striker sonrió avergonzado.

—No, la verdad es que no. Pero supongo que será mejor que lo hagas.

—Interrúmpeme si se te ocurre alguna pregunta. Si no, te lo soltaré tal y como lo recuerdo. —Detallé los prolegómenos: el lugar, la hora y la razón por la que estaba allí—. Me fijé en Audrey cuando buscaba a una vendedora para que me ayudara. Estaba hablando con una mujer más joven y supuse que sería una dependienta. Pero entonces me di cuenta de que llevaba un bolso y una bolsa de la compra, como todo el mundo. Encontré lo que buscaba y, cuando iba hacia la caja, volví a ver a Audrey. Estaba mirando unos pijamas de seda que a mí también me habían interesado. Mientras la observaba, cogió dos y los metió en la bolsa...

145

—¿Parecía nerviosa? —preguntó Striker.

—En absoluto. Estaba tranquila, como si tal cosa. Tanto, que yo no daba crédito a lo que veían mis ojos. Me hice a un lado y atisbé a través de las batas colgadas en un perchero para poder vigilarla. Se acercó a otra mesa y, mientras rebuscaba entre la ropa expuesta, vi que birlaba un *body*.

—¿Eso qué es?

—Una prenda de ropa interior de una pieza, que incluye bragas y sostenes. Lo agarró con los dedos y se lo metió en el bolso. Me dirigí a la caja más cercana y la denuncié a la vendedora, que informó al Departamento de Seguridad. Al cabo de un par de minutos, el director de dicho departamento llegó a la sección y habló con la dependienta. Se llama Claudia Rines y, casualmente, la conozco.

—¿De qué?

—Tenemos una relación superficial. La veo de vez en cuando en Rosie's, el restaurante que está al final de la calle en la que vivo. Claudia es la que me contó lo que pasó después, a lo que llegaré en un momento.

Marvin había bajado la cabeza y la movía de un lado a otro.

—¿Te encuentras bien?

—No te preocupes por mí, sigue con lo que estabas contando. Todo esto me resulta muy difícil, como es lógico. Así que el director de Seguridad llega a la sección, ¿y entonces qué?

—Audrey pareció darse cuenta de que estaban hablando de ella, por lo que salió de la sección de lencería y cruzó el pasillo para ir a la sección de tallas grandes. El director de Seguridad envió a Claudia a la segunda planta por si Audrey intentaba huir por la escalera mecánica.

Al parecer, aquel dato le refrescó la memoria porque chasqueó los dedos y me señaló.

—Sí, sí. Ahora recuerdo lo que me contó. Audrey no tenía ni idea de por qué la había parado aquel hombre. Quería cooperar, así que hizo lo que él le pidió. Se murió de vergüenza al darse cuenta de que llevaba esas prendas en la bolsa. Porque, vale, se había llevado algunas cosas, pero luego decidió devolverlas. Ya sabes lo que suele pasar. ¿Cómo lo llaman? Remordimientos del comprador. Bueno, la cuestión es que se puso a pensar en otra cosa y se le olvidó. Me dijo que fue un simple descuido, y que los de la tienda lo exageraron. Fue un error muy tonto por su parte, ella misma lo admitió.

Yo ya estaba haciendo un gesto de negación con la cabeza.

—No lo creo. De ninguna manera. No me lo trago.

—Sólo te estoy contando lo que me dijo.

—Te entiendo, Marvin, pero me imagino que hay algo más. Fui policía durante dos años y me enfrenté a varias situaciones como ésta. La gente te cuenta cualquier cosa para salvar el pellejo. No fue «un simple descuido». Trabajaba con alguien más, una mujer más joven que estaba robando prendas en la misma sección.

Marvin me miró con expresión afligida, y me di cuenta de que se resistía a creerme.

—¿Cómo? ¿Estás diciendo que Audrey y la otra mujer eran cómplices?

—Así lo interpreté. Nada más llegar Audrey a la escalera mecánica, la mujer con la que había estado hablando antes salió del lavabo de señoras. Se miraron y fue como si se hubieran transmitido alguna consigna, la clase de comunicación no verbal que se da entre personas que se conocen bien. Entonces la mujer más joven dio media vuelta y regresó al lavabo de señoras.

—Vaya, he aquí una prueba contundente —dijo Marvin con sarcasmo.

—¿Quieres que te lo cuente o no?

—Descríbeme a esa mujer.

—Unos cuarenta años, melena rubia descuidada hasta los hombros, sin maquillar. Tenía una pequeña cicatriz aquí, entre la barbilla y el labio inferior.

—No conozco a nadie que se le parezca. ¿No podría ser que malinterpretaras lo que estaba pasando?

—No.

—¿No te cabe ni la más mínima duda?

—Ni la más mínima.

—¿Por qué estás tan segura? Por lo que has dicho, no habías visto a esas dos mujeres en tu vida, y ahora de repente las involucras en una conspiración criminal. No es que lo ponga en duda, pero quiero saber en qué te basas para afirmarlo.

—Me baso en mi formación y mi experiencia. ¿Te parece poco? Llevo diez años enfrentándome a delitos y a delincuentes de todas clases. Así es como me gano la vida.

—Por otra parte, estás tan acostumbrada a perseguir a los malos que puede que todo el mundo te lo parezca.

—¿Sabes qué? Dudo que valga la pena seguir hablando de esto ahora. Debes asimilar muchas cosas, y aún estás conmocionado. Puede que sea mejor que esperemos hasta que hayas tenido tiempo de asimilarlo.

—Olvídate de eso, me encuentro bien. Nunca voy a poder asimilarlo, así que, por favor, continúa. Aclaremos este asunto ahora para que pueda saber a lo que me enfrento.

—Vale —respondí con tono escéptico.

—Vale. Así que Audrey estaba en las escaleras mecánicas, y luego, ¿qué?

—Al salir de los almacenes sonó la alarma, y el director de Seguridad, el señor Koslo, la interceptó en la puerta. Claudia Rines estaba con Koslo cuando éste condujo a Audrey hasta el Departamento de Seguridad en la planta baja. Audrey abrió el bolso y la mercancía robada quedó a la vista. Entonces intentó convencerlos para que la soltaran, y al no conseguirlo se puso histérica.

—Bueno, imagina lo avergonzada y lo humillada que debió de sentirse. Cuando la fui a buscar estaba tan nerviosa que temblaba de la cabeza a los pies, y tenía las manos heladas. Al llegar a casa nos tomamos un par de copas y se calmó un poco, pero seguía alteradísima.

—¿No explica eso su suicidio? Si estaba tan estresada...

—No, en absoluto. No fue así.

—Lo que nos lleva otra vez al punto de partida. Y ahora me toca a mí preguntarte, ¿cómo puedes estar tan seguro?

—Tú no conocías a Audrey, yo sí. Y no te pongas insolente conmigo, jovencita.

—Lo siento, no era mi intención —afirmé. Pensé en lo que Marvin me había dicho y me pregunté si sería mejor adoptar otro enfoque—. Háblame de su detención. ¿De qué la acusaron?

—No quiso hablar del tema, y yo no la presioné. Estaba fuera de sí, por lo que en vez de darle más vueltas a lo que había pasado intenté tranquilizarla. Le dije que todo iría bien, que contrataríamos a un abogado para que solucionara el problema. Incluso le di el nombre del abogado y le dije que lo llamaría aquella misma noche, pero ella me pidió que no lo hiciera.

—Y cuando la policía te informó de que la habían encontrado, ¿qué más te dijeron?

Marvin sacudió la cabeza.

—No demasiado. Me di cuenta de que intentaban ser amables, pero no soltaron prenda, como si yo no tuviera derecho a saberlo. No estábamos casados, es verdad, pero sí prometidos, y me trataron como si fuera un desconocido que pasaba por la calle. No me habrían dado ni la hora si no hubiera denunciado la desaparición de Audrey el sábado.

—¿Denunciaste su desaparición el día anterior?

—No fue una denuncia oficial, porque no me tomaron demasiado en serio. Les dije que estaba preocupado y anotaron la información que les di, pero no iban a publicar ningún comunicado ni nada por el estilo. Dijeron que, dadas las circunstancias, no tenían motivos para hacerlo.

—¿Por eso se pusieron en contacto contigo después de que encontraran a Audrey?

—Así es. Si no, seguiría sin saber nada y estaría volviéndome loco. Por suerte, alguien bastante listo relacionó el nombre del informe con los datos que encontraron en el bolso de Audrey. En su permiso de conducir constaba una dirección anterior, una casita que alquilaba en San Luis Obispo. El inspector de la policía se puso en contacto con el Departamento del *Sheriff* de North County y les pidió que enviaran a un agente a la casa. Pero, claro, estaba cerrada a cal y canto porque Audrey ahora vivía conmigo. Había dejado casi todas sus cosas allí, salvo lo imprescindible. Estaba posponiendo el cambio de dirección hasta que nos casáramos, y entonces se encargaría de todo. Ya sabes, cambio de nombre, nueva dirección y demás.

San Luis Obispo, a una hora y media hacia el norte, es una ciudad conocida como San Luis, S.L.O. o SLO-town.

—Tu hija no parecía saber que Audrey y tú os fuerais a casar.

—Lo manteníamos en secreto. A Audrey le preocupaba que a mis chicas les sentara mal, por eso no habíamos dicho nada aún.

—¿Y qué te llevó a denunciar su desaparición?

—Tenía que hacer algo, y es lo único que se me ocurrió. Audrey era puntual por naturaleza. El sábado por la mañana se fue a la peluquería, como hacía cada semana. Yo quería que cancelara la cita, pero empezó a alterarse de nuevo y acabé cediendo.

»Habíamos quedado a la una, y dijo que para entonces ya estaría en casa. No apareció, algo impensable en ella. Incluso si iba a llegar cinco minutos tarde llamaba para decir dónde estaba. No me hubiera dejado plantado nunca. Ni en un millón de años.

—¿Para qué era la cita?

—Íbamos a ver algunas casas con una agente inmobiliaria amiga de Audrey. Es otra de las razones por las que no puedo creer que se suicidara. Estaba entusiasmada. Había visto algunos anuncios en el periódico y Felicia, su amiga, concertó varias visitas para enseñarnos cinco o seis casas. Una y cuarto, una y media..., y Audrey sin aparecer y sin llamar, así que le dije a Felicia que volviera a su trabajo, porque supuse que tendría otras cosas que hacer. A las tres ya estaba en comisaría, hablando con un policía.

—¿Pensaste que se encontraría mal, que habría sufrido un accidente, o qué?

—Sólo sabía que le había ocurrido algo malo.

Cambié de tema.

—¿Cuánto tiempo hacía que la conocías?

Agitó la mano como si se apartara mosquitos de la cara.

—Hablaste con Sabrina. Me dijo que te conoció en la funeraria, así que ya sé adónde quieres ir a parar. La respuesta es siete meses aproximadamente, un tiempo que podría parecerles precipitado a algunos. Aún vivo en la misma casa que mi mujer y yo compramos en 1953. A Audrey no le importaba, pero cuando empezamos a ir más en serio, pensé que tendríamos que comprar una casa propia. Mis hijas creían que me había vuelto loco.

—¿De qué trabajaba Audrey?

Marvin se encogió de hombros.

—Se dedicaba a las ventas, igual que yo, así que viajaba mucho. Puede que dos semanas y media o tres cada mes. Su Honda de 1987 tenía más de cuatrocientos ochenta mil kilómetros. Siempre estaba de viaje, algo que no me gustaba demasiado. Esperaba que dejara de viajar, y supuse que tener casa propia la animaría a hacerlo.

—¿Qué tipo de ventas?

—No estoy seguro. No hablaba acerca de su trabajo. Me dio la impresión de que era ropa, o algo por el estilo.

Pensé que esa «ropa» serían *bodys* o pijamas de seda, pero no abrí el pico.

—¿Para qué empresa?

—No tengo ni idea. Trabajaba a comisión, así que era autónoma, no tenía un contrato fijo.

—¿Y tú?

—¿Mi trabajo? Era representante de la fábrica de tractores Jonh Deere. Me jubilé anticipadamente. Trabajé como un poseso toda mi vida, y había bastantes cosas que quería hacer mientras tuviera salud.

—¿Cómo os conocisteis?

—Hay un bar en mi barrio, un sitio estilo Cheers, como el de la serie. Audrey estaba allí una noche, y yo también.

—¿Os presentó algún amigo común?

—La verdad es que no. Entablamos conversación. Soy viudo. Mi mujer murió hace un año y no tenía nada que hacer. Mis hijas se escandalizaron cuando me fui a vivir con Audrey, lo que tiene narices. Me vi obligado a recordarles todo lo que aguanté cuando eran jóvenes. Salían hasta las tantas, volvían borrachas. Los tipos con los que se juntaban eran unos fracasados andrajosos y sin empleo. No es que ninguno les durara demasiado, había una rotación constante de tipejos. Les dije que lo que yo hiciera no era asunto suyo.

»Audrey era la primera mujer con la que salía desde que murió su madre. La única mujer, para ser exactos. Margaret fue el amor de mi vida, pero ahora ella está muerta y yo no. No voy a vivir como un ermitaño sólo para satisfacer el repentino sentido del decoro de mis hijas. ¡Me importa un carajo el decoro! Estoy seguro de que Sabrina te llenó la cabeza.

—Me dijo que no pudiste encontrar los números de teléfono de los dos hijos de Audrey. ¿Se han puesto en contacto contigo?

—No, y es algo que me pone enfermo. Lo revolví todo: el escritorio, la cómoda, la bolsa de viaje... No encontré ni la libreta de direcciones, ni cartas, ni ninguna referencia a ellos.

—¿Y qué hay de la casa en San Luis Obispo? Puede que Audrey guardara la libreta de direcciones allí.

—Posiblemente. Debería ir a comprobarlo, pero soy un gallina. Ni siquiera sé cómo es la casa, y no puedo entrar sin saber qué puedo encontrarme.

—Entiendo. Quién sabe, podría tener marido e hijos.

—¡Caray, no digas eso!

—Me las estaba dando de lista, no me hagas caso —le tranquilicé—. ¿Qué sabes de su pasado? ¿Te contó de dónde era?

—Nació en Chicago, pero había vivido por todas partes.

—¿Has probado a llamar al servicio de información telefónica de la zona de Chicago?

—Una pérdida de tiempo total. Lo intenté, pero hay cientos de personas apellidadas Vance. No sé si se refería a la ciudad o a alguna zona residencial. Sus padres murieron. Hará muchos años, supongo. Me contó que sus hijos trabajaban en San Francisco, y no tenía ninguna razón para no creérmelo. Dijo que su hija estaba casada. Ignoro si conservó su apellido de soltera o si adoptó el de su marido. No hay ningún Don Vance en el listín, pero puede que su número no figure. Eso no significa que no viva allí.

—¿Y qué hay de su pasado? Casi todo el mundo cuenta alguna anécdota. Podría haberte dicho alguna cosa suelta que te ayudara ahora a reconstruir los hechos.

—No hablaba de sí misma. No le gustaba ser el centro de atención. En su momento no me pareció importante, supuse que sería tímida.

—¿Tímida? En la esquela pone que era «divertida y vivaz».

—Lo era. Todo el mundo la quería. Se interesaba mucho por los demás. Si le preguntabas algo personal, enseguida te hacía callar, como si hablar de su vida no mereciera la pena.

—Así que, en resumen, no sabes nada.

—La verdad es que no, aunque me dé vergüenza admitirlo. Crees que mantienes una relación muy estrecha con alguien y entonces pasa algo así. Al final resulta que no tienes ni pajolera idea de nada.

—Si sabes tan poco de ella, ¿por qué estás tan seguro de que no se suicidó? Puede que padeciera alguna enfermedad mental. Quizá pasó los dos últimos años en el manicomio. Puede que por eso no quisiera hablar de sí misma.

—No, para nada. No estaba ni chiflada ni deprimida. En absoluto. Era muy alegre. No acusaba cambios de humor, ni trastornos hormonales, ni mal genio. Nada de eso. Y no tomaba ningún medicamento. Una aspirina infantil al día, pero eso era todo —explicó—. Creía que la poli se pondría a investigar a fondo este asunto.

—Créeme, lo están haciendo. Lo que pasa es que a ti no van a darte ninguna información.

—¡Y que lo digas! Menuda mierda. ¿Tú qué harías si te encontraras en mi pellejo?

—Volvería a la comisaría.

—Otra gran pérdida de tiempo. Lo intenté y no saqué nada en claro. Esperaba que hablaras tú con ellos, seguro que te tratarán como a una profesional. Yo sólo soy un amigo íntimo que tiene un interés personal en el asunto.

—Puede que sí —admití.

—Digamos que te contrato. Entonces, ¿qué?

—¿No te parece que hay un conflicto de intereses, dado que yo fui la responsable de su detención? Lo primero que hubiera pensado es que querrías contratar a cualquiera antes que a mí.

—Pero al menos tú estabas allí, y conoces parte de la historia. No soportaría tener que explicárselo todo a otra persona. Además, no te va a ir peor que a mí a la hora de investigar lo que está pasando.

—Es verdad. —Le di vueltas al tema, buscando algún cabo del que tirar—. Me ayudaría saber de qué la acusaron, y si tenía antecedentes.

—¡No hablarás en serio! —exclamó Marvin con tono incrédulo—. ¿Crees que podrían haberla detenido otras veces?

—Es muy posible.

Marvin bajó la cabeza, abatido.

—Esto va de mal en peor, ¿verdad?

—Me temo que sí.

10
Nora

El miércoles por la mañana Nora fue a la sucursal del banco Wells Fargo del centro, donde tenía una caja de seguridad. Firmó, mostró su identificación y a continuación esperó mientras la cajera comparaba su firma con la que conservaban en su expediente. Nora siguió a la mujer hasta el interior de la cámara acorazada y ambas usaron sus respectivas llaves para abrir el compartimento. La cajera sacó la caja y la depositó sobre la mesa. En cuanto se quedó sola, Nora abrió la caja. Además de su pasaporte, algunos documentos importantes, varias monedas de oro y las joyas que había heredado de su madre, guardaba cinco mil dólares en efectivo.

Esparció los billetes sobre la mesa. En el bolso tenía el cheque de siete mil dólares que le había entregado Maurice Berman por los pendientes y la pulsera que le había comprado. Tiempo atrás había vendido algunas joyas pequeñas a fin de conseguir el dinero necesario para jugar en Bolsa. Abrió una cuenta en Schwab, y durante los tres años anteriores había obtenido casi sesenta mil dólares de beneficios. Diez mil los guardaba para emergencias, cinco mil en su casa y los otros cinco mil en el banco. El resto del dinero lo había reinvertido. No era una cantidad de la que se hubiera jactado la mayoría de operadores de Bolsa, pero a ella le satisfacía secretamente saber que aquellas ganancias eran el resultado de su sagacidad. Metió el pasaporte en el bolso y devolvió el resto de objetos a la caja.

Contaba con una cartera de valores sólida y diversificada, en la que predominaban los fondos de inversión mobiliaria. Disponía de algunas acciones generadoras de ingresos y de un puñado de opciones que compraba o vendía dependiendo de su estado de ánimo. Hasta entonces había evitado las inversiones demasiado arriesgadas, aunque quizá ya fuera hora de adentrarse en terreno desconocido. No era ningún genio de las finanzas, pero leía religiosamente el *Wall Street Journal* y estudiaba con avidez las subidas y las bajadas de la Bolsa de Nueva York. Dado que ambos habían estado casados antes, tanto Nora como Channing prefirieron mantener sus finanzas separadas. Su acuerdo prematrimonial quedaba muy claro: lo que era de él era de él; lo de ella, de ella. Nora aún acudía a la misma empresa de contabilidad, al mismo abogado tributario y al mismo asesor financiero a los que había contratado cuando terminó su primer matrimonio.

Channing era consciente de que Nora invertía por su cuenta, pero, en opinión de su esposa, los detalles no eran asunto suyo. Fue tonta al pedirle los ocho mil dólares, pero se le presentó una oportunidad en un momento en el que no tenía acceso al suficiente dinero en efectivo. Si bien le enfureció la intromisión de Thelma, en retrospectiva sabía que aquella mujer había impedido que cometiera un terrible error. Nora consideraba que su capital era exclusivamente suyo, pero los tribunales podrían no estar de acuerdo. Ya abordaría el asunto en otra ocasión, aunque quizá nunca tuviera que hacerlo. Dejando a un lado las sutilezas legales, combinar los fondos de ambos podría ser desastroso.

Nora salió del banco y se dirigió a las oficinas de Schwab, donde ingresó los siete mil dólares en su cuenta.

Los asuntos de dinero conllevaban una carga sexual que le levantó el ánimo y le proporcionó una buena dosis de confianza en sí misma. Pensó en el peso y en el tacto de los setenta y cinco mil dólares que habían pasado por sus manos en cuestión de minutos el lunes pasado. Le había dado a Dante la impresión de que tenía escrúpulos morales, cuando lo cierto es que estaba muy asustada. Ocultarle información a Channing le parecía bien, pero sólo en pequeñas dosis. Jugar en Bolsa la hacía sentir segura, especialmente cuando se trataba del dinero que estaba ahorrando por su cuenta. Si era preciso, lo vendería todo y añadiría el dinero obtenido al que ya tenía a mano. Setenta y cinco mil dólares era una suma demasiado tentadora, tan condenatoria como el idilio de su marido. A la hora de guardar secretos, ¿qué diferencia había entre tener una amante y ocultar una suma considerable? A decir verdad, Nora estaba acumulando fondos por si decidía irse. Setenta y cinco mil dólares en efectivo suponían una puerta que había comenzado a abrirse, pero lo que vio al otro lado la asustó y la obligó a retroceder.

Tras volver a casa se puso un chándal y salió a dar un paseo de seis kilómetros. Llevaba diecisiete años andando seis kilómetros al día, cinco días a la semana. Con el tiempo, el ejercicio suave y continuado había afinado su silueta. Norma había perdido medio kilo al año, en vez de aumentar los dos kilos anuales de rigor como otras mujeres de su edad. Normalmente se ponía en marcha a las seis de la mañana, pero las recientes lloviznas matutinas la habían hecho desistir. Pospuso el paseo hasta que saliera el sol.

Aquella semana precisó ir al centro en dos ocasiones. Al cruzar State Street, no pudo evitar lanzar una mirada a las tres ventanas circulares de la segunda planta que indicaban la ubicación del despacho de Dante. Se preguntó si él la estaría viendo. Aún se sonrojaba al pensar en el hombre que le había recomendado Maurice. Al principio, Dante le pareció respetable, pero era evidente que estaba más que acostumbrado a saltarse muchas normas, si es que acataba alguna. ¿Y qué era lo que le había dicho? «Su marido es imbécil si la está haciendo sufrir.» Había algo en aquel comentario que le había gustado. Dante se había mostrado protector con respecto a ella, y tanta galantería casi le hacía saltar las lágrimas. Mucho tiempo atrás, Channing la había protegido del dolor. Ahora era él su principal causante.

El paseo disipó parte de la ansiedad que la había invadido durante los últimos días. Acudir a Maurice Berman la había ayudado. Al menos, le parecía que estaba haciendo algo que la beneficiaría. Su conversación con Dante la había perturbado, aunque no supiera muy bien por qué. Mantenerse ocupada era su único remedio para reducir la inquietud que la embargaba. Nora se duchó, se lavó el pelo y se envolvió en un albornoz mientras consideraba qué ponerse. Había quedado para almorzar en el club con una mujer a la que había conocido a través de la amiga de una amiga. Hablaron de jugar un partido de tenis después del almuerzo, pero aún no estaba decidido. A media tarde tenía hora en un instituto de belleza del centro donde disfrutaría de un paquete de tratamientos gratuitos, quién sabe de qué tipo. Probablemente no serían nada del otro mundo. La masajista de Beverly Hills había subido sus tarifas, y Nora estaba cansada del viaje en coche de ida y vuelta a través del denso tráfico para algo que, supuestamente, debía calmarla y relajarla. Aquella noche, claro está, Nora, Belinda y la hermana menor de Belinda tenían entradas para la sinfonía. Tras rebuscar entre las perchas de su armario se decidió por unos pantalones de lana entallados y una chaqueta corta, también de lana. No era un traje pantalón, sino dos prendas sueltas que combinaban muy bien.

La señora Stumbo le había dejado *Los Angeles Magazine* sobre su mesilla de noche. Nora creía que lo había tirado a la papelera, pero quizá no lo hizo. Lo cogió y se lo llevó a la banqueta que estaba frente a su tocador. Con placer malsano, abrió la revista por la última página y fue buscando de atrás hacia delante, página a página, hasta que encontró la fotografía de cinco por cinco centímetros que había cambiado tantas cosas. Ahí estaba Thelma con su pelo rojo y su sonrisa de adoración, satisfecha de ejercer el papel de consorte de Channing durante la velada. Le vino a la cabeza la palabra «jamona» para describir el tipo de sexualidad ordinaria que tanto encandilaba a los hombres: pechos grandes, cintura de avispa, caderas prominentes. Los pechos de Thelma, apretados hacia arriba, amenazaban con salirse del traje de noche blanco palabra de honor. El cuerpo del vestido le quedaba tan ajustado que, cuando se subió la cremallera de la espalda, dos rollos de grasa de la zona de la axila, blancos e hinchados, se desparramaron sobre el borde del vestido.

Nora entornó los ojos y miró la fotografía con más detenimiento. El vestido tenía que ser un Gucci. Conocía el cuidado que el modisto ponía en cada puntada, en los pliegues y las pinzas, en los adornos de pedrería.

—Mierda.

Se levantó, llevó la revista hasta la ventana y volvió a mirar la foto. Los detalles se apreciaban mejor a medida que el sol iba entrando en la habitación. ¿Era su vestido o estaba viendo visiones? Los pendientes de diamantes de Thelma también parecían duplicados de los suyos. Ya se había fijado en las similitudes cuando vio la foto por primera vez, pero la transformación de Thelma la sorprendió tanto que no había reparado en los detalles. Por un momento permaneció allí de pie, paralizada por la indecisión.

Tiró la revista y cruzó el pasillo hasta el estudio. Tenía la agenda abierta por la fecha de aquel día. En la casilla destinada a cada cita había escrito el número de teléfono de la persona con la que tenía previsto encontrarse. Fue sencillo anular el almuerzo y la cita en el centro de belleza. Descolgó el teléfono y con un par de llamadas se despejó la tarde. Era como si la Nora real se hubiera hecho a un lado y otra persona ocupara ahora su lugar. Lo tenía todo muy claro y actuaba con resolución. La sinfonía sería difícil de sortear. Estaba a punto de marcar el número de Belinda cuando se detuvo. El concierto tendría lugar a las ocho de la tarde. Si salía ahora, estaría de vuelta con tiempo de sobra. Se miró el reloj. Las doce y cuarto. Era muy posible que encontrara a Channing en su despacho.

Su marido acostumbraba llegar a la oficina antes de las siete de la mañana y trabajaba de forma continuada hasta la una, hora a la que salía a comer. Su chófer lo llevaba a Beverly Hills o al Valley, más allá de Benedict Canyon, donde solía reunirse con sus clientes en alguno de los restaurantes de la zona. La Serre era su local favorito actual, con sus paredes de color salmón, sus manteles y servilletas rosa y sus enrejados blancos. Según Channing, la mayoría de sus casos «se basaba en diferentes tipos de transacciones»: disputas sobre propiedad intelectual, incumplimiento del *copyright* y de marcas registradas, negociaciones contractuales y acuerdos con profesionales creativos. Comer en restaurantes le proporcionaba la oportunidad de alternar, de ver y ser visto, de cimentar las relaciones que constituían el centro de su éxito. Volvería a su despacho antes de las tres y trabajaría cuatro horas más antes de irse a casa.

Marcó el número de su marido y, cuando Thelma contestó a la llamada, Nora se dirigió a ella con su tono de voz más jovial.

—Hola, Thelma. Soy Nora. ¿Me pasas a mi marido?

Casi pudo sentir la frialdad de Thelma cuando ésta cayó en la cuenta de quién llamaba.

—Un momento, por favor. Iré a ver si está disponible —dijo Thelma, y la puso en espera.

—¡Pues hazlo de una vez, joder! —exclamó Nora aunque nadie la escuchara al otro lado de la línea.

Cuando Channing descolgara, intentaría engatusarla. Obviamente, Thelma lo había alertado de que su mujer estaba al teléfono.

—¿A qué se debe este placer tan poco habitual? —preguntó—. Ni siquiera recuerdo la última vez que me llamaste en horas de trabajo.

—No te pongas zalamero conmigo, Channing, o no podré soltar lo que tengo que decirte. Te debo una disculpa. La verdad es que no recuerdo que mencionaras la cena de gala. No estoy acusándote de no habérmelo dicho, estoy segura de que me lo dijiste, pero lo más seguro es que me entrara por una oreja y me saliera por la otra. No tendría que haberme puesto tan terca.

Puede que Nora no se hubiera percatado del segundo de silencio de no haber previsto la sorpresa de su marido.

—Te lo agradezco. Seguro que estabas liada con otra cosa y no se te quedó la fecha. Parte de la culpa es mía, debería haber verificado que las líneas de comunicación estaban abiertas. ¿Lo dejamos aquí?

—Aún no. Llevo pensando en ello toda la semana, y soy consciente de cómo me pasé. No debería haberte acorralado de aquella manera cuando te dirigías a la puerta. Ya tenías suficientes preocupaciones.

—Estaba impaciente por ponerme en camino —explicó Channing—, y no te di tiempo de hablar. Ya sé que estas galas benéficas pueden ser muy aburridas.

—Es cierto, pero yo exageré un poquito para defender mis razones. Dicho esto, ahora no te aproveches de mi confesión para hacerme quedar mal.

Channing se echó a reír.

—Está bien. Te prometo que no lo sacaré a relucir la próxima vez que nos peleemos.

—Eres un encanto —dijo Nora—. ¿Y cómo va la búsqueda de acompañante para llenar el asiento vacío?

—He dado algunas voces, pero de momento no ha habido suerte.

—Estupendo, me alegro. Porque la verdadera razón por la que llamo es para ofrecerte un cambio de planes. Puedo estar ahí antes de las tres sin problemas. En serio, no me importa. Es lo mínimo que puedo hacer después de haberme puesto tan borde.

—No hace falta que vengas, haz lo que tenías previsto —respondió Channing sin titubear—. Me da la impresión de que estás muy atareada. Si no puedo encontrar a una compañera de mesa, haré lo que sugeriste e iré solo. Tampoco es un problema tan enorme.

Nora sonrió para sí. ¡Qué mentiroso era! Probablemente había pensado en pedírselo a Thelma desde que la invitación llegó a su despacho. Imposible saber a cuántos compromisos sociales habría asistido en compañía de su secretaria. Nora sabía a la perfección que Channing no la había avisado con antelación porque quería pillarla desprevenida. Siempre intentaba ponerla en un aprieto, de modo que, si se negaba a ir, la culpa fuera suya y no de él.

—No quiero que tengas que ir solo —insistió Nora—. ¡Pobrecito! He pensado que podría llamar a Meredith para ver si ella y Abner quieren tomar una copa con nosotros antes de salir. Así podríamos ir todos en el mismo coche.

Channing no perdió la calma al responder, pero Nora lo conocía lo suficientemente bien como para percibir su desesperación. Al capitular, ella llevaba la voz cantante y su marido quedaba en desventaja. Seguro que ya se habría comprometido. Thelma esperaba acompañarlo a la cena, y Channing no podía decirle ahora que iría con su mujer.

—Aprecio tu ofrecimiento. Es muy generoso, de verdad, pero ¿por qué no lo dejamos para otra ocasión? Me lo apunto, y la próxima vez que nuestros planes respectivos coincidan, te lo recordaré.

—¿Me lo prometes?

—Te lo prometo.

—Muy bien, entonces trato hecho. La próxima vez te juro que iré sin montar ningún número.

—Me parece perfecto.

—Entretanto, diviértete.

—Haré lo que pueda. Tendrás el informe completo después.

Nada más colgar, Nora fue por el bolso y las llaves del coche y metió la cabeza un momento en la cocina, donde la señora Stumbo estaba fregando el suelo de rodillas.

—Tengo que hacer algunos recados esta tarde, pero volveré antes de las cinco. Cuando haya acabado, váyase a casa. Ha estado trabajando mucho.

—Gracias, me vendrá muy bien tener la tarde libre.

—No se olvide de cerrar con llave. Nos vemos mañana.

Al cabo de pocos minutos, Nora ya se dirigía hacia el sur por la 101. Disfrutaba conduciendo, porque el viaje en coche le permitía llevar a cabo un autoexamen emocional. Necesitaba evaluar la situación con toda la calma de que fuera capaz. Sabía que no se equivocaba con respecto a Thelma, pero por el momento no podía probarlo. No tenían que ser pruebas que se sostuvieran en un juicio. La situación probablemente no llegaría a tales extremos, pero Nora quería tener la satisfacción de saber que no se equivocaba. Magro consuelo comparado con mantener intacto su matrimonio. Channing siempre guardaba los extractos de su tarjeta de crédito en el despacho, así que no había forma de determinar cuándo se había acostado con Thelma por primera vez. Si se paraba a pensarlo, Nora probablemente podría precisar el viaje de negocios en el que empezó todo.

Los siguientes encuentros no se habrían producido en la oficina, porque allí apenas tendrían privacidad. La mitad de los abogados del bufete trabajaban hasta muy tarde y se presentaban a cualquier hora para ultimar negocios que no tenían cabida en el horario habitual. Channing y su adorada Thelma, la muy puta, habrían retozado en la casa de Malibú, ahorrándose de paso el gasto de una habitación de hotel. Nora tendría que hervir las sábanas antes de volver a dormir en su cama.

Se fijó en un coche blanco y negro de la Patrulla de Autopistas de California que acechaba en un paso elevado, invisible para el tráfico que circulaba hacia el norte. Echó un vistazo a la aguja de su cuentakilómetros, que oscilaba entre ciento cuarenta y ciento cuarenta y cinco kilómetros por hora. Levantó el pie del acelerador y decidió moderar la velocidad. Puede que estuviera más estresada por lo de Thelma de lo que creía. Curiosamente, tras haberse recuperado de la humillación inicial, ahora sólo sentía indiferencia. El hecho de que su marido tuviera un idilio con alguien tan vulgar le parecía más insultante que descorazonador. Si adoptaba un enfoque práctico, podía entender que la comodidad y la proximidad convirtieran a Thelma en la opción lógica. Channing tenía una sensibilidad muy desarrollada en lo concerniente a cuestiones morales. Nunca follaría con otra abogada del bufete, y menos aún con la esposa de uno de sus socios. Era demasiado pragmático como para arriesgarse a cometer una indiscreción de semejante magnitud. Cualquier violación de la ética profesional podría haberle estallado en la cara. Sin duda había innumerables actrices de Hollywood, clientas suyas, que habrían dado cualquier cosa por tener la oportunidad de seducir y de ser seducidas, pero aquél era otro terreno en el que Channing no pensaba adentrarse. Thelma era una mandada, un auténtico cero a la izquierda. Si el idilio se agriaba y Channing acababa despidiéndola, puede que lo denunciara por acoso sexual, pero aquello sería lo peor que podría pasarle. Conociendo a Channing, seguro que ya se habría protegido de tal eventualidad.

Lo que más desconcertaba a Nora era que, dejando a un lado su orgullo herido y su esnobismo innato en relación con Thelma, no se sentía traicionada. Era indudable que Channing la había engañado. Después de sobreponerse a la sorpresa, esperaba sentir indignación, o angustia, o un gran vacío..., cualquier respuesta emocional intensa. En un primer momento imaginó un enfrentamiento encarnizado lleno de acusaciones, recriminaciones, lágrimas amargas y reproches, pero la revelación simplemente le permitió distanciarse de su vida y adoptar un enfoque distinto. No le cabía la menor duda de que el idilio de su marido acabaría afectándola, pero por el momento no podía imaginar cómo. Funcionaba con el piloto automático puesto, y se ocupaba de sus asuntos como si nada hubiera cambiado.

Al cabo de hora y media giró a la izquierda para salir de la autopista de la costa del Pacífico y meterse en la calle empinada y tortuosa que conducía hasta su residencia principal. Channing había comprado los últimos dos mil metros cuadrados de terreno edificable a lo largo de la cresta de la colina. En medio de la parcela se alzaba la enorme estructura de cristal y acero que había encargado construir. Nora experimentaba una extraña agorafobia cada vez que volvía a la casa. No había ningún árbol, y por tanto tampoco había sombra. Las vistas resultaban espectaculares, pero el aire era seco y el sol implacable. Durante la estación de las lluvias la calle se inundaba y algún flujo de lodo esporádico impedía el paso. Cualquier incendio en los matorrales, por intrascendente que fuera, podía ascender fácilmente por la colina e ir ganando velocidad a la vez que envolvía todo lo que encontraba a su paso.

Detrás de la casa las montañas se alzaban implacables, cubiertas de chaparros y de maleza baja. Los nopales habían ocupado buena parte de las empinadas pendientes de arcilla, las cuales estaban surcadas por antiguos senderos de animales y por cortafuegos. Las colinas circundantes tenían una tonalidad parda durante casi todo el año, y el peligro de incendio era constante. Como solución a los inacabables meses sin lluvia, Channing contrató a un arquitecto paisajista japonés para que creara jardines monocromáticos compuestos de gravilla y de piedra. El paisajista construyó arriates de arena, sobre los que colocó diversas rocas —elegidas por su forma y su tamaño— en disposiciones asimétricas que parecían demasiado estudiadas y artificiales. Para ello se rastrillaron cuidadosamente líneas que iban de una piedra a otra, a veces en hileras rectas, otras en círculos concebidos para simular agua. Habían colocado losas de piedra caliza sobre la arena a modo de peldaño, pero estaban demasiado separadas y Nora se veía obligada a subirlas dando pequeños pasitos, como si le hubieran atado los pies.

El arquitecto paisajista les había dado detalladas explicaciones sobre la simplicidad y la funcionalidad, conceptos que atraían a Channing, quien sin duda se congratulaba de la reducción en la factura del agua. A Nora aquellos diseños compuestos con tanto esmero le provocaban un deseo casi irrefrenable de restregar los pies y estropearlo todo. Nora era piscis, una criatura acuática, y se quejó a Channing de lo fuera de su elemento que se sentía en un entorno tan árido. Él estaba en la oficina todo el día, felizmente instalado en su despacho con aire acondicionado de Century City. La casa también tenía aire acondicionado, pero el sol que recalentaba las grandes cristaleras enrarecía el ambiente en el interior. Ella era la que estaba atrapada en una casa expuesta a los cuatro vientos, ubicada sobre una colina. La única concesión de Channing consistió en construir una piscina reflectante poco profunda frente a la casa. Nora disfrutaba de una forma casi absurda al contemplar la quietud de la superficie; era como un espejo en el que el límpido cielo azul resplandecía al soplar la más mínima brisa.

Se metió en el camino de entrada y dejó su coche en el aparcamiento situado junto a la baqueteada camioneta del jardinero. Nora observó el gran círculo de gravilla donde el jardinero japonés que tenían contratado a tiempo completo, el señor Ishiguro, estaba acuclillado sacando pinaza. El señor Ishiguro llevaba trabajando para los Vogelsang desde que los jardines japoneses se pusieron de moda. Había venido muy recomendado por el arquitecto paisajista, pero Nora no hubiera sabido describir lo que hacía todo el día, salvo recorrer el jardín de aquí para allá con su carretilla y su rastrillo de bambú. Debería tener unos setenta y muchos, y era un hombre nervudo y lleno de energía. Llevaba una túnica gris sobre anchos pantalones de agricultor de color azul marino. Un gran sombrero de lona lo protegía del sol.

El vecino de la casa de al lado había traído en camión una hilera de pinos de Eldorado, y los había plantado en su lado del muro que dividía las dos propiedades. Los pinos estaban pensados para hacer de cortafuegos adicional. A Channing no le convenció la idea, porque los pinos perdían grandes cantidades de agujas marrones muertas que el viento desplazaba hasta su parte de jardín. El señor Ishiguro se quejaba constantemente de tener que recogerlas, cosa que hacía a mano. Si conseguía que Nora lo mirara, el jardinero sacudía la cabeza y musitaba alguna imprecación, como si la culpa fuera de ella.

Nora abrió la puerta trasera y entró en la casa por la cocina. El sistema de alarma estaba desconectado. Ambos se habían vuelto descuidados y a menudo se olvidaban de conectarlo. A Nora le encantaba entrar en el espacio climatizado, aunque sabía que en pocos minutos se sentiría como si estuviera asfixiándose. Depositó el bolso en la encimera y recorrió rápidamente las habitaciones de la planta baja para asegurarse de que estaba sola. La casa, construida veinte años atrás, ya era de Channing cuando se casó con él. A ella nunca le había gustado. El tamaño de las estancias era desproporcionado en relación con sus habitantes. No había persianas, lo que le daba la sensación de vivir en un escenario. Channing se había resistido a las pocas sugerencias de su esposa para hacer la casa más cómoda. Curiosamente, el estilo de la casa parecía pasado de moda pese a que Nora no podía señalar ningún detalle que justificara tal apreciación. Ésta era una de las razones por las que la casa de Montebello le gustaba tanto. Allí los techos tenían tres metros y medio de altura en lugar de seis, y al mirar por las ventanas con parteluces se veían árboles y arbustos de exuberante verdor.

Nora se sobresaltó al oír que alguien aporreaba con furia la puerta trasera. Volvió a la cocina, donde vio la cara del señor Ishiguro aplastada contra el cristal, y abrió la puerta esperando una explicación. El jardinero estaba enfadado, y a Nora su inglés balbuceante le pareció incomprensible. Cuanto más se encogía de hombros y sacudía la cabeza ella, más se enfurecía él. Al final se dio la vuelta de forma abrupta y le indicó que lo siguiera. Comenzó a andar por el sendero tan rápidamente que Nora tuvo que apresurarse para ir a su paso. Al girar la esquina, el jardinero tropezó y por poco cayó al suelo, cosa que ocurrió después de resbalar en la losa que servía de peldaño y acabar pisando las incontables líneas paralelas hechas con el rastrillo y concebidas para apaciguar la mente. Nora no pudo evitar reírse. Las caídas ajenas siempre le parecían divertidas. Había algo cómico en la pérdida total de dignidad, en el intento de recobrar el equilibrio agitando los brazos. Incluso los animales se avergonzaban cuando resbalaban y se caían. Había visto a perros y a gatos tropezar y luego lanzar una mirada rápida a su alrededor para ver si alguien se había fijado.

Al oír sus risotadas, el señor Ishiguro se volvió y arremetió contra ella, gritando y agitando el puño. Nora balbuceó una disculpa, intentando recobrar la compostura, pero no pudo evitar desconectar de nuevo. ¿Por qué tenía que aguantar los incoherentes desvaríos de un jardinero, cuya única ocupación consistía en cuidar de un jardín grisáceo concebido para impedir que la casa se quemara? Le entró otro ataque de risa y fingió toser para disimular sus carcajadas. Si el jardinero la pillaba riéndose de nuevo, quién sabe lo que haría.

Tres metros más adelante, el señor Ishiguro se detuvo y señaló repetidamente, expresando su desaprobación en una rápida sucesión de lo que Nora supuso que serían insultos. Sobre el suelo había un montón de heces de animales. La pila compacta de excrementos reposaba en el centro de una composición a base de guijarros blancos en la que Ishiguro había estado trabajando la semana anterior. Eran excrementos de coyote. Nora llevaba un mes observando cómo una pareja de coyotes, un macho grande gris y amarillo acompañado de una hembra de menor tamaño y pelaje rojizo, recorría con cuidado uno de los senderos con sus peludas colas bajadas. Al parecer, habían hecho su guarida allí cerca y consideraraban el barrio una gran cafetería. Los dos coyotes, delgados y con aspecto espectral, se movían con sigilo y cierta vergüenza, aunque Nora pensó que debían de estar profundamente satisfechos de la vida. Los coyotes no se andaban con remilgos a la hora de comer: ardillas, conejos, carroña, insectos, incluso fruta si era necesario. La desaparición de unos cuantos gatos en el barrio había coincidido con aquellas noches en que los aullidos y gemidos de la pareja revelaban una cacería descontrolada. El macho solía escalar el muro para beber en la reflectante piscina de Nora, quien le deseaba buena suerte. Channing, por otra parte, había salido dos veces pistola en mano, gritando, agitando los brazos y amenazando con disparar. El coyote, impertérrito, había cruzado el patio al trote antes de saltar el muro y desaparecer entre la maleza. La hembra llevaba semanas sin dar señales de vida, y Nora sospechaba que tendría una camada de cachorros escondidos. Tras observar la obsesión del señor Ishiguro por la colocación de cada piedra del jardín, Nora comprendió que el que un coyote defecara de forma poco ceremoniosa en el sendero equivalía a una declaración de guerra entre las especies.

—Vaya por una manguera y límpielo —ordenó Nora cuando el jardinero hizo una pausa para recobrar el aliento.

Ishiguro no podía haber entendido ni una palabra, pero algo en el tono irreprimiblemente jocoso de Nora lo hizo estallar de nuevo, y le soltó otra diatriba. Nora levantó una mano.

—¿Quiere callarse de una vez?

El señor Ishiguro aún no había acabado de quejarse, pero antes de que abriera la boca de nuevo, Nora lo interrumpió.

—¡Eh, gilipollas! No he sido yo la que se ha cagado en sus piedras de mierda, así que ¡piérdase!

Para su estupefacción, el jardinero se echó a reír y repitió el improperio varias veces, como si tratara de aprendérselo de memoria.

—Gilipollas, gilipollas...

—¡Déjelo ya! —exclamó Nora. Se volvió, entró de nuevo en la casa y cerró la puerta de un portazo. Al cabo de unos minutos sintió que tenía la cabeza a punto de estallarle. No había conducido ciento cuarenta y cinco kilómetros para que la insultaran. Subió las escaleras y entró en su baño. Abrió el botiquín en busca del frasco de Advil que reposaba en el estante inferior. Se echó dos pastillas en la palma de la mano y se las tragó con agua. Después se estudió en el espejo, maravillándose de que las recientes revelaciones no hubieran alterado su expresión. Tenía el mismo aspecto de siempre. Dirigió la mirada a la pared que estaba a su espalda y se volvió con una sensación fugaz de incredulidad. Thelma había dejado un sujetador horroroso colgado del calentador de toallas, junto a la mampara de la ducha de Nora. Dios santo, ¿vivía aquí Thelma? Al parecer había lavado a mano la prenda, consistente en dos enormes conos rígidos de encaje lo suficientemente reforzados para soportar el peso de dos torpedos. A Nora le horrorizó que Thelma hubiera invadido su espacio como si tal cosa, aunque era consciente de que no merecía la pena enfadarse.

Inspeccionó la habitación detenidamente. Había señales de Thelma por todas partes. Si Nora había esperado encontrar pruebas, aquí estaban. Bajó la vista y miró la bandeja de plata que reposaba sobre la encimera, sin poder evitar fruncir los labios al recoger el cepillo repleto de pelos de Thelma, rojos y resecos por el tinte. Abrió un cajón tras otro. La secretaria de su marido había estado usando un poco de todo: cremas faciales, bastoncitos para los oídos, bolas de algodón, colonias caras. Nora se esforzaba en llevar un control de todo lo que usaba en esa casa, así como de lo que era preciso comprar. Podría haber enumerado, cosmético a cosmético, el estado y la colocación exacta de sus artículos de tocador.

Miró en el armarito que había debajo del lavabo. Thelma no habría previsto que otra persona examinara el contenido de la papelera, donde había tirado el envoltorio de papel y el aplicador de plástico de un tampón. Buena noticia: al menos esa cerda no estaba embarazada. Las señoras de la limpieza venían los lunes. Thelma tendría pensado eliminar cualquier indicio de su estancia antes de que llegaran.

Nora se dirigió directamente a su vestidor y abrió de par en par las puertas dobles. A la izquierda había un armario climatizado en el interior de otro armario, donde guardaba sus vestidos de cóctel y sus trajes largos. El espacio estaba pensado para guardar abrigos de piel, pero, dado que no tenía ninguno, Nora lo usaba para sus modelos de alta costura, elegantes prendas clásicas de Jean Dessès, John Cavanagh, Givenchy y Balenciaga. Había reunido su colección rebuscando pacientemente en ventas de herencias y en tiendas de ropa *vintage*. Los vestidos eran auténticas gangas cuando los compró, prendas descartadas por haber pasado de moda en su momento. En la actualidad, el interés en los trajes de las primeras épocas de Christian Dior y Coco Chanel había generado un mercado de segunda mano en el que los precios estaban por las nubes. Algunos de esos trajes le iban demasiado grandes ahora: los de las tallas 36, 38 y 40 que había llevado antes de adelgazar. Pensó en estrecharlos, pero le parecía que modificar las tallas afectaría a la integridad del diseño.

Fue apartando un vestido tras otro, con la intención de examinar todos los que colgaban de la barra del armario. Cuando encontró el Gucci blanco palabra de honor, lo sacó, aún en su percha, y lo inspeccionó cuidadosamente. Algunos de los adornos de pedrería se habían soltado, faltaban lentejuelas e incrustaciones de cristal y una de las costuras tenía un minúsculo descosido, porque el culazo de Thelma había dado de sí la tela hasta hacer saltar algunas puntadas. Nora se llevó el vestido a la nariz y percibió el persistente olor a sudor de Thelma. Se habría puesto nerviosa, claro. Tras apropiarse del marido de Nora se había agenciado de su ropa, sus joyas y cualquier otra cosa que le hubiera llamado la atención. Thelma pretendía hacerse pasar por una mujer con clase, y el miedo al fracaso la habría hecho sudar a chorros porque, en el fondo, sabía que era una farsante. Por primera vez, Nora se enfureció y dirigió su cólera contra Channing. ¿Cómo había tolerado que esa fulana, esa corpulenta intrusa, ocupara el lugar de su esposa?

Volvió a colgar el Gucci en la barra. Era evidente que Thelma se había probado varios de sus vestidos de cóctel, quizás intentando decidir cuál se pondría aquella noche. Había rechazado dos y los había tirado sobre el respaldo de la butaquita de terciopelo. Debía de haberse dado cuenta de que le sería imposible embutirse la talla 34, y prefirió sacar los tres Harari, uno de los cuales Nora aún no había tenido ocasión de estrenar. Se imaginó la escena: mientras consideraba las distintas alternativas, Thelma las iba colgando en el carrito plegable que Nora usaba para dejar las prendas cuando se las traían de la tintorería. Los Harari le sentarían mejor que otros vestidos de Nora más ajustados. Estaban compuestos de varias capas diáfanas de seda en tonos azulados y color café, con aplicaciones en gris. Cada conjunto constaba de múltiples piezas: una combinación de cuerpo entero, un chaleco que fluía desde los hombros hasta acabar en un dobladillo irregular... Las prendas eran intercambiables, y estaban pensadas para combinarlas de formas distintas. Había algo sensual en la manera en que la tela se adaptaba a la piel, transparentándose en algunas partes de modo que cubriera y revelara el cuerpo a un tiempo. Quizá Thelma pensó que los celulíticos colgajos de sus brazos resultarían especialmente atractivos con un atuendo así.

Nora sacó seis perchas de la barra y dobló los vestidos sobre su brazo izquierdo. Después sacó otro montón y los colocó sobre los primeros. Los llevó todos a la planta baja y luego hasta el coche, donde depositó unos cuantos en el maletero y el resto en el asiento trasero. Los trajes eran sorprendentemente pesados y estaban muy bien confeccionados, muchos de ellos tan adornados con pedrería e incrustaciones de cristal que su peso resultaba palpable. Tuvo que hacer seis viajes para sacar del armario toda su ropa de vestir: trajes largos, vestidos de cóctel..., su colección completa de prendas de alta costura de distintos tamaños y formas. Su procedencia no importaba. Nora sacó cualquier prenda que pudiera resultar apropiada para la cena de gala de aquella noche.

Imaginarse la secuencia de acontecimientos la animó enormemente. Thelma y Channing saldrían del despacho temprano, quizás a las cinco en vez de las siete, la hora habitual. El viaje hasta la casa duraría unos sesenta minutos o más debido al tráfico de la hora punta, que sería especialmente denso en la autopista de la costa del Pacífico. Para cuando llegaran a la casa ya serían las seis o las seis y media, y las tiendas de ropa cercanas estarían cerradas. Puede que tomaran una copa antes de vestirse. Puede que hicieran el amor, y que luego se ducharan juntos. Al final, Thelma centraría su atención porcina en lo que se pondría aquella noche. Animada ante la perspectiva, abriría las puertas dobles del armario y enseguida se daría cuenta de que algo no cuadraba. Desconcertada, abriría entonces el armario climatizado y lo encontraría prácticamente vacío. Esa guarra pechugona y barriguda descubriría que no tenía nada que ponerse. Nada de nada. Comenzaría a chillar y Channing acudiría corriendo, pero ¿qué podían hacer? Él se horrorizaría tanto como ella. Alguien había entrado en la casa y se había llevado trajes de noche valorados en miles de dólares. ¿Qué le diría a Nora? ¿Y cómo calmaría a una Thelma lloriqueante a la que le habían estropeado los planes? Su cutre apartamentito estaba en Inglewood, a cincuenta kilómetros al sureste, no demasiado lejos del aeropuerto Internacional de Los Ángeles, de modo que si tenía (por puro milagro) algún vestido decente en casa, no le quedaría tiempo para ir a buscarlo. El baile se celebraba en el Hotel Millennium Biltmore del centro de Los Ángeles, a ochenta kilómetros de allí. Sería imposible recorrer esas distancias a aquella hora.

Nora habría dado cualquier cosa por ver la expresión de Thelma. Ni ella ni Channing podrían mencionarle el asunto, aunque adivinaran lo que había sucedido. ¿De qué podían acusarla? ¿De sacar sus vestidos de la casa para impedir que Thelma se los apropiara como se había apropiado del resto de su vida?

Nora cerró la casa con llave y se dirigió al coche. Miró el reloj del salpicadero y vio que sólo eran las tres y cincuenta y seis. El tráfico hacia Montebello, en dirección norte, podría ser denso, pero llegaría a casa antes de las siete como muy tarde. Tendría tiempo de sobra para vestirse y para encontrarse luego con Belinda y su hermana en el auditorio. No podría haberlo calculado mejor.

11

Nada más irse Marvin abrí un expediente para Audrey Vance. Normalmente le habría pedido a Marvin que firmara un contrato tipo, en el que se especificara la tarea para la que me había contratado y aceptara mis tarifas. En esta ocasión bastó con un apretón de manos, tras convenir de palabra que la investigación no tendría un final prefijado. Marvin me extendió un cheque por mil quinientos dólares como anticipo, del que tendría que ir facturándole. Si mis honorarios excedían esa cantidad, Marvin podía optar por autorizar gastos adicionales. Ello dependería en gran parte de mi eficacia. Hice una copia de su cheque, lo metí en la carpeta del expediente y dejé a un lado el cheque original para ingresarlo más tarde en el banco.

Básicamente, iba a tener que investigar el pasado de una muerta. En cuanto a nuestros respectivos enfoques, hay que decir que nuestras opiniones diferían. Me daba la impresión de que Marvin se negaba a aceptar la verdad acerca de Audrey cuando no concordaba con sus expectativas. Yo tenía mis sospechas, pero entendía que quisiera aferrarse a la convicción de que su prometida era inocente. Marvin no quería pensar que le habían tomado el pelo, pero yo estaba segura de que Audrey era una sinvergüenza profesional que lo había embaucado. Ahora sólo era cuestión de demostrarlo. Por otra parte, me irritaba que Marvin fuera tan terco como para no admitir que se había enamorado de una tipeja despreciable. A mí me ha pasado lo mismo más de una vez, así que, si nos paramos a considerar los motivos subyacentes, podríamos afirmar que actuaba en su nombre a fin de protegerme a mí misma. Psicología barata por un tubo. Años atrás, cuando me enredaba con granujas, era tan ciega como Marvin, e igual de obstinada. Ahora se me brindaba la oportunidad de pasar a la acción en lugar de quedarme sentada torturándome. La rabia te da poder, el sufrimiento te debilita. ¿A que no cuesta nada adivinar cuál de los dos sentimientos prefiero?

Hice una llamada a Cheney Phillips al Departamento de Policía de Santa Teresa. Cheney era un contacto fabuloso, y solía pasarme mucha información. Pensé que valdría la pena empezar por él e ir avanzando a partir de ahí. El oficial Becker contestó a mi llamada y me dijo que Cheney acababa de salir a comer. ¿A comer? Miré el reloj, intentando averiguar en qué se me había ido la mañana. Estaba claro que tendría que salir en su busca. Sabía cuáles eran sus locales favoritos, tres restaurantes repartidos en un radio de cuatro manzanas a los que se podía ir a pie desde el Departamento de Policía. Dado que mi despacho estaba en la misma zona, la búsqueda no podría haber sido más fácil. Primero probé en el Bistro, el restaurante que me quedaba más cerca. No tuve suerte, y tampoco en el Sundial Café. Mis esfuerzos finalmente se vieron recompensados en el Palm Garden, situado en un centro comercial repleto de galerías de arte, joyerías, tiendas de artículos de piel y tiendas de maletas y artículos de viaje caros, además de una boutique que vendía ropa moderna confeccionada con cáñamo. Las palmeras que daban nombre al restaurante sobrevivían en grandes parterres grises cuadrados, y respondían a la falta de espacio formando raíces aéreas que trepaban por los bordes de los parterres como si fueran gusanos. Muy apetitoso si te sentabas junto a alguna de las palmeras.

Cheney estaba sentado a una mesa del patio. Lo acompañaba el subinspector Leonard Priddy, al que yo no había visto en años. Len Priddy era amigo de Mickey Magruder, mi ex marido, que había muerto dos años atrás. Conocí a Mickey y me casé con él a los veintiuno. Él era quince años mayor que yo y trabajaba en el Departamento de Policía de Santa Teresa. Mickey salió del departamento por la puerta falsa, como suele decirse, acusado de brutalidad policial tras haber matado, supuestamente, a un ex presidiario de una paliza. Por consejo de su abogado, Mickey presentó su dimisión mucho antes de que lo imputaran. Al final lo declararon inocente en un juicio celebrado por la vía penal, pero no antes de que su reputación hubiera quedado hecha añicos. Nuestro matrimonio, inestable desde el principio, se desmoronó por razones que guardaban poca relación con lo sucedido. Sin embargo, Len Priddy consideró que yo había abandonado a Mickey cuando más me necesitaba. Nunca lo dijo abiertamente, pero en las escasas ocasiones en las que nuestros caminos se cruzaron me dejó bien claro su desprecio. A saber si su actitud hacia mí se habría suavizado.

Había oído hablar a menudo de él, porque su trayectoria profesional tomó un rumbo similar al de Mickey después de que otro policía muriera de un disparo durante una redada antidrogas fallida. Para empezar, Len Priddy era un rebelde al que habían amonestado más de una vez por incumplir las normas del departamento. En dos ocasiones fue objeto de quejas ciudadanas. Durante la investigación que llevó a cabo Asuntos Internos durante varios meses lo suspendieron de empleo, pero no de sueldo. Asuntos Internos finalmente concluyó que el disparo había sido accidental. Priddy recuperó el prestigio que tenía entre sus compañeros, pero su carrera profesional se estancó sin que nadie supiera muy bien por qué. Según ciertos rumores, si se presentaba a un examen esperando ascender, sus notas nunca eran lo suficientemente buenas, y los informes anuales sobre su conducta profesional, aunque aceptables, no bastaban para reparar el daño causado a su buen nombre.

Mickey juraba que Priddy era un tipo decente, alguien con quien podías contar si te metías en una pelea. No tenía por qué dudar de la palabra de mi ex marido. En aquella época había una pandilla de polis conocida como el Comité Priddy: los chicos de Len, alborotadores, duros y muy dados a partir cabezas si creían que podían salir impunes. Mickey era uno de ellos. Eran los años en los que triunfaban las películas de *Harry el Sucio,* y muchos polis, pese a afirmar lo contrario, disfrutaban en secreto con el desapego a las normas que mostraba el personaje interpretado por

Clint Eastwood. El Departamento de Policía cambió radicalmente con el paso de los años, y aunque Priddy continuaba allí, no lo habían ascendido desde entonces. De haberse visto en esa situación, casi todos sus compañeros habrían buscado otros trabajos, pero Len venía de una familia de policías y estaba demasiado identificado con su profesión como para dedicarse a otra cosa.

En compañía de Priddy, Cheney parecía otro. O puede que mi percepción se viera afectada porque conocía la mala reputación de Priddy. Estuve tentada de evitarlos y posponer la conversación con Cheney hasta más tarde, pero lo había estado buscando con la esperanza de que me contara todo lo que supiera sobre Audrey Vance, y me pareció cobarde por mi parte escabullirme cuando lo tenía a sólo quince metros.

Cheney me vio llegar y se levantó a modo de saludo. Priddy me lanzó una mirada y luego la desvió. Me saludó con indiferencia y después centró toda su atención en el sobrecito de azúcar que se estaba echando en su té con hielo.

Cheney y yo habíamos tenido tiempo atrás lo que podríamos denominar eufemísticamente «una aventura». Es decir, una relación breve y sin efectos perdurables. Ahora nos comportábamos con estudiada cortesía, como si jamás nos hubiéramos enrollado pese a ser ambos más que conscientes de nuestros fogosos escarceos de antaño.

—Hola, Kinsey —saludó Cheney—. ¿Cómo te va? ¿Conoces a Len?

—Sí, desde hace mucho tiempo. Encantada de verte.

No le tendí la mano, y Len ni siquiera se molestó en levantarse de la silla.

—No sabía que aún anduvieras por aquí —dijo Priddy, como si mis últimos diez años trabajando de investigadora privada se le hubieran olvidado por completo.

—Aquí sigo —respondí.

Cheney apartó una silla.

—Siéntate. ¿Quieres comer con nosotros? Estamos esperando a la novia de Len, así que aún no hemos pedido.

—Gracias, pero sólo he venido para hacerte un par de preguntas rápidas. Estoy segura de que querréis hablar de vuestras cosas.

Cheney volvió a sentarse, y yo hice lo propio en el borde de la silla que me había ofrecido para poder mirarlos a los ojos a los dos.

—¿Qué quieres saber? —preguntó.

—Tengo curiosidad por conocer algún dato sobre Audrey Vance, la mujer que...

—Sabemos quién es —interrumpió Priddy—. ¿A qué se debe tu interés?

—Bueno, da la casualidad de que fui testigo del robo que provocó su detención.

—Buena noticia —repuso Priddy—. Ya me había enterado. Ahora trabajo en la Brigada Antivicio. El puente de Cold Spring pertenece al condado, así que los agentes del Departamento del *Sheriff* son los que investigan su muerte. Si quieres preguntar al respecto, deberías hablar con ellos. Estoy seguro de que tienes muchos buenos amigos allí.

—Montones —repliqué. Puede que estuviera volviéndome paranoica, pero me pareció que Priddy insinuaba que, ya que me había follado a Cheney para conseguir información, sin duda me habría follado también a todo el Departamento del *Sheriff*—. En realidad, lo que más me interesa saber es si la habían detenido antes.

Miré a Cheney, pero Priddy había decidido que mis preguntas eran asunto suyo.

—¿Por robar en tiendas? —preguntó Priddy—. Claro. Muchas veces. Tenía un buen historial. Con nombres distintos, desde luego. Alice Vincent. Ardeth Vick. También usó el apellido Vest. No recuerdo con qué nombre. ¿Ann? ¿Adele? Alguno que empezaba con A.

—¿Ah sí? ¿Y la detuvieron por hurto de menor o de mayor cuantía?

—De mayor cuantía, y diría que al menos cinco veces. Tenía un picapleitos que le llevaba todo el papeleo. Siempre le aconsejaba declararse culpable de delito menor y aceptar una condena reducida, además de servicios a la comunidad. Las dos primeras veces se salió de rositas. Eran hurtos de poca monta y retiraron los cargos. Fue a un centro de rehabilitación para alcohólicos, o algo por el estilo. ¡Menuda gilipollez! La última vez, el juez no se dejó engañar y la metió en chirona. Un tanto a nuestro favor.

Tras hacer una pausa, Priddy chasqueó la lengua para imitar el sonido de un bate de béisbol al golpear la pelota, a lo que siguió una interpretación verbal de los vítores del público.

—Si esta gente cumpliera condena desde el primer robo, no volvería a intentarlo tantas veces. Es la única manera de que aprendan.

—Hay más —añadió Cheney—. El viernes, cuando la hizo desnudar, la celadora de la cárcel descubrió que Audrey llevaba bolsillos ocultos en la ropa interior repletos de artículos robados, además de los que tenía en la bolsa. Un botín considerable. Estamos hablando de prendas por un valor de dos o tres mil dólares, lo que lo convierte en hurto de mayor cuantía.

—¿Te sorprendiste al enterarte de que había saltado desde el puente?

Priddy dirigió su respuesta a Cheney, como si los dos hubieran estado hablando del tema antes de que yo llegara. Seguro que debatieron las ventajas relativas de una muerte repentina en comparación con la lentitud del sistema judicial.

—En mi opinión, el que se tirara de aquel puente fue todo un detalle por su parte. Le ahorra al contribuyente bastante dinero, y a nosotros un montón de trabajo. Además, si saltas a un río no lo dejas todo perdido de sangre para que luego tenga que venir alguien a limpiarlo.

—¿Podría haber sido un asesinato?

Priddy deslizó su mirada hacia mí.

—Los inspectores de homicidios del Departamento del *Sheriff* lo enfocarán así, desde luego. Protegerán las pruebas que aparezcan en el escenario del delito por si sale a la luz algún chanchullo. Le dieron la libertad condicional hará unos seis meses y ya volvía a enfrentarse a otra condena. Iba a casarse con un tipo y se le fastidiaron los planes. No me digáis que no es deprimente. Yo también me habría tirado por la barandilla.

Priddy agitó el vaso y lo inclinó, dejando que un cubito le cayera en la boca. El crujido del hielo sonó como el ruido que hacen los caballos al masticar el bocado.

—Se están realizando análisis toxicológicos, pero los resultados tardarán entre tres y cuatro semanas. Mientras tanto, el forense dice que no hay indicios de que la empujaran. Probablemente nos entregará el cuerpo dentro de unos días.

Lo miré sorprendida.

—Pero si ya ha entregado el cuerpo, ¿no?

—No.

—Yo fui al velatorio. Había un ataúd y dos coronas de flores. ¿Quieres decir que Audrey no estaba allí dentro?

—Todavía se encuentra en el depósito. Yo no estuve allí durante la autopsia, Becker se encargó de eso, pero sé que han retenido el cuerpo mientras esperan los análisis de sangre y de orina.

—¿Por qué se hizo el velatorio con un ataúd vacío?

—Eso tendrás que preguntárselo a su prometido —respondió Priddy.

—Supongo que lo haré.

—Siento ser tan poco caritativo, pero el bueno del señor Striker no tenía ni idea de dónde se metía cuando se fue a vivir con ella.

Priddy levantó la vista y le seguí la mirada. Una mujer de veintitantos años venía hacia nosotros desde el otro extremo del patio. Cheney, tan caballeroso como siempre, se levantó al verla acercarse. Cuando llegó a nuestra mesa, la chica lo abrazó brevemente y luego se inclinó y besó a Len en la mejilla. Era alta y esbelta, de cutis aceitunado y cabello largo hasta la cintura. Llevaba unos vaqueros ajustados y botas de tacón alto. Me costaba imaginar qué habría visto en Len. Éste no parecía dispuesto a presentarnos, así que Cheney hizo los honores.

—Abbie Upshaw, la novia de Len —dijo Cheney—. Kinsey Millhone.

Nos dimos la mano.

—Encantada de conocerte —saludé.

Cheney apartó una silla para que se sentara. Len miró a la camarera y levantó la carta. Lo interpreté como una sugerencia no demasiado sutil de que debía irme, cosa que hice encantada.

Pasé por una charcutería cercana y me compré un sándwich de atún con ensalada y una bolsa de Fritos, y luego volví al despacho y me lo comí todo sentada frente a mi escritorio. Mientras conservaba fresca la información, saqué un paquete de fichas de 7,5 por 12,5 y anoté todos los datos sueltos que había captado, incluyendo el nombre de la novia de Len. Tomar notas sólo tiene sentido si se es riguroso con los detalles, ya que es imposible saber a priori qué datos serán útiles y cuáles no. Después metí las fichas en el bolso. Tuve la tentación de correr al encuentro de Marvin y soltarle todas aquellas revelaciones como si fuera un golden retriever con un pájaro muerto, pero no quise agobiarlo más por el momento. Aún no había asimilado la idea de que Audrey hubiera robado en una ocasión, de modo que enterarse de que la habían condenado cinco veces por delitos anteriores supondría un duro golpe.

La modestia me obliga a apuntarme sólo parte del mérito por haber acertado al suponer que Audrey tendría antecedentes. Un delito como el hurto en tiendas no suele ser un incidente puntual. Tanto si se debe a la necesidad como a un impulso, el primer éxito provoca la tentación natural de intentarlo de nuevo. El hecho de que la hubieran pillado con anterioridad debería haberla puesto sobre aviso: tendría que haber mejorado sus artes de prestidigitación. O puede que sólo la hubieran pescado cinco veces de las quinientas en que lo había intentado, en cuyo caso lo estaba haciendo la mar de bien. Al menos hasta el viernes de la semana pasada, cuando la pifió a lo grande.

Acabé de comer, arrugué el envoltorio del sándwich y lo tiré a la papelera. Después doblé la parte superior de la bolsa de celofán, que aún contenía un buen puñado de Fritos, y la cerré con un clip. La metí en el último cajón de mi escritorio, con la intención de tener los Fritos a mano si me entraba algo de hambre por la tarde. Oí que la puerta de mi antedespacho se abría y se cerraba. Durante unos segundos pensé que podía ser Marvin y levanté la vista con expectación. No tuve tanta suerte. La mujer que apareció en mi despacho era Diana Álvarez, una periodista que trabajaba en el periódico local. Aunque no sea famosa por mi amabilidad o por mi encanto, no hay mucha gente que me caiga realmente mal. Ella era la primera de mi lista. La conocí en el transcurso de una investigación que había cerrado la semana anterior. Michael, el hermano de Diana, me había contratado para que localizara a dos tipos a los que había recordado de pronto tras leer la noticia de un incidente acaecido cuando él tenía seis años. Los detalles no vienen al caso, así que iré directa a la parte relevante. Michael era muy sugestionable, y tenía tendencia a falsear la verdad. En la adolescencia, acusó a sus padres de haberlo sometido a terribles abusos sexuales después de que una psiquiatra le administrara el suero de la verdad y le provocara una regresión a la infancia. Resultó ser una patraña y Michael acabó retractándose, pero para aquel entonces su familia ya estaba rota. Su hermana Diana —conocida también como Dee— aún le guardaba rencor, e hizo cuanto estuvo en su mano para socavar la credibilidad de Michael, incluso después de su muerte.

La miré detenidamente, disfrutando de la aversión que me provocaba. Observar a alguien que te cae mal es casi tan divertido como leer una novela malísima: es posible experimentar un placer malsano con cada párrafo descabellado.

Diana era entrometida, agresiva y engreída. Además, no me gustaba su forma de vestir, aunque admito que le copié la costumbre de llevar medias negras en las escasas ocasiones en las que me pongo falda. El conjunto que llevaba era un vistoso jersey a cuadros rojos y negros de cuello en pico con una camiseta debajo. Reprimí un leve suspiro de admiración.

—Hola, Diana. No creí que volviéramos a vernos tan pronto.

—A mí también me sorprende.

—Siento mucho la muerte de Michael.

—Ya lo dice la Biblia: recoges lo que has sembrado. Sé que te pareceré fría, pero ¿qué otra cosa puedes esperar después de lo que nos hizo?

No respondí a su pregunta.

—Pensé que leería algo en el periódico acerca de su funeral.

—No habrá ningún funeral. Hemos decidido no celebrarlo. Si cambiamos de opinión, te lo comunicaré con mucho gusto.

Se sentó sin que yo se lo pidiera, alisándose la falda por detrás a fin de minimizar las arrugas, y dejó el bolso sobre mi escritorio mientras se acomodaba. La primera vez que vino a mi despacho llevaba un bolso de mano no mucho más grande que una cajetilla de cigarrillos. Éste era de un tamaño considerablemente mayor.

Cuando ya se había puesto cómoda, dijo:

—No he venido a hablar de Michael. Estoy aquí por otro asunto.

—Adelante.

—Fui al velatorio de Audrey Vance y vi tu nombre en el libro de condolencias, pero no te vi a ti.

—Me fui temprano.

—La razón por la que lo menciono es porque he convencido al director de mi periódico para que saque un artículo sobre todos los suicidas que se han tirado desde el puente de Cold Spring, empezando por Audrey y retrocediendo hasta 1964, la fecha en que se acabó de construir.

Su tono daba a entender que había compuesto el artículo mentalmente para poder ensayarlo ante mí. No aparté la vista del bolso que aún reposaba sobre mi escritorio. ¿Habría ocultado en el cierre un minúsculo micrófono conectado a una grabadora para captar todo lo que dijéramos? No había sacado su libreta de espiral, pero estaba claro que se dirigía a mí como periodista.

—¿De qué conocías a Audrey?

—No la conocía. Fui a la funeraria con un amigo que estaba allí para presentar sus respetos.

—Entonces, ¿tu amigo era amigo suyo?

—No quiero hablar de este asunto.

Diana me miró fijamente, arqueando una ceja.

—Vaya, ¿y eso a qué se debe? ¿Acaso pasa algo?

—Esa mujer murió, y yo no la conocía. Siento no poder ayudarte a convertir su lamentable fallecimiento en un reportaje para tu periódico.

—¡Venga ya! Deja de emplear ese tonillo santurrón. Este asunto no me interesa por razones sentimentales, sólo es trabajo. Tengo entendido que existe la duda de si saltó. Si te parece que estoy explotando su muerte, es que no has captado mi enfoque.

—Digamos que no soy una buena fuente. Deberías probar suerte en otra parte.

—Ya lo he hecho. Hablé con su prometido y me ha dicho que te ha contratado para que lleves la investigación.

—Entonces estoy segura de que entenderás por qué no puedo hablar del tema.

—No veo por qué no, dado que fue su prometido el que me sugirió que hablara contigo.

—Creía que era porque viste mi nombre en el libro de condolencias y te morías por charlar conmigo.

Diana esbozó una sonrisa forzada.

—Estoy segura de que te interesa tanto como a mí descubrir qué le pasó a esa pobre mujer. Pensé que podríamos trabajar en equipo.

—¿En equipo? ¿Para qué?

—Para compartir información. Hoy por ti, mañana por mí.

—Pues... No. Creo que no.

—¿Y si hubiera sido un asesinato?

—Entonces sácales la información a los polis. Mientras tanto, ¿no tenías una serie de suicidios por investigar?

—No soy tu enemiga.

No le respondí. Giré a un lado y a otro mi silla giratoria, que, para mi satisfacción, emitió un oportuno chirrido. Si era cuestión de permanecer en silencio el mayor tiempo posible yo era toda una experta, algo de lo que Diana debió de percatarse enseguida.

Se colgó el bolso al hombro.

—Me habían dicho que eras difícil, pero no creí que pudieras llegar a serlo tanto.

—Muy bien, pues ahora ya lo sabes.

Nada más irse Diana, descolgué el teléfono y llamé a Marvin. Él tenía ganas de cháchara, pero yo no.

—Siento interrumpirte —dije— pero ¿le sugeriste a Diana Álvarez que viniera a hablar conmigo?

—Sí, es una chica muy agradable. Supuse que contar con alguien como ella en nuestro equipo nos ayudaría. Dice que la cobertura periodística tendría un gran impacto. Un impacto «increíble» es lo que dijo. Ya sabes, hacer circular la voz de que hay gato encerrado. Dijo que eso animaría a la gente a proporcionarnos información. Puede que alguien hubiera visto algo sin percatarse de que podía ser importante. Me sugirió que ofreciera una recompensa.

Reprimí el impulso de darme de cabezazos contra el escritorio.

—Marvin, he lidiado con ella antes...

—Ya lo sé, me lo ha contado. Asesinaron a su hermano, así que se hace cargo de la situación.

—Es tan comprensiva como una piraña que estuviera royéndote la pierna.

Marvin se rió.

—Una frase muy buena, me gusta. Entonces, ¿cómo te ha ido con ella? Pensé que las dos podríais intercambiar ideas, y que quizá se os ocurriría alguna estrategia. A lo mejor podríais seguir algunas pistas.

—Es una hija de puta. No pienso contarle nada.

—¡Vaya! Bueno, es asunto tuyo, pero estás cometiendo un error. Podría venirnos muy bien.

—Entonces, ¿por qué no hablas tú con ella? O, mejor aún, que hable con la policía. Son dos de las tres sugerencias que podría hacerle. La tercera no la pienso decir en voz alta.

—Parece que estás de mal humor.

—Sí, estoy de mal humor —repuse—. ¿Algo más?

—Pues la verdad es que sí. He estado pensando en todo este asunto de los robos y no me parece que sea tan importante. Vale, puede que Audrey birlara un par de cosas. Estoy dispuesto a admitirlo, pero ¿y qué? Admito que no está bien, pero comparado con otros delitos no lo considero tan importante, ¿no? No quiero justificar lo que hizo, sólo digo que robar en tiendas no es lo mismo que atracar bancos.

—¿Ah no? Bueno, permítame que lo ponga en contexto —ofrecí—. Audrey no actuaba sola. No tienes en cuenta lo que te dije antes, que la vi robando junto a otra mujer. Confía en mí si te digo que hay más personas involucradas. Esta gente está muy organizada. Tienen un recorrido fijo y van de ciudad en ciudad, birlando todo lo que encuentran a su paso.

—Puedes ahorrarte el sermón.

—No, no puedo. ¿Te ha contado alguien alguna vez cómo se calculan las pérdidas que se producen por culpa de los robos en las tiendas? Lo aprendí hace años en la academia de policía y puede que no recuerde muy bien las cifras exactas, pero todo se reduce a esto: el margen de beneficios de cada uno de esos pijamas que Audrey robó es de aproximadamente un cinco por ciento.

»Y eso después de restar el coste de las prendas, los sueldos, los gastos de gestión, el alquiler, los servicios públicos y los impuestos. Lo que significa que, de los 199,95 dólares del precio de venta al público, la tienda saca 9,99 dólares de beneficio, que podríamos redondear a diez pavos para simplificar las cosas, ¿vale?

—Claro. Ya veo.

—Si te fijas en las cifras, esto significa que por cada pijama de seda robado, Nordstrom tiene que vender otros veinte para cubrir gastos. Audrey robó dos pijamas. ¿Me sigues?

—Por el momento sí.

—Bien, porque se parece a los problemas que nos ponían en la escuela primaria, sólo que tienes que multiplicarlo por decenas de miles, porque éste es el número de ladrones que roban en las tiendas año tras año. ¿Y quién te crees que acaba pagando estas pérdidas? Nosotros, porque los costes se trasladan a los compradores. ¡La única diferencia entre el delito de Audrey y el del tipo que atraca bancos es que ella no usó una pistola!

Y entonces colgué el teléfono de golpe.

12

Henry me había insistido para que aparcara en el camino de entrada de su casa mientras él se hallara fuera de la ciudad. Ahora que la ventana de su cocina no estaba iluminada para recibirme, parecía como si todo el barrio se hubiera quedado sin energía. Entré en su casa y lo primero que hice fue precalentar el horno, sólo para poder aspirar el olor a especias calientes. Acometí mi recorrido envuelta en aromas a azúcar caramelizado y canela, encendiendo las luces donde hiciera falta. Eché un vistazo a la cocina, al lavadero y a los dos baños para asegurarme de que no se hubiera reventado ninguna cañería, o de que una fuga de gas no amenazara con volar la casa por los aires. En los dormitorios estaba todo en su sitio: no había ventanas rotas, ni señales de que alguien hubiera entrado a robar. Escuché los mensajes acumulados en el contestador para asegurarme de que Henry no se perdiera ningún asunto crucial. Después fui a regarle las plantas, metiendo primero un dedo en la tierra de las macetas para no pasarme con el agua. A veces pienso que la rutina lo es todo en la vida. El fin de semana tardaría siglos en llegar, y, cuando llegara, me parecería interminable. Mi única esperanza consistía en acudir al restaurante de Rosie tantas veces como me fuera posible. Estaba convencida de que Marvin me despediría por mi insolencia, pero ¿y a mí qué más me daba? Me ahorraría la molestia de tener que tratar con Diana Álvarez.

Apagué el horno y las luces y cerré con llave. Luego pasé por mi estudio el tiempo suficiente para encender algunas lámparas de mesa y usar el baño antes de dirigirme andando al restaurante de

Rosie, donde pedí una copa de Chardonnay y algo para comer. La cena no era lo peor que ha cocinado Rosie, pero se le acercaba bastante. En la deslumbrante rotación de platos de su disparatado repertorio, me suele servir algún comistrajo una vez al mes como término medio.

Charlé con William, cumplimenté a la cocinera, saludé brevemente a un par de parroquianos a los que conocía y salí disparada. Para cuando entré en mi estudio ya eran las siete de la tarde. Había conseguido llenar una hora. ¡Pues vaya! Estábamos en abril. No oscurecería del todo hasta casi las nueve, así que haber dejado algunas luces encendidas en mi estudio era una clara muestra de optimismo: pensé que podría matar el tiempo durante toda una tarde con una copa de vino y un plato de tocino y chucrut. Afortunadamente, la luz de mi contestador estaba parpadeando, así que le di a la tecla como si me fuera a proporcionar comunicación procedente del espacio exterior.

«Hola Kinsey, soy Marvin.»

Al fondo se oía ruido de platos, tintineo de vasos y más risas de las que probablemente mereciera la conversación. Estaría llamando desde el bar al estilo Cheers en el que había conocido a Audrey. De repente se elevó el volumen de las carcajadas. Tuve que entrecerrar los ojos y taparme una oreja para entender lo que me estaba diciendo.

«He estado pensando en lo que me dijiste, y ahora entiendo tus recelos. No quieres que esa mujer, la tal Álvarez, se meta en tu investigación, lo que es muy comprensible. Se trata de tu integridad profesional y eso es algo que admiro. En cuanto a tu opinión sobre las diferencias entre robar en tiendas y atracar bancos..., bueno, eso también lo entiendo. Es la primera vez que me veo expuesto a un delito, sea del tipo que sea, y me cuesta ponerlo en contexto. ¿Por qué no me llamas para que sigamos hablando? Aún quiero que vayas a la casa de Audrey en San Luis Obispo. Llámame cuando puedas.»

Vaya, menudo rollo. ¿Cómo iba a hacerme ahora la ofendida cuando Marvin me daba toda la razón? Merecería la pena ir al bar para tener una charla sincera con él. Y, lo que era más importante, con los amigos de Audrey. Pero había un pequeño problema: nadie había mencionado el nombre del bareto. Todo lo que sabía era que estaba en el barrio de Marvin. Saqué el listín telefónico y busqué el número, y por una vez lo encontré a la primera. Buscar algo en el listín suele ser una pérdida de tiempo, pero no lo fue esta vez. Apunté la dirección, que estaba en el otro extremo de la ciudad, justo en la amplia curva que traza State Street antes de convertirse en Holloway. Consideré la posibilidad de cambiarme de ropa, pero la descarté. Ya iba bien con lo que llevaba puesto: vaqueros, botas y un jersey de cuello alto. Me dirigía a un bar de barrio, no a un antro donde ligar. Me puse una cazadora tejana, me colgué el bolso al hombro y me encaminé al coche.

Marvin vivía en un barrio de viviendas de clase media, casas pequeñas en parcelas asimismo pequeñas de un estilo arquitectónico típico de las décadas de 1940 y 1950. Reduje la velocidad para poder absorber mejor el carácter del barrio. Las fachadas eran de estuco o de madera, los tejados de tejas rojas envejecidas o de tablones asfálticos. Pude apreciar el cuidado con que los propietarios mantenían sus parcelas. Casi todo el mundo segaba el césped, recortaba los setos y pintaba los postigos de madera. Si bien estas casas no eran ni grandes ni lujosas, comprendí de inmediato el atractivo que tendrían para alguien como Audrey, cuyos domicilios anteriores incluían al menos una prisión estatal y unas cuantas cárceles locales. Al irse a vivir con Marvin debió de pensar que le había tocado la lotería.

Tras dar la vuelta para retomar State Street giré a la derecha y pasé frente a unos cuantos comercios, cerrados en su mayoría. La luz trémula de un farol iluminaba débilmente una barbería, una oscura ferretería, un restaurante tailandés y una peluquería femenina. Recordé que había un pequeño bar por esa zona porque lo había visto alguna vez al pasar.

Di la vuelta a la manzana y esta vez lo localicé. Antes lo había pasado por alto porque no tenía letrero. El nombre del bar, Down the Hatch,* estaba pintado en la fachada de un estrecho edificio amarillo apenas iluminado. Al parecer, sus propietarios no pretendían atraer a nuevos clientes, sino cuidar a los antiguos que les seguían siendo fieles. La puerta estaba abierta y permitía ver un cálido interior a media luz, en el que destacaba un letrero de cerveza en neón azul colgado de la pared del fondo. Aparqué en un extremo de la calle y fui a pie hasta el bar. El olor a humo de tabaco se percibía a cien metros de distancia. Una nube de residuos de alquitrán y nicotina flotaba en la entrada como una cortina que era preciso atravesar para acceder al interior. Seguro que tendría que volver a la tintorería en la que había recogido mi cazadora vaquera el día anterior. Me merecía mucho más dinero del que me pagaban.

Una vez dentro, me asaltó un tufillo a cerveza, bourbon y paños de cocina sucios. Habían colocado dos altos cilindros transparentes con tapas de cristal a la entrada del bar, uno al lado del otro. Uno contenía un líquido turbio, brandy quizás, en el que habían sumergido melocotones o albaricoques. El otro estaba lleno hasta la mitad de rodajas de piña y guindas al marrasquino. El aroma embriagador de la fermentación proporcionaba cierto aire navideño al ambiente. Como en muchos otros bares, había diversos televisores repartidos por la sala, todos ellos sintonizados en canales distintos. Una de las opciones era una antigua película de gángsteres en blanco y negro, en la que muchos tipos tocados con sombreros de fieltro blandían metralletas. La opción número dos era un combate de boxeo, y la número tres un partido nocturno de béisbol que probablemente se estaba jugando en el Medio Oeste. Para rematar la selección, en otro televisor se emitía un programa de bricolaje por si no tenías muy claro cómo usar una caja de ingletes.

Marvin estaba de pie junto a la barra, donde los clientes aguardaban en doble hilera apretujados contra las rodillas de los bebedores que se habían apoderado de los taburetes de cuero negro. Marvin llevaba pantalones de vestir de color gris marengo, un polo

---

* Expresión utilizada para brindar. *(N. de la T.)*

con los botones superiores desabrochados y una americana. Sujetaba un vaso de vermut en una mano y un cigarrillo encendido en la otra. Me miró de reojo, desvió la mirada un instante y volvió a mirarme. Sonrió y levantó el vaso.

—¡Eh, chicos, mirad quién está aquí! Es la detective privada de la que os estaba hablando.

Sus amigos, un grupito de bebedores empedernidos, se volvieron todos a una. De pronto cinco pares de ojos, unos más borrosos que otros, se clavaron en mí. Marvin me presentó a todo el mundo. Estudié rápidamente a las féminas, lo cual me resultó bastante fácil porque sólo había dos. Geneva Beauchamp rondaría los sesenta y era una mujer gruesa de melena gris hasta los hombros y severo flequillo recto. La otra mujer, Earldeen Rothenberger, era alta, delgada y de hombros caídos, con el cuello largo, la barbilla un poco metida y una nariz que podría haberse beneficiado de los expertos retoques de un cirujano plástico. Tuve que reprenderme a mí misma. Ahora que tantas mujeres se han sometido a todo tipo de correcciones, mejoras y reconstrucciones, son de admirar las que aceptan lo que les tocó en suerte al nacer.

Los hombres parecían más difíciles de clasificar, principalmente porque eran tres, y Marvin dijo sus nombres tan rápido que apenas tuve tiempo de diferenciarlos. Clyde Leffler, a mi izquierda, iba bien afeitado y llevaba su escaso pelo gris ahuecado en forma de tupé. Tenía los hombros huesudos y el pecho hundido, que se veía acentuado por el suéter acrílico de cuello en pico que vestía con vaqueros y zapatillas de deporte. Buster Nosequé, su opuesto físico, tenía el pecho ancho, brazos fornidos y un bigote oscuro muy poblado. El tercer tipo, Doyle North, probablemente fue apuesto en la veintena, pero no había envejecido nada bien. El cuarto miembro del grupito de seis había ido «a hablar con un hombre acerca de un perro». Volvería pronto, y Marvin prometió presentármelo.

—No te preocupes —respondí—. Me será imposible recordar quién es quién de todos modos. —Me acerqué más a Marvin para que pudiera oírme—. No sabía que fumaras.

—No fumo, salvo algunas veces, cuando bebo. Y hablando de beber, ¿te puedo invitar a algo?

—No, gracias. Estoy trabajando. Debo mantener la cabeza clara.

—Venga, bebe algo. ¿Una copa de vino blanco?

Rechacé el ofrecimiento, pero mis palabras quedaron ahogadas por un grito momentáneo de consternación. Levanté la vista justo a tiempo de ver los últimos segundos de un combate de boxeo en el que un tipo golpeaba con tal fuerza a otro que se vio claramente cómo le dislocaba la mandíbula. Marvin se abría paso con dificultad en dirección a la camarera, la cual estaba levantando una bandeja de bebidas al fondo del bar. Vi a Marvin inclinarse para decirle algo. Ella asintió con la cabeza antes de dirigirse a una de las mesas. Marvin volvió hacia mí sujetando su bebida en alto a fin de evitar que alguien la derramara de un codazo. Sostenía asimismo el cigarrillo por encima de las cabezas de los parroquianos para no agujerearles la ropa.

Cuando llegó a mi lado, le hizo un gesto al barman y observé cómo éste se acercaba tranquilamente hasta nuestro extremo de la barra. Levantando la voz, Marvin dijo:

—Éste es Ollie Hatch, el propietario del bar. De ahí el nombre. Ollie, ésta es Kinsey. Sírvele todo lo que te pida.

—Encantado —dijo Ollie. Alargó el brazo sobre la barra y nos dimos la mano.

Marvin se volvió hacia mí.

—¿Tienes tarjetas de visita?

—Sí.

Rebusqué en el fondo de mi bolso y encontré la cajita metálica en la que llevo mis tarjetas. Le di seis y Marvin se las mostró a sus amigos.

—Escuchad, peña. Si se os ocurre cualquier cosa que pudiera ser útil, Ollie tiene varias tarjetas de Kinsey. Os agradecerá cualquier ayuda que podáis ofrecerle.

Su petición no generó una avalancha de información relevante, pero puede que no fuera el momento más adecuado. Marvin le pasó las tarjetas al propietario del bar y luego me tomó del brazo y me llevó a un lado. El nivel de ruido imposibilitaba la conversación. Si él levantaba la voz y yo ladeaba la cabeza, como mucho podía oír algunas palabras inconexas.

—Me disculpo otra vez por lo que pasó con la chica del periódico. Supongo que me dejé llevar...

—Te tendió una trampa. A mí también me lo ha hecho.

—¿Cómo dices?

Marvin se puso un dedo detrás del pabellón de la oreja y presionó el borde hacia delante, como si así pudiera captar mejor el sonido.

Estaba a punto de levantar la voz y repetir lo que acababa de decir cuando decidí que no merecía la pena el esfuerzo. Le señalé la puerta y él se señaló el pecho con expresión inquisitiva. Asentí con la cabeza y me dirigí hacia la salida con Marvin siguiéndome los pasos. Casi tropecé al salir. El aire era tan frío y limpio que parecía que hubiera entrado en una nevera. Afortunadamente, el nivel de ruido se redujo a un murmullo.

—No sé cómo lo aguantas ahí dentro —comenté—. No se puede oír nada.

—Te acostumbras. Es un grupo de locos. Llamamos al bar el Hatch y nosotros somos *hatchlings*. La mayoría viene aquí desde hace años. Está abierto los siete días de la semana. Hoy, por alguna razón, hay mucho jaleo, pero otras veces está muerto. Cada día es distinto.

Marvin bajó la vista.

—Vaya, la camarera no ha llegado a traerte la bebida. Espera un poco y veré si puedo pillarla...

—No he venido a beber. Esperaba recoger la llave de la casa de Audrey en San Luis. Podría hacer el viaje de ida y vuelta mañana por la mañana.

—Bueno, ése es el problema. No tengo la llave. Sólo sé la dirección, que ahora mismo no recuerdo. ¿Te sobra un minuto para pasarte por mi casa? Vivo a una manzana de aquí.

—No quiero que tengas que irte tan pronto.

—No te preocupes. Suelo venir entre tres y cuatro noches por semana, así que seguro que no me pierdo nada divertido.

—¿Como qué? —pregunté.

—Bueno, a veces Earldeen se cae del taburete, pero normalmente no se hace daño. ¿Tienes coche?

—Aparcado a la vuelta de la esquina. ¿No quieres pagar primero?

—No hace falta. Me lo apuntan y lo pago todo a final de mes.

Recorrimos la media manzana hasta mi coche y lo llevé a su casa, que estaba literalmente a una manzana de allí. Aparqué frente al edificio, lo seguí por el camino de entrada y esperé a que rebuscara entre las llaves de su llavero y abriera la puerta. Después alargó el brazo y encendió la luz. Marvin entró primero y recorrió rápidamente el salón encendiendo las lámparas de mesa. Tanto el salón como el comedor estaban muy ordenados, y nada hacía pensar que el resto de la casa no lo estuviera también.

—¡Qué orden! —exclamé.

—Este sitio era una pocilga antes de que Audrey viniera a vivir aquí. Me convenció para contratar a una señora de la limpieza, algo que nunca me había molestado en hacer antes. Suponía que, si vivía solo, ¿a quién le importaba si estaba o no ordenado? Pero Audrey me metió en vereda.

—Las mujeres suelen hacerlo.

—Mi esposa no. Margaret no era la típica ama de casa hacendosa, sino una mujer creativa y soñadora que vivía en una nube casi todo el tiempo. Era incapaz de ver el caos. Siempre decía que pensaba ponerse a limpiar, pero nunca lo hacía. Parecía que hubiera caído una bomba en la cocina, pero ella creía tenerlo todo bajo control. Si venían visitas, metía los platos sucios y todos los cacharros en el horno para que no estuvieran a la vista. Entonces se olvidaba, precalentaba el horno, la cocina se llenaba de humo y saltaba la alarma de incendios. ¿Qué iba a saber yo? Mi madre era igual, así que creía que eso era lo normal.

Mientras hablaba, Marvin se dirigió a un pequeño escritorio de tapa corrediza y abrió uno de los cajoncitos. Sacó un cuaderno y lo hojeó hasta que encontró lo que estaba buscando.

—La dirección es el ochocientos cinco de Wood Lane. Llegó una carta aquí para ella y la apunté. Supongo que lo hice por si quería enviarle flores o algo así. Menudo chiste. —Marvin arrancó la hoja y me la dio—. Audrey mencionó que su casera vivía justo al lado, así que quizá puedas pedirle la llave a ella.

—Vale la pena intentarlo —respondí—. Hay algo que necesito preguntarte. Tengo un amigo que es poli, y este amigo me ha dicho que el cuerpo de Audrey aún se encuentra en el laboratorio del forense. ¿Por qué había un ataúd en el velatorio si Audrey no estaba en su interior?

—El señor Sharonson me proporcionó uno con la condición de que la enterrara en él cuando me entregaran el cuerpo. Me pareció apropiado. Cuando alguien muere, suele haber un velatorio. ¿Crees que hice mal?

—En absoluto, pero me sorprendió saberlo.

—Siento que pudiera parecerte deshonesto. Sólo quería portarme bien con ella.

—Te entiendo —respondí—. Ya que estoy aquí, ¿te importa si echo un vistazo a sus cosas?

—Claro que no, adelante. No son muchas. El escritorio era suyo. Mi despacho está en el segundo dormitorio. Vacié para ella dos cajones de una cómoda en la habitación de matrimonio. En el baño tenía lo típico: champú, desodorante... Cosas de ésas.

—Empecemos allí.

—¿Quieres que te acompañe o prefieres que me esfume?

—Ven conmigo. Así, si aparece algo, puedo ir haciéndote preguntas mientras busco.

Marvin me llevó hasta el baño del dormitorio principal.

—Margaret y yo lo reformamos hace quince años. Derribamos una pared aquí y abrimos estos dos dormitorios para hacer una suite. No te parecerá gran cosa comparado con las casas de hoy en día, pero a nosotros nos gustaba. Construimos un anexo en la cocina para hacer una especie de rincón para desayunar, y luego añadimos un porche acristalado.

Ofrecí lo que esperaba que fueran respuestas apropiadas mientras rebuscaba en el botiquín y en los cajones del tocador que Marvin le había cedido a su prometida. Tenía razón acerca de las medicinas de Audrey: no había ni un solo medicamento con receta. A sus sesenta y tres años, lo normal sería seguir alguna terapia hormonal sustitutiva, medicarse para la tiroides o tomar pastillas para la tensión alta y el colesterol. Sus productos de higiene personal eran los habituales. Nada demasiado exótico. Me habría gustado ver un lápiz de labios Mary Kay, sólo para tener la posibilidad de localizar a su vendedora.

—La policía aún retiene su bolso —explicó Marvin sin que viniera a cuento.

—No me sorprende. Es una lástima que no tomara medicinas con receta, podríamos localizar a su médico para que nos explicara algunas cosas.

Cuando vio que ya no me quedaban más cajones por registrar, Marvin dijo:

—El dormitorio está por aquí.

Lo seguí hasta el dormitorio, donde me señaló los cajones que usaba Audrey. Al abrir el primero me llegó una suave fragancia: lilas, gardenias y algo más.

Marvin dio un paso atrás.

—¡Vaya!

—¿Qué pasa?

—Es el perfume White Shoulders que le regalé cuando llevábamos seis meses juntos. Era su favorito.

Sacudió la cabeza una vez y se le llenaron los ojos de lágrimas.

—¿Estás bien?

Marvin se pasó la mano rápidamente por los ojos.

—Me ha pillado desprevenido, eso es todo.

—Podrías esperarme en la otra habitación si te resulta más fácil.

—No hace falta.

Continué con mi tarea. La ropa interior de Audrey también estaba ordenadísima. En los dos cajones encontré cajas forradas de tela para guardar sus bragas, medias y sostenes, todo cuidadosamente doblado. Palpé las prendas sin descubrir nada. Saqué los cajones de la cómoda y busqué papeles u otros objetos que pudieran estar pegados debajo, o en la parte de atrás. Nada de nada.

Fui hasta el armario y abrí la puerta. Había dos barras para perchas, casillas, divisores de estantes, cestas metálicas y estantes revestidos de cedro tras puertas de lucite transparente. Me pareció que tenía un fondo de armario muy limitado para ser una mujer trabajadora: dos trajes, dos faldas y una chaqueta. Claro que estamos en California, y aquí la gente viste de forma más informal y relajada para ir al trabajo que en otras partes.

El lado del armario que usaba Marvin estaba tan ordenado como el de Audrey.

—Vuestro armario es el colmo —observé—. Seguro que Audrey contrató a una empresa para que viniera a organizaros la ropa.

—Pues la verdad es que sí que la contrató.

Saqué montones de jerséis doblados y palpé las costuras en busca de algo escondido. Busqué en los bolsillos de sus pantalones y de sus chaquetas, abrí cajas de zapatos y hurgué en el cesto de la ropa sucia. No vi nada interesante.

Volví al pequeño escritorio del salón, frente al que me senté y fui registrando los cajones que Marvin había vaciado para que Audrey los usara. No encontré ni libreta de direcciones, ni calendario de sobremesa ni agenda. Era posible que Audrey siguiera una ruta preestablecida y no necesitara apuntarse ningún recordatorio. Pero ¿qué pasaba con las gestiones cotidianas? Todo el mundo tiene listas de cosas por hacer, trozos de papel garabateados, libretas con notas manuscritas. Aquí no había nada de ese tipo. ¿Y eso qué significaba? Si Audrey había decidido suicidarse, puede que hubiera eliminado sistemáticamente cualquier dato personal. No estaba segura de por qué tanto secretismo, a menos que Audrey estuviera obsesionada con cualquier cosa que guardara relación con sus correrías mangantes. Había estado robando con una mujer más joven. Si las dos trabajaban para una banda de ladrones de tiendas, incluso la más mínima información resultaría reveladora. Así que quizá la segunda mujer era la que llevaba el control de las actividades de ambas.

La otra cara de la moneda me pareció igual de inquietante. ¿Y si Audrey no se había suicidado? Si la habían asesinado, probablemente lo hicieron sin previo aviso, y por tanto ella no habría tenido la oportunidad de eliminar sus referencias personales o profesionales. ¿Borraba las posibles pistas que iba dejando a su paso? Tuve que reconocer que había hecho un buen trabajo. Por el momento, Audrey Vance era invisible.

Me senté en la silla de su escritorio y consideré la situación. Marvin había tenido la sensatez de limitar al máximo sus comentarios. Me volví y lo miré.

—Cuando hacía viajes de negocios, ¿seguía alguna pauta?

—Solía estar fuera tres días a la semana.

—¿Siempre los mismos días o variaba?

—Casi siempre eran los mismos. Estaba fuera miércoles, jueves y viernes, y un sábado cada dos semanas. Los viajantes de comercio suelen hacer un recorrido regular para visitar a los clientes o para llevar material a las tiendas. Además, tienen que realizar unas cuantas ventas en frío para establecer nuevos contactos.

—¿Estaba Audrey aquí el viernes pasado, aunque fuera uno de los días en los que solía viajar?

—No tengo ni idea. Dijo que estaría fuera los tres días habituales. Trabajó desde casa el lunes y el martes y luego se fue, diciendo que volvería a primera hora del sábado.

—A tiempo para su visita habitual a la peluquería.

—Eso es. La peluquería y luego la cita con la agente inmobiliaria.

Cambié de enfoque.

—¿Tenía algún pasatiempo? Puede parecerte irrelevante, pero estoy buscando cualquier cabo suelto al que aferrarme.

—No tenía hobbies. No seguía ningún programa de ejercicios, no hacía deporte y tampoco cocinaba. Solía gastar bromas sobre lo mala que era en la cocina. Cuando yo no cocinaba, íbamos a restaurantes, comprábamos comida hecha o la encargábamos para que nos la trajeran a casa. Le gustaba cualquier cosa que pudiera repartirse a domicilio. Muchas veces comíamos en el Hatch, donde tienen una pequeña carta de platos típicos de bar: hamburguesas y patatas fritas, nachos, chile con carne y esos burritos precocinados que se calientan en el microondas.

Me entraron ganas de volver a toda pastilla al Hatch para pillar un bocado antes de que la cocina cerrara, pero me centré de nuevo en mi tarea.

—¿Cuál era su banco?

—Ni idea. Nunca la vi extender ningún cheque.

—¿Colaboraba con los gastos de la casa?

—Claro, pero me pagaba en metálico.

—¿No tenía una cuenta corriente?

—Por lo que yo sé, no. Puede que llevara un talonario de cheques en el bolso, pero aún lo tiene la poli y dudo que nos vayan a proporcionar un inventario.

—¿Ponía dinero para comprar comida?

—Cuando estaba en la ciudad. Yo pagaba todos los recibos fijos, porque la hipoteca va a mi nombre e igualmente tenía que pagar el agua y la electricidad estuviera ella aquí o no.

—¿Y cuando ibais a cenar fuera?

—Soy de la vieja escuela. No creo que una dama tenga que pagar. Si la invitaba a comer, pagaba yo.

—¿Explicó alguna vez por qué sólo usaba dinero en efectivo? Me parece un poco raro.

—Me contó que tiempo atrás se metió en deudas y quedó en números rojos, así que la única manera que tenía de reducir gastos era pagarlo todo al contado.

—¿Y los extractos de las tarjetas de crédito?

—No tenía tarjeta.

—¿Ni siquiera una tarjeta para pagar la gasolina cuando viajaba?

—No que yo sepa.

—¿Qué hay de las facturas telefónicas? Seguro que hacía llamadas los días que trabajaba desde casa.

Marvin consideró la pregunta.

—Tienes razón. Debería habérseme ocurrido a mí. Buscaré las

facturas de los meses que vivió aquí y anotaré todos los números que no reconozca.

—No te molestes en hacerlo hasta que yo haya registrado la casa de San Luis. Podría ser una mina de información.

—¿Hay algo más que pueda hacer mientras tanto?

—Podrías poner un anuncio en los periódicos: el *Dispatch*, el *San Francisco Chronicle*, el *San Luis Obispo Tribune* y los de Chicago. «Se busca información sobre Audrey Vance...» Da mi número de teléfono por si nos llama algún chiflado, lo que suele ser bastante frecuente en situaciones como ésta.

—¿Y si no llama nadie?

—Bueno, si en la casa de San Luis tampoco encuentro nada, diría que lo tenemos crudo.

—Pero, en general, la cosa va bien, ¿no? Es decir, de momento no has descubierto ninguna prueba de que Audrey fuera un cerebro criminal.

—¡Por cierto! Ahora que lo dices, olvidé contarte mi conversación con el subinspector de la Brigada Antivicio. La declararon culpable de hurto de mayor cuantía al menos en cinco ocasiones, lo cual indica que se dedicaba a robar en las tiendas como una descosida.

—¡Dios nos coja confesados! —exclamó Marvin. Era una frase que no había escuchado en años.

13

Tardé una hora y cuarenta y cinco minutos en viajar desde Santa Teresa hasta San Luis Obispo. Estaba en la carretera antes de las ocho de la mañana, así que llegué a S.L.O. a las diez menos cuarto en punto. El tiempo a finales de abril era fresco y soleado, con una brisa juguetona que se colaba a través de los árboles que bordeaban la carretera. Apenas había tráfico. Durante los meses invernales había llovido suficiente para transformar el habitual color dorado de las colinas en un verde brillante. San Luis Obispo es la capital del condado y sede de la Misión de San Luis Obispo de Tolosa, la quinta de las veintiuna misiones que salpican la costa californiana desde San Diego de Alcalá, en el extremo más meridional, hasta San Francisco Solana de Sonoma al norte. No tuve ocasión de apreciar el encanto de la ciudad. Cuando se trata de ir en busca de algo, lo hago con determinación, y entonces sólo me interesaba lo que pudiera encontrar en la casa de Audrey. El hecho de que no tuviera la llave le añadía aún más emoción al asunto. Puede que se me presentara la oportunidad de usar las ganzúas que me había regalado Pinky.

Salí de la 101 en Marsh Street, me metí en el carril de desaceleración y aparqué junto a la acera. Había dejado un mapa de la ciudad sobre el asiento del copiloto y dediqué unos cuantos minutos a orientarme. Buscaba Wood Lane, que según el índice de calles estaba en alguna parte de la casilla J-8. Seguí las coordenadas y tomé la curva cerrada que llevaba de Marsh hasta Broad Street, una de las principales arterias que atravesaban la ciudad. Cerca del aeropuerto, en la sección suroriental de la ciudad, Broad se convertía en

Edna Road. Wood Lane era una calle lateral tan fina como una pestaña y aproximadamente igual de larga.

La zona estaba destinada a usos industriales y agrícolas. Supuse que, muchos años atrás, algún urbanista o algún constructor con la suficiente visión de futuro se habría percatado de que, en lugar de parcelar los terrenos, sería más rentable dejarlos sin edificar. Unas cuantas viviendas unifamiliares salpicaban un paisaje eminentemente rural. Además de campos cultivados para plantarlos en primavera, el paisaje consistía en extensiones de tierra apelmazada, vegetación escasa y alguna que otra valla aislada. Aquí y allá se veían afloramientos de piedras tan grandes como sedanes de arenisca. Debido a la falta de árboles, el viento levantaba remolinos de polvo al barrer la tierra desnuda.

Wood Lane era un callejón sin salida con dos casitas de madera al fondo. El bungaló de la derecha se alzaba en medio de un césped bien cuidado, con un camino de acceso asfaltado y bordeado de piedras blancas. Era el número 803, y supuse que sería la vivienda de la casera. El camino de acceso al bungaló de Audrey consistía en dos surcos de tierra con una franja de césped muerto en medio. Al final del camino había un garaje para un solo coche con un pequeño cobertizo adyacente. Aparqué y recorrí el camino de tierra, sin dejar de fijarme en la maleza que rodeaba la casa por tres lados. La puerta basculante del garaje parecía muy antigua, pero se abrió sin problemas. El interior estaba vacío y olía a polvo caliente. El suelo era de cemento, con una mancha negra en el centro donde algún vehículo había perdido aceite. El cobertizo adyacente contenía dos bolsas de mantillo de corteza mordisqueadas por las ratas.

Volví al porche delantero y subí las escaleras. La pintura blanca del chalet de una planta se había vuelto terrosa con el paso del tiempo. Las persianas de lamas que cubrían las ventanas se encontraban en un estado deplorable, y colgaban torcidas de sus soportes. Habían clavado un buzón al lado de la puerta de entrada. Le eché un rápido vistazo y saqué dos cartas, ambas dirigidas a Audrey Vance. Dado que estaba muerta y que nadie me observaba, abrí los dos sobres. La primera era una oferta preaprobada para recibir la tarjeta de crédito de una empresa que esperaba poder cubrir sus necesidades económicas. La segunda era la respuesta a una pregunta sobre una propiedad de alquiler en Perdido, cuarenta kilómetros al sur de Santa Teresa. Era una circular enviada como respuesta a un formulario rellenado por Audrey en el que faltaban varios datos necesarios para tramitar su solicitud. Había varias equis entre paréntesis para indicar que debía proporcionar la dirección y el teléfono de la empresa en la que trabajaba, su cargo y el número de años que llevaba ejerciéndolo. También le pedían el nombre y el número de contacto de su casero actual, y las razones de su próxima mudanza. «Lamentamos comunicarle que no disponemos de ninguna propiedad en alquiler en estos momentos. No obstante, hemos incluido su carta en nuestro fichero y, si alguno de nuestros inquilinos nos notifica su marcha, con mucho gusto le escribiremos de nuevo.»

Me metí las dos cartas en el compartimento exterior del bolso. La oferta de la tarjeta de crédito iría directa a la basura, pero pensaba releer el impreso de la administración de fincas. Quizá tuviera alguna utilidad, aunque no sabía muy bien de qué podría servirme. De momento, la casa seguía siendo mi única fuente posible de información. Por si existía la más remota posibilidad de que la puerta no estuviera cerrada con llave, probé a abrirla. No hubo suerte.

Ya puestos, me dirigí a la parte posterior de la casa e intenté abrir la puerta trasera, con idéntico resultado. Volví al jardincillo delantero y estudié aquella calle tan poco concurrida. Pese a gustarle tanto alternar, Audrey vivía a muchos kilómetros del bar y de la tienda más cercanos. ¿A qué se debería? Si necesitaba pasar dos noches al mes en San Luis Obispo, ¿por qué no se alojaba en el Motel 6 más próximo? No me cabía en la cabeza por qué habría decidido alquilar una casa tan aislada, a menos que se trajera algo entre manos.

Observé la casa de al lado, separada de la de Audrey por una alambrada medio caída. Todas las plantas del jardín de Audrey estaban muertas, pero pude ver indicios de un jardín recién plantado al otro lado de la valla. Detrás de la casa, una mujer con un cesto para ropa tendía sábanas recién lavadas. Las sábanas ondeaban y se agitaban al viento como un ruidoso batir de alas.

Me acerqué a la valla y esperé a que la mujer me viera. Rondaría los cuarenta y llevaba una bata de estar por casa de algodón con un delantal encima. Iba sin medias y tenía las piernas recias y los músculos de los brazos bien definidos a base de trabajo. Cuando me vio, la saludé con la mano y le hice un gesto para que se acercara. La mujer se metió un puñado de pinzas de la ropa en el bolsillo del delantal y se aproximó a la valla.

—¿Busca a Audrey?

—No exactamente. No sé si se ha enterado, pero murió el domingo pasado.

—Iba a decirle lo mismo. Lo leí en el periódico.

—¿Usted es su casera?

—Mi marido y yo le alquilábamos la casa —respondió con tono cauto.

—Me llamo Kinsey Millhone. Soy investigadora privada.

Metí la mano en el bolso, saqué una tarjeta de presentación y se la di. Vi cómo leía mis datos de pasada.

—Vivian Hewitt. Pensaba que era de la policía.

—No, para nada. Audrey estaba prometida a un amigo mío. Han surgido varios interrogantes tras su muerte, y mi amigo me ha contratado para que ate los cabos sueltos.

—¿Qué tipo de interrogantes?

—Para empezar, Audrey le dijo que tenía dos hijos ya mayores que vivían en San Francisco, pero mi amigo no sabe cómo ponerse en contacto con ellos. Como mínimo le gustaría comunicarles lo que ha pasado. Pensó que Audrey quizá guardaba una libreta de direcciones aquí, junto a sus efectos personales.

—Entiendo que esté preocupado. ¿Hay algo más?

—Básicamente, ahora se pregunta si le han tomado el pelo como a un tonto. Algunas de las cosas que Audrey le contó han resultado ser falsas, y además se saltó un par de detalles cruciales.

—¿Como qué?

—La habían condenado por hurtos de mayor cuantía y pasó una temporada en la cárcel. Un hurto de mayor cuantía significa que la detuvieron con mercancía valorada en más de cuatrocientos dólares. Hace seis meses, por fin dejó de estar en libertad condicional, pero el viernes de la semana pasada volvieron a detenerla. Esperábamos que usted estuviera dispuesta a abrir la casa para dejarme echar un vistazo. Si le parece, podría acompañarme si no se fía de mí.

La casera me examinó brevemente.

—Espere aquí, iré a buscar la llave.

Nada más irse Vivian Hewitt, volví al porche delantero e intenté atisbar por las ventanas. Al estar bajadas las lamas de las persianas sólo conseguí ver alguna franja estrecha de suelo, lo cual no me proporcionó demasiada información. Pasados unos minutos, Vivian regresó con un llavero enorme. Observé cómo buscaba entre la colección de llaves hasta encontrar una marcada con un punto de esmalte de uñas rojo. La insertó en la cerradura, pero no logró abrir la puerta. Con el ceño fruncido, la sacó y lo intentó de nuevo.

—Vaya, no sé por qué no funciona. Es un duplicado de la que le di a Audrey.

—¿Le importa si le echo un vistazo?

Vivian me dio la llave. Comprobé la marca del fabricante, y a continuación me incliné hacia delante y examiné la cerradura.

—Aquí pone Schlage, pero la llave es de la marca National.

—¿Cambió la cerradura?

—Eso parece.

—Pues a mí no me lo dijo.

—Audrey no deja de sorprendernos. Tengo otro método para abrir la puerta, si a usted no le parece mal.

—No quiero que rompa las ventanas, ni que abra la puerta de una patada.

—Desde luego que no.

Nos dirigimos a la parte posterior de la casa e intentamos abrir la puerta trasera con la misma llave. Como era de esperar, también habían cambiado la cerradura.

—¿Le importa si abro con una ganzúa?

—Adelante. Nunca he visto cómo se hace.

Cogí mi fiel estuche de cuero con cremallera y saqué las ganzúas que Pinky Ford había fabricado especialmente para mí. Pinky me confesó que a veces fabricaba ganzúas de aspecto complicado cuando en realidad los únicos objetos que se precisaban eran un tensor y un trozo de alambre plano doblado por la punta. Una horquilla o un clip también servirían. Extraje el tensor del estuche y lo inserté en la cerradura, presionando suavemente mientras introducía la ganzúa hasta el fondo. El truco consistía en ir moviendo continuamente la ganzúa mientras la sacaba, para que no topara con los pernos. Con suerte, la ganzúa iría empujando hacia arriba un perno tras otro hasta mantenerlos por encima de la línea de corte. Tras levantar todos los pernos, la cerradura se abriría por sí sola. Tengo una ganzúa eléctrica que hace lo mismo en la mitad de tiempo, pero no suelo llevarla encima. Si te pillan con las herramientas propias de un ladrón pueden acusarte de un delito grave.

Mientras me daba lecciones prácticas, Pinky desmontó varias cerraduras con mecanismos distintos para demostrar la técnica empleada. Después me comentó que era cuestión de pillarle el tranquillo, lo que variaba de una persona a otra. Como sucede con cualquier otra habilidad, la práctica hace al maestro. Durante una temporada llegué a ser toda una experta, pero como llevaba bastante tiempo sin forzar una cerradura, la tarea requería paciencia. Vivian me observaba con interés, y no me extrañaría que lo intentara por su cuenta una vez me hubiera ido yo. Cuando llevaba dos minutos intentándolo y estaba a punto de desesperar, los pernos cedieron. La puerta se abrió hacia adentro y pudimos entrar a echar un vistazo.

—¡Qué útil! —comentó Vivian.

—¡Ya lo creo!

En circunstancias como ésta, me gusta ser sistemática. Empiezo por la puerta de entrada y me voy alejando. Tenía a Vivian justo detrás cuando me volví para inspeccionar la estancia.

—¿Ha estado aquí últimamente?

—No desde que Audrey se mudó.

El interior era una sencilla caja dividida en cuatro cuadrados: sala de estar, cocina, dormitorio y otra habitación que hacía las veces de baño, lavadero y trastero. En la sala de estar vi una variopinta colección de muebles de distintos estilos: sillas, dos mesas rinconeras, un sofá, una máquina de coser y un aparador con una encimera de mármol de imitación, todos ellos arrimados a las paredes. Los cajones y los armarios estaban vacíos. Sobre una de las mesas había uno de esos teléfonos pasados de moda modelo Princesa. Lo descolgué para comprobar si aún se oía el tono de marcar, pero no había línea.

—¿Cuánto tiempo llevaba alquilando el piso?

—Un poco más de dos años.

—¿Ustedes pusieron un anuncio en el periódico?

—Lo intentamos, pero nadie respondió, así que clavamos un cartel de SE ALQUILA frente a la casa. Audrey llamó a la puerta y nos pidió que se la enseñáramos. Mi marido y yo compramos estas dos viviendas a la vez, pensando que uno de nuestros hijos viviría aquí. Como no pudo ser, decidimos alquilarla para ganar algo de dinero. En esta zona no abundan los posibles inquilinos, por eso acepté enseñársela encantada. Le dije que no le cobraríamos la limpieza siempre que no tuviera animales domésticos.

—¿Firmó un contrato de alquiler?

—No hizo falta. Me pagó al contado, seis meses por adelantado. Sacó el dinero del billetero, contó los billetes y me los puso en la mano.

—Usted debió de ponerse contentísima.

—Desde luego. Lo que más me gustaba era que alguien viviera al lado. Sólo tenemos un coche, así que esperaba que Audrey me llevara al centro de vez en cuando. No me imaginé lo poco que estaría en casa, aunque «casa» puede que no sea la palabra más adecuada. Viajaba mucho, y sólo vivía aquí cuando se encontraba por esta zona.

—¿Cada cuándo solía venir?

—Un sábado cada dos semanas.

Al no haber comedor, en medio de la sala de estar habían colocado una mesa rectangular lo suficientemente grande como para diez personas. La habitación olía a algún producto de limpieza con aroma a pino. Me acerqué a la mesa para inspeccionar el tablero, inclinándome a fin de verlo a la luz. No había manchas ni huellas de dedos, lo que me pareció interesante. Le di a un interruptor y se encendió la lámpara del techo. Me puse a cuatro patas y examiné el suelo de cerca. Junto a la pata de la mesa encontré un trozo de plástico transparente de unos cinco centímetros en forma de T, no mucho más grueso que un hilo. Se lo mostré a Vivian.

—¿Sabe qué es esto?

—Parece uno de esos plásticos que se usan para sujetar las etiquetas a las prendas de ropa.

—Exacto —respondí mientras me lo metía en el bolsillo. Bajo la pata de la mesa encontré otro y lo guardé junto al primero.

Seguí buscando sin dejar de interrogar a Vivian cada vez que se me ocurría alguna pregunta. La cocina estaba impoluta. Las encimeras y los alféizares no tenían ni una mota de polvo. Marvin había dicho que Audrey era una neurótica de la limpieza, pero ¿cuándo habría tenido tiempo de limpiar tan a fondo? La nevera estaba vacía, a excepción de los condimentos habituales: salsa Tabasco, mostaza, ketchup, aceitunas y mayonesa, todos ellos colocados en los estantes de la puerta. A juzgar por los restos de espuma azul y las hebras de lana de acero, habían fregado la encimera de la cocina con un estropajo metálico empapado en jabón. El cubo de la basura de tapa oscilante estaba forrado con una bolsa de papel marrón. En el fondo de la bolsa encontré un trapo sucio y reseco con el mismo aroma a pino que impregnaba el resto de la casa. Bajo el trapo hallé los restos de dos estropajos metálicos muy gastados. A veces soy un hacha cuando se trata de encontrar pistas.

—¿Tenía visitas? —pregunté.

—Estoy segura de que sí. Solía venir una camioneta dos veces al mes, poco después de que Audrey llegara a casa. Entonces ella iba a la parte de atrás, abría el garaje y hacía pasar al conductor. Si las visitas entraban y salían por la puerta trasera, me era imposible verlas desde mi casa. Esos mismos días también venía una furgoneta de reparto blanca.

—Un montón de gente —comenté.

—Si estaba aquí por la noche y tenía las luces encendidas, cerraba siempre las persianas.

—Supongo que no quería que usted la viera.

—Pues no tendría por qué haberse preocupado, porque Rafe y yo solemos irnos a la cama antes de las diez. A Audrey le gustaba trasnochar. A veces tenía las luces encendidas hasta bien entrada la madrugada. Yo duermo mal, por eso me levanto dos o tres veces cada noche.

—¿Recuerda cuándo estuvo Audrey aquí por última vez?

—Diría que el domingo o el lunes por la noche, pero eso no puede ser. Según el periódico, la encontraron el domingo por la tarde, así que seguro que me equivoco.

La inspección de los armarios que había debajo de la encimera reveló un montón de enormes sartenes de hierro fundido y de cazos baratos de cinco litros. En los armarios de arriba encontré muchos vasos y dos vajillas de melamina. Uno de los cajones estaba lleno de todo tipo de utensilios de cocina, y en otro habían guardado una serie de cubiertos que no hacían juego. No había lavavajillas ni triturador de basuras, pero encontré una botella de lavavajillas de esas de plástico blando guardada bajo el fregadero. Aunque la despensa estaba vacía, los numerosos círculos pegajosos en estantes por lo demás limpios indicaban la presencia reciente de productos enlatados de tamaño familiar. Para ser una mujer que ni cocinaba ni daba fiestas en su casa, Audrey estaba preparada para alimentar a una multitud.

—¿Qué pasó después de los primeros seis meses de alquiler?

—Audrey vino a mi casa una tarde y me pagó los seis meses siguientes.

—¿Siempre al contado?

Vivian asintió.

—Supongo que debería haberle preguntado por qué pagaba

en efectivo, pero la verdad es que no era asunto mío. Al menos no tenía que preocuparme por si me daba un cheque sin fondos.

—¿No se preguntó nunca por qué llevaba Audrey tanto dinero encima?

—Ya me imagino adónde quiere ir a parar. Piensa que quizá vendía droga. Yo también leo los periódicos, y sé lo que son los laboratorios de metanfetamina y los cultivos de marihuana. Si hubiera creído que estaba haciendo algo ilegal, habría llamado a la policía.

—Bien hecho. A veces la gente está tan absorta en sus asuntos que se olvida de obrar como es debido.

Entré en el dormitorio, amueblado de forma muy rudimentaria con un colchón grande, dos almohadas y un montón de mantas cuidadosamente dobladas a los pies de la cama. El armario estaba vacío, y ni siquiera habían dejado una percha de alambre colgada de la barra. Cerré los ojos y aspiré. El persistente aroma del perfume White Shoulders resultaba inconfundible.

Recorrí la habitación dos veces más, volviendo la cabeza para hablar con Vivian.

—Si ve algo que a mí se me ha pasado por alto, dígamelo, por favor.

La posibilidad de encontrar su agenda de direcciones me pareció ridícula, ya que Audrey no había dejado ni un solo objeto personal. Estaba convencida de haberlo registrado todo, aunque no hubiera escarbado en los parterres con flores muertas ni dado golpecitos por todas las paredes en busca de paneles secretos.

Garabateé la dirección de Marvin en el reverso de una segunda tarjeta.

—Ésta es la dirección de su prometido. Si llega correo a nombre de Audrey, ¿podría reenviárselo a él?

—No veo por qué no.

—¿Quiere que cierre con llave?

—No hace falta. Haré que cambien las cerraduras lo antes posible. No sabemos quién más puede tener una llave.

Vivian me acompañó hasta el coche.

—Le agradezco mucho su amabilidad.

—No quiero proteger a esa mujer si lo que hacía era ilegal. Admito que me inquietaba un poco, por eso la vigilaba. Como no tenía muy claro lo que me preocupaba, llegado el momento no pude denunciar nada en concreto.

—Lo entiendo. No iba a llamar a la policía porque alguien cerrara las persianas —señalé—. Cuando vuelva su marido, ¿podría preguntarle si se le ocurre alguna cosa más?

—Se lo preguntaré, pero no creo que pueda ayudarla. Yo era la que trataba con Audrey. Una mujer muy agradable, por cierto. Su horario me parecía bastante raro, pero, a parte de eso, no puedo decir nada malo de ella.

—Mi cliente está en el mismo barco —expliqué—. Si recuerda alguna cosa más, ¿le importaría llamarme? El número de mi despacho está en la parte de delante de la tarjeta, y el de mi casa en el dorso.

—Por supuesto. Espero que me cuente todo lo que descubra.

—Se lo contaré, y gracias por su ayuda.

Volví al coche, salí del callejón y giré por Edna Road. No aparté la vista del retrovisor, y cuando ya no podían verme desde la casa, aparqué en el arcén y saqué el paquete de fichas del bolso. Escribí todo lo que había descubierto, lo cual no era mucho. Audrey Vance era un enigma y como tal estaba sacándome de quicio. Cuando acabé de escribir mis notas, puse el coche en marcha y volví a la 101. Llegué a Santa Teresa a la una y cinco del mediodía. Aunque me pareció que el viaje había sido una pérdida de tiempo, no lo di totalmente por perdido. A veces no encontrar nada también resulta revelador.

Al atravesar la ciudad pasé por la casa de Marvin con la esperanza de encontrarlo allí. Abrió la puerta con una servilleta de papel al cuello. Se la quitó y la arrugó con una mano.

—Qué agradable sorpresa. No esperaba verte tan pronto.

—No quiero interrumpirte el almuerzo.

—No lo interrumpes. Entra, por favor.

—Me preguntaba si habrías tenido la oportunidad de localizar las facturas telefónicas antiguas.

—Sí que las encontré. ¿Has comido?

—Ya compraré alguna cosa de camino al despacho.

—Tendrías que comer algo. He hecho una olla grande de sopa. Caldo de pollo con fideos, y le he añadido muchas verduras. Cada semana hago una sopa distinta, según lo que haya en el mercado. Podemos hablar en la cocina.

—Eres un hombre de múltiples talentos —observé.

—Yo que tú no opinaría todavía.

Esperé a que cerrara la puerta de entrada y luego lo seguí hasta la cocina, con su rincón para desayunar pintado de amarillo brillante. Marvin subió el fuego bajo la olla de cinco litros y sacó un bol del armario.

—Toma asiento. ¿Te apetece beber algo?

—Agua del grifo.

—Ya me ocupo yo, tú siéntate y relájate.

Marvin puso hielo en un vaso y lo llenó bajo el grifo del fregadero. Sacó una servilleta de papel y una cuchara y me sirvió la sopa en un bol, que trajo con cuidado desde la cocina sonriendo tímidamente. Parecía contento de tener compañía. En medio de la mesa había colocado un jarrón con un ramillete de flores silvestres, y de pronto me di cuenta de lo considerado que era. Sentí mucho que Audrey lo hubiera engañado. Marvin no se lo merecía.

La sopa era espesa y muy sabrosa.

—¡Está buenísima! —exclamé.

—Gracias. Es una especialidad mía, la única que tengo.

—Pues es muy buena —afirmé—. ¿También haces pan y pasteles?

—Galletas, pero eso es todo.

—Tengo que presentarte a mi casero, Henry. Es el hermano menor de William. Sospecho que los dos tendríais mucho de que hablar.

Cuando acabé de comer, Marvin insistió en que permaneciera sentada mientras él lavaba los platos y los colocaba en el escurreplatos.

Le conté cómo había ido mi visita a la casa de Audrey en San Luis.

—Podrías haber hecho el viaje tú mismo —afirmé—. Sé que te preocupaba el impacto que podría causarte, pero no hubo ninguna sorpresa. La casa estaba totalmente vacía.

—¿Era un sitio agradable?

—¿Agradable? Para nada. Era un cuchitril. No me extraña que a Audrey le gustara vivir contigo.

—¿Encontraste una agenda de direcciones por alguna parte?

—No encontré ni un solo objeto personal.

—Qué raro —dijo Marvin—. Espera un segundo, que voy a buscar las facturas telefónicas.

Salió de la cocina y volvió al cabo de un momento con una carpeta que colocó sobre la mesa frente a mí.

—Espero que no te importe, pero ya las he repasado yo. El mes pasado hizo dos llamadas a Los Ángeles, tres a Corpus Christi, en Texas, y una a Miami, en Florida. Lo mismo en enero y en febrero. Si hizo otras llamadas, tendrían el prefijo 805.

—Mala suerte. —Recorrí la lista de números con la mirada. Marvin había puesto una señal junto a las llamadas que atribuía a Audrey—. ¿Has probado a llamar a estos números? —pregunté.

—Pensé que sería mejor que lo hicieras tú. Improvisar no se me da nada bien. Me pongo muy nervioso, y quién sabe lo que podría soltar. ¿Quieres usar mi teléfono?

—Claro. Ya que estoy aquí...

—Todo tuyo —dijo, señalando el teléfono de pared.

Me levanté y descolgué el auricular, sosteniéndolo entre la oreja y el hombro. Al coger la factura coloqué el pulgar sobre la primera marca que había hecho Marvin. Marqué el número con el prefijo 213. Después de tres timbrazos, por poco me quedé sorda al oír un pitido estridente, seguido de una voz mecánica que me decía que el número estaba desconectado: «Si cree que ha escuchado esta grabación por error, cuelgue, compruebe el número y vuelva a marcar».

—Desconectado —expliqué.

Marqué de nuevo, con idéntico resultado. El segundo número de Los Ángeles tampoco funcionó. Lo probé diligentemente por segunda vez para asegurarme de que había marcado bien. El mismo callejón sin salida.

—Esto es revelador —observé.

Me centré en la llamada a Miami y marqué el número. Cuando volvió a sonar un pitido, le pasé el auricular a Marvin para que pudiera escucharlo. El número de Corpus Christi sonó veintidós veces según mis cuentas, pero nadie contestó. Colgué y volví a sentarme, con la barbilla apoyada en la mano.

—¿Y ahora qué? —preguntó Marvin.

—No estoy segura. Déjame pensarlo un minuto.

Marvin se encogió de hombros.

—En mi opinión, no tenemos nada.

—¡Shh!

—Lo siento.

Marvin volvió a su asiento. Estaba a punto de decir algo más, pero levanté la mano como si fuera un guardia de tráfico auditivo y me puse a repasar mis fichas mentalmente en rápida sucesión. Seguíamos sin agenda de direcciones y sin calendario de citas. Los números a los que Audrey había llamado en los últimos meses de momento no nos servían de nada. Si tuviera acceso a los directorios Polk de Corpus Christi o de Miami, habría podido encontrar las direcciones correspondientes a partir de los números de teléfono. Comprobar esas direcciones, aunque las tuviera, habría significado hacer el viaje yo misma o contratar a investigadores privados en Texas y en Florida para que hicieran el trabajo por mí. Ambas opciones resultaban caras, y puede que no hubiéramos descubierto nada. Si los teléfonos estaban desconectados, lo más probable es que las viviendas en las que se encontraban también estuvieran cerradas.

Éstos eran los datos que había recopilado hasta entonces: Audrey tenía razones para pasar la noche en San Luis Obispo un promedio de dos veces al mes. Durante sus estancias en dicha ciudad vivía en una casa situada en una zona aislada donde tenía garantizada la privacidad. Lo que hiciera en esa casa requería el uso de una mesa en la que cabían al menos diez personas, una despensa repleta de alimentos enlatados de tamaño familiar y los suficientes cazos y sartenes como para alimentar a un gran número de visitantes. Vivian Hewitt dijo que a veces había una camioneta y una furgoneta de reparto blanca aparcadas en el camino de entrada de Audrey, pero nunca vio a nadie entrar en la casa. Eso indicaba que sus visitantes entraban y salían por la puerta trasera, la cual no resultaba visible desde la casa de su vecina. Vivian también me contó que las noches en que las luces estaban encendidas hasta tarde, Audrey cerraba siempre las persianas de lamas.

Al principio pensé que era Audrey la que se esforzaba en no dejar ningún rastro, pero llevaba muerta desde el domingo y no se me ocurrió cómo podría haber hecho un trabajo tan concienzudo en el breve periodo comprendido desde su detención hasta que se tiró desde el puente. Estábamos a jueves, y alguien había vaciado de objetos personales la casa de San Luis y había limpiado todas las superficies. De haberlo hecho Audrey, ¿de dónde sacó el tiempo? Vivian Hewitt había afirmado que alguien había estado allí el domingo o el lunes por la noche. Evidentemente, no se trataba de Audrey.

Repasé la factura telefónica. De los cuatro números a los que había llamado, tres estaban desconectados. Tras la muerte de Audrey, alguien estaba limpiándolo todo, cortando cualquier conexión, borrando cualquier prueba. Lo único que había visto con estos ojitos eran dos trozos minúsculos de plástico transparente. Miré a Marvin a los ojos.

—¿Qué? —preguntó.

—Encontré esto. —Levanté un dedo para alertarlo de mi hallazgo mientras me metía una mano en el bolsillo y sacaba los dos pedúnculos de plástico transparente—. ¿Qué te parece que son?

—Esos chismes que usan en las tiendas para sujetar las etiquetas a la ropa.

—Exacto. ¿Sabes qué pienso? Que Audrey se reunía con los miembros de su banda dos veces al mes y que se sentaban alrededor de la mesa para cortar las etiquetas de todas las prendas que habían robado. No sé qué hacían con la mercancía después, y tam-

215

poco sé qué ha pasado con la banda, pero tras la muerte de Audrey alguien se ha apresurado a desmantelar el tinglado.

—¿Y ahora qué?

—Creo que he empezado por donde no debía. No tiene ningún sentido investigarla a ella. Audrey está muerta. A quien necesitamos localizar es a la mujer más joven. Aún no me he perdonado que se me escapara la matrícula de su coche.

—Sí, es una lástima que no tengas una máquina del tiempo. Podrías teletransportarte al aparcamiento y echar otra ojeada.

Sentí una pequeña sacudida mental. No es que me quedara con la boca abierta, pero ésa fue la sensación que tuve.

—¡Caray! Gracias por decírmelo. Se me acaba de ocurrir una idea.

14
Dante

El jueves por la tarde, Dante se encontró por fin con su hermano. Cuando salió de la oficina, Tomasso y Hubert ya lo esperaban en el aparcamiento con la limusina al ralentí. Mientras Dante salía del ascensor, Cappi apareció por la esquina, al parecer de camino a una planta superior. Dante lo vio primero y se abalanzó sobre él, que enseguida se dio cuenta de lo que iba a suceder. Cappi dio un traspié hacia atrás agitando los brazos mientras intentaba esquivar a su hermano. Giró sobre sus talones, y apenas había dado cuatro pasos cuando Dante lo placó por detrás y ambos cayeron al suelo profiriendo sendos gruñidos. Dante se levantó enseguida, se enderezó y agarró a Cappi por la pechera de la camisa. Después lo levantó de golpe y lo lanzó contra la pared. Cappi, respirando con dificultad, intentó zafarse de Dante. Éste pesaba veinte kilos más que su hermano menor y, pese a la diferencia de edad, estaba en mucha mejor forma física.

Dante resopló mientras sujetaba a Cappi con más fuerza, retorciendo el cuello de la camisa de su hermano de modo que formara una ligadura. Oyó un silbido momentáneo procedente de la garganta de Cappi, hasta que éste se quedó sin aire y ya no pudo emitir ningún otro sonido. Dante, presa de la ira, no logró controlar su fuerza. La sensación que lo embargaba le resultó familiar. Concentró toda su energía en las manos hasta que a Cappi se le hinchó la cara y casi se le salieron los ojos de las órbitas. Comenzó a sudar profusamente, y Dante se dio por satisfecho.

Su guardaespaldas, Hubert, apareció de pronto a su lado y se detuvo en seco mientras asimilaba la situación. Echó un rápido vistazo a su alrededor para asegurarse de que ningún viandante estuviera lo bastante cerca para ver lo que sucedía. Si alguien se hubiera fijado, una simple mirada al guardaespaldas de ciento treinta y cinco kilos lo habría disuadido de intervenir. Ése era el trabajo de Hubert, disuadir a la gente para que no se entrometiera en los asuntos de su jefe, cualesquiera que éstos fueran.

Dante sabía que si hubiera seguido apretando hasta que a Cappi se le doblaran las piernas y cayera como un peso muerto, Hubert se habría encogido de hombros y le habría pedido a Tomasso que saliera de la limusina para ayudarlo a meter el cuerpo en el maletero. Dante también sabía que Hubert lo habría hecho sin expresar el más mínimo reproche. La mera presencia del guardaespaldas le permitió recuperar el dominio de sí mismo. Dante aflojó la presión y permitió así que Cappi respirara. No apartó su cara de la de su hermano, pese a que éste moqueaba y en su respiración entrecortada se percibía el miedo.

—¡Escucha, tarado de mierda! ¿Tienes idea del daño que has causado?

Cappi agarró la muñeca de su hermano para impedir que continuara asfixiándolo. Dante lo soltó de repente y le empujó con fuerza contra la pared. Cappi se inclinó hacia delante y aspiró profundamente sacudiendo la cabeza.

—Audrey había llegado a un acuerdo con ellos. Nos la iba a jugar.

Dante se acercó a su hermano.

—No tenías ningún derecho a intervenir, gilipollas. Audrey nunca me habría delatado.

—Te equivocas. —Cappi tenía la mano en la garganta y estaba a punto de llorar—. Se le echaron encima. La asustaron de mala manera y la tía acabó cediendo.

—¿Quién la asustó?

—Un poli, no sé cómo se llama. Todo lo que sé es que Audrey se derrumbó y aceptó contárselo todo. Lo habría hecho en aquel momento, pero entonces llegó su novio con el dinero de la fianza y tuvieron que dejarla marchar. Iba a reunirse con el fiscal del distrito a primera hora del lunes.

—No me vengas con gilipolleces, joder. Tú no tienes por qué meterte, no tienes que encargarte de nada. De nada en absoluto. ¿Lo captas, capullo?

—Papá me apoyó. Se lo comenté y me dijo que hiciera lo que tuviera que hacer.

Dante vaciló.

—¿De qué hablas? ¿Se lo dijiste a papá?

—Sí. Pregúntaselo tú. Cuando me enteré de lo que pasaba, fui a hablar con él enseguida. Me dijo que me encargara del asunto. Tú no estabas, y alguien tenía que hacer callar a esa hija de puta.

—¿Papa te lo dijo?

—Te lo juro. No lo habría hecho si no me lo hubiera dicho él. Joder, ¿qué otra cosa podíamos hacer? Nos habría delatado.

—Si vuelves a hacer algo así, te patearé hasta matarte. Ahora sal de mi vista.

Dante empujó a Cappi hacia el ascensor y le dio una patada en el culo como despedida.

Tras meterse en la limusina se reclinó en el asiento y cerró los ojos. La paliza no serviría de nada. Dante sabía que su hermano correría a contárselo a su padre para quejarse de lo sucedido. El goce momentáneo que le había producido pegar a Cappi acabaría volviéndose en su contra. Su única esperanza estribaba en hablar con su padre antes de que lo hiciera Cappi. Todo dependería de quién pudiera chivarse primero. Una situación absurda a su edad. Procuró olvidar el incidente. Tenía otros asuntos de los que ocuparse.

Aquel día había invitado a comer a su hermana Talia para hablarle de Lola.

—He estado pensando en pedirle que se case conmigo.

—Vaya, eso sí que son buenas noticias.

—Te agradecería que te ahorraras el sarcasmo. Te lo cuento a ti porque eres una de las pocas personas en las que confío.

—Lo siento. Creía que lo decías en broma.

—Pues va muy en serio. Hemos estado hablando del asunto, y no me parece tan mala idea.

—No lo entiendo. Lleváis ocho años juntos. ¿Por qué te quieres casar con ella ahora?

—Quiere tener un hijo.

—¿Quiere tener un hijo?

—¿Qué hay de malo en ello?

Talia se echó a reír.

Dante cerró los ojos y sacudió la cabeza.

—No me hagas esto. No lo conviertas en una discusión. Dime lo que te parezca, por eso he sacado el tema, pero no te pongas borde conmigo.

—Está bien, tienes razón. Deja que respire hondo y empecemos de nuevo. No te estoy acusando de nada. Sólo te haré algunas preguntas, ¿vale?

—Está bien.

—¿Cómo va a llevar el embarazo?

—Como cualquier mujer, supongo.

—No lo llevará como cualquier mujer. Talia está para que la encierren, y no lo digo como crítica. Me limito a exponer los hechos. Le obsesionan su cuerpo y su peso. Por eso fuma, para no engordar.

—Dice que lo dejará. También ha reducido el consumo de alcohol. Ahora sólo toma una copa de vino al día, eso es todo.

—Porque le preocupan las calorías, y por eso toma drogas.

—No toma drogas. ¡Con qué me sales tú ahora! Talia está totalmente en contra de las drogas.

—Salvo de las que suprimen el apetito. ¿La has mirado últimamente? Está esquelética. Tiene un trastorno alimenticio.

—Tuvo un trastorno alimenticio, pero lo solucionó. El doctor Friedken la visitó durante un año y ahora ya está bien.

—No lo llames doctor. Ni siquiera es un psicólogo clínico con autorización para ejercer. Es un nutricionista holístico. Un curandero.

—Pues la ayudó, y ahora está mejor. Come como una persona normal.

—Y entonces va al baño y se mete los dedos en la garganta. Las embarazadas engordan, no hay vuelta de hoja. Se pondrá histérica.

—No todas las embarazadas engordan. Tú no engordaste.

—¡Gané dieciocho kilos! —Talia alargó el brazo y sujetó a su hermano de la mano—. Dante, sabes que te quiero más que a nada en este mundo, así que deja que te diga algo con el corazón. Lola es una narcisista. Es irritable e insegura. Sólo piensa en sí misma. ¿Cómo va a cuidar de un niño?

Acto seguido cambiaron de tema, porque ninguno de los dos quería decir algo de lo que fuera a arrepentirse después. La pregunta que había hecho Talia era incómoda, y Dante aún la estaba meditando.

Abordó a su padre después de la cena, cuando el anciano estaba sentado en el porche fumándose un puro. Dante siempre había asociado el olor a humo de puro con su padre. Tiempo atrás, Lorenzo sénior había fumado dentro de la casa. Lo consideraba su privilegio. Las cortinas y los muebles tapizados del salón acabaron impregnados de humo; el techo, amarillento por la nicotina; las ventanas, empañadas por los residuos del tabaco. Cuando Dante trasladó a su padre a la casa principal, lo instó a fumar únicamente en uno de los patios exteriores.

El anciano tenía ochenta y tres años e imponía mucho menos que en la época en que solía ensañarse con su hijo. Los puñetazos y las patadas estaban pensados para mantenerlo a raya, o eso afirmaba su padre. Ahora no dejaba de sorprenderle lo pequeño que era, como un adulto en miniatura. Tenía las mejillas arrugadas y hundidas, mientras que la nariz y las orejas parecían desproporcionadas en relación con la cara. Las entradas, muy pronunciadas, recordaban un corazón: una uve gris en medio de la frente con arcos de calvicie a ambos lados.

Dante se sentó frente a su padre.

—¿Te has enterado de lo de Audrey?

—Espero que no hayas venido a quejarte.

—Pues la verdad es que a eso vengo. No puedo permitir que Cappi la cague de esta forma.

—Mira, chico, tú no estabas. Vino a consultarme un problema y su solución me pareció razonable. Cappi sabía que tú nunca le darías permiso, estás demasiado ocupado dando órdenes y metiéndote con él. Además, te habías ido a no sé qué montaña, y nadie podía ponerse en contacto contigo.

—En Canadá tienen teléfono. Podríais haberme llamado en cualquier momento.

—Eso es lo que tú dices. Alguien tenía que agarrar el toro por los cuernos.

—Papá, conocía a Audrey desde hacía años. No nos habría delatado, te lo garantizo.

—Eso no es lo que le contaron a Cappi. Por lo visto, nos la iba a jugar. Le dije que se ocupara del asunto.

Su padre y Cappi habían usado la misma frase, «nos la iba a jugar».

Dante no estaba seguro de a cuál de los dos se le habría ocurrido primero.

—No te entiendo. Le dices que se ocupe él del asunto y va y se carga a una empleada valiosa. No me parece bien. ¿O es que a ti te lo parece?

—Puede que haya sido una metedura de pata, no te lo discuto. Si delegas la responsabilidad, no puedes venir después a cuestionar lo que ha pasado.

—No delegué nada. Fue cosa tuya. No te permito que me desautorices.

—¿Que te desautorice? Yo soy el que te cedió la autoridad.

—Es verdad, pero ahora soy yo el que está al mando. Cappi no tiene ni idea de este negocio.

—Pues entonces enséñaselo tú.

—¡Lo he intentado! Tiene la concentración de un mosquito.

—Dice que lo tratas con mucha condescendencia, y que lo menosprecias.

—Eso es una gilipollez.

—No me lo discutas a mí, sólo te cuento lo que él me ha dicho.

—Y yo te estoy diciendo que Cappi no sirve para esto. Yo asciendo a los empleados de la empresa basándome en sus méritos y en su antigüedad. Puede que lo acusen de asesinato. ¿Qué te parece?

—A ti también te han acusado más de una vez.

—Razón de más para no dar que hablar.

—Tú eres el fuerte. Has tenido todas las ventajas. Tu hermano no tuvo tanta suerte.

Iba a responder, pero se mordió la lengua. Su padre recurría a la misma excusa cada vez que perdía una discusión. Al final, Dante no pudo contenerse.

—¿Por qué no tuvo tanta suerte?

—Porque tu madre se fue y lo abandonó.

—¡Por Dios! ¿Sabes qué? Mamá también me abandonó a mí, y no es que me pongas las cosas muy fáciles. Todo lo contrario. Tengo que cargar con Cappi me guste o no.

—Ésa es la actitud egoísta a la que me refiero. Cappi no es responsable de lo que pasó, entonces era muy pequeño. Lo que hizo vuestra madre le hundió la moral y aún no lo ha superado. Es tan susceptible porque ella le rompió el corazón. Ha tenido que soportar una carga muy pesada, algo de lo que tú te libraste.

—¿Que yo me libré? Primera noticia. ¿Y cómo es eso?

—Nunca dijiste nada sobre lo que hizo tu madre. Dime una sola pregunta que me hayas hecho después de que se fuera. Cappi preguntaba por ella cada día, y cada día lloraba a moco tendido. Tú no derramaste ni una lágrima.

—Porque tú me dijiste que espabilara.

—Así es. A los doce años uno ya tiene que controlarse. Sabías por qué se marchó, no tuvo nada que ver contigo. Cappi sólo tenía cuatro años, ¿qué iba a pensar? Su madre desapareció de repente. Tu hermano no ha vuelto a ser el mismo desde entonces.

—Tengo cuatro hermanas que han salido bastante centradas. ¿Cómo es que ellas son normales y él no? ¿Y qué hay de mí?

—Incluso entonces, tú ya captabas las cosas. Las mujeres son así. Cuando crees que puedes confiar en ellas, se largan sin decir ni una palabra. Ni siquiera dejó una nota.

—¿Así que Cappi es un perdedor y ahora resulta que es por eso? ¿Se escaquea de todo por lo que pasó entonces? Ojalá hubiera tenido yo esa suerte.

—Vigila lo que dices, y ten cuidado con lo que deseas.

—Olvídalo.

Dante se levantó. Tenía que alejarse del viejo antes de que perdiera los estribos.

Su padre parecía inquieto y le habló con tono irritado.

—¿Dónde está Amo?

Dante lo miró fijamente, desconcertado.

—¿Amo?

—No lo he visto desde el desayuno. Quiere que lo lleve a cazar. Le dije que iríamos al campo de tiro y que practicaríamos un rato.

—Amo lleva muerto cuarenta años.

—Está en el piso de arriba. Le dije que fuera a buscar a Donatello y que bajaran los dos.

Dante vaciló.

—Creí que habías dicho que a Donatello no le gustaba cazar.

—Ya se acostumbrará. Así se hará un hombre. Ya lo conoces, allí donde va su hermano, va él detrás.

—Está bien, papá —respondió Dante—. Si veo a cualquiera de los dos, le diré que los estás esperando.

—Y diles que no pienso esperar todo el día. Es muy poco considerado por su parte, me parece a mí.

Dante entró en la biblioteca y se sirvió un bourbon. Quizá se tratara de una perturbación momentánea. Su padre se confundía de vez en cuando, especialmente al anochecer. A veces se olvidaba de una conversación que habían tenido quince minutos antes. Dante no le había dado nunca demasiada importancia: creía que los tropiezos mentales de su padre eran producto del cansancio o de la depresión. Puede que hubiera sufrido un pequeño derrame cerebral. Dante tendría que encontrar un pretexto para traer a un médico y pedirle que le hiciera una revisión. Su padre no toleraba bien la enfermedad ni la decrepitud. Nunca daría muestras de debilidad.

Dante se llevó la bebida a la cocina, donde encontró a Sophie metiendo los platos en el lavavajillas.

—¿Has visto a Lola?

—Hace una hora. Iba en chándal, de camino al gimnasio.

—Estupendo.

Dante bajó al sótano. Uno de los atractivos de la casa eran las intrincadas dependencias subterráneas. Muy pocas viviendas californianas tenían sótano. Cavar a casi ocho metros de profundidad se convirtió en una pesadilla: costó una fortuna extraer la gran cantidad de piedras de todos los tamaños y los bloques de arenisca hundidos en el denso terreno arcilloso. La casa había sido construida en 1927 por un tipo que hizo dinero especulando en la Bolsa y logró conservarlo durante la Depresión. Era una edificación muy sólida, que le transmitía cierta sensación de seguridad y de permanencia.

Subió las escaleras que conducían hasta la caseta de la piscina. Dedujo que Lola estaría corriendo en la cinta porque su novia había subido el volumen del televisor para que tapara el chirriante ruido de la plataforma móvil y el golpeteo de sus zapatillas de deporte. Dante se detuvo en el pasillo para observarla a través de la puerta entreabierta. Confiarle sus dudas a Talia había sido un error. Podría haber evitado exponerse a la franqueza y a la mordacidad de su hermana, pero lo hizo porque sabía que sería sincera y no se iría por las ramas. Creía haber borrado de su mente los comentarios de Talia, pero su hermana había conseguido hacerlo cambiar de perspectiva con menos de veinticinco palabras. Ya empezaba a darse cuenta de la diferencia. Aquella mañana se había fijado en el aspecto de Lola mientras ésta dormía despatarrada en la cama, y lo comparó con el aspecto que tenía ahora. Su novia se maquillaba para hacer ejercicio incluso sabiendo que estaría sola. Aún tenía esos ojazos oscuros, perfilados en negro, que parecían enormes en un rostro tan afilado como el suyo. Aún tenía la melena oscura. Ahora iba algo despeinada porque sudaba profusamente, pero eso a él no le importaba. Cayó en la cuenta, gracias a los comentarios de Talia, de lo mucho que Lola había adelgazado y de lo menuda que era ahora. Tenía la espalda muy estrecha y su cabeza parecía sostenerse de forma precaria sobre un cuello tan delgado como una tubería. Parecía una de esas criaturas alargadas que salen de una nave espacial moviéndose con languidez a través de la neblina y el humo, extrañamente familiares y a la vez sobrenaturales.

Cuando lo vio, Lola bajó el volumen del televisor pero siguió corriendo. Llevaba pantalones de chándal y una camiseta de manga larga que le venía muy grande. Las mangas arremangadas revelaban sus huesudas muñecas y los dedos, unidos por unos tendones que sobresalían como cuerdas de piano.

—Venga, déjalo ya por hoy. Pareces reventada —dijo Dante.

Lola comprobó la pantalla de la cinta.

—Cinco minutos más y lo dejo.

Sin parar de correr, volvió a subir el volumen del televisor y el sonido retumbó en toda la sala. Mientras esperaba, Dante se entretuvo observando el gimnasio. Era un espacio de cuarenta metros cuadrados, con las paredes recubiertas de espejos. Estaba equipado con varias máquinas para levantar pesas, dos cintas, una bicicleta reclinada y una bicicleta estática. ¿Cuántas horas pasaba ahí Lola cada día?

Cuando se acabó el tiempo, Lola caminó a menor ritmo durante cinco minutos y después apagó la máquina. Dante le pasó una toalla, que Lola se apretó contra la cara. Al empaparla con el sudor que le corría por el cuello manchó la toalla de maquillaje anaranjado. Dante la sujetó por la espalda y la acompañó hasta la puerta, apagando las luces a medida que pasaba frente a los interruptores.

Lola le rodeó la cintura.

—¿Qué te ha dicho Talia?

—¿Sobre qué?

—Venga, Dante. Ya sabes de qué hablo.

—No le pareció muy buena idea.

—Seguro que no. Cree que soy neurótica, caprichosa y egocéntrica. Estoy segura de que piensa que como esposa sería una mierda, y como madre aún peor.

—No dijo eso.

—¿Por que no dejas de protegerme? Ya soy mayorcita, así que habla claro. Quiero saber lo que te dijo.

Dante pensó en todas las objeciones que había puesto Talia y eligió una de ellas.

—Se preguntaba qué pasaría cuando engordaras. Pensaba que te costaría aguantar el embarazo.

—¿Y?

—Puede que tenga razón. Me preocupas.

—Lo sé, y eres un encanto por preocuparte. Le puedes decir que no va a haber ningún embarazo. Hace un año que no me viene la regla. Dará saltos de alegría.

—No hablemos de eso ahora. Tenemos tiempo para pensarlo cuando vuelvas a estar bien.

—¡Ja!

—Ya sabes que, si quieres, podemos buscar un especialista.

Lola reclinó la cabeza en el hombro de Dante y se acomodó a su paso.

—Esto es lo que más me gusta de ti. Nunca pierdes la esperanza. Crees que si sigues insistiendo, todo saldrá bien.

—¿Tú no lo ves así?

—Te diré lo que pienso: me parece que esta relación ha llegado a su fin. Creo que lo único que te une a mí es tu sentido de la responsabilidad, porque todo lo demás se acabó hace mucho.

Dante le apretó el hombro, pero no supo qué responder. Tiempo atrás semejante comentario lo habría herido profundamente. Ahora volvió a pensar en Nora y no pudo evitar alegrarse.

Dante llevó a Cappi en su coche hasta el departamento de recepción y envíos del almacén de Allied Distributors en Colgate. Su padre había comprado el complejo de ladrillo y madera en la época en que pasaba bebidas alcohólicas de contrabando. Dante había adaptado la estructura a sus necesidades. Amplió los metros cuadrados mediante la incorporación de una nave de acero prefabricado a lo largo de la fachada. La maquinaria se hallaba bajo tierra, en una zona en gran parte inacabada a la que su padre se había referido siempre como las catacumbas. Dante sospechaba que allí habría bastantes cuerpos enterrados. En ocasiones bajaba con la linterna para explorar el habitáculo, y alguna vez encontraba cajas polvorientas de whisky y de ginebra amontonadas en algún rincón.

Mientras se dirigían desde el aparcamiento hasta el muelle de carga, Dante le fue explicando los detalles básicos del negocio y los nombres que empleaban para referirse a los distintos miembros de la banda.

—Audrey era una trotona, la intermediaria entre los descuideros y los empaquetadores. Cubría los condados de Ventura, Santa Bárbara y San Luis Obispo, y coordinaba la operación de la costa central con San Francisco y algunos puntos del norte. Normalmente, ella no habría ido a los almacenes, pero detuvieron a una de nuestras mecheras por pagar con un cheque falso y Audrey la sustituyó. La tiraste por el puente y todo el circuito ha quedado desmantelado. Aún estamos intentando reorganizarlo.

—¿Y yo cómo iba a saberlo?

—Basta de quejarse. No voy a echarte más la bronca por ese asunto. La jodiste a lo grande. Tendrías que habérmelo preguntado, pero dejémoslo ya. Estoy intentando que entiendas cómo funciona el negocio. Esto es lo que tanto te interesa saber, ¿no?

—Bueno, sí. Si quieres que te sea útil, tengo que saber cómo va todo.

—De acuerdo. Las trotonas pagan a las mecheras por un día de trabajo, suelen ser unos tres de los grandes en efectivo. Llamamos a la mercancía «la cosecha» o «el fardo», a veces «la bolsa». Los empleados a los que llamamos «limpiacosechas» quitan etiquetas y señales identificativas. Se reúnen cada dos semanas.

—¿Dónde?

—En un par de sitios que alquilamos. Hay un recorrido habitual al que llamamos «la gira». A los tipos que lo hacen en coche los llamamos «taxistas». No te preocupes por los nombres de cada empleo, sé que hay mucho que asimilar. Todo encaja a la perfección. Si sacas a alguno de los jugadores, tendrás un problema.

—¿De cuántas personas estamos hablando?

—De un número suficiente. Nos aseguramos de que cada equipo sepa lo menos posible sobre los equipos restantes, de modo que, si hay algún fallo, nadie pueda poner en peligro a los demás. Al cabo de un tiempo la cosecha sale del circuito y acaba aquí para ser distribuida.

—¿Adónde?

—Eso depende. San Pedro. Corpus Christi. Miami. En cada punto la cosecha pasa por las manos de empleados en los que sé que puedo confiar, pero aquí se están produciendo fallos. Éste es el punto más problemático en la actualidad. Nos han robado dos veces. La semana pasada alguien se llevó un palé de productos farmacéuticos, y ahora nos faltan envases de leche maternizada. Ni siquiera puedo saber cuántos. Creía que era un error administrativo, como cuando alguien se equivoca al apuntar un decimal y se jode todo. Pero no ha sido ningún error.

—¿Alguien nos roba a nosotros? ¡No hablarás en serio!

—No puede decirse que contratemos a miembros de los boy scouts precisamente. La cuestión es que tenemos que limitar el acceso a los muelles de carga, es la zona en la que somos más vulnerables. Los empleados salen para fumar y acaban merodeando por esta zona. No parece que estén haciendo nada malo, pero no tendrían por qué venir aquí. Estamos poniendo en práctica nuevos procedimientos de supervisión, y aquí es donde entras tú.

Cappi respondió con tono crispado.

—¿Y qué quieres que haga, que esté aquí con una tablilla, contando mercancías y asegurándome de que todo el mundo tenga permiso para entrar?

—Si lo quieres ver así, sí. En cuanto un envío esté en el interior del edificio, alguien tiene que hacer cuadrar la mercancía con el manifiesto de carga...

—¿A qué viene la palabreja? ¿Qué coño es un «manifiesto»?

—Una lista de productos. Lo mismo que una factura, un informe detallado de lo que nos han enviado y adónde tiene que ir a continuación. Mientras tanto, lo guardamos todo aquí hasta que llegue el momento de sacarlo.

—¿Y por qué no me lo habías dicho antes? No puedo aprender nada si me sueltas estos tostones. No paras de enrollarte, y lo que por un oído me entra por el otro me sale. No puedo retener las cosas si no las veo escritas. Aprendo con los ojos. Necesito datos y cifras para poder comprender cómo encajan todas las piezas. ¿Entiendes a lo que me refiero? La planificación. Cuentas por pagar y cosas por el estilo.

—Tengo contables para esa parte del negocio. Te necesito aquí.

—Sí, pero aún no me has dicho de dónde vienen los envíos o adónde van. Sé que la empresa se llama Allied Distributors, pero no tengo ni idea de lo que distribuimos. ¿Alimentos infantiles? No lo entiendo.

—Tú no tienes por qué entenderlo. Basta con que lo entienda yo.

—¿Pero dónde se guardan los libros de contabilidad? Debería estar escrito en alguna parte. No puedes llevar todos esos datos en la cabeza. Si te pasa algo a ti, ¿entonces qué?

—¿A qué viene tanta curiosidad de repente? Llevamos años haciendo lo mismo, y nunca te ha importado un carajo.

—Vete a tomar por culo. Papá ha dicho que ya va siendo hora de que aprenda. ¿Ahora que me esfuerzo por aprender me criticas por no haber mostrado interés antes?

—Es una pregunta legítima. Siento parecer escéptico, pero ¿qué esperabas?

—¿A qué viene todo esto? Joder, o confías en mí o no confías.

—No confío.

—¿Me estás acusando de algo?

—¿Por qué te pones tan a la defensiva?

—No me pongo a la defensiva. Lo único que te pregunto es cómo puedes llevar una operación a esta escala sin que nadie apunte todos los datos.

Dante bajó la vista, esforzándose por no perder los estribos. Si Cappi lo presionaba para que le diera información, se la daría.

—Vale, a la mierda. Te diré cómo. ¿Ves ese terminal de ordenador que está ahí?

A la derecha, justo al lado de la puerta que conducía al almacén, había un escritorio sobre el que reposaban un teclado de ordenador y un monitor. La CPU estaba metida bajo el escritorio. Dante vio que la mirada de Cappi se dirigía a la pantalla apagada del ordenador.

—¿Qué? ¿Ese trasto?

—Ese «trasto», como lo has llamado, es un terminal remoto con acceso desde la casa y desde la oficina del centro de la ciudad. En la pared que hay detrás han instalado líneas dedicadas. Puede que no tenga un aspecto muy impresionante, pero es el cerebro del negocio. Así es como llevamos el control de todo. Hacemos una copia de seguridad tras otra. La contraseña cambia cada semana, y el disco duro se vacía todos los jueves al mediodía. Borrón y cuenta nueva. Las únicas cantidades que dejamos parecen legítimas.

—¿Lo borras todo? ¿Cómo puedes hacer algo así?

—En apariencia sí. Si el juez requisa los ficheros, no podrá acusarnos de nada.

—Creía que los ficheros permanecen en el aparato aunque parezca que los han borrado.

—¿Desde cuándo sabes tú algo sobre ordenadores?

—Oye, me entero de las cosas como todo el mundo. Creía que el FBI tenía expertos.

—Y nosotros también.

—¿Y qué pasa si se joroba algo?

—¿Como qué?

—No lo sé. Un apagón, algo de ese tipo. O si el ordenador se cuelga antes de acabar de vaciarlo.

—Entonces estamos jodidos. ¿Alguna pregunta más?

—Por mi parte, no —respondió Cappi.

—Bien. Ahora quizá podamos pasar al problema que nos ocupa. Éste es el agujero que precisa un parche. Me gustaría saber quién nos está chupando la sangre y, lo que es más importante, quiero que no vuelva a pasar.

—¿Por qué yo? ¿Y qué pasa si no quiero pulular por aquí vestido con un mono, como si fuera el vigilante medio lelo del almacén?

Dante sonrió, y le entraron ganas de noquear a su hermano de un puñetazo.

—Tienes un problema de actitud, ¿lo sabías?

—Es un empleo de mierda. Papá dijo que me metieras en el negocio, pero tú me dejas al margen.

—Esto es el negocio. Donde estás ahora mismo. Si quieres un ascenso, tendrás que ganártelo, como hice yo.

Dante dejó a Cappi en el muelle de carga mientras él subía las escaleras metálicas hasta el entresuelo, donde la operación se gestionaba desde cinco despachos situados tras una pared con ventanas altas hasta la cintura. Desde allí podía ver gran parte de las actividades que tenían lugar en los almacenes: hombres en carretillas elevadoras, conduciendo a toda velocidad por los estrechos pasillos entre pabellones de almacenaje de dos pisos de alto; hombres que mantenían conversaciones privadas, sin percatarse de que Dante los estaba observando. Aquí tenía un despacho muy rudimentario, sin ningún refinamiento. Dante no podía ver el muelle de carga, pero había colocado cámaras de seguridad en los puntos estratégicos.

Cappi iba a traerles problemas. Llevaba seis meses fuera de la cárcel, y su libertad estaba vinculada a que tuviera un trabajo. Tiempo atrás había trabajado en la construcción como operario de equipo pesado y había ganado un buen sueldo, hasta que lo despidieron por beber en horas de trabajo. Su respuesta consistió en volver a subirse al bulldozer, arremeter contra el barracón de la obra y destruir dicho barracón y todo su contenido. Fue un milagro que no atropellara al capataz, aunque el hombre resultó herido por los escombros que volaron por los aires. Además de una larga lista de delitos contra la propiedad, Cappi fue acusado de agresión con agravantes, agresión con arma mortífera e intento de asesinato, cargos por los que acabó en el presidio de Soledad.

Su padre quería que lo iniciara en el negocio, así que Dante lo puso en nómina. Cappi se lo comunicó al funcionario de vigilancia penitenciaria sin mencionar que nunca se había presentado en el trabajo. Le dijo a su padre que necesitaba tiempo para volver a intimar con su mujer y con sus hijos, cuando en realidad estaba muy ocupado perfeccionando sus habilidades al billar en el salón de su casa de Colgate. En público, se cuidaba de evitar los bares, las armas de fuego y la compañía de delincuentes fichados. En su casa se bebía dos packs de seis cervezas al día y pegaba a su mujer si ésta se quejaba. Al cabo de un mes, Dante finalmente le ordenó que se presentara en la oficina, decisión que ahora lamentaba.

Al carecer de interfono, Dante tuvo que llamar a gritos a su secretaria, la cual se encontraba en el antedespacho.

—¿Bernice? ¿Puedes venir, por favor?

—Un momento, antes tengo que acabar algunas cosas.

Dante sacudió la cabeza. La chica tenía diecinueve años. La había contratado hacía cuatro meses, y ya lo tenía calado. Se entretuvo ordenando los papeles de su escritorio hasta que Bernice apareció por la puerta. Era una chica alta y desgarbada, con una espesa mata de pelo rubio encrespado que llevaba recogido en una cola de caballo. Iba a trabajar vestida con vaqueros y zapatillas de deporte, lo que a Dante no le importaba, pero la camiseta escotada no le parecía nada bien. ¿Es que las mujeres de hoy en día no tenían ningún pudor?

—¿Qué? —preguntó Bernice.

—¿Conoces a mi hermano?

—¿Parezco idiota? Todo el mundo conoce a Cappi. Está más chiflado que una regadera.

—Me gustaría que lo vigilaras. No tiene muy claro el concepto de trabajar a cambio de un sueldo. Me parece que aún no lo ha captado.

—Cobro extra por hacer de canguro.

—¿Y por espiar?

La idea le pareció más interesante.

—¿Quiere informes frecuentes?

—Eso estaría bien —respondió Dante—. Mientras tanto, llama a Dade O'Hagan. Ahí está su número.

Dante empujó la agenda en su dirección y observó cómo Bernice iba pasando las páginas.

—¿O'Hagan, como el alcalde?

—Ex alcalde. No estás nada al día. Se trata de un viejo asunto. Voy a pedirle que me devuelva un favor, por si te interesa saberlo.

—¡Qué guay! —exclamó Bernice con una sonrisa.

—Y que lo digas.

15

Me fui de casa de Marvin a las dos y cuarto con la promesa de mantenerlo informado de mis pesquisas. Me sentía más optimista. La mención de Marvin sobre viajar en el tiempo me había proporcionado una línea de pensamiento. Yo también había lamentado no poder volver atrás para revivir aquella escena en el aparcamiento en la que había desperdiciado la oportunidad de apuntar la matrícula del sedán negro. El hombre que tan amablemente acudió en mi ayuda me había sugerido que diera parte en el Departamento de Seguridad del centro comercial. En aquel momento yo estaba ofuscada por la indignación, el dolor punzante en la espinilla y la raspadura que tenía en toda la mano. El inesperado comentario de Marvin me hizo caer en la cuenta de que sí tenía una manera de retroceder en el tiempo y analizar lo sucedido, ya que conocía a la responsable de la seguridad del centro comercial.

María Gutiérrez había sido hacía unos seis años la agente de policía encargada de patrullar a pie las calles de mi barrio. En el último caso en el que yo había trabajado coincidí con su antiguo compañero, Gerald Pettigrew, que ahora estaba al frente de la unidad K-9 del Departamento de Policía de Santa Teresa. Aunque el nombre de María no había llegado a surgir nunca en las conversaciones que mantuvimos, yo la tenía siempre presente. Hacía unos meses me vio haciendo cola justo detrás de ella en la caja de un supermercado. Su cara me sonó, pero como no iba de uniforme, no la relacioné. Ella fue más rápida a la hora de reconocerme. Me saludó por mi nombre y se identificó. Mientras avanzábamos poco a poco hacia la caja nos pusimos al día rápidamente. Yo le conté mi vida, le hablé de cómo estaba Henry y le relaté el último encuentro que había tenido con el inspector jefe Dolan, al que ella conocía del Departamento de Policía. María me explicó que había abandonado el cuerpo de policía para emplearse en el sector privado. Fue entonces cuando me dio su tarjeta de presentación.

Pasé por mi despacho y busqué entre el montón de tarjetas que tengo por costumbre lanzar al fondo del cajón. Tras escarbar unos segundos encontré la suya, y me disponía ya a llamar cuando vi parpadear la luz del contestador automático. Le di a la tecla de reproducción.

—Hola, Kinsey. Soy Diana Álvarez. No cuelgues, por favor. Necesito hablar contigo del artículo que estoy escribiendo. Te ofrezco la oportunidad de aclarar los hechos y añadir los comentarios que quieras hacer. Si no, saldrá tal cual. Mi teléfono es...

No me molesté en anotarlo.

En lugar de ello, miré de nuevo el número que figuraba en la tarjeta de María y la llamé. Le conté lo ocurrido y le pregunté si podía echar un vistazo a las grabaciones de seguridad del 22 de abril. Esperaba que reaccionara con recelo. Las medidas de seguridad se consideran de propiedad privada y, por tanto, no son susceptibles de pasar al dominio público. Es probable que las filtraciones de información le resulten más útiles al delincuente que al ciudadano respetuoso con la ley, así que por el bien de todos nosotros más vale ocultar a los malhechores cómo se tienden las trampas. Por lo visto, el hecho de que yo fuera una investigadora privada y la conociera a ella constituía una exención. Le garanticé que mantendría la confidencialidad de la información. María me dijo que tenía una reunión a las tres, pero que si podía pasarme antes por su oficina, me ayudaría con mucho gusto. Dos minutos más tarde ya estaba de camino al volante de mi coche. A la mierda Diana Álvarez.

Encontré aparcamiento al final de la estructura subterránea de Nordstrom, en el centro comercial Passages. Para evitar las escaleras mecánicas opté por subir a pie hasta un nivel en el que las fachadas de los comercios estaban concebidas a imagen y semejanza de un antiguo pueblo español. Los estrechos edificios pegados unos a otros variaban en altura. La mayoría eran de estuco, con algún que otro pintoresco desconchado en el revoque que dejaba al descubierto el falso ladrillo de debajo. Algunos albergaban despachos en el primer y segundo piso, que se pagaban a precio de oro, con postigos en las ventanas y jardineras en los alféizares.

El amplio pasillo central del centro comercial se hallaba flanqueado por restaurantes de diseño con terraza, bancos para los compradores cansados y quioscos donde se vendían gafas de sol, bisutería y postizos femeninos. En el medio se había construido un escenario donde en verano tocaban músicos para los turistas. Subí por unas anchas escaleras de baldosas rojas hasta la primera planta. A mi derecha había un auditorio puesto a disposición de los grupos de teatro locales para que representaran sus obras. Las oficinas del centro comercial se encontraban al final de un pasillo situado a la izquierda.

Al entrar vi a María esperando en recepción.

—Eres un encanto por hacer esto —le dije.

—Tranquila. La policía ha divulgado la información entre los encargados de todos los comercios del centro y nos ha hecho llegar una copia a nosotros para que supiéramos lo que ocurría. Junto con el parte iba una foto de Audrey Vance.

—¿La has reconocido?

—Yo no, pero he oído que una dependienta de Victoria's Secret la vio el mismo día. Al parecer es una clienta habitual y nadie tenía ni idea de que les robaba. Están haciendo un control de inventario para ver hasta qué punto les ha afectado.

—Creía que esas bandas provenían de Sudamérica.

—Ésas son las peores. En una sola pasada pueden limpiar un mostrador en un abrir y cerrar de ojos. Llegan, arrasan con lo que encuentran y desaparecen en menos que canta un gallo.

—¿Cómo funciona? Tienen que estar muy bien organizadas, pero no entiendo cómo actúan.

—Se empieza por las abejas obreras, que son las que salen a robar la mercancía. A veces les dan una lista de la compra con los productos más habituales que el perista sabe que podrá vender. Por ejemplo, hay mucho trapicheo de cuchillas Gillette, Tylenol, Excedrin, pruebas de embarazo y tiras reactivas de glucosa para diabéticos. Me han dicho que los productos de Oil of Olay también tienen mucho tirón. Se trata de una lista interminable que cambia a cada momento.

—Has mencionado Victoria's Secret.

—Así es. Imagina la de sujetadores que caben en una bolsa. Y lo mismo ocurre con las medias. Es mucho más difícil robar objetos voluminosos como lotes de perfumería para hombre o vídeos. No vas a meterte una tele en los pantalones.

—Pero ¿dónde coloca el perista los objetos robados?

—Los mercadillos de intercambio son una apuesta segura, al igual que las tiendas de segunda mano con fines benéficos y sitios así. Mucha mercancía se envía al extranjero.

—¿Y estas bandas las controla la mafia?

—No en el sentido tradicional del término. Si fuera la mafia quien llevara el negocio, habría una extensa red que podría resultar vulnerable a las infiltraciones. Estas bandas tienen muy poca relación entre sí, si es que la tienen, y eso hace que sea un coñazo detenerlas y procesarlas. En cada ciudad lo tienen montado de una manera distinta, según la cantidad de gente que participe y el tipo de operación que los traficantes realicen en una zona determinada.

—Recuerdo que, en mis buenos tiempos de novata, los ladrones de tiendas eran unos aficionados.

—Ya no. Seguimos teniendo principiantes y rateros aficionados, adolescentes que se meten discos en la mochila a escondidas pensando que podrán irse de rositas. Los chavales son la menor de nuestras preocupaciones. Aunque, si quieres saber mi opinión, deberíamos perseguirlos y trincarlos. —María agitó la mano en el aire, dando muestras de impaciencia—. No me hagas hablar. Anda, vamos a echar un vistazo a lo que tenemos.

—¿Aún te gusta tu nuevo trabajo?

—Me encanta —contestó María y volvió la cabeza hacia mí.

La seguí por un corto pasillo hasta un despacho equipado con cámaras de circuito cerrado de televisión encastradas en la pared. Había diez monitores dispuestos uno al lado del otro, funcionando todos ellos de forma independiente. Un joven vestido de paisano y con un mando a distancia en la mano estaba sentado en una silla giratoria, desde donde seguía las imágenes en vivo mientras éstas pasaban de una vista a otra. María y yo nos quedamos de pie, observándolas.

Fijándome en el ángulo de visión pude calcular la ubicación de cada cámara, aunque, a decir verdad, no había reparado en la presencia de ninguna de ellas hasta entonces. Tanto las dos entradas como las dos salidas del aparcamiento quedaban cubiertas. Las seis cámaras restantes estaban instaladas en la primera planta, cada una enfocada hacia una línea visual distinta. Seguí con la mirada a una compradora desde el momento en que entró en el centro comercial por State Street hasta que torció a la izquierda para tomar la avenida principal y desaparecer. Otra cámara la captó mientras avanzaba por el amplio paseo hacia Macy's para entrar después en la tienda. Ni uno solo de los transeúntes parecía percatarse de que estaban siendo vigilados.

—Funcionan con cables coaxiales —explicó María—. Todas las cámaras graban a la vez. Si vamos cambiando las cintas, podemos registrar imágenes veinticuatro horas al día a lo largo de un mes. A menos que haya motivos para conservar una grabación, las reutilizamos. Al final las cintas se estropean o los cabezales de las cámaras de videovigilancia se ensucian, de modo que las imágenes acaban viéndose borrosas y no sirven de mucho. Después de hablar contigo, saqué la grabación del viernes pasado.

María se volvió hacia su mesa y recogió cuatro cintas.

—Hay un aparato de vídeo aquí al lado.

Fuimos al despacho contiguo, el cual estaba amueblado con sencillez y daba la sensación de servir como espacio de trabajo provisional en las ocasiones en las que un ejecutivo del centro comercial visitaba la ciudad. María me ofreció una silla de respaldo recto al tiempo que ella ocupaba la silla giratoria que tenía detrás del escritorio y la hacía rodar para acercarla al equipo audiovisual. El vídeo estaba conectado a un pequeño televisor en blanco y negro que parecía de los años sesenta, con una pantalla diminuta y una carcasa enorme. Tras mirar la fecha de la primera cinta, María la introdujo en el aparato.

—¿Dijiste entre las cinco y media y las seis y cuarto?

—Más o menos. Eran las cinco y veintiséis cuando miré el reloj. Eso fue cuando vi por primera vez a Audrey meterse el pijama en la bolsa. Ella era la mayor de las dos mujeres que robaban en la sección de lencería. Diría que cuando se avisó al director de Seguridad y se terminó todo, ya eran cerca de las cinco cuarenta y cinco —respondí—. Podría equivocarme. Una pierde la noción del tiempo cuando se ve envuelta en una situación como ésa. En aquel momento la confusión lo nubló todo, por eso se me pasó fijarme en la matrícula. Estaba tan estupefacta por lo ocurrido que no capté casi nada más.

—Conozco esa sensación. Por un lado se te despiertan todos los sentidos, y por otro se te pasan por alto los detalles.

—Así es. Por mucho que quisiera, no podría volver atrás y reconstruir el incidente.

—¡Si lo sabré yo! —exclamó María—. Una persecución a pie que una juraría que ha durado quince minutos resulta que no ha durado ni la mitad. A veces ocurre lo contrario.

Con el mando a distancia del vídeo en la mano, le dio a la tecla de avance rápido. En la esquina superior derecha de la pantalla aparecieron la fecha y la hora. Era como ver una película antigua, en la que la gente caminaba con aquellos movimientos acelerados y espasmódicos y los coches pasaban zumbando a tal velocidad que parecían dejar una estela de imágenes residuales. Me asombró lo mucho que llegaba a captar el ojo en aquel visionado fugaz. Cuando llegó al día 22 de abril, María redujo la velocidad del torrente de imágenes a un ritmo más pausado.

—Ahí está —dije, señalando.

María le dio a la tecla de pausa y rebobinó la cinta.

El sedán Mercedes negro, que estaba subiendo por la rampa, retrocedió y desapareció de la imagen. María dejó avanzar la grabación poco a poco. El vehículo volvió a aparecer y entonces vi a la mujer más joven entregar un tique a la encargada del aparcamiento, que lo pasó por la máquina. La empleada comprobó la hora de registro y, dejando el tique a un lado, le indicó con un gesto que podía salir. La conductora miró a la izquierda y sonrió toda ufana con expresión satisfecha. Eso sí que lo recordaba. Mientras el sedán continuaba su ascenso por la rampa, María detuvo la grabación de nuevo, congelando la imagen del parachoques trasero. En él se veía el marco de la matrícula, pero faltaba la placa en sí.

—Ahora ya sabes por qué se te pasó por alto —comentó.

—Joder, qué mala suerte la mía. Pensaba que si conseguía la matrícula, alguien del Departamento de Policía podría identificármela.

—Vamos a mirar la grabación otra vez —sugirió María.

Con el Mercedes a media rampa, María detuvo la imagen con el mando a distancia para luego hacer que el vehículo descendiera de nuevo hasta desaparecer. Ambas lo observamos como si fuera la *foto-finish* a cámara lenta de una carrera de caballos.

—Fíjate en el marco de la matrícula —dijo María—. Arriba pone: SIGUE PITANDO... Y abajo: ESTOY CARGANDO EL ARMA. —Entonces entrecerró los ojos y ladeó la cabeza—. ¿Qué es eso que hay a la derecha del parachoques?

Mientras el coche ascendía por la rampa, María congeló la imagen en medio del fotograma. Lo que había en el lateral derecho del parachoques era una pegatina. Me levanté para mirarla más de cerca, pero la imagen pareció desvanecerse. María y yo retrocedimos entonces unos pasos para colocarnos en medio de la sala.

—Mejor así —dijo, sonriendo.

—¿Llegas a leer lo que pone? —le pregunté.

—Claro. Deberías revisarte la vista. Pone: MI HIJA ESTÁ EN LA LISTA DE HONOR DE LA ACADEMIA CLIMPING.

—¡Mira tú qué bien!

—Bueno. Ahora sólo te queda dar con el coche.

—En peores me las he visto.

—Ya me imagino. Mantenme informada. Me gustaría saber en qué acaba todo esto.

La labor de vigilancia es todo un ejercicio de ingenio. Por lo general, permanecer al volante de un coche aparcado durante un periodo de tiempo prolongado provoca desazón entre la gente, sobre todo en una zona escolar donde a los padres les inquietan los raptos, los secuestros con petición de rescate u otras fechorías que tengan a un menor como víctima. Horton Ravine es un hábitat natural para ricos con gustos caros. Puede que hubiera un centenar de Mercedes negros cruzando las entradas delantera y trasera del exclusivo barrio. Con unas ochocientas residencias privadas repartidas por un área de más de seis mil kilómetros cuadrados, mi única esperanza de localizar el sedán en cuestión consistía en buscar un puesto de observación y quedarme allí a vigilar.

Tras dar una vuelta en coche por la zona, deduje que lo más lógico sería colocarse al pie de la carretera particular que ascendía por la colina hasta el centro escolar. Debía tener en cuenta que la pegatina del parachoques podía estar desfasada. Quizá la hija de la mujer ya hubiera terminado el bachillerato. Cabía la posibilidad de que hubiera abandonado los estudios, o de que la hubieran cambiado de colegio. Aun en el caso de que siguiera siendo alumna de la Academia Climping, puede que fuera su padre el encargado de llevarla e ir a buscarla, utilizando para ello otro vehículo.

Mientras tanto, tenía que ocurrírseme una explicación razonable para justificar mi presencia en la carretera donde pretendía hacer guardia. Para breves espacios de tiempo, fingir un problema con el coche a veces funciona. Con el capó levantado, cara de desconcierto y el manual del usuario en la mano, puedo estar parada una hora a menos que un buen samaritano acuda en mi ayuda, lo cual sucede con una frecuencia exasperante cuando una menos lo desea.

Siendo como soy una criatura taimada, se me ocurrió una idea casi al instante. Abandoné Horton Ravine y me metí en la 101 hasta un centro comercial de Colgate, donde había visto un enorme

242

almacén de artículos para manualidades a dos puertas de una tienda de material de oficina. Al final compré un contador manual portátil —uno de esos aparatos que va pasando los números uno a uno al pulsar una tecla— y, en la tienda de manualidades, dos piezas de cartón duro para carteles de casi un metro cuadrado cada una y diez paquetes de letras del alfabeto negras autoadhesivas, además de un paquete extra con las vocales y consonantes más utilizadas.

Me fui a casa con las compras y me puse a trabajar en la encimera de la cocina. Con el cartón y las letras adhesivas monté un cartel tipo sándwich de esos que llevan los hombres anuncio, con el mismo mensaje visible tanto en el panel frontal como en el dorsal. Cuando terminé, apoyé el letrero en la pared y subí por la escalera de caracol. Busqué entre la ropa que tenía colgada en el armario hasta dar con mi uniforme básico, un conjunto que había diseñado y confeccionado yo misma hacía muchos años. Consistía en unos pantalones y una camisa a juego hechos de un tejido de sarga azul oscuro fuerte y recio, adornado con botones de metal, charreteras y trabillas para pasar por dentro un cinturón de piel negro ancho. En ambas mangas había cosido una insignia circular con las letras SERVICIOS DE SANTA TERESA bordadas en oro. En el centro de la insignia había un emblema que recordaba vagamente al de algún organismo oficial. Si me ponía unos zapatones de cordones negros y llevaba una tablilla con sujetapapeles en la mano, podría pasar fácilmente por una empleada municipal o del condado.

Colgué el uniforme en un perchero, listo para el trabajo que desempeñaría al día siguiente. Ya eran casi las cinco de la tarde, hora, me dije, de llamar a Henry para ver cómo iba todo por Michigan. Llevaba desde el lunes sin hablar con él y sentía una punzada de culpa por no haber pensado ni por un momento en la pobre Nell ni en su cadera rota. Me senté frente al escritorio y marqué el número de Michigan al tiempo que elaboraba en mi mente un resumen de lo que había sucedido en los dos últimos días. El teléfono sonó cinco veces, y justo cuando creía que saltaría el contestador, Charlie, el hermano de Henry, lo cogió.

—Aquí los Pitts. Soy Charlie. Tendrá que hablar bien alto. Estoy más sordo que una tapia.

Alcé la voz.

—¿Charlie? Soy Kinsey. De California.

—¿Quién?

—KINSEY. LA VECINA DE HENRY EN CALIFORNIA. ¿ESTÁ AHÍ?

—¿Quién?

—HENRY.

—Ah. Un momento.

Oí una conversación con el micrófono tapado y luego a Henry que cogía el auricular y decía:

—Soy Henry.

Una vez que aclaramos quién era quién, Henry me puso al corriente del estado de Nell.

—Se encuentra bien. Es dura como una piedra y nunca se queja de nada.

Me explicó que tendría que estar ingresada en un centro de rehabilitación diez días más. Habían ideado un plan de control del dolor para ayudarla a soportar las sesiones de terapia física dos veces al día. Mientras tanto, Henry, Charlie y Lewis pasaban la mayor parte del día con ella, jugando a juegos de mesa para distraerla de sus males. En cuanto aprendiera a usar el andador, la dejarían volver a casa.

—¿Qué tal tu espinilla? —me preguntó.

Me subí la pernera de los vaqueros y le eché un vistazo, como si así pudiera verla él también.

—Más azul que morada, y la palma de la mano ha cicatrizado casi del todo.

—Bueno, eso es estupendo. ¿Y por lo demás bien?

Le puse al corriente de los últimos acontecimientos, incluyendo el hecho de que Marvin Striker me hubiera contratado para investigar la muerte de Audrey, mi viaje a San Luis Obispo y mi teoría sobre la posibilidad de que estuviera involucrada en una red organizada dedicada al robo en comercios.

Henry reaccionó en todo momento como cabía esperar, mostrándose comprensivo, perplejo e indignado según la parte de la historia que estuviera relatándole, y me hizo todas las preguntas pertinentes para que no le quedaran lagunas al respecto.

—Te ofrecería mi ayuda, pero no hay mucho que pueda hacer en estos momentos —dijo.

—De hecho, sí lo hay. Necesitaría tu ranchera uno o dos días.

—Ningún problema. Ya sabes dónde guardo las llaves.

Seguimos hablando un rato más y, cuando finalmente nos despedimos, me di cuenta de que nos habíamos pasado cuarenta y cinco minutos al teléfono.

Como de costumbre, estaba muerta de hambre, así que fui por el bolso y una chaqueta, cerré la puerta de casa con llave y me dirigí al trote a Rosie's. Claudia Rines estaba sentada a una mesa situada junto a la entrada. Tenía una bebida delante, zumo de pomelo a juzgar por su apariencia, aderezado seguramente con un chorro de vodka.

—Eh, ¿qué tal? —la saludé.

—Bien. Tengo la sensación de que hace semanas que no hablamos.

—Hace cinco días, pero sé a lo que te refieres. ¿Has quedado con Drew?

—Cuando se tome un descanso. ¿Te apetece beber algo?

—Me encantaría, pero sólo hasta que llegue Drew. No quiero chafaros el plan. ¿Eso es vodka con zumo de pomelo?

—Sí. William me lo ha hecho con zumo recién exprimido. Deberías probarlo.

—Un segundo —dije.

Ambas nos volvimos para atraer la atención de William. Claudia levantó la copa, dándole a entender que quería otra. Yo me señalé y le hice un gesto con dos dedos en alto. William asintió y se agachó para abrir la pequeña nevera que había bajo la barra.

—¿Qué te cuentas? —pregunté, volviéndome hacia Claudia.

—Pues que es una lástima que no estuvieras aquí hace un rato. Te has perdido a una amiga tuya.

—Sí que lo siento. ¿Quién era?

—Una tal Diana. Trabaja para el periódico local.

—No me digas. ¿Cuándo ha sido eso?

—No sé, hará un cuarto de hora. Ha llegado poco después que yo y se ha presentado. Ha dicho que no quería molestar, pero que tenía unas cuantas preguntas sobre mi encuentro con Audrey Vance.

—¿Y cómo sabía ella quién eras?

—Creía que se lo habrías dicho tú.

—Yo no le he dicho nada.

—Qué raro. Ella sabía que yo trabajaba en Nordstrom, y que estaba en la tienda cuando detuvieron a Audrey. Me ha contado que estaba verificando unos datos que el director de su diario quería confirmar. Yo he supuesto que habría hablado contigo antes, y que estaría cubriendo lagunas.

—Para nada. El miércoles se presentó en mi despacho haciendo como si me conociera de toda la vida. Yo no quiero hablar con ella de nada porque sé cómo se las gasta. Es de las que te saca todo tipo de información mientras jura y perjura que tus comentarios son extraoficiales.

—Eso es exactamente lo que me ha dicho, palabra por palabra. Yo le he contestado que no podía hablar de asuntos relacionados con Nordstrom. El señor Koslo no ve con muy buenos ojos a los periodistas. Además, le obsesiona la idea de verse metido en pleitos, y eso que no le han puesto ninguno.

—¿Y tú qué le has dicho?

—Nada. La he remitido a él. Parece que eso le ha molestado, pero yo no podía arriesgarme a perder el empleo, por mucho que fuera amiga tuya.

—No es amiga mía, te lo juro. No la soporto. Es una arpía prepotente y calculadora.

Entonces le referí en pocas palabras el parentesco de Diana Álvarez con Michael Sutton y el trágico final de éste.

—¿A qué viene su interés por Audrey? —preguntó Claudia.

—Se ha enterado de lo de su suicidio y ahora quiere escribir un artículo sobre todas las personas que se han tirado desde el puente de Cold Spring. Fue al velatorio de Audrey y vio mi nombre en el libro de condolencias. Entonces se ganó la confianza de Marvin, y éste cometió el error de mandármela a mí. Me dio un ataque cuando vi lo que pasaba. Desde entonces, por suerte, está arrepentido.

—Vaya por Dios. Pues sí que parece problemática esa mujer. No tenía ni idea.

Levanté la mirada al ver que William se aproximaba a la mesa con mi vodka con zumo de pomelo en una mano y el de Claudia en la otra.

—Gracias —le dije—. Tiene una pinta estupenda.

—Que lo disfrutes —me respondió antes de regresar a la barra.

Claudia y yo reanudamos la conversación, aunque no quedaba mucho que añadir sobre el asunto. A ella le tranquilizó saber que no me había ofendido al negarse a hablar de Audrey Vance con mi buena amiga Diana Álvarez, y a mí me tranquilizó saber que no había abierto la boca por su propio interés.

En aras del trabajo, a la mañana siguiente me abstuve de salir a correr. Tras tomarme un bol de Cheerios, me duché y me enfundé el uniforme de los Servicios de Santa Teresa. Bolso en ristre, metí el cartel sándwich en la ranchera de Henry y saqué el vehículo del garaje. La jornada escolar en la Academia Climping comenzaba a las ocho de la mañana. A las siete y media ya estaba aparcada en el arcén, a los pies de la carretera privada, con el cartel sándwich a la vista en el que ponía:

ESTE RECUENTO DE VEHÍCULOS FORMA PARTE DE UN ESTUDIO DE IMPACTO MEDIOAMBIENTAL Y ES UN EJEMPLO DEL USO QUE SE HACE DE SUS IMPUESTOS. GRACIAS POR SU COLABORACIÓN Y DISCULPE LAS MOLESTIAS. ¡CONDUZCA CON PRUDENCIA!

Me planté a un lado de la vía, con el uniforme puesto y el contador en la mano, preparada para pulsarlo cada vez que viera pasar un automóvil. La buena noticia era que tenía mejor la espinilla, pues aunque seguía magullada, ya no me dolía. La mala, que tenía a un visitante. Cinco minutos después de que montara el chiringuito, apareció por allí un coche patrulla de Horton Ravine y paró en el arcén. El conductor salió del vehículo y se encaminó hacia mí a paso tranquilo. Llevaba pantalones oscuros y una camisa blanca de manga corta. No me pareció que fuera un policía «de verdad». Puede que aspirara a serlo, pero no conducía el típico coche patrulla blanco y negro, y no llevaba ni la placa ni el uniforme reglamentario del Departamento de Policía de Santa Teresa o del Departamento del *Sheriff* del Condado. Por otra parte, tampoco portaba una pistola, una porra o una linterna pesada que pudiera servirle de arma en caso de que tuviera que reducirme. Yo estaba tan absorta en el recuento de automóviles que no pude dedicarle toda mi atención.

Tendría unos treinta y tantos años y era rubio, esbelto y de trato agradable. Sacó un bolígrafo y una libreta; no estaba segura de si se disponía a anotar algo o a extender una multa.

—Buenos días. ¿Cómo está usted? —preguntó.

—Bien, gracias. ¿Y usted?

—Bien. ¿Puedo preguntarle qué hace usted aquí?

—Cómo no. Estoy haciendo un recuento de vehículos para el condado.

El hombre tardó unos segundos en procesar mi respuesta.

—¿Sabe usted que esta carretera es particular?

—Por supuesto. No hay duda alguna al respecto, pero me basta con que haya un acceso público para incluirlo en mi informe.

El hombre repasó mentalmente la lista habitual de cuestiones por verificar.

—¿Tiene un permiso?

—¿Para esto? Me han dicho que no necesito ninguno para realizar un análisis del uso de la vía pública.

—¿Puede enseñarme algún documento de identidad?

—Tengo el permiso de conducir en el bolso. Se lo enseñaré con mucho gusto si es usted tan amable de esperar a que dejen de pasar coches.

El agente se quedó observando dos vehículos que en aquel momento atravesaban la entrada principal. Uno giró para subir por el camino privado que conducía a la escuela; el otro siguió recto hacia Horton Ravine. Clic. Clic. Conté dos más. En cuanto se produjo un hueco en el tráfico, aproveché para ir por el bolso que tenía en el asiento del copiloto metiendo medio cuerpo por la ventanilla abierta. El hombre aguardó paciente a que contara otro automóvil antes de sacar la cartera y abrirla para mostrársela. Entonces la cogió y anotó rápidamente mi nombre, el número del permiso de conducir y mi dirección.

—Millhone se escribe con dos eles. Mucha gente se come la segunda. —Me fijé en que él se llamaba B. Allen—. El coche es de mi casero. Hoy me lo ha dejado porque el mío está en el taller. Los papeles se encuentran en la guantera, por si quiere echarles un vistazo. Por nuestras direcciones verá que vivimos uno al lado del otro.

—No hace falta —contestó él y, tras devolverme el permiso de conducir, se volvió para observar los coches que se aproximaban.

Al ver pasar un vehículo lo contabilicé con presteza. El hombre ya se había acostumbrado al ritmo de aquellas interrupciones intermitentes.

—No veo ningún distintivo de la EPA.

—Aún no lo tengo. Es la primera vez que me encargan un trabajo como éste. El Departamento de Transporte lleva a cabo una inspección anual, y esta vez me han escogido a mí. He tenido suerte.

—¿Cuánto tiempo prevé permanecer aquí?

—Un día y medio, como mucho. Una hora por la mañana y otra por la tarde, a menos que me envíen a otra parte. Nunca se sabe con esos payasos.

Al ver otro coche, levanté un dedo.

—Un momento —le dije mientras contabilizaba el vehículo que subía hacia Climping—. Disculpe la interrupción. Enviamos las estadísticas a Sacramento y ahí se acaba la cosa, que yo sepa. Un caso típico de despilfarro de dinero público, pero pagan bien.

El hombre meditó la cuestión. Debió de quedarle claro que yo no estaba infringiendo la ley, ya que al final me dijo:

—Está bien, siempre y cuando no obstaculice el tráfico.

—En cuanto pueda, dejaré de incordiarle.

—Le dejo que siga con su trabajo. Que pase un buen día.

—Igualmente. Le agradezco su cortesía.

—Faltaría más.

Estaba tan pendiente de mantener la farsa que casi se me escapó el Mercedes. Con el rabillo del ojo vi un sedán negro que subía la cuesta hacia la academia a toda velocidad, con una joven al volante. No llegué a leer lo que ponía en el adhesivo del parachoques, pero estaba pegado en el lugar indicado y ya sólo por eso merecía que le echara un vistazo más de cerca.

16

Esperé a que el coche patrulla de Horton Ravine arrancara. Eran las ocho menos cinco, y el constante desfile de estudiantes había quedado reducido a un mero goteo. Permanecí en mi puesto hasta las ocho y cuarto, momento en el que recogí el cartel y lo tiré al asiento trasero de la ranchera. Acto seguido subí por la carretera de acceso a la Academia Climping y entré sin problemas en el aparcamiento. Tras pasar por delante de filas enteras de BMW, Mercedes y Volvos, localicé por fin el sedán negro. El aparcamiento estaba lleno, así que me vi obligada a ocupar la plaza reservada a la subdirectora. Dejé el motor encendido mientras volvía sobre mis pasos a pie. La joven había cerrado el automóvil con llave, lo que me impedía hurgar en la guantera en busca de los papeles del vehículo. Anoté la matrícula, que en realidad era una placa personalizada en la que ponía TÍA BUENA. El marco coincidía con el que María había señalado al rebobinar una y otra vez la cinta de las cámaras de videovigilancia.

Ahora que había dado con el Mercedes tenía dos opciones. La primera era ir a buscar la cabina más cercana y llamar a Cheney Phillips para pedirle que introdujera la matrícula en su ordenador del departamento. Así conseguiría el nombre y la dirección del propietario del vehículo en un espacio de tiempo bastante corto. Sin embargo, acceder al sistema por razones personales es, estrictamente hablando, un procedimiento contrario a la política del departamento, y puede que incluso sea ilegal. Además, tenía plena conciencia de la presencia de Len Priddy en todo el asunto. Si llamaba a Cheney, éste querría saber por qué necesitaba yo aquella información, y en cuanto le dijera que estaba tras la pista de la ladrona de tiendas que acompañaba a Audrey, esperaría que lo pusiera al corriente. Todo lo que le contara, por impreciso y evasivo que fuera, iría directamente a Len Priddy, el cual investigaba el caso de los robos para el Departamento de Policía de Santa Teresa. Como sé que no está nada bien ocultar información a los agentes del orden público, pensé que lo más sensato sería mantener a Cheney al margen y reducir así las posibilidades de que Len Priddy se enterara de mi búsqueda.

Mi otra opción era esperar a que finalizara la jornada escolar y seguir a la chica cuando saliera del colegio, aunque la idea de vagar por el recinto de la academia hasta que acabaran las clases no me volvía loca. Era evidente que no podía dejar el coche donde estaba. La subdirectora acabaría apareciendo y, entonces, ¿cómo justificaría que le había quitado la plaza? Decidí marcharme y regresar poco antes de que terminaran las clases. Si la joven salía temprano, yo la habría cagado. Siempre podía volver al día siguiente para hacer un nuevo recuento de coches, pero no estaba segura de poder alargar la farsa de la EPA mucho más. Puede que el falso policía B. Allen consultara el reglamento de Horton Ravine, se pusiera al día de las normas y me echara de allí nada más verme.

Inspeccioné los alrededores. Unos setos altos separaban el aparcamiento del edificio principal, en cuyo primer y segundo piso se hallaban las aulas. No había nadie asomado a las ventanas, ningún vigilante de Seguridad a la vista ni ningún alumno que llegara tarde. Me agaché junto a la rueda trasera derecha del Mercedes y la desinflé. A continuación bordeé el coche e hice lo propio con el neumático de la izquierda. Supuse que, cuando acabara la jornada escolar, mi alumna de la lista de honor descubriría los dos pinchazos y llamaría a la grúa del seguro o a sus padres para que fueran a recogerla. En cualquier caso, el retraso me despejaría el terreno. El resto de los estudiantes y el profesorado ya se habrían ido, y yo podría quedarme cerca de la entrada de Horton Ravine hasta que apareciera mi presa.

Volví al coche y me fui a casa. Aparqué la ranchera de Henry en el camino de entrada y me dirigí a mi estudio. Me quité el uniforme, lo colgué en el armario y me puse unos vaqueros. Cuando salía por la puerta, me llevé el periódico de la mañana y lo metí en el compartimento exterior del bolso. Una vez en el despacho, recogí el correo del día anterior y puse una cafetera. Aquella mañana había engullido un bol de cereales a marchas forzadas antes de salir para Horton Ravine, pero no había podido tomarme un café ni echarle una ojeada al periódico. Mientras se hacía el café, saqué la bolsa empezada de Fritos que guardaba en el cajón inferior de mi escritorio y me la metí en el bolso. Cuando regresara a Horton Ravine, me servirían para picar algo mientras esperaba a que la chica saliera del colegio.

Satisfecha con los preparativos, me acomodé frente al escritorio y abrí el periódico. El primer artículo que me llamó la atención ocupaba la columna de la izquierda de la primera página y lo firmaba Diana Álvarez.

LA POLICÍA ABRE UNA INVESTIGACIÓN SOBRE LA RELACIÓN DE UN SUICIDIO CON EL CRIMEN ORGANIZADO

Con sólo leer una frase advertí que Diana había pasado por alto las preguntas clave del periodismo clásico —quién, qué, cuándo, cómo y dónde— y había optado por subir el tono para provocar el mayor impacto emocional posible.

«El suicidio de Audrey Vance, de 63 años, acaecido el 24 de abril, fue considerado inicialmente una desafortunada consecuencia de su detención dos días antes tras ser acusada de robar en unos almacenes. Su prometido, Marvin Striker, quedó horrorizado cuando la policía se presentó en su casa para comunicarle que habían recuperado el cuerpo de su novia en un terreno de difícil acceso situado junto a la autopista 154. La unidad K-9 del Departamento del *Sheriff* del Condado de Santa Teresa y un equipo de salvamento acudieron al lugar de los hechos después de que un automovilista de Lompoc llamado Ethan Anderson viera el coche de la víctima aparcado cerca del puente. Cuando se detuvo para ver lo que ocurría, Anderson encontró el vehículo abierto con las llaves puestas en el contacto. En el asiento delantero había un bolso de mujer y unos zapatos de tacón alto muy bien colocados. "En aquel momento me di cuenta de que había un problema", manifestó Anderson. Las autoridades afirmaron posteriormente no haber hallado ninguna nota de suicidio.

»Striker, que por un lado ha negado con vehemencia la posibilidad de que su prometida pensara en suicidarse, reconoce haberla visto reaccionar con una aflicción extrema ante los sucesos de los últimos días. Vance, que falleció el domingo tras precipitarse por el puente de Cold Spring, había sido apresada el 22 de abril en los almacenes Nordstrom después de que una investigadora privada de Santa Teresa, Kinsey Millhone, fuera testigo del robo de diversas prendas de lencería valoradas en varios cientos de dólares y comunicara el incidente a la dependienta Claudia Rines. Al parecer, Rines, que ha declinado ser entrevistada para este artículo, avisó al director de Seguridad de la tienda, Charles Koslo, quien detuvo a la presunta ladrona en el centro comercial cuando las etiquetas electrónicas de las prendas ocultas en una bolsa hicieron que se disparara una alarma. Vance fue detenida posteriormente y acusada de hurto de mayor cuantía.

»Letitia Jackson, encargada de relaciones públicas del Departamento de Policía de Santa Teresa, confirmó la noticia de que el cacheo integral a que fue sometida Vance en la cárcel reveló la presencia de bolsillos especialmente diseñados en su ropa interior, en los que ocultaba más mercancía robada. Ante la insistencia para que proporcionara una respuesta, Koslo declaró que no podía hacer ningún comentario al respecto porque no había leído el informe policial y no contaba con todos los datos del caso. "Queremos expresar nuestras más sinceras condolencias a sus seres queridos", se le atribuye haber dicho.

»Marvin Striker, de 65 años, que acababa de prometerse con la señora Vance, ha asegurado en repetidas ocasiones que su novia nunca se habría quitado la vida. "Audrey era la última persona del mundo que se plantearía dar un paso así." Ante la pregunta de si pensaba que su muerte se había debido a un hecho fortuito o si era el resultado de un acto delictivo, Striker respondió: "Eso es lo que quiero averiguar". Striker ha contactado con la detective Kinsey Millhone, de Investigaciones Millhone, después de que un conocido de ambos le refiriera la relación de la investigadora con el incidente del hurto. Fue Millhone quien sugirió que Vance podía formar parte de una banda organizada dedicada al robo en comercios de Santa Teresa y de los condados vecinos.

»Al ser preguntado al respecto, Leonard Priddy, subinspector de la Brigada Antivicio de Santa Teresa, declaró que su departamento estaba investigando dicha acusación. "Que yo sepa, no hay razón para dar crédito a ese rumor, el cual nos parece una pura fantasía." Priddy afirmó que se había iniciado una investigación a fondo, pero estaba convencido de que no aparecerían pruebas de actividades delictivas organizadas. Millhone, por su parte, no ha contestado a las repetidas llamadas telefónicas que se le han hecho para que expresara su opinión sobre este asunto.

»Vance es la decimoctava vecina del condado de Santa Teresa que ha muerto al precipitarse desde el puente de Cold Spring, de más de 1,20 m de altura. Wilson Carter, representante de Caltrans, ha calificado semejante pérdida de vidas de "tragedia lamentable y totalmente evitable". Estudios estadísticos muestran que las barreras erigidas en estructuras similares contribuyen de forma considerable a reducir los intentos de suicidio. Según Carter, "el daño emocional y económico que provoca un suicidio constituye un argumento de peso a favor de la construcción de una barrera de este tipo, cuestión que llevan tiempo debatiendo los altos cargos de las administraciones del condado y el estado".

»Un afligido Striker expresó su esperanza de que la pérdida de su prometida, por dolorosa que sea, pueda propiciar un interés renovado en dicho proyecto. Entre tanto, la investigación sobre las circunstancias que rodean la muerte de Vance ofrece escasas respuestas a las tristes y perturbadoras preguntas que suscita su caída desde ese puente, donde tantos han acabado con su vida, presa de la desesperación y el aislamiento.»

Me bullía todo el cuerpo. Diana Álvarez había presentado tendenciosamente la verdad, insinuando acciones y actitudes que yo no tenía forma de rebatir. No me sorprendió que hubiera hablado con un subinspector de la Brigada Antivicio de Santa Teresa. El hecho de que se tratara de Len Priddy se debía simplemente a mi mala suerte, a menos que Diana hubiera advertido de algún modo el desdén que sentía él por mí. Al utilizar los términos «acusación» y «pura fantasía» en la misma frase me hacía parecer una ilusa. Era evidente que Priddy me tenía por una payasa. Diana Álvarez insinuaba asimismo que Claudia y yo estábamos eludiendo de forma deliberada su investigación sobre un tema delicado sumamente importante para la comunidad en general.

Aquella mujer era peligrosa. No me había dado cuenta hasta ese momento de su poder. Podía presentar los supuestos hechos desde la óptica que ella quisiera, empleando un lenguaje aparentemente neutro para respaldar sus afirmaciones. ¿Cuántas veces habría leído yo artículos similares sin dudar de la veracidad de su contenido? Era capaz de manipular a los lectores con tal de hacerles creer su verdad. Diana Álvarez me estaba buscando las cosquillas porque sabía que yo no tenía forma de defenderme. No me había difamado, y nada de lo que había escrito podía tildarse de calumnia. Discrepar con ella sólo me serviría para parecer que estaba a la defensiva, lo que favorecería su visión de los hechos.

Me levanté para acercarme a la cocina y servirme una taza de café. Tuve que sujetarla con ambas manos para que no se me volcara. Volví al escritorio con el café, preguntándome cuánto tardaría en sonar el teléfono. En lugar de eso me vi honrada con una visita de Marvin Striker, el cual llevaba un ejemplar del periódico bajo el brazo.

Iba tan atildado como de costumbre. Pese a estar que echaba chispas, no pude por menos de admirar su estilo conservador en el vestir. Los vaqueros y las camisas de franela no estaban hechos para él. En aquella ocasión se había puesto pantalones oscuros, americana en un tono apagado, camisa blanca y corbata de lana gris. Llevaba los zapatos relucientes y olía a *aftershave*. Era lo que en otra época se habría dado en llamar un dandi o un hombre de mundo.

Marvin se fijó en el periódico que reposaba sobre mi escritorio, lo que le ahorró tener que andarse con rodeos.

—Veo que tú también has leído el artículo. ¿Y bien? ¿Qué te parece?

—Tú sales mucho mejor parado que yo, de eso no hay duda —afirmé—. Te dije que era una follonera.

Le indiqué con un gesto que tomara asiento.

Marvin se sentó muy erguido, con las manos en las rodillas.

—No sé si la llamaría follonera. Está claro que tiene una opinión distinta, pero eso no significa que esté equivocada. Como ella dice, intenta ver las cosas desde una perspectiva más amplia. Esta mañana ya me han llamado dos veces para pedirme que firme una petición en apoyo a la barrera contra suicidios.

—Venga ya, Marvin. Eso es una cortina de humo. Lo que está haciendo es utilizar el asunto para tocarme las narices. No le gusta que no salte cuando ella lo ordena.

Marvin se removió nervioso en la silla.

—Veo que te lo tomas como algo personal, lo cual, en mi opinión, es un error. Entiendo que no te gusten las críticas. Nadie querría verse examinado con lupa ante la opinión pública, así que no te culpo de eso.

Guardé silencio esperando su reacción. Al ver que no respondía, dije:

—Termina la frase. Si no me culpas de eso, ¿de qué me culpas entonces?

—Bueno..., ese subinspector de la Brigada Antivicio no es que compartiera precisamente tu opinión. Sobre Audrey y todo eso de la banda organizada.

—Porque él es como Diana Álvarez y aprovecha cualquier oportunidad para hacerme quedar mal.

—¿Por qué haría eso?

Descarté la pregunta con un gesto.

—No vale la pena hablar de ello. Es una historia que viene de lejos. No diré que me odia porque sería exagerado, pero digamos que no le caigo bien, y el sentimiento es mutuo.

—Ya me lo imaginaba. No sabía hasta qué punto lo conocías, pero intuía que no eras santo de su devoción.

—Era amigo de mi ex marido, que también era policía. La verdad es que no nos podemos ver. Me parece un cretino.

La rodilla derecha de Marvin comenzó a temblar levemente hasta que la frenó con la mano.

—Ya, bueno, ése es un punto que deberíamos tratar ya que estamos, pienso yo. No te cae bien Diana Álvarez y ahora resulta que tampoco te cae bien el subinspector. Y por lo visto tú tampoco les caes bien a ellos, sin ánimo de ofender.

—Pues claro que no les caigo bien. Es lo que acabo de decir.

—Lo cual me plantea un problema. La periodista no me preocupa tanto como ese subinspector de la Brigada Antivicio, como se llame.

—Priddy.

—Eso mismo. Si recuerdas la primera conversación que tuvimos, dijiste que debía contratarte porque te consideraban una profesional. Ahora parece que eso no es cierto.

—Priddy no me consideraría una profesional por nada del mundo —aseguré.

—Eso me hace dudar.

—¿De qué?

—De si eres la persona idónea para este trabajo. He pensado que podríamos hablar de ello. Me interesa saber tu opinión.

—Ya he dicho todo lo que tenía que decir. Si quieres despedirme, despídeme.

—Yo no he hablado en ningún momento de despedirte —repuso ofendido.

—He pensado que así podría ahorrarte tiempo. No hay por qué marear la perdiz. Si quieres que lo deje, lo dejo y punto.

258

—Tampoco hay que precipitarse. No es que ponga en duda tus aptitudes ni tu sinceridad. Sólo digo que la policía no cree que este caso esté relacionado con ninguna banda organizada de robos en tiendas. Tienes que reconocer que suena bastante rocambolesco, que es lo que yo te he dicho desde el principio.

—No pienso discutir. ¿Y sabes por qué? Porque parecería interesado por mi parte, como si intentara defender mi teoría para proteger mi trabajo. Aquí el que manda eres tú, y puedes creer lo que quieras. Que Audrey era un ángel y que la detuvieron y la acusaron por equivocación. Que no se tiró a propósito por el puente, sino que tropezó y se cayó.

—Estás tergiversando mis palabras. Admito que Audrey robaba en tiendas. Ya te lo reconocí la última vez que hablamos. Otra cosa es que haya algo más, como esa idea de una conspiración a gran escala. El poli no se lo traga, y él debería saberlo mejor que nadie, ¿no crees?

—Marvin, Audrey llevaba cientos de dólares en prendas de lencería escondidas en su ropa interior, la cual estaba especialmente diseñada para tal fin. No robaba por afición. Era una profesional.

—Pero eso no significa que formara parte de una banda organizada. El policía dio a entender en sus declaraciones que la idea era una falacia.

—Len Priddy se burlaría de cualquier cosa que yo dijera. No sabes hasta qué punto me desprecia.

—Pues eso es lo que digo. Si sigues adelante, él no va a colaborar, lo que significa que tú y la policía trabajaréis cada cual por su lado.

—¿Y qué quieres que haga? Habla claro y acabemos de una vez.

Marvin se encogió de hombros. Por lo visto no quería zanjar la cuestión sin darle unas cuantas vueltas más. Era su manera de jugar limpio.

—He pensado que deberíamos plantearnos otras opciones, como que tú te centraras en intentar esclarecer su muerte y dejaras el resto a la policía.

—Si crees que su muerte fue un homicidio, el Departamento

del *Sheriff* está en mejores condiciones que yo de investigar. Harán lo imposible por averiguar lo que sucedió. Yo enfoco los hechos desde el punto de vista contrario, intentando ver en qué andaba metida y si eso fue lo que provocó su muerte.

Marvin negó con la cabeza.

—No lo veo nada claro.

—Yo tampoco.

—Habría que llegar a una solución de compromiso. Si los dos cedemos un poco, tú podrías conseguir lo que quieres y yo también.

—Lo nuestro es un acuerdo comercial. No se trata de buscar soluciones de compromiso. Yo creo que lo más sencillo y honesto es que nos separemos. Yo por mi lado, tú por el tuyo, y aquí no ha pasado nada. Nos damos la mano y se acabó.

—Te tengo en gran consideración.

—Ya.

—No, lo digo en serio. ¿Qué te parece si sigues trabajando hasta que se te acabe el dinero que te di y luego hablamos? Así no quedaré como alguien desleal o tacaño.

—Tú no eres ningún tacaño. No seas ridículo. ¿Quién ha dicho eso?

—Diana me comentó que quizás era reacio a rescindir nuestro acuerdo por miedo a perder el dinero si tú te negabas a devolverme el anticipo.

—¿Por qué no dejamos a Diana Álvarez al margen? En mi opinión, no creo que debas pagarme nada cuando tienes tan claro que la estoy cagando a fondo. Si piensas que voy mal encaminada, es una pérdida de dinero para ti y de tiempo para mí que siga con esto. Es un voto de falta de confianza.

—Yo confío en ti, pero no en tu forma de enfocar el asunto. Lo malo es que podría resultar que estás en lo cierto, y entonces, ¿cómo se vería que te despidiera?

—No está en mis manos controlar cómo te ven los demás. Me hago cargo del aprieto en el que te encuentras, y sólo pretendo sacarte del atolladero.

—Entonces, ¿por qué me siento mal? No me gusta sentirme así.

—Está bien. Si te hace sentir mal, no tienes por qué decidirlo ahora mismo. Tómate tu tiempo. Decidas lo que decidas me parecerá bien. No podemos seguir dándole vueltas y más vueltas al tema.

—En ese caso, me veo obligado a retomar mi oferta inicial. ¿Qué te parece si sigues trabajando hasta que se te acabe la pasta que te adelanté? Gestiona tu tiempo como quieras. Ni siquiera hace falta que me pases un informe detallado de lo que has hecho o adónde has ido. Estás en tu derecho de obrar como te plazca. Y cuando se acabe el dinero, volvemos a hablar como estamos haciendo ahora y me cuentas lo que has averiguado.

—No tienes por qué seguirme la corriente.

—No, no. No es ésa mi intención. Ya me parece bien lo que hay —dijo—. ¿Cuánto tiempo le has dedicado al caso hasta ahora?

—No tengo ni idea. Tendría que calcularlo desde el principio.

—Pues calcúlalo, y el tiempo que te quede empléalo como estimes conveniente. ¿Trato hecho?

Me lo quedé mirando un instante. No me atraía nada aquel plan, pero tampoco quería que Diana Álvarez y Len Priddy me miraran por encima del hombro.

—De acuerdo —respondí.

Buscamos torpemente la manera de acabar la conversación, pero a ambos nos quedó mal sabor de boca. El juego había tomado un cariz distinto por completo. A primera vista, parecía que las cosas no hubieran cambiado. Yo tenía la mira puesta en la mujer del Mercedes. Medio día más y sabría dónde vivía, un dato que me revelaría su identidad. Tarde o temprano acabaría delatándose. Inevitablemente, llegaría un momento en el que yo tendría que correr con mis gastos. Pero ¿y qué? Aun en el caso de que acabara quedando en ridículo, hay cosas peores. La vocecilla cínica que habita en mi interior me espetó: «¿Ah, sí? Dime una».

—Dejar que ganen los malos —contesté en voz alta.

A las dos cuarenta y cinco aparqué junto a la entrada de Horton Ravine, con la ranchera orientada de modo que el largo camino particular de acceso a la Academia Climping quedara a la vista. Supuse que el conductor de la grúa no optaría por sacar el Mercedes inutilizado por la entrada posterior de la urbanización, pero debía prepararme para seguirlo en cualquier caso. Mientras tanto, dado que no estaba, estrictamente hablando, dentro de los límites de Horton Ravine, me hallaba fuera de la jurisdicción del protopoli. Pese a haberse mostrado bastante amable en nuestro primer encuentro, no quería tentar a la suerte. Apagué el motor y saqué un mapa de California de la guantera. Lo desplegué por completo y lo coloqué encima del volante, confiando en que me tomaran por una turista que se había salido de la carretera para orientarse. Encendí la radio y sintonicé una emisora en la que ponían éxitos las veinticuatro horas del día. Escuché dos temas de Michael Jackson, seguidos de *Where Do Broken Hearts Go* de Whitney Houston. El locutor anunció que la cantante acababa de desbancar a Billy Ocean del número uno. No sabía si eso era una buena o una mala noticia.

A las tres de la tarde comenzó el éxodo de vehículos de lujo, que fueron desfilando uno a uno colina abajo desde Climping. Cuando yo iba al instituto, viajaba en transporte público. Tía Gin tenía un Oldsmobile desde hacía quince años e iba con él a trabajar. En aquellos tiempos, los adolescentes no gozábamos de derechos ni sentíamos que nos los mereciéramos. Sabíamos que éramos ciudadanos de segunda, completamente a merced de los adultos. Había chicos que tenían coche propio, pero no era lo normal. Al resto ni se nos ocurría quejarnos. Aquellos jóvenes que pasaban ante mí, más que mimados, parecían ajenos a lo afortunados que eran.

Se hicieron las tres y media y, cuando ya empezaba a impacientarme, vi acercarse por mi izquierda una grúa que pasó de largo y subió por la colina. En mi mente visualicé el aparcamiento, que para entonces ya estaría casi desierto. En tales circunstancias sería fácil localizar a la damisela en apuros. El conductor de la grúa aparcaría en el camino vacío y bajaría del vehículo. La chica le explicaría el problema señalando las ruedas. Me imaginé al tipo agachándose para echar un vistazo, con lo que se daría cuenta al instante, tal como le habría ocurrido a la joven, de que todo se debía a una travesura. Yo había dejado los tapones de las válvulas sobre el pavimento, cada uno al lado del neumático desinflado correspondiente. Seguro que ella los habría visto, y si se había quejado de que le habían gastado una broma, lo más probable era que el conductor de la grúa hubiera traído consigo un compresor de aire portátil. En tal caso, tan sólo tendría que inflar los neumáticos uno a uno y volver a poner los tapones de las válvulas en su sitio. Dicha operación no le llevaría más de tres minutos, cuatro a lo sumo, teniendo en cuenta el intercambio de frases de cortesía.

Miré el reloj, encendí el motor y apagué la radio. Alcé la vista como si hubiera llegado el momento de entrar en escena y exclamé «¡Ah!» al ver aparecer la grúa, que giró a la derecha al acercarse al pie de la colina seguida por el Mercedes. Aunque sabía que a aquel prestigioso colegio privado acudían alumnos de toda la ciudad, había supuesto que la joven viviría en Horton Ravine. Sin embargo, en lugar de torcer a la izquierda para adentrarse en la urbanización, la chica giró también a la derecha. Procurando no mirarla directamente, concentré mi atención en el mapa que seguía abierto ante mí. Aunque ella no me había visto en su vida, en el remoto caso de que nuestros caminos se cruzaran en el futuro no quería que me reconociera. La grúa pasó de largo, aminoró la marcha al llegar al cruce y torció a la derecha. El sedán negro se hallaba a dos vehículos de distancia por detrás. Yo ya estaba plegando el mapa, que dejé encima del asiento del copiloto. En cuanto lo vi pasar el cruce me dispuse a seguirlo, haciendo un cambio de sentido ilegal en un momento en que no venía ningún coche.

La grúa atravesó el paso elevado de la autovía, pero el Mercedes se metió en el carril de la derecha. La chica tomó la salida de la 101 y se incorporó al flujo de coches que avanzaban en dirección sur. Yo reduje la velocidad lo justo para dejar que otro automóvil se colara entre nosotras. El tráfico era fluido y no resultaba difícil seguirla. La joven permaneció en el carril de la derecha y dejó atrás el carril de desaceleración de Little Pony Road. Tomó la salida de Missile Street y se puso a la izquierda, preparándose para girar. El coche que se interponía entre nosotras aceleró. Ambas nos quedamos paradas en el semáforo situado al final de la vía de salida. La vi ajustar la posición del retrovisor y retocarse el pintalabios. Cuando el semáforo se puso verde, tardó un instante en darse cuenta. Yo me mantuve paciente. No quería llamar la atención aunque fuera con un rápido bocinazo.

Tras torcer a la izquierda no volvió a meterse en ninguna vía rápida, y eso supuso que nos topáramos con un stop o con un semáforo en casi cada cruce. Yo permanecí tres coches por detrás de la chica, que no pareció advertir mi presencia en ningún momento. ¿Por qué habría de hacerlo? No existía motivo alguno para inquietarse por una vieja ranchera. Vi que sacudía los hombros y botaba en el asiento. Levantó el brazo derecho, chasqueando los dedos al ritmo de una melodía que sólo ella podía oír. Volví a encender la radio y sintonicé la misma emisora de música pop que había escuchado antes. No reconocí a la vocalista, pero el baile de la chica estaba perfectamente sincronizado con la canción.

El Mercedes torció a la izquierda por Santa Teresa Street y, pasadas tres manzanas, dobló a la derecha por Juniper Lane, un callejón de no más de media calle de largo. Diez metros antes de llegar a la esquina, me acerqué a la acera y aparqué frente a una pequeña casa estucada en verde que daba a Santa Teresa Street. Apagué el motor y salí del coche, procurando actuar como si no tuviera ninguna prisa. Había una pila de periódicos en las escaleras del porche delantero y el buzón rebosaba de correspondencia. Bendije al propietario de la casa por estar fuera, y al mismo tiempo me pareció un fallo que no le hubiera pedido a nadie que se pasara por allí en su ausencia. Así daba pie a que le entraran ladrones en casa y se llevaran su colección de monedas y la plata de su mujer.

Atajé cruzando el jardín en diagonal, aliviada por no tener que preocuparme de que me vieran. Un sauce llorón descomunal ocupaba una esquina del terreno. Una hilera de setos de un metro veinte de alto bordeaba los límites de la propiedad hasta un garaje independiente de dos plazas, situado frente a un patio de cemento en el que cabían dos coches más.

Me asomé por encima de los arbustos perfectamente podados. Al otro lado de Juniper Lane sólo se veían tres casas. La del medio era una construcción de dos pisos que imitaba el estilo Tudor; a la izquierda había una vivienda tipo chalet de una sola planta y, a la derecha, una casita revestida de tablas y listones también de una sola planta. El Mercedes estaba frente a la entrada de la casa estilo Tudor, con el motor al ralentí. Bajo mi atenta mirada, la amplia verja de hierro forjado se abrió con un chirrido de metal contra metal y el sedán negro avanzó por el camino de entrada. A través de la verja abierta vi cómo se elevaba con un ruido sordo la puerta central de un garaje de tres plazas. La chica se metió en él y un instante después la verja comenzó a cerrarse, chirriando como antes.

Volví sobre mis pasos para regresar al coche. Saqué boli y papel del bolso y miré a mi derecha para luego apuntar el número de la casa estucada en verde frente a la que había aparcado. Acto seguido hice girar la llave en el contacto, puse en marcha el coche y avancé hasta la esquina. Torcí a la derecha y comencé a circular a tres kilómetros por hora, velocidad que me pareció adecuada para una calle residencial de una longitud tan corta. Mientras avanzaba lentamente fui anotando el número de las tres casas situadas a la izquierda: 200, 210 y 216. En la acera de la derecha había cuatro viviendas más, con los números 209, 213, 215 y 221 respectivamente. Al final de la calle, giré a la derecha y seguí conduciendo hasta el aparcamiento situado junto a la biblioteca pública.

17

Me senté frente a mi mesa favorita de la sala de consulta de la biblioteca. Había sacado el callejero de Santa Teresa del estante y lo tenía abierto por la página que buscaba, que ahora recorría con el dedo. En la sección que estaba mirando, las calles aparecían por orden alfabético. Para cada calle se disponía la numeración de las casas en orden ascendente. Al lado de cada número figuraba el nombre y la ocupación del propietario, con el nombre del cónyuge entre paréntesis. En otro apartado se recogían los nombres de los residentes dispuestos por orden alfabético en una lista que incluía asimismo teléfonos y direcciones. Si uno pasaba de una sección a otra y entrecruzaba los datos, por así decirlo, podía reunir más información de la que imaginaba.

Anoté en la libreta los nombres de los ocupantes de las viviendas que me interesaban, incluyendo los de la casa estilo Tudor, los vecinos que tenían a ambos lados y las familias que vivían enfrente. De paso busqué el nombre del dueño de la casa estucada en verde situada en la esquina de Juniper Lane con Santa Teresa Street. Eso es lo que le da alegría a mi vida: la recopilación de información. La mujer más joven que acompañaba a Audrey era Georgia Prestwick. Ahora sabía su dirección y su número de teléfono, datos que seguramente nunca tendría la ocasión de utilizar. Su marido se llamaba Dan, de ocupación «jubilado». Si hubiera querido saber lo que hacía antes de jubilarse, podría haberle seguido la pista a través de los callejeros antiguos hasta dar con él. Partiendo de una fuente distinta, había averiguado que los Prestwick tenían una hija, la alumna incluida en la lista de honor de la Academia Climping.

El propietario de la casa estucada en verde era Ned Dornan; su mujer se llamaba Jean. Ned trabajaba para el comité de planificación urbanística de la ciudad, aunque en el callejero no se especificaba en calidad de qué. Dejé la biblioteca, me metí en el coche y volví a casa. Para entonces ya eran las cuatro y media, pero aún quedaba mucho para que pudiera dar por terminada mi jornada laboral. Me senté frente al escritorio. La luz del contestador automático parpadeaba alegremente. Por lo visto, tenía un montón de mensajes y supuse que todos ellos estarían relacionados con el artículo del periódico. Me faltaba la paciencia necesaria para escuchar todo un bla, bla, bla interminable. Seguro que me había llamado gente con la que hacía años que no hablaba, y ¿por qué debía darles una explicación? Abrí el cajón inferior y saqué una guía telefónica, que hojeé hasta dar con el número de información de la ciudad de Santa Teresa. Llamé al teléfono y, cuando me contestó una operadora, le pedí que me pusiera en contacto con la oficina municipal de urbanismo. Me atendió una empleada de dicho departamento. Al preguntarle por el señor Dornan, me respondió que estaba fuera de la oficina y que no regresaría hasta el lunes 2 de mayo. Me ofreció pasarme con otra persona, ofrecimiento que agradecí y decliné, respondiendo que ya volvería a telefonear.

Subí por la escalera de caracol y despejé la parte superior del baúl que me sirve como mesilla de noche. Después de dejar la lámpara de lectura, el despertador y una pila de libros en el suelo, levanté la tapa, saqué mi cámara réflex de 35 mm, le puse pilas nuevas y la aparté junto con dos carretes. Luego cerré la tapa del baúl y volví a poner las cosas encima, aprovechando antes para limpiar el polvo de la superficie con un calcetín que saqué del cesto de la ropa sucia.

Estaba dejándome llevar por el instinto, lo confieso, pero tenía esperanzas razonables de descubrir algo si me centraba en la cómplice de Audrey. No podía arriesgarme bajo ningún concepto a encontrármela cara a cara. Aunque no parecía haberme reconocido cuando nos cruzamos en el baño de señoras de Nordstrom, tenía la certeza casi absoluta de que se había quedado con mi cara en el momento en que intentó atropellarme. Si pretendía averiguar cómo actuaba, sería mejor que estuviera dispuesta a esperar.

Salí de casa y fui a donde tenía el Mustang, un Grabber azul de 1970. Era un deportivo rapidísimo que había comprado en sustitución del Volkswagen que llevaba años conduciendo. Debo reconocer que me equivoqué con la elección. Era un coche demasiado llamativo y atraía sobre mí una atención mal vista entre los de mi gremio. Estaba más que dispuesta a deshacerme de aquella fiera si me hacían una oferta razonable. Abrí la puerta del copiloto y saqué los prismáticos que tenía en la guantera. De paso extraje el maletín que guardaba bajo el asiento trasero y comprobé que mi Heckler & Koch seguía en su sitio, junto con abundante munición. No pensaba disparar a nadie, pero me sentía más segura sabiendo que tenía el arma a mano. Metí el maletín y la pistola en el maletero y lo cerré con llave (lo que resultó ser una sabia decisión).

Acto seguido, fui hasta la ranchera de Henry para dejar los prismáticos en el suelo, cerca del asiento del conductor. En la parte de atrás encontré el protector de parabrisas flexible que Henry utilizaba para evitar que el interior del vehículo se calentara demasiado cuando lo dejaba aparcado mucho tiempo al sol. Hacía unas semanas, Henry había hecho unos agujeros en el cartón para que yo pudiera espiar a una tiparraca a la que conocí en un caso anterior. Puse el protector de cartón en el suelo del lado del copiloto.

De vuelta en mi estudio me senté frente al escritorio y marqué el número de la casa estucada en verde. El teléfono sonó cinco veces antes de que saltara el contestador automático. Una voz mecánica dijo: «No podemos atender su llamada en estos momentos. Por favor, inténtelo más tarde. Gracias». Por lo visto, Ned y Jean estaban de vacaciones.

Me puse a tararear mientras me preparaba un sándwich de mantequilla de cacahuete con pepinillos, que corté en diagonal para luego envolverlo en papel de cera y meterlo en una bolsa de papel marrón. Saqué una toalla pequeña del armario de la ropa blanca, la mojé y la escurrí bien antes de meterla en una bolsa de plástico con cierre hermético que guardé en mi bolso; de ese modo podría limpiarme después de comer. Así de fina soy cuando me toca trabajar sobre el terreno. Me llevé una alegría al comprobar que los Fritos que había cogido antes estaban más o menos intactos. Llené un termo de café caliente y lo dejé junto a la bolsa marrón de la comida. Encontré la tablilla con sujetapapeles y le enganché un bloc de notas. Luego fui por un par de novelas, la cazadora vaquera, la réflex y los carretes, una gorra de béisbol y una camisa oscura de manga larga. Iba tan cargada como si me marchara de casa una semana.

Aproveché para ir al baño, consciente de que podrían pasar horas antes de que tuviera otra oportunidad. De regreso a Juniper Lane, paré en el supermercado para comprar una bolsa de galletas de chocolate Milano de Pepperidge Farm, imprescindibles para ejercer la labor de vigilancia. Sin ellas, acabaría compadeciéndome de mí misma.

Aparqué en Santa Teresa Street, me puse la gorra de béisbol, cerré el coche con llave y di una rápida vuelta por el vecindario para inspeccionarlo. Recorrí el largo tramo de Santa Teresa Street que discurría en dirección noroeste hasta terminar en Orchard Road. A dos calles a la izquierda tras doblar aquella esquina, Orchard cruzaba State Street. Donde yo estaba, la calle describía una amplia curva hacia la derecha, lindando con los muros de un convento. Siguiendo la curva a pie, llegué al otro extremo de Juniper Lane. Buscaba un lugar desde donde pudiera tener la casa estilo Tudor dentro de mi campo visual sin que mi presencia suscitara curiosidad. Allí imperaban las mismas restricciones que en Horton Ravine. Cualquiera que permanezca en un coche aparcado más de unos minutos provoca preguntas incómodas. Me eché a andar por Juniper Lane, prestando especial atención a la zona de aparcamiento que tenía a su disposición el dueño ausente de la casa estucada en verde. A la izquierda del garaje había abierto un espacio lo bastante amplio para dar cabida a una camioneta y una autocaravana, ninguna de las cuales se encontraba allí. En vez de eso vi una alambrada en forma de U cargada de enredaderas de campanillas.

Regresé a mi coche, lo puse en marcha y giré a la derecha en Santa Teresa Street para seguir luego hasta Juniper Lane, donde volví a doblar a la derecha. En mi fuero interno me preguntaba qué ocurriría si, una vez aparcada en aquel lugar idóneo, regresara el dueño. Parecía poco probable. Según deducía de mis pesquisas, los Dornan se hallaban fuera de la ciudad. El marido no tenía que ir a trabajar hasta el lunes, lo cual no excluía la posibilidad de que apareciera antes de lo previsto para disfrutar de un fin de semana en casa. En tal caso, ¿qué explicación le daría yo?

No tenía la menor idea.

Me pasé de largo unos dos metros para luego dar marcha atrás, una maniobra que realicé no sin esfuerzo, dado que la ranchera parecía un barco y yo no estaba familiarizada con el radio de giro. Volví a desplazarme hacia delante para colocarme bien alineada y retrocedí lentamente hasta la alambrada, la cual tembló al entrar en contacto con el parachoques trasero. Bajé la ventanilla y apagué el motor. Luego desplegué el protector del parabrisas y lo coloqué en su sitio. Ahora me hallaba protegida entre la valla situada a mi derecha y el garaje a mi izquierda. La pantalla de cartón tapaba a medias la luz del sol, creando un efecto bastante acogedor. Me incliné sobre el volante para mirar a través de los agujeros hechos en el cartón. La casa Tudor quedaba justo enfrente, con la verja de hierro forjado a no más de cincuenta metros de distancia. Veía la fachada entera de la casa y una parte del garaje de tres plazas. Si Georgia Prestwick salía con su Mercedes o con cualquier otro vehículo, yo no sólo lo vería con claridad, sino que estaría en situación de seguirla tanto si giraba a un lado como al otro. Miré la hora. Eran las seis menos cuarto. Cogí la tablilla con sujetapapeles y apunté la hora, lo que me permitió creer que hacía algo útil en lugar de estar perdiendo el tiempo.

Me había llevado las fichas del caso y procedí a estudiarlas como si me preparara para un examen. Había pasado una semana desde que detuvieron a Audrey, la encarcelaron y la pusieron en libertad bajo fianza. Si hubiera estado viva y hubiera mantenido su rutina habitual, al día siguiente habría pasado un sábado más en

San Luis Obispo, haciendo lo que fuera que hacía en aquella casa a la que llevaban al personal en furgoneta. Seguro que se dedicaban a cortar etiquetas de objetos robados, o quizás a clasificar y empaquetar artículos para su redistribución. ¿Qué si no podría reunir a tanta gente un fin de semana sí y otro no? El sistema debía de estar concebido de modo que la muerte de Audrey, o la pérdida de cualquiera de los intermediarios, no paralizase la operación. Habrían recurrido a un plan B, al menos hasta que le encontraran un sustituto y pudiera establecerse una nueva jerarquía.

Audrey y Georgia habían trabajado en equipo y, como ellas, habría otras parejas de manos largas encargadas de hacer la ronda. En algún punto de la cadena tenía que haber un perista, así como una persona encargada de transportar la mercancía robada. Si recordaba bien lo que aprendí en mis tiempos de policía y lo que me dijo María, ciertos productos, como leche en polvo para lactantes, cosméticos, parches para dejar de fumar y complementos dietéticos, se enviaban a países dispuestos a pagar precios exagerados por ese tipo de mercancía. Otros artículos se vendían en rastros y en mercadillos de intercambio. Me preguntaba qué estaría haciendo Georgia ahora que Audrey había desaparecido del mapa. Dudaba que aquella semana la furgoneta de marras se presentara en casa de Audrey como lo había hecho hasta entonces. La vivienda había sido vaciada y desinfectada. Habían limpiado hasta la última huella digital, e imaginaba que Vivian Hewitt habría cambiado las cerraduras, con lo que el lugar estaría fuera de servicio se mirara por donde se mirara. Seguro que habían habilitado un nuevo espacio donde poder seguir desempeñando el trabajo como hasta entonces.

Me terminé los Fritos y me comí una galleta para mantener las energías. Veinte minutos más tarde me serví un poco de café del termo. Supuse que, una vez que oscureciera, si tenía necesidad de aliviar la vejiga podría salir del coche sin que me vieran e ir hasta la parte de atrás para agacharme junto a la alambrada cubierta de enredaderas. Entre tanto, no me atrevía a encender la radio ni a hacer nada que pudiera atraer la atención hacia mi escondite. Eché mano del primero de los dos libros que me había llevado y leí los agradecimientos, confiando en tropezarme con el nombre de algún conocido. Al tratarse de una primera novela, el autor daba las gracias efusivamente a un centenar de personas, una a una. Comencé a temer que ésa fuera la parte mejor del libro.

En circunstancias normales me habría encantado tener tiempo para leer, pero estaba nerviosa y tensa. Dejé el libro a un lado y me comí el sándwich, plenamente consciente de que estaba consumiendo los víveres demasiado rápido. Saqué la toallita mojada y me limpié las manos. Ni siquiera era de noche y me quedaban horas de espera. Mi plan consistía en seguir a Georgia si ésta salía de casa en las cinco horas siguientes. Si no se producía actividad alguna, esperaría a que apagaran todas las luces de la casa y sus ocupantes se hubieran acostado antes de volver a mi estudio y dormir unas horas. Cogí el libro de nuevo y lo abrí por la primera página.

No me di cuenta de que me había quedado dormida hasta que un agente de policía tamborileó en la ventanilla del coche con su linterna, lo que hizo que me diera un vuelco el corazón y casi me orinara en los pantalones. El protector de cartón seguía en su sitio, tapando el parabrisas de tal manera que me impedía ver el exterior. Al oír el sonido de un vehículo al ralentí, supuse que se trataría de su coche patrulla. Alrededor de los bordes del cartón veía destellos rojos y azules, un código Morse de puntos y rayas que deletreaban «Estás-bien-jodida». Miré qué hora era y vi que pasaba de la medianoche. De hecho, estaba todo oscuro, salvo por las luces intermitentes, claro, que probablemente alertarían a todo el vecindario de que algo ocurría. Hice girar un poco la llave en el contacto y, tras bajar la ventanilla, dije:

—Hola. ¿Cómo está?

—¿Sabe que ha aparcado en una propiedad privada?

Me quedé en blanco. ¿Cómo no iba a saberlo? Yo no vivía allí. Se me ocurrieron de repente unas cuantas opciones: contar una mentira, meter una bola, inventarme una historia o decir la verdad, y me decidí por la última. Dadas las circunstancias, mentir sólo serviría para complicarme la vida y no quería correr ese riesgo.

—Soy investigadora privada y estoy vigilando a la mujer que vive en la casa de enfrente.

El agente se mantuvo impasible.

—¿Ha tomado alcohol durante las últimas dos horas? —me preguntó sin alterar el tono neutro de su voz.

—No, señor.

—¿Nada de vino, cerveza o cócteles de algún tipo?

—De verdad que no —respondí con la mano sobre el corazón como si estuviera jurando la bandera.

El policía, que no acababa de parecer convencido, alumbró el interior del coche con la linterna, dirigiendo el haz de luz hacia el asiento trasero y luego hacia la parte de delante, en busca por lo visto de botellas de vino, cerveza o whisky vacías, armas, sustancias ilegales u otras pruebas de mala conducta. Me constaba que la linterna estaba diseñada para detectar rastros de alcohol. De poco le serviría. Yo no tenía multas ni órdenes judiciales pendientes, y si insistía en someterme a una prueba de alcoholemia, comprobaría que daba negativo, cosa que el agente ya habría supuesto al ver que su ingeniosa linterna no conseguía detectar ni una sola partícula de etanol en el aire. Si me hubiera obligado a hacer una prueba de sobriedad sobre el terreno, la habría pasado airosa a menos que me pidiera que recitara el alfabeto al revés. Llevaba tiempo queriendo ejercitar dicha habilidad por si acaso, pero nunca encontraba el momento.

—Señora, voy a tener que pedirle que salga del coche.

—Cómo no.

Desbloqueé el cierre centralizado y abrí la puerta. En la calle había otro agente junto al coche patrulla, con la radio a la altura de la boca; seguramente estaría solicitando información a partir de la matrícula. Al margen de las contadas ocasiones en las que he infringido la ley, con faltas muy leves, me considero una ciudadana modélica, y me siento intimidada con facilidad por la presencia de unos agentes uniformados cuando sé que estoy obrando mal. En aquel caso era culpable de haber entrado en una propiedad privada sin autorización y de contravenir las ordenanzas municipales, cualesquiera que fueran éstas. Seguro que los policías se las sabían al dedillo. Me alegraba de no haber añadido «orinar en la vía pública» a mi lista de pecados. También me alegraba no tener cerca el maletín donde guardaba la Heckler & Koch.

Una vez que estuve fuera del vehículo, el agente me dijo:

—¿Podría volverse mirando al frente, poner las manos donde pueda verlas y apoyarse en el coche?

No podría haber sido más educado. Cuando hice lo que me pidió, me vi sometida a un cacheo profesional, realizado con rapidez pero a conciencia. Pensé en decirle *motu proprio* que no iba armada, pero sabía que eso le parecería sospechoso, pues ya se encontraba en estado de alerta máxima. Controles como aquél pueden acabar teniendo un desenlace mortal sin aviso ni provocación alguna. Por lo que él sabía, yo podía ser una delincuente en libertad condicional que estuviera violando tal o cual artículo. O bien una fugitiva sobre la que pesara una orden de detención por algún delito grave.

—¿Puedo ver su permiso de conducir y los papeles del coche?

—Están en la guantera. ¿Puedo abrirla? La cartera la tengo en el bolso.

El hombre hizo un gesto de aprobación. Aquélla era la segunda vez en veinticuatro horas que me pedían la documentación. Me deslicé sobre el asiento del conductor y alargué el brazo para abrir la guantera. Henry era muy meticuloso para estas cosas, así que sabía que tendría los papeles del coche en regla y en su sitio, incluyendo una copia del seguro. Cuando di con la documentación requerida, se la mostré al agente.

—El coche es de mi casero —le expliqué—. Está fuera de la ciudad y me ha dicho que podía utilizarlo en su ausencia para que no se le descargara la batería.

No me hacía ninguna gracia hablar con el agente estando sentada, pero prefería no volver a salir del coche hasta que él me lo ordenara. Aquí van unos consejillos prácticos para los que no queráis morir abatidos por un agente de la ley: haced lo que os digan, no contestéis mal, no seáis groseros o agresivos, no tratéis de huir y no volváis a meteros en el coche para intentar pasar por encima del amable agente que os ha hecho parar. Si uno comete la imprudencia de incurrir en alguna de las acciones arriba expuestas, que no se queje luego de las lesiones sufridas ni se le ocurra presentar una demanda.

Quería asegurarme de que el policía me veía extraer la cartera del bolso para que no pensara que iba a echar mano a una pequeña Derringer de dos tiros. Saqué el permiso de conducir y una fotocopia de mi licencia de investigadora privada y se los pasé. El agente leyó la información que figuraba en ambos documentos y me lanzó una mirada que yo interpreté como una muestra de ánimo, con la que venía a decir que todos los que nos dedicamos a velar por el orden público estamos en el mismo barco. En su placa de identificación ponía P. MARTÍNEZ, pero no parecía hispano. Me pregunté si el hecho de preguntarme si era o no hispano constituiría una forma de racismo, pero me pareció que no.

El agente se acercó al coche patrulla para consultar algo con su compañero. Yo aproveché su ausencia para salir del coche, y luego los vi venir hacia mí. Evidentemente, no había lugar para presentaciones. P. Martínez era alto y un tanto corpulento, tendría unos cuarenta y tantos años e iba equipado de pies a cabeza con todos los complementos reglamentarios: placa, cinturón, arma enfundada, porra, linterna, llaves y radio. Era como un ejército de un solo hombre, dispuesto a enfrentarse a lo que fuera. Su compañero, D. Charpentier, parecía rondar los cincuenta y estaba provisto igualmente de un equipo completo de objetos disuasorios contra malhechores. Todos esos cacharros confieren un aire sexy a un hombre. En cambio, en una fémina sólo sirven para hacerla parecer más gorda. Me sorprende que haya mujeres que se presten de manera voluntaria a exhibir dicho aspecto.

—¿Podría explicarle a mi compañero lo que acaba de decirme a mí? —me pidió el agente Martínez.

—¿La versión larga o la corta?

—No hay prisa —contestó.

—Estoy vigilando a la mujer que vive ahí enfrente. Se llama

Georgia Prestwick. El viernes pasado fui testigo de un robo en Nordstrom en el que participó una mujer llamada Audrey Vance, que más tarde se precipitó desde el puente de Cold Spring. Seguro que ya les habrán informado convenientemente de todo ello. —Busqué en sus rostros un destello de reconocimiento ante la alusión a Audrey, pero ambos eran demasiado profesionales para mostrar cualquier reacción. Al menos contaba con toda su atención—. Audrey fue detenida, aunque siento decir que ignoro el nombre del agente que la arrestó. Georgia Prestwick trabajaba con Audrey Vance y aprovechó la confusión para huir de la tienda. Yo fui tras ella y, al verse perseguida, intentó atropellarme.

Todo aquello sonaba ridículo tan resumido, pero, ya puestos, pensé que lo mejor sería continuar con la explicación.

El agente Charpentier, que aún sujetaba mi permiso de conducir y la copia de mi licencia de investigadora privada, parecía estudiar ambos a conciencia mientras yo continuaba con mi relato. Dejé caer el nombre de María Gutiérrez por si alguno de los dos la conocía.

—En cualquier caso —añadí para poner fin a mi explicación—, creo que la señora Prestwick está relacionada con una organización a gran escala. Espero que no me digan que ha sido ella quien ha llamado al teléfono de emergencias.

Los dos agentes intercambiaron una mirada encubierta, y en aquel preciso instante supe que habían leído el artículo del periódico en el que Diana Álvarez mencionaba mi nombre en relación con ciertos rumores. Puede que yo no hubiera bebido, pero ellos sabían de muy buena fuente que su compañero Len Priddy me tenía por una chiflada.

El agente Martínez me devolvió la documentación.

—No ha llamado nadie. Pasamos por aquí dos veces al día para echar un vistazo a la casa mientras el dueño está fuera. Ha sido mi compañero quien la ha visto. Estrictamente hablando, podríamos acusarla de haber entrado en una propiedad ajena sin autorización, pero por esta vez lo pasaremos por alto siempre y cuando se marche de aquí.

—Gracias. Se lo agradezco.

Miré hacia la fachada de estilo Tudor que tenía enfrente. No se veía ninguna luz encendida, lo que no significaba que no hubiera alguien asomado a una ventana de la primera planta atraído por los destellos de las luces del coche patrulla que iluminaban la noche cual ataque con morteros. En cualquier caso, quedaría mejor que me marchara tal y como me habían pedido. Si los Prestwick estaban observando la escena me tomarían por una borracha o por una vagabunda que vivía en el coche. Para eso se supone que sirve la presencia policial, para proteger nuestros vecindarios de gente como yo.

Me monté de nuevo en la ranchera, quité el protector de cartón del parabrisas y lo tiré sobre el asiento trasero. Los dos agentes volvieron al coche patrulla y se metieron en él con una rápida sucesión de portazos. Esperaron a que yo arrancara y luego me siguieron durante al menos ocho manzanas para asegurarse de que no giraba en redondo y aparcaba donde lo había hecho antes. Cuando se despegaron de mí, los saludé con la mano y me dirigí a casa. No podía creer que hubiera polis tan desconfiados.

18
Nora

Channing llegó a Montebello el sábado por la tarde. Había llamado desde Malibú, supuestamente para avisarla de que estaba en camino. Nora sospechó que su verdadera intención era tantear el terreno en el frente doméstico para saber si ella había descubierto su tapadera. Se esforzó en mostrarse amable por teléfono, manteniendo en todo momento un tono natural y desenfadado. Desde luego, Channing no pudo percibir ni un ápice de la tensión y la ira que había previsto. A medida que avanzaba la conversación notó que su marido se iba relajando, a juzgar por el alivio evidente en su voz. Nora no detalló cómo había pasado la tarde del miércoles; se limitó a contar lo justo para resultar convincente. Sabía lo preocupado que estaría él por evitar que lo desenmascarase. Sus sentimientos por Thelma estaban en plena ebullición y se mostraría resuelto a no dejarla escapar. A la larga se cansaría de ella, pero por el momento su aventura le proporcionaba toda la emoción y el suspense de una novela de espías.

Nora oyó un chirriar de ruedas en el patio de gravilla. Mientras bajaba por las escaleras respiró hondo, como una actriz metiéndose en su papel. La noche del miércoles quedaba explicada. La sinfonía había durado noventa minutos. A la salida, Belinda, Nan y ella habían ido a comer algo a un bistró situado enfrente. Nora había pagado la cuenta para que Channing pudiera verlo por sí mismo cuando se la cargaran en la Visa. Y por si albergaba alguna duda, había dejado un programa del concierto sobre la encimera de la cocina como por descuido. Sólo tendría que explicarle lo ocurrido con la ropa que faltaba.

Channing entró en la cocina desde el garaje, donde había aparcado el coche. Se detuvo junto al buzón para recoger la correspondencia, así que ya iba separando las revistas de los folletos publicitarios. Al dejar ambas pilas de papeles en la encimera se fijó en el programa.

—La Sexta de Mahler. No sabía que te gustara.

Nora sonrió al tiempo que le ofrecía la mejilla para que le diera un beso.

—Fue idea de Nan. Leyó una biografía en la que sugerían que Mahler le robó a Weber la línea melódica de una pieza para piano a cuatro manos. Además, estaba todo ese revuelo sobre si el *scherzo* debía preceder o suceder al *andante*. Sé que suena aburrido, pero fue interesante saber lo que ocurría entre bastidores.

—Me alegro de que te lo pasaras bien.

—Me lo pasé de maravilla. Se ve que Sissy y Jess estaban allí, pero no tuve ocasión de hablar con ninguna de las dos. ¿Y tú, qué tal? ¿Cómo te fue la noche?

—Al final cambié de opinión y no fui. Cuando llegó el momento, no me vi con ánimo.

—¿En serio? Pues parecías empeñado en ir.

—Tuve un día de mucho trabajo y no soportaba la idea de enfundarme un esmoquin. De camino a casa me pasé por Tony's y recogí unas costillas que había encargado.

—¡Qué chico tan malo! De haber sabido que ibas a hacer novillos habría hecho todo lo posible para reunirme contigo. ¿Y qué pasó con la mesa reservada para diez?

—Supongo que habría dos sillas vacías en vez de una.

Nora sonrió.

—Bueno. Como el dinero era para una buena causa, supongo que no importa.

—¿Tenemos algo para esta noche?

—Hemos quedado a cenar con los Heller en Nine Palms.

—¿A qué hora?

—A las seis y media para tomar algo. Tenemos mesa reservada para las siete, pero Mitchell ha dicho que nos la prepararía cuando nos fuera bien.

—Estupendo. La noche promete.

Nora tomó el hervidor que había sobre el fogón y lo llevó hasta el fregadero para llenarlo bajo el grifo del agua filtrada.

—¿Te has fijado en que todos mis trajes de noche han desaparecido?

Nora observó que su marido se ponía en alerta.

—Acabo de llegar.

—Aquí no. En Malibú.

Channing abrió una carta y miró el contenido.

—Pues no me fijé —contestó—. ¿Y a qué se debe?

—Le pedí a la señora Stumbo que se pasara por allí el miércoles y me lo trajera todo. Te habría llamado a ti, pero ya habíamos hablado una vez y no quería volver a molestarte.

—No me molesta que me llames.

—Gracias. Es un detalle por tu parte, pero no me gusta incordiarte con algo que no tiene importancia. Total, que cuando caí en que no bajaría a Malibú la semana pasada, le pedí a ella que se encargara del tema. Lo ha llevado todo a la tintorería, así al menos no estorba.

—No lo entiendo. ¿Me he perdido algo?

—Quiero hacer una limpieza a fondo. Una purga de armario. Algunos de esos vestidos hace años que los tengo y la mitad no me sientan bien. Me quedaré los mejores, y los que no quiera los donaré al Instituto de la Moda.

Nora puso el hervidor en el fogón y encendió el fuego.

—¿Te apetece un té?

—No, gracias. ¿Y si te surge un compromiso?

—Pues supongo que tendré que ir de compras. Con la lata que eso supone —añadió, sonriendo.

—Puede que tengas que ir a Nueva York —sugirió él, emulando el tono de voz de ella.

—Exacto.

La cena en el club fue agradable. El lugar tenía un aire anticuado, como la casa de una tía rica solterona. El mobiliario, en su día esplendoroso, estaba tapizado con un brocado de color melocotón que había conocido tiempos mejores. Los sofás y las sillas se hallaban dispuestos de forma que facilitaran la conversación. Algunos de los acolchados estaban llenos de bultos y tenían los brazos raídos aquí y allá, pero para restaurar todo aquello se necesitaba el permiso de los socios, lo que desembocaría en una infinidad de quejas y discusiones interminables. Los clientes del club eran en su mayor parte parejas septuagenarias y octogenarias cuyas residencias se habían revalorizado al tiempo que menguaban sus ingresos por jubilación, sujetos a los vaivenes de la economía. Los socios más jóvenes, por así decirlo, eran cincuentones y sesentones, y pese a gozar quizá de mejor posición económica estaban destinados a pasar por lo mismo. Comenzarían a perder a los viejos amigos uno a uno, y al final agradecerían poder pasar una velada con los pocos y renqueantes conocidos que aún les quedaran.

Robert y Gretchen aparecieron diez minutos tarde, como de costumbre. El retraso era tan sistemático que Nora se preguntó por qué no conseguirían llegar nunca a la hora. No se habían visto desde las navidades, así que aprovecharon para ponerse al día mientras tomaban unas copas. Su relación era amistosa, pero superficial. Los cuatro eran republicanos fervientes, lo que significaba que cualquier conversación sobre política se ventilaba por la vía rápida ya que estaban siempre de acuerdo. Nora conoció a los Heller en Los Ángeles poco antes de casarse con Channing. Robert era un cirujano plástico al que un infarto lo había dejado fuera de juego diez años atrás. Tenía cincuenta y dos años cuando le ocurrió, y desde entonces había reducido el ejercicio de su profesión a dos días por semana. Gretchen era su primera y única esposa, también de sesenta y pocos años, aunque en su rostro apenas se notaba el paso del tiempo. Tenía unos ojos verdes enormes, el cabello rubio platino y un cutis perfecto. Se había operado los pechos, pero sin pasarse.

Los Heller fueron los primeros en comprar en Montebello: una casa de estilo normando de más de quinientos cincuenta metros cuadrados en Nine Palms, un club que además del campo de golf ofrecía parcelas de cuatro mil metros cuadrados en el seno de una comunidad aislada del exterior y formada por personas de ideas afines. Robert era un hombre regordete, media cabeza más bajo que Gretchen, calvo y barrigón. Se adoraban de tal manera que Nora solía envidiarlos. Aquella noche agradeció especialmente su compañía, pues conseguían que la conversación fluyera en un tono desenfadado e intrascendente. Nora logró mantenerse cortés al tiempo que guardaba las distancias con su marido. Hubo momentos en que lo vio mirarla con extrañeza, como si Channing notara un cambio en ella sin intuir de qué se trataba. Nora sabía que no le preguntaría nada por miedo a que ella le contara algo que él no quería saber.

Pasaron del salón al comedor, donde pidieron una segunda ronda de bebidas, ya con la carta delante. Había una selección fija de platos a unos precios sorprendentemente razonables. ¿Dónde si no ofrecían un bistec de Salisbury o un solomillo Stroganoff por 7,95 dólares, con ensalada y dos acompañamientos? Se trataba de recetas de los años cincuenta, en absoluto modernas, condimentadas o exóticas. Nora dudaba entre el rodaballo de California a la plancha y el pollo al horno con puré de patatas cuando Gretchen se acercó a Robert y le puso una mano en la manga.

—Ay, Dios. No vas a creer quién acaba de aparecer.

Nora estaba sentada de espaldas a la entrada, por lo que no tenía ni idea de a quién se refería Gretchen. Robert miró discretamente de soslayo y exclamó:

—¡Mierda!

Dos hombres pasaron por delante de la mesa, siguiendo al *maître* que los guiaba. Nora conocía al primero de vista, aunque no recordaba su nombre. El segundo era Lorenzo Dante. Ella bajó la mirada, consciente de que el rubor encendía sus mejillas. A pesar de que Dante le había dicho que a veces se dejaba caer por allí, era la última persona a la que esperaba ver en Nine Palms. Nora había apartado de su mente el encuentro con el prestamista, negándose a pensar en la embarazosa transacción del anillo. Había vuelto a guardar la sortija en el joyero, lamentando haber rechazado los setenta y cinco mil dólares de forma tan categórica. Debería haberlos aceptado.

—¿Quién es? —preguntó, inclinándose hacia delante.

—El hijo de Lorenzo Dante —respondió Gretchen en voz baja—. Le llaman Dante. —Y, moviendo los labios, añadió—: Es de la Mafia.

Robert captó el comentario y respondió con impaciencia.

—Por el amor de Dios, Gretchen. No es de la Mafia. ¿De dónde has sacado esa idea?

—Como si lo fuera —repuso ella—. Tú mismo me lo dijiste.

—Yo no he hecho tal cosa. Te dije que en una ocasión había tenido tratos con él por cuestiones de trabajo, y que era un tipo duro.

—Dijiste algo peor que eso, y lo sabes —replicó Gretchen.

El *maître* invitó a los dos hombres a tomar asiento a una mesa rinconera y Nora se encontró entonces frente a Dante, al que veía por encima del hombro de Channing. La yuxtaposición resultaba extraña, pues la esbelta elegancia de su marido contrastaba con la complexión más robusta de Dante. Channing tenía el pelo blanco, muy corto en los lados y desfilado en la parte superior, unas cejas casi invisibles y un rostro afilado. Dante tenía el cabello plateado y un tono de piel más cálido. Cejas oscuras, bigote gris y mejillas de hoyuelos pronunciados. Al comparar las facciones de uno y otro, Nora se fijó en el rostro demacrado de su marido. Quizás estuviera acusando la tensión de la vida secreta que llevaba. Ella siempre lo había considerado un hombre apuesto, pero ahora tenía sus dudas. Estaba pálido y parecía haber perdido peso. Cuando el camarero se acercó a su mesa, pidieron la comida y una botella de Chardonnay Kistler.

Nora notó que se abstraía de la realidad, un estado en el que se encontraba con demasiada frecuencia últimamente. Cualesquiera que fueran los tratos que había tenido Robert con Dante, estaba claro que en aquel momento no quería hablar del tema. Gretchen se lo habría contado todo de haber tenido la más mínima oportunidad. En el círculo social en el que se movían, chismorrear era un pasatiempo. Los hechos no existían, sólo los rumores y las insinuaciones. Ganaba muchos puntos quien poseyera alguna información suculenta, fuera o no veraz. Lo que sabía ella de Dante era que había salido en su defensa. También, que le había ofrecido una salida.

Nora prestó atención a la conversación que mantenía Robert con Channing y oyó cómo aquél le proponía quedar para comer y jugar al golf.

—¿Tienes hora reservada para el *green*?

—En domingo no hace falta. No habrá mucha gente. Podemos ir cuando queramos.

Channing desvió la mirada hacia Nora.

—¿Te parece bien?

—Sí.

La conversación derivó hacia otros temas, como el último campo de golf visitado por Robert. La semana anterior había jugado en Pebble Beach, y los dos hombres se pusieron a hablar del recorrido que ofrecía. Ni ella ni Gretchen jugaban al golf, lo cual significaba que sus maridos podían pontificar libremente sin esperar a que ellas intervinieran. Con la llegada de las ensaladas el tema de conversación cambió de nuevo, centrándose esta vez en el crucero al Extremo Oriente que los Heller tenían previsto hacer a finales de junio. Cambiaron impresiones sobre compañías de cruceros, y Nora fue capaz de seguir el hilo de la charla hasta el final sin demasiado esfuerzo. Una vez que desconectaba, todo resultaba mucho más fácil.

Su marido le sirvió otra copa de vino. Channing sonrió cuando se cruzaron sus miradas, pero fue un gesto carente de emoción. Nora echaba de menos los primeros tiempos de su relación. Thelma era ahora la destinataria de todo lo que ella había apreciado en él. Si fuera sincera, reconocería lo poco que se había abierto a Channing en los últimos años. La facilidad con la que desconectaba no era consecuencia directa de la aventura que tenía su marido, sino algo habitual en ella.

El rodaballo de California resultó ser una elección equivocada.

Estaba blando, insípido y flotaba en un charco de mantequilla. Nora comió muy poco, y en la pausa entre el segundo plato y el postre se excusó para ir al baño. Mientras cumplía con el ritual de cepillarse el pelo y retocarse el pintalabios, pensó en la habilidad con la que creía haber ocultado sus sentimientos ante Channing, asegurándose de que éste no sospechara dónde había estado ni lo que sabía. Pero de tanto fingir que no le preocupaba, había dejado de preocuparse de verdad. Ahora era incapaz de revivir lo que había sentido en su día por él.

Al salir del baño de señoras vio que Dante se aproximaba por el pasillo y le dio un vuelco el corazón. Sintió una sacudida fruto de la tensión o del temor, no estaba segura. Llevaba un traje gris claro y una camisa gris oscuro con corbata negra. La combinación le confería aspecto de gángster, algo de lo que él o bien no era consciente o no se molestaba en ocultar. Nora intuyó que Dante habría calculado el momento de levantarse de la mesa para coincidir con ella cuando regresara al comedor.

—¿Qué hace usted aquí? —inquirió Nora.

La pregunta sonó en cierto modo acusatoria, aunque no era su intención.

—Ya le dije que vendría. Estoy cenando con un amigo.

—Creía que hablaba por hablar.

—Así fue, pero cuando se marchó de mi despacho, decidí echarle un vistazo al afortunado que estuviera casado con usted. No creo que sepa valorar lo que tiene en casa.

Nora bajó la mirada.

—Tengo que volver a la mesa.

—¿Por qué no quedamos mañana para tomar algo, solos usted y yo?

—No bebo.

—He visto que ha tomado vino durante la cena. Deberíamos hablar.

—¿De qué?

—De cómo acabó casándose con un inútil.

—No es un inútil.

—Sí que lo es, pero usted aún no se ha dado cuenta. Conozco a los de su calaña. A primera vista parece un buen tipo, pero en el fondo es un mierda de cuidado.

Nora notó que se le sonrojaban las mejillas.

—Mi amiga dice que es usted de la Mafia.

Dante sonrió.

—Me halaga, pero no es cierto. Mis vínculos son otros.

—Es usted un matón.

Dante sonrió de nuevo.

—Ahora sí que ha dado en el clavo. Soy un tipo duro de verdad. Concédame una hora de su tiempo mañana, no es mucho pedir.

—No puedo.

—Hay un local en State Street llamado Down the Hatch. Puede buscarlo en la guía telefónica. Es un antro. No verá a nadie a quien conozca.

—Channing y yo tenemos planes.

—Cancélelos. A la una en punto. El local estará vacío.

—¿Por qué habría de ir?

—Quiero estar en un sitio tranquilo y oscuro donde pueda contemplarla.

—No me parece una buena idea.

—Le propondría quedar para comer, pero lo tomaría como una cita y sé que rechazaría mi invitación.

—No, gracias.

—Piénselo.

Cuando Nora se disponía a replicar, él le puso un dedo en los labios. Fue un roce breve, pero increíblemente íntimo.

—Disculpe —dijo ella antes de alejarse.

Cuando regresó a la mesa, Channing estaba hablando de cepos para animales. Le desconcertó que algo así fuera motivo de conversación.

—¿Cepos para animales? —preguntó mientras tomaba asiento—. ¿Cómo ha salido un tema así?

—Vuestro jardinero se queja de los coyotes —explicó Gretchen.

Nora dedujo que el señor Ishiguro le habría hablado a Channing acerca de los excrementos de coyote que le había enseñado a ella el miércoles cuando estuvo en la casa. Le había contado a su marido que había enviado a la señora Stumbo, así que tendría que hacerse la tonta. Aunque el señor Ishiguro hubiera mencionado que la había visto por allí, su inglés era tan rudimentario que Channing no habría captado la alusión.

—¿Qué ocurre con los coyotes? —preguntó Nora.

Channing hizo un gesto de impaciencia.

—Que han invadido la finca. Se cagan por todas partes. El señor Ishiguro dice que ha visto al macho saltar ese muro de casi dos metros que separa nuestra casa de la de Ferguson. La semana pasada desaparecieron los dos gatos de Karen. Ya te lo conté.

—Karen no debería haberlos dejado salir. Tú mismo dijiste que había sido una irresponsabilidad por su parte.

—Ésa no es la cuestión. Cada vez son más atrevidos. Una vez que pierden el miedo a los humanos, son realmente peligrosos. El señor Ishiguro sugirió lo de los cepos, y a mí me pareció bien.

—¿Cómo vas a dejar que ponga cepos? Son horribles. Pueden partirle la pata en dos a un animal. La pobre criatura sufre un dolor insoportable, eso si no muere desangrada. ¿Cómo puedes estar de acuerdo con algo tan primitivo? Esos coyotes nunca nos han molestado.

—Son depredadores. Se comerán todo lo que encuentren. Pájaros, basura, carroña. Absolutamente todo.

—Os contaré algo truculento —dijo Gretchen—. Al perrito shih tzu de una amiga nuestra lo sacaron a rastras y lo destriparon, estando ella delante. El pobre perro no hacía más que dar alaridos, todo ensangrentado. Según ella, fue lo peor que le ha pasado nunca. A raíz de aquello se compró una escopeta y la tiene junto a la puerta trasera. Ahora no sale al jardín si no va armada.

—Eso es ridículo —opinó Nora.

—Lamento discrepar —le contestó Gretchen—. Incluso desde donde estamos nosotros se les oye aullar cuando se hace de noche. Parecen un puñado de indios salvajes a punto de atacar. Me ponen los pelos de punta.

—Será mejor que tenga la pistola cargada —añadió Channing con una sonrisa—. Si los cepos no funcionan, puedo liquidarlos desde la terraza.

—¿Tienes una pistola? —preguntó Gretchen.

—Pues claro.

—Mira qué picarón. No tenía ni idea.

—Basta —espetó Nora—. Como ese hombre ponga un solo cepo, seré yo quien le dispare a él.

—Pues ya puedes darte prisa. Ayer recogió las trampas y tenía previsto utilizar tripas de pollo como cebo.

—No conseguirá que funcione —dijo Robert—. Son demasiado listos. Si un coyote percibe el más mínimo olor a humano, no se acercará.

Nora tomó su bolso y se puso de pie.

—Me voy al coche. Si queréis seguir hablando de estas gilipolleces, hacedlo sin mí.

De regreso a casa, Channing intentó animarla para que se le pasara el mal humor.

—Era broma —dijo.

—El sufrimiento no tiene nada de gracioso.

—¿Se puede saber qué te pasa?

—A mí no me pasa nada, Channing. Los coyotes vivían aquí mucho antes que nosotros. Somos nosotros quienes hemos invadido su territorio, no al revés. ¿Por qué no los dejas en paz y punto?

—¿Es que ahora vas de ecologista?

—No seas malicioso. Es impropio de ti.

—Pues no me vengas con esos aires de superioridad moral. Que no es para tanto, joder.

—Ahora no la tomes conmigo.

—Vale. Sólo te digo que a los Heller no les ha sentado nada bien la escena que has montado.

Nora se reclinó en el asiento.

—¿A quién le importa lo que piensen los Heller?

—¿Y qué es lo que te importa?

—He perdido la cuenta.

Aquella noche hicieron el amor, lo que era extraño dada la tensión existente entre ellos. Fue Nora quien dio el primer paso, movida por la ira y la desesperación. La relación de Channing con Thelma era como un oscuro afrodisiaco. Si aquella mujer le hacía la competencia, le daría motivos para competir. Nora se sentó a horcajadas sobre él y se agitó como si lo montara hasta que el placer los condujo a un clímax estremecedor. Él la puso de espaldas con brusquedad, la arrastró hasta el borde de la cama y le levantó las caderas mientras se disponía a penetrarla de nuevo, con las piernas apuntaladas en el suelo. Había una violencia apenas contenida en la cópula, algo salvaje en el modo en que se trataban, y si lo que ella sentía no era amor, al menos era un sentimiento de algún tipo, intenso y apremiante.

Después permanecieron tumbados juntos, sin resuello, y cuando él volvió la cara para mirarla, Nora lo sintió cerca. En su rostro vio al Channing que había amado tiempo atrás, al Channing que la había querido incluso estando ella medio muerta de pena, con un vacío emocional que invadía todo su ser. Nora sintió cómo se le llenaban los ojos de lágrimas y se volvió de costado para que Channing no la viera. Podría haber recobrado la compostura si su marido no se hubiera mostrado tan amable.

—¿Estás bien? —le preguntó él.

Ella negó con la cabeza. Se tumbó de espaldas y se tapó los ojos, sintiendo cómo las lágrimas le mojaban el pelo. Ya no podía contenerse. Dejándose llevar por el llanto, lloró como cuando de niña el dolor y la desilusión se volvían insoportables. Lloró como cuando de adulta tuvo que encajar un golpe del que no lograría reponerse. Permitió que él la consolara, algo que no había hecho en meses, y recordó entonces lo dulce y paciente que era.

—Oh, Dios. Parece que todo está perdido —dijo.

Nora se incorporó en la cama con la sábana metida bajo los brazos y se abrazó las rodillas.

—No es así. En absoluto.

Channing le acarició el cabello, que tenía enredado y empapado de lágrimas y de sudor tras haber hecho el amor.

Nora cogió un pañuelo de papel de la mesilla de noche y se sonó.

—No me mires. Estoy horrible. Tengo la cara hinchada y los ojos como pelotas de ping-pong.

Channing sonrió plácidamente bajo la escasa luz que entraba del exterior.

—¿Dónde has estado? Te he echado de menos.

—Sé que te parezco distante, pero a veces no puedo evitarlo. Me resulta mucho más fácil abstraerme de todo y desconectar.

—Pero siempre vuelves a mí. Levanto la mirada y ahí estás —dijo él—. Ven aquí.

Channing abrió los brazos y Nora se acurrucó junto a él. Era un hombre enjuto y estrecho de pecho, con la piel más fría que la de ella. Olía a sexo, a sudor y a algo dulce.

Ella le habló acercándole los labios a la oreja.

—¿Y tú, Channing? ¿Dónde has estado?

—En ningún sitio importante. Venga, duérmete.

19

A las seis de la mañana del sábado ya estaba en mi puesto. Tras cuatro horas de sueño, me duché, me vestí y me dirigí a la zona alta del este de la ciudad. De camino me detuve en un McDonald's para comprar un café largo, un zumo de naranja y un Egg McMuffin. El café y el zumo no tardarían en obligarme a buscar un baño público, pero de momento tenía que arriesgarme. En otros tiempos, cuando desempeñaba labores de vigilancia, utilizaba una lata de pelotas de tenis para urgencias urinarias, una solución poco satisfactoria. En el caso de las mujeres, las funciones fisiológicas resultan problemáticas a nivel estratégico. La puntería y la postura tienen más que ver con el arte que con la ciencia, y últimamente me había llegado a plantear si no me iría mucho mejor un recipiente de plástico para alimentos, uno de boca ancha con tapa hermética. Aún seguía sopesando los pros y los contras de la idea.

Tras doblar la esquina que daba a Juniper Lane, aparqué en la misma acera de la calle donde se hallaba la casa estilo Tudor de los Prestwick, a unos quince metros del camino de entrada, en un lugar que quedaba justo fuera del campo visual de sus ocupantes. Al menos eso esperaba. Aún estaba oscuro y, al arrellanarme en el asiento disponiéndome a esperar, vi que unos faros giraban en la esquina desde Santa Teresa Street. Un coche se aproximó muy despacio. Yo me escurrí hacia abajo y observé la calle bajo el borde inferior del protector del parabrisas. Incluso con el cartón en su sitio, sabía que podrían verme si alguien que pasaba por allí se volvía para mirar directamente hacia mí.

A través de la ventanilla vi pasar un periódico volando y un instante después oí que caía en el suelo. El vehículo siguió avanzando. En la siguiente residencia un segundo diario voló por el aire hasta aterrizar en el jardín. Cuando el conductor torció en la esquina al final de la calle, salí del coche y eché a correr por la fachada lateral de la casa estucada de verde para recoger de las escaleras un periódico envuelto en plástico y regresar después a toda prisa. Ya de vuelta en la ranchera, retiré la funda de plástico y coloqué el diario encima del asiento del copiloto, junto a la réflex y la tablilla con sujetapapeles, donde anoté la hora para que quedara constancia del dato. No tenía ninguna necesidad de hacerlo. En teoría estaba trabajando fuera de las horas que me había pagado Marvin, pero él mismo me había dicho que podía emplear el tiempo como mejor me conviniera sin darle explicaciones. Lo cierto es que investigaba por el placer de investigar, aunque no podría permitirme el lujo de hacerlo indefinidamente. Tenía un negocio a mi cargo y facturas que pagar, cuestiones que no podía pasar por alto.

Cuando se hizo de día, me puse a leer el periódico, mirando de vez en cuando por los agujeros que Henry había hecho en el protector del parabrisas. No es que hubiera nada que ver. Hojeé el diario en busca de algún artículo firmado por Diana Álvarez, pero por lo visto había puesto toda la carne en el asador al escribir el primero. La propuesta de la barrera contra suicidios había suscitado ya seis cartas al director, la mitad a favor y la mitad en contra. Todo el mundo mostraba su indignación al leer opiniones y puntos de vista que no coincidieran con los suyos.

En las tres horas siguientes observé cómo el vecindario iba cobrando vida. Una persona apareció haciendo *jogging* por Santa Teresa Street, avanzando de izquierda a derecha. Tres mujeres recorrieron el camino inverso, paseando a sus perros. Dos ciclistas pasaron de largo luciendo mallas ceñidísimas y piernas sin duda rasuradas. De nada servía pensar en lo mucho que me aburría. Repasé una vez más mis fichas, que ya casi me sabía de memoria. La labor de vigilancia no está hecha para pusilánimes, ni para aquellos que precisan estímulos externos.

Durante un breve rato me entretuve rellenando lo que pude del crucigrama que venía en el periódico local, un modelo que Henry desdeña por considerarlo demasiado simple. A él le gustan los crucigramas enrevesados que se basan en refranes escritos al revés, o aquellos en los que todas las respuestas tienen un rebuscado nexo común, como aves del mismo plumaje, por ejemplo, o últimas palabras célebres. Me quedé atascada en la segunda columna vertical: «Deidad tutelar de Ur». ¿Qué clase de persona sabe una gilipollez como ésa? Me hizo sentir tonta e ignorante.

Casi sin darme cuenta percibí un chirrido de metal contra metal y, al alzar la mirada, vi que la verja de los Prestwick se estaba abriendo. El Mercedes negro avanzó despacio por el camino de entrada hasta llegar a la calle. Mirando con los ojos entrecerrados a través del protector de cartón, alcancé a ver un destello de cabello rubio al volante en el momento en que el vehículo giraba a la derecha. No estaba segura de si la conductora era la madre o la hija. Mientras se aproximaba lentamente a la esquina para torcer por segunda vez a la derecha por Santa Teresa Street, hice girar la llave en el contacto. Tras quitar el protector del parabrisas de un manotazo y tirarlo encima del asiento, me dispuse a seguirla a una velocidad moderada, confiando en no llamar la atención.

Una vez en la esquina, asomé el morro de la ranchera y vislumbré el pálido brillo rojo de dos luces traseras una calle más abajo a mi derecha. El Mercedes había llegado al cruce en forma de T de Orchard Road y se había detenido ante dos coches que tomaron la curva a toda velocidad. A continuación torció a la izquierda en dirección a State Street. Yo pisé el acelerador para ir hasta el final de la calle y hacer lo propio. El sedán negro estaba parado en el cruce de cuatro caminos, todos ellos con una señal de stop. Después de ceder el paso al tráfico que atravesaba su carril, el coche giró a la derecha. Yo lo seguí de nuevo y unos instantes después llegué al cruce y también torcí a la derecha, esforzándome por no perderlo de vista.

Aquel extremo de State Street fue animándose a medida que discurría hacia el oeste. Tras una sucesión de bloques de apartamentos y complejos residenciales, comencé a ver fachadas de pequeños comercios. En el siguiente semáforo, un supermercado situado a la izquierda servía como reclamo de un centro comercial que no tenía mucho más que ofrecer. Me hallaba a tres manzanas de Down the Hatch, el bar en el que había quedado con Marvin hacía tres noches.

Esperaba que el Mercedes pasara de largo, pero el intermitente de la izquierda comenzó a parpadear. Cuando el semáforo se puso verde, el automóvil se metió en una calle lateral que lindaba con el aparcamiento del supermercado. Los establecimientos comerciales de aquella parte de la ciudad parecían pasar de «Gran inauguración» a «Liquidación total», sin que hubiera mucho más de por medio. Yo me mantuve a una distancia prudencial del sedán negro mientras lo seguía hasta el interior del aparcamiento. Una vez allí, avanzó hasta el pasillo más alejado de la entrada antes de detenerse frente a un contenedor metálico destinado a la recogida de ropa usada, uno de esos enormes receptáculos pintados de blanco con el contorno de un corazón gigante trazado en rojo. La puerta del maletero del Mercedes se abrió de golpe.

Cogí la cámara, enfoqué y comencé a sacar fotos. Capté la imagen de la conductora en el momento en que salía del coche, que dejó al ralentí mientras se dirigía a la parte de atrás. Me alegró ver que se trataba de Georgia y no de su hija. Sacó dos voluminosas bolsas de basura negras del maletero y las echó al contenedor. Debía de haber hecho limpieza de armarios, una tarea que yo tenía pendiente. La mujer volvió a sentarse al volante y dio vueltas por el aparcamiento hasta encontrar un sitio libre. A continuación entró en el supermercado sin mirar atrás en ningún momento. Dejé la cámara a un lado. No creía que sus acciones tuvieran un fin delictivo, pero conviene estar alerta, y más aún no perder la práctica.

Tras encontrar aparcamiento dos pasillos más allá, cerré el coche con llave y la seguí hasta el supermercado. Era una soleada mañana de sábado, y pensé que yo tenía tanto derecho como ella a hacer la compra semanal. No había motivo alguno para que sospechara que se iba a topar conmigo. Seguro que me había borrado de su memoria nada más librarse de mí. El establecimiento estaba atestado de gente y había multitud de zonas donde podría entretenerme si era necesario, parándome a leer tranquilamente el contenido nutricional de los comestibles que tuviera a mi alrededor. Recorrí la tienda de punta a punta a lo ancho, mirando a lo largo de los pasillos uno a uno. Cuando por fin la localicé, Georgia estaba en la sección de productos frescos, palpando aguacates. Abandoné el supermercado por la salida más cercana. No eran ni las diez de la mañana, y el resto de los comercios del centro aún se hallaban cerrados.

Al cabo de unos minutos Georgia apareció con su carrito. Yo me volví y fijé la vista en la fachada de la tienda más cercana, que resultó ser la Ortopedia Santa Teresa. No había mucho que ver, pues (quizá) los propietarios habían cambiado de idea antes de decidirse a decorar el escaparate entero con prótesis de pie. Con el rabillo del ojo observé cómo Georgia cargaba la compra en su coche, y aproveché el momento para regresar a la ranchera. Confiaba en no tener que ir tras ella durante toda una jornada de quehaceres sabatinos. Estaba dispuesta a seguirla a donde fuera, pero incluso un vehículo tan anodino como el de Henry acabaría llamando la atención si alguien lo veía varias veces seguidas.

Georgia salió del aparcamiento y giró a la izquierda por State Street en dirección al centro comercial La Cuesta. Me picó la curiosidad por saber si entraría en Robinson's y se pondría a robar como una posesa, pero no lo hizo. Condujo a lo largo de la parte posterior de una hilera de tiendas hasta el aparcamiento del centro comercial y se detuvo frente a otro contenedor blanco de recogida de ropa con un corazón enorme dibujado en rojo. El aparcamiento se estaba llenando por momentos, así que estacioné en la plaza libre más cercana desde la que tuviera a Georgia a la vista. Cogí la cámara de nuevo y la fotografié mientras abría el maletero y sacaba de su interior otras dos bolsas de basura voluminosas que echó en el contenedor. Cualquiera que fuera el nombre de la fundación benéfica, los receptáculos eran idénticos, y no entendí por qué necesitaba dos. Seguro que no limitaban la cantidad de ropa usada que uno podía depositar en dichos contenedores de una sola vez. Esperé a que Georgia regresara al coche y abandonara el aparcamiento. Suscitaba más mi interés el contenido de las bolsas que había tirado al contenedor que el lugar al que se dirigiera a continuación.

En cuanto la perdí de vista, agarré la cámara y me acerqué al contenedor. En torno al perfil del corazón vi el siguiente texto escrito con florituras: CORAZONES QUE AYUDAN, MANOS QUE CURAN. Hice dos fotografías del logotipo. No figuraba dirección ni teléfono alguno. Ni siquiera constaba un aviso legal para impedir que los holgazanes se hicieran con toda la ropa y el calzado de segunda mano y los artículos domésticos allí depositados. Estaba a punto de levantar la tapa para echarle un vistazo al contenido de las bolsas de plástico cuando vi que una furgoneta blanca se acercaba y paraba junto al bordillo. A los lados del vehículo destacaba el siguiente rótulo: CORAZONES QUE AYUDAN, MANOS QUE CURAN.

Me alejé del contenedor como si tal cosa y me encaminé hacia la entrada del centro comercial, reprimiendo el impulso de volverme para ver lo que sucedía a mi espalda. Esperé a doblar la esquina que daba a una de las avenidas laterales para volver la vista hacia la furgoneta. El conductor sujetaba la tapa del contenedor con una mano mientras con la otra sacaba una a una las dos bolsas de basura y las depositaba a sus pies. Acto seguido dejó caer la tapa de golpe y llevó ambas bolsas hasta la parte posterior de la furgoneta. Las arrojó a su interior y después cerró las puertas traseras de un portazo. Me retiré de su línea de visión, y al cabo de unos segundos oí que se cerraba la puerta del conductor con un ruido sordo.

Tenía la cámara lista, así que cuando el vehículo cruzó mi línea de visión en dirección a la salida abandoné mi escondite y fotografié la parte de atrás. La furgoneta no llevaba matrícula. Me fui derecha a la ranchera, pero, para cuando la puse en marcha, la furgoneta ya se había perdido entre el tráfico que circulaba por la carretera.

Dudaba que aquella institución benéfica fuera legal. El nombre en sí resultaba tan almibarado que sin duda se trataba de la tapadera para un chanchullo de algún tipo. Al menos me daba una pista. En California toda entidad que pretenda realizar una actividad sin ánimo de lucro debe presentar un acta constitutiva que incluya la dirección de la sociedad, el nombre y la dirección de un «representante autorizado» y los nombres de los directores. Toda aquella información era de dominio público y estaba a disposición de quien quisiera consultarla. Cerré los ojos y me di unas palmaditas en el pecho, imitando el latido del corazón. ¿Qué más se podía pedir? Un breve instante compensaba todas las horas que llevaba invertidas.

Si yo estaba en lo cierto, el trabajo de Georgia consistía en reunir la mercancía robada y depositarla en los contenedores de ropa usada para que sus compinches la recogiesen. La casera de Audrey había hecho alusión a la presencia de una furgoneta blanca cuando Audrey se hallaba en su pequeña casa alquilada. Supuse que el conductor se encargaba de recoger las bolsas y llevarlas a San Luis Obispo. Antes de morir, Audrey trabajaba fines de semana alternos. Su desaparición habría alterado la rutina, pero puede que la banda hubiera recobrado el ritmo y ya estuviera preparada para seguir adelante. Cabía la posibilidad de que mis conclusiones fueran erróneas, pero no se me ocurría otra explicación que tuviera tanto sentido. De momento dejaría en suspenso mis labores de vigilancia. Tendría que confirmar mis sospechas, pero mientras tanto no quería que me descubrieran.

Regresé a la ciudad e hice otra parada en la biblioteca pública para visitar la sección de consulta, donde busqué el nombre de Corazones que Ayudan, Manos que Curan tanto en la guía telefónica como en el callejero actualizado. Por «Organizaciones benéficas» no encontré nada, ni tampoco por «Organismos de servicios sociales», «Refugios para mujeres», «Iglesias» o «Misiones de rescate». No me extrañó. Contaba con otras vías para investigarlo, pero, siendo sábado por la mañana, todas las fuentes habituales —el Registro Civil, el juzgado y la oficina del tasador de impuestos— estarían cerradas. Reanudaría las pesquisas el lunes por la mañana, de momento no tenía nada que hacer.

De vuelta a casa me pasé por el supermercado para comprar lo imprescindible y luego dediqué unos minutos a guardarlo todo en su sitio. A continuación puse una lavadora, y habría seguido con aquella emocionante vena que me había entrado, aprovechando para limpiar los sanitarios y pasar la aspiradora, si no hubiera sonado el teléfono. Al contestar, me encontré con que era Vivian Hewitt quien llamaba.

—Hola, Vivian —la saludé—. ¿Cómo está?

—Bien, gracias. Espero que no le importe que la llame a casa, pero es que ha pasado algo. ¿La pillo en mal momento?

—En absoluto. ¿Qué ocurre?

—He hecho algo que no debería, y ahora no sé cómo arreglarlo.

—Vaya, soy toda oídos —dije.

—Va a pensar que soy un desastre.

—¿Quiere contármelo de una vez?

—Lo haré, pero no le va a gustar.

—Vivian...

—Rafe se fue a pescar el viernes por la mañana y no volverá hasta el domingo por la noche.

—Ya.

—Sólo se lo digo porque él no está aquí para ayudarme a solucionarlo. Ayer, cuando fui a casa de Audrey para lo del cerrajero, se pasó por allí una camioneta de reparto. Traían un paquete para ella que le habían enviado el día anterior, y el conductor necesitaba una firma. Cuando le dije que Audrey no estaba, me pidió si podía firmar por ella y le dije que sí.

—Ah.

—No sé qué me entró. Fue una de esas situaciones en las que se te presenta una oportunidad y la aprovechas. Ahora pienso que hice mal.

—Mire, yo no soy la persona más indicada a quien pedir consejo cuando se trata de cuestiones éticas peliagudas. En su lugar habría hecho lo mismo.

—Pero ¿qué se supone que tengo que hacer ahora? Me siento muy culpable. A Rafe le daría algo si se enterara.

—No es para tanto. ¿Por qué no llama a la empresa de mensajería y les dice que ha habido un error? Que vengan a recoger el paquete y se lo devuelvan al remitente.

—Ya lo he pensado. El problema es que no me fijé en el nombre de la empresa, así que no sé a quién llamar.

—¿No hay ninguna etiqueta donde ponga el nombre?

—No hay nada —respondió Vivian.

—¿Y el cerrajero? ¿Cree que se acordaría?

—Estaba cambiando la cerradura de la puerta de atrás, así que no vio la camioneta.

—¿Ha mirado en las páginas amarillas?

—Sí, pero no me sonaba ninguno de los nombres. Por eso la he llamado. Podría abrir el paquete, pero prefería hablar antes con usted por si quería estar aquí cuando lo haga.

—Adelante, ábralo. No tiene sentido que vaya hasta allí si es algo sin importancia. ¿Se trata de una caja o de un sobre acolchado?

—Una caja, de las grandes, y tan bien precintada que podría ser impermeable. Espere un momento. Voy a dejar el teléfono para intentar abrirla. No sabe cómo me tranquiliza que no condene lo que he hecho.

—Me alegro de darle la absolución si eso la hace sentir mejor —dije.

Alcancé a oír la respiración de Vivian y los comentarios en voz baja que iba haciendo a medida que abría el paquete, acompañado todo ello por el sonido del papel al rasgarse.

—Vale, ya he quitado el envoltorio. ¡Caray! Los bordes de la caja están cerrados con cinta adhesiva. Un momentito, que voy a por un cuchillo de cocina.

Se hizo el silencio mientras Vivian se afanaba en abrir la caja.

—¡Oh! —exclamó entonces.

—¿Qué quiere decir ese «¡Oh!»?

—No había visto tanto dinero en mi vida.

—Ahora mismo voy para allá.

Me planté allí en una hora y media, conduciendo al límite de la velocidad permitida. Cuando llamé al timbre, Vivian acudió a abrirme pálida y demacrada. Tras mirar hacia la calle que quedaba a mis espaldas, me hizo entrar a toda prisa. Luego cerró la puerta y, apoyándose en ella, dijo:

—La cosa ha ido a peor.

—¿Qué ocurre ahora?

Vivian fue hasta las ventanas del salón y bajó los estores.

—Después de hablar con usted por teléfono, me puse a preparar las cosas de bordar. Voy a un taller de bordado a las tres, y mi prima pasa a recogerme unos minutos antes. Quería tenerlo todo listo.

Moví la mano en el aire con un gesto de apremio, confiando en que fuera al grano.

—Total, que en eso han llamado a la puerta.

—Ay, que me temo lo peor. ¿Era el mensajero?

Vivian negó con la cabeza.

—No ha dicho que lo fuera, pero lo ha dado a entender. Me ha explicado que habían entregado un paquete erróneamente y que venía a recogerlo.

—¿Erróneamente? ¿Eso ha dicho?

—Así es, y me ha extrañado que empleara una palabra como ésa. Aparte del hecho de que fuera sin uniforme, no iba a darle todo ese dinero a un hombre al que no conocía de nada. No me parecía adecuado.

—De momento vamos bien. Me muero de ganas de oír lo que ha hecho.

—Le he dicho que no tenía la caja. Le he contado que había comunicado a los de la empresa que habían entregado un paquete en la dirección equivocada, y que habían venido a recogerlo media hora antes.

—¿Y la ha creído?

—Supongo. No parecía muy contento, pero no podía hacer mucho al respecto.

—Ah. Así que no sabía que usted lo había abierto.

—Puede que sí que lo supiera. La caja estaba ahí mismo.

Miré hacia la mesa del comedor, que se veía perfectamente desde donde me encontraba. Vivian había puesto la tapa del revés sobre la caja para esconder el dinero, pero el envoltorio de papel marrón estaba a la vista. Fui directa a la mesa y deposité la tapa a un lado. Me quedé mirando el dinero con la misma admiración e incredulidad que Vivian había manifestado por teléfono. Moví ligeramente el envoltorio y le di la vuelta con el cuchillo que ella había utilizado para cortar la cinta adhesiva. Como remite figuraba un apartado de correos de Santa Mónica. Anoté el número en mi libreta y volví a examinar el dinero.

—¿Cuánto cree que hay aquí?

—Pues no sabría decirle —respondió Vivian—, pero no creo que debamos tocarlo.

—¡Eh, que yo pienso lo mismo! No quiero que mis huellas dactilares aparezcan por ninguna parte. Bastante grave es ya que usted haya manipulado el paquete antes de que supiéramos lo que había dentro.

La caja, que era cuadrada y medía unos treinta centímetros por cada lado, estaba repleta de fajos de billetes, de cien dólares los de encima de todo.

—¿Qué cree que deberíamos hacer? —preguntó Vivian.

—Entregárselo a la policía.

—¿Y decir qué? ¿No va en contra de la ley interceptar el correo de otra persona?

—Tiene razón. Es un asunto federal. Yo he hecho lo mismo muchas veces, pero nunca me había encontrado con algo como esto. Por otra parte, cualquiera que reclamara el dinero tendría que dar una buena explicación.

—¿Y yo qué? No puedo decir que lo encontré por casualidad en el porche de Audrey porque el mensajero sabe que firmé el recibo, y me entregó el paquete en mano.

—Tendrá que contarles la verdad.

—¿Quién, yo? ¿Y por qué no usted?

—Utilice la lógica. Audrey está muerta. Usted es su casera, así que no parece tan descabellado que recoja su correo, sobre todo sabiendo que la habían imputado por un delito. Además, ¿no es ése el motivo por el que aceptó el paquete?

—Más o menos. Fue un impulso... negativo, y sería la primera en reconocerlo.

—Les ha hecho un favor. La policía puede utilizar el remite para seguir la pista del paquete hasta dar con la persona que lo ha enviado.

—Me estoy poniendo nerviosa. Y sigo sin entender por qué no puede ocuparse usted de esto.

—Ni lo sueñe —repuse.

Ya me veía apareciendo en el despacho de Cheney Phillips con el dinero negro —que sin duda estaría relacionado con los robos perpetrados por Audrey—, y eso significaba que Len Priddy sería informado de ello, lo que significaba a su vez que me vería sometida al riguroso examen de un hombre que, para empezar, no me tenía ninguna simpatía. Por otra parte, la ocultación de una prueba de semejante magnitud constituiría probablemente un delito mucho más grave que la interceptación de correo personal.

—¿Qué otras opciones tenemos? —quiso saber Vivian.

—Ni idea —respondí—. En situaciones así, es mejor obrar como es debido y asumir las consecuencias. No voy a llevarme el dinero a casa y esconderlo bajo la cama.

—Usted no podría encargarse del asunto sin que mi nombre saliera a relucir, ¿verdad? Es que no quiero que Rafe se entere.

—Lo siento.

—¡Qué mierda! —espetó, lo que me pareció tan impropio de ella que se me escapó la risa.

Fuimos en mi coche, pues Rafe se había llevado el suyo. El único arreglo que se me ocurría era entregar el dinero al Departamento del *Sheriff* del Condado de San Luis Obispo en lugar de a la policía local, lo cual implicaría ciertas ventajas. El Departamento del *Sheriff* y el Departamento de Policía de Santa Teresa tenían jurisdicciones distintas. Con suerte, pasaría algún tiempo antes de que un cuerpo comunicara el hecho al otro, no porque creyera que hubiera algún tipo de rivalidad entre ambos, sino porque seguramente habría una jerarquía y los habituales rollos burocráticos de por medio. Cuanto más tardara Len Priddy en enterarse de lo del dinero, mejor para mí.

Durante el trayecto apenas hablamos debido a lo preocupadas que estábamos por las posibles repercusiones..., para ella por parte de Rafe, y para mí por parte del subinspector Priddy. Nos presentamos como ciudadanas modélicas, la personificación misma del buen samaritano que encuentra un monedero lleno de dinero en la calle y lo entrega a la policía. El ayudante del *sheriff* que nos atendió hizo una llamada telefónica y derivó el asunto a un oficial de policía llamado Turner, que acudió a la recepción. Tras hacernos firmar el registro de llegada y proporcionarnos unos pases autoadhesivos que nos pegamos en la pechera, el oficial nos acompañó por las dependencias internas hasta su cubículo. Una vez sentados todos, comencé a explicarle cómo había llegado el dinero a nuestras manos. Vivian asentía con frecuencia, pero consiguió permanecer en silencio por temor a decir algo que pudiera ser utilizado en su contra ante un tribunal.

Metida ya de lleno en el relato de lo sucedido, me dio incluso por contarles lo de la detención de Audrey y la caída mortal que había sufrido posteriormente. En ningún momento mencioné que el subinspector Priddy estuviera al frente de la investigación abierta en torno al caso. Ya lo averiguarían por sus propios medios. Lo que sí comenté fue que Marvin había contratado mis servicios, y que yo había recurrido a la ayuda de Vivian para registrar la casa de Audrey. Cuando tocó explicar cómo había acabado el paquete en sus manos, ofrecimos una versión un tanto ambigua de los hechos, aunque en realidad tenía todo el sentido del mundo. Si el dinero estaba relacionado con alguna actividad delictiva, más valía entregarlo a las autoridades que ver cómo caía en las manos equivocadas. Ni siquiera el inspector con el que estábamos hablando pareció pensar que habíamos obrado mal. Si hubiéramos pecado de falta de honradez, podríamos haber llenado nuestras propias arcas sin que nadie se hubiera enterado.

Se me pasó por la cabeza sugerirle al oficial Turner que contara el dinero antes de que lo perdiéramos de vista, pero no quería que se ofendiera. Dado el empeño que pusimos en convencerlo de nuestras buenas intenciones, no parecía prudente cuestionar las suyas. Registraron el paquete como prueba y lo llevaron al almacén, donde permanecería en un estante hasta que alguien decidiera qué hacer con él.

Cuando por fin abandonamos el Departamento del *Sheriff* y regresamos a la casa de Vivian, la culpa nos embargaba aunque lo que habíamos hecho era honesto y legítimo. Para entonces eran las dos de la tarde y yo no veía la hora de ponerme en camino. Seguí a Vivian hasta la cocina, donde llenó de agua un hervidor eléctrico y lo enchufó.

—Menos mal que se ha acabado todo. ¿Tiene tiempo de tomarse una taza de té conmigo?

—Debería ir tirando. ¿Le importa que eche un vistazo a su listín telefónico?

Vivian sacó la guía de teléfonos de un cajón de la cocina próximo al teléfono de pared.

—¿Qué busca?

—Una fundación benéfica llamada Corazones que Ayudan, Manos que Curan. ¿Ha oído hablar de ella?

—No me suena.

Empecé por las páginas amarillas, buscando por organismos de servicios sociales. También probé suerte con las páginas blancas, pero en ambos casos el resultado fue infructuoso.

—Tienen un par de contenedores de recogida de ropa en Santa Teresa, pero la organización no figura en ninguna parte. Pensaba que su sede podría estar aquí.

—¿Qué relación tiene Audrey con esto?

—Perdone. Debería haberla puesto al tanto.

Le expliqué cómo había identificado a Georgia Prestwick y cómo había terminado siguiéndola aquella mañana. La historia era casi tan larga y aburrida como la labor de vigilancia en sí.

—Recuerdo que en su momento me comentó que había visto una furgoneta blanca aparcada en el portal de al lado las noches que Audrey trabajaba hasta tarde.

—Así es. Siempre la aparcaban ahí cuando ella estaba en casa.

—¿Me avisará si vuelve a verla? He logrado hacerle un par de fotos cuando se alejaba. También he fotografiado el logotipo que aparecía en los contenedores. Ya le enseñaré las fotos cuando las revele. Sería de gran ayuda que identificara la furgoneta o el logotipo.

Eran las dos y veinte cuando por fin tomé la 101 en dirección sur. Circulé en todo momento a una velocidad reposada, sin sobrepasar los cien kilómetros por hora. Hacía una tarde estupenda con unas condiciones óptimas para la conducción, así que aproveché el trayecto para evaluar el resultado de mis pesquisas hasta la fecha. Estaba contenta con lo que había averiguado, aunque no tenía claro qué pensaría Marvin al respecto o si querría seguir financiando mi investigación. Tendría que mantener una larga conversación con él antes de hacer cualquier otra cosa.

Como sucede tantas veces en la vida, me vi sobrevolando en círculos un campo, como un avión a la espera de aterrizar. Yo sabía cuál era mi punto de partida y tenía cierta idea de dónde iba a aterrizar. Sólo precisaba la autorización de la torre de control. En retrospectiva, me doy cuenta de lo mucho que me confié, embargada como estaba por un sentimiento de profunda satisfacción. Si hubiera prestado atención al retrovisor, podría haber visto el sedán azul claro que venía siguiéndome desde que salí de la casa de Vivian.

20

Salí de la autopista en Capillo y circulé por las calles de la ciudad hasta llegar a la parte baja de State. Cuando pasé por delante de la casa de empeños que había visitado con Pinky, torcí a la derecha en la esquina y aparqué en la bocacalle. Recorrí a pie la media manzana hasta State y entré en el establecimiento. Por lo que pude observar, estaba todo exactamente igual, desde los cuadros colgados en la pared hasta las guitarras dispuestas en hilera, pasando por las vitrinas repletas de relojes y anillos. Me pregunté entonces si se vendería algo. Puede que al vernos obligados a deshacernos de nuestras pertenencias perdamos todo vínculo sentimental con ellas. Quizás el hecho de empeñar nuestros objetos de valor nos libere del mismo modo en que el incendio de una casa destruye no sólo nuestros bienes materiales, sino también nuestro apego a lo que ha desaparecido.

June estaba en la caja cuando entré en la tienda, y al acercarme a ella levantó la mirada. Se había teñido el pelo desde la última vez que la vi. Ya no llevaba aquella franja ancha de raíces grises que exhibía la semana anterior. También había cambiado de gafas. Las nuevas tenían una montura verde lima y parecían casar mejor con sus cabellos ondulados de color rubio rojizo.

—Hola, June —saludé—. Soy Kinsey Millhone. Me pasé por aquí con Pinky Ford cuando vino a recuperar el anillo de compromiso de su esposa.

La mujer me dedicó una mirada perspicaz.

—Usted es la detective privada.

—Estoy impresionada. Pensaba que no me recordaría.

—Vi su nombre en el periódico después de que esa mujer cayera por el puente. Por lo que leí, parece que la periodista le tiene manía.

—Gracias por decírmelo. Creía que eran paranoias mías.

—Para nada. Hace que usted quede como alguien poco dispuesto a colaborar.

—Y como si mi opinión fuera «pura fantasía». No olvide esa parte.

—Eso lo añadió el subinspector de la Brigada Antivicio, que es un elemento de cuidado. He tenido ocasión de tratarlo y no me cae nada bien. No puedo creer que desdeñe la idea de que hay una banda organizada que se dedica a robar en comercios cuando sabe de sobra que es verdad. ¿Por qué vendría a hablar conmigo si no?

—Estaría investigando algo.

—Ya era hora —soltó ella—. Lástima que fuera tan arrogante, si no me habría mostrado más comunicativa.

—Inténtelo conmigo. Me vendría muy bien la información.

—¿Qué quiere saber?

—Bueno, me consta que hay ladrones profesionales operando en la zona... Audrey Vance era uno de ellos. Estoy tratando de averiguar dónde tienen montado el chiringuito. Debe haber un lugar donde dejen la mercancía.

—Ya lo creo. Cuando se trata de objetos robados, siempre hay un perista de por medio. A nosotros no nos llega nada, si es eso lo que sospecha.

—Se me había pasado por la cabeza —admití sonriendo.

—Es un error muy común. La gente piensa que las casas de empeños son un imán para los objetos robados, pero no hay nada más lejos de la realidad. Estamos sometidos a una regulación muy estricta. De cada artículo que aceptamos, la ley nos obliga a tener una foto identificativa, la huella dactilar del vendedor y una descripción detallada, incluyendo el número de serie. Esta información se la pasamos a la policía para que puedan contrastarla con las denuncias que les llegan por robo. También funciona a la inversa. Si investigan un robo, nos avisan para que estemos pendientes de lo que hay en circulación.

—¿Y cómo funciona? Tiene que haber un comprador al final de la cadena, si no, el mercado se agotaría.

—Depende del producto. A las prendas de ropa les arrancan la etiqueta y las envían a otra parte. Lo mismo ocurre con artículos como las zapatillas de deporte. ¿Quién va a pagar el precio íntegro cuando se puede conseguir lo mismo por la mitad? En el extranjero hay un gran mercado para los productos de marca. Y aquí también, la verdad.

—Me han hablado de mercadillos de intercambio.

—Así es, y hay otras formas de venta no regulada, a través de tiendas de segunda mano, rastros y casas particulares. Incluso podría echar un vistazo a los anuncios clasificados del periódico local. La razón por la que casi toda la mercancía ilegal se saca de una zona para hacerla circular por otra es que conviene alejar al máximo la fuente y la venta final. No interesa que alguien reconozca una prenda de vestir que acaba de ver en un estante de Robinson's.

—Tiene sentido —opiné—. ¿Qué sabe de los peristas de la ciudad?

June negó con la cabeza.

—En eso no puedo ayudarla.

—Pero seguro que ha oído algo.

—Por supuesto. El problema es que si una dice algo en ese sentido, se arriesga a que la lleven a juicio. En los tiempos que corren, los delincuentes tienen mejores abogados que el resto de la gente.

—Eso es cierto —admití. Acto seguido, saqué una tarjeta de visita y se la di, tras apuntar el número de mi casa en el dorso. Facilitaba aquel número con tanta ligereza que bien podría imprimirlo delante junto al del despacho—. Si se le ocurre algo más, no dude en llamarme.

—Descuide —respondió—. Me alegro de volver a verla.

—Lo mismo digo. Puede que me deje caer por aquí otra vez si necesito más ayuda. Le agradezco su tiempo.

Le tendí la mano por encima de la caja y me la estrechó.

—Una matización —dijo mientras me disponía a irme.

Me volví hacia ella.

—Me ha preguntado lo que sé sobre los peristas, no lo que sospecho.

La tienda de artículos de segunda mano en depósito que June me sugirió que podría ser de interés se hallaba en Chapel, en medio de una serie de escaparates que había visto infinidad de veces. En la esquina había un pequeño y cutre establecimiento de *fast food* con una ventana abierta a la acera por donde se entregaba la comida para llevar. A un lado habían colocado cuatro tristes mesas de hierro forjado para la clientela. Tras una rigurosa inspección, el Departamento de Sanidad había concedido al establecimiento una «C», lo que daba a entender que podías encontrarte cucarachas y cagarrutas de rata en los sitios más insospechados. Tenía tanta hambre que habría estado dispuesta a rebajar aún más mis niveles de exigencia si el lugar hubiera estado abierto.

Encontré aparcamiento justo enfrente, y eso me causó una gran alegría hasta que me di cuenta de que ya habían cerrado todos los comercios. Un letrero colocado en el escaparate de la tienda de segunda mano indicaba que el horario de atención al público era de lunes a viernes de 10:00 a 18:00 horas, y los sábados de 10:00 a 16:00 horas. Al echar un vistazo a mi reloj, vi que por veinte minutos no había llegado a tiempo.

A la izquierda había una tienda donde vendían pelucas hechas con fibras que no se parecían ni de lejos al cabello humano. He visto muñecas Barbie con matas de pelo mejores saliendo de esos agujeritos espaciados de manera uniforme que tanta grima me han dado siempre. Las pelucas, dispuestas en cabezas de poliespan sin facciones, habrían sido idóneas en el caso de que uno se viera obligado a asistir a una fiesta de disfraces a punta de pistola. Al lado había una tienda de lencería subida de tono, y más allá un callejón con un letrero que señalaba hacia otro aparcamiento situado en la parte de atrás. Fui hasta allí para echar un vistazo.

Sólo vi cubos de basura llenos a rebosar y plazas de aparcamiento vacías. Cada plaza tenía asignado uno de los negocios de la zona, siendo el de lencería el que había salido mejor parado en el reparto. Detrás de la tienda de segunda mano había una pila de cajas de cartón bastante maltrechas, desmontadas y atadas con un cordel. No vi nada que me llamara la atención, pero al menos había satisfecho mi curiosidad.

De vuelta en casa, aparqué la ranchera de Henry delante de su garaje, al lado de mi Mustang. Ya la metería en su sitio a la mañana siguiente. Luego fui a echarle una ojeada a su casa. Durante los últimos días había visto cómo las luces se encendían y apagaban según los intervalos marcados por un dispositivo antirrobo. Las lámparas del salón se encendían a las cuatro de la tarde y se apagaban a las nueve, cuando se encendían las del dormitorio, que a su vez se apagaban a las diez y media de la noche.

Era casi como tener a Henry en casa. De momento la estratagema había funcionado, porque no le habían entrado a robar. Henry llevaba una semana fuera y la sensación de abandono se notaba hasta en el aire. Mojé una esponja y la pasé por la mesa de la cocina y por las encimeras, cubiertas ya por una fina capa de polvo. Aparte de eso, todo estaba en orden. Cerré con llave.

Me pasé un momento por el estudio para lavarme la cara. Llevaba muchas horas en danza y, con el trayecto de ida y vuelta en coche a San Luis Obispo, había acabado hecha polvo. Decidí ir a cenar pronto al local de Rosie para luego acostarme temprano. Antes de salir dejé encendida la lámpara del escritorio y una luz exterior para cuando volviera. Cerré la puerta con llave y recorrí a pie la media manzana hasta el restaurante. Cuando llegué eran casi las cinco, y los únicos clientes que había eran un par de bebedores empedernidos que debían de llevar sentados en los mismos taburetes desde el mediodía. Rosie estaba en la barra y me sirvió un vaso de vino peleón antes de volver a la cocina, donde al parecer estaba preparando uno de sus estrambóticos guisos húngaros.

William llegó poco después que yo. Aún iba con su bastón de madera de mango curvo, que de vez en cuando movía describiendo medio arco. No parecía necesitarlo para mantener el equilibrio, pero le daba el aire desenfadado de alguien que siempre anda de aquí para allá. A juzgar por su terno y por el brillo de sus zapatos de vestir, supuse que acababa de regresar de un funeral. Esperaba un aluvión de cotilleos y pormenores, esa clase de información íntima que sólo un tipo curioso como William puede sacarle a un perfecto desconocido en un momento de duelo. Sin embargo, me saludó con un puñado de folletos que le había dado el señor Sharonson.

—¿Qué es esto? —pregunté cuando me puso uno en la mano.

—Preparativos funerarios con antelación —respondió—. Échale un vistazo.

Al oír semejante expresión, me sorprendió que no se le hubiera ocurrido a él antes. Miré la información por encima mientras él sacaba otro folleto y lo abría.

—Escucha esto. «Planificar con antelación su propio funeral le permitirá decidir el tipo de ceremonia y la disposición con los que siempre ha soñado. Dispondrá de tiempo para considerar los detalles importantes y comentarlos con sus seres queridos. Además, evitará a los suyos la incertidumbre de tener que tomar decisiones de última hora que podrían o no estar en consonancia con sus creencias más profundas.» Me muero de ganas de contárselo a Rosie. Le va a entusiasmar.

—No lo creo —me apresuré a contestar—. Pero ¿te estás oyendo? A Rosie le encanta mangonear, y si te mueres, estaría en su elemento. Tendría al señor Sharonson desesperado por complacerla y tranquilizarla. No creo que quieras aguarle la fiesta.

William frunció el ceño.

—No puede ser. ¿Estás segura? Porque aquí dice lo siguiente: «Sus seres queridos tendrán la tranquilidad de saber que la aflicción derivada de un momento tan íntimo se verá minimizada por las reposadas decisiones que usted habrá tomado con antelación».

—Que para Rosie es lo mismo que quitarle toda la gracia al asunto. Míralo desde su punto de vista. Rosie es dogmática y autoritaria. Nada la haría más feliz que discutir con el señor Sharonson sobre todos y cada uno de los detalles del sepelio.

314

—Podríamos decidirlo juntos.

—¿Y acabar con la paz que reina entre vosotros? Creía que Rosie y tú os llevabais de maravilla.

—Así es.

—Entonces, ¿por qué estropearlo? Hazme caso. Como saques el tema, a Rosie le va a dar algo.

—Pues a mí me parece de lo más sensato. Piensa en lo contenta que se pondría.

Rosie abrió la puerta de vaivén de un caderazo y salió de la cocina con un plato lleno de patatas fritas, que ofreció a la pareja de borrachos con la esperanza de compensar los efectos más perniciosos del consumo de alcohol. Con un movimiento sutil, William me quitó el folleto de la mano y se lo metió todo en el bolsillo interior de la chaqueta. Al volver a la cocina, Rosie se fijó en él y se detuvo. Su perspicaz mirada pasó del rostro de William al mío.

—¿Qué?

William debió de suponer que si respondía «nada» estaría perdido, pues su mujer sospecharía que andaba metido en algún lío. Aproveché el silencio para intervenir.

—Acabo de preguntarle qué es eso que huele tan bien. William me ha explicado que estabas cocinando algo especial para cenar, pero que no estaba seguro de cómo se llamaba.

—*Kocsonya*. Lo preparé ayer y ahora está enfriándose.

—Ah —respondí.

—Si juntas a cinco mujeres húngaras y les preguntas quién prepara el mejor *kocsonya*, la discusión está servida. No te quepa la menor duda. El mejor es el mío y te voy a dar la receta del *kocsonya* de Rosie, que es un secreto de familia. Siéntate, que te la dicto.

Tomé asiento en la mesa más cercana y rebusqué diligente entre el contenido de mi bolso hasta dar con un bolígrafo y un sobre, que me fijé en que era la factura de la luz aún sin pagar. La aparté y cogí la libreta de espiral.

Rosie ya estaba impaciente por entrar en materia.

—¿No escribes?

—Aún no has dicho nada. Me estoy preparando.

—Espero.

—¿Es una especialidad regional?

—Por supuesto. Es todo lo que tú digas. Llevo años trabajando en esta receta, y por fin la he perfeccionado.

—¿Cómo has dicho que se llamaba?

—¿*Kocsonya?* Es gel... ¿Cómo se dice?

—Gelatina de pies de cerdo —respondió William.

Levanté el bolígrafo del papel torciendo el gesto.

—Uy, Rosie, es que no se me da muy bien cocinar.

—Yo te digo lo que tienes que hacer. Tú sigue paso a paso mi receta. A ver, necesitas una oreja de cerdo, el rabo y el morro, además de un codillo fresco partido por la mitad y un pie de cerdo. Yo a veces pongo dos. Lo hierves todo a fuego lento durante una hora y luego añades...

Rosie siguió con su explicación. Yo veía cómo se le movían los labios, pero estaba totalmente abstraída pensando en la imagen de las partes del cerdo, todas ellas despojos, hirviendo a fuego lento. Rosie se calló a mitad de frase y, señalando la libreta, dijo:

—Apunta lo de la espuma.

—¿Qué espuma?

—La que suelta el cerdo, como una capa de grasa gris que hay que quitar. No me extraña que no sepas cocinar. ¡Si es que no escuchas!

Cuando terminó de explicarme lo tiernos que debían estar los pies de cerdo para poder servirlos en su punto, los ojos me hacían chiribitas. Al ver que seguía con la descripción de la guarnición —pasta rellena con pulmón de ternera—, pensé que tendría que esconder la cabeza entre las rodillas. Mientras tanto, William nos había dejado a las dos solas para ocuparse de la barra.

Rosie se excusó y regresó a la cocina. Era la única oportunidad que tendría de escapar. En el momento en que me disponía a coger el bolso, la vi salir de nuevo con un plato de gelatina de cerdo fría y un cuenco de sopa con lo que parecían raviolis rellenos de coágulos oscuros. Rosie dejó los dos platos delante de mí y se contoneó un poco, con las manos juntas bajo el delantal. Los raviolis flotaban en un caldo claro, y el vapor que emanaba de la superficie olía a vello quemado.

—Me dejas sin palabras —dije, con los ojos clavados en el contenido de los platos.

—Pruébalo. A ver qué te parece.

¿Qué iba a hacer? Tomé una cucharadita de caldo, me la llevé a la boca y sorbí haciendo ruido.

—¡Caramba! Con este vino está buenísimo.

Es posible que Rosie hubiera insistido en que comiera más, ya que le gustan los cumplidos detallados que abundan en adjetivos. Por suerte, se le habían juntado unos cuantos clientes que acababan de entrar y tenía que volver a la cocina. En cuanto la puerta de vaivén se cerró tras ella, cogí el bolso y rescaté el monedero del fondo. Dejé una generosa suma de dinero en la mesa y me dirigí a la salida con calma. Ya pensaría después en una justificación convincente para mi precipitada marcha. No creía que ponerme a devolver allí mismo se considerara un cumplido. De momento me conformaba con haber escapado sin tener que comer nada más.

Una vez en la calle, tuve que reprimir el impulso de echarme a correr. Aún no había oscurecido del todo, pero el vecindario se veía lóbrego bajo los árboles que empezaban a echar hojas. Me paré en el bordillo de la acera y esperé a que pasara un coche. El conductor llevaba las ventanillas bajadas y la música tan alta que el vehículo parecía vibrar. Crucé la calle desde la esquina y seguí recorriendo la media manzana que quedaba hasta mi apartamento por la acera contraria. En el camino de entrada a la casa de Henry había un sedán azul claro con el motor al ralentí, y mientras lo observaba vi salir a dos hombres del jardín posterior y subir al automóvil, donde uno ocupó el asiento trasero y el otro el del copiloto, junto al conductor que esperaba al volante. Acto seguido, el coche reculó hasta la calzada y se alejó. Luego dobló la esquina por Bay y desapareció.

¿Qué harían dos desconocidos en el jardín de Henry? La ranchera se hallaba donde yo la había aparcado. Las luces de su casa estaban encendidas. Las de mi estudio, apagadas. De repente, me asaltó la duda y se me disparó el corazón. Al salir de casa para ir a cenar aún era de día, pero había dejado la lámpara del escritorio encendida, consciente de que cuando regresara ya sería de noche. Volví sobre mis pasos hasta el cruce donde se encuentra el restaurante de Rosie. Esta vez fui por la bocacalle hasta el callejón que linda con la propiedad de Henry por detrás. En más de una ocasión había utilizado aquel acceso, el cual me permitía meterme entre los arbustos que rodean la valla situada detrás de su garaje. Apartando la alambrada del poste, podía colarme en el jardín sin ser vista.

Observé la puerta posterior del estudio al abrigo de la oscuridad. La luz del porche estaba apagada. Nada parecía indicar que hubiera alguien en el patio a oscuras, ni tampoco en las proximidades. La luz de la cocina de Henry estaba apagada, como debía ser. Me bastaba con la iluminación de las farolas de delante para poder identificar los distintos rincones del jardín: los muebles de terraza, la manguera, los helechos en macetas y unos cuantos árboles jóvenes plantados a lo largo del pasaje.

Me asomé por el ojo de buey de la puerta de mi estudio y recorrí el interior con la mirada en busca de luces, preguntándome si divisaría el tenue haz gris de una linterna. Todo apuntaba a que los hombres del sedán azul se habían ido, pero ¿qué habrían estado haciendo aquí? Busqué a tientas la linterna de bolsillo que llevaba en el bolso y me agaché para alumbrar con ella la cerradura. No había indicios de que estuviera forzada, pero eso no significaba que no hubieran utilizado un juego de ganzúas para entrar. Al menos no habían hecho un agujero en la puerta ni habían destrozado las bisagras de una patada.

Tenía la pistola en el maletín cerrado con llave en el maletero del Mustang, que se hallaba aparcado en el camino de entrada. Me habría sentido mucho más valiente con mi H&L en la mano, pero no quería dejarme ver en la calle. Quizás estuviera exagerando un poco, pues tampoco estaba segura de que aquellos dos hombres hubieran entrado en la casa. Tal vez llamaron a la puerta y se marcharon sin más al ver que no había nadie. Saqué el llavero e introduje con cuidado la llave en la cerradura para luego hacerla girar poco a poco. Lo único que veía a través del ojo de buey era una oscuridad total. Abrí la puerta de golpe y le di al interruptor de la luz.

El salón y la cocina estaban vacíos, sin el menor rastro de desorden. Casi había esperado encontrarme cajones fuera de su sitio, sillas volcadas y el sofá destripado con un cuchillo de cocina. Eso es lo que ocurre en las películas, pero no era el caso.

—¿Hola? —dije.

Volví la mirada hacia la escalera de caracol, aguzando el oído. La razón me decía que allí no había nadie. Cerré la puerta a mi espalda y recorrí la planta baja con la misma atención que ponía cuando inspeccionaba la casa de Henry. No había pruebas evidentes de que alguien hubiera estado allí en mi ausencia, pero cuanto más a conciencia miraba, más indicios tenía de que algo iba mal. El cajón inferior del escritorio estaba abierto apenas un centímetro. Tengo la manía de cerrar todos los cajones y las puertas de los armarios, incluso en casa ajena.

Subí la escalera de caracol y me detuve al llegar arriba para mirar por la barandilla. Luego fui directa a la mesilla de noche y me fijé en la disposición de los objetos que había encima. El despertador, la lámpara y las revistas estaban allí, pero no como yo los había dejado, lo que indicaba que alguien había levantado la tapa para mirar dentro. Abrí los cajones uno a uno, y aunque el contenido de los mismos no se veía revuelto, tenía la sensación de que los habían registrado. Inspeccioné el baño, donde no había rincones ocultos salvo el interior del cesto de la ropa sucia. Por supuesto, tenía en mente la caja de dinero que Vivian y yo habíamos llevado al Departamento del *Sheriff* de San Luis. También pensaba en el hombre que se presentó en casa de Vivian para preguntar por el paquete que le habían entregado por error.

Cuando sonó el teléfono, me sobresalté tanto que di un respingo, y aunque no creo que llegara a chillar, es posible que soltara algún grito. Ya repuesta del susto, alcancé el auricular.

—¿Kinsey? —Era Vivian, hablándome con tono lastimero—. ¿Está todo bien en tu casa? Porque yo acabo de volver del taller de bordado y creo que alguien ha estado aquí.

21

En aquel momento debería haber llamado a la policía. Por lo general, no tengo reparo en hacer algo así. Sin embargo, en este caso había ciertos factores en mi contra. Para empezar, desconocía la marca y el modelo del sedán azul. Era casi de noche cuando vi a los dos hombres que se metían en el coche, aparcado a media manzana de donde me encontraba yo. Por otra parte, tampoco tenía la certeza absoluta de que hubieran estado en mi estudio, aunque no me explicaba qué hacían saliendo del jardín de Henry. La cerradura de mi puerta no estaba rayada ni había indicios evidentes de que alguien se hubiera colado. Estaba convencida de que habían entrado de algún modo, pero carecía de pruebas. Si registraron el estudio, seguro que fueron lo bastante listos para no dejar huellas. Así pues, ¿qué iba a denunciar? Que yo sepa, el código penal de California no incluye ninguna disposición para el delito de «creer que un hombre podría haber hurgado en mi cajón de la ropa interior».

Suponiendo que estuviera en lo cierto y aquellos tipos hubieran entrado en mi estudio, seguro que pretendían recuperar el pastón que Vivian y yo habíamos entregado a las fuerzas del orden. Puede que hubiera motivos para llamar a la policía sólo para que «tuvieran constancia de algo», como si un informe policial pudiera allanarme el terreno para posteriores acciones. Tenía claro que no presentaría una reclamación al seguro, ya que estaba convencida de que mi póliza de arrendamiento no cubría daños ocasionados por una tercera persona que me hubiera abierto a escondidas la nevera, creyéndome tan tonta como para guardar un dineral junto a una bolsa de guisantes olvidada en el congelador.

En la conversación que había mantenido por teléfono con Vivian, le dije que hiciera lo que estimara conveniente. No me consideraba la persona adecuada para aconsejarle una cosa u otra. Ella me dijo que estaba bien, pero que llamaría a su prima para que fuera a recogerla. No quería estar sola en casa, un sentimiento que yo entendía perfectamente. Me contó que guardaba una escopeta que su marido le había enseñado a utilizar con resultados satisfactorios, siempre y cuando tuviera el valor de abatir a un intruso. Vivian dudaba de su capacidad de reacción y yo aplaudí su sensatez.

Por mi parte, en cuanto colgué el teléfono me armé con un cuchillo carnicero y salí a buscar el maletín con la Heckler & Kock que guardaba en el Mustang. De vuelta en el estudio, cerré la puerta con doble llave y me aseguré de que las ventanas no pudieran abrirse desde fuera antes de proceder a limpiar y cargar la pistola. Dejé encendida la lámpara del escritorio en el piso de abajo y subí al altillo, donde me quedé dormida encima de las mantas vestida de pies a cabeza. Tres veces me desperté para investigar la procedencia de ruidos que seguramente no había oído.

Hay mucho que decir a favor de dormir a rachas. El cerebro, cuando no está arropado por un reconfortante manto de sueños, opta por otras formas de distracción. El mío revisa toda la información que ha ido acumulando durante el día y me envía telegramas que no me molestaría en abrir si estuviera despierta. El cerebro funciona como una cámara que no para de captar imágenes. Los datos entrantes se clasifican automáticamente de modo que lo relevante pueda guardarse para futuras consultas y lo irrelevante pueda eliminarse. Lo malo es que no sabemos hasta mucho después qué imágenes cuentan y cuáles no. Mi subconsciente me daba algunos toques para advertirme que había visto algo que podría ser más importante de lo que pensaba. En ese momento la idea suscitaba mi interés y la anotaba mentalmente, pero luego me quedaba dormida y al despertar ya no recordaba de qué se trataba.

El domingo por la mañana madrugué y salí a correr cinco kilómetros. No es algo que suela hacer los fines de semana, que reservo para descansar y relajarme. Sin embargo, aquella semana me había saltado el ejercicio porque el deber reclamaba mi presencia en otra parte, y ahora tocaba ponerse firme. Cumplí con los treinta minutos de *jogging* por la playa que me había impuesto, confiando en alcanzar en algún momento el llamado júbilo del corredor. En general, me dolía todo el cuerpo. Se me resintieron músculos que nunca antes me habían dado problemas. Entre las ventajas estaban la disminución del estrés y la agudeza mental que experimenté a continuación. Al acabar de correr, cuando aflojé el paso para refrescarme, recordé lo que mi subconsciente había estado intentando decirme durante la noche: «Echa otro vistazo a la pila de cajas de cartón desmontadas que hay detrás de la tienda de segunda mano».

En cuanto me hube duchado, vestido y zampado un bol de cereales, registré los cajones del escritorio en busca de mi navaja suiza, que arrojé al interior del bolso. Luego localicé la plancha de vapor y la dejé a un lado para llevármela. Finalmente, cogí el maletín y la pistola y fui por el Mustang, en cuyo maletero guardé ambas cosas bajo llave. Me paré a observar con detenimiento la calle por si estaba el sedán azul, pero no lo vi por ninguna parte. No es que me consolara demasiado. Si aquellos tipos me habían seguido desde la casa de Vivian el día anterior, seguro que serían lo bastante listos para utilizar más de un vehículo.

Tomé la 101 hasta Missile y giré a la derecha por Dave Levine. Pasé lentamente por delante del pequeño centro comercial donde se hallaba la tienda de segunda mano. Los escaparates estaban a oscuras, como cabía esperar un domingo por la mañana. Al llegar a la esquina torcí a la derecha y me metí en el callejón al que daba la hilera de tiendas por la parte de atrás. El aparcamiento estaba vacío y los cubos de basura seguían a rebosar. Dejé el Mustang con el motor al ralentí, me fui directa a la pila de cajas de cartón y corté el cordel con la navaja suiza. Me apresuré a echarles una ojeada, levantándolas una a una. La mayoría habían sido utilizadas más de una vez. Por lo visto, tras vaciar el contenido le habían servido al destinatario para realizar envíos posteriores, una medida de ahorro por parte del dueño del negocio que jugaba a mi favor, pues casi en todos los casos habían pegado una nueva etiqueta de envío encima de la vieja. Como ocurre con los estratos geológicos, aquella circunstancia me permitiría seguir la pista de las cajas a lo largo del tiempo, pasando de la última dirección a la anterior hasta llegar a su origen. Cargué los cartones en el maletero del coche, convencida de que sería mejor buscar aquella información en privado que estar de pie tomando notas en un aparcamiento.

A aquella hora de la mañana el centro de Santa Teresa estaba prácticamente desierto y había poco tráfico. Los grandes almacenes no abrirían hasta el mediodía, así que pude circular por las calles de la ciudad bastante segura de que no estaban siguiéndome. No dejé de mirar el retrovisor en todo el trayecto, pero no vi ningún vehículo que me pareciera sospechoso. Al llegar al despacho, saqué los cartones del maletero y los llevé hasta la puerta. Una vez dentro, llené la plancha con agua, la enchufé y la puse en la posición de vapor. Luego me senté en el suelo con las piernas cruzadas y me dispuse a examinar el montón de cajas desvencijadas.

Fui anotando las direcciones a medida que las destapaba, preguntándome si surgiría alguna pauta. La mayoría de los envíos se habían realizado a través de una empresa de transportes que no me sonaba. Apunté el nombre con la idea de comentar el dato con Vivian para ver si coincidía con el del mensajero que había dejado el paquete en la puerta de Audrey. Despegué una etiqueta tras otra con el vapor, observando cómo cambiaban las direcciones. Resultaba casi imposible distinguir las fechas de envío. Los códigos de seguimiento estaban tachados, y en algunos casos habían arrancado por completo la etiqueta antes de pegar otra encima. En la quinta caja, bajo las dos primeras etiquetas, encontré el nombre de Audrey y la dirección de su casa de alquiler en San Luis Obispo. Parecía que habían mandado los paquetes de una población a otra de California, sobre todo entre las cercanas poblaciones de Santa Teresa y San Luis Obispo. Si la mercancía robada salía del país, seguramente lo haría por medio de una empresa de transporte. Los artículos serían enviados una vez despojados de sus etiquetas y clasificados para su distribución. Cuando llegué al fondo de la pila, puse los cartones de pie y los metí en el hueco que quedaba entre el archivador y la pared.

Cerré el despacho con llave y volví al coche, donde saqué el mapa del condado de Santa Teresa de la guantera y, una vez desplegado, lo apoyé sobre el volante. Acto seguido repasé la lista de direcciones que había anotado. La de Audrey en San Luis Obispo ya la conocía. Las otras dos se hallaban en Colgate. Encontré ambas calles en el listado que figuraba en la parte inferior del mapa. La primera bordeaba los límites del aeropuerto y continuaba hasta la universidad. La segunda estaba a poco menos de un kilómetro de la primera.

Fui por la 101 en dirección norte. El tráfico en sentido sur se veía cada vez más denso debido a los conductores que regresaban a Los Ángeles tras pasar el fin de semana fuera. A media tarde los vehículos circularían pegados unos a otros, sin avanzar apenas. Yo iba pendiente de los coches que tenía detrás, fijándome en si había alguno que pareciera reproducir mi ruta o al que viera con más frecuencia de lo normal. Cuando salí por el carril de desaceleración en Fairdale, nadie abandonó la autopista conmigo. Puede que los tipos del sedán azul hubieran recibido la orden de retirarse al no conseguir su objetivo. No ganarían nada matándome. Si pretendían averiguar a través de mí el paradero del dinero, sólo les serviría viva.

Sin moverme del carril de la izquierda, seguí la carretera que atravesaba la autopista por un paso elevado. A la derecha había un parque tecnológico, un autocine, un campo de golf municipal de nueve hoyos, dos moteles, tres gasolineras y un taller mecánico. Esperé a que el semáforo del cruce se pusiera verde para atravesar la vía principal, manteniéndome en la carretera que conducía al aeropuerto. Se llamaba Airport Road, como era lógico. Si bien el terreno circundante no parecía tan aislado como la zona de San Luis Obispo en la que Audrey había alquilado su casa, distaba mucho de tratarse de un barrio residencial. A mi izquierda, pasé por delante de tres casitas de madera que casi con toda seguridad eran de alquiler. ¿Quién, si no un arrendatario, pagaría por vivir en un sitio tan poco atractivo y apartado?

Cuando llegué al aeropuerto, giré en redondo y volví por donde había venido para echar otro vistazo a aquellas casas. Seguro que estaban destinadas a los temporeros que trabajaban para el propietario de los campos agrícolas adyacentes. Al pasar por primera vez por delante de las casas no me había fijado en si estaban numeradas, pero allí no había nada más que un depósito de clasificación de correo. Ahora que me aproximaba en sentido contrario, vi una serie de garajes de madera en la parte posterior de las tres construcciones, todos ellos idénticos. La dirección del primero coincidía con las señas que aparecían en una de las cajas de cartón desmontadas. No había coches aparcados a la vista ni señales de vida. Cuando llegué al camino de entrada que discurría entre las dos casas, reduje la velocidad y me detuve. No se veían ni cubos de basura ni ropa tendida por ninguna parte.

Salí del coche, aparentando ser alguien que tenía un propósito claro para estar allí. Sentí aflorar la angustia en mi interior, pero una vez tomada la decisión no me quedaba otra que seguir adelante. No había cortinas en las ventanas ni platos para el perro con restos de comida reseca. De momento, todo iba bien. Subí los escalones del porche trasero y me asomé por el cristal de la parte superior de la puerta. La cocina estaba desprovista de muebles. Aun así llamé a la puerta, pensando que eso sería lo que habría hecho de haber tenido un motivo justificado para presentarme allí. Naturalmente, nadie respondió. Lancé una mirada rápida hacia la casa de al lado, que también parecía estar desocupada. No vi a nadie atisbar por la ventana. En un momento de sensatez poco común en mí, decidí no echar mano del juego de ganzúas para forzar la entrada.

En lugar de ello di la vuelta hasta la fachada delantera, donde me fijé por primera vez en el macizo candado sujeto a un cierre con bisagras que habían atornillado en la puerta. Me dispuse entonces a mirar por las dos ventanas de delante y apoyé las manos a modo de anteojeras en el cristal. En la de la derecha había un cartel de SE ALQUILA con las esquinas levantadas. Dentro vi un salón vacío. Al asomarme a la ventana de la izquierda me encontré ante un dormitorio vacío. El interior se veía abandonado, pero más ordenado de lo que cabía esperar. ¿Se habría reunido aquí una alegre banda de ladrones como habían hecho en la casa de Audrey? Aquélla era una de las direcciones tanto de origen como de destino de las cajas enviadas, así que alguien había residido allí en los últimos meses. Me pregunté si aquella casa, al igual que la de Audrey, habría sido desmantelada a raíz de su muerte.

Ya puesta, inspeccioné las otras dos, que también estaban vacías. Al atravesar el jardín de vuelta al coche, vi un cartel de SE ALQUILA medio enterrado de lado entre los hierbajos. A juzgar por el aspecto del poste, parecía que un coche había impactado en él por detrás y lo había partido por la mitad. Tomé nota del nombre y el teléfono de la agencia inmobiliaria para poder investigar más adelante.

Me metí en el coche y di marcha atrás hasta la carretera para regresar al cruce principal donde había girado a la izquierda. La segunda dirección que tenía apuntada resultó ser una nave situada en un callejón sin salida. Aparte de lo apartado de su ubicación, no había mucho más que mencionar. Seguro que aquella zona estaría clasificada como «de industria ligera», si bien Colgate no vive de la manufactura pesada. El recinto estaba rodeado por una valla de dos metros y medio y habían tapado las ventanas con malla de acero. En la parte posterior había una zona de carga destinada a camiones; y más cerca del edificio principal, un aparcamiento para los empleados. La zona de carga se hallaba vacía, y las puertas metálicas retráctiles estaban cerradas a cal y canto. En el letrero aparecía el nombre de la empresa, ALLIED DISTRIBUTORS.

Aquélla era una ubicación apartada y práctica para la distribución de objetos robados, pensé. El objetivo de toda operación de tráfico de artículos robados cuidadosamente estructurada radica en poner distancia entre los ladrones y el destino final de la mercancía. Una empresa como Allied Distributors podía llevar a cabo una confusa mezcla de actividades legales e ilegales. No quería ni imaginar la cantidad de pruebas que habría que recopilar para que las fuerzas del orden pudieran actuar. Una operación ilegal en la que se traspasan las fronteras estatales representa una pesadilla jurisdiccional para los distintos cuerpos policiales, que en más de una ocasión acaban deteniendo a informadores y agentes secretos de otros cuerpos por error. En este caso, puede que se utilizaran camiones de largo recorrido para actividades legales y otros más pequeños para mercancías que no pasarían un control de pesaje en carretera.

Me metí de nuevo en la carretera principal y desde ahí tomé la 101 para volver a la ciudad. Ya en mi despacho, vi que la luz del contestador automático parpadeaba e hice una mueca de irritación, pues quería ponerme a trabajar y no estaba para interrupciones. Aun así, fui buena y pulsé la tecla de reproducción. Éste era el mensaje que me esperaba: «Kinsey, soy Diana. Han acudido a mí con una historia que creo que deberías escuchar. Espero que dejes a un lado el resentimiento que me tienes y contestes a mi llamada. Te lo pido por favor».

Dicho esto, dejó su número de teléfono.

—Lo tienes claro, Diana —espeté, dirigiéndome al contestador—. Si crees que voy a llamarte después de lo que me has hecho, vas lista.

Borré el mensaje de inmediato.

Saqué mi máquina de escribir portátil Smith-Corona y la coloqué encima del escritorio. Por lo general, se me da bien redactar informes. Soy consciente de que es mejor poner la información por escrito cuando aún la tengo fresca en la memoria. Si se deja pasar mucho tiempo, se pierden la mitad de los detalles. En toda investigación, las pequeñas revelaciones resultan a veces tan importantes como los descubrimientos más espectaculares. Hasta entonces, lo único que contenía el expediente de Audrey era una copia del cheque de Marvin. Ya iba siendo hora de enmendar la situación. Alcancé un taco de hojas de papel carbón y metí una en el rodillo. A continuación coloqué a un lado las fichas que había reunido hasta entonces y comencé a pasar a máquina las notas.

328

Cuando terminé, era casi mediodía. Estaba cansada. No soy una mecanógrafa experta, aunque al menos no me hace falta mirar el teclado a cada letra. Lo que me requirió más esfuerzo fue convertir datos escuetos en una narración coherente. En algunos casos la información no era más que un esbozo con lagunas para las que aún no había logrado encontrar respuesta. Al margen de los eslabones perdidos, parecía evidente que tenía entre manos algo importante. Ordené la pila de notas pasadas a máquina y me metí una copia en el bolso junto con las fichas, que sujeté con una goma. La segunda copia del informe la guardé en un archivador sin llave dentro de una carpeta con la etiqueta GINECOLOGÍA E HIGIENE FEMENINA, temas que esperaba que repelieran a la mayoría de los ladrones.

Era hora de hablar con Marvin, el cual vivía a menos de tres kilómetros del despacho. Pese a haber avanzado en mis pesquisas, todavía debía formular el resultado de mis averiguaciones de manera que tuvieran sentido para él. En la práctica me habían suspendido de empleo y sueldo, y yo confiaba ahora en persuadir a Marvin para que financiara la siguiente fase de mi investigación. Si no estaba en casa, era muy probable que lo encontrara en el Hatch. Para un bebedor empedernido, el domingo es como cualquier otro día de la semana, salvo por el hecho de que se empieza con un Bloody Mary y se sigue con cerveza, bourbon o tequila según la compañía y los acontecimientos deportivos del momento. Como de costumbre, yo estaba muerta de hambre y pensé en pasarme por el Hatch para comer estuviera Marvin o no.

Giré a la derecha por State y recorrí el escaso kilómetro que había hasta su barrio. Después de aparcar, me acerqué al trote hasta su puerta. Llamé y esperé. Nada. Llamé otra vez. Nada. Miré por las ventanas delanteras y no vi indicio alguno de que estuviera en casa. Volví al coche y conduje la manzana adicional hasta el Hatch, donde aparqué en la bocacalle tal y como había hecho antes.

Me resultaba extraño entrar en un bar un domingo a una hora tan temprana. Por lo visto, para otros no suponía ningún problema, pues el lugar parecía de lo más animado. Los cuatro televisores estaban encendidos, la máquina de discos sonaba a todo volumen y había diez o doce clientes sentados a la barra, donde Ollie, el dueño, parecía afanarse preparando copas a dos manos. El ambiente ya estaba cargado de humo de tabaco, y noté que me ponía bizca sólo de pensar en todas las partículas en suspensión que estarían depositándose en mi ropa.

Marvin se hallaba entre los parroquianos, hablando con una de las dos mujeres que formaban parte de su círculo íntimo. Earldeen no sé qué, si no me fallaba la memoria. Estaba tomando una copita de bourbon con hielo, de un color más oscuro que un té frío bien fuerte. Se puso un cigarrillo entre los labios y le ofreció fuego a Earldeen antes de encenderse el suyo. Me acerqué y le di una palmadita en el hombro. Marvin se volvió y, al ver que era yo, su semblante se alteró de un modo casi imperceptible, pasando de una expresión relajada a otra de desinterés.

—Anda, mira quién está aquí. ¿Qué hay?

Tenía un tono de voz apagado y eso debería haberme puesto sobre aviso, pero lo pasé por alto sin más. Me fijé en que parpadeaba, pero pensé que le daría vergüenza que lo hubiera pillado fumando otra vez. Así de desencaminada iba.

—He actualizado mi informe —expliqué—. Si tienes un momento, te contaré lo que he averiguado desde la última vez que nos vimos.

—Ya, bueno, es que ahora mismo me pillas ocupado, así que sería mejor que habláramos en otro momento —repuso antes de apartar los ojos de mí con la mirada perdida.

Era evidente que estaba enfadado por algo, y me di cuenta de que tendría que hacer un alto y lidiar con su cabreo antes de insistir.

—¿Qué ocurre?

—No creo que te interese, sabiendo que no te hace ninguna gracia que cuestionen tu punto de vista.

—Venga ya, Marvin. Está claro que te sientes molesto por algo. ¿Quieres contármelo?

—Como ya te he dicho, si las cosas no son como tú las ves, no hay nada que hacer.

Miré un instante a Earldeen, que estaba siguiendo la conversación con gran interés. No parecía perpleja por la actitud de Marvin, lo que indicaba que él ya había comentado la cuestión con ella.

—¿Podemos ir a hablar a otro sitio?

—Aquí ya estamos bien.

—Pues cuéntame qué ha pasado.

Por experiencia propia, cuando alguien como Marvin se enfada, no hace falta mucho para que acabe desembuchando.

—Lo haré con mucho gusto, siempre que no te pongas a discutir conmigo.

—Yo no estoy discutiendo —repliqué airada.

—Me ha dicho un pajarito que justo cuando Audrey cayó por el puente vieron a un ex presidiario por la zona, un tipo que acaba de salir de la cárcel y que tiene amigos peligrosos. Es posible que Audrey topara con alguna información que lo habría devuelto al talego, y por eso él la tiró al vacío.

—¿Qué información?

—Lo siento, pero no puedo decírtelo. Es confidencial, así que tendrás que creerme. Como recordarás, Audrey estuvo encerrada un par de horas antes de que yo fuera a pagar la fianza. Se especula que tal vez viera algo que no debería haber visto.

—¿Como qué?

—Ya te he dicho que no puedo entrar en detalles. El caso es que si ella lo hubiera denunciado, él habría vuelto a la cárcel. Y podría haber más. Los polis son muy capaces de manipular las pruebas. A lo mejor fue eso lo que se olió Audrey.

—¿Insinúas que la mataron por algo que averiguó?

—En la comisaría. Eso es lo que acabo de decir.

—Así que no estaba relacionada con una red de ladrones de comercios.

—¿Quieres dejar de insistir en eso? Has sobredimensionado lo ocurrido desde el primer día. Audrey sólo robó unas cuantas cosas. Nada del otro mundo.

—¿Y qué me dices de la ropa de refuerzo que llevaba?

—No hay pruebas de ello. Todo eso forma parte de una maniobra para intentar desacreditarla. ¿Tú la viste con esa ropa? Lo dudo.

—Pues claro que no. Si yo no conocía entonces a Audrey, ¿cómo iba a saber la ropa interior que llevaba?

—Tú cíñete a los hechos. ¿La viste o no la viste con esa ropa? La respuesta es no. Y en todo el tiempo que estuve yo con ella, ¿la vi alguna vez con esa supuesta ropa? Una vez más, no. Sólo porque un poli lo haya puesto en el informe policial no significa que sea cierto.

Me quedé allí mirándolo, analizando lo que acababa de decir. Estuve a punto de recordarle que yo no había leído el informe policial, pero eso no venía al caso. Marvin volvía a echar tierra sobre el comportamiento de Audrey, pero ¿qué habría provocado aquel cambio? Miré a Earldeen, que nos observaba con la barbilla apoyada en el puño, fascinada por la discusión. Me entraron ganas de pegarle una bofetada, pero me lo pensé mejor.

—Vaya, qué novedad —dijo Marvin—. Por una vez te has quedado sin palabras.

—Porque te oigo decir que ahora crees que Audrey ha sido la víctima de una conspiración que se originó en el seno de la policía.

—Para mí tiene mucho más sentido que tu teoría.

—¿Qué es lo que te ha hecho cambiar de idea?

—Yo no he cambiado de idea. Siempre he dicho que era inocente. ¿Y qué si birló un picardías? Por el amor de Dios, eso no la convierte en una delincuente profesional. —Cerré la boca y dejé que se desahogara—. ¿Sabes cuál es tu problema? —preguntó señalando con el cigarrillo, que me acercó peligrosamente a la cara—. Que siempre piensas lo peor de la gente, sin importarte si hay pruebas o no.

—¿De qué hablas?

—Estuviste casada con un agente de policía al que acusaron de matar a golpes a un hombre, ¿verdad?

—Fui yo quien te lo contó.

—No, tú no me contaste eso. Me contaste que estuviste casada con un poli que era amigo del detective Priddy, y que Priddy era un cretino. Lo que no me dijiste fue que exoneraron a tu ex marido. Qué interesante que decidieras omitir esa parte.

—Eso no viene al caso.

—¿Ah, no? Piénsalo bien. Estabas tan segura de tener la razón que lo abandonaste cuando él más te necesitaba.

Marvin dejó caer el cigarrillo al suelo y lo pisó.

—No ocurrió así —repuse.

—Puedes poner todos los peros que quieras, pero no voy mal encaminado. ¿Verdad?

—Marvin, estás intentando establecer un paralelismo entre mi relación con mi ex y el hecho de que crea que Audrey es culpable. Según tu razonamiento, como al final Mickey fue absuelto, ella también lo será. ¿No es así?

—Exacto. Y además está muerta, como el hombre con el que estabas casada. —Marvin levantó la vista y se dio unos toques en el mentón, como si fuera un personaje de dibujos animados—. Mmm, veamos. ¿Qué tienen en común estas dos historias?

—Se trata de dos situaciones tan distintas que ni siquiera sé por dónde empezar a aclararte las cosas —repuse.

—No te pongas tan a la defensiva. Sólo te comento lo que me han contado.

—Lo que te ha contado Len Priddy.

—Yo no he dicho que haya sido él.

—Claro que ha sido él.

Marvin se encogió de hombros.

—Que Priddy no te caiga bien no significa que intente ir a por ti —dijo—. En cualquier caso, me disculpo por mi descortesía. Debería haberte preguntado qué haces aquí. Espera, no me lo digas. Te has gastado lo que te quedaba del anticipo que te di y pretendes pedirme más.

—Es cierto, pero el juego ha cambiado, ¿no es así? —comenté con voz pausada.

Intenté no alzar la voz, porque la ira estaba apoderándose de mí y no me atrevía a darle rienda suelta.

—Vaya por Dios. Ahora eres tú la que está enfadada. Espero que no vayas a decirme que lo dejas —dijo Marvin en tono de burla.

—¿Dejarlo? No, querido. Pienso seguir hasta el final, tanto si me pagas como si no.

Marvin se echó atrás.

—No puedes hacer eso. No consentiré que te metas en sus asuntos. El pasado de Audrey no es de tu incumbencia.

—Siento discrepar, pero éste es mi trabajo y no voy a dejarlo. Haberme despedido cuando tuviste la oportunidad.

22

Dante

Dante contaba los largos a medida que nadaba, sacando la boca por la derecha para coger aire y metiéndola después en el agua para soltarlo. Sólo se oía el sonido de las burbujas que exhalaba. Era consciente de la fuerza de sus brazos al avanzar por el agua, de la destreza de sus movimientos al impulsarse hacia delante. Con cada brazada repetía los números mentalmente. «Dieciocho, dieciocho, dieciocho...», a la ida. «Diecisiete, diecisiete, diecisiete...», a la vuelta. Era fácil perder la noción de dónde estaba y de lo lejos que había llegado con el agua a una temperatura tan perfecta y sin nada que interrumpiera el flujo natural de la energía. Las voces que resonaban en su cabeza dieron paso a la repetición de una rutina sencilla: brazos, piernas, aspirar, espirar.

El día después de que su madre los abandonara su padre vació la piscina de la casa donde vivían, lo que dejó un enorme hoyo en el suelo como recordatorio de los placeres que se había llevado consigo. La lluvia y las hojas caídas se pudrieron en el fondo, convirtiéndose en un fango negro. Dante sabía que su padre lo había hecho por puro resentimiento, para privarlos del consuelo que su madre les ofrecía y de la confianza que les había infundido. El dolor que ella pudiera haberle causado a su marido se lo transmitió éste a su hijo con creces. Dante no volvió a zambullirse en el agua hasta que compró esta casa y mandó construir una piscina.

El último largo era siempre el mejor. Para entonces tenía el cuerpo relajado y la mente tranquila. Tras las brazadas finales salió del agua y se quedó de pie en el borde de hormigón de la piscina, sintiéndose las extremidades flexibles y laxas. Se llevó una toalla a la cara, enrojecida a causa del calor generado por el ejercicio. Mientras que levantar pesas le hinchaba los músculos, la natación le permitía estirarse y lo mantenía alto y delgado. Aquella tarde vería a Nora, si es que ella decidía acudir a la cita.

Cuando llegó a la suite principal, su calor corporal ya había disminuido y necesitó una ducha caliente para quitarse el frío. Los domingos por la mañana no solía afeitarse, pero aquel día sí lo hizo. Por Nora, claro está. Desde que la vio por primera vez, todo giraba en torno a Nora. No podía identificar el origen de aquella atracción y tampoco la ponía en duda. Nunca le había ocurrido algo semejante y no tenía ninguna explicación para ello. Poco importaba si estaba obsesionado por ella. A decir verdad, lo estaba.

Se asomó al dormitorio. Lola seguía durmiendo, enterrada bajo el peso del edredón. Tenía tan poca grasa corporal que siempre estaba helada. Durante la noche, si se le arrimaba, su piel era fría como el escay. Dante cerró la puerta del vestidor con cuidado y se vistió: pantalones claros, camisa de seda roja y mocasines sin calcetines.

Sophie libraba los domingos, así que no había nadie cuando entró en la cocina. Las encimeras relucían y los electrodomésticos de acero inoxidable despedían una luz plateada. La cafetera estaba preprogramada y la jarra térmica se veía llena. Sophie le había hecho un bizcocho y lo había envuelto en film transparente. Dante se cortó una porción generosa y la fue comiendo con una mano mientras se servía café con la otra. Le añadió leche y se llevó la taza a través del túnel hasta el despacho que tenía en el Cottage.

Lola se mofaba de su pasión por los pasadizos subterráneos, pero a él le satisfacía poder moverse de un sitio a otro sin ser visto. Ella lo veía como su forma de volver al útero materno, una afirmación que a él le molestaba. ¿Qué sabría ella? Para él representaba una posible vía de huida. Dante era un hombre que siempre encontraba la forma de escapar.

Atravesó el jardín desde el Cottage hasta la casa de invitados. La enfermera de guardia llevaba cinco meses cuidando de su tío.

Medía más de metro ochenta y tenía un físico de atleta fibroso y musculado. Facciones marcadas, pelo rubio muy corto. Dante había salido con ella hacía nueve años, pero la relación duró poco. Cara era promiscua por naturaleza y no tenía ningún problema para liarse con el primero que pasara. A falta de hombres, no le importaba acostarse con alguna mujer. Cuando solicitó el trabajo, Dante vaciló, preguntándose si sería aconsejable tenerla tan cerca. Su presencia haría aflorar la inseguridad emocional de Lola y él se vería obligado a tranquilizarla con muestras de afecto constantes. No tendría por qué haberse preocupado. Nueve años eran nueve años, y la atracción física se había desvanecido. Cara era competente y trabajadora, y le constaba que a su tío Alfredo le alegraba la vista.

Cara fue a recibirlo a la puerta.

—Está esperándote. Se ha despertado a media noche y quería compañía. Nos hemos pasado casi toda la noche jugando a las cartas y viendo la tele. No sé de dónde saca la energía.

Dante la siguió hasta el salón, donde encontró a su tío Alfredo sentado junto a la chimenea, envuelto en un enorme edredón amarillo. Las noches de abril aún eran frías, y por la mañana seguía haciendo fresco. Dante fue directo a la chimenea y se agachó para besar a su tío en la coronilla. Alfredo le agarró de la mano y, aferrándose a ella, se la llevó a la mejilla.

—Eres un buen chico, Dante. Déjame que te lo diga mientras tenga la oportunidad.

Cuando lo soltó, Dante acercó una silla y se sentó frente a él.

—¿Cómo va la batalla?

—Como es de de esperar. De momento, voy tirando.

—Cara dice que te has pasado la mitad de la noche despierto.

—Tengo miedo de morirme durmiendo.

—¿No quieres que la Parca te coja desprevenido?

—Pienso plantarle cara —respondió Alfredo—. Tu padre vino a verme ayer. Tuvimos una larga conversación.

—No me digas más. Cree que soy muy duro con Cappi. Quiere que le ceda el fardo y le deje dirigir la gira.

—De eso fue de lo que hablamos, principalmente. No es que yo me ponga de parte de Lorenzo, pero ¿cómo va a aprender el chico lo que es la responsabilidad si nunca se le ha dado ninguna? No estoy juzgando a nadie, así que no te pongas gallito conmigo. Sólo pregunto.

—El «chico», como con tanto acierto te has referido a él, tiene cuarenta y seis años. Creo que ya ha demostrado su capacidad para crecer y madurar —afirmó Dante—. Cappi es un aprovechado. Se dedica a adular y a quejarse a quien haga falta, y luego papá cree que la idea se le ha ocurrido a él.

—No me cabe la menor duda. Si Cappi viene a verme, sé que es por interés, para buscar apoyo.

—Pues conmigo que no cuente. Puede que me preste a enseñarle cómo funciona el sistema, pero no pienso dejar que saque tajada de una operación que vale millones. Si crees que se trata de una buena idea, es que estás loco.

Alfredo ladeó la cabeza.

—Míralo de otra forma —sugirió con tono suave—. ¿Cuántos años llevas diciendo que te gustaría dejar el negocio? Puede que ésta sea tu oportunidad.

—Las cosas no funcionan así. Tengo cincuenta y cuatro años. ¿Qué iba a hacer, apuntarme a la facultad de medicina? ¿Sacarme la carrera de derecho? Es demasiado tarde. Estoy haciendo lo que papá esperaba de mí. Y ahora espera que le pase el trozo más grande del pastel a Cappi, que jode todo lo que toca. Pues no pienso hacerlo.

—¿Y cómo vas a evitarlo si tu padre ya ha tomado una decisión?

—Puede tomar todas las decisiones que quiera, pero aquí mando yo. ¿Y sabes qué? Para mí, que está perdiendo la chaveta. Ahora le ha dado por hablar de Amo y de Donatello como si los tuviera ahí al lado.

—A veces le falla la memoria. Nos pasa a todos.

—A ti no —repuso Dante.

—Yo soy un caso especial —dijo Alfredo con ironía—. Lo

que pasa es que Lorenzo no siempre sabe ver las intenciones de Cappi. Deberías acabar con el asunto antes de que se te vaya de las manos.

—¿Cómo?

El rostro de su tío adoptó una expresión de congoja.

—Pero ¿qué te pasa? Lo sabes de sobra. Es algo que ni se pregunta. —Alfredo lo observó unos instantes—. ¿Sabes cuál es tu problema?

—Seguro que tú me iluminas.

—Que te has vuelto muy remilgado. En otros tiempos te habrías ocupado de esto, sin tanto hablar ni tanto dudar.

—Muy «remilgado» —dijo Dante con una sonrisa—. Ésta sí que es buena.

—Ya sabes a qué me refiero. Un hombre en tu posición no puede permitirse el lujo de tener conciencia. Es impropio de ti. No puedes huir de las dificultades. Tienes que hacer lo que debes.

—¿No creerás que somos lo que hacemos?

—Claro que lo creo. Tenemos que aceptarlo. Que somos corruptos, que nuestros pecados son mortales. Dios sabe que los míos me pesan en el alma.

—¿Y me deseas el mismo tormento?

—Ya sabes lo que hay que hacer.

—No lo sé, sé lo que sería más expeditivo. Pero, por una vez, intento obrar como es debido.

Tío Alfredo negó con la cabeza.

—Va en contra de tu naturaleza.

—Me gustaría pensar que a estas alturas de mi vida soy un hombre mejor.

—Tu hermano no comparte tu sensibilidad moral, lo que le da ventaja.

—Así es como lo ve él, en todo caso.

Dante se montó en su propio coche, un Maserati plateado de 1988 con la tapicería de piel negra. Llegó al Hatch a las doce cuarenta y cinco y aparcó a la vuelta de la esquina. Había dado el día libre al chófer y al guardaespaldas, optando en su lugar por una Colt Lightweight Commander cargada que guardaba en un compartimento especial de la puerta del conductor. Había reforzado las medidas de seguridad hacía dos años, cuando una banda colombiana se estableció en Perdido, a unos cuarenta kilómetros al sur de Santa Teresa. Los recién llegados, un grupo formado por seis hombres y cuatro mujeres, utilizaban permisos de conducir que los identificaban como portorriqueños. En realidad, estaban invadiendo un territorio controlado por un amigo de Dante nacido en Puerto Rico que se sintió ofendido, no sólo por dicha invasión, sino por el perjuicio que estaban causando a su país de origen. Dado que en aquel momento su amigo estaba en prisión, Dante se ofreció a intervenir en el asunto con sus propios hombres. Éstos acorralaron a varios de los colombianos en una habitación de motel donde estalló una estufa defectuosa, lo que provocó la muerte de sus ocupantes y la voladura de la mitad del tejado. Después de aquello, los colombianos que sobrevivieron a la explosión guardaron las distancias, pero dieron a entender que les ajustarían las cuentas a su debido tiempo. El amigo de Dante fue alcanzado de lleno por un francotirador el día que salió de la cárcel, y desde entonces Dante se empeñó en poner guardias armados en la casa y en utilizar vehículos blindados.

Al entrar en el Hatch, Dante saludó a Ollie con la cabeza y se sentó a una mesa que daba a la puerta. Le apetecía un bourbon con agua, pero decidió abstenerse. Pedir una copa se interpretaría como un signo de debilidad, como si fuera incapaz de volver a ver a Nora sin ayuda del alcohol. No tenía claro qué haría si ella no acudía a la cita, de lo inquieto que estaba ante la idea de que apareciera en cualquier momento. Y luego, ¿qué? Se había dicho a sí mismo que no debía abrigar esperanzas, pero las abrigaba.

El bar estaba bastante concurrido y entre los clientes había algunas caras que le sonaban de otras ocasiones. Llevaba meses sin pasarse por allí, pero nada había cambiado. Miró a su alrededor y vio el bar tal y como lo vería ella, cutre y poco atractivo, sin encanto ni estilo. Había elegido el Hatch porque, como le explicó a Nora, allí no correría el riesgo de encontrarse con ningún conocido. Los que se movían en su círculo social probablemente no habrían oído hablar de aquel antro, y aunque así fuera, jamás lo frecuentarían.

Dante dirigió una mirada distraída hacia la puerta, la cual se hallaba abierta y dejaba entrar una columna de luz de contornos borrosos, como si hubieran colocado un filtro sobre el objetivo de una cámara. La neblina confería a la sala un aire de otra época, propio de una película de la segunda guerra mundial con un trasfondo de muerte y traición como telón de fondo. No era una perspectiva muy alentadora. Dante no la conocía en absoluto. No sabía, por ejemplo, si ella sería puntual o si tenía por costumbre retrasarse. Se miró el reloj y vio que era la una en punto de la tarde. Esperaría diez minutos más y o bien pediría una copa o se marcharía. Al fin y al cabo, ella era una dama felizmente casada, o eso afirmaba; así pues, ¿qué motivo tendría para reunirse con él allí, o en cualquier otra parte? Nora era una mujer elegante, con clase, discreta y reservada. Había algo en su rostro que le producía ganas de llorar, que lo llevaba a ansiar verla de nuevo a cualquier precio.

Pasaban tres minutos de la una cuando Nora apareció por la puerta, tapando por un instante la luz al entrar. Dante se levantó. Ella lo vio y se acercó a su mesa. Él le ofreció una silla y ella tomó asiento. Llevaba puesto un traje sastre de lana blanco, de falda corta y chaqueta entallada, con un ribete de encaje rojo en la unión del cuello con las solapas. Dante sintió tentaciones de alargar la mano y pasarle un dedo entre los pechos.

—Pensaba que no vendrías —dijo.

Ella esbozó una sonrisa.

—Yo misma lo dudaba.

Su mirada pasó del letrero de cerveza de neón colgado en la pared a la barra, y de allí a la flecha como de cómic que señalaba el baño de señoras.

—Te invitaría a tomar algo, pero me parece que no estás cómoda.

—Por supuesto que no. ¿Y todo este humo de tabaco? Cuando llegue a casa me apestará la ropa y tendré que lavarme la cabeza.

—Tengo una idea mejor. Quiero enseñarte un sitio. Te gustará.

—¿Ahora nos vamos a otra parte?

—No te pongas nerviosa. No va a pasarte nada.

Nora bajó la mirada.

—No dispongo de mucho tiempo.

—No vamos a salir de la ciudad —dijo él—. Bueno, rectifico. Está a las afueras, pero no muy lejos. A un cuarto de hora como mucho.

—¿Y mi coche?

—Te volveré a dejar aquí. ¿A qué hora tienes que estar en casa?

—A las cuatro.

—Ningún problema.

Cuando Dante se disponía a levantarse, ella le puso una mano en el brazo para detenerlo.

—Acompáñame hasta mi coche y ya te seguiré —le dijo.

Al acercársele al oído, Dante aprovechó para olerle el cabello y la suave fragancia a lilas que desprendía su piel.

—Lo que quieres es llevar las riendas.

Nora pareció estremecerse con el roce de su aliento.

—Eso es lo que quieres tú, ¿no?

Dante se levantó y le sujetó la silla.

—¿Dónde has dejado el coche?

—A la vuelta de la esquina.

—Yo también. Saldremos por la puerta lateral. Así no tendrás que pasar por delante de esos patanes que no paran de mirarte.

Dante la tomó del brazo con suavidad y se puso delante para taparla.

—¿Adónde me llevas?

—No pienso decírtelo. Voy a poner a prueba tu confianza.

—¿Por qué habría de confiar en ti?

—Ya lo has hecho. Pese a ser tan malvado, tengo cara de persona honrada.

—No me digas que eres malvado.

—No del todo. Pero tampoco soy del todo honrado.

Dante la acompañó a su automóvil, un elegante Thunderbird azul verdoso como nuevo. Por alguna razón, le gustó que condujera ese modelo. Él tenía el suyo tres coches detrás del de ella. Hizo girar la llave en el contacto y arrancó. Nora esperó a verlo pasar antes de salir tras él. Dante la fue guiando por las calles de la ciudad, observándola por el retrovisor. Ella le seguía el ritmo. Cada vez que Dante pasaba un semáforo se aseguraba de que a ella también le diera tiempo de atravesar el cruce.

Al llegar a la 101, Dante se metió en el carril de acceso en dirección sur y un kilómetro y medio más adelante salió en Paloma Lane, una vía que discurría paralela a la autopista por una amplia franja de tierra que bordeaba el océano Pacífico. El ferrocarril se había apropiado del derecho de paso hacía unos años, pero aparte del estruendo de los trenes que pasaban dos veces al día, aquél era un paraje residencial de primer orden. La mayoría de las casas no se veían desde la carretera, lo que garantizaba su privacidad. La presencia de eucaliptos y otros árboles de hoja perenne fragmentaba la luz del sol.

Dante redujo la velocidad y activó un portón automatizado de madera curada. Las viviendas situadas a ambos lados de la propiedad se hallaban ocultas tras setos de pitanga de unos diez metros de alto. Una vez pasado el portón, el camino de entrada giraba a la izquierda y seguía hasta convertirse en un patio con capacidad para seis vehículos. Tras aparcar y salir del coche, Dante esperó a que Nora estacionara detrás de él. Luego le abrió la puerta y le tendió una mano para ayudarla a salir.

—¿Ésta es tu casa? —preguntó Nora.

—Un lugar para los fines de semana. Nadie sabe que es mía.

Mientras se encaminaban hacia la puerta principal, Dante sacó un juego de llaves. La fachada, revestida con un entablado de madera, estaba pintada de amarillo, con los postigos en blanco, y tenía un tejado de juntas de chapa con poca pendiente que recordaba la arquitectura de lugares tropicales como Key West o Jamaica. Varias palmeras se agrupaban en el pequeño jardín, mitad de arena y mitad de césped. Una vez abierta la puerta, Nora accedió al pequeño vestíbulo y se detuvo para hacerse una idea del espacio.

La pared frontal del salón consistía en unos ventanales panorámicos que daban a una amplia terraza de madera, rodeada por una valla baja hecha a base de tablones y listones. La valla estaba coronada por unos paneles de cristal ahumado que permitían ver el océano sin ser visto desde el exterior. Nora se acercó a mirar por el cristal. El aire estaba impregnado de olor a mar, y Dante observó cómo cerraba los ojos y aspiraba.

—¿Te gusta?

Ella le sonrió.

—Es ideal. Me encanta el mar. Soy una criatura de agua. Piscis.

—Yo también. Sólo que soy Escorpio.

—¿Cuánto hace que tienes esta casa?

—Tres días.

—¿La has comprado esta semana?

—La he alquilado con opción a compra. Eres mi primera invitada.

—Me siento halagada.

—Si quieres, te enseño el resto.

—Será un placer.

Recorrieron las distintas estancias sin que Dante tuviera mucho que comentar, ya que la casa era pequeña y todos los espacios tenían una función obvia. Cocina, dormitorio principal, habitación de invitados, dos baños y salón con comedor al fondo. La vivienda estaba amueblada hasta el último detalle, ropa de cama incluida.

—Me gusta eso de comprar por impulso —dijo Nora—. Parece divertido, aunque confieso que no me veo haciéndolo a semejante escala.

—Era una oportunidad en todos los sentidos. El propietario de la casa me debe dinero y así me paga la deuda. Le llamé para decirle que la quería y me la cedió encantado. Los quince mil al mes incluyen los intereses. En treinta y seis meses zanjamos el tema. Una ganga para él.

Nora pareció desconcertada.

—¿Cuánto te debía?

—Mucho. Le ofrecí un descuento para suavizar el trato.

—¿Qué razón tendría alguien para pedir prestado tanto dinero?

—El coste de la vida sube cada vez más y el mercado va a la baja. El tipo es muy conocido en la ciudad y debe mantener una imagen. Su mujer no tiene ni idea de lo endeudado que está.

—¿Y no utilizan la casa?

—Ya no. Él le ha contado que la ha vendido.

—¿Así, sin más?

—Claro.

—¿Y el nombre de ella no figuraba en la escritura?

—El nombre de ella no figura en ninguna parte. En ese sentido él es como Channing.

Nora vaciló, reacia quizás a pedirle que se explicara, pero la curiosidad la pudo.

—¿Por qué lo dices?

—Seguro que la casa de Malibú está a su nombre.

—Era suya antes de que nos conociéramos.

—Así que cuando os casasteis él se declaró propietario único y exclusivo.

—Por supuesto. Yo también tengo una vivienda escriturada a mi nombre. Ambos hemos estado casados antes, así que es una mera cuestión legal.

—¿Qué me dices de la casa que tenéis ahí arriba? ¿Figura tu nombre en el título de propiedad?

—Pues no, pero Channing me dijo que era por razones fiscales. Ahora no recuerdo bien lo que me explicó.

—¿Cuántas veces se divorció antes de casarse contigo?

Nora le mostró dos dedos.

—Y seguro que en ambos casos salió perdiendo, ¿verdad?

—Según él, sí.

—Por eso no figura tu nombre en el título de propiedad. Porque te está esquilmando por anticipado.

—Ya basta. En este estado se aplica el régimen de bienes ganaciales. En caso de divorcio, me quedaría igualmente con la mitad de todo.

—Nora, tu marido es abogado. Todos sus amigos lo son y, si no, conocen a otros abogados cuyo único objetivo en esta vida es impedir que los bienes conyugales acaben en manos de mujeres como tú. ¿Sabes cómo llaman los hombres a esas razones fiscales a las que se refería tu marido? El impuesto de los tontos, porque les toca pagar un ojo de la cara por no haber sido listos.

—No creo que debamos seguir discutiendo sobre este tema. Me parece fuera de lugar.

—«Fuera de lugar.» Bueno, es una forma de verlo. ¿Te digo cómo lo veo yo? Eres una mujer hermosa. Estás en apuros y lo sabes, te lo veo en la cara. Intuyo que tienes una vena temeraria que no puedes controlar. Seguro que de pequeña eras un torbellino y hacías lo que te venía en gana.

—Creía que en eso consistía ser joven.

—Ahí quiero ir a parar. Así es como envejecemos, le damos demasiadas vueltas a las cosas que antes hacíamos casi sin pensar.

—No sigas con eso, por favor.

—¿Por qué no?

—No debería haber venido aquí. Ha sido un error.

—Sólo estamos hablando. No tiene nada de malo.

—Sabes de sobra que no es así.

—Sí, lo sé. Lo que no tenía claro es que tú lo supieras. Eso es lo malo de elegir. Al final hay que tomar una decisión. Quizás ahora mismo no, pero sí dentro de muy poco —aseguró Dante.

—¿Y qué me dices de ti? ¿Qué es lo que quieres? Me tachas de indecisa, pero tú aún no te has pronunciado.

—Para empezar, me gustaría evitar pasarme el resto de mi vida en la cárcel.

—¿Existe esa posibilidad?

—Según mis abogados, sí. Tengo cuatro, y son los mejores. Si te dijera sus nombres, seguro que Channing sabría quiénes son.

—¿Qué has hecho?

—La cuestión es, ¿de qué se me acusa? ¿Quieres oír la lista?

—Cómo no.

—Evasión de impuestos, presentación de declaraciones de renta falsas, ocultación de cuentas bancarias en el exterior y de ingresos internacionales, así como extorsión, conspiración, blanqueo de dinero, transporte interestatal de mercancía robada y venta de bienes robados. En resumen, sería eso. Ah, y fraude postal, creo que eso no lo he mencionado. Puede que me deje algo, pero casi todo está relacionado con el mismo tema.

—¿Y delitos violentos?

—Esos cargos van aparte. Los que he citado son todos los imputables de acuerdo a las leyes contra el crimen organizado.

—¿Te condenarán?

—No si encuentro una escapatoria. Mis abogados me dicen que los federales ofrecerán negociar con el fiscal, pero las condiciones no serán nada buenas.

—¿A qué pena te enfrentas?

—A cuarenta años de prisión, además de la confiscación de un montón de propiedades, que es lo que más me cabrea.

—¿Cuarenta años? Vaya, siento oír eso. No me veo esperando tanto, pero te echaré de menos.

Dante se echó a reír.

—Aún no ha ocurrido. La buena noticia es que las investigaciones avanzan al ritmo propio de la Administración pública. Es decir, que están casi paralizadas. Tardarán años en llegar a su fin, y mientras tanto pueden surgir imprevistos.

—Vaya, suena interesante. ¿Qué clase de imprevistos?

—Ya te he contado bastante. La cuestión es, en el caso de que decidiera irme del país, si tú te plantearías venir conmigo. Hay quien vive como si estuviera en una cárcel.

—No te pongas melodramático.

—Sólo constato un hecho. Si sigues casada con Channing, ya sabes lo que te toca. Tu marido tendrá una ristra de aventuras y tú serás la última en enterarte. Lo mejor que puedes hacer es tener una aventura tú también.

—Y ahí es donde entras tú.

—¿Por qué no? No trato de convencerte de nada, salvo, quizá, de que vengas conmigo cuando llegue el momento.

—Debería irme.

—Si no son ni las dos... No tienes que volver hasta las cuatro.

Nora se echó a reír.

—Qué malo eres. Si no me ando con cuidado, terminaré llamando a mi terapeuta para hablarle de ti.

—¿Estás yendo a terapia?

—Estaba. Dos veces por semana durante un año.

—¿Y eso?

—Perdí a un hijo.

—¿Quieres hablar de ello?

—No.

—¿La terapia te ayudó?

—No. Por eso la dejé. Me cansé de oír mi propia voz. Llorar la muerte de alguien es como estar enfermo. Crees que el mundo entero gira a tu alrededor, y no es así.

Dante levantó el brazo y le acarició la mejilla con el dorso de la mano.

—Pobre gorrión.

—Sí, pobre de mí —dijo Nora, pero no se apartó.

El lunes por la mañana Saul entró en el despacho de Dante con un grueso fajo de papeles en la mano.

—Tenemos un problema.

Dante estaba sentado ante su escritorio, jugando con un abrecartas. Al oír el comentario de Saul, lanzó el abrecartas a un lado y juntó las manos. No parecía nada contento, y lo último que necesitaba era otro problema.

—¿Qué pasa?

—Ha llamado Georgia. Quiere verte.

—¿Y qué tiene eso de malo? Dile que la recogeré donde quedamos siempre.

—Ése no es el problema al que me refería.

—Nada de malas noticias. Estás más serio de lo normal y no quiero saber por qué.

Saul guardó silencio.

—¡Joder! ¿Qué? —espetó Dante, exasperado.

—Ya volveré más tarde.

Dante hizo un gesto con la mano, como diciendo «suéltalo».

—Han interceptado la nómina. Por eso quiere hablar contigo Georgia. Un imbécil de Miami no se enteró de que Audrey estaba fuera de combate y le envió el dinero como de costumbre. Su casera interceptó el paquete. El dinero ha desaparecido.

—¿Cómo que ha desaparecido? ¿Cuándo ha sido eso?

—El viernes.

—¿Y ahora avisa Georgia? Dile que mueva el culo para recuperarlo.

—Lo ha intentado, pero resulta que hay una investigadora privada metida en el asunto. Supongo que la casera y ella están conchabadas. Georgia ha enviado a alguien a la casa de cada una, aquí y en San Luis, y no ha aparecido nada. Corre el rumor de que lo han entregado al Departamento del *Sheriff* de San Luis Obispo.

—¡De puta madre! —exclamó Dante—. ¿Qué más?

—Georgia cree que la detective ha estado siguiéndola.

—Estará a punto de venirle la regla. Cada treinta días le entra la paranoia de que la persiguen. Es una histérica de cojones.

—A mí me parece que habla en serio. Tal vez tendrías que oírla a ella.

Dante hizo un ademán desdeñoso.

—Vale. ¿Algo más? Porque de momento sólo me has puesto de mal humor a medias. Sé que puedes hacerlo mejor.

—Me preguntaba si habrías reflexionado sobre lo de Cappi. Está haciendo demasiadas preguntas, y no me gustan sus insinuaciones.

—Le he dado un dato muy valioso para ver qué hace con él. Le he contado que vaciamos el disco duro todos los jueves al mediodía. Me lo inventé mientras hablábamos, pero ¿qué sabrá él? Si se anda con dobles juegos, le irá con el cuento a su contacto y nos acusará. Me imagino que los federales se presentarán con una orden de registro y lo pondrán todo patas arriba. Una vez echada por tierra su credibilidad, ¿quién va a confiar en él?

—¿Por qué habría de creer alguien una historia como ésa?

—Para cuando se vaya de la lengua, se armará tal lío con los datos que nadie sabrá qué pensar. Si vienen a por nosotros será en el improbable caso de que el muy gilipollas cuente la verdad.

—Me alegra saber que hay algo bajo control.

Dante señaló el montón de documentos que Saul le traía.

—¿Qué es esto?

Saul se los dejó encima del escritorio.

—La última entrega del papeleo previo al juicio. ¿Quieres repasarlo?

—¿Para qué? Me van a joder pase lo que pase. Si miento, me trincarán por perjurio. Y si digo la verdad, ya me puedo ir a la mierda. ¿Qué se supone que debo hacer?

—¿A qué vienen las dudas? Miente como un bellaco. Que demuestren ellos lo contrario.

—No me gusta la idea de mentir bajo juramento. Puede que te parezca que hilo demasiado fino, después de todo lo que he hecho en mi vida, pero yo también tengo mis principios.

—Entonces pasa al plan B: apártate de la línea de fuego.

—¿Y cómo lo hago? Si me aparto, tú quedarás al descubierto.

—No te preocupes por mí. No me pasará nada. Si desapareces del mapa, alegaré desconocimiento y te echaré toda la culpa a ti.

—Es que la tengo.

—Le diré a Lou Elle que lo organice todo para cuando estés listo.

—Aún no. Antes quiero ocuparme de algunas cosas.

—¿Como qué? Está todo en orden. Llevamos meses preparándolo.

—Ya lo sé —respondió Dante irritado—. Es que no creo que sea el momento.

—¿Y por qué no? —preguntó Saul con prudencia.

—Es por la mujer con la que me estoy viendo.

A Saul le costó un instante asimilar las palabras de Dante.

—¿Y Lola?

—Se ha acabado. Sigue en casa, pero no tardará en marcharse.

—No tenía ni idea.

—Yo tampoco. Ha sido ella la que ha tirado la toalla, si no, yo seguiría al pie del cañón. Creía que nos iba bien, que lo nuestro duraría para siempre. Para que veas lo equivocado que estaba —añadió—. Y mientras tanto, he conocido a otra mujer.

—¿Quién es?

—No te preocupes por eso. El caso es que la situación me supera.

—¿A ti?

—¿De quién estamos hablando si no?

—¿Desde cuándo?

—Desde ayer.

23

El lunes por la mañana a primera hora, de camino a mi despacho, pasé por el Registro Civil y empecé a buscar información sobre Corazones que Ayudan, Manos que Curan. Si se trataba de una fundación benéfica, tendría que estar registrada. En el estado de California, como sucede seguramente en la mayoría de estados, a cualquier organismo que quiera beneficiarse de una desgravación fiscal se le exige rellenar toda una serie de impresos, sujetos a las tasas administrativas de rigor. Ya sea la entidad en cuestión una empresa unipersonal, una sociedad colectiva, una sociedad comanditaria o una sociedad anónima, el solicitante debe incluir el nombre y la dirección de la organización, así como los nombres y direcciones de todos sus socios, administradores o directivos.

Comencé la búsqueda en el registro de fundaciones benéficas, pero no encontré nada. Intenté buscar bajo entidades sin ánimo de lucro y me topé con otro callejón sin salida. Perpleja, le pedí a la recepcionista si me podía sugerir algo. Me dijo que buscara bajo «Nombres comerciales ficticios», también conocidos como NC, abreviatura de «nombre comercial». Me envió a otra oficina. Los NC caducan al cabo de cinco años, pero se requiere un nuevo registro antes de treinta días. Le agradecí su ayuda. Esta vez tuve suerte, aunque la respuesta a la pregunta me llevó de nuevo al punto de partida. El propietario y gestor de Corazones que Ayudan, Manos que Curan era Dan Prestwick, marido de la mismísima Georgia a la que llevaba días siguiendo.

No quedaba claro qué pretendía con esa iniciativa, pero supuse que habría adquirido las licencias y los permisos necesarios, que le habrían asignado un número federal de identificación fiscal y que cumpliría todas las normativas estatales y federales exigibles para el desempeño de los objetivos expuestos, cualesquiera que éstos fueran. Prestwick debería haber incluido una lista de todos sus fondos, propiedades y otros activos, pero no encontré ningún registro de dichos datos. Estaba segura de que la gente tiraba todo tipo de enseres domésticos y prendas de ropa usada en sus contenedores, pero no sabía qué pasaba con esos artículos después. Prestwick no declaraba su valor potencial, desde luego. Quizás acabara echando los mismos artículos a los contenedores del Ejército de Salvación, o los dejara en el punto de recogida situado tras la tienda con fines benéficos de Chapel.

Corazones que Ayudan, Manos que Curan parecía ser una empresa fantasma creada para proteger a Dan Prestwick de una investigación más rigurosa. Imaginé que la supuesta fundación benéfica sería un conducto para distribuir mercancía robada. Georgia dedicaba parte de su tiempo a robar en tiendas y también participaba en la recolección de las mercancías robadas, a juzgar por las abultadas bolsas de plástico que la vi echar en dos contenedores distintos. Pero al parecer no estaba involucrada en el transporte de los artículos de un lugar a otro. Supuse que se deshacía de la mercancía robada lo más rápido posible, pasándosela a otros miembros de la red. No me imaginaba que los Prestwick estuvieran en lo más alto de la jerarquía. Seguramente trabajaban para alguien más poderoso. Las llamadas de Audrey a Los Ángeles, Corpus Christi y Miami indicaban la existencia de una organización con divisiones repartidas por todo el país. El dinero en efectivo obtenido en cualquier punto de la red se enviaba a continuación a la ahora difunta Audrey Vance, quien probablemente lo usaba para pagar a los trabajadores a los que contrataba en sábados alternos. ¿Y ahora qué?

Salí del edificio del condado y volví en coche a Juniper Lane. Aparqué a dos puertas de la casa de los Prestwick y observé la estrecha franja del camino de entrada que podía ver desde el coche. Oficialmente, no estaba de vigilancia. Necesitaba un sitio donde sentarme mientras me aclaraba, y ¿por qué no a un tiro de piedra de dos de los jugadores principales? Saqué mis fichas del fondo del bolso y tomé unas cuantas notas, desalentada por la escasez de datos relevantes. Tenía montones de conjeturas, pero muy pocas pruebas sólidas.

Ahora que Marvin Striker y yo nos habíamos separado me tocaba arreglármelas por mi cuenta. Aunque me gustaba no tener que darle explicaciones de lo que hiciera, no iba a sacar ni un céntimo por mis servicios. Era una forma muy tonta de llevar un negocio, especialmente cuando llegaran las facturas habituales y yo estuviera baja de fondos. Tengo una cuenta de ahorro para tapar agujeros, pero no me apetece echarle mano a ese dinero. Pese a haber alardeado de lo contrario en plan ofendido, no podía permitirme trabajar mucho tiempo sin cobrar. Lo más sensato sería reunir todos los datos que había obtenido y entregárselos a Cheney Phillips. No pensaba tratar con Len Priddy, pero si Cheney quería pasarle la información, sería asunto suyo.

Oí un ruido y vi que Georgia salía a pie del camino de entrada a su casa. No iba vestida como para hacer ejercicio, a menos que le gustara hacer *jogging* con una falda ajustada, medias y sandalias con tacón de aguja. Georgia anduvo hasta la esquina y ahí se detuvo. Observé cómo llegaba una larga limusina negra. Se abrió la puerta trasera y Georgia entró en ella, tras lo cual la limusina desapareció de mi campo de visión. Arranqué el Mustang y conduje hasta el final de la calle, donde asomé el morro ligeramente y miré a mi derecha. La limusina se había detenido junto al bordillo y permanecía allí con el motor al ralentí. Un hombre muy corpulento enfundado en un traje negro salió del vehículo. Permaneció de pie junto a la limusina con los brazos cruzados mientras escudriñaba los alrededores. Su mirada se posó en mi coche, así que no me quedó más remedio que girar a la izquierda y seguir adelante, como si ésa hubiera sido mi intención. No tuve tiempo de fijarme en la matrícula, lo cual se estaba convirtiendo en una mala costumbre por mi parte. Una vez más, maldije mi Mustang Grabber azul por llamar tanto la atención. Ni siquiera podía dar la vuelta rápidamente a la manzana para acercarme desde la dirección opuesta.

Volví a mi despacho y, mientras aparcaba frente a la casa, vi a Pinky Ford sentado en el escalón de mi porche, con un sobre marrón en la mano. Me apetecía estar sola, pero por lo visto no iba a poder ser. Cuando me vio, Pinky se levantó y se limpió el polvo de los pantalones. Se había enfundado los vaqueros de rigor, esta vez con una camisa vaquera negra adornada en un lado con tachones plateados que parecían tachuelas de tapicero. Llevaba allí algún tiempo, a juzgar por el número de colillas que tenía a sus pies. Cuando me acerqué, se metió el sobre bajo el brazo y se agachó para recoger las colillas. Las sostuvo con la mano ahuecada mientras se esforzaba en apagar las cenizas con la puntera de la bota.

—Hola, Pinky —saludé—. ¿Cómo estás? Espero que no hayas venido a decirme que has empeñado algo más.

—No, señorita. Me he portado bien —respondió—. Al menos a ese respecto.

Abrí la puerta con llave y Pinky me siguió hasta el interior del despacho.

—Puedo hacer una cafetera si te apetece —ofrecí.

—Tengo algo de prisa.

—¿Quieres sentarte, o te tomaría demasiado tiempo?

—Puedo sentarme —contestó.

Saqué la papelera que había bajo mi escritorio y se la tendí, mientras esperaba a que depositara allí sus colillas y se limpiara las manos en los vaqueros. La verdad es que a mí me apetecía muchísimo un café, pero pospuse ese placer en aras de la rapidez y la eficiencia. Pinky se acomodó en la silla que tengo para las visitas y depositó el sobre marrón sobre mi escritorio. Al mirar el sobre me fijé en que la luz de mi contestador parpadeaba alegremente.

—Espera un momento.

Le di a la tecla y nada más oír «Soy Dia...» borré el mensaje.

—Caray, ya veo que te cae muy bien —comentó Pinky.

—Es una larga historia —respondí—. ¿Eso es para mí?

Pinky empujó el sobre hacia delante.

—Tenía la esperanza de que pudieras guardármelo por un tiempo.

—¿Qué hay dentro?

—Fotografías.

—¿De?

—Dos individuos distintos en circunstancias comprometedoras. Es mejor que no conozcas los detalles.

—¿Por qué es mejor? A mí no me parece mejor.

—Se trata de un asunto un tanto delicado. En la primera serie de fotografías, la reputación y el buen nombre de alguien están en juego.

—¿Tú con otra mujer?

—Yo no. Yo no tengo ni buen nombre ni reputación. Además, no engañaría a Dodie. Me ha explicado con todo detalle lo que me haría si me aparto del buen camino.

—¿Y qué hay de las otras fotos?

—Es un asunto más grave. Diría que de vida o muerte, si no sonara a cuento chino.

—¿Cuántas fotografías hay en total? No importa, lo preguntaba por curiosidad —expliqué.

—Diría que unas diez.

—¿Es una suposición, o ya las has contado?

—Las he contado. También están los negativos. Las fotos sin los negativos no valen una mierda. Si destruyes una serie sólo es cuestión de revelarlas de nuevo.

—¿Y por qué quieres dármelas a mí?

Pinky hizo una pausa para quitarse una hebra de tabaco de la lengua.

—Buena pregunta —dijo sin ofrecer ninguna respuesta.

—Pinky, no pienso guardarte nada a menos que me cuentes lo que pasa.

—Lo entiendo —respondió. Luego miró hacia el techo—. Veamos cómo puedo explicártelo y seguir ejerciendo el derecho a no declarar.

—Tómate el tiempo que quieras.

Pinky reflexionó durante un momento.

—Puede que haya allanado la propiedad de la persona que, según creía yo, estaba en posesión del material que hay dentro del sobre. No estoy diciendo que lo haya hecho, pero es posible. También es posible que buscara las fotografías en otra parte y, como no aparecían, acabara deduciendo dónde estaban.

—¿Y por qué te involucraste en este asunto?

—Quería impedir que amenazaran a un amigo mío. Pero entonces salieron a la luz estas otras fotos, que son las que me han metido en un lío. Un lío de narices.

—¿Y todo esto no indica que quien guarde las fotografías también se meterá en problemas si otra persona deduce que las tiene?

—¿Por qué iba a sospechar alguien de ti?

—¿Y si te han seguido? Podría haber un tipo aparcado al final de la calle con los prismáticos dirigidos hacia mi puerta. Tú entras con el sobre y luego sales sin el sobre. Los malos no son tontos. Sean quienes sean, lo van a descubrir.

Pinky se revolvió en la silla, al parecer desconcertado ante esa posibilidad. Me lanzó una mirada llena de astucia.

—Podrías darme otro sobre marrón para que me lo lleve cuando salga de aquí.

Entrecerré los ojos.

—¿Sabes qué? La verdad, no me parece un plan demasiado bueno. Sabes que te ayudaría si pudiera, pero te has metido en un agujero y yo no quiero caer también en él.

Ésa no era la respuesta que Pinky esperaba.

—¿Y qué te parece si te dejo las fotos durante un día?

—¿Cómo sé que volverás a buscarlas?

—Porque las necesito, pero no inmediatamente. Es sólo para guardarlas en un lugar seguro. Un día.

Pinky me mostró un dedo para especificar el plazo, como si el número uno resultara un tanto ambiguo.

—Te conozco demasiado bien. Harás lo que más te convenga y me dejarás colgada.

—Te prometo que volveré a buscarlas. Te lo juro.

—No entiendo de qué puede servir que las guarde un día.

—Voy a concertar una reunión para mañana por la tarde. Estoy metido en un lío y las fotos son mi tarjeta para salir de la cárcel, como en el Monopoly, pero sólo si se las llevo a la persona adecuada. Mientras tanto, podrías meter el sobre en tu caja fuerte y olvidarte de que está ahí.

—¿Qué te hace pensar que tengo una caja fuerte?

Pinky me miró con expresión afligida, dada la obviedad de mi pregunta.

—Las recogeré mañana antes del mediodía y no volverás a oír nada más sobre este asunto.

Quería dar un puñetazo en el cajón de los lápices, habría resultado menos doloroso que su propuesta.

—Por favor, no me pidas esto.

—Pues te lo estoy pidiendo. Estoy desesperado.

Pinky consiguió que su expresión fuera solemne, lastimera, desvalida y dependiente a un tiempo.

Lo miré fijamente. Los delincuentes habituales son así con frecuencia, pensé. Estén dentro o fuera de la cárcel, te camelan y te manipulan. Quizá no puedan evitarlo. Se encadenan a las vías férreas seguros de que los buenos samaritanos como yo acudirán galopando a rescatarlos. De hacer lo que se esperaba de mí, ¿a que no sabéis quién acabaría bajo el tren?

Por poco me pongo a gritar en señal de protesta. ¿Cuántas veces decir que sí en situaciones como ésa me ha traído consecuencias desastrosas? ¿Cuántas veces me he dejado engatusar por alguien con la labia de Pinky? La intuición nos sirve para ponernos sobre aviso cuando el lobo llega a la puerta vestido de caperucita roja. Abrí la boca sin saber muy bien qué iba a decir.

—Hay algo en todo esto que no me parece bien —dije—. De hecho, nada de todo esto me parece bien.

—Eres la única amiga que tengo.

—Corta el rollo. Seguro que tienes otros amigos.

Pinky se encogió de hombros sin mirarme a los ojos.

—Esperemos que sí. Si no, me van a machacar a base de bien.

Me quedé allí sentada preguntándome qué sería peor: tomar la decisión equivocada y acabar cubierta de mierda o evitar el desastre y sentirme agobiada por la culpabilidad. Ése fue el momento que por poco acaba conmigo. Estuve a punto de aceptar, pero finalmente negué con la cabeza.

—No puedo. Lo siento, pero si acepto, sé que luego lo lamentaré.

Pinky se levantó y yo hice otro tanto. Cuando alargó el brazo sobre el escritorio para darme la mano, consiguió conferir a sus palabras un carácter irreversible.

—No quiero que te sientas mal por haberme dicho que no. No debería haberte puesto en este brete.

—Espero que se te ocurra alguna cosa.

—Yo también. Bueno, te agradezco tu tiempo. Cuídate. No hace falta que me acompañes hasta la salida.

—¿Te mantendrás en contacto?

—Si puedo —respondió.

Nos despedimos de forma incómoda y, después, Pinky me dejó en el despacho y se dirigió a la puerta de salida. Me pregunté si realmente volvería a verlo. Me acerqué a la ventana y miré hacia el exterior. Pinky tardó unos segundos en aparecer en mi campo de visión. Debería haberme imaginado que tramaba algo, pero en aquel momento no le di más importancia. Recliné la cabeza contra el cristal, observando cómo desaparecía calle abajo. Casi esperaba oír disparos, o el chirrido de ruedas mientras algún vehículo sin matrícula aceleraba y lo atropellaba.

Me hundí en la silla giratoria y experimenté todo el peso del remordimiento. La próxima vez que Pinky me pidiera algo —si es que vivía el tiempo suficiente como para pedírmelo— le diría que sí fuera lo que fuera. Era uno de esos momentos que, tiempo después, nos llevan a preguntarnos: «¿Cómo iba a imaginarme algo así?», aunque entonces yo no fuera consciente de ello. No sé cuánto tiempo permanecí ahí sentada reprochándome mi actitud, pero de pronto llegó otra visita.

Oí que alguien tamborileaba en la puerta de entrada, que se

abrió y se cerró a continuación. Me levanté y me dirigí al antedespacho para ver quién había entrado. Earldeen, la compañera de juergas de Marvin, se estaba quitando el abrigo. Se me pasó por la cabeza que Marvin podría haberla enviado para que se disculpara en su nombre, al ser demasiado cobarde y estar demasiado avergonzado como para hacerlo él mismo.

—Hola, Earldeen —saludé—. No esperaba verte aquí.

Me mostró una de las tarjetas de visita que yo había dejado en el Hatch.

—Fue una suerte que Ollie conservara las tarjetas, si no, no habría podido localizarte.

—Entra —invité—. ¿Quieres que lo cuelgue?

—Ya está bien así —respondió.

Colocó el abrigo sobre el respaldo de una de las sillas para las visitas y se sentó en la otra. Me pasaba por lo menos una cabeza. Probablemente había empezado a adoptar una mala postura de adolescente con la esperanza de parecer igual de alta que el resto de la gente. El olor a bourbon la envolvía, aunque me pareció que estaba sobria.

Volví a mi escritorio y me senté.

—¿Te puedo ayudar en algo?

—Más bien soy yo la que ha venido a ayudarte a ti. Ha pasado algo, y he creído que deberías saberlo.

—Estoy impaciente.

—Bueno, ayer, después de que salieras del Hatch llegó un hombre. Llevaba tiempo sin verlo, pero ese hombre conocía a Audrey bastante bien, porque los dos solían tener unas charlas muy íntimas. Te hablo de hace un año, antes de que Audrey y Marvin empezaran a salir juntos. No lo había visto desde entonces. Pensé que sería su ex marido, o un antiguo novio, alguien de quien Audrey no quería que Marvin supiera nada.

—¿Y tenías razón?

—En aquel momento no estaba segura, pero admito que sentía curiosidad por saberlo. Es un tipo muy atractivo. Rondará los cincuenta, alto, con el pelo rizado gris y unos ojazos marrones preciosos. Él y Audrey siempre estaban muy juntos, y cuando en una ocasión le pregunté a ella quién era, cambió de tema. En mi opinión, no hacían muy buena pareja. Ella sería unos diez años mayor que él, o más, y sin ánimo de ofender, pero el tipo era demasiado guapo para una mujer como Audrey. Sé que esto suena fatal, pero es la verdad.

—¿Ayer fue al bar para buscar a Audrey?

Earldeen negó con la cabeza.

—Se encontró con otra mujer, alguien que no encajaba para nada en un sitio como el Hatch. La típica socia de un club de campo, ya sabes a lo que me refiero.

—Me parece que sí —respondí—. ¿Y qué pasó?

—No mucho. Charlaron durante un par de minutos y entonces él la acompañó hasta la salida lateral. Ya no volví a verlos.

—¿Y por qué me lo cuentas a mí?

—Bueno, a eso iba. Cuando ese hombre se veía con Audrey, le pregunté a Ollie quién era, y me respondió que se llama Lorenzo Dante. ¿Has oído hablar de él?

—Creo que no.

—Se hace llamar Dante para que nadie lo confunda con su padre, Lorenzo Dante sénior. Ollie dice que es un gángster.

—¿El padre o el hijo?

—Los dos. Supongo que el padre se habrá retirado. No puede decirse que me mueva en esos círculos, claro, pero he oído que el tipo ese está metido en bastantes asuntos turbios.

—¿Como qué?

—Bueno, para empezar, es un prestamista. También es el dueño de un almacén de importación-exportación en Colgate llamado Allied Distributors. Tengo el presentimiento de que Audrey trabajaba para él.

El corazón empezó a latirme con fuerza porque había visto ese mismo almacén el día antes.

—¿Y por qué no me lo dijiste hace una semana? Me he dejado la piel intentando averiguar en qué estaba metida Audrey. Esto me habría ayudado mucho.

—Supongo que me entretuve con otras cosas. Estaba tan alterada pensando que Audrey se había suicidado que no se me ocurrió que su muerte pudiera tener relación con su jefe. No caí en la cuenta hasta que lo vi ayer en el bar.

—¿Lo sabe Marvin?

—Digamos que se lo conté enseguida, pero eso no significa que captara el mensaje. No quiere ni oír que Audrey trabajaba para un granuja. Piensa que era una santa y no le interesan otras opiniones.

—Es lo mismo que me echó a mí en cara.

—Ya lo sé. Se denomina proyección, lo veo constantemente en el Hatch. Acusas a otra persona de tener defectos que te niegas a reconocer en ti mismo —explicó—. No me mires con esa cara de pasmo. Me licencié en la universidad años ha. Estudié psicología y bellas artes.

—Lo siento. Es que estoy intentando asimilarlo. Lo normal hubiera sido que Marvin se pusiera muy contento al saberlo. Está convencido de que la asesinaron y esto respalda su teoría, ¿no te parece?

—Bueno, tampoco estoy tan segura —respondió Earldeen—. Audrey y ese tal Dante eran uña y carne. Audrey trabajaba mucho. Siempre estaba viajando, y ganaba montones de dinero. En mi opinión, eso significa que tenía éxito. ¿Por qué la mataría si era tan buena en lo suyo?

—Quizá se le subieron los humos a la cabeza y amenazó con ponerse ella al frente del negocio.

—Supongo que es posible. Ya oíste lo que dijo Marvin. Alguien le hizo creer que la tiraron del puente porque sabía demasiado. La pregunta es: ¿qué sabía Audrey?

—No tengo ni idea —respondí. Consideré las posibles consecuencias. Basándome en el puñado de datos inconexos de que disponía, no se me ocurría qué podía haber descubierto Audrey.

Earldeen se removió inquieta.

—¿Qué crees que debo hacer?

—Bueno, yo que tú informaría a la policía.

—Ya lo he intentado. Antes de venir aquí fui a la comisaría y pedí hablar con alguien sobre la muerte de Audrey. El agente que estaba en recepción hizo una llamada y me dijo que el subinspector Priddy vendría enseguida. Respondí que no importaba y salí de allí a toda prisa. Me da mala espina que su nombre salga a cada paso. Bueno, espero que Marvin no se entere de que he estado aquí, porque, si no, me despellejará viva.

24

Después de que Earldeen se marchara volví a repasar mis notas. Nunca había estado tan enamorada de mis fichas. Eran como las piezas de un rompecabezas que podría completar una vez comprendiera qué era lo que tenía delante. Barajé las fichas y las esparcí sobre mi escritorio. Podía ordenar los datos como más me conviniera, pero sólo formarían un todo cuando percibiera su auténtica relación. El proceso aún no me permitía atar cabos, así que no me preocupé demasiado en ordenar la narración tal y como pensaba que debería ordenarse. De momento no sabía qué rumbo tomar, pero, en lugar de desanimarme, lo vi como una oportunidad para hacer una pausa y reconsiderarlo todo. Era como estar de pie en un torrente de información que fluyera despacio envolviéndome por todas partes. Podía girarme en cualquier dirección y analizar lo que me rodeaba mientras decidía dónde echar el sedal.

Di la vuelta a la ficha en la que había anotado el nombre de la agencia inmobiliaria que ofrecía casitas destartaladas en alquiler, una empresa llamada Providential Properties. Sería interesante, pensé, averiguar quién había sido el inquilino y durante cuánto tiempo. Saqué el listín telefónico y busqué la agencia inmobiliaria en las páginas amarillas. Sólo encontré una dirección. Estaba en Colgate, California, lo que indicaba que no era una multinacional con sucursales en Londres, París y Hong Kong. Quizá valía la pena charlar con el agente inmobiliario, y mejor en persona que por teléfono.

Reposté e hice una visita al lavabo de señoras antes de meterme en la 101, lo que me dio tiempo para pensar en una tapadera.

¿Por qué preguntaba por una vivienda destartalada? Con mis vaqueros y mi jersey de cuello alto habitual ofrecía un aspecto convincentemente desaliñado. Nunca he comprado una propiedad y ni siquiera me lo he planteado, así que no tenía ni idea de cómo hacerlo. ¿Qué pasaría si me pedían mi dirección, mi profesión y el nombre de la empresa para la que trabajaba? Decidí inventarme las respuestas si es que me lo preguntaban. Por lo que sabía, Providential Properties, como Corazones que Ayudan, Manos que Curan, eran producto de la imaginación de alguien.

Encontré la agencia en una hilera de negocios de la calle principal que atravesaba Colgate. Pasé por delante, la inspeccioné rápidamente y aparqué al final de la calle. Fui andando hasta la agencia y me detuve para mirar el escaparate, en el que exhibían fotografías de las propiedades disponibles. La mayoría parecían ser locales comerciales, y me fijé en que la letra pequeña del letrero de la empresa rezaba: OFICINAS, TIENDAS, NAVES INDUSTRIALES E INMUEBLES PARA INVERSORES. Al poner la mano en el pomo me fijé en un reloj de papel y en una nota que colgaban de una ventosa sujeta a la cara interna del cristal. VUELVO EN DIEZ MINUTOS. Las manecillas del reloj marcaban las once en punto. Según mi reloj, eran las doce menos cuarto. Me volví para comprobar si venía alguien, con la esperanza de que fuera el agente inmobiliario. Si bien había algunas personas en la calle, ninguna venía hacia mí. No estaba segura de si sería mejor esperar o darme por vencida.

Me metí en la tienda de reparación del calzado que había al lado, la cual despedía un olor irresistible a cuero, goma, betún y maquinaria. El hombre que trabajaba detrás del mostrador estaba volviendo a coser la correa de una mochila. Rondaría los setenta y llevaba una melena blanca y rizada que le llegaba hasta los hombros. Levantó la vista y me miró por encima de la media montura de sus bifocales.

—¿Tiene idea de cuándo volverá el agente inmobiliario de aquí al lado? —pregunté—. En el cartel de la puerta pone diez minutos, pero de eso hace ya tres cuartos de hora.

—Se marchó a casa. Lo hace a veces cuando hay poco movimiento.

—Vaya. Me pregunto por qué no cerró el local entonces.

—No soporta que se le escape ningún cliente. Mucha gente viene aquí preguntando por ella. Le daré su tarjeta. Si le deja un mensaje en el contestador, ya la llamará.

Eso supondría hacer un segundo viaje, o sea, un auténtico fastidio, pero no se me ocurrió ninguna alternativa.

—Supongo que tendré que conformarme con la tarjeta.

El zapatero se levantó y se dirigió al mostrador, donde abrió un cajón y rebuscó antes de entregarme una tarjeta decorada con marcas de dedos.

Mientras le daba las gracias me fijé en el nombre del agente. Era un mujer, Felicia Stringfield.

—¿Felicia? —pregunté.

—¿La conoce?

—Creo que he oído su nombre —respondí—. ¿También vende viviendas?

—Si se le presenta la oportunidad. Nunca rechaza ninguna petición.

—Pues es una buena noticia —comenté—. La llamaré y puede que me pase por aquí de nuevo cuando esté en la agencia.

—¿Quiere dejarme su nombre y su teléfono?

—No se preocupe, ya la llamaré yo. Gracias.

Volví al coche y saqué mis fichas. Les quité la goma y busqué hasta encontrar las notas que había tomado después de mi primera reunión con Marvin. Felicia era el nombre de la agente que iba a enseñarles casas en venta a Marvin y a Audrey el día en que ésta desapareció. Puede que hubiera un montón de agentes inmobiliarias llamadas Felicia, aunque me extrañaría mucho. Me habría encantado que Marvin me lo confirmara, pero de momento no quería hablar con él. Si la agente era la misma, no podía ser una coincidencia que ofreciera casitas en alquiler o en venta desde un establecimiento relacionado a su vez con la tienda de artículos de segunda mano.

Cerré los ojos mientras repasaba todos los datos mentalmente. No se me ocurría ningún nexo de unión entre los distintos puntos. Podía vislumbrar los contornos de la banda de ladrones y sabía el nombre de algunos de sus miembros. También sabía cómo se desplazaban entre los puntos que integraban su recorrido, pero desconocía lo que transportaban. Desgraciadamente, no tenía autoridad para intervenir. Como mucho podría hacer una detención ciudadana, pero ese tipo de detenciones nunca me habían parecido muy buena idea. Si conseguía pillar a un chorizo, ¿qué le impediría reírse de mí y largarse? Nada más echarle el guante, me acusaría de haberlo agredido. Sólo soy investigadora privada de una ciudad de provincias. El desmantelamiento de una organización como ésta les correspondía a los agentes de la ley.

Busqué la cabina telefónica más próxima y llamé al número directo de Cheney Phillips. Al contestar pareció reconocer mi voz, pero yo me identifiqué de todos modos.

—¿Puedo hablar contigo?

—Claro —respondió—. Si quieres pasarte por aquí, esta tarde tengo algo de tiempo. ¿A qué hora te va bien?

—En tu despacho no —respondí.

Cheney permaneció en silencio unos instantes.

—Vale. ¿Dónde entonces?

—¿Qué te parece el Shack, en Ludlow Beach?

—Estupendo. Podríamos aprovechar para comer, yo invito. Nos vemos allí en veinte minutos.

No lo había llamado con la idea de salir a almorzar, pero nada más mencionarlo Cheney, me di cuenta de que me moría de hambre. ¿Por qué no? Había elegido aquel restaurante porque no se encontraba en un lugar demasiado concurrido. Era un sitio turístico, poco frecuentado por los vecinos de la zona. Seguro que sería el restaurante favorito de alguien, pero no era popular entre los polis. El Shack estaba junto a la playa, protegido de los coches que circulaban por allí por un gran aparcamiento. Grandes toldos de rayas azules y blancas cobijaban la terraza en la que se encontraban las mesas. Tiempo atrás, por poco me matan en el gran cubo de basura que había frente al restaurante. Un detalle nostálgico para alguien como yo.

Encontré una mesa para dos en un rincón del fondo y me senté de cara a la entrada. Cuando Cheney apareció, levanté la mano a fin de que me viera. Se abrió paso por entre las mesas y, cuando llegó a mi lado, me dio el beso de rigor en la mejilla antes de sacar una silla y sentarse. Llevaba pantalones chinos, una camisa blanca y una americana de ante ultra suave del color de un conejito salvaje marrón. Cheney venía de una familia adinerada, y pese a haber rechazado dedicarse a los negocios bancarios de su padre, un fondo fiduciario le permitía vestir con un gusto impecable. Le gustaban los tonos cálidos, colores que me recordaban el lado más amable de la naturaleza, en telas sensuales que siempre me apetecía tocar. Además, olía mejor que casi cualquier otro hombre que haya conocido: una mezcla de jabón, champú, *aftershave* y química corporal. Recordé algunos momentos de nuestra breve relación y tuve que resistir a la tentación de sexualizar mi encuentro con él.

Charlamos un rato, pedimos y comimos. Pese al hambre que tenía, apenas presté atención a la comida. Estaba bastante nerviosa, y era consciente de que me iba por las ramas porque no me atrevía a soltarle todo el rollo. No sé si me preocupaba que no me tomara en serio, o que considerara los hechos demasiado rocambolescos para pasar a la acción.

Cheney finalmente sacó el tema.

—¿De qué quieres hablar?

Eché mano de mi bolso, saqué el informe y lo deposité boca abajo sobre la mesa.

—He reunido alguna información que supongo que debería entregarle a Len, pero no soporto tener tratos con él. Ya sabes lo que piensa de mí después de lo que le pasó a Mickey. No haría caso de nada que dijera yo, pero quizá preste atención si viene de ti.

—Hazme un resumen.

—Robos organizados en tiendas. No habría sabido nada al respecto de no ser por la muerte de Audrey...

Llevaba días pensando en este asunto, y se lo expliqué a Cheney en una progresión ordenada. Observé cómo iba cambiándole la expresión a medida que yo desgranaba lo sucedido desde el principio hasta el momento actual. Cheney es un tipo listo, así que sabía que no tenía que explicarle todo el entramado cuando ya le estaba proporcionando los detalles. Al final de mi resumen, alargó la mano para que le pasara el informe. Se lo di y observé cómo lo hojeaba. En un par de ocasiones me miró con expresión de asombro, lo que, confieso, me tomé como un cumplido.

Cuando acabó de leer, dijo:

—¿Cómo se te ha ocurrido la conexión con la tienda de artículos de segunda mano?

—Me puse a hablar con alguien sobre peristas y el nombre salió en la conversación.

A continuación le hablé de las cajas que había recogido, y de las etiquetas de envío.

Cheney permaneció en silencio unos segundos y evitó mirarme a los ojos. La cosa no pintaba bien. Parecía estar procesando la información desde un enfoque distinto al mío.

—¿Qué pasa? —pregunté.

—Lo siento. Me has pillado desprevenido. No sabía en qué te habías metido.

—¿En qué me había metido?

—No sabía que te interesara tanto Audrey Vance.

—Pues no entiendo que no lo supieras. Te conté que Marvin Striker me había contratado para investigar su pasado. Por eso te hice varias preguntas el día que te encontré almorzando con Len. ¿Qué pasa?

—Nada que puedas saber.

—¿Te refieres a que ya hay otra investigación en marcha sobre este asunto?

—Sólo puedo decirte que te estás metiendo en terreno peligroso, y te sugiero que te apartes.

—Bueno, si te sirve de consuelo, me encuentro en un callejón sin salida —admití—. Si supiera cómo continuar, no estaría aquí. Son tus dominios, no los míos.

—Es verdad, y valoro lo que has conseguido. Pero ahora prométeme que te olvidarás del asunto.

—Vaya. Entonces no voy tan desencaminada, por eso cierras la boca.

—No es asunto tuyo. No quiero ponerme borde, pero sé cómo trabajas. Si le sigues el rastro a algo, no hay manera de apartarte de tu presa. No te estoy criticando por ello, ni por ninguna otra cosa.

—Pues menudo alivio —respondí.

Cheney miró el informe.

—¿Hay más copias o sólo tienes éste?

—¿Por qué lo preguntas?

—Porque quizá tenga que confiscarlo durante algún tiempo. No quiero que esta información circule libremente.

—No lo dirás en serio.

No advertí ni la más mínima socarronería en su mirada, así que opté por abandonar mi tono jocoso.

Me incliné hacia él y bajé la voz.

—Caray, Cheney. Si estaba a punto de pisar un montón de mierda, ¿por qué no me lo dijiste?

—Toda la culpa es mía. Debería haberte advertido.

—¿Sobre qué?

—Olvídate del asunto, ¿vale? Ya sé que tus intenciones son buenas...

—No entiendo qué está en juego. No quiero causar problemas. Me conoces de sobra, así que, ¿de qué va todo esto?

—Estás poniendo en peligro a un confidente de la policía.

—¿Y cómo es eso? No sé nada de ningún confidente, es la primera noticia que tengo.

Cheney me observó brevemente.

—Te lo contaré si me juras que no vas a decirle ni una palabra a nadie.

—Te lo juro.

—La red de ladrones de tiendas sólo es una pequeña parte de todo el entramado. También están investigando a Priddy. El confidente trabaja tanto para Priddy como para nosotros. Len cree que el tipo le pasa toda la información, pero en realidad sigue nuestras instrucciones y a él le va soltando algún que otro dato suelto mientras preparamos la acusación. Su testimonio será fundamental. Priddy es un tipo muy escurridizo. En todos estos años nadie ha conseguido pillarlo.

—Ya te entiendo —dije—. No sabes lo que me gustaría verlo caer.

—Déjanoslo a nosotros. Len tiene muchos amigos en la policía que harían cualquier cosa por él. Sabemos quiénes son algunos de ellos, pero no todos, así que aléjate de él. Puedes confiar en mí, pero no hables con nadie más.

Cheney se sacó un billete de veinte y uno de diez de la cartera y los puso debajo de su plato.

—El almuerzo no ha costado tanto —observé.

—Me gusta dejar una buena propina. Hazme caso: entierra este asunto hasta que yo te diga que puedes seguir investigando. Te enviaré a alguien a recoger cualquier otra copia que tengas de esto.

Cheney dobló el informe y se lo metió en el bolsillo interior de la americana.

Mientras conducía de vuelta a mi despacho, deconstruí la conversación separando cada elemento para poder analizarlo mejor. Era obvio que el Departamento de Policía llevaba a cabo una investigación paralela a la mía, y que ambas coincidían en más de un punto. No estaba segura de hasta dónde habrían llegado, pero tenían que estar centrados en la misma operación que yo había estado investigando, aunque sin duda a un nivel mucho más complejo y exhaustivo. Probablemente contarían con un equipo operativo y varios departamentos policiales unirían sus recursos mientras recogían información. La revelación de Cheney me entusiasmó y me preocupó a un tiempo. No esperaba que me lo revelara todo. Actualmente, el sistema legal está tan calibrado que una brecha en la seguridad o una violación de los procedimientos podrían dar al traste con la investigación. Por norma, nunca meto las narices en los asuntos policiales, aunque no siempre me resulte fácil. Es cierto que tiendo a obsesionarme con algún problema y no dejo de darle vueltas. En este caso, más que husmear, me encantaba la posibilidad de que desenmascararan a Len Priddy. La advertencia de Cheney había llegado demasiado tarde para apartarme del asunto de los robos en las tiendas, pero pensaba hacerle caso con respecto a Len. Lo que más me inquietaba era saber lo suficiente para sentirme vulnerable.

Al girar para entrar en mi calle, me fijé en un Chevrolet verde oscuro estacionado en mi espacio habitual junto a la acera. No le di demasiada importancia, porque aparcar es una pesadilla en este barrio. El que primero llega se lo lleva, y a menudo me veo obligada a dar varias vueltas en busca de un sitio libre. Encontré un espacio donde mi parachoques delantero invadía un vado privado, pero sólo unos noventa centímetros. A fin de cuentas, si tenía suerte me libraría de la multa.

Mientras me dirigía a mi despacho por el camino de entrada, me detuve junto a los escalones delanteros y vi que la puerta estaba abierta pese a estar segura de haberla cerrado con llave al irme. Di cuatro pasos a un lado y, al atisbar por la ventana, vi a Len Priddy husmeando en mis archivos. Intenté pensar en cómo me habría comportado con él de no haberme puesto Cheney sobre aviso. Len ya sabía que no podíamos vernos, pero, más allá de nuestra animadversión mutua, nunca había tenido motivos para tenerle miedo. Ahora se lo tenía. Entré en mi antedespacho, y cuando aparecí por la puerta ni siquiera pareció avergonzarse de que lo hubiera pillado in fraganti.

—¿Te importa decirme qué estás haciendo? —pregunté.

—Lo siento —respondió—. Cuando llegué no estabas, así que abrí la puerta y entré. ¿Hay algún problema?

Priddy había tirado varias carpetas al suelo. No porque fuera necesario, sino para mostrarme más claramente su desprecio.

—Eso depende de lo que quieras.

Me acerqué al escritorio, manteniendo la máxima distancia posible entre los dos. Al bajar la vista, me fijé en que había dejado los cajones de mi escritorio entreabiertos a propósito para que yo supiera que también los había revuelto. No hice ningún comentario.

—Relájate —dijo—. Esto no es nada oficial. Pensé que ya iba siendo hora de que charláramos.

Sacó una carpeta y cerró el cajón. Lanzó la carpeta sobre el escritorio y entonces se acomodó en mi silla giratoria, se echó hacia atrás y apoyó los pies en el borde de la mesa. Abrió la carpeta y sacó la única hoja que había en su interior, la fotocopia del cheque de Marvin. Había sido lo suficientemente lista como para archivar el informe sobre Audrey en otro sitio, así que Priddy no tenía manera de determinar lo que yo sabía.

Sacudió la cabeza en señal de desaprobación.

—Parece que no has descubierto nada sobre Audrey Vance, cosa que me sorprende. Pensaba que eras una investigadora de primera, pero no has descubierto un carajo. Si aceptas el dinero de Marvin, lo mínimo que podrías hacer es darle algo a cambio.

Rápidamente, repasé la posible lista de respuestas, intentando adivinar cómo protegerme mejor.

—Aún no he empezado a investigar. Estoy metida en otro caso que tenía prioridad —expliqué. Mentí con tal facilidad que no creí que se fijara en mi vacilación antes de responder.

—Pues entonces deberías devolverle el dinero.

—Buena idea. Hablaré con él para saber si piensa lo mismo.

—Sí que lo piensa. Ya no le interesan tus servicios.

—Gracias por el consejo.

Tanto jueguecito me estaba sacando de quicio, pero era mejor que Priddy pensara que llevaba ventaja. No quería contrariarlo. Nada de chulería ni de salidas ingeniosas por mi parte.

—Si me dices a qué has venido, quizá pueda ayudarte.

—No tengo prisa. ¿Y qué hay de ti? ¿Tienes asuntos urgentes que solucionar? —Miró fijamente mi calendario, en el que no había nada apuntado—. No lo parece.

Dejó la carpeta de Audrey sobre el escritorio y se levantó. A continuación se metió las manos en los bolsillos del pantalón y miró hacia la calle a través de la ventana. Dándome la espalda, me demostraba lo seguro que estaba de sí mismo. Era un hombretón, y al ver su silueta recortada contra la pared me asustó su corpulencia. Como muchos hombres de mediana edad, Priddy había aumentado de peso, diría que entre diez y quince kilos. En su caso, casi todos esos kilos eran de masa muscular. Mickey y él solían levantar pesas juntos tiempo atrás, un hábito que por lo visto Priddy no había abandonado. Parecía indiferente a cualquier acción que yo pudiera emprender, pero tenía muy claro que no podía fiarme.

Se volvió para mirarme y apoyó la cadera en el alféizar de la ventana.

—Alguien a quien los dos conocemos ha venido a verte hoy.

—He estado fuera.

—Antes de que salieras a almorzar.

Tenía que referirse a Pinky o a Earldeen, y me decanté por Pinky. De pronto caí en la cuenta de que Priddy buscaba las fotografías. Nada más ocurrírseme, intenté eliminar el pensamiento, por miedo a que Priddy captara mi proceso mental. Muchos sociópatas, como Len, son capaces de leerte el pensamiento, una habilidad que sin duda se debe a la paranoia innata que motiva casi todas sus acciones.

—No estoy segura de a quién te refieres —repuse.

—A tu amigo, Pierpont.

—¿Pierpont?

Ese apellido no me decía nada. Negué con la cabeza.

—Pinky.

—¿Se apellida Pierpont?

—Eso pone en su expediente. Tiene un historial delictivo larguísimo, del que sin duda estarás al tanto.

—Sé que ha estado en la cárcel. ¿Lo buscas a él?

—A él no. Busco un sobre marrón. Creo que te lo dejó a ti.

O bien Len aparecía en una de las fotografías, o protegía a la persona fotografiada. Si las fotos eran de Len, no se me ocurría cómo podrían comprometerlo. Pinky consideraba las fotografías su comodín. ¿Qué podía aparecer en aquellas imágenes?

—Te equivocas —repliqué—. Me pidió que le guardara el sobre, pero yo me negué.

Priddy sonrió.

—Buen intento, pero no me lo trago.

—Es verdad. No quiso decirme lo que había en el sobre, así que le contesté que no podía ayudarlo. Se lo llevó cuando salió de aquí.

—No es cierto. Salió con las manos vacías, yo estaba fuera vigilándolo.

¿Qué habría hecho Pinky? Recordé el breve espacio de tiempo transcurrido desde que salió de mi antedespacho hasta que apareció en la calle. Lo único que se me ocurría era que se hubiera escondido el sobre bajo la camisa, o en la parte delantera de los pantalones. Fui yo la que le sugirió que podría haber alguien vigilándolo, así que, sin ser consciente de ello, me creé mi problema actual. Ahora me tocaba persuadir a Len de que el sobre no obraba en mi poder.

Levanté las manos, como si alguien me apuntara con una pistola.

—Yo no lo tengo, te lo juro. Ya has buscado en mis archivadores y en los cajones del escritorio, o sea, que ya sabes que no está aquí. Busca en mi bolso si te parece.

Deposité el bolso sobre el escritorio. Priddy no quería dar muestras de un excesivo interés, por lo que se tomó su tiempo mientras toqueteaba mis pertenencias como el que no quiere la cosa. Billetero, neceser de maquillaje, algunas medicinas sin receta, llaves y libreta de espiral, que hojeó antes de tirarla a un lado. Temía que se fijara en las fichas y las confiscara, pero Priddy tenía en la cabeza la imagen de un sobre de veinte por veinticinco centímetros y no prestaba atención a nada que no coincidiera con dicha descripción. Sentí que la tensión me agarrotaba los músculos. Reaccionaba ante Len de la misma forma en que reaccionaría ante un matón en la calle o ante un borracho agresivo, alguien capaz de ejercer la violencia a la menor provocación. No creí que Priddy fuera a atacarme, porque una agresión podría suponerle una demanda. No había ninguna orden de registro ni de detención a mi nombre, y Len Priddy no tenía ninguna forma de justificar el haber recurrido a la fuerza física.

—¿Dónde tienes la caja fuerte? —preguntó.

Señalé hacia el suelo, a un lado de la habitación. Mi caja fuerte estaba oculta bajo una parte de moqueta color rosa chicle. Priddy gesticuló con impaciencia para indicarme que me diera prisa y acaté sus órdenes. Sabía que el sobre marrón no estaba allí, así que ¿qué más me daba? Priddy cruzó la habitación y permaneció de pie a mi lado mientras yo me agachaba, levantaba la moqueta y dejaba la caja fuerte a la vista. No me gustaba nada que supiera dónde estaba, pero pensé que sería mejor mostrarme dispuesta a colaborar. Me arrodillé y marqué la combinación. Cuando la puerta se abrió, Priddy se vio obligado a arrodillarse él también para poder sacar lo que había en el interior de la caja. Le eché una ojeada a la puerta y me di cuenta de que, si pensaba salir corriendo, ése era el mejor momento para hacerlo. Controlé el impulso, creyendo que resultaría más sensato ver qué sucedía a continuación. La caja fuerte no contenía nada interesante: pólizas de seguros, información bancaria y la modesta cantidad de dinero en efectivo que me gusta tener siempre a mano.

Fue entonces cuando me fijé en que Priddy había arrancado el cable telefónico de la pared y había golpeado el teléfono hasta partirlo por la mitad. La ferocidad de estas acciones me aterrorizó. Demasiado tarde caí en la cuenta de que había adoptado la mentalidad de las víctimas de un secuestro: pensaba que todo iría bien mientras hiciera lo que me dijeran. Visto lo visto, era una idea ridícula. Siempre es mejor gritar, correr o defenderse. Nadie sabía que Priddy estaba aquí. Si decidía que yo le ocultaba algo, fuera cierto o no, podría esposarme, meterme en el maletero de su coche y molerme a palos en privado hasta que le diera lo que quería. El hecho de que yo no tuviera las fotografías no era relevante, y sólo me causaría más problemas.

Priddy aún sacaba documentos de mi caja fuerte cuando me abalancé hacia la puerta. Desgraciadamente, estaba rígida por la tensión y no me pude mover con la suficiente agilidad. Incluso al dar los dos primeros pasos sentí como si estuviera clavada al suelo. Priddy me alcanzó antes de que yo hubiera cubierto dos metros. No podía creer que un hombre de su tamaño fuera capaz de actuar con tanta rapidez. Me agarró por la camisa y me echó hacia atrás, rodeándome el cuello con el brazo sin que yo pudiera defenderme. Conocía la llave de estrangulamiento de mi época de policía novata. La denominaban constricción vascular lateral del cuello, o constricción de la carótida. Al colocar la parte interior del codo contra mi tráquea, a Priddy le bastaba con aumentar la presión valiéndose de la mano que le quedaba libre para hacer palanca. Si yo intentaba volverme, sólo conseguiría intensificar la sujeción. La presión en las arterias carótidas y en las venas yugulares me produciría hipoxia, lo cual me dejaría inconsciente en cuestión de segundos. La mayoría de departamentos policiales prohíben el uso de la llave de carótida a menos que un agente se vea amenazado de muerte o corra el riesgo de sufrir heridas graves. Len Priddy era de la vieja escuela, y fue ascendiendo cuando el empleo de esta llave aún se consideraba juego limpio. Me pasaba más de una cabeza, y pesaba al menos cuarenta y cinco kilos más que yo.

No pude emitir ni un solo sonido. Me aferré a su brazo, apretando con ambas manos como si así pudiera aflojar la presión, pese a saber que mi esfuerzo resultaría inútil. El dolor era insoportable y me faltaba el oxígeno.

Len me acercó los labios a la oreja y me habló en voz baja.

—Sé cómo acabar contigo sin dejarte ni una sola marca. Quéjate de mí y te haré tanto daño que quedarás fuera de combate para los restos. Te estoy machacando por tu propio bien. Audrey Vance no es asunto tuyo, ¿entendido? Si te enteras de cualquier cosa, mantén la boca cerrada. Si ves cualquier cosa, mira hacia otro lado. Si descubro que tienes esas fotografías, volveré y te mataré, no te quepa la menor duda. Y si le cuentas algo de esto a alguien, el castigo será el mismo. ¿Queda claro?

Ni siquiera pude asentir con la cabeza. A continuación, Priddy me tiró al suelo y se apartó de mí, jadeando él también. Yo me quedé a cuatro patas, aspirando con dificultad, y me llevé la mano a la garganta. Aún tenía sensación de asfixia. Recliné la frente sobre la moqueta y me llevé las manos a la cabeza, respirando de manera entrecortada. Sabía que Priddy estaba de pie a mi lado. Pensé que me propinaría una patada o un puñetazo, pero quizá no quería arriesgarse a magullarme o a partirme las costillas. Vagamente, tuve conciencia de su marcha. Escuché abrirse y cerrarse la puerta del antedespacho. Fui tras él a gatas y cerré con llave. No comencé a temblar hasta oír que su coche arrancaba.

25

Me puse boca arriba y permanecí en el suelo hasta que los latidos de mi corazón se volvieron más regulares y la sangre ya no se me agolpaba en los oídos. Me incorporé, haciendo un sondeo de mi estado físico y emocional. Me costaba tragar y tenía la confianza por los suelos. Aparte de eso, no estaba herida pero sí enormemente asustada. Ahora que la amenaza inmediata había pasado, necesitaba calmarme. Me volví y contemplé el suelo de mi despacho, cubierto de papeles que Len había sacado de la caja fuerte. Las carpetas y los informes del archivador también estaban esparcidos por todas partes. Ansiaba dedicar unos minutos a arreglar aquel desorden, aunque, antes que nada, tendría que intentar ponerme de pie. Me sentía sobrepasada por lo sucedido, y ordenar lo que me rodeaba era mi manera de enfrentarme al estrés. De momento, sin embargo, no podría darle ese capricho a mi cenicienta interior porque Pinky tenía prioridad. No creía que Len fuera a matarme (a no ser que estuviera seguro de que no lo culparían de ello). Pinky parecía el blanco más obvio. Era un delincuente de poca monta, con antiguos compañeros de cárcel que, probablemente, ya suponían un riesgo para su salud y su seguridad. Si aparecía muerto, a nadie le importaría demasiado. Por qué imaginaba que podría burlar a alguien como Len era todo un misterio. Me levanté asiéndome a una de las sillas y fui al baño, donde me bajé el cuello del jersey para poder examinar mi maltrecha garganta. Len tenía razón cuando se jactó de no haberme dejado ni una sola marca.

Recogí el teléfono roto y lo tiré a la papelera. Afortunadamente, aún conservaba un teléfono anterior. Fui a la cocina y abrí y cerré algunos armarios hasta que lo encontré. Era un antiguo teléfono negro de disco, cubierto de polvo. Lo limpié con una toalla y lo llevé al despacho, donde lo conecté al enchufe antiguo. Al descolgar me tranquilizó escuchar el tono de marcar. Necesitaba ponerme en contacto con Pinky para contarle lo que sucedía.

Tenía muy presente la advertencia de Len de no meterme en asuntos relacionados con Audrey Vance, pero lo de Pinky y las fotografías era otra cuestión, ¿no? Sabía que, si Len lo encontraba, Pinky sería hombre muerto. Debía asegurarme de localizarlo yo primero. Me pregunté si Pinky tenía idea del peligro que corría. Había mencionado que usaría las fotografías para salir de un lío, pero intentar pasarse de listo con Len le acarrearía problemas de otra magnitud.

Me senté frente al escritorio y busqué el número de teléfono de Pinky en mi libreta de direcciones. Apenas había tenido ocasión de llamarlo, y puede que el número de contacto que me dio en su día ya no fuera válido. Introduje la punta del dedo índice en el primer agujero, donde estaba el número 9. Giré el disco hasta el tope y lo solté, pensando en lo raro que resultaba tener que esperar a que el círculo de metal con agujeritos rotara hasta su posición inicial antes de marcar el siguiente número de la secuencia. Parecía tardar una eternidad. Hasta que, quién me lo iba a decir, oí que sonaba. Escuché mientras iba contando, y al llegar a quince perdí las esperanzas y colgué. No tenía ni idea de si Pinky estaba en casa y era demasiado listo para descolgar o de si estaba escondido en alguna parte, como haría cualquier fugitivo sensato. Ni siquiera sabía si aquél aún era su número. Tendría que ir en coche hasta su casa para comprobarlo.

Dejé el desorden tal y como estaba y cerré con llave la puerta del despacho al salir. Antes de meterme en el Mustang fui al maletero, lo abrí y saqué la H&K de mi maletín. Carecía de permiso para llevar armas ocultas, pero no pensaba ir por ahí sin protección.

Vi que un tipo enceraba su coche en el pasaje que discurre entre mi bungaló y el de al lado. No era consciente de tener un vecino nuevo, pero ¿cómo iba a saberlo? El hombre había dejado un cubo y varios trapos en el suelo y aplicaba cera en pasta a los guardabarros delanteros y al capó de un Jeep negro. Vi una manguera sobre la acera, serpenteando entre los edificios. El supuesto vecino no me prestaba atención, aun así, procuré meter la pistola en el bolso sin que nadie me viera. Me monté en el coche y escondí la pistola bajo el asiento delantero antes de hacer girar la llave en el contacto y alejarme de la acera.

No dejaba de reproducir en mi mente el encontronazo con Len, como si se tratara de una película sin fin. Pese a revivir aquellos momentos una y otra vez, nuestro encuentro siempre acababa igual. El instinto de supervivencia me llevó a actuar de la forma en que lo hice, pero no podía evitar preguntarme si no habría otras opciones que no se me habían ocurrido. El cuello aún me dolía como si me estuvieran estrangulando con una soga. No dejaba de llevarme la mano a la garganta para asegurarme de que era capaz de respirar.

Corté hasta Chapel y giré a la derecha para luego recorrer ocho manzanas hasta Paseo Street, donde vivían Pinky y Dodie. No creía que me hubieran seguido, porque Len no se molestaría en hacerlo. Sabía dónde vivía Pinky y, si no lo sabía, sólo sería cuestión de buscar la dirección en su ordenador. Me pregunté si me estaría dando vía libre para ver si salía disparada en busca de Pinky. Por otra parte, de haber sabido dónde estaba Pinky, Len no habría tenido que atacarme a mí para conocer el paradero del sobre marrón. Eché un vistazo por el retrovisor, pero no vi que se acercara ningún coche ni a nadie que deambulara por la calle.

Algo más animada, aparqué, salí del coche y crucé la calle. No vi luz en las ventanas delanteras de ninguno de los dos dúplex. No tenía ni idea de cuál sería el suyo, pero no tardaría en averiguarlo. Eran las dos menos diez del mediodía, el sol brillaba, las temperaturas rondaban los veinticinco grados y en el aire se respiraba aroma a madreselva. Soplaba una brisa juguetona y costaba creer que hubiera alguien que no estuviera disfrutando de un día así. Pero aquí me encontraba yo, buscando a un memo que se creía lo bastante listo como para hacerle una jugarreta a un poli corrupto. Se trataba probablemente del mismo razonamiento sesgado que lo acababa devolviendo a la cárcel cada vez que conseguía salir. Tenía la mala suerte de que el tipo me cayera bien, pero puede que Len contara con ello cuando me dejó ir.

El nombre que figuraba sobre el timbre de la izquierda era Ford, y el de la derecha, McWherter. Llamé al timbre de los Ford y esperé. Si yo fuera Dodie o Pinky, no le abriría la puerta a nadie. Me volví y escudriñé la calle, primero en una dirección y luego en la otra. No vi a nadie sentado en un coche aparcado, y nadie se escabulló furtivamente entre los arbustos.

Incliné la cabeza hacia la puerta y llamé con el puño.

—¿Dodie? ¿Estás ahí? Soy Kinsey, una amiga de Pinky.

Esperé.

Al final, oí a alguien que me decía tapándose la boca:

—Demuéstramelo.

Reconocí la voz de Dodie, así que me situé delante de la ventana del salón, que tenía las cortinas cerradas. Dodie entreabrió la ventana y me miró fijamente. Al cabo de un momento oí cómo desbloqueaba la cerradura de pestillo y retiraba la cadena. Abrió un poco la puerta y entré con sigilo. Me quedé de pie a su lado mientras volvía a bloquear la cerradura y a pasar la cadena. Si Len Priddy decidía venir en su busca, ni con todas las cerraduras del mundo iba a estar a salvo. Priddy rompería la ventana delantera y ahí se terminaría la historia. No le mencioné esa posibilidad; no tenía sentido asustarla aún más cuando ya estaba completamente aterrorizada.

En el salón, a mi derecha, el televisor funcionaba con el volumen bajado. Dodie se llevó un dedo a los labios y luego me indicó mediante gestos que la siguiera hasta la parte trasera de la casa. Mientras recorríamos el pasillo de puntillas de camino a la cocina tuve ocasión de comprobar lo mucho que Dodie había cambiado. La pérdida de peso la había transformado. Pinky me dijo que Dodie había adelgazado veintisiete kilos, y la diferencia era sorprendente. Los ojos, de un azul intenso, siempre habían sido lo mejor de su cuerpo. Ahora llevaba el pelo mejor teñido y mejor cortado, e iba mejor maquillada debido a su nuevo empleo. También había mejorado su guardarropa. El conjunto que vestía —un jersey de manga larga con cuello de pico, pantalones bien confeccionados y zapatos de tacón caros— la hacía tan esbelta como una modelo de pasarela, aunque Pinky tenía razón acerca de su trasero.

—Estás guapísima —le susurré cuando llegamos a la cocina.

—Gracias —respondió susurrando a su vez.

—¿Por qué susurramos?

Dodie levantó un dedo y lo agitó, como si mi pregunta fuera absurda. Tomó un bolígrafo y un periódico y en uno de los márgenes escribió: «Hay micrófonos».

—Me imagino que buscas a Pinky —dijo en voz baja—. ¿Qué ha hecho ahora?

—Ha cabreado a un poli llamado Len Priddy, y no ha sido muy buena idea.

—Ah, ese tipo —murmuró—. Pasó por aquí hace un rato, y le dije que Pinky había ido a verte.

Cerré los ojos, intentando reprimir un chillido. No era de extrañar que Len se hubiera presentado en mi despacho. Ya había espiado a Pinky allí por la mañana, y ahora Dodie me lo había vuelto a enviar.

—¿Qué pasa? —preguntó.

—No te preocupes —respondí—. ¿Sabes algo de las fotografías que ha robado Pinky?

—¿Fotografías? —preguntó nerviosa.

Aguardé unos segundos, con la esperanza de que cantara lo que sabía.

—Dodie, tienes que confiar en mí. Hasta ahora he trabajado a ciegas. No puedo ayudar a Pinky a menos que sepa lo que está pasando.

—Prométeme que no se lo contarás a nadie.

Me entraron ganas de poner los ojos en blanco, pero opté por llevarme la mano al corazón y jurarle fidelidad eterna.

Dodie se tapó la boca con la mano antes de hablar, por si

quienquiera que la estuviera mirando desde lejos resultaba ser un avezado lector de labios. Dado que estábamos en el interior de la casa, no me pareció que fuera tan necesario. Me vi obligada a acercarme más a ella porque, además, seguía susurrando.

—Eran fotos mías. Fotografías que me sacó la policía cuando me detuvieron por ejercer la prostitución. Y también las fotos de mi ficha policial y los expedientes de la vez que me detuvieron por embriaguez y alteración del orden público. Ese poli sabe que trabajo para Gloriosa Feminidad, y si mi jefa provincial se entera de que he estado en la cárcel, perderé el empleo. Ya está bastante cabreada conmigo porque vendo más que ella.

—¿Len te está chantajeando?

—No exactamente. Se vale de las fotografías para tener a Pinky a raya. Así se asegura de que Pinky le informa de todo lo que se rumorea por ahí.

—¿Pinky es confidente de la policía?

—Supongo que sí. Bueno, la cuestión es que ha destruido todas esas fotos mías y dice que Len puede irse a tomar por culo.

—A menos que Len use su ordenador para buscar tus antecedentes y lo vuelva a imprimir todo otra vez.

—¡Vaya!

—Y dejando eso de lado, sigo sin entenderlo. Por lo que Pinky me contó, había una segunda serie de fotografías que, según él, le servirían para solucionar un problema. ¿Sabes de qué va esa historia?

—Sí, pero Pinky no sabe que lo sé, así que tendrás que prometerme que no se lo vas a decir.

—Ya estoy bajo juramento.

Dodie volvió a agitar un dedo y, a continuación, abrió la puerta trasera y me sacó al porche.

—Pidió dinero a un prestamista llamado Lorenzo Dante y se le ha acabado el plazo para devolverlo.

—¿Cuánto? —susurré. La paranoia de Dodie era contagiosa, y no conseguí emplear un tono normal de voz.

—Dos mil dólares. Lleva tiempo intentando reunir el dinero,

pero no ha tenido suerte. Vendió su coche y empeñó aquel Rolex que le llegó a través de una fuente no identificada. También iba a empeñar mi anillo de compromiso, pero luego se echó atrás.

Pensé en mi anterior encuentro con Pinky y recordé la franja blanca de su muñeca donde antes había llevado un reloj. Entonces caí en la cuenta de que su coche no estaba en el taller, tal y como él había afirmado. Cuando vino a pedirme ayuda, ya lo había vendido.

Dodie me miró con inquietud.

—¿No podrías prestarle tú el dinero? Te lo devolverá. —Hizo una pausa y luego, para no faltar a la verdad, añadió—: Algún día.

Al menos tuvo el detalle de sonrojarse. Me ofendió que intentara sacarme la pasta, pero resulta bastante difícil mostrar indignación por medio de susurros.

—Ya me debe doscientos veinticinco pavos, así es como desempeñó tu anillo de compromiso.

Dodie entrecerró los ojos y me miró con incredulidad.

—¿Aceptó doscientos dólares por un anillo que vale tres de los grandes?

—Dejemos eso ahora. ¿Por qué es tan valiosa la segunda serie de fotografías?

—No estoy segura. Lo único que sé es que ese poli quiere echarles mano.

—Y que lo digas —asentí lacónicamente—. ¿Dónde está Pinky ahora?

—Dijo que era mejor que yo no lo supiera. También dijo que si venías preguntando por él, ya lo adivinarías.

—Vaya, estupendo. ¿Dijo alguna cosa más?

—Ni una palabra.

Pensé durante un momento cómo podía seguir interrogando a Dodie acerca del paradero de Pinky, pero no se me ocurrió ninguna pregunta más.

—Creo que tú también deberías esconderte. ¿Tienes algún sitio adonde ir?

Dodie me clavó sus ojazos azules. Pensé que se había pasado

de mala manera con el rímel hasta que me di cuenta de que llevaba pestañas postizas.

—Estoy completamente sola.

—Venga ya, seguro que habrá algún sitio al que puedas ir.

Dodie redujo sus susurros a un nivel que sólo algunos animales serían capaces de captar.

Me acerqué más a ella.

—¿Y qué hay de tu estudio? —me preguntó—. A nadie se le ocurriría buscarme allí.

—Vaya —respondí—. Es un asunto un tanto peliagudo. Len ya está muy cabreado. Me ha amenazado de muerte hace menos de una hora. Ahora estoy arriesgando el pellejo hablando contigo. Si te alojo en mi casa, quién sabe lo que haría. Seguro que tendrás parientes o amigos.

Dodie negó con la cabeza.

—Sólo tengo a Pinky. Si a él le pasara cualquier cosa, no sé qué haría.

—Estoy segura de que no le pasará nada.

—¿Y qué hay de mí? ¿Qué se supone que debo hacer?

—Sobre todo, no abras la puerta. Si alguien viene, llama al novecientos once.

—Preferiría ir a tu casa. No seríamos ninguna molestia.

—¿Seríamos?

—Yo y *Cutie-pie*, mi gato. No puedo dejarlo aquí solo.

Eché un vistazo a mi alrededor, pero no vi señales de la bestia. ¿De qué iba esta gente? Dodie era igual que Pinky: intentaba engatusarme para que le hiciera un favor que me pondría en un brete. Sin embargo, tras haber dicho que no una vez, ahora me pareció más fácil.

—Lo siento, pero es imposible. Aunque, si quieres, te llevo a un motel.

—¡Ay no, cariño! Ningún motel aceptará a un gato como el mío. Para empezar, marca el territorio orinando, y si se enfada, cosa que sucede a menudo, se hace pis en medio de la cama. Así que supongo que lo tengo crudo.

—Ya se te ocurrirá algo —sugerí, sin tener ni idea de qué.

Mientras me acompañaba por el pasillo hasta la parte delantera de la casa, Dodie me señaló el televisor del salón. Indicó mediante gestos que había micrófonos escondidos, así como un transmisor y un receptor. O al menos eso es lo que entendí. Asentí con la cabeza y, cuando llegamos a la puerta, dijo:

—Bueno, muchas gracias por pasarte. Si vuelvo a saber algo de Pinky, ya te lo diré.

Aunque su voz parecía normal, Dodie hablaba con un sonsonete que no habría engañado a nadie que tuviera pegada la oreja a la pared.

—Gracias y buena suerte —dije.

—¿Estás segura de que no podemos quedarnos contigo? —preguntó susurrando de nuevo.

—¿Te he mencionado mis alergias? Si me metes en una habitación con un gato, me hincho como un pez globo. Precisamente el mes pasado tuvieron que llevarme al hospital.

—Mala suerte —respondió—. Podría haberte dado unos cuantos consejos para un cambio de imagen. Te hace muchísima falta.

De vuelta en mi coche, atravesé tres manzanas y giré a la derecha en State Street. Luego me detuve en un pequeño aparcamiento, situado junto a un mercado de alimentos asiáticos y un consultorio de acupuntura. Encontré una plaza libre y me quedé allí sentada pensando dónde podría estar Pinky. Por lo que me había dicho Dodie, su marido confiaba en que yo lo adivinaría. ¿Y eso qué quería decir? Sólo conocía uno de los sitios a los que solía ir Pinky: la casa de empeños Santa Teresa Joyas y Préstamos. ¡Pues claro! Arranqué el Mustang y conduje hasta el centro. Al llegar a Lower State pasé por delante de la casa de empeños, y cuando doblaba la esquina, vi el Chevrolet verde oscuro de Len Priddy aparcado junto a la acera. Obviamente, June tenía visita y yo me vi obligada a posponer nuestra conversación. Seguí conduciendo, pero un escalofrío me recorrió toda la espalda.

Volví a mi despacho con la idea de llamar a June después de un intervalo razonable. Entretanto, ocuparía el tiempo ordenando la habitación. Recogí todos los papeles diseminados por el suelo, los metí en sus carpetas correspondientes y devolví éstas a los cajones. Al cabo de quince minutos hice una pausa. Aún no me había tomado el café de la mañana. Le había ofrecido una taza a Pinky, pero éste la rechazó alegando que tenía mucha prisa. Después me distrajeron la visita de Earldeen, el almuerzo con Cheney y la visita sorpresa de Len. Recorrí el pasillo hasta mi pequeña cocina, cogí la cafetera y abrí el agua. Casi me muero del susto al oír un ruido sibilante y una especie de petardeo, pero no salió ni una gota. ¿Qué diantres pasaba? Entonces recordé que la compañía del agua iba a cortar el suministro durante ocho horas. Había olvidado que tenía planeado trabajar en casa, y casi me echo a llorar al pensar en todos los problemas que podría haberme ahorrado si no hubiera venido al despacho.

Abandoné la idea de hacer café y volví a mi escritorio. Miré qué hora era. Habían transcurrido más de treinta minutos desde que había pasado por delante de la casa de empeños. Seguro que Len ya se había marchado. Saqué el listín telefónico del cajón de abajo, encontré el número de la casa de empeños, lo apunté y marqué las tres primeras cifras. No sé qué me llevó a detenerme. Sólo sé que vacilé. Así es como suelo experimentar los «momentos ¡ajá!» en las ocasiones en que se producen. En el fondo de mi mente aún podía oír a Dodie susurrar porque creía que le habían instalado micrófonos en casa. Supongo que entonces yuxtapuse la preocupación de Dodie al recuerdo del tipo que enceraba su coche en el pasaje situado entre mi bungaló y el de al lado. Y me pareció más extraño que alarmante, aunque la imagen de la manguera no acabara de cuadrarme. Por lo que sabía, nadie se había mudado a la casa de al lado. ¿Quién sería ese tipo? Y, lo que era más importante, ¿cómo había conseguido lavar y encerar su coche si el agua estaba cortada?

Me levanté y miré por la ventana. Hacía tiempo que el hombre se había ido y no vi coches desconocidos aparcados en la calle. Saqué la linterna del bolso y, en vez de salir por la puerta delantera, usé la trasera y pasé por entre los dos bungalós. No estaba segura de lo que buscaba. Aunque aún no había oscurecido, el pasaje se encontraba en penumbra. Escudriñé el borde del tejado en busca de cables y luego iluminé con la linterna el espacio de acceso a las tuberías situado bajo el bungaló. Observé el grifo junto al que habían enrollado cuidadosamente la manguera. La espita quedaba justo debajo de la ventana que daba a un extremo de mi cocina. Bajé la mirada. En la pared vi un soporte de aluminio al que habían fijado algo con una palomilla. Me agaché e iluminé el dispositivo con la linterna. La unidad de toma exterior era un micrófono de contacto con sensor de vibraciones como los que había visto en tiendas de electrónica. Habían hecho un agujero a través del revestimiento exterior del bungaló y habían instalado el micrófono entre los perfiles de acero del entramado. El amplificador, el transmisor y la grabadora estaban ocultos en una caja montada en la pared que parecía el típico cacharro que la compañía de la luz o del gas te conminaría a usar para luego cobrártelo aparte. Esta clase de equipo de vigilancia tenía sus limitaciones, pero era barato y fácil de conseguir. No creí que a Len le importaran demasiado las cuestiones legales: la información que obtuviera no se usaría en ningún juicio. Sólo él escucharía las grabaciones.

Volví a mi despacho y me puse a gatear a lo largo del zócalo. El técnico (sin duda uno de los polis de la pandilla de Len) había calculado mal la profundidad de la pared, por lo que pude ver un minúsculo orificio en el yeso allí donde la sonda había estado a punto de atravesar el tabique. Mi primer impulso fue volver a salir y arrancar los cables, o al menos encontrar alguna forma de interrumpir la conexión. Consideré las distintas opciones y decidí que sería mejor dejar el micrófono donde estaba para que Len creyera que tenía acceso a mis conversaciones privadas.

Me tomé el resto del día libre. No podía trabajar si Priddy escuchaba todo lo que decía. Esto significaba que me sería imposible hablar por teléfono, y que los clientes que se presentaran sin previo aviso —por pocos que fueran— tendrían que acompañarme a otro lugar para hablarme de sus casos. Seguro que no les causaría muy buena impresión. Sin agua, no podía tirar de la cadena ni lavarme las manos. Aparte de eso, aún estaba hecha una mierda, y ya que no me pagaban por sufrir, decidí echar el cierre. Ya en casa, registré mi estudio en busca de micrófonos. Cuando estuve totalmente convencida de que no había ninguno, me fui al restaurante de Rosie, donde bebí vino peleón y comí una especialidad húngara que ni siquiera fui capaz de pronunciar. Eso empezaba a sacarme de quicio, por lo que me pregunté si tendría que buscarme otro sitio al que ir. Noo, probablemente no.

A la mañana siguiente ya me había restablecido. Me tomé la amenaza de Len lo bastante en serio como para decidir evitar el tema de Audrey Vance a partir de entonces. Probablemente debería haberme avergonzado de mi cobardía, pero no lo hice. Resolví ocuparme sólo de mis asuntos, tal y como Cheney Phillips me había aconsejado. Semejante determinación me duró todo el viaje en coche al despacho. No sabía qué hacer acerca del micrófono oculto instalado en mi pared, pero tenía claro que ya se me ocurriría algo. Encontré una plaza de aparcamiento muy amplia y me di unas cuantas palmaditas en la espalda por mi buena suerte. Mientras subía los escalones de la entrada, un coche dobló la esquina y aparcó justo detrás del mío. Diana Álvarez salió del vehículo. Al verla, salté como si hubiera tocado un cable de alta tensión. Pensé en escaparme, pero Diana ya había metido su vistoso Corvette blanco detrás de mi Mustang. Aparcó tan cerca de mi guardabarros trasero que me hubiera sido imposible apartarme de la acera sin hacer un montón de maniobras, lo que habría sido muy humillante para alguien empeñado en huir. También me frenó el hecho de que una chica acompañara a Diana. Quizá no le bastaba con sacarme de quicio ella sola y se había traído a una periodista novata para enseñarle el oficio.

Diana llevaba una adorable falda acampanada de color marrón oscuro y un chaleco a juego. Le quedaba de muerte con la melena recta castaña y las gafas de concha. Me moría de ganas de preguntarle dónde se había comprado el conjunto, pero no quise ponerme a hablar de cosas de chicas por si se imaginaba que me caía bien.

Levantó la mano izquierda, como haría el propietario de un perro para indicarle a su chucho que se quedara quieto. Le miré la mano derecha para ver si me compensaría con una galletita perruna por mi obediencia.

—Sé que no quieres hablar conmigo, pero tienes que escucharme. Es importante —afirmó.

No sabía si podría contenerme, así que cerré el pico.

—Ésta es Melissa Mendenhall. Leyó el artículo sobre Audrey y tiene información que permite ver su muerte desde una perspectiva muy distinta.

No podía dejar de pensar en el micrófono oculto que sobresalía de la pared exterior de mi bungaló a menos de siete metros de distancia. Sabía que lo habían colocado allí para captar las conversaciones que se produjeran en el interior de mi despacho, pero nada más mencionarse el nombre de Audrey comencé a notar que se me empapaba la zona lumbar. Len me había advertido que me olvidara de Audrey, a menos que quisiera acortar mi vida algunos años. Si bien no me tomé la amenaza demasiado en serio, empezaba a apreciar la capacidad de aquel hombre para infligir dolor.

—No es asunto mío —repliqué—. Marvin me ha despedido.

—He hablado con él de eso y parece que ya se está arrepintiendo —contestó Diana—. Te prometo que te va a interesar lo que Melissa tiene que contarte.

Medité durante cuatro segundos y luego dije:

—Aquí no. Si queréis hablar, salgamos de la calle.

—De acuerdo —aceptó Diana.

Era imposible que las tres consiguiéramos apretujarnos en el Corvette, a menos que Melissa se sentara en mi regazo. Mi cupé de dos puertas no era mucho más amplio, pero al menos yo me sentaría en el asiento del conductor, tanto en el sentido literal como en el figurado.

Abrí la puerta del Mustang y nos las arreglamos como pudimos para acomodarnos dentro. Yo me senté tras el volante y Diana se encorvó para entrar, desplazándose con dificultad desde el asiento del copiloto hasta la parte trasera del coche, donde apenas cabían las bolsas con la compra. Melissa era una chica diminuta de ojillos oscuros y cabello también oscuro muy fino, cortado a lo *garçon*. Los jóvenes de hoy en día no debían de conocer la expresión, pero el efecto era el mismo: pelo corto peinado hacia delante. Debería haberle pedido consejo a Diana sobre su vestuario. Incluso yo habría elegido algo mejor que una camiseta extra grande y vaqueros demasiado cortos.

—Bueno, ¿qué pasa? —les pregunté a ambas.

—Empezaré yo —dijo Diana tras lanzarle una mirada rápida a Melissa.

—Claro.

—Melissa me llamó al periódico. No sabía nada de la caída de Audrey desde el puente hasta que leyó el artículo el jueves pasado. En cuanto lo leyó fue directa a la policía, porque su novio murió de forma idéntica hace dos años. Melissa pensó que la policía querría investigar la coincidencia, así que les proporcionó toda la información relevante. No ha vuelto a saber nada de ellos.

—Es bastante normal —repuse—. Una investigación de esa clase lleva su tiempo.

—El tipo le respondió con evasivas. Melissa pensó que investigaría el asunto, pero ni siquiera le devuelve las llamadas.

—¿Con quién habló?

—A eso iba. Con el subinspector Priddy...

—Ese cabronazo —atajó Melissa—. Un tío horrible. Me trató de puta pena.

Tenía un aspecto demasiado delicado y femenino para ser tan malhablada. Obviamente, sus exabruptos mejoraron la opinión que me había formado de ella, y esperaba que aquello sólo fuera el principio. La gente no deja de darme la lata sobre la boca tan sucia que tengo, por eso disfruto tanto cada vez que me topo con alguien peor que yo.

—Cuéntale lo que me has contado a mí —le instó Diana.

Nuestra proximidad no fomentaba las conversaciones cara a cara. Melissa había dirigido sus comentarios al parabrisas delantero y Diana se inclinaba hacia delante ávidamente, con la cabeza metida entre la de Melissa y la mía como un perro ansioso por dar una vuelta en coche los domingos. Era la segunda vez que me refería a los perros y a Diana en la misma frase, por lo que me disculpé en silencio ante todos los chuchos del mundo.

—Mi novio se suicidó hace dos años, o eso creía yo. Quedé destrozada. No tenía ni idea de que las cosas le fueran tan mal, así que no conseguía entender lo que había hecho. Sabía que Phillip tenía deudas de juego, pero siempre fue muy optimista y decía que ya se estaba poniendo las pilas. Y entonces, de repente, va y se tira desde la última planta de un aparcamiento...

—Binion's en Las Vegas. Sexta planta —añadió Diana, siempre tan dada a aportar detalles reveladores.

—Lo que me sorprendió al leer el artículo de Diana —continuó diciendo Melissa— fue que los zapatos de tacón y el bolso de esa mujer estuvieran colocados juntos sobre el asiento delantero de su coche. Y que no hubiera dejado ninguna nota. La cartera de Phillip y sus zapatos también estaban colocados así en su Porsche, y él tampoco dejó una nota.

—Ahora Melissa está convencida de que Phillip no se suicidó, y resulta que Marvin piensa lo mismo sobre Audrey —sentenció Diana.

Pensé que la analogía era bastante pobre, pero quería escuchar el resto de la historia.

—La policía de Las Vegas habrá investigado la muerte de tu novio, ¿no? —pregunté.

—Pasaron de mí —respondió Melissa—. Sólo quería que alguien lo investigara y me dijera si Phillip lo hizo a propósito o no. Yo no acababa de creérmelo, pero supuse que sería una especie de rechazo por mi parte. Como si Phillip estuviera metido en problemas hasta el cuello y ésa fuera su única salida.

—A Melissa le rajaron los neumáticos —explicó Diana.

—A eso iba —repuso Melissa con sequedad.

—Lo siento.

—Phillip había estado en Las Vegas tres veces en tres semanas y perdió un montón de dinero jugando al póquer, o eso me dijo el policía. Pero seguía sin cuadrarme, porque sus padres están forrados y seguro que lo habrían ayudado de haber sabido que tenía semejantes problemas. Les conté todo eso y los polis no quisieron escucharme. Me cabreé bastante, pero sabía que les venían con historias como la mía constantemente y yo no esperaba un trato de favor. Entonces empezó el vandalismo. Me rajaron los neumáticos, entraron en mi piso y me robaron el equipo de esquí.

—¿Necesitabas un equipo de esquí en Las Vegas? —pregunté.

—No, no. Trabajaba en la estación de esquí de Vail, que es donde fui después de la universidad para tener algo que hacer. Phillip solía subir a verme cada dos o tres meses. A los dos nos encantaba esquiar, y era fácil trabajar allí todo el año porque es un sitio precioso. Mucha gente va también en verano.

—¿Puedo decir algo? —preguntó Diana.

Señalé con el dedo a Diana, como si le cediera el turno de palabra.

—Una amiga de Melissa, alguien que trabajaba en uno de los casinos de Las Vegas, le dijo que seguro que habría mosqueado a alguien, porque a ella le pasó lo mismo cuando se quejó de un matón que le dio una paliza una vez. El tipo se llamaba Cappi Dante. Acababa de salir de la cárcel, donde cumplió condena por agresión. Su familia vive en Santa Teresa. Su hermano mayor es prestamista. Puede que hayas oído hablar de él, se llama Lorenzo Dante. Lorenzo Dante júnior, no sénior, aunque, por lo que sé, el padre era igual de malo en su época.

Dodie acababa de mencionarme a Lorenzo Dante, el prestamista al que Pinky le debía dos de los grandes.

—He oído el nombre, pero a él no lo conozco.

—Melissa descubrió que Phillip le había pedido prestados diez mil dólares, y ésa es precisamente la cantidad que perdió jugando al póquer poco antes de que muriera.

—O de que lo mataran —corrigió Melissa.

—¿Me estáis diciendo que la influencia de este prestamista se extendía desde Las Vegas hasta Vail?

—Escucha, lo único que sé es lo que pasó cuando armé un escándalo. Había oído el nombre de Dante, y pensé que la policía de Las Vegas debería saberlo. Entonces empezaron los problemas y capté el aviso. Hice las maletas y volví a Santa Teresa, porque mis padres viven aquí y me pareció que tenía que estar en un lugar seguro. Ahora vivo con ellos y trabajo de niñera, así que mi nombre no aparece en ningún registro público, como el listín telefónico o los contratos de los servicios públicos.

—¿Y le contaste todo esto al subinspector Priddy?

—Palabra por palabra. Le conté que el suicidio de Audrey y el de Phillip eran idénticos, y que creía que deberían ponerse en contacto con la policía de Las Vegas para reabrir la investigación. Así podrían ver si en este caso también hay alguna conexión con Lorenzo Dante.

—A los policías no les gusta que les digan cómo tienen que hacer las cosas —comenté.

—Ahora está muy asustada —interrumpió Diana—. Cree que vio al subinspector pasar en coche por delante de la casa de sus padres, como si Priddy quisiera hacerle saber que conoce su dirección.

—Era un coche verde oscuro, pero no podría decirte la marca.

—¿Y tú qué piensas? —me preguntó Diana, admitiendo muy a su pesar que yo podría hacer alguna aportación interesante.

—No sé qué pensar, pero así es como yo lo veo: cometiste un error yendo a la policía de Santa Teresa, Melissa. Len Priddy trabaja en la Brigada Antivicio. En el caso de Audrey se ocupa del asunto de los robos en las tiendas. Los inspectores de homicidios del Departamento del *Sheriff* del Condado de Santa Teresa son los que investigan su muerte, tendrías que ir a Colgate y contárselo a ellos.

—¿Crees que la van a tomar en serio?

—Bueno, al menos estoy segura de que no van a conducir por delante de su casa para darle un susto de muerte.

Dante le había dado una llave de la casa de la playa. En sus fantasías, Nora ya se encontraba allí, esperando a que él apareciera. En la vida real, Channing había pospuesto su retorno a Los Ángeles hasta el martes por la mañana, y eso casi la vuelve loca. Consiguió llamar rápidamente al teléfono privado de Dante, donde dejó un mensaje para decir que no podría verlo en el día acordado. El lunes se le hizo eterno, tan monótono y aburrido que Nora se preguntó cómo había podido soportarlo antes de que Dante entrara en su vida. El martes por la mañana, mientras desayunaban, Nora y Channing mantuvieron una conversación agradable y trivial. Ella no dejó de pensar en Dante. Era casi como si estuviera sentado a la mesa con ellos, y Nora se preguntó si Thelma también estaría presente. No dejaba de sorprenderla la complejidad del corazón humano, tan astuto, opaco, impenetrable e inmune a las críticas. Lo que uno hiciera en este mundo podría ser condenado, pero las ideas, los sentimientos y los sueños estaban protegidos por un recurso tan sencillo como el silencio. ¡Qué fácil era engañar a Channing! Ninguno de los dos sabía lo que pasaba por la mente del otro. ¿Cuántas veces se habían sentado a esa misma mesa y habían charlado como si nada? La cortesía les servía de engañoso disfraz con el que ocultar sus fantasías y sus deseos más profundos. Tostadas, café, una charla sobre su cita en Santa Mónica horas más tarde. Nora le contó a Channing que había concertado una reunión con su corredor de Bolsa para repasar su cartera de acciones. Channing la instó a pasarse por su despacho, a lo que Nora objetó mencionando un sinfín de gestiones. Hablaban por hablar.

Nunca había entendido tan bien a Channing y nunca le había gustado tan poco, pero al menos su infidelidad con Dante le había permitido desquitarse. Puede que algún día se lo contara todo, aún no lo había decidido. Lo acompañó hasta la puerta y se dieron un beso rápido. Nora se cuidó de no exteriorizar su impaciencia por que Channing se fuera, ni el cosquilleo en el estómago que le producía lo que estaba por venir. Nada más irse Channing, Nora se puso el chándal y las zapatillas de deporte y condujo hasta la casa de Paloma Lane.

Dejó el coche en el aparcamiento de la casa de la playa y fue avanzando por la arena blanda hasta llegar a la franja más dura. Corrió sus seis kilómetros habituales por la playa, cronometrándose porque no tenía forma de medir las distancias. El acceso a la playa estaba cortado en algunas partes, lo que la obligó a subir por unas empinadas escaleras de madera construidas en la ladera de la colina y a atravesar dos urbanizaciones privadas donde normalmente no se permitía el paso. Nora salió a la carretera de dos carriles que pasaba delante del Hotel Edgewater y frenó para dejar pasar a dos coches. El primero se metió en el camino de acceso al hotel, pero el segundo se detuvo. Nora oyó un claxon y miró hacia el coche mientras la conductora bajaba la ventanilla.

—No estaba segura de que fueras tú —dijo la mujer con exagerada jovialidad—. ¿Qué haces por estos pagos?

Imelda Malcolm vivía a dos portales de la casa de los Vogelsang en Montebello. Rondaría los sesenta y era delgada como un pájaro, con el pelo ralo teñido de color rojizo. Se subió las gafas de sol a la frente. Tenía los ojos de color gris deslavazado, pero sorprendentemente vivos. Imelda solía pasear por las calles del barrio, de modo que Nora había aprendido a evitarla variando su recorrido y sus horarios para no cruzarse con ella. Su vecina era una chismosa impenitente a la que no le importaba lo más mínimo esparcir rumores. Poco después de mudarse a la ciudad, Nora había salido con ella algunas veces y había observado que Imelda hablaba en voz baja incluso en plena calle, como si pretendiera impedir que la gente oyera sus chismorreos. En todas aquellas ocasiones

Nora tuvo la desagradable sensación de ser cómplice de su malevolencia.

—Me gusta cambiar de aires de vez en cuando —explicó Nora—. ¿Y qué hay de ti?

Imelda torció el gesto.

—Le dije a Polly que le pagaría una limpieza de cutis. Ya sabes que Rex ha presentado suspensión de pagos o se ha declarado en quiebra, ahora no recuerdo qué exactamente. Menudo golpe bajo.

—Ya me enteré. Qué mala suerte.

—Terrible —asintió Imelda—. Polly dice que no puede ni pensar en ir al club, y no sólo porque deban tantas cuotas. Estoy segura de que Mitchell encontrará la manera de hacerles saber que ya no son bienvenidos, aunque tiene demasiada clase como para montarles un número. Polly dice que no es que las otras socias la rechacen, pero no puede soportar darles lástima. ¿La has visto últimamente?

—No desde Año Nuevo.

—¡Dios mío! Tiene muy mal aspecto. No le cuentes a nadie que te lo he dicho yo, pero te juro que ha envejecido quince años. Y no es que tuviera muy buena pinta antes, si me permites el comentario.

—Estoy segura de que capearán el temporal —dijo Nora. Se miró el reloj e Imelda captó la indirecta.

—No te entretengo más —añadió—. Me alegro de haberte visto. Pensaba llamarte por si querías jugar al bridge con nosotras mañana por la tarde. Mittie tiene unas cuantas visitas médicas antes de los arreglillos que se va a hacer, y supongo que, ahora que Channing no está, debes de tener mucho tiempo libre.

—Pues no podrá ser —respondió Nora de inmediato—. Tengo que ir a Los Ángeles. Estoy esperando a que nuestro contable me devuelva la llamada para concertar la hora. Además, llevo meses sin jugar, sería una pareja desastrosa.

—No seas tonta. Jugamos cuatro manos. Almorzamos y bebemos mucho vino, así que nadie se lo toma en serio. Volveremos a jugar el viernes, si te parece, te apunto para entonces.

—Tendré que mirar mi agenda. Ya te diré algo.

—En mi casa, a las once y media. Solemos acabar antes de las tres.

Imelda se despidió agitando un poco el dedo, subió la ventanilla y se marchó.

Nora cerró los ojos. Esa mujer la exasperaba de tal modo que tenía el cuerpo agarrotado de la tensión. Detestaba su atrevimiento, así como la clase de agresividad femenina que blandía por norma. Nada más llegar a la casa de la playa, la llamaría y le dejaría un mensaje en el contestador diciendo que había olvidado un compromiso anterior. Y que lo sentía mucho. Un beso. Quizás en otra ocasión. Imelda detectaría que Nora le estaba mintiendo, pero ¿qué podía hacer al respecto? Nora siguió andando hasta el espigón y bajó con cuidado los maltrechos escalones de cemento que la devolvieron a la playa. Si Imelda llegara a enterarse de su relación con Dante, se pondría las botas.

En el fondo, Nora se avergonzaba de haberse acostado con Dante. ¿Cómo había sucumbido tan fácilmente? Sabía que su enfado con Channing había motivado en parte lo sucedido, pero la angustiaba lo que había descubierto sobre sí misma al tomar aquella decisión. Al parecer, la duración, la confianza mutua o la santidad del matrimonio no significaban demasiado para ella. Sólo era cuestión de que se le presentara la oportunidad, y ahí estaba, desvistiéndose envuelta en un fogonazo de deseo. Cierto, Dante era espectacular: generoso, incansable, cariñoso y elogioso. Sus elogios, por cierto, eran otra fuente de consternación. Al recordar algunas de las frases que él le había dicho se sintió tonta y crédula, como esas mujeres tan superficiales que ante el mínimo elogio se abren de piernas a cualquiera. ¿Se habría entregado Thelma con la misma facilidad? Un buen vino, unas cuantas caricias superficiales y se metió en el catre sin importarle el estado civil de Channing. Ahora Nora había dejado de lado la lealtad y la fidelidad y, pese a avergonzarse de su comportamiento, no se mostraba arrepentida. El recuerdo de lo sucedido la hizo temblar, y el temblor la hizo sonreír.

Antes de las diez ya se había duchado y yacía desnuda sobre una *chaise longue* doble en la terraza de la casa de la playa, protegida de miradas indiscretas por un muro bajo sobre el que habían colocado un cortavientos de cristal ahumado. La sensación que le producía el sol sobre la piel le pareció extraordinaria. Notó cómo iba relajándose gradualmente y, sin siquiera pretenderlo, se durmió.

Se despertó al oír un crujido y al abrir los ojos vio a Dante, también desnudo, sentado en la *chaise longue* colocada junto a la suya. Tenía el bolso de Nora a sus pies y su pasaporte en la mano.

—¿Qué estás haciendo? —preguntó ella.

—Memorizando el número de tu pasaporte. Puedo hacerlo si me concentro, es como sacar una fotografía.

—¿Dónde has encontrado mi pasaporte?

—Estaba en tu bolso. ¿Por qué lo llevas contigo? ¿Piensas ir a alguna parte?

—Lo recogí en el banco el otro día y me olvidé de dejarlo en casa. ¿Por qué me estás registrando el bolso?

—Me parecía descortés preguntarte la edad, así que pensé que sería mejor descubrirlo por mi cuenta.

Nora sonrió.

—Mi edad no es ningún secreto.

—Ahora ya no. El quince de marzo. Los idus —dijo Dante—. Te voy a contar algo que probablemente no sepas: los idus caían cada quince de marzo, mayo, julio y octubre. Y el trece de todos los meses. Mi cumpleaños es el trece de noviembre, o sea, que también cae en uno de los idus, como el tuyo.

—¿Y eso qué significa?

—Nada, pero me pareció interesante —explicó.

Dante volvió a meter el pasaporte en el bolso y se inclinó hacia delante, hasta arrodillarse sobre la terraza. Se acercó a Nora y le besó un pecho. Nora emitió un sonido involuntario, casi ronco, mientras el calor la invadía por dentro. Los dos comenzaron a hacer el amor con la naturalidad propia de los amantes que llevan muchos años juntos. Nora no recordaba haber experimentado jamás semejante intensidad y se entregó totalmente, respondiendo con ternura a las caricias de Dante.

Después se ducharon juntos, se envolvieron en grandes toallas de baño y volvieron a la terraza. Dante había traído una botella de champán y dos copas largas de cristal, con las que brindaron por su felicidad. Le pareció maravilloso beber champán a aquellas horas.

—Casi me olvidaba —dijo Dante. Se levantó y fue al dormitorio, al cabo de un momento volvió con un puñado de folletos de agencias de viaje que depositó sobre el regazo de Nora.

—¿Qué es esto?

—Folletos de las Maldivas. Ahí es adonde pienso ir cuando llegue el momento. O quizás a Filipinas, aún no lo he decidido. Te he traído folletos de los dos sitios porque pensé que te gustaría verlos.

Dante se sentó en el borde de la *chaise longue* y se aflojó la toalla.

Nora abrió el primer folleto, que mostraba fotografías de las Maldivas: aguas de color turquesa y aguamarina con islas como piedras pasaderas diseminadas por el mar. Nora le dirigió una mirada de curiosidad, preguntándose si Dante hablaría en serio.

—Creía que te habían imputado. No te van a dejar salir del país.

—El hecho de que no me dejen salir no quiere decir que no pueda hacerlo.

—¿No te han retenido el pasaporte?

—Tengo otro.

—¿Y qué pasa si te interceptan en el aeropuerto?

—No pueden interceptarme si no lo saben. Tengo una fortuna en cuentas corrientes de paraísos fiscales. Llevo años planeándolo.

Nora le mostró un folleto.

—¿Por qué las Maldivas? Ni siquiera sé dónde están.

—En el océano Índico, cuatrocientos kilómetros al sudoeste de la India. La temperatura oscila entre los veintiuno y los treinta y tres grados todo el año. No tienen tratados de extradición con Estados Unidos. Hay otras opciones: Etiopía o Irán, si lo prefieres. Si te gusta Botsuana, lo incluiré para que podamos reírnos un rato.

404

—¿Pero qué harás en un sitio así durante todo el día?

—No lo sé. Descansar. Comer. Beber. Hacerte el amor. Estudiar el idioma.

—¿Cuál es?

—Aún no lo sé, ya me enteraré cuando esté allí. Le pediré a Lou Elle que te llame para darte los detalles, pero sólo si vienes conmigo. Si no, cuanto menos sepas de este asunto, mejor.

—¿Pero tú crees que me iría contigo?

—¿Por qué no? Nada te retiene aquí. Lo único que necesitas es una bolsa de viaje con lo indispensable. Yo me encargo del resto.

—Hablemos de otra cosa.

—Desde luego. Entiendo perfectamente que necesites tiempo para pensarlo. Te lo he contado para que sepas cuáles son mis planes.

—Ya sabes que no voy a ir.

—No lo sé, ni tú tampoco.

Nora se incorporó, sujetando la toalla.

—No conviertas esto en algo que no es.

—¿Y qué «no es»?

—No es profundo, ni complejo. Ni siquiera muy importante. Es una forma de pasar la mañana cuando no estoy en la peluquería.

—Entonces, ¿soy un polvo trivial para ti?

—No he dicho que seas trivial.

—Pero soy el tipo al que te estás tirando. ¿No significo nada más para ti?

—Así es.

—Mientes.

—Sí, miento. Dejémoslo así.

Nora se anudó la toalla en la parte delantera y se levantó.

Dante la sujetó de la mano.

—No te vayas. No te alejes de mí. Siéntate.

—No tiene sentido que hablemos del futuro cuando no tenemos ningún futuro juntos.

—Escúchame. ¿Quieres hacer el favor de escucharme? No me escondas nada. Puede que tengas razón, puede que esto no sea más que una aventura, pero a mí no me lo parece. Si esto es todo lo que hay entre nosotros, entonces seamos sinceros el uno con el otro. ¿Te parece?

Nora lo miró. Adoraba su rostro, pero no podía decírselo. Dante la estiró del brazo hasta hacerla sentar a su lado. Luego tomó su mano y se la llevó a los labios.

—Nora, pase lo que pase, vengas conmigo o no, tienes que salir de ese matrimonio. Puede que ése sea mi papel, el de comadrona que te ayuda a empezar una nueva vida lejos de tu marido.

—Hemos pasado por muchas cosas juntos. No puedes echar a perder toda una vida porque haya momentos difíciles de vez en cuando. Los años de convivencia cuentan para algo, me parece a mí.

—No, no cuentan. ¿Crees que tener una mala relación durante mucho tiempo hace que esa relación merezca la pena? No la merece. Es más tiempo perdido. Catorce años de infelicidad son demasiados.

—Channing y yo también hemos tenido años buenos. No quiero dejarlo así por las buenas.

—¿Y qué hay de tu ex marido? ¿No te parece que el divorcio fue una forma de huida?

—No nos divorciamos. Murió.

—¿De qué?

—Fue algo totalmente imprevisto; una anomalía cardiaca de nacimiento que ningún médico había descubierto. Era banquero, con un empleo magnífico. Treinta y seis años, y jamás hubiera imaginado que tenía los días contados. Yo creía que la vida era perfecta. Nos teníamos el uno al otro, y teníamos a nuestro hijo. También teníamos una hipoteca bastante grande, y muchas deudas con las tarjetas de crédito. Lo que no teníamos era un seguro de vida, así que cuando mi marido murió de repente, me quedé sin un centavo. Tenía treinta y cuatro años y no había trabajado nunca. Me entró el pánico, estaba desesperada por encontrar a alguien que cuidara de mí. Conocí a Channing seis meses más tarde, y cuando ya hacía un año de la muerte de Tripp, me casé con él. Mi hijo tenía once años, y las gemelas de Channing trece.

Dante la miró entrecerrando los ojos.

—¿Qué has dicho?

—¿Sobre qué?

—¿Has dicho «Tripp»?

—Sí.

—¿Estuviste casada con Tripp Lanahan?

—Ya te lo había mencionado antes.

—No habías dicho su nombre. No tenía ni idea.

—Bueno, pues ahora ya lo sabes —respondió Nora. Dante había palidecido y la miraba sin apartar los ojos de ella—. ¿Pasa algo malo?

—No, no es nada.

—Estás blanco como el papel.

Dante sacudió la cabeza rápidamente, como para evitar que le zumbaran los oídos.

—Hicimos negocios una vez. Aprobó el préstamo que pedí para comprar mi casa. Ningún otro banquero de la ciudad me lo habría concedido debido a mi profesión.

Nora sonrió.

—Tenía buen ojo para la gente y no le asustaba saltarse las normas.

Dante bajó la cabeza. Había dicho lo mismo sobre Tripp al referirse a él. Se pasó una mano por la cara, deformándose las facciones por unos segundos.

Nora lo abrazó.

—He de irme. Le dije a Channing que tenía una cita con mi corredor de Bolsa en Santa Mónica. Sonó como una mentira cuando se lo dije, pero resulta que es verdad. ¿Estás bien? Parece como si hubieras visto un fantasma.

—Estoy bien.

Dante cubrió la mano de Nora con la suya sin mirarla directamente a los ojos.

Nora ladeó la cabeza y se apoyó en él.

—¿Te veré mañana?

—Te llamaré para confirmarlo. Conduce con cuidado.

—Lo haré.

La cita con su corredor de Bolsa fue muy breve. Era un hombre de unos setenta años, enjuto y sin sentido del humor. Había llevado la cartera de Nora durante veinte años, tanto tiempo que casi la consideraba suya. Cuando Nora le dijo que quería vender sus acciones, pareció confuso.

—¿Cuáles?

—Todas.

—¿Puedo preguntarte por qué?

—No me gusta lo que está pasando ahora mismo en el mercado. Quiero salirme.

El hombre permaneció en silencio unos instantes, y Nora observó cómo titubeaba antes de formular su respuesta.

—Entiendo tu preocupación, pero no es el momento más indicado para vender. Me veo obligado a aconsejarte que no actúes con precipitación. No sería demasiado inteligente.

—Muy bien. Ya me has aconsejado. Puedes hacer una transferencia a mi cuenta en el banco Wells Fargo de Santa Teresa. Menos tu comisión, por supuesto.

—Quizás estés pasando por un mal momento —sugirió él, demasiado comedido como para preguntárselo directamente.

—Quizá, pero no de la clase que imaginas.

—Porque ya sabes que puedes contar conmigo si algo va mal. Tienes todo mi apoyo.

—Te agradezco tu lealtad.

—¿Es una decisión de Channing?

—Por favor, Mark. Limítate a hacer lo que te pido. Cursa las órdenes de venta y avísame cuando ya esté todo solucionado.

En el coche, mientras se dirigía hacia el norte por la autopista de la Costa del Pacífico desde Santa Mónica, bajó la ventanilla y dejó que el viento le alborotara el pelo. No fue consciente de sus intenciones hasta que las expresó en voz alta. Le gustaba la idea de tener todo ese dinero a mano... por si surgía la necesidad. No pensaba en lo que podía pasar durante las semanas siguientes. No pensaba en hacer las maletas, ni en encontrarse con Dante en el aeropuerto y subir con él a un avión. Semejante comportamiento supondría un desafío a las convenciones, a la dignidad personal y al sentido común. Pero ¿qué pasaría si, en el último momento, cambiaba de opinión? ¿Qué pasaría si lo que le parecía tan imposible ahora le resultaba imprescindible para ser fiel a sí misma? Tenía que estar preparada por si surgía la necesidad. Así es como lo veía. *Por si surgía la necesidad.* Esa idea la había animado a pasar por el banco para vaciar su caja fuerte antes de ir a Santa Mónica por la mañana. Era la razón por la que había llevado el pasaporte en el bolso durante la última semana, aliviada de que no caducara hasta al cabo de seis años. *Por si surgía la necesidad* contó el dinero que tenía a mano, y se metió las joyas buenas en el bolso. Si no iba a ninguna parte —lo que sería más que probable— tampoco habría perdido nada. Volvería a ingresar el dinero en efectivo en el banco y usaría la cantidad obtenida con la venta de las acciones para comprar otras.

Tras girar a la derecha para salir de la autopista, Nora inició el largo y tortuoso ascenso hasta la casa. Recortadas contra el inmenso cielo azul claro, cuatro aves enormes volaban en círculo con las alas extendidas y las plumas de vuelo plateadas bien visibles, dejándose llevar por las corrientes térmicas. Si de algo sentía envidia, era de la elegancia con que planeaban esas aves, elevándose sin esfuerzo y surcando el viento mientras volaban en círculo. Allá en lo alto se estaría muy tranquilo, y el océano se extendería a lo largo de kilómetros.

Nora continuó mirándolas, preguntándose qué las habría traído hasta la montaña. A medida que la carretera serpenteaba hacia arriba se dio cuenta de que eran más grandes de lo que había pensado. Se trataba probablemente de auras gallipavos, buitres americanos con una envergadura de casi dos metros. Alguna vez los había visto de cerca —cabeza y cuello sin plumas, rojos y escamosos—

descuartizando animales muertos en la carretera. Tenían la reputación de ser tranquilos y eficientes, humildes siervos de la naturaleza a la que limpiaban de carroña. Al ser calvos, podían introducir la cabeza hasta el fondo de un cadáver para acceder a las partes comestibles.

Nora giró para meterse en el camino de entrada y dejó el coche en el aparcamiento. Esperaba ver la camioneta del señor Ishiguro con su cargamento de rastrillos y escobas. Los miembros del equipo de limpieza habían venido y ya se habían ido. Vio las bolsas repletas de basura que habían acumulado a su paso. Los buitres volaban justo encima, como si fueran nubes rápidas que tapaban el sol. Un buitre se posó sobre un cubo de basura y se la quedó mirando. El buitre, de postura encorvada y aspecto astuto, siseó y emprendió el vuelo trabajosamente, con un ruidoso aleteo. Nora abrió la tapa del cubo de la basura y se echó atrás repelida por el hedor y la nube de moscas. El señor Ishiguro había tirado un pollo medio podrido. Nora cerró la tapa de golpe y se llevó la mano a la boca, como para protegerse del repulsivo pedazo de carne.

Channing había dicho que el jardinero pondría pollos muertos en los cepos, pero ¿cuántos cepos había colocado? Pegado con cinta adhesiva al cristal de la puerta trasera, encontró un sobre que contenía los recibos de las tres trampas que el señor Ishiguro había comprado. Los pollos muertos no se los cobraba. Nora abrió la puerta trasera con llave y tiró su bolso y el sobre encima de una mesa. Se quitó las sandalias y encontró un par de zapatillas de deporte que se puso sin calcetines. Cogió dos trozos de leña y volvió a salir por la puerta trasera. Empujó la verja del muro de contención y comenzó a andar por el cortafuegos, recorriendo el suelo con la mirada en busca de cepos. Encontró el primero en una maraña de broza que, al parecer, el señor Ishiguro había usado para disimular las grandes fauces de hierro del artefacto. El pollo muerto seguía ahí, y Nora usó un trozo de leña para activar el mecanismo. La mandíbula se cerró de golpe y partió la rama de diez centímetros de grosor por la mitad. Los trozos salieron volando frente a su cara. Nora dio un respingo, soltó un chillido y reemprendió la marcha, evitando con agilidad las chumberas que la amenazaban desde todos los lados. No encontró nada más en la estrecha pista de tierra, y cuando llegó a un cruce, comenzó a descender cuidadosamente por la pendiente esperando no caerse.

Dos grandes buitres se habían posado sobre el suelo como centinelas que vigilaban su hallazgo: el coyote macho, atrapado en el segundo cepo. Nora podría no haberlo visto de no ser por los buitres y por la hembra del coyote, la cual trotaba nerviosamente de un lado a otro por el sendero que quedaba más abajo. El señor Ishiguro había ocultado el cepo en un montón de hierba seca. El coyote yacía de costado, jadeando. Era imposible saber cuánto tiempo llevaba allí. De su pata trasera izquierda, que se le había roto, sobresalía el extremo astillado del hueso. La tierra ensangrentada formaba un círculo oscuro a su alrededor. Nora no se movió. Temía que, si lo asustaba, el animal intentara huir del cepo y se hiciera una herida aún mayor. Ahora parecía descansar. Al cabo de un minuto volvió a levantar la cabeza y la torció hacia un lado para lamerse la herida. Su sufrimiento tenía que ser insoportable, pero el animal no emitió ningún sonido. Su mirada apagada se posó en ella con indiferencia. ¿Qué le importaba Nora cuando se debatía entre la vida y la muerte?

La ladera de la colina parecía arder, y los pequeños remolinos de viento que se levantaban de vez en cuando llenaban el aire de polvo. Tras dar media vuelta, Nora volvió a la casa llorosa y asustada. Ansiaba hacer cualquier cosa para acabar con el sufrimiento del animal. Subió a la primera planta, abrió el cajón de la mesilla de noche de Channing y sacó su pistola. Su marido le había enseñado cómo cargar y disparar la High Standard de cañón desmontable. Tenía la mira trasera fija y microajustable a la elevación y al viento. Channing se había mostrado reacio a comprar el arma, pero finalmente la compró debido a la insistencia de su mujer. Nora estaba sola en la casa demasiado a menudo como para permanecer allí sin ningún tipo de protección. Comprobó que estuviera cargada. La pistola pesaba casi un kilo y medio, y tuvo que sujetarla con ambas manos mientras bajaba las escaleras y salía por la puerta trasera.

La hembra se había acercado en círculos a su pareja. Ahora permanecía sentada a una distancia desde donde el macho podía verla, gimoteando sola. El macho parecía aturdido por el dolor. Se retorcía y empujaba con su cuerpo enjuto, intentando apoyar la pata en el suelo para poder levantarse. Miró a Nora, y ésta hubiera jurado que el coyote sabía lo que estaba a punto de hacer. En lo más profundo de sus ojos amarillos brilló una chispa de reconocimiento, como si aceptara el vínculo que se había establecido entre ambos. Nora tenía el poder de liberarlo, y sólo había una salida posible. Era un animal demasiado salvaje para permitir que Nora se acercara para abrir el cepo, aunque supiera cómo hacerlo. Los buitres aleteaban hacia arriba y volaban en círculo, observándola con interés.

Nora se echó a llorar. No podía soportar verlo, pero se negó a apartar la mirada. El hecho de que aquel animal sorprendente hubiera caído en la trampa y de que hubiera sido sometido a semejante crueldad le parecía impensable, pero allí yacía, exhausto, jadeando con dificultad. Retrasar su muerte significaría prolongar su agonía. Si no tenía la posibilidad de salvarlo, tendría que poner fin a su vida, no le quedaba otra opción. Nora disparó. Bastó con una bala. La hembra observaba sin curiosidad mientras Nora se desplomaba cerca del macho, entonces dio media vuelta y se fue trotando por el sendero hasta desaparecer. Volvería con sus cachorros y seguiría cazando sola. Les enseñaría a cazar, a adentrarse en territorio civilizado si ésa era la única manera de encontrar comida. Les mostraría dónde encontrar agua. Si los conejos, las ardillas y los topos escaseaban les mostraría dónde encontrar insectos y cómo perseguir, derribar y destripar a los gatos domésticos que sus dueños habían dejado fuera de las casas por la noche. La hembra desempeñaría la tarea que ahora le correspondía de la única forma que conocía, guiándose por el instinto.

Cuando volvía a la casa con la pistola aún en la mano, vio un sedán negro aparcado junto a su Thunderbird. Al acercarse, dos hombres vestidos con traje salieron del coche y la saludaron cortésmente. No había nada amenazador en su aspecto, pero no le gustaron en cuanto los vio. Ambos llevaban el pelo corto e iban bien afeitados. Uno rondaba los cincuenta años, mientras que el otro tendría treinta y tantos.

—¿La señora Vogelsang? —preguntó el más joven.

El hombre le ofreció una tarjeta de presentación.

—Soy el agente especial Driscoll y éste es mi compañero, el agente especial Montaldo. Somos del FBI. Me pregunto si podríamos hablar con usted.

—¿De qué?

—De Lorenzo Dante.

Nora parpadeó mientras decidía cómo responder y a continuación entró en la casa sin decir ni una palabra, seguida de los dos hombres.

27

Esperé hasta media tarde antes de volver a la casa de empeños. Esta vez no vi el coche de Len por ninguna parte. Doblé la esquina y entré en el aparcamiento de pago, donde estacioné mi Mustang Grabber azul entre dos camionetas. June me vio nada más entrar y me miró con expresión impenetrable.

—Hola, June. ¿Cómo estás? —saludé.

—Bien.

—Estoy buscando a Pinky porque ha pasado algo. He pensado que quizá sabrías dónde está.

—Ni idea.

—Pues sí que es mala pata. Acabo de hablar con Dodie y me ha dicho que Pinky estaba aquí.

—No sé de dónde lo habrá sacado.

—Venga, June. Mientes y yo sé que mientes, lo que casi equivale a decir la verdad. No conozco los detalles del supuesto plan de Pinky, pero seguro que es lo bastante descabellado como para poner en peligro su vida.

June se me quedó mirando con la expresión de impotencia de alguien que ve una película sabiendo que acabará mal. Len debía de haberle montado un numerito similar al que me montó a mí. Estaba muy tensa, y yo no tenía nada claro cómo iba a conseguir convencerla para que cooperara. Decidí volver a intentarlo.

—Mira, sé que el subinspector Priddy estuvo aquí ayer, porque vi su coche aparcado delante de la tienda. Créeme, seguro que ha intentado colarte una trola. Ya sabes que ese tipo es un cabrón.

June se lamió los labios y luego se secó las comisuras con dos dedos.

—Dice que tiene una orden de detención. Buscan a Pinky para interrogarlo, y si no lo entrego, me acusarán de encubrimiento y complicidad.

—¡Pero qué dices! No hay ninguna orden de detención —repliqué—. Priddy se la tiene jurada porque Pinky robó unas fotografías. No me preguntes a quién se las robó, porque esa parte no la sé. Len Priddy quiere recuperarlas y por poco me estrangula, porque creía que las tenía yo y que se lo estaba ocultando. Probablemente te haya amenazado con hacerte algo aún peor.

June bajó la voz.

—Esta mañana pasó por mi casa antes de venir yo al trabajo. Derribó la puerta y lo destrozó todo.

—Buscaba las fotografías.

—Probablemente —respondió June—. Le dije que llamaría a la pasma si no se iba con viento fresco. Conseguí que se marchara, y pensé que ya no oiría hablar más del asunto, pero entonces vino aquí y quiso registrar la tienda. Yo ya se lo había contado a mi jefe, que le dijo al subinspector Priddy que no podía hacer nada sin una orden de registro. Así que se ha ido a buscar una. Cuando he visto que se abría la puerta, creí que era él.

—¿Una orden de registro con qué motivo? Te ha tomado el pelo. Estaba tanteando el terreno, eso es todo. ¿Cómo va a encontrar a un juez que se la firme? Tiene que demostrar que existen motivos fundados.

—Dijo que estaba casi seguro de que recibiría un chivatazo anónimo.

—Eso es otra trola.

—Puede que sí, pero ¿y si es verdad?

—Deduzco que Pinky está aquí.

June no asintió con la cabeza, pero bajó la mirada para indicar que yo tenía razón.

—He estado pensando que, cuando oscurezca, podría meterlo en el maletero de mi coche y llevarlo a otra parte. ¿Qué te parece?

—No es muy buena idea —respondí negando con la cabeza—. Lo más probable es que Len le haya pedido a alguien que te siga, así que será mejor que no te muevas de aquí.

—¿Y qué hay de ti? Pinky dice que es sólo por esta noche.

—Len me estará vigilando igual que a ti. Sabe de sobra que Pinky se encuentra aquí, así que ya habrá previsto cualquier intento de sacarlo de la tienda y meterlo en un coche. Sea de quien sea. Lo harán parar valiéndose de cualquier excusa y trincarán a Pinky.

—Tenemos que hacer algo.

—Yo me largo. Cuanto más tiempo esté aquí, más parecerá que estamos tramando algo.

—¿Me vas a dejar sola? —preguntó June alarmada.

—Sólo un rato. Se me ha ocurrido una idea y, si funciona, me verás de nuevo antes de lo que piensas. No te muevas de aquí hasta que yo vuelva.

—De acuerdo.

Salí de la tienda y me encaminé a la esquina sin darme prisa. Contaba con que cualquiera que estuviera vigilándome se percataría de mi marcha y se vería obligado a elegir entre seguirme a mí o vigilar a June. Giré a la derecha y me metí en la bocacalle, pero en lugar de volver a mi coche continué andando hasta llegar a Chapel. Si Len había dado órdenes de que me siguieran en coche, probablemente centrarían su atención en el Mustang Grabber azul. Mientras el coche permaneciera aparcado, pensé, podría moverme con cierta libertad. Tras atravesar Chapel y continuar hasta el cruce siguiente llegué a la manzana en la que se encontraba la tienda de artículos de segunda mano.

Cuando entré, la mujer que estaba detrás del mostrador levantó la vista y me saludó de manera efusiva. Es una técnica pensada para disuadir a los ladrones, ya que éstos prefieren pasar inadvertidos. Di una vuelta por la tienda para echarle una ojeada a la ropa, especialmente a los abrigos. Las temperaturas en Santa Teresa descienden a entre seis y doce grados por la noche, y si bien nadie lleva abrigos gruesos, los más ligeros tienen mucha aceptación. Miré un par de etiquetas y palidecí. Se trataba de prendas de segunda mano, lo que a mi entender debería ser sinónimo de barato. Aquí no. Intenté recordar el último extracto de mi tarjeta de crédito, y me pregunté si tendría los fondos suficientes para cargar en mi cuenta los quinientos o seiscientos pavos que costaban los abrigos. Me empeño en pagarlo todo religiosamente cada mes si compro algo con la tarjeta, pero no conseguí recordar cuál era mi límite. Supuse que rondaría los diez mil dólares. Hice una pausa para considerar la situación. Tenía motivos más que fundados para pensar que la tienda estaba vinculada a una red organizada de ladrones de tiendas, lo que significaba que la encargada se pasaba las leyes por el forro. ¿Por qué iba a tener yo remordimientos de conciencia si la estafadora era ella? La mujer apareció de repente a mi derecha.

—¿Busca algo en particular?

—Estoy buscando un abrigo. ¿Sólo tienen éstos?

—Déjeme que mire en el almacén. Han llegado algunas cosas que aún no he tenido tiempo de clasificar.

La encargada se metió en la trastienda y volvió al cabo de un momento con dos abrigos colgados en sendas perchas. Uno era un abrigo cruzado de pelo de camello por 395 dólares y pico. El otro, un chaquetón largo de piel de borrego por 500 dólares del ala.

—Éste —dije, señalando el abrigo de pelo de camello.

—Muy bonito. Veamos cómo le queda.

Me ayudó a ponérmelo, me lo ajustó en los hombros y luego me llevó hasta un espejo de pared para que viera cómo me sentaba por delante y por detrás. La verdad es que me quedaba bastante bien.

—Algo caro, ¿no?

—Es de Lord and Taylor. Nuevo valía mil quinientos dólares.

—Vaya, entonces será mejor que me lo lleve —dije.

Esperé a que registrara la venta en caja. La tarjeta pasó sin problemas. Firmé el recibo y me guardé la copia en el bolsillo de los vaqueros preguntándome si podría desgravarme el gasto. Miré cómo la mujer envolvía el abrigo en papel de seda antes de meterlo en una bolsa.

Le di las gracias y me dirigí rápidamente a la tienda de pelucas que estaba al lado, donde escogí una con melena rubia por 29,95 dólares. Al ponérmela me remetí bien el pelo para que no se me viera. Me contemplé en el espejo, algo desconcertada al ver a la mujer que me devolvía la mirada.

El dependiente tenía muy claro cuál sería la opción más apropiada para alguien tan negado como yo.

—Quizás algo más parecido a su color natural —sugirió.

—Me gusta ésta, es perfecta.

Aunque empezaba a picarme y ya me daba calor, me fascinaba la idea de verme rubia.

—No soy muy aficionado a lo sintético, si me permite el comentario, y le recomendaría pelo auténtico. Tenemos prótesis craneales de montura antideslizante con los mechones tejidos a mano o a máquina.

—La quiero para una fiesta de disfraces. Es una broma.

El dependiente fue lo suficientemente sensato para no añadir nada más, pero su decepción resultaba palpable.

La transacción se prolongó más tiempo del necesario, pero me permitió sacar el abrigo y ponérmelo allí mismo. Metí mi bolso en la bolsa con asa de cordel. Era consciente de que, desde lejos, mi bolso delataba mi identidad tanto como mi ropa.

—Un abrigo muy bonito —comentó el dependiente mientras me devolvía el cambio.

—De Lord and Taylor.

—Se nota.

El breve recorrido de vuelta a la casa de empeños me dio la oportunidad de registrar la zona en busca de medidas de vigilancia. Aunque no vi nada que me llamara la atención, eso no garantizaba que Len no hubiera dado las instrucciones pertinentes. Por otra parte, no creía que contara con un número ilimitado de amigos dispuestos a ofrecerle sus servicios en cualquier circunstancia.

Cuando volví a entrar en la casa de empeños, June estaba ocupada atendiendo a un cliente, pero levantó la vista. No la engañé con mi disfraz, aunque no me lo había puesto para engañarla a ella. Cuando quedó libre, me hizo un gesto para que me acercara. Los dos tipos que trabajaban con ella debían de estar al tanto de lo que pasaba, porque ninguno nos prestó demasiada atención cuando June me hizo pasar a la trastienda.

Pinky estaba escondido en un lavabo que hacía las veces de armario de las escobas, donde un retrete y un pequeño lavamanos compartían el espacio con varias fregonas, un cubo con ruedas y algunos estantes de almacenaje repletos de herramientas eléctricas y de pequeños electrodomésticos recién empeñados. Allí dentro olía a aceite de coche y a un ambientador que aún cargaba más el aire. Un televisor en blanco y negro colocado a un lado del tocador exhibía un plano de la parte delantera de la tienda. Cuando se dio cuenta de que era yo, Pinky me sonrió con cara de tonto, pensando probablemente que June me habría convencido de que lo ayudara aunque antes me hubiera negado a hacerlo. Pinky me cogió la mano y me dio unas palmaditas.

—Gracias.

Quería dejarle muy claro que aún no había hecho nada, pero antes había otro asunto que necesitaba aclarar.

—¿Qué haces aquí? Pensaba que habías concertado una reunión con no sé qué tipo para pasarle las fotografías. ¿No era ése el plan?

—Eso mismo. He estado intentando ponerme en contacto con él, pero en su oficina no saben dónde está. June me dejó ir dos veces al mostrador para telefonear, aunque luego se plantó. Le preocupa que entre Len en la tienda, o que uno de sus amigos me vea por la ventana. Bueno, la cuestión es que la recepcionista del tipo al que quiero ver ha sido muy amable y me ha pedido que le diga dónde estoy para enviar a alguien a recogerme en cuanto llegue su jefe.

—¿Ah sí? Vaya, qué servicial por su parte. ¿Sabe de qué va el asunto?

—Ni idea. No le dije ni mu. —Pinky se dio unos golpecitos en la cabeza para indicar que estaba usando la sesera—. ¿Y qué hacemos ahora?

—Transformarte en una chica y sacarte de aquí. —Me volví

hacia June—. Necesito que llames a un taxi. Diles que tienen que recoger a una mujer rubia con un abrigo de pelo de camello que esperará en Hidalgo, junto a la entrada lateral del Hotel Butler.

—¿Dentro de cuánto tiempo?

—En diez minutos. Y dile al taxista que se espere, por si tardamos más de lo previsto.

—Os dejaré solos —dijo June antes de irse.

Le pedí a Pinky que se sentara sobre la tapa del retrete mientras yo me quitaba la peluca y se la ponía a él. El pelo rubio no le quedaba mal del todo, aunque su ancha espalda y su tez morena le daban aspecto de travesti de Miami de mediana edad. Cuando se puso el abrigo de pelo de camello, la mayoría de tatuajes desaparecieron. Me pareció que colaría desde lejos. Si todo iba bien, podría recorrer la media manzana hasta el hotel, entrar por la puerta principal y salir por la lateral.

Le escribí la dirección del restaurante de Rosie en el dorso del recibo de la tienda de pelucas y le di treinta pavos.

—La llamaré para decirle que vas a ir. Te esconderá hasta que yo regrese a casa. No volveré hasta que sea de noche, así que no te pongas nervioso. ¿Alguna pregunta?

—¿Puedes llamar a Dodie para decirle que me encuentro bien? Sé que estará preocupada.

—Eso puede esperar. He hablado con ella hace un rato y está bien.

—Se quedará más tranquila si la llamo yo.

—Escúchame bien: ni se te ocurra llamarla. Dodie cree que os han instalado micrófonos en casa, y puede que tenga razón. Los micrófonos captarían una conversación telefónica.

—No le diría dónde me encuentro.

—¿Y qué pasa si os han pinchado el teléfono?

—No importa, sería una llamada rápida. Podría usar un código especial para que supiera que estoy a salvo.

—¿Cómo puedes usar un código sin decírselo a Dodie antes?

—Podría preguntarle por el loro, porque no tenemos ninguno. Podría decir «¿Está bien el loro?», o algo por el estilo.

—Pinky, por favor, no compliques aún más las cosas. Esto no viene al caso ahora. Dodie me ha hablado de las fotos de cuando la ficharon. ¿Dónde has metido la segunda serie de fotografías?

Pinky se abrió un poco la camisa y pude ver una esquina del sobre marrón.

—No voy a soltarlo hasta que lo entregue.

—Muy buen plan.

Tímidamente, se palpó los lados de la peluca rubia.

—¿Cómo estoy?

—Adorable —respondí—. Vamos a hacer lo siguiente: yo saldré sin prisas de la tienda y luego doblaré la esquina para ir al aparcamiento, donde recogeré mi coche. Espérate cinco o seis minutos y luego vete en dirección contraria. ¿Sabes dónde está el Butler?

—Claro. En la esquina.

—Perfecto. Coge el taxi hasta el restaurante de Rosie y no te muevas de allí. Su marido te llevará hasta mi casa cuando oscurezca. ¿Te ha quedado claro?

—Supongo.

—Muy bien. Cuando me haya ido, espera...

—Ya lo he captado. Cinco minutos, y entonces salgo disparado hasta el Butler.

—No salgas disparado, vete andando tranquilamente. Nos vemos luego.

June me dejó llamar a Rosie desde la tienda. Contestó William, y cuando le expliqué lo que estábamos haciendo, respondió que nos ayudaría encantado. Le pedí que sentara a Pinky a una mesa de espaldas a la puerta. Les quedaría muy agradecida si Rosie le daba de cenar, aunque le advertí que no le sirvieran alcohol, porque no estaba segura de la tolerancia de Pinky. Cuando hubiera oscurecido del todo, William llevaría a Pinky hasta la casa de Henry por el callejón que linda con la parte trasera de la propiedad. Supuse que una pareja de apacibles ancianos no llamaría demasiado la atención a esa hora.

Recogí el coche y me dirigí a mi casa. Fui directamente, aunque hice una parada rápida en el supermercado para comprar leche y papel de váter. Esperaba que quienquiera que estuviera vigilándome tuviera la impresión de que yo era muy confiada y bastante lela. Aún no había visto que me siguiera ningún coche, pero casi seguro que habría alguno. Cuando por fin llegué al camino de entrada de Henry, dejé el Mustang aparcado frente a las puertas del garaje. Entré en mi estudio y encendí las luces. Cerré los postigos inferiores del salón y subí por la escalera de caracol hasta mi dormitorio, donde encendí algunas luces más. Cuando volví a bajar, pasé algunos minutos gateando de nuevo junto al zócalo, en busca de dispositivos de escucha. Que yo supiera, no habían instalado nada en mi estudio. Encendí el televisor y subí el volumen un poco más alto de lo normal por si había alguien ahí fuera escuchando. Apagué las luces exteriores como si pensara irme a la cama, y luego volví a salir sigilosamente y me dirigí hasta casa de Henry a través del patio.

Las luces de las habitaciones delanteras estaban conectadas a un temporizador, pero la cocina no formaba parte del circuito. Dejé la estancia a oscuras e hice mi recorrido habitual con una linterna para asegurarme de que todo estuviera en su sitio. A continuación llamé a Henry a Michigan desde su teléfono. Aunque no parecía que Len me hubiera instalado micrófonos en el estudio, pensé que el teléfono de Henry sería más seguro. Le pregunté por Nell y me contó que estaba mucho mejor. Después lo puse al día acerca de mi pelea con Marvin, el dispositivo de grabación instalado en la pared de mi despacho y el problema que suponía tener que ocuparme de Pinky. No hizo falta que le diera explicaciones cuando le pedí si podía meter a Pinky en su casa por una noche. Le juré que lo llamaría de nuevo a la mañana siguiente y que le contaría cualquier cosa que pasara a partir de entonces.

La oscuridad ya envolvía el barrio. Me senté en el escalón trasero de Henry dispuesta a esperar. Al cabo de diez minutos oí un murmullo entre los arbustos plantados junto al callejón. Si apartabas la alambrada, podías colarte por debajo. Me levanté y me dirigí hasta la parte lateral del garaje. Cuando Pinky apareció, sólo era cuestión de acompañarlo hasta la cocina de Henry. Recé para que

William no volviera al restaurante y le soplara todo el plan a cualquiera que llegara en busca de una bebida.

Cerré la puerta con llave después de entrar y conduje a Pinky al pasillo interior de la casa de Henry. Cerré también las puertas que daban a los dormitorios, el salón y la cocina y finalmente me volví hacia él. Parecía pasárselo de miedo, lo que me irritó sobremanera. Pinky estaba inspeccionando el recibidor, es probable que con la esperanza de que hubiera algo que robar.

—¿Vives aquí? Lo recordaba distinto.

—Es de un amigo mío que se encuentra fuera de la ciudad. Puedes quedarte aquí esta noche, pero tienes que prometerme que no entrarás en ninguna de las habitaciones. Hay temporizadores conectados a las luces, así que se apagarán y se encenderán a distintas horas. La gente del barrio sabe que Henry no está, por lo que si deambulas por la casa, alguien podría verte y llamar a la poli creyendo que han entrado a robar.

—Ya entiendo, lo último que queremos es que venga la pasma.

—Eso mismo. ¿Te portarás bien?

—Claro que sí, pero te confieso que tengo tanta hambre que me comería el brazo. Me he pasado todo el día en la casa de empeños, y lo único que June tenía a mano era una caja de chocolatinas que hasta me han hecho daño en los dientes.

—Se suponía que Rosie iba a darte de cenar.

—Y lo ha hecho, pero tendrías que haber visto lo que me ha traído. Ni siquiera sabía lo que era. Unos trocitos como de cartílago cubiertos de salsa. He fingido comérmelos y le he dicho que estaba buenísimo, pero tengo el estómago delicado y he estado a punto de echar la pota. ¿Tu amigo tiene algo de comer en casa?

—Espera un momento, iré a mirar.

Me puse a hurgar en los armarios de cocina de Henry en busca de comida. Sabía que no encontraría nada que pudiera estropearse porque me lo había dado todo a mí. Encontré una caja de Cheerios, pero no había leche. Henry tenía una botella de Coca-Cola en la nevera y una lata pequeña de V-8. También tenía una lata de anacardos, un paquete de galletas integrales y un poco de mantequilla de cacahuete. Me planteé darle la botella de Jack Daniel's, convencida de que le vendría muy bien a Pinky, pero decidí no tentar a la suerte. Saqué una bandeja y coloqué todas las cosas encima, junto a una servilleta de papel y cubiertos. No le habría hecho ascos a semejante festín, pero preferí dejar solo a Pinky. Llevé la bandeja hasta el pasillo interior y se la dejé en el suelo. Pinky abrió la botella de Coca-Cola y se bebió alrededor de la mitad. Mientras untaba las galletas integrales con mantequilla de cacahuete, fui hasta el baño y cerré las persianas.

Al salir, le dije:

—Puedes usar el baño siempre que no enciendas la luz. ¿Me lo juras?

Con la boca llena, Pinky asintió y se llevó dos dedos a la sien como si fuera un boy scout haciendo un juramento. Yo he hecho lo mismo y sé lo poco que significa.

Pinky tragó lo que tenía en la boca y luego se limpió con el dedo los restos de mantequilla de cacahuete que le habían quedado en los dientes.

—¿Serías tan amable de buscarme una manta y una almohada?

—Está bien. —Este hombre me sacaba de quicio, pero yo solita me había metido en el berenjenal y no me pareció que tuviera derecho a quejarme. Abrí la puerta que daba al armario empotrado del pasillo, donde Henry guarda la ropa de cama. Saqué una almohada, una manta de lana y un abultado edredón—. Puedes poner un par de toallas grandes de baño en el suelo si te parece demasiado duro.

—Gracias, con esto me arreglo.

Lo señalé con el dedo muy seria.

—Pórtate bien.

—¡Pero si no estoy haciendo nada!

Después de dejar a Pinky volví a mi estudio. Me hubiera encantado ponerme la bata y las zapatillas, pero aún me quedaban cosas que hacer. Poco antes de acostarme le haría otra visita para asegurarme de que todo iba bien. Me daba la impresión de que era un hombre poco imaginativo, lo que significaba que le costaría entretenerse.

Como cena, me hice un bocadillo de huevo duro con mayonesa y lo puse en un plato de papel. Luego me serví una copa de Chardonnay de la marca Cakebread y eché mano del *Santa Teresa Dispatch*, que aún estaba doblado. Me acomodé en el sofá, abrí el periódico y mordisqueé mi bocadillo mientras leía las noticias. Era la primera oportunidad que tenía de relajarme desde que había salido de casa aquella mañana. Las necrológicas no parecían especialmente interesantes y las noticias mundiales eran las de siempre: guerra en seis partes distintas del planeta, un accidente de tren, el colapso de una mina y una mujer que había parido a los sesenta y dos años. El Dow había bajado y el NASDAQ había subido, o puede que fuera a la inversa.

La única noticia interesante —tanto que me incorporé para leerla— era un recuadro de la página seis, en una sección que incluía breves sobre los delitos cometidos en la ciudad. Se trataba de un resumen diario de supercherías demasiado insignificantes para merecer una mención exhaustiva. La mayoría eran delitos de poca monta: habían levantado un coche con el gato y habían robado las ruedas; le habían quitado el monedero a una mujer en Lower State Street... Lo que me llamó la atención fue un párrafo minúsculo: la propietaria de una vivienda, tras pasar fuera el fin de semana, descubrió que alguien había entrado en su casa y se había llevado una caja fuerte a prueba de incendios que estaba atornillada al suelo de un armario. Abigail Upshaw, de veintiséis años, calculó que las pérdidas (que incluían joyas, dinero en efectivo, objetos de plata y diversos artículos de valor sentimental) ascendían aproximadamente a tres mil dólares.

Caramba. Abbie Upshaw era la novia de Len Priddy, y estaba casi segura de que Pinky era el ladrón. Por lo que me había contado, estuvo buscando las fotografías comprometedoras de Dodie y debió de pensar que Len las escondía en su casa. Al no encontrarlas allí, Pinky centró su atención en la novia. Seguía sin tener ni idea de quién aparecía en la segunda serie de fotografías ni de por qué eran tan valiosas como moneda de cambio, pero puede que lo acabara descubriendo a su debido tiempo.

Casi de forma subliminal, oí el chirrido de la verja de entrada y levanté la vista del periódico. La flecha de mi sensor interno saltó a la franja roja. Dejé a un lado el periódico y me dirigí a la puerta, donde encendí la luz del porche y miré por el ojo de buey. Marvin Striker apareció en el umbral, con expresión entre traviesa y avergonzada.

Le abrí la puerta.

—¿Qué haces aquí?

—Tengo que hablar contigo.

—¿Cómo te has enterado de dónde vivo?

—Se lo pregunté a Diana Álvarez. Lo sabe todo. Podrías tenerlo en cuenta por si surge algo. ¿Puedo entrar?

—¿Por qué no? —respondí. Me hice a un lado para dejarlo pasar.

—¿Te importa si me siento?

Le señalé las distintas opciones de mi minúsculo salón. Podía elegir entre el sofá cama y una de mis dos sillas de director azules. Eligió una silla y yo me senté en la otra, lo que provocó que los dos asientos de lona produjeran toda una serie de ruidos embarazosos.

No estaba enfadada con Marvin, pero no me pareció que tuviera que tratarlo como si aún fuéramos igual de amigos que antes de que intentara despedirme.

—¿En qué puedo ayudarte?

—Te debo una disculpa.

—No me digas.

Marvin se metió la mano en el bolsillo interior de la chaqueta y sacó un sobre de ventanilla con una franja amarilla en la parte inferior. El remite impreso en la esquina superior izquierda del sobre era la dirección del Banco Wells Fargo de San Luis Obispo, acompañado de una minúscula diligencia. Alcancé el sobre y leí el nombre del destinatario. Audrey Vance. La franja amarilla indicaba su cambio de dirección de la casita de San Luis Obispo a la de Marvin en Santa Teresa. Por lo visto, Vivian Hewett había rellenado un formulario en la oficina de correos para poder reenviarle a Marvin el correo de Audrey, tal y como yo le había pedido. Marvin ya había rasgado el sobre.

—¿Puedo leerla? —pregunté.

—Para eso la he traído. Adelante.

El extracto estaba subdividido en numerosos bloques de información, algunos en negrita, que incluían números telefónicos disponibles para los que quisieran mantener una conversación en inglés, español o chino. Las otras nacionalidades podían jorobarse. También había columnas con cantidades en dólares para los activos totales, el pasivo total, el crédito disponible, los intereses, los dividendos y otros ingresos. Todas las transacciones de Audrey aparecían desglosadas, y sus ingresos se remontaban al primer día del año. Hasta la fecha, tenía 4.000.944,44 dólares en su cuenta. Ni un solo reintegro. Me impresionó lo rápido que aumentaban los intereses mínimos de cuatro millones.

—No creo que ganara todo ese dinero gestionando la contabilidad de una empresa de ventas al por mayor —dijo Marvin.

—Probablemente no.

—Me preguntaba si podrías plantearte la posibilidad de seguir con la investigación donde la dejaste.

—Mira, Marvin, esto supone un problema, y te diré cuál es. Tu buen amigo y confidente Len Priddy me ha amenazado con hacerme mucho daño si sigo investigando este caso.

Marvin esbozó una sonrisa, como si esperara oír el final de un chiste.

—¿Qué quieres decir con que te ha amenazado?

—Me dijo que me mataría.

—Pero no lo diría en serio. Seguro que no te lo dijo con esas palabras...

—Me lo dijo tal cual.

Con el rabillo del ojo, vi una estela de luz deslizarse frente a las ventanas que daban a la calle. Había cerrado los postigos inferiores, los cuales tenían bisagras y un palito en medio para ajustar las tablillas hacia arriba o hacia abajo, o para cerrarlas del todo. La hilera inferior estaba totalmente cerrada, pero había dejado los postigos superiores abiertos. Un coche se detuvo frente a la casa y supuse que el conductor habría aparcado en doble fila, ya que había dejado el motor al ralentí.

Mientras Marvin y yo explorábamos las sutilezas del lenguaje me pregunté si de pronto entraría un ladrillo volando por la ventana. Quizás un cóctel Molotov para refutar la afirmación de Marvin sobre que yo había malinterpretado el comentario de Len, que Marvin juró que iba en broma. Le aseguré que Len iba en serio y pasé a exponerle mi definición del sentido común, que consistía en abstenerse de exhibir comportamientos que pudieran ocasionar lesiones corporales. Marvin se mofó de que me dejara intimidar tan fácilmente, mientras que, a mi modo de ver, una amenaza de muerte bastaba para aplacar cualquier pizca de valentía que aún me quedara. Entonces oí el leve chirrido de mi verja de entrada y no tuve más remedio que excusarme.

—¿Me perdonas un momento?

—Desde luego.

Lo dejé sentado en el salón mientras yo me hacía rápidamente con las llaves de Henry y me dirigía hacia su casa a través del patio. El temporizador de su salón hizo que las luces se apagaran y, al cabo de dos segundos, la luz de su dormitorio se encendió. Este sistema estaba pensado para persuadir a la gente de que Henry se encontraba en casa y estaba a punto de irse a la cama. Entré en la cocina, que seguía a oscuras, y la crucé en tres zancadas. Luego abrí la puerta que daba al pasillo.

—¿Pinky?

Había dejado a un lado su bandeja de picnic y me fijé en que se lo había comido todo. Aún no se había preparado el camastro en el suelo. Por lo visto, había llevado el teléfono de la cocina hasta el pasillo estirando el cable de espiral al máximo. Esto le permitió cerrar la puerta del pasillo y permanecer juiciosamente encerrado en la parte más recóndita de la casa de Henry. Vi que la puerta del baño estaba cerrada. Di unos golpecitos para no sorprenderlo sentado en el retrete con los pantalones bajados alrededor de los tobillos.

Recliné la cabeza contra la puerta.

—Pinky, ¿estás ahí?

Al abrir la puerta descubrí que el baño estaba vacío. Entonces me volví y di dos pasos para alcanzar el pomo de la puerta que separa el pasillo del salón. A través de las ventanas delanteras pude ver un destello amarillo en la oscuridad de la noche: un taxi arrancó y desapareció de mi vista. El pasajero que creí vislumbrar en el asiento trasero se parecía muchísimo a Pinky.

28

Saqué el coche del camino de entrada dando marcha atrás y luego salí disparada con un chirrido de ruedas que sonó como si hubiera atropellado a un gato. Marvin se quedó de pie en la calle mirándome con incredulidad. Lo había echado a toda prisa de mi estudio con la más sucinta de las excusas. ¡Pobre hombre, con lo amable que era! Había venido a mendigarme que volviera al trabajo, pero yo estaba angustiada por la desaparición de Pinky y no podía pararme a renegociar. Según mis cálculos, Pinky me llevaba cinco minutos de ventaja, y habría apostado a que se dirigía hacia su casa. Dodie no podía haberlo llamado, porque no sabía dónde estaba. Si los dos se habían puesto en contacto, él tendría que haberla llamado a ella. Dada la población total de la Tierra en aquellos momentos, existían otras posibilidades. Puede que hubiera contactado con alguno de los millones de seres humanos repartidos por el globo, pero tras su insistencia en hablar con Dodie, mi suposición tenía cierto sentido. Cuando diera con él, esperaba descubrir por qué había llamado a un taxi y se había largado sin decirme nada. Cualesquiera que fueran sus motivos, debía de haber creído que no me los tragaría y por lo tanto no habría querido arriesgarse a contármelos.

Mi apartamento cerca de la playa estaba a aproximadamente doce manzanas del dúplex de Pinky en Paseo, como mucho a unos dos kilómetros y medio. El límite de velocidad en la mayoría de calles residenciales era de cincuenta y cinco kilómetros por hora. No quise pararme a pensar en las señales de stop, los semáforos en rojo y el resto de impedimentos viarios que ralentizarían mi avance. Mantuve el pie en el acelerador y en las calles transversales puse especial atención por si venían vehículos antes de salir disparada en cada cruce. No me salté ningún semáforo en rojo, pero a punto estuve. Era muy consciente del riesgo de que hubiera coches patrulla en la zona, pues no me encontraba demasiado lejos de la comisaría.

Me dirigí hacia el norte por Chapel, que a aquella hora no tenía demasiado tráfico. Por suerte, iba bien de tiempo. No me percaté del problema hasta que me topé de narices con él, cuando estaba a punto de girar a la izquierda en Paseo. Habían levantado una barrera. Vi una hilera de conos naranjas cuidadosamente alineados frente a seis tramos de valla provisional, junto a un letrero en el que ponía CALLE CERRADA AL TRÁFICO. Me planteé protagonizar un acto de desobediencia civil, pero preferí seguir por Chapel con la idea de girar a la izquierda en la siguiente transversal, que también resultó estar cortada. Me pareció una broma cruel, pero lo más probable es que los cortes de calles formaran parte de un proyecto de rehabilitación relegado al horario nocturno en lugar de ser un plan concebido específicamente para fastidiarme. En la siguiente manzana la calle no estaba cortada, pero tenía una señal de sentido único y la flecha me urgía con insistencia a ir a la derecha cuando yo quería girar a la izquierda. Me dije «¡a la mierda!» y giré a la izquierda de todos modos, conduciendo en dirección contraria por una calle de sentido único. En el fondo de mi mente sabía que no estaba completamente sobria. Menos de una hora antes había bebido una copa de vino —diría que quince decilitros, pero puede que fueran veinte— con el bocadillo. Dados mi peso y mi estatura, casi rozaba el límite legal de alcohol en la sangre. Probablemente no llegaba al máximo de 0,3, pero si un policía me paraba por violar las normas de tráfico puede que me exigiera montar el numerito de rigor para demostrar que no estaba borracha. Aunque no me obligara a hacer una prueba para medir el nivel de alcohol en mi aliento, ni a proporcionarle fluidos corporales, una multa de tráfico me retrasaría más de lo que podía permitirme.

Aceleré hasta Dave Levine Street, giré a la izquierda, recorrí dos manzanas y volví a girar a la izquierda en Paseo. Vi un reluciente Cadillac amarillo nuevo aparcado cerca de la esquina, con un adhesivo en el parachoques en el que decía SOY LA DUEÑA DE ESTE COCHE GLORIOSO GRACIAS A GLORIOSA FEMINIDAD. En la puerta del conductor se veía la silueta dorada de una mujer con los brazos levantados, bajo una lluvia de estrellas fugaces. Por suerte, encontré sitio junto a un trozo de bordillo pintado en rojo. Aparqué de maravilla, tapando la boca de riego. Apagué el motor, pero al salir del coche vacilé. Debatí rápidamente si debía coger mi H&K o dejarla en el coche. La marcha apresurada de Pinky me había provocado una sensación de apremio, pero puede que sólo se debiera a mi febril imaginación. No tenía motivos para pensar que se produciría un tiroteo, así que guardé mi pistola en el Mustang bajo el asiento del conductor. Abrí el maletero, dejé mi voluminoso bolso en su interior y luego me puse el cortavientos que siempre tengo a mano. Me metí las llaves en el bolsillo de los vaqueros y crucé la calle en dirección al dúplex.

Vi luces encendidas en el piso superior del dúplex de los McWherter, a la derecha del edificio. El salón de los Ford también tenía las luces encendidas en la planta baja. Las cortinas estaban corridas casi del todo, pero pude divisar a Pinky sentado en un sillón. A su derecha, vi a Dodie sentada en un sofá, casi tapada por las cortinas. Las luces del televisor parpadeaban débilmente en sus rostros. Si ver a Dodie era tan importante para Pinky, no podía entender por qué tenía esa expresión tan enfurruñada. Su rostro, de pómulos altos y tez morena, parecía tallado en madera. Llamé al timbre y, al cabo de un momento, Pinky me abrió la puerta.

—¿Por que te has ido tan a la carrera sin decirme nada?

—Tenía prisa —respondió.

—Ya lo veo. ¿Te importa si entro?

—Por qué no.

Pinky se apartó de la puerta y me dejó pasar.

El recibidor, del tamaño de una toalla de baño, daba directamente al salón a la derecha. Había fuego en la chimenea, pero los

troncos eran falsos y las llamas provenían de una hilera de agujeros colocados a intervalos regulares en la tubería del gas instalada
bajo la rejilla. Los troncos estaban fabricados con un material que
imitaba tanto la corteza como la madera del roble recién cortado, pero no se oía el chisporroteo de un fuego auténtico y tampoco se percibía el inconfundible olor del humo de leña. Costaba
creer que un fuego de ese tipo pudiera calentar, aunque no parecía
que a Pinky ni a su mujer les importara demasiado. Pinky tenía la mirada clavada en el hombre que apretaba su pistola contra la cabeza de Dodie. Al parecer, el tipo había arrastrado una silla desde el
comedor y se había sentado detrás del sofá, usando el respaldo
para apoyar la mano.

La pistola era una semiautomática, pero no tenía ni idea de
quién sería el fabricante. A mi modo de ver, las armas y los coches
pertenecen a la misma categoría general: algunos se pueden identificar nada más verlos, pero de muchos sólo importa su capacidad para mutilar y matar. Me fijé en el gran armazón de la pistola y en el acabado en cromo satinado de su cañón, que también
exhibía una floritura de hojas grabada a lo largo. El calibre no importaba demasiado, porque con la boca presionada contra su cráneo, Dodie no podría sobrevivir al disparo de ninguna de las maneras.

Dodie dirigió la vista hacia mí sin mover la cabeza. Estaba convencida de que había un micrófono en la habitación y probablemente tenía la esperanza de que alguien captara la conversación,
lo que significaría que la ayuda no tardaría en llegar. Sospeché que,
de haber algún micrófono escondido, estaría conectado a una grabadora activada mediante voz a la que nadie prestaría atención
hasta que se acabara la cinta. Aparté la mirada de Dodie y la fijé
en el hombre de la pistola. Tendría unos cuarenta y pico años, con
una mata de pelo rubio oscuro peinada en una cresta. Llevaba barba de dos días y tenía la nariz ligeramente torcida hacia la derecha.
Entreabría los labios, como si respirar por la boca fuera su método
preferido para tomar aire. Zapatillas de deporte, vaqueros, camisa
sintética deformada y de aspecto barato. Podría haberlo considera-

do guapo de no parecer tan tonto. Con los tipos listos puedes razonar, pero este memo era peligroso. Dejó de mirar a Pinky y se fijó en mí.

—¿Quién es ésta?

—Una amiga.

—Soy Kinsey, encantada de conocerte. Siento interrumpir —dije.

—Éste es Cappi Dante —dijo Pinky, para completar las presentaciones.

Recordé el nombre de Cappi de mi conversación con Diana Álvarez y Melissa Mendenhall. Su hermano era el prestamista que quizás había tenido algo que ver con la muerte del novio de Melissa. O quizá no. Según lo que ésta había contado, Cappi le pegó una paliza a una amiga suya, que salió malparada al quejarse a la policía de Las Vegas. Un tipo muy agradable.

—Cuando he llamado a casa, él ya estaba aquí, amenazándola con una pistola. Por eso he pedido un taxi y me he marchado cagando leches sin decírtelo.

—Tráela aquí para que pueda ver cómo la cacheas —ordenó Cappi.

—He dejado la pistola en el coche —repliqué.

—Eso es lo que tú dices.

Cappi gesticuló con impaciencia.

Pinky y yo nos situamos frente a Cappi. El matón no nos quitó el ojo de encima mientras yo me volvía de medio lado y levantaba los brazos, lo que permitió a Pinky palparme los costados y las perneras de los vaqueros.

—No va armada —dijo Pinky.

—Ya te lo había dicho —añadí.

—No te las des de lista. Cállate y mantén las manos donde pueda verlas —ordenó Cappi.

Hice lo que me pedía para no cabrearlo más de lo que ya estaba. Pinky volvió al sillón y se sentó, mientras que yo permanecí de pie con las palmas hacia arriba, como esperando a que lloviera.

—¿Te importa que te pregunte qué está pasando?

435

—He venido a buscar unas fotografías —contestó Cappi. Luego dirigió su atención a Pinky—. ¿Vas a dármelas de una puta vez?

Pinky se desabrochó la camisa, sacó el sobre marrón y se lo mostró.

—Ya sabes que son de Len. No le va a hacer mucha gracia que te entrometas.

—Pásaselas a tu amiga. Ya que está aquí, dejaremos que haga los honores.

Tomé el sobre y Cappi me indicó con la pistola que me dirigiera a la chimenea.

—¿Se supone que las tengo que quemar?

Crucé la habitación.

—Eso mismo —respondió Cappi.

—Irá más rápido si las voy sacando y las quemo de una en una —sugerí.

Ya que había sido amenazada de muerte a causa de esas fotografías, tenía curiosidad por saber a qué venía tanto alboroto.

Cappi reflexionó durante unos instantes, preguntándose quizá si intentaba engañarlo. Me encontraba a más de cinco metros de él, por lo que debió de darse cuenta de que mis opciones eran limitadas. No había atizadores en la falsa chimenea, ni nada que pudiera usarse como arma.

—Tú misma —contestó.

Rasgué el sobre y saqué las fotografías, cuidándome de no demostrar excesiva curiosidad. Eran copias de 20 por 25 centímetros, en blanco y negro brillante. La primera mostraba a Len Priddy y a Cappi sentados en un coche aparcado. La habían tomado de noche desde el otro lado de la calle, con un teleobjetivo. La iluminación no era muy buena, pero el primer plano no admitía dudas sobre la identidad de los fotografiados. Sostuve la fotografía sobre el fuego y una de las esquinas empezó a ondularse. Dodie había apartado la mirada y Pinky parecía desolado. Ladeé la fotografía para que se quemara por el otro lado. Cuando estuvo envuelta en llamas, la dejé caer sobre los troncos falsos, donde continuó ardiendo. Con la siguiente copia hice lo mismo. Len y Cappi aparecían fotografiados desde un ángulo similar en distintos lugares, pero la escena era prácticamente igual en todas las fotografías. Me concentré en mi tarea, guiando a las llamas a medida que el fuego masticaba y digería las imágenes. A juzgar por la hortera selección de camisas de Cappi, él y Len se encontraron en seis ocasiones.

Mientras desempeñaba mi cometido volví a pensar en el comentario de Cheney Phillips sobre la posibilidad de que yo estuviera poniendo en peligro a un confidente de la policía. Dodie me había contado que Len se valía de las fotos de su ficha policial para asegurarse de que Pinky le contara los rumores que circulaban por la calle. Puede que esta segunda tanda de fotografías fuera valiosa porque Len la estaba usando para tener a Cappi a raya. Las imágenes no suponían ninguna amenaza para Len. La identidad de los confidentes policiales suele tratarse con mucha cautela, y si su relación con Cappi salía a la luz, Priddy podría justificarla como un asunto policial, cosa que probablemente era. Por otra parte, cabía suponer que si Dante descubría que su hermano le proporcionaba información a un subinspector de la policía, Cappi sería hombre muerto.

—Ahora los negativos —dijo Cappi cuando las fotografías quedaron reducidas a ceniza.

Saqué las tiras de negativos y las sostuve sobre las llamas. Las películas llamearon y desaparecieron, dejando un olor acre en el aire. Una vez destruidos los negativos y las fotografías, no creí que Dodie, Pinky y yo corriéramos peligro. Cappi estaba en libertad condicional, que ya había violado por el hecho de blandir un arma. ¿Por qué querría complicarse la vida? Si disparaba contra nosotros no tenía nada que ganar y sí mucho que perder. No suponíamos una amenaza para él. Aunque nos chiváramos acerca de las fotografías, las pruebas ya habían desaparecido. Con todo, decidí mantener un cauto silencio para no provocarlo.

Cappi me miró.

—Pisotea las cenizas para asegurarte de que no quede ningún trozo de las fotografías.

Removí con la puntera de la bota los restos de papel fotográfico quemado. Una de las fotografías había conservado la forma rectangular, y hubiera jurado que aún se veía la imagen borrosa de Len y Cappi, con sus rasgos casi irreconocibles. Los fragmentos se separaron y se mezclaron entre los troncos.

Cappi se levantó y se metió la pistola en la cinturilla de los vaqueros, por la espalda. Ahora que las pruebas se habían convertido en hollín parecía relajado, dispuesto a correr alguna de sus juergas nocturnas.

—Me marcho, no hace falta que me acompañéis a la puerta. Agradezco vuestra colaboración —añadió, lo que demostraba que era un tipo la mar de afable. Debía de haber visto alguna película en la que los malos exhibían buenos modales.

Dodie se echó a llorar. Se cubrió los ojos con la mano y las lágrimas le resbalaban por las mejillas. Permaneció inmóvil, reprimiendo cualquier sollozo audible. Cappi se despidió y se dirigió tranquilamente hacia la puerta. Tenía que proteger su dignidad de matón, y no quería dejarnos con la impresión de que salía huyendo. Debió de sentirse tan aliviado como yo de que su misión acabara sin contratiempos. Pinky no había movido ni un músculo y yo contenía la respiración, consciente de que la situación no estaría resuelta hasta que Cappi se metiera en su coche y se fuera a otra parte. Abrió la puerta de la entrada y luego salió, cerrándola tras de sí con una sonrisa insolente.

—¡Hijo de puta! —exclamó Pinky.

A continuación se puso en pie de un salto, salió corriendo del salón y abrió de un tirón el armario del pasillo. Fue sacando de cualquier manera cosas de un estante, hasta que dio con una pistola. Comprobó que estuviera cargada y volvió a introducir el cargador a fondo mientras corría hacia la puerta y la abría de golpe, gritando el nombre de Cappi. Presa de la desesperación, salí tras él e intenté controlarlo. Cappi ya había recorrido media calle y, cuando se volvió, Pinky le descerrajó tres tiros. La boca de la pistola retrocedió cada vez. Oí un chillido agudo, pero el sonido era producto de la indignación, no del dolor. Cappi no había resultado herido, aunque el atrevimiento de Pinky lo había sobresaltado. Al parecer, no estaba acostumbrado a ser él el objetivo y su voz sonó tan aguda como la de una niña. Extrajo la pistola que llevaba a la espalda en la cinturilla de los vaqueros y disparó dos veces antes de volverse y salir corriendo calle abajo, agitando los codos. Sus pisadas retumbaron con fuerza sobre el asfalto. Al cabo de un momento oí que la puerta de su coche se cerraba de golpe y que el motor arrancaba. Con las prisas, se dio contra el vehículo que tenía delante antes de apartarse de la acera y desaparecer.

Pinky jadeaba, con la respiración acelerada por la ira y por la adrenalina. Me volví para mirar a Dodie, pensando que se habría tumbado detrás del sillón para protegerse. Fue entonces cuando vi la sangre. Uno de los disparos de Cappi había atravesado la pared de madera, y eso había ralentizado la trayectoria de la bala pero no lo suficiente. Esta vez fui yo la que chilló sorprendida, aunque sólo conseguí emitir un grito ahogado por la incredulidad. Pinky se quedó paralizado al ver a su mujer. No parecía captar la gravedad de su estado a pesar de tenerla delante. Como me sucediera antes a mí, no cayó en la cuenta hasta que vio la sangre.

Corrió a su lado y la puso de espaldas. La bala le había impactado en el lado derecho del pecho. Parecía tener la clavícula destrozada y la sangre manaba sin parar del orificio. Pinky presionó la herida con ambas manos y se volvió hacia mí con una expresión llena de impotencia y horror. Salí rápidamente de la habitación y me dirigí por el pasillo hasta la cocina, donde descolgué el auricular del teléfono de pared y marqué el 9-1-1. Cuando la operadora contestó a la llamada le di los detalles básicos: la naturaleza de la urgencia y el lugar donde se había producido el tiroteo. Cubrí el micrófono con una mano y llamé a Pinky.

—Oye, Pinky, ¿cuál es el número de tu casa?

Pinky me gritó el número y se lo comuniqué a la operadora.

La operadora reaccionó de forma metódica, repitiendo las preguntas con calma hasta quedar satisfecha con la información que le había proporcionado. Al fondo, oí a una segunda operadora que contestaba a otra llamada. La mujer con la que yo hablaba interrumpió la conversación el tiempo suficiente para activar el protocolo de emergencia, consistente en el envío de un equipo de asistencia.

Cuando volví al salón, lo primero que vi fue la pistola de Pinky tirada en el suelo. Dado que la ambulancia ya venía de camino hacia el escenario del tiroteo, la pistola era lo último de lo que debíamos preocuparnos. La cogí y salí al pasillo, donde aún estaban por en medio todos los trastos que Pinky había tirado mientras buscaba su arma a toda prisa. No tenía ni tiempo ni ganas de ponerme a ordenar, así que me decanté por la segunda opción: volver al salón y esconder la pistola bajo un cojín del sofá. Pinky vio cómo la escondía, pero ninguno de los dos quiso preocuparse de buscar un escondrijo mejor.

El hospital St. Terry's estaba a menos de cuatro manzanas de allí, lo que iba a nuestro favor. Me arrodillé junto a Pinky e hicimos lo que pudimos por Dodie, que ya respiraba con gran dificultad. Había comenzado a temblar a causa del shock y de la pérdida de sangre. No estoy segura de que fuera consciente de lo que había sucedido, pero se la veía muy pálida y su organismo reaccionaba con una serie de convulsiones. Le acaricié la mano e intenté animarla y tranquilizarla mientras Pinky farfullaba cualquier palabra de consuelo que le venía a la mente. Eran palabras llenas de inquietud y de estrés, de histeria contenida por pura necesidad. En un instante, todo se había complicado. Pensé que, tras quemar las fotografías, lo peor habría pasado, pero no había hecho más que empezar.

Contemplé a Dodie con una curiosa sensación de distanciamiento. La mujer de Pinky estaba consciente, y pese a que desconocía la gravedad de su estado, sabía que corría peligro. Creo que en semejantes circunstancias un herido grave puede decidir si quiere seguir viviendo o si prefiere desentenderse de todo. Por grave que fuera su herida, podíamos convencerla para que no se rindiera si lográbamos que aceptara lo que le decíamos: que estaba a salvo, que todo saldría bien, que se recuperaría, que la ayuda estaba de camino, que no nos apartaríamos de su lado. Toda una letanía de reconfortantes promesas para hacerle ver que volvería a estar sana y que dejaría atrás el dolor. Dodie se tambaleaba en el borde del precipicio y el abismo se abría ante ella. La observé mirar al oscuro agujero de la muerte y entonces puso los ojos en blanco. Le sacudí la mano. Abrió los ojos de nuevo y, tras mirarme, volvió la vista hacia Pinky. Intercambiaron un mensaje silencioso pero cargado de intención. Si Pinky era capaz de pedirle que volviera a la vida, seguro que lo estaba haciendo. La cuestión era si Dodie sería capaz de responder a las súplicas de su marido.

Oí sirenas, y al cabo de unos instantes vi luces que centelleaban más allá de las ventanas del salón. Dejé a Pinky con Dodie y me dirigí hacia la puerta, agitando los brazos como si así pudiera conseguir que se dieran más prisa. Resulta fascinante presenciar la calmada respuesta del personal de urgencias ante situaciones que, de otro modo, desembocarían en un caos. Eran cuatro, todos ellos hombres y más jóvenes de lo que uno creería posible, un equipo de niños optimistas, competentes y bien entrenados. Cuatro chicos fuertes que sabían estar a la altura de las circunstancias. Vi que Dodie observaba sus rostros, comprensivos y amables. Incluso Pinky pareció tranquilizarse cuando comenzaron a suministrarle los primeros auxilios a su esposa. Pulso, tensión sanguínea. Uno le insertó una vía intravenosa mientras otro le administraba oxígeno. Entre los cuatro la envolvieron en mantas y la izaron para colocarla sobre la camilla. Actuaban de forma experta y bien coordinada, y Dodie pareció abandonar su estado de confusión y entregarse a sus cuidados como si hubiera vuelto a la infancia.

Nada más desaparecer la camilla de Dodie por la puerta rodeé con el brazo la espalda de Pinky, musculosa y huesuda a un tiempo; aquel hombre menudo parecía estar recubierto de una coraza protectora de músculo. Al salir de la casa me fijé en que sus vecinos de la puerta de al lado habían apagado las luces, sin duda para evitar que les pidiéramos ayuda. Acompañé a Pinky hasta mi coche e hice que se sentara en el asiento del copiloto. Me aseguré de que estuviera poniéndose el cinturón para no atraparle los dedos al cerrar la puerta. Me dirigí a mi asiento y me deslicé bajo el volante. Hice girar la llave en el contacto, puse el motor en marcha y me aparté con cuidado del bordillo. Creía ir a toda velocidad, pero el coche parecía avanzar a paso de tortuga mientras cubríamos la distancia que separaba el dúplex de Pinky del hospital. No nos dirigimos la palabra, pero en un momento dado estiré mi mano hacia la suya y se la apreté.

La ambulancia había llegado a Urgencias antes que nosotros. Dejé a Pinky en la puerta y le dije que iría a buscar un aparcamiento. La camilla de Dodie desapareció por las puertas automáticas, rodeada de un remolino de batas blancas. Se la tragó el hospital, y dejó a Pinky atrás. Nada más entrar en el aparcamiento en busca de la plaza más próxima comencé a perder la compostura y el corazón pareció desbocárseme. Saqué el bolso del maletero y volví corriendo al hospital. La zona de recepción brillaba bajo las luces del techo y la sala de espera parecía vacía. Pinky se hallaba sentado en un cubículo de cristal con una mujer vestida de calle que rellenaba un formulario a máquina, completando los espacios en blanco a medida que Pinky iba proporcionándole las respuestas.

Me senté sin perderlos de vista hasta que la mujer dejó de hacerle preguntas. Al salir del cubículo, Pinky parecía abatido y se dirigió pesadamente hacia la salida. Lo seguí y observé cómo se sentaba en los escalones exteriores con la cabeza agachada entre las rodillas. Me senté a su lado y nos dispusimos a esperar. Parecía que eran las dos de la mañana, pero cuando me miré el reloj vi que sólo eran las ocho y treinta y cinco. Estábamos a martes por la noche, y supuse que el personal de Urgencias habría disfrutado de un descanso después de la habitual avalancha de pacientes heridos y medio muertos del fin de semana. Me imaginé cortes, narices sangrantes y reacciones alérgicas, intoxicaciones alimentarias, infartos y huesos rotos, así como un sinfín de enfermedades poco importantes que deberían haberse tratado en el consultorio más cercano al día siguiente. Por suerte, Dodie no tendría que competir por la atención de los médicos. Adondequiera que la hubieran llevado, sabía que estaría en buenas manos. Me levanté y regresé al interior del hospital, donde el auxiliar de enfermería, un chico negro vestido con ropa de quirófano, estaba sentado tras el mostrador de recepción.

—Hola —saludé—. Me preguntaba si podrías decirnos algo sobre Dodie Ford. La han traído en ambulancia hace unos minutos. Su marido ha estado llenando los formularios y os agradecería que le dijerais algo.

—Voy a preguntar.

El muchacho se levantó y se dirigió hacia las puertas dobles que daban a los quirófanos situados en la parte posterior del hospital. Conseguí divisar dos camillas vacías en sendos boxes con las cortinas corridas. Había diversos aparatos médicos, pero no vi enfermeros ni médicos por ninguna parte, y todo parecía estar en calma. El auxiliar de enfermería cerró la puerta tras de sí y volvió en menos de un minuto.

—La van a llevar a quirófano. El médico saldrá dentro de un rato. Siento no poder decirle nada más, sólo sé lo que me han dicho a mí.

Salí del hospital para comunicarle a Pinky la escasa información de que disponía. Llevaba puesto el cortavientos, pero la tela era ligera y apenas abrigaba. Pinky ya se había fumado cuatro cigarrillos, encendiendo cada uno con la colilla del anterior.

—¿Por qué no vamos adentro? —sugerí—. Me voy a morir de frío aquí fuera.

—Dentro no puedo fumar.

No tenía la energía suficiente para discutir, y no quería dejarlo solo. Volví a sentarme y metí las manos entre las rodillas para calentarlas. Pinky suspiró y bajó la cabeza, sacudiéndola hacia delante y hacia atrás.

—Es culpa mía. Mierda, mierda, mierda. Es todo culpa mía. No tendría que haberle disparado.

—Pinky, no empieces otra vez con eso. No vas a solucionar nada.

—Pero ¿por qué he tenido que ir tras él? No paro de preguntármelo. Ya se había acabado todo, y si me hubiera controlado, el tío se habría ido.

—¿Quieres que hablemos del asunto? Está bien. Si te vas a sentir mejor, te escucho.

—No quiero hablar de ello. Si le pasa algo a Dodie, voy a matar a ese cabrón. Te juro por Dios que lo mataré.

—Dodie está en buenas manos.

Pinky se volvió y me miró.

—¿Cómo voy a pagar las facturas del hospital? Tendrías que haber oído lo que me preguntaba esa mujer ahí dentro. ¿Y yo qué iba a decirle? No tenemos seguro médico, ni tarjetas de crédito, ni ahorros. Y no hay nada en la cuenta corriente. Dodie está muy mal, y vamos acumulando miles de dólares en facturas médicas. No lleva aquí ni una hora y ya estoy en la ruina. Tendrán que darle la baja, lo que significa que no cobrará su sueldo. Soy un ex presidiario. Nadie me va a dar empleo. ¿Y qué pasa con el resto de las facturas? ¿Cómo vamos a pagarlas?

—Estoy segura de que habrá algún tipo de ayuda económica disponible a través del ayuntamiento —sugerí.

—¡No quiero limosnas! Dodie y yo conservamos nuestro orgullo. No somos unos aprovechados. Lo que pasa es que hemos tenido mala suerte, y ahora estamos con el agua al cuello...

Mantuve la boca cerrada y lo dejé despotricar. Nadie sabía lo que el destino le depararía a Dodie. Pinky no se atrevía a dar por sentado que sobreviviría, y sin embargo no podía aceptar la posibilidad de que muriera. Era lo suficientemente supersticioso como para evitar mencionar cualquiera de las dos posibilidades por si inclinaba la balanza hacia uno u otro lado. En lugar de eso se centró en el quebranto económico, al que tampoco sabía cómo enfrentarse. Debía de sentirse algo más seguro hablando de las próximas facturas, que al menos eran concretas y más controlables que el estado de Dodie. Me crucé de brazos y me encorvé para intentar entrar en calor, mientras pensaba que Pinky también podría dar rienda suelta a sus preocupaciones en la sala de espera del hospital. En ningún momento mencionó la posibilidad de no hacer frente a sus obligaciones, pero su nerviosismo parecía retroalimentarse. Me sentí como una de esas postales con mensajes cursis cuando le sugerí que se enfrentara a sus problemas a medida que se fueran presentando. ¿Dónde estábamos? ¿En una reunión de Alcohólicos Anónimos?

Pinky permanecía en silencio, sin dejar de darle vueltas al asunto.

—Ya sabes cómo empezó todo esto, ¿verdad?

Negué con la cabeza.

—Con Audrey Vance.

—¿Audrey?

—Sí, suponía que ya te lo habrías imaginado. Yo estaba en comisaría el día que la detuvieron. Tomé prestado el Cadillac de Dodie a media tarde para dar una vuelta y me trincaron conduciendo bebido. A Audrey la trajeron casi al mismo tiempo.

—¿La conocías?

—Claro. Desde hacía mucho tiempo. Le hice un par de trabajos, y no me preguntes de qué tipo porque me llevaré el secreto a la tumba.

—¿Hablaste con ella?

Pinky negó con la cabeza.

—La vi de pasada, así que no tuve la oportunidad. Al día siguiente me llamó medio histérica por lo que había visto aquella noche.

—¿Y qué había visto?

—Cuando salió de comisaría después de que su novio pagara la fianza, vio a Cappi sentado junto a Len en un coche aparcado. Sabía quién era porque Audrey trabajaba para su hermano. No hacía falta ser muy listo para adivinar que Cappi era un confidente de la policía y que le estaría contando a Priddy todo lo que supiera. Audrey sabía que Cappi se la cargaría si se enteraba de que los había visto juntos. Supongo que se enteró, si no, Audrey aún estaría viva.

—Entonces, ¿quién la empujó desde el puente?

—¿Quién crees que fue?

—¿Cappi?

—Por supuesto. Tenía que callarle la boca, o Audrey se lo habría contado a Dante. Puede que Priddy sea un corrupto, pero no iría tan lejos. Todavía. De todos modos, dejemos el tema. No tendría que habértelo contado, pero supuse que te preguntarías cómo me había enredado con un tipo así.

—Sí que me lo pregunté —admití.

—Ese hijo de puta de Cappi no va a salirse de rositas. Cuando le eche el guante, es hombre muerto.

—Si ha huido, puede que ya haya salido del estado. Ni siquiera sabes dónde está.

—¡Pero me puedo enterar, joder! Tengo mis contactos, y sé dónde vive. Un tipo como él no puede desaparecer, no es lo suficientemente listo. Ni siquiera pudo encontrar empleo por su cuenta. Se ve obligado a trabajar en el almacén de su hermano, así es como se entera de todos los chivatazos que luego le pasa a la pasma.

—Tú mantente al margen.

—No, ni por ésas. Cappi no va a librarse tan fácilmente. Encontraré la manera de vengarme.

—No puedes permitírtelo. Sólo conseguirás empeorar las cosas.

—Tú no sabes cómo se pueden empeorar, yo sí que lo sé. Tengo que llenarlo de agujeros, y que sepa entonces lo que se siente.

—Venga, Pinky. Puedo entender que quieras vengarte, pero si lo haces volverás a la cárcel, y entonces, ¿qué? Dodie está mal. Te necesita. Es egoísta por tu parte andar pensando en cómo vengarte cuando tienes asuntos más importantes de los que preocuparte. Deja que la policía se encargue de Cappi.

—Pueden encargarse después de que yo acabe con él.

—Olvídate de eso y céntrate en Dodie. Creo que tenemos que ser positivos, por si ayuda en algo.

—Ya estoy centrado en Dodie. Ésa es la cuestión. Cappi pagará por lo que le ha hecho, así de fácil.

Tiré la toalla. Cuanto más discutía con él, más empeñado parecía en salirse con la suya. No tenía sentido avivar su ira contradiciéndolo. A las nueve, Pinky accedió a volver a la sala de espera, y eran casi las once cuando finalmente apareció el cirujano. A juzgar por su etiqueta de identificación era extranjero, con un apellido que yo no habría sabido pronunciar. Miré al cirujano un momento y luego los dejé hablar. Quería oír lo que el médico tenía que decir, pero me pareció de mala educación quedarme a escuchar. Me fijé en que a Pinky le cambiaba la expresión, por lo que las noticias no debían de ser buenas. Nada más irse el cirujano, Pinky se dejó caer en una silla y se echó a llorar. Me senté a su lado y le di algunas palmaditas en la espalda. No creía que Dodie hubiera muerto, pero me daba miedo preguntárselo, así que me limité a musitar palabras de consuelo y a darle más palmaditas. La recepcionista vio lo que pasaba y se acercó con una caja de pañuelos de papel. Pinky cogió un puñado y se secó los ojos.

—Lo siento. Joder, yo no voy a durar mucho en este mundo.

—¿Qué te ha dicho el médico?

—No lo sé. Tenía un acento tan fuerte que no he entendido ni una palabra. En cuanto se ha puesto a hablar, ha sido como si me hubiera quedado sordo por el miedo que tenía de que fueran malas noticias.

—¿Se va a poner bien Dodie?

—Aún es pronto para saberlo, o al menos eso es lo que creo que ha dicho. No parecía demasiado contento, y cuando me ha soltado toda esa palabrería médica, he dejado de escucharlo. Me miraba con unos ojos tan tristes que casi me echo a llorar allí mismo. Creo que ha dicho que podrán hacerse una idea mejor a lo largo de las doce horas siguientes... O algo por el estilo. La han trasladado a la UCI. Me dejan quedarme aquí si quiero.

Parecía que hablar lo ayudaba, pero cuando ya se hubo recuperado un poco, fui yo la que estuvo a punto de venirse abajo. Como cabía esperar, Pinky optó por pasar la noche en la sala de espera adyacente a la UCI. Quería quedarme con él, pero me instó reiteradamente a que me fuera a casa. No le hizo falta insistir demasiado. Le dije que dormiría unas cuantas horas y que volvería a la mañana siguiente para saber cómo estaba Dodie. Antes de irme, me ofrecí a bajar a la cafetería para comprar un par de vasos de café, cosa que pareció agradecer. Yo era la única persona que deambulaba por los pasillos a aquella hora. Sabía dónde estaba la cafetería por alguna visita anterior al hospital. Estaría cerrada, pero recordé una hilera de máquinas que ofrecían un sinfín de posibilidades. Cuando llegué al lugar en que se encontraban las máquinas, saqué dos billetes de dólar del billetero y los metí en la ranura, uno tras otro. Pulsé el botón del café, a continuación pulsé un segundo botón para añadir crema de leche y luego cogí algunos sobres de azúcar de un carrito que había allí al lado y que también tenía servilletas y palitos de madera para remover el café. Pagué un segundo café y volví a Urgencias con los dos vasos de porexpán en la mano.

Al llegar a la sala de espera vi que un coche patrulla estacionaba en una de las plazas de aparcamiento situadas frente a la entrada del hospital. Un agente salió del vehículo y entró por las puertas automáticas, mirando a Pinky de reojo al pasar. Di media vuelta y me quedé en el pasillo mientras se desarrollaba el minidrama. Sabía de sobra lo que iba a suceder. El poli le pediría a la recepcionista el nombre de la víctima y de algún familiar. La recepcionista lo dirigiría a Pinky, y el poli lo interrogaría durante el tiempo que hiciera falta para poder redactar un informe detallado sobre el tiroteo. No quise participar en el interrogatorio. Estaba cansada, me picaba todo, no me encontraba bien y me sentía demasiado impaciente para aguantar según qué preguntas. Les contaría con mucho gusto lo que sabía, pero no en aquel momento. En todo caso, el agente le daría su tarjeta a Pinky por si éste recordaba algo más. Ya le pediría el nombre del policía a Pinky e iría a comisaría por la mañana. Si el agente en cuestión no estaba de servicio, cualquier otro me tomaría declaración.

Asomé la cabeza a la sala de espera, donde los dos estaban sentados en un rincón. Pinky se había inclinado hacia delante y hablaba con la cabeza entre las manos mientras el agente tomaba notas. Tiré los dos vasos de café a una papelera y encontré una salida en otra ala del hospital. El recorrido hasta el aparcamiento era más largo, pero mereció la pena dar unos pasos de más. Después de recoger el coche conduje hacia mi casa a través de calles oscuras y desiertas. Subí la calefacción en el Mustang hasta que me pareció estar dentro de una incubadora, y aun así no conseguí entrar en calor. Ya en casa, me metí a rastras bajo el edredón sin molestarme en desnudarme.

Por la mañana no salí a correr. Después de ducharme, vestirme y tomarme el tazón habitual de cereales, saqué el listín telefónico y busqué el teléfono de Lorenzo Dante. No aparecía su domicilio particular, pero di con el número de Dante Enterprises, cuyas oficinas se encontraban en el centro comercial Passages. Aunque estuviera metiéndome donde no debía, pensé que ya iba siendo hora de hablar con el hermano de Cappi. No tenía ni idea de cómo sería la relación entre los dos, pero si Cappi no se iba a responsabilizar de lo que había hecho, puede que su hermano diera la cara. Ahora que existía un informe policial sobre lo sucedido, el sistema judicial se pondría en marcha y acabaría atrayendo a Cappi hasta sus fauces. Su agente de libertad condicional enviaría otro informe al comité encargado de otorgar permisos, y lo retendrían hasta que se celebrara una vista para revocarle la libertad condicional. Por ser el autor de los disparos, Cappi tendría derecho a un abogado y le concederían toda una serie de derechos constitucionales. Entretanto, Dodie, como víctima, no tenía derecho alguno. Si a Cappi le revocaban la libertad condicional, volverían a enviarlo a la cárcel. A Dodie la enviarían a un centro de rehabilitación, donde le esperaría un periodo de recuperación largo, lento y doloroso, y eso suponiendo que sobreviviera. Pinky pagaría un precio muy alto pasara lo que pasara, y yo no pensaba quedarme cruzada de brazos.

Conduje hasta el aparcamiento subterráneo que discurría a lo largo del centro comercial. Las tiendas aún no habían abierto, por lo que todas las plazas estaban libres. Elegí una en un extremo del aparcamiento, cerca de los ascensores. Recorrí con la mirada el directorio de la pared, que incluía los nombres de las empresas que tenían oficinas en la segunda y la tercera planta, encima de las tiendas. Dante Enterprises ocupaba la suite del ático.

Subí en el ascensor. No sabía qué esperar del despacho de un prestamista, pero sus oficinas eran elegantes y estaban decoradas con muy buen gusto: moqueta gris claro de pelo corto y paredes interiores de cristal y de teca brillante. No vi a nadie en recepción, por lo que me dispuse a esperar sin saber con qué entretenerme. Tomé asiento en una mullida butaca de cuero gris y hojeé una revista sin quitarle ojo al ascensor. Finalmente se abrieron las puertas, y un hombre alto con gafas y calvicie incipiente salió de la cabina y se dirigió a la puerta interior del despacho. Antes de abrirla hizo una pausa y me miró.

—¿La atiende alguien?

Dejé a un lado la revista y me levanté.

—Busco a Lorenzo Dante hijo. Creo que también hay un Dante padre.

—¿Tiene cita con él?

Negué con la cabeza.

—Esperaba que pudiera recibirme. Me he arriesgado a venir por si lo encontraba en el despacho.

—Suele estar aquí a esta hora, pero no he visto su coche en el aparcamiento. ¿Se trata de algo en que la pueda ayudar yo?

—No lo creo. Es un asunto privado. ¿Tiene idea de cuándo vendrá?

El hombre se miró el reloj.

—Tendría que venir pronto. Si se sienta, puedo pedirle a la recepcionista que le traiga un café mientras espera.

Ya empezaba a ponerme nerviosa. De repente me pregunté qué estaba haciendo allí y qué esperaba conseguir. Puedo entablar una conversación con quien sea, pero prefiero hacerlo cuando conozco a mi interlocutor. Aquí no tenía ni idea de qué recibimiento me esperaba.

—¿Sabe qué? Creo que iré a hacer un par de recados y volveré dentro de un rato.

—Si cambia de idea sobre el café, dígaselo a la recepcionista —sugirió.

El hombre con gafas desapareció por un pasillo interior justo cuando la recepcionista volvía a su escritorio. Yo ya estaba frente al ascensor, donde acababa de pulsar el botón de bajada. Tenía intención de salir antes de que Dante llegara, por lo que fue pura casualidad que mirara a la recepcionista mientras ésta se sentaba. Se fijó en que la estaba observando y me miró con la expresión perpleja de quien aún no ha caído en la cuenta de lo que sucede.

—¿Tú no eres Abbie Upshaw? —pregunté.

La recepcionista siguió mirándome con perplejidad.

—Sí.

—Soy Kinsey Millhone. Nos conocimos el otro día a la hora de comer. Eres la novia de Len Priddy.

Su mirada se cruzó con la mía y pude ver cómo iba recordando quién era yo y dónde nos habíamos conocido. Cayó en la cuenta de que era amiga de Cheney Phillips, y de que ahora sabía más acerca de ella de lo que debía. Yo aún estaba juntando todas las piezas, pero ya empezaba a hacerme una idea. Fue en su casa donde Pinky entró a robar el sobre de fotografías de Len. Probablemente las había tomado la propia Abbie a fin de documentar la relación existente entre el subinspector de la Brigada Antivicio y el hermano de Dante. Lo que ya sabía sin necesidad de preguntárselo era que la habían infiltrado en el despacho de Dante para que captara el mismo tipo de información confidencial que Cappi le estaba chivando a la poli.

Oí un «ding» suave. Las puertas del ascensor se abrieron y entré en la cabina. Abbie aún me miraba estupefacta cuando las puertas se cerraron. Ahora estaba muy pálida, y su expresión había pasado de atemorizada a despavorida.

Fue un momento del que quizá disfruté más de la cuenta.

29
Dante

En el asiento trasero de la limusina, Dante se puso las gafas de lectura mientras examinaba la hoja de cálculo que Saul le había enviado a casa por mensajero la noche anterior. Era un resumen detallado de sus finanzas, una serie de páginas que destruiría cuando hubiera absorbido su contenido. Quiso repasar el informe en cuanto lo recibió, pero la casual revelación que le había hecho Nora en la casa de la playa lo había alterado. Se preguntó si podría haber descubierto de alguna manera que Nora había estado casada precisamente con Tripp Lanahan. Dante podía contar con los dedos de una mano los hombres que habían acudido en su defensa a lo largo de su vida. Tripp lo valoraba y se había enfrentado con éxito a las normas del banco por él, en un gesto de confianza sin precedentes. Además, Tripp tuvo que aguantar un montón de mierda por parte del banco por haberle concedido el préstamo, pero ignoró todas las críticas y no dio su brazo a torcer. Aunque Dante nunca supo por qué lo había hecho, siempre le estuvo agradecido. A su modo de ver, la compra de la antigua mansión le confería cierta respetabilidad, y nunca se saltó un pago. De hecho, acabó de pagar el préstamo seis años antes de su vencimiento y ahora la casa ya era totalmente suya. Desde entonces se había esforzado mucho por borrar la mácula del gangsterismo que aún lo perseguía, pero no conseguía librarse de semejante reputación. Estaba cansado de soportar esa carga y ansiaba dejar atrás las luchas de poder y la necesidad de dominar a los demás. Hasta hacía poco, cuando se imaginaba su huida, siempre la situaba en un futuro borroso y lejano. Supuso un gran alivio saber que había una salida, pero ahora que la realidad se cernía sobre él, se mostraba reacio a actuar. Todo sería muy distinto si Nora accediera a acompañarlo, pero ¿qué posibilidad existía una vez conociera el papel que Dante había desempeñado en la muerte de Phillip? Estaba sentenciado tanto si se quedaba como si partía sin ella. El tío Alfredo era otra pérdida a la que no sabía cómo enfrentarse. Alfredo lo quería como su padre nunca fue capaz de quererlo, e incluso ahora que la vida se le escapaba, el anciano seguía siendo el principal apoyo de Dante. No concebía irse mientras su tío aún respirara.

También se sentía agobiado por el fin de su relación con Lola, un asunto que lo deprimía tanto como todo lo demás. Aquella mañana, cuando acabó de ducharse y de vestirse, entró en el dormitorio y la encontró ya levantada y vestida con ropa de viaje. Tenía una maleta abierta sobre la cama y un portatrajes con la cremallera bajada colgado de la puerta abierta del armario. Ya había metido toda una serie de vestidos, faldas y trajes, aún en sus perchas.

—¿Qué es todo esto?

—¿Qué te parece que es? Estoy haciendo las maletas.

—No tienes que irte tan pronto.

—Desde luego que sí. El mundo entero no da vueltas a tu alrededor. Yo también tengo mis deseos y mis necesidades.

—¿Adónde piensas ir?

—Aún no lo he decidido. He pedido un coche para que me lleve a Los Ángeles. Me alojaré en el Bel Air hasta que tome una decisión. Seguro que iré a Londres, y después, ¿quién sabe?

—¿Necesitas dinero?

—No, Dante. Tengo una fortuna en monedas de oro escondida debajo del colchón. Pensé que lo sabías.

Dante no pudo evitar sonreír.

—¿Cuánto quieres?

—Con cincuenta mil me las apaño por ahora.

Dante sacó un fajo de billetes, contó unos cuantos y se los dio.

—Aquí tienes diez mil. Le diré a Lou Elle que te envíe los otros cuarenta mil al hotel. Después abrirá una cuenta a tu nombre.

—Gracias. Lo estoy cargando todo en tu cuenta de todos modos, pero siempre surgen imprevistos. Podrías avisar a American Express para que no pongan trabas. No soporto cuando esos cabrones rechazan una tarjeta. Te tratan con unos aires de suficiencia que me sacan de quicio.

—No te preocupes.

Dante se sentó en el borde de la cama, que aún estaba por hacer. Las colchas estaban arrebujadas a los pies, y las sábanas todavía calientes olían a Lola: colonia, sales de baño, champú. Dante sintió una punzada de ansiedad. ¿Qué haría cuando Lola se hubiera marchado? Después de ocho años, ni siquiera podía imaginarse el vacío que dejaría en su vida.

Lola colocó las cintas de sujeción sobre las prendas para mantenerlas planas y luego subió la cremallera interior. Añadió unas cuantas prendas más a la maleta y la cerró.

—¿Podrías bajármela? No quiero provocarme una hernia.

Dante se dirigió a la puerta del armario y agarró el portatrajes por el gancho. Lo colocó sobre la cama y observó cómo Lola cerraba la cremallera.

—¿Esto es todo lo que te vas a llevar? Parece muy poco.

—Tendré que llevarlo yo sola. Las maletas tienen ruedas, pero no puedo empujar varias a la vez.

—Para eso están los maleteros y los botones.

—Sólo cuando llegue a mi destino. Mientras tanto, tengo que pensar en los taxis, los aeropuertos y quién sabe qué más. Mejor viajar ligera para no acabar cargada como una mula —explicó—. ¿Y qué hay de ti? Supuse que te irías con tu nuevo amor. ¿Cómo se llama?

—Nora. ¿Cómo te has enterado de lo nuestro?

—Sé cómo actúas, y puedo obtener información de las mismas fuentes.

—Aún no ha aceptado venir conmigo, y además ahora ha surgido un problema.

—Vaya. Eso no suena bien.

—Para nada. Hace dos años le presté dinero a un chico que tenía deudas de juego. Le debía dinero a un casino de Las Vegas y vino a pedirme un préstamo para poder pagar. Hicimos un trato y nos dimos la mano. Aflojé la mosca, pero él intentó escabullirse sin pagar. Me ofreció su Porsche en lugar del pago y le dije a Cappi que se ocupara del asunto. Me refería a que le echara un vistazo al coche para ver si estaba bien. Cappi empujó al chico desde lo alto de un aparcamiento de varias plantas.

—Doy por sentado que no pillaron a Cappi, si no, aún estaría entre rejas —dijo Lola.

—Ése no es el problema. Resulta que el chico era el único hijo de Nora. Conocí a su marido hace años, se llamaba Tripp Lanahan. Cayó fulminado por un infarto a los treinta y seis. Cuando Nora mencionó su nombre, enseguida até cabos. Creí que a mí también me daba un infarto.

Lola se sentó a su lado.

—¿Y qué piensas hacer?

—¿Qué opciones tengo? No me queda más remedio que contárselo.

—No, no tienes por qué hacerlo. ¿Estás loco? Cierra el pico. Si no, la vas a pifiar.

—¿Y qué pasa si Nora se entera a través de otros? Entonces sí que estaré jodido.

Lola lo miró con expresión afligida.

—Por favor, Dante. ¿Sabes a qué me recuerda este asunto? Es como cuando tienes una aventura y luego se lo confiesas todo a tu pareja. Después de contárselo tú te quedas tan ancho, con la conciencia tranquila. Pero la que tiene que tragar es tu pareja, que no es culpable de nada.

—Quiero ser sincero con ella y hacer las cosas como es debido.

—Deja de soltar chorradas. Nora no te lo perdonará nunca. Si se lo cuentas, se acabó todo entre vosotros. ¿Es eso lo que quieres?

—No puedo vivir el resto de mi vida preguntándome si algún día lo descubrirá.

—¿Y cómo va a descubrirlo? Vas a sacarla del país. El mundo

es muy grande. ¿Qué probabilidades hay de que os topéis con alguien que, «oh, casualidad», sepa lo que pasó? ¿Cuántas personas conocen la historia? Muy pocas, y todas trabajan para ti. Yo que tú no le daría más vueltas.

Dante se volvió y la miró.

—¿Vivo contigo todos estos años y así es como piensas?

—Se llama sentido común. Hay que usar la sesera y mirar antes de saltar.

—Intentas justificarlo. Buscar la manera de salvar el pellejo a costa de otra persona.

—A ella no le va a costar nada. ¿Cómo se va a enterar?

Y Lola lo dejó con esa pregunta. Fue lo último que dijo antes de que Dante la ayudara a bajar el equipaje hasta el coche y observara cómo desaparecía. Se acabó. Ya no volvería a verla nunca más.

La calidad de la luz cambiaba a través de los cristales tintados de la limusina. Se dio cuenta de que Tomasso había reducido la velocidad a la entrada del aparcamiento y ahora descendía por la pendiente. Dante devolvió el informe a su maletín y contempló con indolencia cómo iban pasando ante sus ojos las paredes de cemento, los pilares de apoyo, el techo bajo, el carril de desaceleración que apareció a su derecha. Tomasso se detuvo frente a la entrada de Macy's. Los ascensores en la parte de atrás que conducían a las plantas de oficinas se encontraban situados a la derecha. Los compradores que pasaban por delante no solían fijarse en ellos, absortos como estaban en sus asuntos.

Hubert salió por el lado del copiloto y rodeó la limusina por detrás para abrirle la puerta. Mientras Dante bajaba del vehículo, las puertas del ascensor se abrieron y una mujer joven salió de la cabina. Dante la observó detenidamente —vaqueros, jersey negro de cuello alto y un gran bolso de piel blanda— con la curiosa sensación de que le sonaba de algo. Era poco habitual topar con alguien en el aparcamiento tan temprano. Hubert reaccionó automáticamente y le impidió acercarse a su jefe. La mujer se detuvo y Dante vio en sus ojos que lo había reconocido mientras su mirada

457

oscilaba entre el corpulento guardaespaldas y la limusina. Dante no recordaba haberla visto antes, pero ella parecía conocerlo.

Estaba a punto de pasar por su lado cuando la mujer se dirigió a él.

—¿Podría hablar con usted un momento?

—¿Sobre qué?

—Señorita... —advirtió Hubert.

—Usted es Lorenzo Dante. Acabo de salir de su despacho, lo estaba buscando.

—¿Quién es usted?

—Por favor, señorita —insistió Hubert—. ¿Puede apartarse del coche?

Eran frases corrientes que Hubert había aprendido de memoria. Cualquiera que lo escuchara creería que dominaba el inglés, pero, en realidad, en su trabajo el único dominio que se requería era el de las pistolas y el combate cuerpo a cuerpo, destrezas para las que estaba especialmente dotado.

—Hubert, tranquilízate. Estoy hablando con esta señorita.

—Lo siento, jefe —se disculpó el guardaespaldas, sin dejar de observar detenidamente lo que sucedía.

—Soy Kinsey Millhone, una amiga de Pinky.

—¿Y eso qué tiene que ver conmigo?

—Ayer por la noche su hermano y Pinky se liaron a tiros, y la mujer de Pinky, Dodie, resultó herida en el fuego cruzado. Dodie está muy mal, y Pinky está preocupadísimo por las facturas médicas.

—Sigo sin ver qué pinto yo en esto.

—Pinky tenía una serie de fotografías para usted, pero su hermano llegó primero y destruyó tanto las copias como los negativos.

—¿Fotografías de qué?

—De Cappi y Len Priddy charlando en un coche aparcado en seis ocasiones distintas. Su hermano lo ha traicionado.

Dante la miró durante unos instantes mientras decidía qué hacer.

—Entre en el coche —ordenó.

Dante se hizo a un lado mientras ella lanzaba el bolso a la parte trasera de la limusina y entraba a continuación, deslizándose junto al bolso hasta el otro extremo del largo asiento lateral. Cuando ella se hubo aposentado, Dante entró agachando la cabeza y se sentó en su asiento habitual.

—Da una vuelta —le ordenó a Tomasso—. Ya te avisaré cuando quiera que nos vuelvas a traer hasta aquí.

Antes de arrancar, Tomasso subió el panel divisorio que separaba el asiento delantero de la parte trasera de la limusina. Para entonces Hubert ya había vuelto al asiento delantero. Dante miraba absorto a la mujer que se sentaba a su izquierda. Rondaría la treintena, más niña que mujer en su opinión. No sabía qué pensar acerca de ella. Tenía los huesos pequeños y una desgreñada mata de pelo oscuro que seguro que se cortaba ella misma. Ojos de color avellana y nariz ligeramente torcida. Dante vio que la mujer había recibido algún que otro golpe, pero no podía imaginar por qué.

—¿De qué conoce a Pinky? —preguntó—. No tiene pinta de moverse por los bajos fondos.

—Soy investigadora privada. Pinky me regaló el primer juego de ganzúas que tuve en mi vida y le estoy agradecida. Además, le tengo cariño aunque sea un granuja.

—¿Y para qué la ha contratado?

—Él no. Quien me ha contratado es el prometido de Audrey Vance.

Dante empezaba a comprender.

—Usted es la que se llevó mi dinero y se lo entregó a la policía. Usted y la casera de Audrey en San Luis Obispo. Eso estuvo muy mal.

—Oiga, usted envió a unos tipos para que entraran por la fuerza en mi estudio. Violó mi privacidad, lo que está igualmente mal.

Dante no podía creer que aquella mujer tuviera la desfachatez de mostrarse indignada cuando era ella la que le había jugado una mala pasada. Estuvo a punto de sonreír, pero se contuvo.

—Estamos hablando de cien de los grandes. Eso es lo que usted me ha costado.

Ella se encogió de hombros.

—El mensajero se lo entregó a la casera de Audrey. ¿Por qué me culpa a mí?

—Espere un momento. Ahora sé dónde he oído su nombre. Leí algo sobre usted en el periódico. Usted fue la que delató a Audrey.

—¿Y qué opción tenía? Vi cómo robaba ropa interior y se la metía en el bolso.

—Podría haber hecho la vista gorda. Audrey era un encanto. Trabajó muchos años para mí.

—Me sorprende que Audrey no fuera mejor en su trabajo.

—Además, usted ha estado siguiendo a una amiga mía, y eso la tiene muy cabreada. ¿Por qué se dedica a fastidiar así a la gente?

—Sí, claro. Corazones que Ayudan, Manos que Curan. Menuda gilipollez. ¿Quiere que hablemos de Cappi o prefiere que sigamos intercambiando reproches? En mi opinión, estamos en paz.

—Tiene una cara dura impresionante. ¿Por qué me viene con estas historias sobre Pinky? ¿A mí qué coño me importan? Ese tipo es un chorizo.

—Necesita ayuda. He pensado que a lo mejor podíamos hacer un intercambio.

—¿Un intercambio?

—Eso mismo. Yo le cuento lo que sé y usted le paga las facturas médicas y los gastos diarios hasta que Dodie se recupere.

Dante la miró asombrado.

—Soy un hombre malo. ¿No se lo ha advertido nadie?

—A mí no me parece tan malo.

—A tipos como yo no se les pide que acepten un trato —dijo—. Ésa es la cuestión.

Ella lo miró con..., no lo llamaría insolencia exactamente, pero quizá sí cierta chulería.

—¿Por qué no?

—¿Que por qué no? Fíjese en quién más está metido en este

asunto. Me dice que Cappi me ha vendido. ¿Sabe qué clase de persona es? Una afirmación como ésa puede costarle muy cara.

—Len Priddy es aún peor.

—¿Que Cappi? ¿Y por qué lo cree?

—Len es un poli y ha jurado defender la ley. Si él es corrupto, ¿qué hay del resto de nosotros?

—Ya veo. Usted da por sentado que yo ya soy corrupto, así pues, ¿qué más da en mi caso?

—En absoluto. Sospecho que usted juega limpio, y que es un hombre de palabra.

—¿En qué se basa?

—Me baso en el hecho de que tiene poder, y lo ha tenido desde hace años. No necesita ir haciendo el gilipollas por ahí.

—Bonitas palabras, pero no le van a servir de mucho. No hay nada que pueda ofrecerme a cambio. Que Cappi se chive no es ninguna novedad. Llevo sospechando de él desde que salió de Soledad.

—Bueno, pero ahora ya lo sabe seguro. Yo he visto las fotografías.

—Su palabra contra la de él. Usted ha dicho que Cappi las destruyó todas, así que ¿dónde están sus pruebas?

—Eso no importa. Usted no lo va a denunciar, así que las pruebas no son relevantes.

—Dos correcciones. A, usted no sabe lo que voy a hacerle a mi hermano; y B, usted no tiene ni idea de lo que es o no relevante. Cuénteme algo que yo no sepa y quizá podamos negociar. Lo crea o no, yo también le tengo cariño a Pinky.

La detective le sostuvo la mirada y Dante adivinó que quería decirle algo más. No parecía estar segura de si sería prudente decírselo y, por primera vez, Dante mostró auténtico interés.

—Venga, suéltelo de una vez.

—¿Es consciente de que Abbie Upshaw es la novia de Len Priddy?

Dante la miró fijamente.

—¿Quién lo dice?

—Los vi en el Palms hace una semana. Me la presentaron como su novia. Se lo puede preguntar usted mismo.

—¿La ha visto en mi despacho?

—Claro. Cuando lo buscaba a usted me topé con ella.

—Y está involucrada en este asunto, se trate de lo que se trate. ¿Tiene algo que ver con las fotos que usted ha mencionado?

—Para empezar, creo que las hizo ella. Len las escondió en casa de Abbie, que estuvo fuera de la ciudad el pasado fin de semana, tirándose a Len seguramente. Pinky buscó las fotos en casa de Priddy y, como no las encontró, decidió buscarlas en la casa de Abbie. Se llevó su caja fuerte, y al abrirla, se topó con un filón.

—¿Qué interés tiene Pinky en todo esto?

—Len le hacía chantaje con otra serie de fotografías para tenerlo controlado. Ésas eran las que Pinky estaba buscando. Las de Len y Cappi fueron una especie de prima. Pura chiripa. Esperaba que usted le perdonara los dos mil dólares que le debía a cambio de las fotos.

Dante tardó unos instantes en asimilar la información.

—Está bien. Dígale a Pinky que venga a verme, y ya me ocuparé de él. ¿Tiene coche?

—Lo he dejado en el aparcamiento subterráneo.

Dante levantó el brazo y pulsó un botón.

—Tomasso, puedes llevarnos de vuelta al aparcamiento. Dejaremos a esta dama junto a su coche.

Dante tomó el ascensor para subir hasta sus oficinas. Al abrirse las puertas, se dirigió a la recepción y se detuvo frente al escritorio de Abbie. Una chica muy guapa, sin duda, con esa larga melena oscura. A veces la llevaba recogida, sujeta con un gran pasador de concha que parecía un cepo dentado. Seria, responsable, una empleada valiosa. Abbie lo observaba cuidadosamente, intentando adivinar su humor. Quizá sospechaba que su jefe y la detective se habían encontrado abajo.

—Quiero que te encargues de algo.

—¿Yo?

Su cálida tez aceitunada había adquirido una tonalidad grisácea.

Dante sabía que si alargaba el brazo y le tocaba la mano, Abbie tendría los dedos fríos.

—Necesito dos asientos de primera clase en un vuelo de Los Ángeles a Manila. Y una limusina para llevarnos al aeropuerto.

Cuando Abbie asimiló las instrucciones de Dante, su expresión se volvió inescrutable. Al fruncir el ceño le aparecieron dos arrugas paralelas entre los ojos. Si lo fruncía a menudo, las arrugas ya no desaparecerían.

—¿Algún problema? —preguntó Dante.

—Me preguntaba por qué ha elegido Manila.

—Me gustan las Filipinas, ¿de acuerdo?

Abbie se pasó la lengua por los labios, como si se le hubiera secado la boca.

—¿Cuándo quiere irse?

—El jueves. Que sea tarde, así podré trabajar todo el día. Estaré en el almacén a primera hora de la mañana. Envía una limusina a recogernos en casa para el viaje hasta el aeropuerto.

—¿No quiere que lo lleve su chófer?

—Tiene derecho a tres semanas de vacaciones. Y mi guardaespaldas también.

Abbie vaciló.

—Lou Elle es la que se suele encargar de los viajes.

—Pero esta vez te encargarás tú. ¿Te las arreglarás?

—Sí, señor Dante.

Dante se inclinó hacia delante y cogió la libreta en la que su secretaria anotaba las llamadas telefónicas. Dante hubiera preferido un bloc con papel carbón intercalado, de modo que Abbie pudiera arrancar la hoja de encima y dejársela en su escritorio. Anotó dos nombres y una serie de números en la página pautada y le devolvió la libreta a Abbie empujándola sobre el escritorio.

Abbie le echó un vistazo.

—¿La señora Vogelsang?

—Te puedes guardar tus opiniones.

—¿No necesitaré su fecha de nacimiento y el número de su pasaporte?

Dante señaló a la hoja.

—¿Y esto qué crees que es?

—¡Vaya, lo siento! ¿Con qué compañía?

—Sorpréndeme. Quiero tener el itinerario esta tarde. Además, llama al Departamento de Policía y pregunta por el subinspector Priddy. Se escribe P-R-I-D-D-Y. Concierta una reunión aquí lo antes posible. Antes de una hora, si puede venir.

Dante se dirigió a la puerta y desapareció por el pasillo interior. No volvió la mirada, pero pudo imaginarse la expresión consternada de su secretaria. ¿Qué haría cuando Len Priddy llegara al despacho? ¿Admitir que se acostaba con un poli de la Brigada Antivicio? ¿Fingir que no lo conocía?

Entró en el despacho de Lou Elle y la encontró tecleando en su ordenador. Las gafas le habían resbalado hasta la punta de la nariz.

—Siento interrumpir. Le he pedido a Abbie que me reserve unos billetes de avión. No quiero que pienses que se está metiendo en tu terreno.

—Te agradezco la información. ¿Algo más?

—Eso es lo que más me gusta de ti. Siempre vas al grano.

—Para eso me pagas.

—¿A quién conocemos en el hospital St. Terry's?

—¿Historiales médicos o administración?

—Lo que sea. Necesito todo lo que tengan tanto de una cosa como de la otra.

Una vez más, anotó varios datos en una libreta, arrancó la hoja y se la pasó a Lou Elle. Después continuó escribiendo mientras ella leía la nota que le había dado.

—¿Pierpont? ¡Menudo nombrecito!

—Yo no se lo puse, fue cosa de su madre. Abre una cuenta a su nombre. Cien de los grandes para empezar, y luego ya se irá viendo. Asegúrate de que no le falte nada, pase lo que pase.

Lou Elle lo miró a los ojos.

—¿Qué va a pasar?

—La vida es como una partida de dados. Nunca sabes qué números te van a salir.

—¿Son gastos desgravables?

Dante sonrió.

—Buena pregunta. Habla con Saul para ver si puede arreglarlo —contestó Dante—. Y ya que estás, hay algo más de lo que quiero que te encargues. Un pequeño cambio.

Dante le entregó la segunda página que había arrancado de la libreta.

Lou Elle le echó una ojeada.

—¡Caray! ¿Es para mí?

—Pensé que a ti y a tu marido os vendrían bien unos días fuera.

Lou Elle dobló la nota por la mitad y la metió bajo su calendario de mesa.

—Gracias. Muy amable de tu parte. Le diré a Saul que se encargue del resto, ya que ése es su terreno.

—Todo es terreno de Saul.

—Entendido.

Dante se pasó el resto de la mañana ocupándose de otros asuntos. Cuando Abbie llamó a su interfono al mediodía, casi había olvidado lo que le había pedido hasta que ella le dijo que el subinspector Priddy estaba en el vestíbulo.

—Dame unos minutos y luego hazlo entrar. No le vendrá mal tener que esperarse un rato.

—¿Quiere que le sirva café?

—¿Por qué no? Haz que se sienta bienvenido.

Dante levantó el dedo de la tecla del interfono. No valía la pena enfadarse por el engaño de Abbie. La gente te traicionaba y se volvía contra ti sin pensárselo dos veces. Su padre ya se lo había advertido. Siempre le aconsejaba jugar la mano que le hubiera tocado en suerte. No tenía sentido desear que las cosas fueran distintas sólo porque la verdad cortara como la más afilada de las cuchillas.

A continuación, Dante se levantó de su escritorio, fue hacia la caja fuerte empotrada en la pared, marcó la combinación y la abrió. Sacó su pistola Sig Sauer y se la metió en el bolsillo interior de la americana. Cuando se hubo sentado de nuevo, llamó a Abbie por el interfono y le dijo que hiciera pasar a Priddy. Al cabo de unos minutos llegaron los dos. Si hubiera instalado una cámara de vigilancia en el vestíbulo podría haberse divertido observando sus tejemanejes. Abbie dio unos golpecitos en la puerta. Mientras la abría, Dante se inclinó hacia delante y pulsó una tecla en el contestador automático. Al parecer, Abbie y Priddy habían decidido actuar como si nada. Ella adoptó una expresión vacía e indiferente y el policía se esforzó en ignorarla. Dante se levantó y le estrechó la mano a Priddy, invitándolo a tomar asiento. Nunca le había gustado su aspecto. Tenía pinta de adulador. Pelo gris peinado hacia atrás, cara grande y cuadrada con la piel rugosa y flácida alrededor de la mandíbula. Tenía grandes bolsas debajo de los ojos y los párpados superiores tan caídos que parecía un milagro que pudiera ver. Dante no entendía qué hacía una chica tan despampanante como Abbie con un tipo como él. Quizá necesitara un protector, y a Priddy le gustara trajinarse a alguien a quien doblaba la edad.

—Subinspector Priddy —dijo Dante—, me alegra verlo de nuevo. Hace bastante tiempo desde la última vez.

—Parece que las cosas le van bien.

—Me iban bien hasta hace poco.

—¿Y cómo es eso?

—Sí, cómo es eso. Vayamos al grano. Han visto a mi hermano hablando con usted. La noticia me ha llegado de varias fuentes y no me ha sentado nada bien.

Len continuó mirándolo. Dante se dio cuenta de que el policía parecía reacio a confirmar la acusación, y era demasiado listo como para negarla.

—No creo que sea muy buena idea hablar de esto ahora —señaló Len.

—¿Por qué no? No hay ningún micrófono oculto en el despacho. Hago que lo inspeccionen en días alternos —explicó Dante, y luego añadió—: Supongo que le ha llegado todo tipo de información sobre la forma en que gestiono mis negocios. Aunque Cappi no es, precisamente, una fuente muy fiable.

—No creo que eso merezca ningún comentario. Usted conoce a su hermano mejor que yo.

—Hay algo que no le he dicho a Cappi, y que por tanto no habrá tenido la oportunidad de contárselo a usted. Voy a cerrar el negocio. Llevo años queriendo dejarlo, pero nunca me parecía que fuera el momento indicado.

Len sonrió.

—Va a cerrar el negocio porque lo han imputado y sabe que acabará en la cárcel.

—No era consciente de que estuviéramos hablando de mis motivos —repuso Dante—. Admito que me retiro porque me conviene, pero tenga esto muy presente: soy un buen empresario. Creo en las buenas prácticas financieras, como si fuera un banco. Además, he limitado al máximo los actos violentos, y si ha habido alguno, habrá sido cosa de Cappi.

—Usted nunca ha ordenado que mataran a nadie —ironizó Priddy.

—No, no lo he hecho. Los asesinatos tienen muy mala prensa. Aunque seguro que Cappi no estaría de acuerdo conmigo. Se muere de ganas de ocupar mi puesto. Cuando eso suceda, usted tendrá un problema muy serio entre las manos.

—Creo que podré arreglármelas.

—De este asunto es de lo que quiero hablar ahora. Puede que Cappi esté dispuesto a pagarle su parte, pero no será tan generoso como yo. Le aconsejo que llegue a un acuerdo con él al principio, y asegúrese de que sea usted el que pone las condiciones.

—¿Para eso me ha citado aquí? ¿Para oír consejos que no he pedido de boca de un puto gángster?

—No me considero un gángster, esa palabra me ofende. Nunca me han condenado por ningún delito.

—Pero lo condenarán.

—Puede permitirse la petulancia, porque saldrá ganando pase lo que pase. Que me vaya yo, que entre mi hermano, a usted le da igual. Si cree que yo le doy mucho trabajo, espere a que Cappi tome las riendas. Va a dejar esta ciudad patas arriba.

—Entonces, ¿por qué no nos hace un favor a todos y lo elimina? —preguntó Len.

Dante sonrió.

—¿Por qué no lo hace usted? Yo ya tengo demasiados problemas, no me hace falta añadir el asesinato a la lista.

—Usted sólo tiene un problema, amigo. Que vamos a cargárnoslo.

—¡No me diga! ¿Cuánto tiempo dura ya esta investigación? ¿Dos años, tres? ¿Están jugando a las palmitas con el FBI y con quién más? ¿La Agencia Antidrogas? ¿La ATF?* Un montón de burócratas, gilipollas todos ellos. Ya le he dicho que lo pienso dejar. Es Cappi el que debería preocuparle. Elimínelo y el negocio será todo suyo.

Len se levantó.

—Se acabó la reunión. Adiós y buena suerte.

—Piénselo, es todo lo que le digo. Jubílese de la policía y viva a lo grande para variar. Le podría ir mucho peor.

—Lo consideraré —respondió Priddy—. ¿De cuánto tiempo estamos hablando hasta que se marche?

—Eso no le concierne. Si le he contado todo esto es porque quiero ser justo, ya que usted me ha sido de gran ayuda hasta ahora.

Dante salió del despacho temprano. Estaba inquieto, le obsesionaba la reacción de Nora y aún no había decidido qué hacer. Quería contarle lo que le pasó a Phillip, pero sabía que eso supondría el final de su relación. Por otra parte, ¿qué era el amor sino sinceridad y franqueza? Le pidió a Tomasso que lo dejara en casa, y allí cogió su coche. Condujo hasta la residencia de los Vogelsang en Montebello, entró con su Maserati en el patio y a continuación lo aparcó junto al Thunderbird de Nora. Era miércoles, así que su-

---

* Departamento para el control del alcohol, el tabaco, las armas de fuego y los explosivos. *(N. de la T.)*

puso que Channing habría vuelto a Los Ángeles. Dante sentía un gran peso en el corazón, expresión que nunca había entendido antes.

Se dirigió a la puerta de entrada, consciente de lo rutinarios que le parecían todos sus actos. Interpretaba el papel de Lorenzo Dante sin habitar del todo en su cuerpo. Era como si se observara a sí mismo desde lejos. Nora debió de oír su coche, porque nada más llamar él al timbre ella le abrió con expresión airada. No se movió del umbral, obligándolo a permanecer en el exterior.

Alguien había levantado la liebre.

—¿Quién te lo ha dicho?

—Dos agentes del FBI fueron a la casa de Malibú. No puedo creer que no me lo hubieras contado tú antes. ¿Cuánto tiempo ibas a dejar pasar?

—No tenía ni idea de que estuvieras casada con Tripp hasta que me lo dijiste ayer en la casa de la playa.

—Sí que lo sabías. Lo vi en tu cara. ¿Por qué no me lo dijiste?

—No fui capaz. Cuando finalmente caí en la cuenta, sólo podía pensar en que no quería perderte. Sabía que, si te lo confesaba, todo se habría acabado.

—Eres despreciable —dijo Nora.

—No tenía intención de engañarte. He venido porque quiero ser sincero contigo, pase lo que pase.

—Vaya, ¡qué actitud tan noble!

—Nora, te lo juro por Dios. Nunca le puse la mano encima a tu hijo. No me estoy disculpando, murió por mi culpa. Soy responsable de lo que sucedió, pero no fue en absoluto mi intención. Hice un comentario a la ligera y Cappi lo interpretó mal. Es despiadado y no puede controlar sus impulsos. Ha sido así desde que era un niño. Debería haber mandado que lo eliminaran. No fui capaz, pero debería haberlo hecho. No sabía lo peligroso que era.

—Sí que lo sabías, lo sabías perfectamente, pero miraste hacia otro lado.

—No quiero discutir contigo, no he venido para eso. Tienes razón, acepto todo lo que digas. Debería haberlo denunciado hace dos años, cuando me enteré de que tiró a Phillip desde aquel tejado. Pensé que el hecho de que fuera mi hermano importaba más que hacer justicia. Me equivoqué.

—Podrías haberlo denunciado ayer mismo. Puede que hubiera creído en tu sinceridad si lo hubieras hecho.

—Haré lo que es debido. Hablaré con el fiscal del distrito y se lo contaré todo.

—¿A quién le importa una mierda lo que hagas ahora? Sigue siendo tu hermano. No veo por qué de repente te parece bien hacer lo que deberías haber hecho hace mucho tiempo.

—Escúchame, por favor. La situación ha cambiado. Cappi me ha delatado a la policía, así que ya no le debo nada.

—¿Pero te das cuenta de lo que acabas de decir? Si te hubiera sido leal, habrías seguido protegiéndolo. ¿Qué más da que cometiera unos cuantos asesinatos? Lo habrías protegido siempre que tú pudieras sacar también provecho.

—He tenido que cargar con él porque mi padre se habría muerto si a Cappi le hubiera pasado algo. Pensé que si cuidaba de él, mi viejo dejaría de ignorarme.

—Vaya, así que tu padre te ignora.

—De acuerdo, dejémoslo así. No voy a pelearme contigo por esto. Ya que estamos poniendo las cartas sobre la mesa, hay algo más que quiero contarte. Haz lo que tengas que hacer, pero te pido que consideres lo que voy a decirte. Phillip era un buen chico, pero se había descarriado. Me dijo que jugó al póquer durante todos los años que pasó en la universidad. Alardeaba de haber ganado mucho dinero, pero era mentira. Todos los jugadores de póquer dicen lo mismo. Distorsionan la realidad: se olvidan de lo que pierden y exageran lo que ganan. ¿Te has parado a pensar alguna vez cuánto pagasteis Channing y tú para cubrir sus deudas? Seguiríais pagándolas hoy, porque Phillip no lo habría dejado. No podía. Era como una droga para él, su manera de aliviar el dolor y la ansiedad.

—No sabes de qué hablas.

—Sí que lo sé. Veo a tipos como él todo el tiempo. Les presto dinero para que puedan salir del agujero que ellos mismos se han cavado. Tú y Channing siempre ibais a estar recogiendo los platos rotos. Phillip era muy débil.

—¡Cómo te atreves a criticar a mi hijo! ¡Era un niño! Sólo tenía veintitrés años.

—Nora, tenía problemas muy graves. Era inmaduro y presuntuoso, padecía altibajos. Todo eso no importaba mientras viviera en la burbuja que se había creado, pero en el mundo real no conseguía salir a flote.

—¿Cómo sabes que no se habría enmendado? Perdió la oportunidad de intentarlo. Perdió la vida, ¿y para qué?

—Puede que se hubiera enmendado. Yo no tengo forma de saberlo, ni tú tampoco. De todos modos, no merecía morir. Lo que le pasó fue culpa mía, y no niego mi responsabilidad en el asunto. Sé que no puedes perdonarme, y no te estoy pidiendo que lo hagas. Pero no quiero que intentes falsear cómo era Phillip o lo que hacía. Siento mucho su muerte, te lo digo de verdad. Sé lo que significaba para ti, y lo siento.

—¿Algo más? —preguntó Nora con voz monótona.

Dante respiró hondo.

—Ya que te estoy siendo sincero, será mejor que te lo cuente todo. Le tendí una trampa. Quería darle una lección, algo que quizás hubiera hecho Tripp de seguir vivo.

—¿Una lección? ¿De qué demonios hablas?

—Puse a una mujer en su mesa, una de mis empleadas. Georgia es una jugadora de póquer de primera. Sabía que Phillip se estrellaría si se enfrentaba a ella. Quería que tocara fondo para que se percatara de que estaba obrando mal. No iba a descubrirlo por su cuenta si siempre acudía alguien en su ayuda. Te juro que ésa era mi intención, conseguir que volviera al buen camino.

Nora empezó a cerrar la puerta.

Dante alargó el brazo y se lo impidió.

—Escúchame. Mi hermano mató a tu hijo. Phillip no se suicidó. Su muerte no tuvo nada que ver contigo. Échame a mí la culpa, si eso te hace sentir mejor. Has pasado por algo que ningún padre tendría que soportar, y nada podrá compensarlo. Pero Phillip está muerto y ya no hay marcha atrás. Al menos ahora sabes que no murió por su propia voluntad.

—Basta. Ya has dicho todo lo que tenías que decir. Ahora aléjate de mí. Estoy cansada.

—Joder, Nora. Todos estamos cansados.

Nora cerró la puerta. Dante permaneció en el umbral durante un minuto más y luego dio media vuelta y volvió a su coche.

Pensaba que su conversación con Nora había sido el momento más aciago del día, pero aún le esperaba algo peor. Cuando llegó a su casa, las habitaciones de la planta superior estaban a oscuras. Alguien había encendido las luces de la cocina, el comedor y el salón, pero nada halagüeño lo esperaba. Lola se había ido hacía horas. Dante dejó el coche en el camino de entrada para que Tomasso lo metiera en el garaje y entró en la casa por la puerta principal. Sintió alivio al no ver a su padre. Entró en la biblioteca y se preparó una bebida. Salió de la casa por la puerta trasera, saludando brevemente a Sophie al pasar. La criada lo miró con preocupación, consciente, al parecer, de que Lola había hecho las maletas y se había ido. Aunque sabía que no sería prudente compadecer a su jefe, le estaba preparando sus platos favoritos: ternera Wellington y judías verdes. Dante vio trozos de patata hirviendo a fuego lento y supo que Sophie haría puré con mantequilla y crema agria. Había sacado la sopera para verter en ella la sopa de tomate que acababa de hacer. También había preparado una ensalada verde, que aliñaría antes de servírsela. Ésos eran los únicos cuidados maternales que Dante conocía: alguien que le hiciera la cena y le cocinara los platos que le gustaban. Pagaba muy bien a Sophie, pero no se quejaba. Su dedicación bien lo merecía.

—Su tío ha preguntado por usted —dijo Sophie—. Cara ya ha venido seis veces.

—Ahora iba a verlo. Volveré en una media hora. ¿Está papá en casa?

—Se marchó en la limusina, conducía Tomasso. Dijo que se pasaría por casa de Cappi y lo invitaría a cenar.

Dante no hizo ningún comentario. ¿Qué le importaba lo que su padre hiciera con Cappi?

Aunque todavía no había oscurecido del todo, el día ya tocaba a su fin, lo que confería un aspecto acogedor a las luces de la casa de invitados. A Dante le llegó el olor de humo de leña y se imaginó que Cara habría encendido la chimenea para calentar al anciano, que cada día estaba más débil. Al abrirle la puerta, la enfermera le habló en voz baja. Por encima del hombro de Cara pudo ver a su tío, sentado lo más cerca posible de la chimenea.

Cara lo miró con expresión inquisitiva.

—¿Vas a ir a algún sitio? Tu tío no deja de decir que te vas. Está muy agitado.

—De momento no tengo ningún plan. Lola se ha ido. Se fue a Los Ángeles esta mañana, así que puede que mi tío la haya visto salir y haya pensado que era yo el que iba en el coche.

—Bueno, pues haz lo que puedas para calmarlo. Nunca lo he visto tan mal.

Dante se acercó a la chimenea, donde Cara le había puesto una silla para que pudiera hablar con su tío. Alfredo estaba envuelto en un edredón, con la cabeza hundida en el pecho. Sólo algún que otro ronquido indicaba que aún se encontraba entre los vivos. Dante no quería despertarlo, así que se sentó y fue bebiendo a sorbos su copa. Mejor hacerle compañía a su tío en silencio que quedarse a solas en la casa principal. Se entretuvo contemplando el fuego, y cuando volvió a mirar a su tío, el anciano tenía los ojos abiertos y lo miraba con una intensidad que Dante no había visto en él en muchos años.

—¿Cómo va todo? —preguntó Dante—. ¿Aún sigues aquí?

—He soñado que te ibas de viaje. No dejabas de mirar hacia atrás y de hacerme gestos, como si yo tuviera que ir contigo. —El tío Alfredo hizo una pausa y luego sonrió—. Uno de esos sueños en los que te quieres dar prisa pero no lo consigues. Como andar en aguas profundas que te cubren hasta aquí.

Alfredo se llevó una mano temblorosa al pecho.

—A veces yo también me siento así cuando estoy despierto —explicó Dante—. Pero de momento no me voy a ningún sitio, así que eso no tendría que preocuparte.

—Cada vez me queda menos tiempo, y hay algo que debo confesarte.

—No tienes por qué hacerlo ahora...

Alfredo negó con la cabeza.

—Escúchame. De esto estoy seguro. Las sombras son cada vez más largas y tengo frío. La tensión me está bajando. Cara no quiere hablar del asunto, pero yo lo noto en el alma. Los que trabajan en centros para terminales pueden decirte la hora exacta en la que te vas a morir, por eso no quería que pulularan a mi alrededor. Cara es más guapa, y además tiene unas tetas enormes.

Dante sonrió.

—Pensé que apreciarías sus atributos.

—Lo que pienso decirte es algo que, o no quieres saber o ya lo supusiste hace años. No te lo voy a decir para hacerte daño, sino para liberarte. Crees que no vas a irte a ninguna parte, pero el tiempo se te acaba, igual que se me está acabando a mí.

—Ahora estoy aquí —afirmó Dante.

—Lo que me pasa contigo es que siempre me has roto el corazón. Tuviste que soportar más penas de las que merece soportar cualquier niño, así que déjame decirte esto mientras pueda.

Dante notó que se le agarrotaban los músculos de la cara debido a sus esfuerzos por contener las lágrimas.

—Tiene que ver con tu madre.

Dante levantó una mano.

—Centrémonos en nosotros y en nuestra relación. Es a ti a quien voy a echar de menos.

—No como la echaste de menos a ella. ¿Recuerdas el día en que tu padre vació la piscina?

—Fue puro resentimiento por su parte. Incluso a los doce años, eso lo tuve claro.

—Lo hizo porque había sangre de tu madre en el agua.

Dante sintió que su cuerpo se paralizaba. Tenía la imagen tan clara como si él hubiera estado presente cuando sucedió, pese a saber que no fue así.

—¿Él la mató?

—Es lo que mejor se le daba, matar. No como ahora, que está hecho una ruina. Seguro que recuerdas su mal genio en aquella época. Era algo terrible. Se volvía loco cuando se enfadaba. Ahora ni siquiera recuerdo qué provocó que explotara. No fue nada que hiciera ella, todo eran suposiciones de tu padre. Yo estaba allí. Traté de intervenir, pero tu padre había perdido el control. Tú y tus hermanos estabais durmiendo. Me obligó a ayudarlo a enterrarla y luego se deshizo de su ropa y de todo lo que ella atesoraba. Tú eras el favorito de tu madre, y por eso a partir de entonces tu padre te pegaba unas palizas de muerte a la menor oportunidad. Quería aplastarte a ti para vengarse de ella.

—¿Cómo la mató?

—La degolló.

—Dios mío.

—Ella nunca os habría dejado. Deberías saber lo mucho que os quería, y lo mucho que se preocupaba por vosotros. Con los años, pensé que me lo preguntarías. Creí que te darías cuenta de que lo hizo él, de que no tuvo nada que ver con tu madre. Ahora entiendo que, al faltarte ella, sólo te quedaba tu padre. Es un auténtico infierno para un niño. Cuanto más intentabas complacerlo, más le recordabas lo que hizo.

Dante sintió una sacudida en lo más profundo de su ser. Los recuerdos se agolparon en su mente y la verdad rebotó por todos los rincones de su alma. Lo sabía, lo había sabido siempre. ¿Qué otra cosa tenía sentido en su vida salvo su madre? Bella, joven y entregada a él después de todo.

—Ojalá pudiera ayudarte, pero no puedo —dijo Alfredo—. No tengo ningún consejo que ofrecerte. Asimila bien lo que acabo de contarte y haz con ello lo que te parezca. No podía dejarte sin hacértelo saber. Debería habértelo contado hace años, pero soy un cobarde. Aunque me avergüenzo de mí mismo, siempre he estado orgulloso de ti. Eres un buen hombre, y te quiero más que a nada en el mundo. Si hubieras sido hijo mío, todo habría sido distinto. Debes salir del país mientras puedas. Yo estaré bien. De todos modos, no me queda mucho tiempo y no quiero que te quedes por mi culpa. Ésta es nuestra despedida. Vete, te cubriré la espalda. Seré como el tipo que se queda en el fuerte mientras los otros se libran de una muerte segura. Descansaré mejor sabiendo que estás a salvo, así que hazlo por mí.

Dante asintió. Alargó los brazos y los dos hombres se apretaron las manos con fuerza, como si así pudieran encontrar la manera de inmortalizar su vínculo. Dante se sintió más valeroso, fuerte y limpio de lo que se había sentido en toda su vida. Fue el regalo de despedida de Alfredo.

30

A media tarde del miércoles, un agente uniformado pasó finalmente por mi despacho para recoger las copias del informe que le había entregado a Cheney Phillips. A decir verdad, la que le había dado a Cheney era mi única copia salvo la que hice con papel carbón, que confieso que usé para hacer copias adicionales después de hablar con él. Sabía que se quedaría más tranquilo si pensaba que había reunido todos los papeles que obraban en mi poder, así que le entregué al agente dos copias más y todos tan contentos. La copia en papel carbón la devolví a su escondrijo. Nada más irse el policía llamé a Cheney con la intención de contarle el ataque de Len, el tiroteo entre Cappi y Pinky y mi conversación posterior con Dante. Cheney no respondió al teléfono, así que me hice una nota a mí misma para intentarlo más tarde.

Cuando llegué a casa después del trabajo, encontré un mensaje de Henry en mi contestador. Había intentado localizarme en el despacho, pero yo ya debía de haber salido cuando llamó. Henry decía que iba de camino a la casa de reposo para visitar a Nell. Los médicos esperaban darle el alta algún día de la semana siguiente. El motivo de su llamada era hacerme saber que volvía a casa en avión al día siguiente. Me dio su número de vuelo y la hora de su llegada: las cuatro y cinco de la tarde. Dijo que si tenía otros planes y no podía ir al aeropuerto cogería un taxi, y que no me preocupara. También dijo que me invitaría a cenar en Emile's-at-the-Beach si estaba libre, lo cual me animó. No hacía falta que mirara la agenda para saber que no tenía otras citas, y me moría de ganas de volver a verlo. Pasé un momento por su casa para asegurarme de que sus plantas seguían vivas. Aproveché también para limpiar lo que había ensuciado Pinky antes de salir disparado de allí. No tardé mucho tiempo en tenerlo todo ordenado. Quité el polvo, pasé la aspiradora y la mopa y luego abrí la puerta trasera para ventilar la casa.

Hice un viaje al supermercado y compré unas cuantas cosas que Henry necesitaría para que no tuviera que preocuparse de hacerlo nada más llegar. El resto del miércoles pasó en un suspiro. Llamé dos veces al hospital para saber cómo estaba Dodie. Parecía estar recuperándose. Las explicaciones que me dieron eran superficiales y no incluían demasiados datos médicos, pero al no ser pariente de Dodie no podía presionarlos para que me proporcionaran más detalles. Me resultaba imposible localizar a Pinky. Las enfermeras de la planta no tenían ni tiempo ni ganas de sacarlo de la sala de espera para llevarlo hasta el teléfono. Y si conseguía ir a su casa a ducharse y a dormir un poco, no hubiera querido molestarlo por nada del mundo.

No tuve tiempo de ir al St. Terry's hasta el jueves por la mañana. Pasé por mi despacho de camino al hospital y me senté a mi escritorio el tiempo suficiente para intentar llamar de nuevo a Cheney. Después del ataque de Len mi temor había dado paso al enfado. Cuando por fin contestó, Cheney estuvo muy brusco conmigo. No diría que fue descortés, pero adiviné por su tono que no tenía ganas de seguir hablando. Le dije que lo llamaría más tarde, aunque la llamada me produjo cierto desasosiego. ¿Qué estaría pasando? Nada más colgar sonó el teléfono.

Contesté esperando que Cheney se hubiera arrepentido de su brusquedad, pero era Diana Álvarez la que me llamaba.

—Hola, Kinsey. Soy Diana.

Me hablaba con el tono despreocupado y alegre de una amiga íntima, aunque yo no tenía la energía suficiente para recordarle que no lo era en absoluto.

—¿Te ha dicho algo Cheney sobre esa movida tan importante que habrá un día de éstos?

—¿Qué movida?

—No lo sé muy bien. Estuve hablando con una de mis fuentes del departamento y me dio la impresión de que iba a pasar algo gordo. Me encantaría conocer los detalles para poder escribir un artículo.

—Pues yo no puedo ayudarte. Cheney no me ha contado nada —repuse.

—Tiene que ser algo importante, sea lo que sea. Ya sabes cómo se ponen los polis cuando se trata de pasar a la acción. Si te enteras de alguna cosa, ¿me lo dirás?

—Claro —respondí.

Incluso intercambiamos los cumplidos de rigor antes de que Diana colgara. Permanecí sentada frente a mi escritorio mirando el teléfono mientras se formaba sobre mi cabeza un signo de interrogación como los que salen en los tebeos. Cheney estaba preocupado por algo, no cabía duda. Yo había presupuesto la existencia de una brigada especial y de una investigación que precedía y reemplazaba a la mía. ¿Estaban listos para pasar a la acción? De ser así, ¿cómo se habría enterado Diana cuando yo seguía en la inopia?

El trayecto hasta el St. Terry's duró diez minutos y no presentó la más mínima complicación. Al llegar al hospital encontré aparcamiento en la misma plaza en la que había estacionado cuando ingresaron a Dodie. Esperaba que ya la hubieran sacado de la UCI y estuviera instalada en una habitación individual. Como mínimo, contaba con encontrarme a Pinky para ver cómo lo llevaba. Me moría de ganas de decirle que Dante había aceptado pagar sus facturas y sus gastos diarios, lo que esperaba que supusiera un alivio. No estaba segura de si tendría que engatusar a Pinky para convencerlo de que el ofrecimiento no era un gesto caritativo. Yo lo consideraba un pago justo por los servicios prestados. Pinky le había proporcionado a Dante una valiosa confirmación de la duplicidad de su hermano, a lo que Dante podría responder de la forma que le pareciera conveniente. Cuanto más punitiva mejor por lo que a mí respectaba.

Pasé por recepción y a la voluntaria que estaba detrás del mostrador le pregunté el número de habitación de Dodie. Lo buscó en su listado, que modificaban y reimprimían a diario a medida que ingresaban a los pacientes, los trasladaban o les daban el alta. La voluntaria era una mujer de unos setenta años, probablemente con nietos e incluso bisnietos, aunque tenía un aspecto estupendo para su edad. Parecía algo confundida por mi pregunta. Hizo una llamada a la UCI para conocer la situación de Dodie, ya que su nombre no aparecía en el listado. Tras colgar, dijo:

—La señora Ford se nos ha ido.

—¿Se nos ha ido adónde? —pregunté. Creí que se refería a otra planta. Entonces pensé que Dodie habría salido del hospital. Me pareció todo muy extraño. Era evidente que a la voluntaria le incomodaban mucho mis preguntas.

—Ha fenecido a primera hora de la mañana, pero eso es todo lo que me han dicho.

—¿Ha fenecido? —repetí—. ¿Quiere decir que ha muerto?

—Lo siento muchísimo.

—¿Ha muerto? Pero eso no puede ser verdad. ¿Cómo ha podido morirse?

—No me han dado ninguna explicación.

—¡Pero si llamé dos veces ayer y me dijeron que estaba bien! ¿Y ahora me dice que ha fenecido? ¿Y qué manera de decirlo es ésa, «ha fenecido»? ¿Por qué no llama a las cosas por su nombre?

La mujer se ruborizó y me fijé en que dos de las personas que esperaban sentadas en el vestíbulo se habían vuelto para mirarme.

—¿Le gustaría hablar con el capellán?

—No, no quiero hablar con el capellán —respondí bruscamente—. Quiero hablar con su marido. ¿Está aquí?

—No tengo información sobre los familiares directos. Supongo que estará hablando del entierro con el director de alguna funeraria. Siento muchísimo haberla disgustado. Si se sienta, le pediré a alguien que le traiga un vaso de agua.

—¡Por el amor de Dios! —exclamé.

Di media vuelta y me dirigí a la puerta. No puse en duda su palabra, pero me pareció increíble que Dodie hubiera muerto cuando parecía estar bien la última vez que llamé. Desplegué automáticamente mis habituales mecanismos de defensa y me escudé en el enfado para contrarrestar mi sorpresa. No sentía pena. No conocía a Dodie lo suficiente para llorar su pérdida. Pinky estaría destrozado, y lo primero que me vino a la mente fue su promesa de tomar represalias si algo le pasaba a Dodie. Ahora que se enfrentaba al peor de los escenarios posibles, querría arrasar con todo y Cappi sería su principal objetivo.

Me monté en el coche y recorrí las cuatro manzanas hasta el dúplex. No tenía ni idea del estado en que me lo encontraría, ni de qué iba a decirle. Aparqué al otro lado de la calle y me fijé en que el Cadillac amarillo chillón de Dodie había desaparecido. Sentí una punzada de ansiedad, como si me pincharan entre los omóplatos con la punta de un cuchillo. Subí los escalones del porche de dos en dos y llamé a la puerta con el puño además de tocar el timbre. Como nadie respondió, me decanté por la segunda opción, que era intentar abrir la puerta. No estaba cerrada con llave, así que la abrí y asomé la cabeza.

—¿Pinky?

Percibí el monótono zumbido de los electrodomésticos y el ambiente cargado tan característicos de las casas vacías. Volví a llamarlo, aunque no tenía sentido hacerlo sabiendo como sabía que no se encontraba en casa. Entré en el salón. Habían tirado al suelo uno de los cojines del sofá y la pistola ya no estaba donde la escondí. Me senté y apoyé la cabeza en las manos. No me cabía la más mínima duda de que Pinky había salido en busca de Cappi. Esa forma de actuar tan precipitada era muy propia de él. ¿Qué posibilidades tenía de encontrar yo a Cappi antes de que lo alcanzara Pinky? Y, lo que era más importante, ¿cómo iba a encontrarlo? Consideré rápidamente todas mis opciones. Mi primer impulso fue llamar al 9-1-1. ¿Y qué iba a decirles? Podía describir el coche de Dodie y al hombre que lo conducía, pero eso era todo. También podía llamar a Dante y advertirle que Pinky andaba suelto. Él sabría mejor que nadie dónde estaba su hermano. Quizá pudiera alertar a todos los miembros de la organización para que avisaran a Cappi de lo que pasaba. Mi tercera opción consistía en avisar yo a Cappi si conseguía averiguar dónde se encontraba.

Intenté despejar mi mente. Recordé algo que Pinky había mencionado en medio de sus morbosas divagaciones la noche en que Dodie resultó herida. ¿Qué era lo que había dicho? Que Cappi no había podido encontrar empleo y se veía obligado a trabajar en el almacén de su hermano. Así fue como pudo filtrar los datos sobre el negocio de Dante a la policía. Supuse que la nave que vi en Colgate tendría alguna relación con la red de ladrones de tiendas. Me armé de valor y volví a meterme en el coche.

Me incorporé al tráfico de la 101. El tiempo debió de pasar volando, porque no recordaba haber recorrido las calles de la ciudad para llegar al carril de acceso. Tuve el impulso de pisar a fondo el acelerador, lo que en un Mustang equivale a salir disparado como una bala de cañón. Sin embargo, cuando empezaba a pisarlo, vi un coche patrulla blanco y negro que me adelantaba por la izquierda. Aminoré la marcha, maravillada de mi buena suerte. No hay nada peor que acelerar cuando tienes un coche de la poli al lado equipado con un radar. Permanecí en el carril de en medio, tan concentrada en portarme bien que casi no vi aparecer el segundo coche patrulla que pasó por mi derecha. Ninguno de los dos coches viajaba a gran velocidad, pero el conductor que tenía más cerca parecía ansioso por llegar a su destino, como si no quisiera perderse alguna celebración a la que yo no estaba invitada. Una fiesta, un desfile o cualquier actividad propia de policías que le exigiera ser puntual.

Los dos coches patrulla salieron de la autopista en Fairdale, con el mío cerrando la marcha. ¿Qué estaría pasando? Cuando vi que un tercer coche patrulla se me acercaba por detrás, me metí en el carril de la derecha y dejé que alcanzara a los otros dos. Llegué al cruce, donde un semáforo en rojo me obligó a detenerme. Los coches de la policía redujeron la velocidad unos segundos pero siguieron adelante. Cuando por fin torcí a la derecha, los tres coches patrulla parecían haber desaparecido tan súbitamente como habían aparecido. Seguí adelante un kilómetro más hasta pasar la pantalla gigante de un autocine cerrado que había sido muy popular en mi niñez. Giré a la derecha al llegar a la carretera secundaria que discurría junto al cine y vi que se habían llevado los altavoces montados sobre soportes. Eché una ojeada al descampado de asfalto resquebrajado y casi me salgo de la carretera. El descampado se había convertido en área de estacionamiento para coches patrulla y vehículos camuflados. Dos docenas de agentes uniformados pululaban por la zona vestidos con un amplio surtido de chaquetas con las enseñas del FBI, la policía y el Departamento del *Sheriff*. Supuse que todos llevarían chalecos antibalas. Volví la vista bruscamente hacia la carretera, pero ahora era consciente de la importancia de lo que acababa de ver. Diana había oído que se estaba cociendo algo importante, así que tenía que ser eso. No era de extrañar que Cheney se hubiera mostrado brusco conmigo. El único edificio importante de la zona era el almacén de Allied Distributors. Los distintos cuerpos policiales estarían preparándose para hacer una redada. Todas las investigaciones realizadas durante los meses e incluso años anteriores culminarían ahora en una respuesta armada. Tenía el corazón desbocado y una descarga de adrenalina me recorrió todo el cuerpo, haciéndome sentir eléctrica. Si Pinky conseguía dar con Cappi aquí, acabaría rodeado por un grupo de agentes de la policía y del FBI aún más nerviosos de lo que estaba él.

Unos cuatrocientos metros más adelante divisé el almacén al final del callejón sin salida. Detrás del edificio discurrían varias vías férreas que se entrecruzaban. Era posible que, tiempo atrás, las mercancías se transportaran en tren desde la nave. La zona habría sido una especie de miniterminal dedicada exclusivamente al transporte de mercancías. Ahora las vías sólo eran utilizadas por los trenes de pasajeros y de carga de Amtrak que atravesaban la ciudad tres o cuatro veces al día. Frené en seco. A mi derecha vi el Cadillac amarillo de Dodie aparcado de lado, con las ruedas lejos del bordillo y levemente hundidas en la hierba. Pinky no se había molestado en aparcar bien. Por otra parte, iba dispuesto a disparar a un hombre, por lo que puede que no hubiera tenido demasiado en cuenta ciertas sutilezas de la educación vial.

Las grandes puertas metálicas que daban al recinto del almacén estaban abiertas. El aparcamiento para empleados apareció a mi derecha, mientras que la nave se encontraba a la izquierda. Habían colocado seis camiones articulados frente a la zona de carga y todas las puertas metálicas retráctiles estaban abiertas. Cinco o seis hombres parecían disfrutar de un cigarrillo mientras dos carretillas elevadoras entraban y salían del almacén cargadas de mercancías. En un extremo del edificio vi dos furgonetas blancas aparcadas una al lado de la otra, con las puertas traseras abiertas. Varios hombres izaban cajas de los palés, las colocaban sobre una plataforma rodante y las metían en las furgonetas. Busqué con la mirada a Cappi, pero no vi a nadie que se le pareciera. Tampoco vi a Pinky, y no supe qué pensar. Los empleados de Dante trabajaban como si aquél fuera un día cualquiera. No parecían tener prisa ni motivos para alarmarse.

Estacioné en el aparcamiento para empleados y me encaminé hacia el edificio principal. El almacén de dos plantas exhibía una extraña mezcla de estilos, antiguos y modernos. Algunas partes del edificio estaban construidas a base de ladrillo envejecido y madera, con un anexo más nuevo de acero en la parte frontal. En total, el edificio tendría unos dos mil trescientos metros cuadrados. Entré por una puerta lateral a fin de evitar la zona de recepción de mercancías, lo que podía ser peligroso si no sabías dónde te metías. Los despachos estaban en la primera planta. Alrededor de todo el recinto habían fijado pasarelas al techo mediante una serie de cables y de barras de acero. Desde los despachos se divisaban los pabellones de almacenaje, separados por amplios pasillos. Vi tramos zigzagueantes de escaleras cada treinta metros, similares a las escaleras de incendios en un bloque de pisos. El negocio parecía bien organizado, con un sistema de trabajo que sólo el ojo experto sabría apreciar.

Pasé por delante de unos lavabos, un vestuario y un pequeño comedor con las paredes cubiertas de máquinas dispensadoras. Las diez mesas que vi apenas estaban ocupadas por unos cuantos empleados que hacían una pausa para tomar café. Crucé el suelo de cemento y subí las escaleras que conducían a los despachos, moviéndome tan rápidamente como me era posible. Me cuesta recordar lo que estaría pensando en aquellos momentos. Dadas las circunstancias, ni siquiera debería haber estado allí, pero quería interceptar a Pinky antes de que se desatara el caos. A juzgar por la actividad febril que había presenciado junto al autocine, la redada parecía inminente. La estrategia estaba definida y los policías bien equipados y dispuestos a atacar. El plan consistiría en rodear y controlar el almacén, arremeter contra sus ocupantes e irrumpir en el edificio antes de que alguien pudiera escapar o destruir cualquier prueba. Los agentes dispondrían de órdenes de registro y de detención, y confiscarían archivos, documentos, ordenadores y cualquier cosa que pudiera proporcionarles pruebas de actividades ilegales. Quién sabe cuántos empleados caerían en el curso de la redada.

En la primera planta, los despachos estaban rodeados de muros bajos revestidos de madera, con paneles de cristal en la parte superior. A través de una puerta abierta vi a una chica con una mata de pelo rubio encrespado sentada frente a su escritorio. Tenía delante un ordenador y a su lado, sobre una mesita con ruedas, reposaba una máquina de escribir anticuada. A diferencia de las oficinas de Dante en el centro de la ciudad, este despacho resultaba bastante mugriento: linóleo vulgar y corriente en el suelo, fluorescentes, escritorios de madera muy baqueteados y sillas con ruedas de las más baratas. La estancia estaba repleta de archivadores, y era evidente que los policías que participaban en la redada los registrarían a fondo. La chica me miró.

—¿Qué desea?

El calendario que tenía sobre el escritorio me pilló desprevenida. Era uno de esos gruesos tacos con la fecha escrita en grandes números en hojas que se arrancaban y se tiraban al final del día. Incluso del revés, pude leer que estábamos a jueves 5 de mayo y apenas logré reprimir un grito. El 5 de mayo es mi cumpleaños. Por eso Henry se había empeñado en volver a casa y se había ofrecido a invitarme a cenar. Uno de los inconvenientes de ser soltera y de vivir sola es que llegue tu cumpleaños y te pille por sorpresa. De repente tenía treinta y ocho años. Aún distraída, pregunté:

—¿Está aquí el señor Dante?

—Sí, pero ha dicho que no quiere que nadie lo interrumpa.

Dante abrió la puerta de su despacho y se acercó hasta la recepción.

—Yo me encargo de esto, Bernice —le dijo a la chica. Luego me miró con expresión displicente—. ¿En qué puedo ayudarla, señorita Millhone? No tendría que estar aquí, espero que lo sepa.

Me había parecido más amable en la limusina, pero como necesitaba su ayuda decidí pasar por alto su sequedad. Le puse la mano en el brazo para sacarlo de la recepción y meterlo en su despacho.

—Pinky tiene una pistola, y o bien está en el almacén o no demasiado lejos. Dodie murió esta mañana y Pinky matará a Cappi si lo encuentra.

Creí que Dante reaccionaría, pero estaba ocupado en una tarea más importante. Había abierto la puerta de su caja fuerte y transfería gruesos fajos de billetes a una bolsa de viaje que reposaba sobre su escritorio. No parecía importarle que la vida de Cappi corriera peligro, o que Pinky estuviera a punto de irrumpir en el edificio con una pistola cargada. Dante parecía relajado; y sus movimientos, eficientes y metódicos. Tenía algo que hacer y lo hacía sin malgastar energía.

—¿Sabe dónde está Cappi? —pregunté.

—Lo envié a hacer un recado para quitármelo de encima. Siento lo de la mujer de Pinky. No llegué a conocerla, pero sé que él la adoraba. Le sugiero que se vaya antes de que Pinky y Cappi se crucen.

—¿No puede impedirlo?

—No más que usted.

Me lo quedé mirando, fascinada por su calma cuando yo estaba hecha un manojo de nervios.

—La cosa se va a poner más fea aún. Hay unos cuarenta polis ahí fuera a punto de irrumpir en el almacén.

—Típico de Cappi. Es incapaz de cerrar su bocaza y esto es lo que pasa. Lo más seguro es que intente mezclarse con los demás para que parezca que está en el mismo aprieto. Más le vale que le salga bien la jugada. En este negocio los soplones no suelen estar muy bien vistos. Si Pinky no lo mata, otro lo hará.

—¿Qué está haciendo? —pregunté.

—¿Acaso no lo ve?

En ese preciso instante oí gritos en la planta baja y la voz de Pinky retumbó en el inmenso almacén.

—¡Cappi, soy yo, Pinky! Tengo que saldar una deuda contigo. ¡Déjate ver, hijo de puta!

Me acerqué a la puerta.

—No salga de aquí —ordenó Dante.

No le hice caso y salí del despacho. Al llegar al rellano miré por encima de la barandilla. Pinky estaba borracho y caminaba tambaleándose. Parecía no haber pegado ojo en días, y si había conseguido dormir algún rato, lo había hecho sin quitarse la ropa. Sostenía la pistola en la mano derecha, con el brazo relajado junto al cuerpo. Si Cappi aparecía, probablemente Pinky no querría que viera la pistola hasta que le apuntara y disparara.

Lo llamé desde donde me encontraba.

—¡Eh, Pinky, estoy aquí arriba!

Pinky recorrió el almacén con la mirada hasta localizarme en la primera planta.

—¿Has visto a Cappi?

—¿Para qué lo buscas?

—Dodie ha muerto. Voy a matar a ese hijo de puta.

—Ya me he enterado. No sabes lo mucho que lo siento. Si bajo, ¿podemos hablar un momento?

—Cuando lo haya matado, podremos charlar todo el tiempo que quieras.

Sentí cómo me invadía la desesperación. Pinky no tenía nada que perder. Pronto estallaría la violencia y yo no quería que muriera. ¿Cómo iba a convencerlo de que abandonara su estúpido plan? Era imposible razonar con él. O, lo que era aún peor, no creí que pudiera persuadirlo mientras tuviera una pistola en la mano y estuviera dispuesto a usarla.

Al otro lado de la franja de cemento que sobresalía de la zona de carga, los obreros interrumpieron lo que estaban haciendo. La mayoría parecían preparados para pasar a la acción. Huir, probablemente. Todos aguardaban por si se producía un enfrentamiento mortal. Quizá no fuera más que palabrería por parte de un borracho con una pistola, o quizá se convertiría en un duelo de película con sangre y muertes auténticas.

Cappi apareció por la puerta lateral y se detuvo en seco, sorprendido ante el retablo de obreros que aguardaban inmóviles, con los ojos fijos en el individuo que se tambaleaba en medio del almacén. Su mirada se posó en aquel hombre. Nada más percatarse de que se trataba de Pinky, Cappi echó a correr. Pinky giró sobre sus talones, extendió el brazo y apuntó a Cappi con la pistola mientras éste subía los escalones de dos en dos, usando la barandilla para impulsarse hacia arriba. Oí el retumbar de sus pasos por la escalera metálica. El sonido llegaba medio segundo más tarde que el impacto de sus suelas contra el metal. El efecto era similar al de un reactor, que vuela más rápido que el sonido que deja a su paso. En cierto modo, era el acompañamiento perfecto para la redada que acababa de comenzar.

Seis coches patrulla entraron en el recinto y frenaron en seco con un chirrido. Los policías se abalanzaron sobre la zona de carga y se dispersaron. Varios iban armados con mazos, mientras que dos de ellos blandían sendos arietes. Los obreros huyeron despavoridos en todas direcciones. Los agentes armados con mazos comenzaron a derribar la pared situada junto a un terminal informático. Los golpes retumbaban en el interior de la estructura metálica. Un policía logró destrozar la capa exterior de un bloque de hormigón, blandía el mazo con tal fuerza que le temblaban los brazos desde los codos hasta los hombros.

Desde donde me encontraba, me parecía estar viendo fragmentos sueltos de una película. Un hombre vestido con un mono escaló la verja y desapareció en un campo lleno de hierbajos. Otros tres salieron disparados por la puerta trasera y se metieron con dificultad en la zanja de desagüe que algunos de sus compañeros ya usaban como vía de escape. Varios agentes avanzaban por la zanja desde direcciones opuestas a fin de bloquear su huida. Aunque no podía verlos desde donde me encontraba, oía a los hombres gritar mientras se escabullían por las vías férreas. Ninguno de los empleados del almacén iba armado. ¿Por qué habrían de llevar armas cuando la mayoría desempeñaba trabajos tan rutinarios?

Cappi y Pinky parecían ajenos a todo, como dos amantes que sólo tuvieran ojos el uno para el otro. Pinky subió con dificultad las escaleras en pos de Cappi y éste se sacó la pistola de la espalda. Ambos dispararon al azar sin alcanzar sus blancos respectivos. Las balas dieron contra las vigas de acero que soportaban el techo y rebotaron en las paredes de metal ondulado de la fachada posterior. Me hice atrás, consciente del peligro que entrañaba un tiroteo tan descontrolado. No era un duelo de caballeros a tres metros de distancia con las pistolas en alto: era una guerra abierta entre dos hombres. La ventana que tenía al lado se hizo añicos y me tiré al suelo. Dante apareció de repente a mi espalda, me agarró por debajo de los brazos, me levantó y me empujó hasta el interior de su despacho.

—No se separe de mí, la sacaré de aquí.

—¡No! No hasta que vea que Pinky está bien.

—Olvídese de él. Es hombre muerto.

Con tanto grito era casi imposible distinguir las órdenes de la policía del alboroto que se estaba produciendo en la zona de carga. Conseguí desasirme y volví a las ventanas delanteras para poder ver lo que sucedía. Dante se metió en su despacho y desapareció. Yo me quedé donde estaba, muerta de miedo. La violencia me produce terror, pero me pareció cobarde salir corriendo cuando la vida de Pinky corría peligro. Abajo, uno de los camiones articulados arrancó con un rugido. El conductor pisó a fondo el acelerador y la cabina del camión se abalanzó a toda velocidad hacia la carretera en la que dos coches patrulla aparcados bloqueaban la salida. Los agentes se pusieron a cubierto y sacaron sus pistolas. El camionero no quiso apartarse y se estrelló contra uno de los coches, que pareció levitar antes de desplomarse con un estruendo. El conductor impactó contra el volante y se desplomó hacia un lado, con la cara ensangrentada. Casi esperé verlo abrir la puerta y salir huyendo, pero estaba inconsciente. Para entonces, la mayoría de trabajadores ya habían tenido la sensatez de rendirse. Los condujeron a todos hasta el exterior, donde les ordenaron que se tumbaran en el suelo con las manos sobre la cabeza.

Fascinada, recorrí con la mirada la zona de carga, donde vi a Cheney Phillips. A su lado estaba Len Priddy, mirando hacia arriba. Perdí de vista a ambos un instante y volvieron a aparecer al otro lado de un camión con remolque, protegiéndose de los tiros tras la cabina del camión. Estaba segura de que habrían prevenido a todos los agentes contra el uso injustificado de sus armas. Pinky y Cappi, claro está, no estaban sometidos a tales restricciones.

A mi espalda, la chica de la oficina de Dante se había guarecido bajo su escritorio, teléfono en mano. Probablemente su primer impulso había sido llamar a la policía, pero todo el recinto ya estaba lleno de agentes. Entretanto, Cappi había rodeado la mitad del almacén por la pasarela elevada. Corría hacia mí acercándose por mi derecha. Me echó a un lado de un empujón y se dirigió a las escaleras más cercanas. Debió de pensar que si conseguía llegar hasta la planta baja estaría lo suficientemente cerca de la puerta lateral como para poder salir. Parecía tan concentrado en ponerse a salvo que ni siquiera vio a los policías que bloqueaban la salida. Yo aún tenía a Pinky a mi derecha, cada vez más cerca de Cappi. Cuando éste se volvió y disparó dos veces, Pinky dobló una pierna y se desplomó. No podía estar a más de cuatro metros de mí. Cappi se quedó sin munición, lo que cambió la dinámica del juego. Se volvió de repente, con expresión decidida. Puede que, tras haber herido a Pinky, hubiera pasado de víctima a agresor. Se me acercó con parsimonia, volviendo a cargar la pistola a medida que avanzaba. Pinky consiguió ponerse en pie.

—¡CORRE, Pinky! —le grité.

Quería que se fuera por donde había venido, pero se me acercó cojeando sin dejar de mirarme. Ahora estaba a tiro de Cappi. Mi primer impulso fue agarrarlo y apartarlo de la línea de fuego. Por lo visto Dante había tenido un impulso similar, pero, curiosamente, parecía más interesado en mí.

—¡Le he dicho que se agache! —exclamó rojo de ira.

Me volví para mirarlo y me di cuenta de que lo tenía a menos de medio metro, gritándome al oído. Me agarró por segunda vez y me arrastró hasta el interior de su despacho.

—¡Suélteme!

Conseguí desasirme una vez más, en un desesperado esfuerzo por proteger a Pinky a toda costa. Si lo pienso ahora, mi intención de intervenir me parece absurda. No tengo ni idea de cómo podría haber cambiado el resultado de los acontecimientos. Lejos de ayudar, lo único que hacía era ponerme en peligro. Dante me dio la vuelta con un tirón rápido que casi me hizo perder el equilibrio y dijo:

—Perdóneme.

Di un traspié, y podría haberme enderezado de no haberme quedado atónita al ver que su puño venía hacia mi cara. Fue imposible evitar el impacto. El golpe me dio en plena nariz, con tal fuerza que caí de espaldas. Extendí los brazos y me incorporé, inclinándome hacia delante hasta apoyarme en manos y rodillas. El cerebro me resonaba en el cráneo como el badajo de una campana. Conseguí sentarme y me llevé las manos a la cara. La sangre me corría entre los dedos, y al verla noté que se me ponían los ojos en blanco. Oí otra detonación, pero el sonido parecía venir de muy lejos y comprendí que quien hubiera disparado no me apuntaba a mí. Me desmayé unos instantes, y luego percibí vagamente que una multitud de policías subía en tropel por las escaleras.

Dante bajó a tientas por las empinadas escaleras construidas en la pared de su despacho. Pulsó el mecanismo de apertura para activarlo y cerró la puerta tras de sí antes de iniciar el descenso. Durante la Ley Seca, su padre construyó las escaleras por si se presentaba alguna emergencia. En opinión de su padre, la visita inesperada de la policía o de algún competidor furioso era la clase de problema que exigía una retirada precipitada. Dante había jugado en los pasadizos subterráneos cuando era niño, mucho después de que finalizara la Ley Seca, y sabía cómo orientarse en la oscuridad total por el laberinto de pequeñas recámaras. Inicialmente, aquel espacio había alojado toda una serie de alambiques para elaborar diversas bebidas alcohólicas que podían almacenarse en cajas antes de ser transportadas en tren. El corredor se extendía a lo largo de una manzana y media, y contaba con varios pasajes laterales concebidos para confundir a aquellos que desconocieran la red subterránea. La pista de tierra ascendía gradualmente, hasta salir al exterior por un conducto que lindaba con el autocine abandonado. Al salir a la superficie, Dante se encontró en una de las dos carreteras secundarias que flanqueaban el cine. La otra acababa en el almacén. Dante se hallaba lejos del caos, y supuso que la redada estaría a punto de finalizar. A ese lado del autocine había cinco edificios de tres plantas que formaban un complejo industrial con el tráfico suficiente para que su súbita aparición no despertara sospechas.

Lou Elle lo esperaba en su coche con el motor al ralentí. Dante se le acercó por la derecha, con la gran bolsa de viaje en la mano.

Abrió la puerta trasera y depositó la bolsa en el asiento. A continuación abrió la puerta del asiento del copiloto y entró en el vehículo. Lou Elle arrancó y salió a la carretera, acelerando despacio hasta alcanzar poco más de treinta kilómetros por hora. En Holloway, giró a la derecha y siguió conduciendo durante medio kilómetro más. Dante miró hacia atrás, pero no había coches patrulla a la vista ni parecía que hubieran dado la alarma después de su huida.

Se frotó los nudillos de la mano derecha, magullados e hinchados aunque menos doloridos de lo que parecía.

Lou Elle lo miró.

—¿Qué te ha pasado?

—Le di un puñetazo a una dama en plenos morros. Había olvidado qué se siente al noquear a alguien. Duele la hostia.

—¿Has pegado a una mujer?

—Tenía que impedir que se metiera en medio de un tiroteo.

—¿Un tiroteo?

—Cappi y un tipo llamado Pinky Ford se estuvieron disparando mientras tenía lugar la redada. Aquello era un caos. Pinky recibió un disparo, pero sobrevivirá. Es un milagro que nadie más resultara herido.

—Lo recuerdo, vino al despacho una vez. ¿No era aquel tipo enjuto y patizambo que llevaba una camisa de satén?

—El mismo.

—¿Está bien Cappi?

—Cappi está muerto. Un policía le disparó un tiro en la cabeza. Fue cuestión de segundos, porque Cappi estaba a punto de abrirle un agujero a Pinky en el pecho.

—¿Cómo lo llevas?

—Estoy bien, no te preocupes. Me evitó tener que hacerlo yo. A papá le romperá el corazón, lo que tampoco me importa en absoluto. Recibirá su merecido. ¿Has hablado con Nora?

—Bueno, la he llamado y no parecía muy receptiva. Le di la información, aunque no mostró demasiado interés.

—Al menos lo has intentado.

Dante se metió la mano en el bolsillo interior de la americana y sacó un sobre abultado con un nombre y una dirección escritos en el anverso.

—Dentro de un par de semanas entrégale esto. Dile que haga lo que quiera con el dinero. Es para compensarla por el puñetazo.

Dante deslizó el sobre en el bolso de Lou Elle, que reposaba en el suelo del coche a sus pies. Lou Elle torció a la izquierda y se metió en una calle muy corta que conducía a una pequeña terminal permanente usada por empresas de vuelos chárter. Dante le indicó que se detuviera a la entrada del aeródromo y que pulsara el botón de llamada. Cuando alguien contestó por el interfono, Lou Elle dio el nombre que Dante usaba ahora para viajar. Al cabo de cinco segundos el portón se abrió y pudieron atravesarlo. Sobre la pista había un reactor privado de tamaño medio, un Gulfstream Astra con una autonomía de vuelo de veintitrés millas náuticas, suficientes para llevar a Dante hasta el segundo avión que tomaría aquel día. Aún le quedaba un tercer vuelo antes de llegar a su destino. Lou Elle acercó el coche a unos seis metros del avión.

Dante sacó la bolsa de viaje del asiento trasero y fue hasta la ventanilla del lado del conductor, que Lou Elle bajó. Se inclinó hacia ella y le dio un beso rápido en la mejilla.

—Eres un encanto. Muchas gracias por todo.

—Buena suerte —respondió ella—. ¿Quieres que espere hasta el despegue?

—Preferiría que volvieras al despacho —contestó Dante—. La policía se te va a echar encima, ya sabes que lo siento.

—¿Y qué puedo decirles, si no sé nada de nada?

—Eres una buena amiga.

—Ha sido un placer trabajar para ti. Que tengas buen viaje. Espero que la vida te trate bien.

—Te llamaré antes de hacer transbordo. Después ya no volveré a ponerme en contacto.

—Entendido.

Dante se dirigió al avión, donde uno de los pilotos ya lo esperaba junto a la escalera retráctil. Se dieron la mano y Dante le mostró su pasaporte. El piloto le echó un vistazo rápido y se lo devolvió. Le habían pagado muy bien y no dio muestras de curiosidad. —Esperaba que hubiera llegado una amiga mía. Nora Vogelsang. Escribí su nombre en el manifiesto.

—Aún no ha llegado. ¿Cuánto tiempo quiere esperar?

—Démosle quince minutos. Sabe que vamos con el tiempo muy justo. Si no viene, no viene. ¿Nos han dado ya la autorización para despegar?

—Enseguida nos la darán. ¿Quiere que le meta esa bolsa detrás?

—No, la llevaré conmigo en la cabina.

El piloto subió al avión y dejó a Dante en la pista, mirando hacia el portón de entrada. El coche de Lou Elle se alejaba y el portón se iba cerrando lentamente. Vio coches aparcados al otro lado de la valla, pero ninguno que entrara o saliera. Se había despedido de las personas que le importaban, aunque lamentaba no haber tenido la oportunidad de despedirse de Nora. Tal y como había ido todo, puede que fuera mejor así. Ahora que Cappi estaba muerto y que Lola se había ido, a su padre se le caería la casa encima. Alfredo podía vivir una semana o diez días más, como mucho. Dante sabía que sus hermanas acudirían en ayuda del viejo, pero no creía que ninguna de las cuatro se ofreciera a acogerlo en su casa. Saul Abramson había recibido instrucciones de continuar pagando el mantenimiento de la finca el tiempo que estimara necesario. Dante le había otorgado poderes notariales, y le había indicado que si las facturas legales se disparaban, tenía permiso para poner la casa en venta. Si se vendía, tanto mejor. Su padre podría pudrirse en una residencia de ancianos.

Dante observó la terminal, con su pequeña sala de espera y sus puertas correderas de cristal. No había señales de Nora por ninguna parte y tampoco de la policía, por lo que quizá lo peor ya hubiera pasado. Le había dado a Abbie los suficientes datos erróneos para despistar a la policía. Sabía que se lo contaría todo a Priddy, quien, sin duda, se enorgullecía de poseer información privilegiada. Entretanto, Dante le había pedido a Lou Elle que cambiara los billetes de primera clase a Manila y los pusiera a su nombre y al de su marido. Pagaría el viaje del matrimonio como premio por los servicios prestados durante los últimos quince años. Si la Patrulla de Autopistas interceptaba la limusina de camino al aeropuerto de Los Ángeles, los agentes descubrirían que el pescado se les había escabullido de la red.

Dante subió a bordo, agachándose al entrar antes de dirigirse a su asiento. El interior del avión era de cuero de color crema y de madera de cerezo brillante, con una cocina en la proa y un lavabo en la popa. Dante sólo llevaba consigo un cepillo de dientes y el dinero. Escogió el segundo asiento de la derecha, orientado hacia delante. Uno de los dos pilotos salió de la cabina de mando y se acercó a Dante para explicarle dónde se encontraban las salidas de emergencia y las mascarillas de oxígeno por si el avión perdía altitud. También le dijo que había café recién hecho y un surtido de *snacks*, además del servicio de comidas que Dante había encargado con antelación.

—¿Alguna pregunta?

—Ninguna, no es la primera vez que vuelo en un avión privado.

—Si necesita algo, dígamelo. Despegaremos enseguida.

Dante cogió uno de los periódicos suministrados por la compañía aérea. Se abrochó el cinturón y abrió la botella de agua que encontró en la consola. Los motores se pusieron en marcha y observó cómo los dos pilotos llevaban a cabo la rutina previa al vuelo. Mientras el avión rodaba por la pista de despegue le dio la impresión de que el aparato comenzaba a elevarse, pese a no haber despegado aún. En un momento ya se habría ido. Nunca hubiera imaginado que la sensación de pérdida fuera tan fuerte. Era un tipo patriótico y estaba enamorado de su país. Ahora que su partida era inminente le costó asimilar que no volvería a poner los pies en América. Su deserción era inevitable. Debido al número y a la naturaleza de sus delitos le sería imposible permanecer en Estados Unidos y conservar su libertad. El avión aminoró la velocidad hasta detenerse.

Dante vio que el piloto se desabrochaba el cinturón y volvía a la cabina de pasajeros. Cuando llegó a la puerta, empujó el tirador hacia la izquierda. La puerta se abrió hacia fuera y la escalerilla retráctil se desplegó. Dante miró por la ventanilla y vio el Thunderbird turquesa de Nora dirigiéndose a toda velocidad a la pista de despegue. El coche se detuvo y el motor enmudeció. Nora salió por el lado del conductor y sacó un portatrajes y un maletín de fin de semana del maletero. Estaba más guapa que nunca, enfundada en un chándal negro que parecía muy apropiado para viajar. Un hombre joven salió por el lado del copiloto y rodeó el coche por delante para ocupar el lugar de Nora. Ésta le echó las llaves del coche y se dirigió al avión. El piloto fue a su encuentro y se ofreció a llevarle el equipaje.

Al subir a bordo, Nora dijo:

—Le he dejado una nota de despedida a Channing y he dado instrucciones a mi abogado para que se encargue de todo lo demás. Debería hacérmelo mirar.

—Para eso tenemos mucho tiempo —dijo Dante.

32
Después
Santa Teresa, California
27 de mayo de 1988

Todas las historias tienen un epílogo. ¿Cómo podría ser de otro modo? La vida no se presenta en paquetes envueltos con esmero y adornados con un bonito lazo. La redada se saldó con diecisiete detenciones y fueron imputados doce de los detenidos. A todos los efectos, la red de ladrones se desarticuló y la organización quedó desmantelada: al menos durante el tiempo que tarden sus miembros en volver a constituirla. De no ser por Len, Pinky Ford estaría muerto, lo que según Pinky hubiera sido preferible a seguir viviendo. Sin Dodie no le parece que su vida tenga sentido, pero puede que eso cambie con el tiempo. A Len le concedieron un permiso administrativo y luego decidió jubilarse anticipadamente antes de que Asuntos Internos lo sometiera a una investigación. Con treinta agentes y una veintena de detenidos como testigos, nadie cuestionó la muerte de Cappi por herida de bala. Tras considerar el asunto, la oficina del fiscal del distrito decidió no presentar cargos. Len fue considerado un héroe, lo que a mí me fastidió sobremanera. Recordaba demasiado bien el tiroteo de años atrás, cuando lo investigaron por haber matado accidentalmente a un compañero durante una redada que acabó mal. Entonces lo absolvieron, pero nunca quedé convencida de su inocencia. Circuló el rumor de que el otro agente había amenazado con denunciar a Len por ciertas transacciones cuestionables que había observado mientras trabajaban juntos. En cuanto a la muerte de Cappi, la opinión generalizada fue que Len les había hecho un favor a las fuerzas del orden, así que nadie comprendió que no me uniera a las alabanzas.

Por lo visto, Dante desapareció mientras yo seguía sangrando sobre aquel linóleo tan desgastado. Después de que me noqueara recuerdo haberlo visto meterse en su despacho, donde se hizo a toda prisa con la bolsa que reposaba sobre su escritorio y salió de mi campo de visión. Cuando los agentes del FBI irrumpieron en la sala, creí que lo sacarían esposado, pero para entonces ya se había ido. Circularon numerosas explicaciones sobre su fuga. Hubo quien dijo que se escondió en una habitación secreta hasta que la policía acabó la redada y se fue. Otros especularon que salió por la ventana y que, aferrándose al marco, logró subir con su bolsa hasta el tejado y huir por la escalera de incendios situada al otro extremo del edificio. Incluso cuando se descubrió la escalera oculta, nadie supo explicar cómo había conseguido desaparecer sin dejar rastro.

Len Priddy, por otra parte, acaparó mucha atención. Siempre se mostraba pagado de sí mismo, prepotente y ajeno a las críticas. Era un hombre tan malo como listo, y consiguió mantenerse fuera del alcance de la ley. Ahora que Dante se había marchado y que Cappi estaba muerto, no quedaba ningún testigo que pudiera corroborar la relación de Priddy con la familia de mafiosos. Aquellos que esperaban verlo entre rejas se sintieron decepcionados de que no fuera a hacerse justicia.

Al cabo de tres semanas recibí una visita. Estaba sentada a mi escritorio cuando apareció una mujer en la puerta.

—Hola, soy Lou Elle —saludó—. ¿Es usted Kinsey?

—La misma.

Para entonces la mayoría de mis heridas faciales había desaparecido y sólo tenía la nariz un poco hinchada, así que no creí que fuera necesario darle explicaciones sobre mi aspecto. Probablemente no habría notado la diferencia, ya que nunca nos habíamos visto antes.

—¿En qué puedo ayudarle? —pregunté.

—Trabajo para Lorenzo Dante. O quizá debería decir que trabajaba para él. ¿Le importa si me siento?

—Adelante. Espero que haya venido a contarme qué le pasó.

—Sí y no. Se puso en contacto conmigo una vez, pero dijo que no volvería a tener noticias suyas. Quizá sea mejor así. Cuanto menos sepa, mejor será para los dos. Dante Enterprises ya ha cerrado.

—¿Y usted no ha salido perjudicada con el cierre?

—No, en absoluto. El señor Dante se aseguró de que no me viera metida en todo el jaleo. No sé si usted se enteró, pero le pidió a Abbie que comprara billetes de avión a su nombre y al de su acompañante para el vuelo a Manila del jueves por la noche. Luego me hizo comprar a mí un segundo par de billetes, así que cuando la Patrulla de Autopistas interceptó su limusina de camino al aeropuerto de Los Ángeles, los agentes nos encontraron a mi marido y a mí en el asiento trasero en lugar de a él. Debería haber visto la cara que pusieron. ¡Menuda decepción! Esperaban llevar a cabo una detención, pero tuvieron que dejarnos seguir y nos fuimos tan campantes.

—¿Cómo consiguió escapar?

—Por arte de magia. Dentro de uno o dos años se lo contaré, pero de momento sólo puedo decirle que ha aterrizado sin percances y que tiene la vida resuelta.

—Eso espero. Sólo nos encontramos una vez, pero me cayó muy bien.

—Usted también debió de caerle bien a él. Pese al puñetazo en la nariz —añadió.

—Fue la sorpresa más grande que me han dado en toda mi vida.

—Lo sintió muchísimo. Estoy segura de que se habría disculpado en persona de haber tenido tiempo.

Lou Elle abrió el bolso, sacó un sobre abultado y me lo pasó por encima del escritorio.

—Para usted.

Cogí el sobre y levanté la solapa lo suficiente como para ver un grueso fajo de billetes, sujetos con una goma. Encima de todo había un billete de cien dólares, y supuse que el resto serían duplicados de aquél.

—No es un regalo —señaló Lou Elle—. Es un reembolso por el daño sufrido.

—No hacía falta —respondí—. Para eso están los seguros médicos.

—También es un pago por un encargo que quiere que realice, si le parece bien.

—¿Un encargo?

—Un encargo puntual. No es demasiado complicado. Digamos que es una pequeña gestión.

—¿Y de qué se trata?

—Vuelva a mirar dentro del sobre. Hay algo que no ha visto.

Cuando abrí de nuevo el sobre, encontré una cinta de casete envuelta en papel blanco.

—Dante cree que valdría la pena difundirlo.

—¿Qué es?

—No lo sé. Dice que usted ya se hará una idea. Confía en que use la información como mejor le parezca, siempre que la haga pública.

—¿Usted ha escuchado la cinta?

—No, pero conociéndolo, seguro que merece la pena.

Tras decir esto, Lou Elle se levantó y se dirigió hacia la puerta.

—¿Y qué pasa si decido no hacer lo que me pide?

—Se puede quedar con el dinero de todos modos.

—¿Por qué? —pregunté.

Lou Elle sonrió.

—Dice que usted juega limpio, y cree que es una mujer de palabra.

Cuando oí que la puerta se cerraba tras ella, abrí el cajón de en medio de mi escritorio y saqué mi grabadora. Llevaba tanto tiempo sin usarla que tuve que cambiarle las pilas antes de lograr que funcionara. Cuando estuvo lista, inserté la cinta y le di a la tecla de reproducción.

La calidad del sonido era excelente. Oí a Dante decir lo siguiente:

«—Subinspector Priddy, me alegra verlo de nuevo. Hace bastante tiempo desde la última vez.

»—Parece que las cosas le van bien.

»—Me iban bien hasta hace poco.

»—¿Y cómo es eso?

»—Sí, cómo es eso. Vayamos al grano. Han visto a mi hermano hablando con usted. La noticia me ha llegado de varias fuentes y no me ha sentado nada bien».

La conversación duraba seis minutos, y acababa así:

«—¿Para eso me ha citado aquí? ¿Para oír consejos que no he pedido de boca de un puto gángster?

»—No me considero un gángster, esa palabra me ofende. Nunca me han condenado por ningún delito.

»—Pero lo condenarán.

»—Puede permitirse la petulancia, porque saldrá ganando pase lo que pase. Que me vaya yo, que entre mi hermano, a usted le da igual. Si cree que yo le doy mucho trabajo, espere a que Cappi tome las riendas. Va a dejar esta ciudad patas arriba.

»—Entonces, ¿por qué no nos hace un favor a todos y lo elimina?

»—¿Por qué no lo hace usted? Yo ya tengo demasiados problemas, no me hace falta añadir el asesinato a la lista.

»—Usted sólo tiene un problema, amigo. Que vamos a cargárnoslo.

»—¡No me diga! ¿Cuánto tiempo dura ya esta investigación? ¿Dos años, tres? ¿Están jugando a las palmitas con el FBI y con quién más? ¿La Agencia Antidrogas? ¿La ATF? Un montón de burócratas, gilipollas todos ellos. Ya le he dicho que lo pienso dejar. Es Cappi el que debería preocuparle. Elimínelo y el negocio será todo suyo.

»—Se acabó la reunión. Adiós y buena suerte.

»—Piénselo, es todo lo que le digo. Jubílese de la policía y viva a lo grande para variar. Le podría ir mucho peor.

»—Lo consideraré. ¿De cuánto tiempo estamos hablando hasta que se marche?

»—Eso no le concierne. Si le he contado todo esto es porque quiero ser justo, ya que usted me ha sido de gran ayuda hasta ahora».

Y así acababa la grabación.

Permanecí sentada considerando las distintas posibilidades mientras me frotaba pensativamente la nariz. Cheney se pondría contentísimo, al igual que el fiscal del distrito. Por desgracia, no podía confiar en que ninguno de los dos sacara el máximo partido a las revelaciones. Seguro que retrasarían la difusión de la cinta hasta que estuvieran listos para actuar. En círculos legales, esto podría llevar años. Tendría que encontrar a alguna persona intrépida y agresiva, alguien capaz de manipular los hechos con tal de darle un mayor énfasis a la noticia y capaz asimismo de evitar las posibles repercusiones.

Dejé mi escritorio, levanté la moqueta y metí el fajo de billetes en la caja fuerte sin contarlos. A continuación volví a mi silla giratoria, descolgué el auricular y llamé a Diana Álvarez.

—Hola, Diana —saludé cuando contestó—. Soy Kinsey Millhone.

Diana Álvarez guardó silencio durante unos segundos. Debía de estar evaluando mi tono, que, debo confesar, sonó más amable que en ocasiones anteriores.

—¿En qué puedo ayudarte? —preguntó con cautela.

—Soy yo la que te va a ayudar a ti. Invítame a una copa de algún Chardonnay decente y verás cómo te lo compenso.

Con todos mis respetos,
Kinsey Millhone

Últimos títulos